凡圣之间

（散文编）

易洪斌 著

时代文艺出版社

图书在版编目（CIP）数据

凡圣之间 / 易洪斌著 . —长春：时代文艺出版社，2018.3（2021.5重印）

（米萝文存）

ISBN 978-7-5387-5474-2

Ⅰ.①凡… Ⅱ.①易… Ⅲ.①散文集－中国－当代 Ⅳ.①I267

中国版本图书馆CIP数据核字（2017）第139240号

出 品 人　陈　琛
责任编辑　李贺来
装帧设计　陈　阳
排版制作　隋淑凤

本书著作权、版式和装帧设计受国际版权公约和中华人民共和国著作权法保护
本书所有文字、图片和示意图等专有使用权为时代文艺出版社所有
未事先获得时代文艺出版社许可
本书的任何部分不得以图表、电子、影印、缩拍、录音和其他任何手段
进行复制和转载，违者必究

凡圣之间

易洪斌　著

出版发行 / 时代文艺出版社

地址 / 长春市福祉大路5788号　龙腾国际大厦A座15层　邮编 / 130118
总编办 / 0431-81629751　发行部 / 0431-81629755
官方微博 / weibo.com / tlapress　天猫旗舰店　sdwycbsgf.tmall.com
印刷 / 保定市铭泰达印刷有限公司
开本 / 710mm×1000mm　1 / 16　字数 / 469千字　印张 / 39.75
版次 / 2018年3月第1版　印次 / 2021年5月第2次印刷　定价 / 99.00元

图书如有印装错误　请寄回印厂调换

我到人间只此回
——《米萝文存》总序

这部"文存",自度系"速朽之作",于浩瀚的文化生态而言,几乎是一种可有可无的存在。自古以来,"悔其少作",废弃不成熟时的肤浅文字,乃是不少高人雅士的做法。我非雅士高才,虽无论文或画,可能永远也达不到自己和他人皆满意的境地,但还是敝帚自珍,将这部好不容易才整合成的"文存"作为"我写故我在"的证言,付梓出版,留给现在和以后还能记起我、想了解我的家人和朋友们。

"我到人间只此回",虽然此理人尽皆知,但当清末民初女词人吕碧城如此温婉、诗意地将"人总是要死的"这个残忍的真理表述出来时,仍然令人心生无尽感慨。这世界上的任何之地,很多你没去过,有些地方你去过,从可能性上讲,只要你愿意,没去过的你可以去,去过的也可再去。唯独"人间"这个地方,你离开后就再也别想故地重游了。

我们在人生之路上或急或缓地跋涉，或是自觉地朝向某个目标，或是漫无目的地徙行；或一路艰难困厄，风雨交加，或一路春风得意马蹄疾；或走得步步有雷声，处处留下巨大深刻的足印，或雨过地皮湿，什么痕迹也留不下，但不论你走对走错，走好走坏，走长走短，其实都是在由人生的起点走向人生的终点。

这么说来，人的生命之始就蕴含着生命之终，出场就是为了有朝一日的退场。而人生的价值就在这一始一终、一出一退的两点一线之间。但是，除极少数英雄豪杰能通过自己的人世游给"人间"打下"到此一游"的巨大印记，影响着历史进程、留下或物质或精神的历史遗存外，一般的凡夫俗子、芸芸众生在结束自己的人世游之后即灰飞烟灭了，就仿佛你从未来过这世界一样。生命的这种速朽性、唯一性给古往今来的人生旅者留下了无尽的咏叹和怅惘！

不过，有一种东西，或许多少能弥补你的不甘与遗憾，也许能让你再现逝去的生命、回味自己曾经历过的时代风云，所曾有过的思想情感，看世界、看人生的视角，且可让旁人从中体味到那曾经存在过的充满七情六欲的鲜活的你——这就是你留下的文字，你创作出的作品。

所幸者，几十年来，从在麓山湘水畔嬉戏于湖湘文化和佳山秀水间的懵懂少年，到负笈京华的莘莘学子，从曾一度沉迷于文史哲，怀揣建功立业幻梦的大学生，到被那场"十年浩劫"搅得心灰意冷；从几乎一夜之间经历两重天的由首都到落藉千里之外长白山林区山沟沟；从"天之骄子"的大学生到"四个面向"接受"再教育"的"臭老九"；从当滚木工的"臭老九"变成"老木把"认可的"工人师傅"，到不期然地获得写作画画一展所能的机会；从林业局无所不写、勤勉劳作的宣传干事，到被人赏识成为一家地区小报的编辑记者；从1976年的十月惊雷、第二次"解放"，到1978年改革开放大潮动地而来的百废复兴更新万象，到经历一系列政治动荡、解放思想的过程，由普通新闻从业者被任命为一家省报的主管；再到走完一个甲子有余，从行政工作岗位上离任，聊作书画手艺人至今，这大半生虽无太大的起落，亦无可资炫耀的成就，但却经历了前人和后人无法再经历的国家和民族从低谷到中兴，从积贫积弱走向繁荣富强当惊世界殊的沧桑巨变——这一切都发生在我这区区几十年的人生中，正如吴祖光先生题写的"生正逢时"所示，难道不是此生有幸吗？幸中值得一提的是，在这由"青春颂"到"白头吟"的半个世纪中，由于兴趣和工作需要，陆陆续续、零零散散写下了若干文字，尽管其中不少难登大雅之堂（这次选取了其中除时政、新闻、人生思考之外的一些篇什）和自己也难以计数的画作。这些，正是此回"人世游"的足痕。它既是对"已经逝去的青春岁月"的致意，又是不受时光磨灭而继续存在的历史，一份一个人的生命史。

这些文字和书画基本上都在各级各类刊物上发表过，有的还集结成册出版了。只是，时过境迁，它们大多散佚、湮没在各个角落里。倘再不钩沉抉微，就真的"零落成泥辗作尘"了。古人云，"文章千古事"。我等凡夫俗子决不会有此奢想，但也不希望当初挤奶般挤出的文字成为转瞬即人间蒸发的"朝露"。所以，到了"七〇"后这个生命的节点，不管有无迟暮之感，我还是费力劳神地将能找到的文字归拢一处，整编成这部《文存》，大体分为五编：

一、"觅渡，争渡，惊起一滩鸥鹭"——文艺理论·评论编。

二、"维纳斯启示录"——美学编。

三、"怪侣奇踪"——小说编。

四、"凡圣之间"——散文编。

五、"指上崩云控万骑"——绘画编。

要说明的是，本"文存"选录的这些东西既是一定时代的产物、也是我本职工作的副产品，因此，必然带着当时的局限，和自己在认识上、才学上、修为上的种种不足与缺失。"卑之无甚高论"可以一言以蔽之。倘若读者诸君竟还能从中得到一点收益，那笔者真是三生有幸了。

数十年来，之所以在繁冗的行政管理工作之余还要将有限的时间和精力花在纸笔上，在多个领域逡巡出没，成为名副其实的"万金油"，除了兴趣，除了工作需要，还出于这样一种想法：一个人的潜力有可能超出自己的估计，关键是能否开发出；一个人的才华和工作、职业也往往是不一致的，关键是要对此有足够的认识和把控。这就需要不断地多方面地尝试，看看到底什么才是最适合自己的，自己最大的潜力究竟在哪里。这种探求，既是对自己的不断发掘和认识，也是人生一大乐趣。

逝者如斯夫！

回首过往数十载的人生，诸多事物连同我们的生命都在消逝，我们过往的记忆和思想感情也终将随同我们的生命一起逝去。差堪自慰的是，唯有存留在纸上的这些文字和图画还将作为第二个自我在身后依托于读者或长或短地继续它的人世游。这或许能让它避免"速朽"吧。

这，就是"我到人间只此回"的感言。当然，希望此番人世游勿止步于此。"老骥伏枥，志在千里"——只是，笔者还有这个"致千里"的幸运吗……

2017年2月15草
2017年12月25定

鸣　谢

在本书集稿、打印、编排、出版过程中，承蒙刘丛星、葛世文、陈琛、郭力家、李贺来、冯卓、宋殿辉、刘影、吴英格、邢大路、史秀图、陈龙等同志和朋友的真诚支持与大力协助，终使此《文存》得以顺利付梓。谨此向各位致以深切的谢忱！

米　萝

2017年2月22日

目录 Contents

凡圣之间

善画能文　博思雄辩······················谢　冕　003

书生意气侠客梦························孟繁华　007

情寄"灯火阑珊处"（自序）··················011

千年等一回···························017
　　——秦兵马俑的遐想

羞答答的玫瑰静悄悄地开····················038

啊！大师····························062

西出阳关····························091
　　——阳关三叠之一

回望霍骠姚···························101
　　——阳关三叠之二

石窟惊奇…………………………………………………… 115
　　——阳关三叠之三

他成全的是历史………………………………………… 125
　　——回望西楚霸王项羽

历史成就了他…………………………………………… 148
　　——回望一代风流谢东山

霜锋铮…………………………………………………… 173
　　——回望游侠荆轲

你绝望的眼神让我心碎………………………………… 189
　　——写在2002年世界环境日国际纪念大会召开之际

所向无空阔，真堪托死生……………………………… 215
　　——关于马的随想

英雄……………………………………………………… 232

在天愿为比翼鸟………………………………………… 255
　　——大唐华彩悲情

那山那庙那人…………………………………………… 293

从"长人"到巨人……………………………………… 299
　　——孔子：一个人的形象史

千岁忧…………………………………………………… 333

刍狗春秋………………………………………………… 352

中古三星耀吉林……………………………………………… 393
　　——关于东明、朱蒙、大祚荣的那些事儿

西陵纵横…………………………………………………… 408

深深的海洋………………………………………………… 416
　　——为一位伟人而作

蔡老走好…………………………………………………… 432

寂寞的风景………………………………………………… 439

龟虽寿……………………………………………………… 451

凡圣之间…………………………………………………… 487

浮光掠影话东瀛…………………………………………… 503
　　——访日纪行

"忽闻海上有仙山"………………………………………… 522
　　——访美点滴

访芬五记…………………………………………………… 532

编后余言…………………………………………………… 541

附：

凡圣之间的精神遨游……………………………………………… 朱　晶 543
　　——读易洪斌散文集《凡圣之间》

中国史魂与中国英雄……………………………………………… 张未民 553

行者的追寻………………………………………………………… 张玉芬 561

《凡圣之间》长春研讨会发言纪要……………………………………… 574

《凡圣之间》北京研讨会发言纪要……………………………………… 597

某日………………………………………………………………………… 620

凡圣之间

(吉林人民出版社 2003年7月出版)

善画能文　博思雄辩
——为《凡圣之间》序
谢　冕

　　易洪斌先生善画能文，所作奔马，飞云流火，英风烈慨，充满了生命的活力与遐想。蔡若虹前辈盛赞其画"神在征途形在马"，讲的是易先生在绘画上的形神两胜的卓越气象。我不懂画，但看过易先生马画中的《两小无猜》《厮磨》诸作，觉得其中渗透了人性的温馨，蕴有真趣。至于《红雨随心》《闻道》《非清流而不饮》等更是把文学中的思维方式和想象力（应当说，艺术和文学是相通的，但成熟而自然地表现这种共同品质的，在绘画界并不多见）引进了画中。这些都说明易洪斌不仅是一位画家，更是一位诗人。他在这两个艺术品种上做出了相互融通而又相得益彰的成绩。

　　易先生不仅画马，也画虎，画人物，他所画的虎，可谓虎虎有生气，而又脉脉有温情。我最喜爱也最难忘他的《相看两不厌》这幅画。画的正面是一只卧虎，与虎面对着的是一位裸女——从画面上我们只看到她斜卧的背影。这位女性的背影说明她实在是一位丰腴有致的美神。"他们"就这样一动不动地对视着。她欣赏的也许是"他"的雄健伟拔,"他"欣赏的也许是她的温柔艳丽。就这样,虎看着她,她看着虎,他们都忘情了。他们都是大自然造就的美的极致,他们都异常欣喜地发现了对方。画题用李白《独坐敬亭山》中的名句。李白的"相看两不厌,只有敬亭山",说的是物我两忘的完美境界,易先生把这诗意引进了画中,给了人以无尽的想象。我对于绘画只是一种喜爱。严格讲,只是在门外的缝隙里,偷偷窥视那辉煌堂奥的些微光亮。因为是外行,本不应多言。但看了易先生的画,欣喜之余,收不住,说了些可能是贻笑大方的话。

现在该说到正文上面来了。这里要谈的是多才多艺的易洪斌的另一种本领——散文的写作。易先生的散文所写的内容涉及甚广,但偏重于历史性题材。有几篇是自述性质的,记载了对父母的怀念,这些文字在叙述中抒发着深深的亲子之爱,非常感人。《凡圣之间》写父亲平常、执着而又认真的一生。其间有警语,写父亲的悄然谢世时说,死亡"在父亲沉睡之中到来,来得轻柔而又残酷,平静而又凄厉,温馨而又惆怅",接下来的一句话是:"任何向妇孺和老人出手的暴力都是卑劣的,这个死也一样,我诅咒它!"《龟虽寿》也写父母晚年的日常生活,对风格豪放的易先生来说,这些怀念父母的文字却是非常婉转细腻的——它们表现了儿女情长的一面。

当然,最能体现易洪斌雄健博大的文风的,是他的那些涉及历史题材的文章,这些文章,寓深刻的哲理思考与个人兴寄于丰富的史实之中,着眼的是大视野和大胸襟的抒发。《千年等一回》最能说明作者历史知识的渊博,它从秦始皇陵寝的兵马俑说到汉唐立国以及天下兴亡的道理。旁征博引，视野开阔，纵横三千载，指归于当世。这是一篇博思雄辩的大文，充分显示出作者占有和运用史料、缜密思考并艺术地表达这种思考的功力。这样的文章还有《他成全的是历史——回望西楚霸王项羽》，以及他那气势磅礴的一唱、再唱、三唱阳关的"阳关三叠"，等等。"你可以想象，在浩瀚的塔克拉玛干大沙漠里，当朝曦午露晨光初动之时，那衔尾前行远送东方文明的马队留下的拉长的影子如何日复一日坚韧不拔地在沙丘上缓缓移动；当"落日熔金，暮云合璧，之际，一片苍茫中，带来域外信息的悠扬、粗犷、苍凉的驼铃声是如何穿越时空响在自己心头……这时，你真的会涌起一股要向冥冥中的历史老人，向几千年前每一个走在丝绸路上的先行者合十颂祷的强烈冲动……"这样的文字是随手拈来的，在他的文章中到处可见，都是一些很强悍的、很坚韧的文字。这些展现了历史风物和足迹的文字，很能说明易洪斌散文的基本特征：他为文有大气势，不以精细委婉见长，而追求风格的遒劲放达。

我们的画家笔下有很多的动物，他通过这些动物的形神寄托自己的人生境界和梦想。我注意到，除了对于历史的浓墨重彩的点染，表达他的关于兴亡盛衰的思辨之外，他还把眼光投向了大自然一切生物的生存状态上。《你绝望的眼神让我心碎》是一篇让我感动的文字。文章从庄子和惠施关于鱼乐的论辩说起，推到动物是有感情的论断。易先生引用了很多生动的统计材料来证实这一点。但是一个严酷的事实是，人类正在毁灭动物，人类正在促使近代物种以比自然灭绝快一千倍的速度丧失，以比其形成快一百万倍的速度促使其消亡。这些物种的消失在上一个世纪大约每天一个，现在则是每小时一个。"在人类无所不到的威力和永无止境的欲望面前，在人类文明特别是现代文明面前，从最渺小的、最温顺的虫鸟雀到最强悍、最孔武有力的猛禽巨兽,全都显得是那样的孤苦无助,它们的任何反抗都不堪一击,整个动物界在战栗。"

读这一篇让人心灵为之颤抖的文字,想着作者所说的"绝望的眼神"——他指的是那些动物在受到人类的虐杀、濒临死亡之前的那种祈求、祈求无效之后的绝望,这是一种让人心悸的眼神,作家的博大爱心使他看到了这种眼神,他把这种悲哀的感受传达给了我们。想着那些在人类的贪欲、残忍和淫威的逼迫下失去家园和生命的动物界,我想,写这样文字的人,该有怎样伟大的一份悲悯之心啊!

写到这里,我又想起了易洪斌的一幅大画(请原谅我再一次谈到了他的画)《仁者》。在画的前面作者有一题记:"一支年代不详以杀伐为生的武装队伍,不知从何而来,向何而去,没有谁能止住他们坚毅沉重的步伐,当之者必将遭遇一场血战。但是此刻,一个小小的意外使这些铁石心肠的战士猝然止步——就在他们的脚前,跌落了两只嗷嗷待哺的黄口雏鸟。"这些无可阻挡的硬汉子们,就这样在两只雏鸟面前停住了他们的脚步。画家称这些可能是林中强者的他们为"仁者"。画中的故事无可考,也许压根就是一个虚构,但这里的确跳动着一颗仁者之心。

易洪斌先生好为长文,一些重要的文章总在万言上下,颇像时下读者爱读的文化散文一类。但易先生有他自身的特点,那就是进步的史观和精深的史识,以及气势磅礴的文章风格,总的说来,他是自成一家的。奔放热烈,旁征博引,汪洋恣肆,气象万千,于述事中饱含情感,这些,大抵可称为易洪斌文章的大格调。

2003年4月10日于北京大学畅春园

序二

书生意气侠客梦

孟繁华

  散文是最能表达个人情怀的一种文体，无论是观沧海，看流云，饮酒赏菊，抒情言志，长篇短制，总会有意无意地透露出作家的境界、修养、学识乃至抱负、向往等与情怀相关的精神世界。在作家的情怀中，我们感受着不同的宁静致远或壮怀激烈、独善其身或兼济天下。这本散文集是作家易洪斌近年来散文创作的结集，收有散文凡21篇。最能体现他个人风格的主要作品，可以在"文化散文"的范畴内议论，但他似乎又无意"术业专攻"，以求"自成一格"，而是听凭内心的指令，上下古今情之所至，只为能够抒发情怀。因此，在"蓦然回首"中，我们看到的是作家眼中的上下几千年，古今中外事。这些文章内容的丰富性，从一个侧面反映了易洪斌的情感世界和内心向往。

  千古文人侠客梦。易洪斌有多种不同的社会身份，这些身份总对他以及他的朋友或隐或显，直接间接地产生某种影响乃至距离，这是身份社会不可避免亦无须回避的一种社会心理现象。但是，当易洪斌以散文家、画家出现的时候，他那些身份的光环则逐一褪去，呈现在我们面前的是他缱绻多情的书生意气和豪情万丈的侠客梦想。这种情怀总会让人情不自禁地想起中国文人的传统以及面临的困惑。这个传统以及困惑大体说来就是进与退、居与处、独善其身或兼济天下。进入当代之后，这个传统和困惑似乎为其他问题所掩盖，但就知识分子这个群体的整体意识来说，问题并没有得到真正的解决。20世纪90年代以后，对陈寅恪、吴宓、王国维等大师的重新讨论，事实上就隐含了这种困惑的存在和未了的情愫。易洪斌是个现代知识分子，他深受现代知识的熏染陶冶。但他史学专业的知识背景和远未消失的、哺育了他的中国传统文化，仍然血液一样流淌在他的精神领地。于是，在其间，我们看到的还是国事家事天下事，听到的还是风声雨声读书声。

　　面对历史、先贤的悠长慨叹和顿发的英雄情怀，构成了"蓦然回首"的主旋。一介书生的侠客梦想，在大秦帝国军阵面前、在青年将军霍骠姚当年的战场，在侠客荆轲刺秦的想象中，在成全历史的西楚霸王惨烈的命运里，在一代风流谢东山潇洒从容的性情中，在邓小平处乱不惊气象万千的生涯里，得到了彻底和酣畅的抒发。我总认为，中国文化的主脉还是英雄文化，谁是历史的创造者的争文化并不能掩埋英雄文化在文化传统中的巨大影响。这些英雄豪气对书生的影响当然不只是修身齐家治国平天下，重要的是一种英雄人格对读书人的深刻影响，在易洪斌的视野里，他不是以成败论英雄，重要的是他对英雄人格的钟情与认同。在这里当然不乏成功者，他们创造或改写了伟大的历史，比如大秦帝国创造的"世界第八奇迹"，比如流芳千古的古今大师们，比如改变了中国命运的邓小平。这些奇迹的深远影响已经写进了历史并还会焕发出耀眼的光焰。但对失意的英雄，对不成功的英雄，易洪斌则在人格的意义上给以倾心的理解和认同。他的这份理解和认同甚至更为深切甚至亲近。那份壮志未酬的怅然、掷地有声的一言九鼎，那份恍若隔世的"仁"和"义"，那种处乱不惊、视功名如浮云的潇洒从容和坦荡，等等，同样是易洪斌高歌赞颂的对象。他追求的不是"世事洞明"，他羡慕的不是"人情练达"。在易洪斌的这些"文化散文"中，在他气壮词雄的文体修辞中，我读出的则是作为一个现代知识分子内心博大辽远、高天流云般的多情的书生侠客梦想的万千气象。

当然，散文集记述的还有世间冷暖、凡人小事。他追怀父母的文字，应该是书中最为动情和动人的文字。特别是对父亲一生独善其身、清贫淡泊但又洁身自好、铮铮硬骨的知识分子风范的记述，分外感人。他是一个普通人，但他又是一个普通人中值得尊重的楷模。他的为人和风骨，对易洪斌显然有大的影响。日常生活的细微细节是最能反映一个人的品质和性格的，易老先生的那种人格在易洪斌儿女情长的追忆中熠熠生辉，令人心碎。此外，在检讨人与动物的关系中，对现代文明的质疑，对动物世界绝望的眼神生发出的由衷悲悯，表达了易洪斌情怀的另一方面。从大的方面说，事关人类生存，事关生态环境的平衡。但易洪斌所要表达的还是对生命的尊重和怜惜、人与动物和谐相处的深切愿望。易洪斌画人与虎共舞的画作多幅，虎的威猛与女性的温柔，恰是英雄美女，是力量与美的统一，它的新奇和大胆，超越了人与兽的界限，让你感受的是本该如此。凡此种种，都表达了易洪斌英雄情怀之外的另一种关怀。这种儿女情长和对弱势族类的同情与悲悯，与易洪斌散文构成了一种互文性，它是作家、画家用不同的艺术形式表达的相同的人文理想和文化理念。

　　书生意气、英雄情怀和人间世事的关怀，表达了易洪斌鲜明的入世态度。作为当代知识分子对公共事物积极关切，对人类精神领域的深深介入，是一种积极的人生态度，也是当代知识分子对社会价值和最高正义的理解和维护。易洪斌正值盛年，他在几个领域都取得了令人羡慕的成就。就他的积累和抱负而言，可以预知的是，他给我们带来的将是更多的惊喜和愉悦，我们对他期待着。

　　　　　（作者系沈阳师范大学教授、中国当代文学研究会副会长）

情寄"灯火阑珊处"（自序）

"余幼好此奇服兮，年既老而不衰。"大凡一个人从小养成的兴趣爱好，往往会不知不觉中形成一种心理结构模式，成为潜在的深层次的"记忆"，在此后的人生中时不时地顽强地表现出来。小时跟祖母读《三国演义》《水浒传》《红楼梦》；十余岁时将父亲借来的《十九世纪世界重大考古发掘》几乎翻破；上大学历史系读通史，却好高骛远从图书馆借来考古教材、《说文解字》之类一顿乱"啃"；走上社会，从事新闻工作以来也不忘寄情文史之道……对古人古事古物古迹的沉迷，对文化文章文史文笔的偏好，到现在仍是我精神生活不可或缺的内容。所以，虽然结下一辈子的文字缘，从新闻的各种体裁，到杂文、小说、诗词、理论等十八般兵器都试过，最终却将目光在历史散文上锁定，是由来有自的。

都说好奇之心人皆有之。的确，好奇心是所有高级动物尤其是人类的伟大自然禀赋，是驱使人类探求未知之谜的强大动力。而这个世界上最诱人、最激动人心的谜就是人类自己的过去，亦即人类的历史。据科学家说，尽管现代人类的认知能力似乎已无远弗届，但关于人和人类本身仍是我们知道得最少的事物。就我而言，是历史上人类中那些被称为"历史人物"的人的生存状态和所作所为引发了自己强烈的好奇与向往，这种好奇心又是同探究"我"从何处来、向何处去、"我"何以会以这种状态出现于世上、我的前后左右都有谁等问题紧密关联的。

人而被称为"历史人物"，就意味着此人曾在历史上活灵活现地生存过，但又早已随风而逝。但恩格斯一再强调的历史连续性，正是靠这些"历史人物"的存在方式与活动规模来实现的。"前不见古人，后不见来者。念天地之悠悠，独怆然而涕下！"唐人陈子昂在《登幽州台歌》中，从历史时空的宏大坐标上前瞻后顾，慨叹已经消散的历史与尚未出现的未来之杳茫难寻，凸显的是"我思故我在"的"我"，一个无限孤独、"寄蜉蝣于天地"的哲人意象。然事实是，这个"我"在个人意识中不论怎样空前绝后地孤独，他在无限时空中演进的历史链条上却是一个承前启后的环节。单就生命传承而言，我们与任何一位古人、前人之间，不管间隔了多少世代，都会通过代代连接的人生保持着一种历史连续性。我们中的任何一个人，其DNA都遗传着历史上某一人物的基因，而且还会将这个生命范围无休止地遗传下去。最经典的例子当数孔氏家族，在其当代七十几代子孙的血液中，其DNA甚至可直溯上古时期其四十七世祖黄帝了。而从社会传承来说，任何一个人都会承续着许多已经发生的往事的过程、结果，承受着千百年来生产力发展到当时在政治、经济、思想、文化和社会等方方面面所产生的各种影响，而另一些事情又会因他和有关人而延续、生发、展开，将他个人的和承载一定社会责任而具备的影响如多米诺骨牌般一波一波地由后人传递下去。古人、前人当时说过的一句话、做的一件事，或许时隔数世纪到今天仍在产生效用。而我们今天的所言所行，也可能很久很久以后还会作用于后人。这真是非常奇妙的历史联动效应。每念及此，就恍兮惚兮觉得自己与历史人物一下子拉近了许多。

然而，当遏止不住的好奇心驱使我们向传留给我们生命和社会遗产的古人、前人走近时，却又十分茫然，他们的血肉之躯、音容笑貌于我们固然是个谜，他们一生的行状除了早已风干的或多或少的僵卧文字外，又何曾栩栩如生过！就此而言，后人的确是"前不见古人"。而让古人、前人充盈起来，灵动起来，形象起来，有如亲见，则几乎是每一个好古读史者的愿望。这样，所谓的历史散文就堪堪可用了。当然，我们可以在想象中走近他们，在他们走过的历史之路上无止境地跟踪他们的足迹，但却永远无法与他们零距离接触，他们在我们能把握的史料之外的隐秘永远是一个历史的"哥德巴赫猜想"。

我写历史散文，没有什么传播历史知识的念头，更不存在重新考证、提出新见的想法，这都不是我能做我所做或想做的。简言之，只是既对历史感兴趣，又对文学钟情，因此想找点有兴味的历史素材，用散文的方式，把它搞成一个艺术品。就像时下写历史小说、拍历史题材影视剧之诸公，当然相较之下，我的工场规模小得多，一人一笔一纸，而且除了几乎人皆能见的史料外，决不将自己无从知道的当事人的语言、心理活动等随意编撰添作佐料。但既然是写散文，就不能不顾及散文的艺术特质和运用它所能达到的最大文学魅力、艺术空间。总之，我希望将自己的英雄情结和理想化的审美诉求熔铸其内，以使其有跌宕回旋之状、铿锵激越之声。至于它的社会效应，或多或少应会有一点，但也决无奢望，若得二三同道认可，则幸之甚也。

所以，千万别从史学角度来审察这些散文，它既非人物传记，亦非人物评论；也千万别把它看成文学虚构，恰恰相反，它所依据的都是千年不争的史实。

"东风夜放花千树，更吹落，星如雨，宝马雕车香满路。凤箫声动，玉壶光转，一夜鱼龙舞。蛾儿雪柳黄金缕，笑语盈盈暗香去。众里寻他千百度，蓦然回首，那人却在，灯火阑珊处。"从辛弃疾这首《青玉案·元夕》词中，人们读出了美人迟暮，读出了"自怜幽独"，我则读出了历史况味。历史何尝不是一个不停地"夜放花千树"的繁华舞台，天天在上演着"更吹落，星如雨"的兴亡交替的剧目，当"凤箫声动，玉壶光转"时，正有人人生得意，雄才尽展，喧嚣热闹非凡；而当人们收回注视舞台上正倾情演绎的热切目光，去努力寻觅那些悄然谢幕卸装的英雄美人而不可及时，怅然回望，他（她）却在舞台下灯火凋零的暮色中若隐若现，黯然远逝——这是一种让人忧伤的、怅惘的、"无可奈何花落去"的情境，是每一个历史人物都避免不了的最后归宿——如果没有关于他们的社会记忆的话，他们就从此湮灭于时空的黑洞中了。

"前世五百次的回眸，才换来今生的擦肩而过。"这句近年来于手机段子中的常见之言，透着顿悟，透着感伤，透着睿智，透着沧桑，像哲人隽语，也像佛家禅偈，又隐然似"伤心人别有怀抱"。百转千回、生生死死的人生咏叹尽在其中。我在《历史成就了他》一文中曾如此写出我对曾生活在建康古城古人的向往："……他们的龙争虎斗、机关算尽，他们的曲折人生、错综关系，他们的形象、气度、风神、心术，直至他们的一个眼神、一个表情、一举手一投足，对我们这些现代人都有一种莫名的吸引力，我想与他们并肩而立，接踵而行，感受与历史同步的震撼；或是忝陪末座，听听他们的奇谋高论，娓娓清谈，看看他们是如何施影响于历史进程的……"现实地看，这只是痴人说梦罢了。幸亏现在又有了上引"擦肩"之说，如果此话真有如此神效，那就让我们通过历史散文，在今生今世百次千次地回望他们，求得下辈子的某时某地与他们不期而遇擦肩而过吧，这未尝不是人生一快事。但孔子似乎说过，"交臂已失"。当我们不管是今生还是来世与古人"擦肩而过"时，也许就在"擦肩""交臂"的瞬间，他们已不同于我们原来熟悉的那位"历史人物"了，瞬息的时光已改变了"擦肩"之前的他们——他们或许已是和我们一样的当代人了。"后之视今，亦犹今之视昔"。有一天，当我们早已烟消尘散，我们的后人也许会对我们的一切公开与隐秘的种种发生兴趣，正如我现在竭力透过能掌握的史料来洞幽烛微古人的人生细末一样；但是，也正如我们永远不能穷尽古人、前人一样，后人也不可能全部地还原今天的"我"这个鲜活的生命体。难道这就意味着"我"在这世界上根本就没有存在过？

这是无稽之谈，还是荒诞呓语？是虚无之念，还是愚者之虑？

只有历史知道。

聊以自慰的是还有这本《蓦然回首》在。

2008年10月

千年等一回
——秦兵马俑的遐想

一

这些年，由于工作的关系，笔者有幸览赏过泰岱之雄，匡庐之秀，版纳之美，阳朔之奇，此佳山胜水足以陶情寄兴开阔胸襟；而探访六朝之都，三国之迹，千年之刹，古战之地，那于江山代谢古今废兴之中生出的镜鉴则又启人思绪，开人心智。可这次到西安，却有一种从未体验过的于惴惴然跃跃然中夹带着几分沉重几分巷子落户的复杂心理，仿佛是去"朝圣"似的。"南方的才子北方的将，陕西的黄土埋皇上"。陕西这片黄土对于中国历史而言实在是太古老太斑驳太厚重太邈远了，它几乎就是中国历史的源头，以西安为代表的三秦之地曾是周、汉、隋、唐等十一个王朝的帝都，那巍峨的古城墙墙头，那星罗棋布的皇冢帝陵间，那随处残留的秦砖汉瓦上，都隐隐然飘荡着怀古的淡淡幽思，不时逸出几丝几许尘封已久的王霸之气……但是，吸引我下决心来此一游以不负平生的还不是这古城弥漫着的古文化氛围，而是名动江湖久矣的秦兵马俑。

　　在这深埋地下达两千余年之久的浩浩荡荡的大秦帝国军阵复现于人世二十余年之后，我才来此观瞻，心中不免颇多感触——人生苦短，有几个二十年？何况这二十年在当代中国史上揭开了那样浓墨重彩的一页！从当年兵马俑的第一块碎片被打井的农民掘出到这支古代大军终于成建制地复现于世，其时中原大地上肆虐的"文化大革命"也戛然而止，紧接而来的全国范围内的拨乱反正使中国义无反顾地走上了改革开放实现现代化的不归之路。二十年来中国形同再造，以空前的速度和规模改变自己，"改天换地"这个被用滥了的近于空洞的陈词至此才有了它的实际意义，才真正有了它的指陈对象，人们才第一次明白了这个词所涵盖的吐纳日月更新万象的恢宏图景磅礴气势。而通过声势浩大的兵马俑军阵这个载体所凝冻起来的两千多年前秦始皇进行的统一战争，在当时也可以说是一场"改天换地"的"革命"，这是自战国时期封建制逐步取代奴隶制以来，新兴地主阶级为在全国建立中央集权制的封建大一统帝国而进行的壮举，是对旧秩序的无情否定，对新秩序的隆重奠基。它开启了中国历史上一个全新的时代，为中国以统一的大国形象跨入公元第一个千年的大门铺平了道路。

　　我忽然又想到：今天的中国是昨天的中国的发展。在这两千余年来承传不断的中华文明史上，中国今天阔步跨入21世纪迈向公元第三个千年的隆隆足音中，难道没有当年一统中国的遥远回响吗？中国的今天，同历史上的昨天、前天，究竟有着怎样内在的微妙的联系呢？

　　不过还是暂时抛开这些遐想，且直面那数千默默无语伫立千秋的武士们吧。尽管二十余年来关于这"世界第八大奇迹"的报道和渲染已使兵马俑们笼罩在重重神秘的光晕之中，但现在当我真真切切地与之双目相对时，仍然在一瞬间就如电光石火击中般地心神剧颤，为这两千多年前熔铸造进的一代雄魂所震慑。那浩荡凛然的阵容固然令人叹为观止，是造成强大视觉冲击力和心灵震撼力的重要因素，但更叫人难以忘怀，如见故人似曾相识的却是武士们那一张张与我们今人几无差异的典型的蒙古人种脸型，是那专注前方的圆睁的双眼，因凝注而微蹙的眉头，因激昂而翕张的鼻孔，紧张的但感觉到呐喊即将冲口而出的嘴唇，乃至眼角若隐若现的纹理……想想看，两千多年来历史长河中那么多惊天动地的大事、叱咤风云的身影都随风而去无迹可寻，偏偏这十分人性化、人格化、人情化的细微表情穿越千载时空依然如故常在常新，令人于匪夷所思之中涌出几分眩惑几分迷惘。无可置疑的是，秦始皇是历史上有名的暴君，秦王朝许多事都坏在他手上；但同样无可置疑的是，他和他的铁军创造了统一六国的历史，他又让千万工匠按照他的旨意用当时最先进的制陶工艺和成熟的造型艺术手段"克隆"出这段历史以付后人。千秋功罪，何以评说？眺望着这庞大的军阵，凝视着这一张张栩栩如生英气勃勃的脸孔，仿佛看到了他们坦然面对着的两千多年前的世纪风云，仿佛看到了他们的统帅，那长眠在距兵马俑坑1.5公里祖龙冢中的驾群才扫六合的"千古一帝"，正应和着卫队的呼唤、霍然而起，破土排空、龙行虎步烈烈轰轰而来……

二

那绝对是铁与血的英雄年代。

"铜铁炉中翻火焰，为问几时猜得？"一柄秦兵马俑坑中埋两千余年的青铜宝剑，在20世纪70年代出土时仍精芒射目，吹毛立断，它雄辩地证明着战国时期青铜冶炼技术的发展已臻于何种玄妙之境。其时社会生产力水平已由青铜时代过渡到铁器时代，铁制的剑、戟、矛、戈、盔、甲在逐步地武装着战国七雄的军队，极大地加强着它们的战斗力。继续与铁器并存共用的青铜兵器则呈现出更高的工艺水平，更强的硬度、更锐的锋刃、更华丽的装饰，由此更其珍贵也更显出军人的地位和荣耀。

铜铁兵器的大量使用以及由此带来的杀伤力的剧增，昭示着战国七雄争霸天下的战争日趋尖锐激烈：两军对阵，不死即伤；一战功成，血流漂橹。削灭群雄，兼并六国，定鼎中原，君临天下——如此争战所包容的政治功利内容和将个人潜能激活到极致所产生的惊险刺激，的确足以倾倒天下英雄。这是一个充满浪漫色彩看重个人作用的英雄时代，是一个让生命以超常方式尽情宣泄狂热燃烧的时代，是一个需要而且也已产生一批又一批精力上、智商上乃至体魄、技艺上都卓拔超群的霸主、谋臣、策士、说客、战将、智者的时代。他们湖海相逐，他们风起云涌，他们雄极一时，他们你死我活。或凭三寸不烂之舌议政议经，或提一旅虎狼之师倾城倾国。烽烟滚滚的历史天空因他们的惊才绝艳壮举高蹈而雄风鼓荡大气磅礴五彩缤纷，成为世界古代史上难得一见的奇观壮景。可惜风流总被雨打风吹去，从春秋天下大乱到战国豪杰争雄，五百多年过去，仍不见有定鼎中原的迹象。以至断言"五百年必有王者兴"的"亚圣"孟轲也不禁发出浩叹："夫天未欲平治天下也！"

直到出了那么一个人物，既有一个经营六世，中经商鞅变法图强，使天下财力"什居其六"的强国作为其大展拳脚的依托，又有"席卷天下，包举宇内，囊括四海之意，并吞八荒之心"，兼之以运筹帷幄决胜千里的雄才大略，才使数百年间的滔滔苍生泪无尽英雄血有了一个了断，这个人就是秦王嬴政，后来被称为"千古一帝"的秦始皇。

秦王政只用十年时间就一举结束了春秋以来五百余年的分裂混战局面，"秦王扫六合，虎视何雄哉！"他指挥的那支军队应该是用代表了当时社会生产力最高水平的最先进的物质技术武装起来的，其战略思想及阵法指挥也肯定要超出于其他六国军队之上，否则它不能如铁锤般一往无前地将所有的抵抗和阻力一一粉碎，这支大军所到之处一定会演出一幕幕铁与血的史剧来……。然而这一切场景我们都不得而知，我们只能从史籍上找到秦大将王翦、王贲等分别率兵灭韩、破赵、平燕、伐魏、亡楚、下齐的简略记载，当年慷慨悲歌气冲霄汉令大地震颤风云变色内容极其宏富的统一战争，经过多少年的记忆淡化和一系列概括抽象后，给后人留下的终于只是极简括的符号了。

秦王政一统华夏，于公元前221年在中国历史上破天荒第一次建立了统一的多民族的专制主义中央集权的封建大帝国，那一年嬴政才38岁。登上宏伟的殿堂，看着俯拜的满朝文武，在颂祷的乐音缭绕中细细品咂君临天下的滋味，嬴政踌躇满志，顾盼自雄，向他的臣民，同时也是向历史宣言："朕为始皇帝，后世以计数，二世三世至于万世，传之无穷。"他雷厉风行地推行了一系列维护统一的措施：设郡县，订法令，同文字，筑直道，修长城，搞得轰轰烈烈，真个如太史公所言，"振长策而御宇内，吞二周而亡诸侯，履至尊而制六合，执捶拊以鞭笞天下，威震四海"。这个大秦帝国如一轮太阳升起在东亚大陆，不但以它高度文明的不世辉煌照亮了四周原始蛮荒的不毛之地，而且在当时的地球上，就文明程度、人口疆域而言，也只有距它万里之遥的马其顿帝国及其衰亡后取而代之的罗马帝国差堪与之比肩。

可叹的是，这轮太阳升得快坠落得也快，时隔十五年，秦就二世而亡。楚汉相争的铁骑夷平了秦帝国的峥嵘气象，战火轰毁了始皇帝传之万世的奢想。除了那由太子扶苏监修的长城依然在北方的群山上蜿蜒起伏孤独千年，秦帝国其他的一切几乎从秦始皇及其大军驰骤过的中原大地上被彻底抹去，只留下始皇陵两千余年独向黄昏……

三

"八百里秦川尘土飞扬，三千万儿女齐吼秦腔。"——这首民谣的粗犷雄浑真足以与汉高祖刘邦"大风起兮云飞扬"的千古豪唱比美。

这儿正是八百里秦川上郦山下的一片黄土，两千多年来岁月沧桑，这片黄土上面也许曾是兵燹后的废墟，也许曾是农夫踏朝露牛羊下夕烟的村落，也许"一骑红尘妃子笑"的宽阔驿道或细雨骑驴离帝京的泥泞小路曾从这儿穿过，也许风中翻波起浪的麦田曾在这上面铺展过，也许——也许这儿曾一度废弃为沙砾之地，转眼又翻为舞榭歌楼……多少朝多少代的人们曾在这片黄土上奔波，开拓，居留，劳作，走了来，来了走，生复死，死便埋，埋了也就忘却，但任谁也没有料到，就是这片不起眼的黄土下，埋藏着中华文明史上一个天大的秘密，一个浩如烟海的古代典籍从没记载过的空间奇迹，那是让人灵魂为之战栗的古代战神，是曾经掀翻一个古代世界重新安排尘世游戏规则的一代雄魂，是守护一统江山的忠诚卫队的浩荡阵容。

当1974年春天，西杨村的农民在此地打井抗旱掘出秦始皇陵兵马俑的第一块陶片，就像突然开启了一扇密封两千余年的失传之门的古代宝库，唤醒了曾经掀翻一个古代世界重新安排尘世游戏规则的一代雄魂，这个20世纪最重大的考古发现之震撼世界是注定了的，海内外异口同声的惊叹、赞赏、推崇如潮涌至绵延至今。秦兵马俑的破土而出将历史上不可复现的一统华夏的秦军英姿真实地再现于两千多年后中国正待迈向公元第三个千年的今天，使我们得以领略祖先那种"四海一统万里同风"鼎盛中华的政治理想的灿烂光华。

人类文明史上有过大笔挥洒八千军魂的如此奇迹吗？

这八千名与真人真马等大的兵马俑组成的浩大军队分别排列在一号坑、二号坑和三号坑。一号坑中的六千余个兵马俑和数十国内战车在近一万五千平方米的面积内排成九列纵队，其中的武士俑中又交叉着一队队身材伟岸的坚甲之士，他们手执弩机，腰悬长剑，意气风发；而他们身边或驾战车，或候骑士的战马则头如斧削，锋棱峻峭，胴体强劲彪，四肢稳踏大地有若铁铸造。这些兵马俑构成了一个有前锋、有后卫、有主体、有侧翼，寓动势于静态、藏变化于严整的强大矩形战斗编阵。二号坑中两千余件兵马俑、八十九乘战车和数万件金属兵器则显示出一个由弩兵、轻车兵、车兵、骑兵等不同兵种组成的特种兵集团军阵。三号坑与前两坑不同，一、二号坑的兵马俑按作战队形排列，而三号坑的六十余名武士则分成两组呈两列相向排列的形式，他们目不旁骛，面色凝重，手执一种一、二号坑武士所没有的无刃兵器"殳"作拱耳状；在这两厢卫士中间的是彩绘驷乘战车，上有四俑，这显然是秦军战时的指挥机关。研究者指出，综观三个坑中兵马俑布局的内在联系，当属一个有机的大型军阵无疑。在此军阵中，从步兵的大量集结，车兵的有机配合，骑兵的异军突起，到弩兵装配有当时最新式的劲弩，步骑武士所执冶炼精良的各式兵器，步、车、骑三军不同的戎装、铠甲，到这支大军排列组合中体现出的孙武关于"凡战者，以正合，以奇胜，故善出奇者，无穷如天地，不竭于江河"的正奇相合的"雁行之阵"阵法，再到军事指挥部从春秋时置于军队之前或军阵前部以便凭武力冲锋陷阵，逐渐从军队中独立出来更充分发挥首脑运筹指挥的作用，在显示出中国古代军队经过漫长的路程，中经战国时期封建制取代奴隶制的天崩地坼的大转折所伴随的生产力的大发展，至秦始皇兼并六国时，无论是装备、素质、各兵种的配合及阵法等各方面均已演进到成熟完备阶段，战争的规模和时空也大幅度地扩大、拉长。

历史的前进从来不是田园牧歌式的，它必然踏着鲜血和尸体开辟道路。

目睹兵马俑坑中栩栩如生披坚执锐雄峙如山的大军，不难想象出当年嬴政指挥着秦国的百万带甲之士和数千乘战车、数万铁骑扫灭群雄时，广阔古战场上两军对阵，万弩齐发，矢如飞蝗，烽烟滚滚，遮天蔽日，铁骑纵横，喊声动地，干戈交加，战车撞击，人仰马翻，伏尸百万，流血千里，那是何等恢宏、惨烈，目为之眩，神为之夺的历史场景啊！

1978年，当中国"文革"结束，兵马俑刚刚向世人展示两千年前的雄姿烈慨时，美国著名的《国家地理》杂志发表了《中国令人难以置信的发现》的署名文章，作者激情地写道：

"我们面临的是本世纪以来最为壮观的发掘。看到这些雄壮有力、全部真人大小的人、马塑像从粗糙、润湿的土地中出现，令人永生难忘。在那儿，在中国渭河河岸的黄色土壤下，掩埋着千百尊残缺不全，但依旧美丽的赤陶塑像。其中有全副武装的战士，还有拉着载有士兵的战车战马。这些都是统一中国的第一位皇帝的扈从……我们站在雨中，激动得几乎流下热泪,如同每一个面对伟大艺术品的人。"

的确,人类的感情有很多是共通的。当我第一次面对这些兵马俑时,浑身涌过一阵热浪冲击下的震颤,我为我们民族彪炳青史的辉煌业绩而几乎热泪长流!

上引文章的作者还指出:"如此大的考古发现展示了历经战斗荣耀的中国历史。我们在此处看到的大军只是一个历史的开端,在不到三里远的地方才是坟墓的本身和历史的源头。也许就是在那个巨大的坟墓下面埋藏着帝国最大的秘密以及中国历史上空前绝后的最为瑰丽辉煌的宝藏。"

这个外国人的看法是有道理的。司马迁在《史记·秦始皇本纪》中这样记载:"始皇初即位,穿治郦山,及并天下,天下徒送诣七十余万人,穿三泉,下铜而致椁,宫观百官奇器珍怪徒臧满之。……以水银为百川江河大海,机相灌输,上具天文,下具地理。"即是说,嬴政在公元前247年13岁登上秦国王位时就开始在郦山为自己建造陵墓了。前221前,秦始皇扫灭六国掌握天下,利用强大的中央集权和高度统一的政令,在全国范围调动起巨大的财力物力人力,从而使北筑长城、南戍五岭和建造阿房宫的浩大工程得以施行,同时,继续加大骊山陵墓营建的力度,致使高峰期的劳工达七十余万人,仅此工程就持续了三十九年,到始皇撒手人寰葬入此陵后工程也未全部完成,可见其规模之浩大。据现在已掌握的钻探资料证实,秦陵封土下的地宫东西宽485米,南北长515米,总面积几达25万平方米。如果我们再将筑长城、修直道、戍五岭、建阿房等浩大工程的工程量加起来,那将是一个多么吓人的数字,要知道,这是在两千多年前啊,我们不能不惊叹大秦帝国这一个统一国家的巨大能量、雄厚国力和阔大气魄!最近始皇陵又传出最新考古信息:其陵冢封土东南侧又发现了一座内藏石质铠甲的巨型陪葬坑，面积近似于秦俑坑中规模最大的一号坑。天知道这一风水宝地还将向世人暴出何等惊人内幕。

世界七大奇迹中有土耳其哈利长纲领苏的摩索拉斯陵墓，摩索拉斯是公元前四世纪小亚细亚加利亚王国国王，他的陵墓正面约33米，侧面38.7米，高约50米，该建筑虽美轮美奂，但其规模较始皇陵小了许多，而且在公元15世纪即已被焚毁。至于中国，古代巨陵大墓可谓多矣，但从无以兵马俑为之陪葬护陵一说。事实上，没有任何别的历史遗迹能比这八千余兵马俑组成的庞大军阵所物化对象化了的两千多年前大秦帝国的伟力更令人生畏、更令人心神激荡的了，那才真叫"振长策以御宇内"！这支大军两千多年后蓦地复现于世，使每一个靠近它的人都强烈地产生出历史与现实融为一体的深邃沧桑之感。秦始皇以此为陪葬，反映出他对这支军队的珍爱重视，他用这支军队统一了天下，又用这支军队来卫护自己身后一统江山的博大版图，以使它千秋万代垂于不朽。

站在这背负着沉重宏大使命的大秦将士面前，我简直无法与他们圆睁的双目长久相视，这双双眼睛曾目击了秦始皇荡平六国、五次出巡的壮举，一旦沉埋地下，虽然四周是无边的黑暗和巨大的挤压，但在他们头顶地面上两千余年间所发生的沧桑变化，肯定逃不过他们的感应，他们看得太多太多，他们仍然双目不瞑，他们还在注视着什么期待着什么呢？

四

当大秦帝国这座空前宏伟的建筑物轰然倒塌所激起的漫天烟尘经过若干年代慢慢飘散之后，人们前赴后继地凭吊废墟，或登高长啸，叩问苍冥，或典籍搜求，钩沉探秘，或林泉沉吟，赋诗致慨，于是今古兴亡，悠悠万事，全来眼底；千秋功罪，百世沉浮，尽上心头……

历来的思想家、史学家、政治家乃至文人骚客对秦二世而亡的原因及教训说得够多够多够多，用今天的话说，最根本的一条无非是秦末的苛政暴政严重地压抑了人民群众的生产积极性，阻碍了生产力的发展，破坏了政治、经济、社会各方面的平衡态势，由此引发了致其于死命的农民大革命。但是，对于中国的统一大业为何一定会在秦始皇手上完成，秦帝国为何会创造奇迹，却仍然值得我们再三再四地回首遥远古旧的前尘往事。

秦始皇以雷霆霹雳手段荡平六国，"芟夷宇宙，混一车书"，威加四海，在历史背景中极浓烈地凸现出个人的巨大身影和巨大能量。但是，中国的统一却绝不是秦始皇或其他任何天纵之才的个人意志所使然，实际上，秦始皇是被一只看不见的巨手牵引着，驱使着去实践统一大业的，这只巨手，就是历史规律、历史大势。在中国，统一，是贯穿于波澜壮阔的历史连续剧始终的主线，是生产力消长、国家兴衰、人民祸福之所系，是一部"二十六史"的出发点和归宿，是中华民族与生俱来的抹不去剪不断的"情结"，是这个民族身上永不褪色的"胎记"——这只要看看我们先民生息的这块土地的强大包容性以及由此生发的政治理论、哲学思想、文化形态和伦理价值观念就可了然。

人类是大地的产物且须臾不可离开土地。辽阔的中国大地东南临海，北横大漠，西南屏山，西高东低，千河入海。在生产力水平极其低下的远古时期，我们的祖先靠两条腿是很难走出这屏障的，事实上他们世世代代就在这片沃土上生息，因为一则屏障之间的土地极其辽阔，足以任他们驰骋回旋，二则流经这片土地的黄河、长江、珠江三大水系流域为先民们提供了哺育古代文明的一切必备条件。不仅中原地区的华夏诸族在充分利用这种有利的地理环境自然资源，而且如有的著作所言，"历史上，中国西部、北部游牧民族前赴后继，流星般地坠向中原腹地。"为什么？就因为看中了中原腹地气候的适宜物产的丰厚。由此形成的那种向心力、内引力、凝聚力便自然而然地作为集体无意识在先民一茬又一茬人的心中沉淀下来。与此同时，生产力的发展和生产规模的扩大，治理水患、疏浚河道等公共工程的需要，又不断扩大加强各个零散人群间的联系与合作，愈来愈需要一个能进一步促进生产力发展的强力集权机构来统筹协调，执行这种公共工程，而谁掌握这个集权机构，谁就能统治这片土地。在心理向心力和政治驱动力的双重作用下，获取权力，使这片土地成为自己的一统江山便成了历朝历代英雄好汉强权人物的最高政治目标。当然，这种统一是一个逐渐的，甚至有反复的历史过程。例如夏、商、周三代都经历了从局部统一到全国统一、从小邦到奴隶制大国这样的发展阶段，甚至到春秋时期，井田制崩溃，宗法制动摇，奴隶制大国分解为许多小国寡民的诸侯国后，仍然有"天子"这样的"共主"，"普天之下莫非王土，率土之滨莫非王臣"仍然成为社会共识。到战国之时，这些小国小邦又逐渐合并成"七雄"——即七个地区性大国。在这个过程中，那种以集体无意识形式在先民头脑中沉积下来的向心力、内引力经过无数代智者的思考、加工、提炼，终于发展成统一的思想和理论，成为英雄们成就王霸之业的指针、旗帜，成为"祖训"，甚至成为哲人的某种"历史感应"和关于未来发展的预言。那个曾断言"五百年必有王者兴"的孟老夫子就宣称："天下定于一。"而自诩为秦王政"仲父"的吕不韦则通过《吕氏春秋》间接地给嬴政灌输"乱莫大于无天子"的一统思想。

大秦帝国是中华民族统一思想统一实践的集大成者,是历史机遇垂青的幸运儿,它的诞生,在欧洲大地尚处于混沌蒙昧状态的古代世界真如莽莽昆仑横空出世石破天惊。秦虽存在仅十五年,但由于实现了大一统,建立了在全国行使职能运转有效的高度集权的中央政府,整齐了法律和制度,实现了相对的社会安定,因而在短短十数年中使自公元前475年开始积蓄的封建生产力及其他各方面潜力、生产要素得到合理配置、有效利用和充分发挥,由此才有了修长城、筑直道、击匈奴、取百越乃至建阿房、造帝陵等规模巨大宏伟的包括政治、经济、军事等在内的国家事业。这些,在国家统一之前的乱局中是不可想象的。秦兵马俑就是这种雄厚国力巨大国魄的象征。

秦二世而亡,比之有数百年历史的罗马帝国是短了些,但罗马帝国亡后再不见统一出现,而秦帝国短短十几年的作为却"开万世之基"——这在世界上是独一无二的奇迹。难怪目睹汉亡之后乱世的晋代名士阮籍会如此慨叹:"时无英雄,使竖子成名!"我颇疑心在他心目中,只有干出了开天辟地一统伟业的始皇帝才是真英雄,西楚霸王项羽虽然"力拔山兮气盖世",但徒逞匹夫之勇自取杀身之祸;头戴"斩蛇歧义"光环的刘邦虽然创建了四百多年的汉家天下,只不过是承始皇余烈罢了,都算不得英雄,更遑论秦汉以降之余子了。

五

……广袤的朔漠静寂如磐,残月如钩,干冷干冷,奔袭千里的骑士和骏马已汗湿全身,直透重铠,人和马呼出的热气转眼凝成霜花飘落在马头人面泛出片片银白，旌旗半卷犹散发着风烟气息，将士们警觉的眼睛和矛戈在曙色熹微中光点闪闪。跨坐在西域汗血马上的霍去病面容沉毅，他在想什么人们不得而知，但他"匈奴未灭，何以家为"的壮语却直到今天仍在每一个中国人的心中回响。这儿必须一提的是，春秋战国以来，经常南下掳掠的匈奴一直是中国的边患。为了消除威胁，秦始皇曾命大将蒙恬率军三十万北击匈奴。到汉时，为了维护边境稳定和国家统一，武帝、昭帝做出了巨大努力，卫青、霍去病、赵充国等名将屡屡受命率数万到十几二十万不等的铁骑北击匈奴，长途奔袭往往至一二千里，秦时崭露头角的骑兵此时成了纵横千里的快速打击力量。至成帝时，全国已有甲马四十五万匹。在当时交通极其困难、通讯十分原始的情况下，能在苍茫大漠集结、驱动这样一支装备上、速度上、打击力度上都堪称一流的大规模骑兵队伍，的确是国力强盛的汉王朝捍卫国土完整、维护国家尊严的得意之笔。现在，只要大将军扬剑出鞘，这渊停岳峙严阵以待的数万铁骑就会如怒海惊涛长驱千里势不可挡……霍去病英年早逝，壮志未竟，雄才大略的汉武帝不胜伤悼，用马踏匈奴的石雕和翼马表达王朝对一代卫国名将的追怀。石雕那阔大恢弘气派所反映出来的沉雄国威的确是大汉王朝雄厚国力的体现。

　　汉王朝是在秦帝国的废墟上建构起来的。秦帝国虽然一朝倾覆，但它为汉王朝的崛起奠定了基石，从"汉承秦制"的意义上说，汉王朝是秦帝国统一大业的延伸和继续。

　　大凡来陕西的人，当你从咸阳机场下飞机乘车向西安驶去时，首先撞入你眼帘的肯定是公路两侧咸阳原上硕大无俦的巨冢大墓，那是汉王朝历代帝王的陵寝，两千年来它们就这样耸如山丘般同关中大地连为一体，以致当地农民竟从它掘进窑洞贴墓而居——这种现象世所罕见，大概独此一家，人们不由得产生现实揳入历史的深刻联想。而这些陵墓的主人，从高祖刘邦到文帝刘恒、景帝刘启、武帝刘彻等，其中不少与他们执政时雄厚的国力强盛的国威联系在一起而名留青史。即以"文景之治"论，史家称其时"都鄙廪庾皆满，而府库余货财，京师之钱累巨万，贯朽而不可校，太仓之粟陈陈相因，充溢露积于外，至腐败不可食。"这种盛世只有在国家统一、与民休息、社会安定，生产力长足发展的条件下才能出现。

更重要的是，"百代皆沿秦制度"，秦开创的封建大一统国家模式为汉以后两千年间的历代王朝所沿袭，它所拓出的领土疆域为中华民族的生存发展提供了广阔的天地。正是遵循着这种模式，依凭着这个空间，继汉之后，隋、唐、宋、元、明、清这些大一统的中央集权制的封建王朝拔地而起接踵而来，构成了中华文明史上巍峨延绵的群峰。

隋王朝虽然也像秦一样二世而亡，但它一举结束了汉之后长达三百余年的分裂动荡局面，为大唐帝国近三百年的帝业打开了大门，为盛唐气象促成的封建社会鼎盛时期做出了贡献。所以隋之于唐，犹秦之于汉，连秦、唐的统一战争也一样，均为十年之期。

秦时发轫、在汉代抵御匈奴的漫长战争中形成独立兵种的骑兵，到了隋唐，已成了统一战争中不可替代的铁拳。陕西醴泉县的昭陵六骏石雕举世闻名，李世民将他"以马上得天下"的六匹坐骑作为自己陵寝的千年护卫，于此可知那场统一战争在这位大唐天子心目中的位置了。但以马上得天下的李世民却深明不能以马上治天下的至理，他擢拔能人，重用贤臣，励精图治，推行了一系列有利于当时经济恢复和生产力发展的政策、制度，促成了著名的贞观之治，使这个统一大帝国奏响了光大秦汉、鼎盛中华的绚丽乐章。史传"贞观中期",牛马遍野,丰衣足食,夜不闭户,道不拾遗,一派升平景象。有唐一代二百九十年中,从贞观之治到开元盛世,再到永贞革新、元和中兴,有为的君臣锐意进取,注重革新,大胆开放,杂糅胡汉,兼融中西,致使盛世迭出,好戏连台,在政治、经济、法律、科技、文艺、外交、军事、民族关系等各个领域都卓有建树,使当时的中国国势如日中天,居于世界文明发展的大潮之巅,"唐人"之名远播海外,享誉千秋。如果不是天下一统,何来如此极尽繁华的盛唐气象!

此后宋、元、明三个一统王朝共历时近七百年,此时中国封建社会步入中期,国家政治上的统一,政策的适当,社会的相对安定,仍为生产力的发展、经济的繁荣提供了一个宽松的环境,从而三代各擅胜场。宋代的农业、水利建设成就显著,手工业技术和产量居于世界领先地位,商业极大繁荣,外贸事业也十分活跃,封建社会经济得到了空前发展。元代不仅多元文化交相辉映异彩纷呈,端赖于大一统国家的辽阔疆域和丰富资源,而且诚如《欧洲称霸之前:1250至1350年代的世界体系》一书作者所言:"中国在13世纪世界体系中的地理位置十分重要。因为正是中国,把北方的陆上商路与即使不是更加重要那也至少是同等重要的印度洋海上商路联结成为一体。当这两条商业交通路线同时充分地发挥效能,尤其是当中国处于统一之中因而能够作为'毫无周折的交换中介'把它们联系起来时,世界商业的循环圈就得以完成了。确实,只有在13世纪和14世纪上半叶,亦即当上述循环圈保持着完整的时期,人们才能提到'前现代世界体系'这样的概念。"十分明显,中国的地理位置固然重要,但更重要的是,处于这个地理位置上的元代中国是个统一的大国,只有统一的中国才能胜任"毫无周折的交换中介",强有力地推动整个旧大陆的经济文化交流进入

"前现代世界体系"的循环圈。也正是在元代，西藏正式归入中国的版图。到了明朝，至永乐年间，朝廷重兵出塞，削平了漠北的割据势力，巩固了中央政权对北方的统治，设立的军事行政机构日后又促进了对东北地区的开发。其时明朝综合国力在亚洲首屈一指，在世界上也罕有其匹。三宝太监郑和下西洋，开辟亚非海上交通新格局，沟通明朝与周边及海外60多个国家的交往，此一对外开放壮举就是在这种雄厚国力支持下得以实现的。永乐之后又出现了后人比之于"文景之治"的"仁宣之治"。甚至到了风雨飘摇的明朝末年，民族英雄郑成功还一举驱逐侵占台湾三十八年的荷兰殖民者，收复了神圣领土台湾。

正当明王朝在李自成农民大起义怒涛冲击下摇摇欲坠时，一个自山海关以北迅速崛起的巨大身影正向中原悄然掩至，这就是取明而代之的大清王朝，它一登场就声威赫赫，出手不凡，以史家艳称的康、雍、乾盛世享百年隆运，其时国力鼎盛，经济富庶，文化繁荣，四海升平，依凭政治上的一统、经济上的强大、军事上的实力，清王朝平定蒙古准噶尔部，设置机构，重新将新疆置于中央的管理经略之下经略；数次平定西藏内部分裂势力的叛乱，击退外国军队的入侵，确立一系列制度，稳定西藏的社会秩序，又实施重大的政治、军事、经济改革，推动西藏的发展；实施"改土归流"，加强了中央政府对西南少数民族地区的直接统治和内地发达的政治经济文化对此地区的影响。至此，幅员辽阔的中国版图最终确定，东南起自台湾，西北远至巴尔喀什湖，西南起云南边境，东北直达外兴安岭，南至南海诸岛，西至葱岭，北至恰克图，东至库页岛，都在中央政府直接的、有效的管辖之下。全国共有二十五个省级以上的行政区域，生活着五十多个少数民族，人口已超过了三亿。此时的中国，统一达到了空前的规模，人口之众多，国力之强盛，文明之发达，在当时的世界罕有可望其项背者，顶戴花翎长袍马褂长辫子的满清官员形象作为中国的象征几乎传遍了全世界。

粗略统计，从秦帝国统一全国以来的二千两百年中，上述连续登上历史舞台的一统王朝时间加起来达一千七百年之久，它们如群山耸峙盘桓，占据了中国历史的绝大空间。唯此统一，中华民族才有了昂然挺立于世界民族之林的坚实根基，任何外族外国都休想撼动它；唯此统一，中华文明才得以不间断地延绵，一部"二十六史"极尽潇洒地挥写了难能可贵的历史连续性；唯此统一，古老的中国才能秉数千年的日月精华天地灵秀而成不死之鸟，一旦时机来临就如鲲鹏扶摇直上九霄。

六

离开兵马俑坑之后，我们还在心驰神往，梭巡于浩远的历史长廊。我们比造成这个世界第八大奇迹的古人幸运的是，我们有他们所没有的两千多年的历史经验，我们听到了他们身后留下的悠久绵长山鸣谷应的历史回响，我们看到了他们所期待所寻求的东西是如何在他们身后两千年的历史中次第展现开来——

秦二世而亡，但"汉承秦制"，汉王朝以泱泱大国的万千气象耸立在进入公元纪年的第一个千年之始，而以其阔大气魄独领当时世界文明之风骚的大唐帝国终于第一个千年之终。汉与唐构成了公元第一个千年中国历史上两大文明高峰，营造了千年辉煌，千载之下的我们哪怕是触摸一下秦砖汉瓦唐碑，仿佛也能感受到它们所传递的撼人心魄的历史信息。

当然，一部统一奏鸣曲中也夹杂着若干离乱之音，如汉之后的三国鼎立，东西晋交替，南北朝对峙，唐以后的五代十国，等等，但是，这种分裂局面在秦一统天下后的两千多年中只占五分之一弱，而连续登上历史舞台的一统王朝却占五分之四强，成为中国历史走向的基本轨迹和主要内容。而且，只要稍加分析就不难发现，造成分裂割据局面的根本原因，在于统治集团政治、经济、军事、文化政策和措施的失误及自身腐败导致的社会阶级矛盾的激化，在于统一均势的被破坏，而在这种混乱局面中登台角逐的各方神圣，除少数是真的唯恐天下不乱，蓄谋从分裂中捞取好处的枭雄外，多数还是希图在群雄逐鹿中实现一统天下大业的，只可叹他们不是缺乏重整金瓯的雄才大略，就是时候未到，历史的机遇尚未成熟。在隋统一全国之前，被迫南迁的东晋朝廷为统一全国曾多次努力，祖逖北伐，尽复黄河以南领土，后因受制于后方土著势力，功败垂成，之后庾亮、殷浩、桓温、刘裕等相继北伐均未成功；到了南北朝时期，双方互有攻战，都意图一统天下，只是由于势均力敌宏图未竟。所以，即使在分裂中，统一的思想统一的努力仍在顽强地付诸行动，也正是这种一时未见成功的统一行动造成了强大的统一趋势，一旦这种趋势达到某个临界点，此时只要有隋文帝杨坚一类的真英雄出来登高一呼，四海定会掀波扬澜，天下必将重新归一。

第二个千年看似不及第一个千年辉煌壮观，但统一的趋势更加强大，例如，汉末之后分裂局面达四百年之久，而唐之后只经过六十年的分裂就由宋太祖复归于一统。统一的大宋王朝肇建于第二个千年之始，此后虽几次改朝换代，元、明、清相继登场，但它们之间再没有插入过分裂的年代，哪怕是清末腐败无能到与洋人割地求和，太平天国横扫大半个中国，中国也没有分裂，这表明，秦皇汉武开创的一统大业，中经隋唐的继承、加工和发展，在政治体制经济格局上反复夯实焊牢，已臻完善至不可移易；合了分，分了合，合合分分，分分合合，最后定于合，归于合，统一的观念和思想得到社会各阶级阶层和朝野内外的一致认同根深蒂固，并成为臧否人物评判是非衡量功过的人心所向的道德准则和行为价值取向。

无可讳言，清朝晚期的闭关锁国、腐败无能一度使领先世界达千余年的中国被抛到时代大潮之末，屡遭船坚炮利的西方列强的欺凌，使列祖列宗为中华民族的受苦受难而长太息，"泪添九曲黄河溢，恨压三山云岳低"，用这句话来形容中国人的百年屈辱百年长恨意犹未尽。不过，现在回过头来看，中国数千年的历史走到了那个时候，仿佛是为了更好更高地跃起，为了更有效地聚集力量蓄势而发，为了奋力攀上一个新的前所未有的高峰，拓出一片崭新的天地，为了震动、激发被两千年辉煌的沉重负担弄得有些麻木了的民族深藏的活力，为了降大任于斯民，才有了这百年的迭宕，沉沦，回旋，曲折，蹉跎。而历史唯其有此一蹭、一跌、一沉、一折，国步坎坷，蹉跎岁月，才有了此后的雄狮之吼金鸡之啼，才有了清末志士仁人的放眼西洋，才有了辛亥革命的惊雷炸响，才有了帝制的结束民国的诞生，才有了新的主义新的政党的崛起。20世纪20年代，一群从绍兴南湖木船上登岸的身着青布长衫的青年转瞬之间就成长为顶天立地的巨人，他们唤起工农千百万，只用二十多年时间就以再造乾坤的伟力将一个如日初升的人民共和国置于自秦汉以来逐步定形的中国版图上，全世界的人们都看到了亚洲东方漾起的一派耀眼红光。

此时此际，我们正站在20和21世纪的交界处，千年等一回的公元第三个千年即将经由我们的双手将它迎来，每念及此，幸何如之！我们今日的中国，经过二十年的改革开放经济建设，综合国力蒸蒸日上，国际威望空前加强，人民生活欣欣向荣，在当今之世弘秦汉之遗烈，扬隋唐之风骚。继香港回归之后，澳门的回归已指日可待。"一国两制"的伟大构想也必将在台湾海峡两岸实现。我们虽无法准确地预言下个世纪这小小环球将会发生的每一变化，更无法估计公元第三个千年中人类世界的每一进程，但我们可以由历史而推知未来，坚信曾经创造过秦汉以来无与伦比璀璨文明的中华民族，在中国共产党领导下，定会将一个空前统一、更加强盛、高度文明的社会主义中国带入新的世纪，已经实现了小康的这个古老而年轻的国度将稳步步入更高的大同境界，在第三个千年为人类做出更大的贡献。毫无疑问，我们这些正生活在当今之世的人将会如我们秦汉先人一样在地球上消失不复存在，但有两千多年寿命的秦兵马俑将继续存在，有五千多年历史的中国将继续存在。既是如此，我们何不将这有限的暂时的生命为时代为祖国尽情挥洒以融入无穷而与金石同寿与日月同光呢！

　　已经睁大双眼在地下苦苦等待了两千多年的秦兵马俑在20世纪70年代破土而出，是不是一种吉兆、一种预告呢？他们要瞻望要躬逢其盛的，难道不正是中华民族在第三个千年的腾飞吗！

1998年12月

羞答答的玫瑰静悄悄地开

一

青少年时代读宋词，偏爱"大江东去""风云奔走"一路，慷慨悲歌"铁马冰河入梦来"的陆放翁自然是心仪已久的豪放派爱国诗人，定格在我们心中的是他忧国忧民、壮心不已的形象。后来注意到他关于"沈园"的词和四十年后写的诗：

红酥手，黄縢酒，满城春色宫墙柳。东风恶，欢情薄，一怀愁绪，几年离索。错，错，错！

春如旧，人空瘦，泪痕红浥鲛绡透。桃花落，闲池阁。山盟虽在，锦书难托。莫，莫，莫！

城上斜阳画角哀，沈园非复旧池台。伤心桥下春波绿，曾是惊鸿照影来。

《钗头凤》词的哀婉凄怆和诗的不能忘情深深打动了我们那一茬学子，方知他在英雄肝胆之外还有如此一片儿女情长，于风云啸傲之际还曾经历过一段刻骨铭心的伤情之旅。心下不免为之唏嘘。再后来听说当年见证这一幕的沈园而今犹在，不觉动了凭吊之念。

　　终于在世纪末的一个夏天有了这个机会，我和朋友来到了位于绍兴禹迹寺南的沈园。过得园门，绕过迎面而立的刻有"诗境"二字的太湖石，眼前就展现出一片亭台水榭庭花香径。据说，此园在相当大的程度上保留了当年的原物和原貌，如水井、水池等。上溯八百多年前的那一天，陆游春日出游，与被逼离异的前妻唐琬不期而遇。唐琬将陆游来此的消息告诉了她的后夫赵士程。这赵士程也不是心胸狭窄之人，当即要唐琬"遣致酒肴"。陆游十分伤感，题此《钗头凤》于园壁上。四十年后陆游旧地重游，物是人非，情不能堪，乃作此《沈园》诗。八百多年过去了，眼下，天还是这片天，地也还是这片地，只是斗转星移，早已逝去了当年的前尘旧影……我在石块、卵石铺就的小径上缓缓而行，细心品味着足底与地面接触的感觉，一想到或许我的脚步与当年陆游、唐琬的足迹有所交叉、有所重合，心头就不期然地涌上一种很沧桑很哀婉的况味，但与这种况味相伴随的已不是那位赫赫有名金戈铁马气吞万里如虎的放翁，而是不怎么为人所知的"红酥手"一族（现在叫"红唇族"）的唐琬了——在这场爱情悲剧中，受伤害最深的不是陆游，而是唐琬。陆游身为以男性为中心的封建社会的须眉男子，除了家庭和儿女之情外尚有治国平天下的功业和豪情，它是他走出爱情悲剧阴影的强大牵引力。按精神分析大师弗洛伊德的说法，人们——主要是男人们——之所以能在社会文明领域有所作为，正是对爱欲和需要加以抑制而转移精力的结果。而唐琬却像历代女性一样，在男性社会中被先天剥夺掉了如男性一样行动的权利和可能，造物赋予她自身"生命再生产"的特殊生理机制和社会造成的对男性的依附性，使爱情、婚姻、家庭成了她们生命的意义和幸福的基础，成了她们的一切。这就不难理解，为什么就是这次邂逅之后不久，唐琬即抑郁而殁。想象着唐琬如花般的生命在爱欲压抑和情绪苦闷中寂寞地燃烧凄艳地凋零，就情不能禁地叩问沈园的一草一木一石一瓦：当月白风清之夜，那个早逝的芳魂还会来惊鸿照影吗？

这种怜香悼玉的思绪还未排遣掉，殷勤的主人又将我们带到了鉴湖女侠秋瑾的故居。鉴湖女侠的名头不同凡响，同为女性，她与历史上红颜命薄的唐琬相去千里。唐琬是被人主宰被人损害的女流之辈，秋瑾却是"生当作人杰，死亦为鬼雄"的女中豪杰，纵观其革命一生，从抛儿别女东渡扶桑寻求革命火种，到回国殚精竭虑准备武装起义，真是事事不让须眉，甚至男人做不到的她也做到了，特别是她的慷慨就义，血溅天地，气盖山河，真是古道照颜色，鬼神泣壮烈！来到这样一位为信仰不惜丧其元的女中先烈的故居，我们的心情岂止是崇仰、肃穆……

这天是阴天，且时间已到下午，室内的光线就更昏暗些。墙上那为世人所熟悉的烈士的遗像正从镜框中凝视着在她故居青砖地上来来往往的参观者。作为男人，你不能不为秋瑾姣好的容颜和超凡的气质所倾倒，江南佳丽的俊逸清秀与革命志士的逼人英气奇妙地融合在那张鸭蛋脸上，散发着一种特殊的魅力，尤其是那双蕴含着思想和深情的美丽的大眼睛，仿佛直看到你的心灵深处，但在光线朦胧中又似乎飘过几许不易察觉的淡淡忧伤（这也许是我多心了）……想象着秋瑾当年像我们现在一样在这屋里的砖地上不知多少次走出走进的倩影，想象着她曾在此与陶成章、徐锡麟等革命党人秘商起义大计时慷慨情怀指陈方略的情景，想象着她在这里与密友赋诗论剑，话声琅琅，意气纵横的神情，我就有一种恍然之感，似乎女主人清香的气息还弥漫在空气之中，随着呼吸在浸润着我们的肺腑。在秋瑾的卧室兼书房，烈士用过的雕花木床和书桌均在，摆设虽十分简朴，但分明是女子的闺房，而书桌上陈放的刻有"鉴湖雌侠""秋闺瑾印"的象牙印章，再次使人们记起了烈士的女性身份，想起了那双美丽的略带忧思的大眼睛。

驱使秋瑾从闺阁弱女成长为革命女杰，最后以宁为玉碎不为瓦全之惨烈悲剧名垂青史的，当然是那个时代的革命思想、民族激情和忧国救国情怀。她于1907年7月13日被清政府逮捕，7月15日凌晨即在绍兴古轩亭口就义，时间之短与态度之决绝均史所罕见。都说女子在接受某一思想、下定某一决心后行为比男子更坚决执着，此说信然。但是，细细咀嚼"秋风秋雨愁煞人"这句绝命诗，我还是陷入了沉思。秋瑾生前写下了数百首诗词和不少文章，忧时救国的思想一以贯之——

小住京华，早又是中秋佳节。为篱下黄花开遍，秋容如拭。四面歌残终破楚，八年风味徒思浙。苦将侬、强派作蛾眉，殊未屑。

身不得，男儿列。心却比，男儿烈。算平生肝胆，因人常热。俗子胸襟谁识我？英雄末路当磨折。莽红尘、何处觅知音，青衫湿。

这首《满江红》词，抒发了秋瑾伤时愤世肝胆俱热英雄欲有所为的激情奇志，同时也将她因女性受缚抱负难展而不屑为女儿身的矛盾心理披露无遗。

秋瑾说过："中国妇女还没有为革命流过血，请从我秋瑾开始吧！"直到7月13日清兵包围大通学堂，学生们劝她暂时避开，她还斩钉截铁地说："我怕死就不会出来革命，革命要流血才会成功，如满奴能将我绑赴断头台，革命至少可以提早五年。"她被捕后受尽酷刑与凶焰万丈的敌人唇枪舌剑而词不少屈，气不少堕，侠骨铮铮。真正应了"身不得，男儿列。心却比，男儿烈""英雄末路多磨折"之语。7月14日，敌人再次刑讯秋瑾，秋瑾写下了"秋风秋雨愁煞人"七个字后掷笔不语。几小时后，她就牺牲于古轩亭北。许多年后，人们还在揣测秋瑾此时此境写此诗的感受和想法，有说她本欲写下自己名字陈述革命主张，但因担心授敌人以柄而中途改变主意就"秋"字写下此句诗；也有说此七字作为秋瑾唯一的"笔供"显示了她与敌周旋的策略和惋惜革命失败担忧战友命运的心情；还有的说此诗表达了她对黑暗清朝统治的憎恨，对吃人礼教的反抗，对国家民族的深情。本来，斯人已逝，任何揣测都仅止于猜想，但只要了解秋瑾的人格和思想，那么上述种种揣想都不至于离题，或曰题中应有之义。但我想这句秋瑾毕命前的绝唱应是她内心最深处最隐蔽的思绪和情感的宣泄。"一切景语皆情语"，其时正值江南七月，何来秋风秋雨，秋风秋雨者，乃作者悲秋之主观感受也，它蒙上了一层女性的潜意识的情感色彩。

暮色似乎已在缓缓降临。从故居出得门来，是个小小的庭院，一侧一株柚子树上正青果累累。想到这里的女主人在32岁的芳龄就香消玉殒，被男性为中心的封建社会用最残暴残酷的方式（斩首）毁灭掉（这个社会毁灭起女性来一点宽容也没有，何况是反对它的女性革命者），心里就堵得慌。我举首望天，一种欲振衣长啸的愿望油然而生，但实际上只吐出了一口郁积深深的浊气。唐琬也好，秋瑾也好，我终于从这些截然不同的女性命运中找到了共同的感受，那就是悲香悼玉……

二

在一个地方且相距不远，就能找到历史上与两个名女人有关的文化遗迹，这在中国乃至外国也不多见。当然，在与浙江毗邻的江苏南京也能找到，最著名的莫过于秦淮河上明末名妓留下的那些香巢。数年前在南京开会时曾有朋友领我们去寻访过相传是"秦淮八艳"之一的李香君的故居遗址。据考，李香君在历史上实有其人，本是秣陵教坊的著名歌妓，"生小倾城是李香，怀中婀娜袖中藏。何缘十二巫峰女，梦里偏来见楚王。"当年流传的这首诗倒是写出了李香君的婀娜妙丽楚楚风姿。一时多少朝野名士，争相以识香君为荣。但是，当大明达官贵宦以重金上门聘香君为妾并以武力相逼时，却被这个风尘女子拒以严词："奴是薄福人，不愿入朱门！"最终血溅桃花扇，死守妆楼护尊严。明亡之后，香君不愿屈节降清做顺民，削发为尼，遁入空门。

徜徉在秦淮河两岸的街路上，遐想着数百年前李香君哀怨愤世的琴声飘出媚香楼，如霏霏雨丝洒进桨声汩汩的秦淮河中，引起多少士子心中的悸动；想象着香君的鲜血在纸扇上化成凄艳的桃花，头上一袭青丝在激愤中微微颤抖飘动；怀想着黄卷青灯旁、春雨秋风里禅心冷寂，红颜凋落，我就止不住地为旧时代女性的薄命而浩叹⋯⋯

李香君的命运悲剧引人怀想费人思量，但造成这个悲剧的原因其实十分简单明了；从浅层次上讲，是当时明王朝的腐朽衰败导致的亡国之祸。清初作家孔尚任写的《桃花扇》将当时种种社会矛盾按典型化艺术原则有机地组织结构在一起，描写了李香君和志同道合者在为扶明抗清而艰难奔走之时，那个被她寄予了无限希望的南明弘光政权却无耻地践踏她的报国心、忠君泪，而让她以色相去侍奉大明官僚，终于促使她采取了血溅桃花的决绝行动。从深层次上讲，是父权制取代母权制基础上阶级矛盾、民族矛盾激化酿成的恶果。在这样的社会中，女人，特别是漂亮女人，似乎注定要成为一种可以交换的商品,甚至成为某种政治冲突、政治需要的祭品。意味深长的是,李香君之所以能名留史册这一现象表明,在父权社会中,女性像男人那样堂而皇之地通过仕途走上历史舞台几无可能,倒是从事艺伎、歌妓等卖笑生涯的女性有了一个从特殊角度楔入历史的机会,因为不论社会制度如何,只要是以父权为中心,女性的色相总是社会的一大需要。但女性以此种方式留名青史者毕竟微微了了,不过是"万绿丛中一点红"式的点缀而已。

  与此成鲜明对照的是,只要一翻开"二十四史",里面反复出现的帝王将相、王公大臣、能工巧匠、文人学士直至贩夫走卒,几乎清一色是男人,在中华大地上由历史层层堆积起来的文明遗迹如宫殿、寺庙、墓葬建筑和书籍、书画、工艺等等不是为了男人就是男人所为。正是须眉男儿在中华大地上或是金戈铁马、气吞万里、攻城拔寨,建功立业;或是长袖善舞,多金善贾,商海扬波,聚敛巨富;或是折冲樽俎,纵横捭阖,翻云覆雨,烛光斧影;或是倚马草檄,金殿对策,帷幄运筹,奇才吐艳;或是斗酒成诗,下笔千言,风流倜傥,名垂后世……这里,一统中国的秦始皇,雄才大略的汉武帝,天纵英明的唐太宗,计谋百出的宋太祖,挽强弓射大雕的成吉思汗且不说了,这些男人名头太响,稍一触碰就地动山摇,无人不知。就是那些祸国殃民、倒行逆施的昏君、权奸、独夫、墨吏等等也不说了,这些男人臭名昭彰,一提也无人不知,被炒得沸沸扬扬。单说那一般不为人知、在小县城衙门和图书资料室藏诸高阁的县志所记载的公众人物,十有八九也是男人,女人似乎不曾存在过。即使存在,也是扮演着无声看客的角色、侍候男人的角色、烘托男人的角色。由于"妻以夫荣、母以子贵"的封建古训的作用,一些女性才得以浮出水面露个脸。秦始皇嬴政之母曾是吕不韦之妾，她之所以为史书所载为后人所知，完全是因为吕不韦偷天换日计谋的成功，使她的儿子嬴政成为后来的始皇帝，否则，她只是匍匐在掩盖在他们巨大身影之旁的女人们中的一员，与当时其他千百万女性一样湮没在历史的洪涛之中。汉代的阿娇之所以还为今天的人们所提及，也是因为了汉武帝刘彻的缘故。刘彻一句"金屋藏娇"的金口玉言，遂令此女留名千古。倘若这个刘彻成不了后来的汉武帝，又或阿娇不中刘彻之意，则后世何知默默无闻之阿娇耶！

还说那位唐琬。后人之所以知她芳名，之所以为佳人命薄一洒同情之泪，端赖陆游与她的关系，特别是沈园相会，放翁题词那一幕。其实，唐琬自己就是颇具才情的女子，相传唐琬看了前夫题在沈园壁上的《钗头凤》之后和了一首词，其中有"世情薄，人情恶"之句。若她是男人，恐怕就会名以词传，词以人传了。在绍兴，这也正常。因为是女人，凡提到唐琬时都要依附于陆游，而且她那首和词也被传得零零落落。至于李香君，如果当年不是因艳名远播后又遁入空门，成为一大时闻和传奇而为士人官宦所乐道，也不会流传至今了。

难怪，不管在什么场合，学术会议上，茶余酒后闲谈中，一提谁创造历史，不论是说英雄创造历史，还是英雄与奴隶共同创造历史，抑或是即奴隶创造历史，闪过人们脑海的，杰出人物也罢，芸芸众生也罢，总之都是男人，唯有这些男人。此事恐怕是世界通则。所以法国当代最杰出的存在主义的女权作家、女学问家西蒙娜·德·波伏娃将男性定位为"第一性"，将女性定位为"第二性"。记得前些年有人在文艺创作中命题曰："战争，让女人走开！"难道历史也要让女人们走开吗？！

然而，当男人们在历史上竞武称雄，享尽"第一性"的无限权威和荣耀时，他们是忘记了或是根本就不知道，娘儿们也曾有过荣极一时的巅峰时代，她们才是"第一性"呢！

那就是母权制时代。此其时也，离神话传说的"人猿相揖别"还不算太远，女人是长得粗糙些，远不如后世文明女性的千娇百媚，她不仅容貌和男人差不多，而且身上可能还残留着祖先的痕迹：眉弓稍突，宽鼻大嘴，四肢发达，手掌、脚掌因劳动、奔走而结下厚茧。女人的这种容貌形体还没引起男人的注意而成为审美对象，全社会注意的焦点是女人的肚子和会阴，因为那里装着生命，生产着生命，而新的生命是人类族群能延续下去的源泉。由此产生出女阴崇拜。这只要看看文明时代出土的各式原始女性雕塑"远古维纳斯"就一目了然，如奥地利出土的石灰石雕像《威林多夫的维纳斯》、法国出土的象牙雕像《列斯林格的维纳斯》以及陕西扶风出土的《史前维纳斯》等，体态肥硕、双乳及会阴突出是其共同性特征。

这是只知有母、不知有父的时代，是捕捞和采集的时代。女性是马克思所说"两种生产"的主体：既生产食物，又生产生命。没有什么时代比这个时代更能铸造女性的辉煌了；她是首领，她是权威，她是女神，她是主宰，不仅后代要依赖于她，后世不可一世的男人也得服从于她。但那时的女人虽地位至尊，却没有唯我独尊，她只是靠着天赋的能力无为而治，自然而治。问题在于，不论是物质的生产还是生命的生产都离不开男人，男人们一旦凭借自己较强的体力在生产中发挥更大的作用，特别是一旦看到了自己在生命再生产中的作用，女人的至尊地位就行将崩坍了，母权制终于被按男性血统继承财产的父权制颠覆了。

三

看来，说"母权制被推翻，乃是女性的具有世界历史意义的失败"真是不幸而言中。当我写这篇文章引用恩格斯老人这句名言时，似乎都感觉到了他手中笔的沉重。从男人颠覆了母权制以后，女人在几乎所有的社会生活领域中都处于劣势，屡遭败绩，历史的聚光灯照亮的从来不是她们，荣耀的花环从此与她们无缘。正像宫娥妃嫔只能充塞皇帝的后宫一样，整个社会上女性的地位也恰似男性的后宫。

只有一个领域，她们依然保持着男人永远取代不了、抹杀不了的独特生理优势，这就是生育——生命的再生产。历史是什么？历史无非是人类世世代代的活动，是人类的物质生产和精神生产的连续不断的过程，造成这种连续性的最基本前提条件就是生命的再生产——女人的生育。可千万别小看了这种时时处处发生的"婆婆妈妈"的小事，没有它，历史就会中断；没有它，多少名震后世的事件就不会发生；没有它，社会不会延伸到今天，也不会有我们以及我们的子子孙孙了。一部"二十四史"写尽古今兴亡，于中隐隐透出生命的再生产所形成的一代接一代人前赴后继延续历史、创造历史的秘密。没有生命的可持续生产，哪还有什么"二十四史"？！

如果这么说对生命的再生产理解尚嫌笼统、抽象的话，那么请到山东曲阜的孔林去看看吧。作为孔子及其家族专用墓地的孔林，我十多年前曾去拜访过。当时我在一篇散文中写过这样的文字：这座位于孔府之北，被一道高三至四米、厚约五米、周长十几公里的墙垣环绕着的家族墓园，总面积相当于今曲阜城的二倍。"老桧虽沾周雨露，断碑犹是汉文章"，前人的诗句，正是孔林的写照。此地古木集陈，盘根错节，黛色蔽天，集东周以来的桧、柏十万余株，树龄高者已有千多年，多为孔子的历代弟子、孔门后人来凭吊时以"四方奇木来植"所留，为我国最大的人造林园。自从孔子被葬于此处始，四千多年来，他的一代接一代的子孙均长眠于斯，从未间断，从春秋之葬、秦汉之墓到近代之坟错陈并列，林中那座座碑碣，行行石仪，在草丛中起伏逶迤，组成了一卷完整的编年史。……当年我曾在墓园的草稞中徘徊，震慑于中国历史的割不断的延伸性。现在，我却从另一个思维角度看到了更加本质却往往被人真正忽视掉的东西：女人对于生命再生产、历史延续性的作用和意义。

固然，生命的再生产是男女共同参与的事——这只是就生命的生发离不开任何一方而言。但就生命的生产来讲，男女双方的作用却是不可同日而语的——男性在完成了与女性结合让生命生发这一事实后即退出了生命生产的全过程，使这一过程变为事实的是女性，是她令新生命诞生，是她让新生命成长。为了完成这种自然的和社会的使命，上苍将种种机能和种种禀赋赐予给女性，极尽精致，极尽温柔，极尽艰辛也极尽伟大，想想看，大自然花了几十万年漫长岁月才搞掂的造人之术，一个女人只要十个月就可自然而然地做到，你不能不惊叹：女人，大自然的杰作！

然而在父权文化无孔不入的男权社会里，女性在生命生产中这种至尊地位和历史作用却一直被贬到最低，她不是生命生产的重要生产力，而只是生孩子的工具，而生孩子则不过是给男人传宗接代而已！承认是生产力，那就是承认在历史延续、历史创造中的作用，贬为工具，则就完全是被动的、被男人操控的、简单的产婆而已。一部以女人创造生命为前提为基础而得以写成的人类文明史，却几乎通篇不提女人的这种历史作用，从头到尾写下的都是男人的故事。

静静地，羞怯地隐于历史帷幕之后的那些"第二性"，名字就叫作女人！

我又想起了唐琬。这个因丈夫名世而侥幸通过史籍留下芳名的不幸女子。

人的血肉之躯是速朽之物，但女人这个速朽之物在她充满青春活力时却是美艳不可方物的尤物。我们谁也没一睹唐琬芳容，然而陆游有关她的诗词和她自己的和词所透露的信息，却足以使我们想象出她袅娜幽怨的倩影。"矫若游龙，翩若惊鸿。"自从曹植如此形容洛水神女以来，"惊鸿"就成了姣好女性的代名词。"伤心桥下春波绿，曾是惊鸿照影来"，陆游的诗句包涵着对唐琬多少赞赏多少深情！倘若生于当今之世，这样一位才情样貌俱佳的女性，怕就是那种神采飘逸的白领丽人吧。这样一位女性，却不见容于陆母，于是山盟难续，劳燕分飞，造成了一死一伤的爱情悲剧。为什么？据南宋周密《齐东野语》载："放翁娶唐氏，于其母夫人如姑侄，伉俪相得，而弗获于姑。既出而未忍绝之，则为之别馆，时时往焉。其姑知而掩之，虽先知挈去，然事不得隐，竟绝之。"找具体原因似乎是多余的，总之身为女人，说什么都是她的错，她的命运是掌握在别人手里的，这与《孔雀东南飞》中的刘兰芝命运惊人地相似，刘兰芝尽管"鸡鸣入机织，夜夜不得息"，其婆母还嫌她干活太少；尽管兰芝"行无偏斜"，婆母还指责她"无孔节""自专由"。不到三年，兰芝就被逼返回母家，虽然她和丈夫焦仲卿伉俪相得，感情深厚。当我写这篇文章时，我在想，唐琬也罢，刘兰芝也罢，她们之所以被封建家长逼迫离开爱人的种种理由中，恐怕还有一条没说出来，那就是不生育。"不孝有三，无后为大",不能给封建家庭传宗接代延续香火,这就犯了天条,势在必出之,还管什么夫妻感情不感情!

当女性为了人类生命的延续而遭受"临盆"之苦、生死之险,独自肩负起生育后代的使命而做出巨大牺牲和贡献时,将行云布雨的功劳记在自己账上的整个男性社会基本上是冷眼旁观且有意无意加以遮掩淡化的,他们的目光只集注在那将延续他们的财产和功名血统的后代上。而一旦女性不生育(尽管原因有一半出在男人那里),父权社会就将全部责任推到女人头上,要休要打要杀全都有冠冕堂皇的理由。

与唐琬的抑郁而死不同的是,刘兰芝却是抗命而死,她忠实于自己的爱情而不甘屈服于恶势力的淫威,终于"举身赴清池",像林黛玉葬花诗所云:质本洁来还洁去。她那曼妙的抑或悲壮的一跃,真如一个巨大的惊叹号,永远地悬浮着,让只见男人不见女性的历史触目惊心。

这是女人维护自己感情、维护自己尊严的一次决绝行动。寂寞的、羞答答的玫瑰这次绽出了一片血色。

四

但是真正震撼历史的当数一代女主武则天。

武则天与刘兰芝、唐琬、李香君们根本不同。刘、唐、李作为女性,是在男权社会巨大压力下以被侮辱、被损害的悲剧人生融入历史的,而武则天却是中国历史上唯一的名实相符掌握了至高无上权力的女人,她之所以能在男权社会中蹿升到至尊地位,既不是靠血亲关系上的继承,又不是走开科取士、仕途晋升的路子——因为她是女人,唯其如此,她就只能用最原始的资本——女色的魅力加上权变的手段，去达到按常规本不能做到的跻身政治权力核心的目的。她13岁入唐宫，之后成为共十九级的皇宫姬妾中的第十六级"才人"，而在这一级上与之并列的才人有9人之多。可见这个位置离皇位何其遥远！更可悲的是，她在这个绝望的位置上了十三年之后，因李世民的去世，她又被打发到长安的感业寺削发为尼。用现在的话说，这下玩儿完了。然而武则天沉得住气，她在等待着冥冥中的机会。终于，五年后，新皇帝李治同王皇后到感业寺进香，李治与自己当太子时即已垂涎的艳光四射的女尼武则天四目相对，不由双双泪下，其实不用去看《大明宫词》之类的电影，我们每一个人读史读到感业寺这一幕时，都不难想象出在李治火辣辣的急色忘情的炯炯目光注视下，体态丰腴容姿曼妙袅袅娜娜的武则天美目悬垂、秋波乍现、泪光朦胧、梨花带雨的勾魂模样，李治哪能受得了这种诱惑呢？

其时正与李治另一姬萧淑妃争宠的王皇后在旁看到这一情景，对武则天"我见犹怜"，愚蠢地以为可以利用武则天一起扳倒萧淑妃，于是将武则天接回皇宫。她却料不到这正是"与狼共舞，为狼所噬"的开始。入宫第二年，武则天将自己刚刚生下的女儿扼死，诬陷是王皇后下的毒手，意欲于李治不利，于是兴起一桩宫廷大狱，王皇后、萧淑妃冤屈惨死。武则天正式被册封为皇后。此后，这个聪明绝顶、忍性惊人、机关算尽、被骆宾王称为"掩袖工谗、狐媚惑主"的女人用了35年的时间，在自己67岁时，当上了皇帝。

至少在中国历史上，这是在女权社会被颠覆后的漫长岁月中，在女性成为"第二性"而被逐出政治等领域之后，在女性遭受一系列败绩之后，第一个好不容易将生杀予夺大权攫取到手，君临天下可以为所欲为的女性。这就很容易让人产生一个念头：既然男人把持大权时按照男人的意志造就了一切，那么，现在武则天当政了，她不是也可以按照女人的意志改变这种现存秩序、为女人一吐不平吗？可事实是，正好像封建社会的农民起义领袖在推翻皇帝之后照样当皇帝走老路一样，男权社会中的女性篡权者在谋夺政权后也是照旧当皇帝施旧政。武则天用女人的一套当上皇帝，当上皇帝之后行事、所作所为却跟男皇帝毫无二致。既没在政治上、仕途上优待、重用女性，为女性谋一出路，又没有从根本上提高妇女的社会地位，更没有试图改变男主女从、男尊女卑的父权文化格局。应该肯定，武则天是个有为的封建政治家，她当政期间打击门阀贵族、提拔普通地主的政策符合当时社会发展趋势，在历史上起了积极作用。她在巩固封建国家的边疆方面也做了不少工作，如击败入侵的吐蕃军，夺回安西小镇，击溃突厥军，稳定边境等。在武则天主政期间，全国户口增加很快，由她亲政前的380万户增加到她退位时的615万户。政绩固然可以肯定，但于此哪里能看出一丝一毫女人的痕迹呢？

武则天在干这一切的时候，包括最为史家、后人诟病的任用酷吏大开杀戒和广用男宠淫乱宫廷，她都是在依男人规范行事，或者说，她已经忘记了自己的女性性别，只记得自己是"皇上"了。这实在是女性的悲哀。

至于后武则天千百年的慈禧是又一个令全国臣民畏惧的女人，说来也巧，那拉氏从一个宫人当上太后，使用的也是武则天用过的那一套办法，女色加权谋。历史真应该记住1851年的那一天，其时刚刚即位的清朝咸丰皇帝奕詝去圆明园游玩。他在太监们的簇拥下缓缓来到一片树林旁时，恰恰从树林深处传来一曲江南小调，那莺莺呖呖的美妙歌声一听就知出自妙龄少女之口，坐在黄色御轿上的奕詝立即被这美声吸引住了，心驰神往，意马心猿。第二天带着几个贴身太监又来到这儿，又听到了昨日的歌声。奕䜣急不可耐地命太监将唱歌人立马带来。于是，他眼前蓦地一亮，一片美色直沉入他心底。这样，在日后中国历史上权倾一朝的清代女独裁者慈禧就这样既偶然又必然地呼之而出、悄然上场了。那拉氏的出场是悄无声息，然而一旦登台，却像被无意中从瓶子里放出来的巨魔，再也收不回去了。当政后的那拉氏以"老佛爷"自居，不但不为妇女干什么事，反而命刽子手屠刀一挥，让另一个美丽女人的颈血在黎明前黑沉沉的天空喷溅出刺目锥心的虹弧，只因为这个美丽的女人胆敢造慈禧千方百计所要维护的包括父权文化在内的封建专制统治的反。

不能排除武则天在感业寺见到李治时的珠泪中也有爱情的成分，也有凄婉悱恻的情绪活动，也不能武断地说那拉氏被召来见咸丰时就已失去少女的纯情只有红粉争宠的欲望，只有玩弄男人于股掌之上的机心。但是，她们既然从此卷入了以男权为中心的封建社会政治斗争漩涡的最深处，说是身不由己也好，说是本性使然也好，总之其女性应有的天性被完全"异化"，玩弄起权术来比男人还狠毒生猛。武则天诬陷王皇后、萧淑妃，不只是排斥、取代而已，她还假手李治将王、萧各打一百棍，砍去手足，再投到酒缸中，听其哀号而死！这种蛇蝎手段，这种同性残杀，直叫人毛骨悚然。在这一点上，那拉氏毫不逊色，秋瑾的血就是证明。一个本应是柔肠百转的女人竟然为了权欲如此地凶残，世上还有什么比这更可怕呢！就某种意义而言，不独秋瑾，甚至唐琬、李香君们的悲剧也是武则天、那拉氏们造成的。这样，女人与女人之间就出现了深不见底不可弥合的鸿沟：一边是武则天那拉氏这种女人，她们在走向权力的道路上将所有阻碍她们的人，包括女人，统统踩倒、碾死在脚下；一边是刘兰芝、唐琬、李香君们，她们是被侮辱、被损害的一群。正是由于武则天、那拉氏们的狠辣手段，羞答答的默默无语的玫瑰所受到的风吹雨打更其凌厉无情了……

五

这是个女人吗？当年我到西安时曾在"托体同山阿"的硕大无俦的乾陵下的无字碑前踯躅，我想，与无字碑联系在一起的绝不是一个女人的故事，而只是一个失去性别的被"异化"了的封建政治家的功过，对于广大女人来说皇帝武则天只是一个"异数"，一个"另类"，她的确在历史上发挥了作用，影响过历史，但严格地说，那不是女人的作用，而是女人仿效男人行事方式发挥男人作用的结果。

本来，在男权文化的背景下，在父权社会格局中，女性无论从政还是从事其他活动，她们所做的一切都不能不在历史上烙下女性的印记。真正在世界范围内发挥女性作用，以女性身份深刻影响社会进程和历史面貌的是与"种的生产"有着内在联系的美与爱，她们用美给世界增添了千般色彩，用爱给历史注入了万种风情。在女性美与爱的神圣光辉面前，武则天们的作用又算得了什么呢？

英国作家耶弗利斯曾用这样诗意的文字来描绘女性之美：

……它来自一个半世纪以来吹过青麦的南风；来自那些摇曳在沉甸甸的金花菜和欢笑的威灵仙上头而藏匿山雀驱逐蜜蜂的渐长的草的香气；来自蔷薇罗布的篱笆，金银花，以及青杉荫下转黄麦茎丛中天蓝色的矢车菊。虹彩留住日光所在的一切曲涧的甜蜜：一切荒林的蓄美；一切广山所载的茴香和自由……

百年来的莲馨花、吊钟花、紫罗兰；紫色的春和金色的秋；不死的夜；一切正在展开着的时间和节奏……

诗人笔下这种来自大自然清纯芬芳之灵的女性美，实际上是大自然与人类社会交互作用的天人合一的产物。造物为了让女性承担起生命再生产的天赋使命，将一种让整个男性社会为之心旌摇摇的婀娜体态花样芳容赐予女性，社会又按照基于功利需要的审女观强化了女性有别于男性的性心理性特征，特别是伴随着性爱而出现的羞怯。诚如康德所说，羞怯是大自然的某种秘密，用来抑制放纵的欲望，它顺乎自然的召唤，但永远同善、德行和谐一致。羞怯给男女关系蒙上了一层神秘的面纱，使女性如娇娜无语的春花，柔情百转，仪态万方，向异性辐射着强烈的挡不住的性魅力，甚至连其同性亦"我见犹怜"。苍茫坚实的大地因芳草萋迷而变得丰饶多彩充满渴望，峥嵘冷寂的岩石因山花吐艳而变得线条柔和生机勃勃，男人会因女人的爱与美而更有力更忘情地拥抱世界。

中国的"二十四史"虽然是以男性为中心、男性为线索的男权社会、父系文化的嬗变史，但中国的文学艺术却多与女性的美与爱有关。两千多年前的《诗经》就开了歌咏爱情的先声，中经数不胜数的言情小说、诗词曲赋，直到《金瓶梅》《红楼梦》，女性的美与爱始终是一个永恒不变的主题。文学艺术是现实生活的反映。中外古今，女性的美与爱之所以牢牢充实着文学艺术的内容，是因为人类的尘世生活时时处处都离不开它。不论是文学艺术还是现实生活，人们从中看到的是女性的美与爱照亮心灵，激活生命，触发灵感，点燃激情，升腾想象，乃至左右形势、影响历史的活色生香的生动场景。

为了说明一种与此有关的想法，我们得提到好莱坞影片《埃及艳后》

所讲述的一个发生在公元前一世纪的真实的故事。当时统治埃及的是托勒密王朝,其女王克柳巴天姿国色,百媚千娇,一位史学家称:"她的美貌,使罗马军官见了比半打儿埃及军队还厉害。她两次攻击罗马军官的心,都得胜了。"这里所谓的被两次攻击的罗马军官,一是恺撒,二是安东尼。恺撒是有名的罗马大帝,他为了掠夺埃及的财富,也因为沉迷于克柳巴的美色,进军埃及并留在那儿以支持克柳巴,结果导致元老院旧贵族的愤怒而被阴谋刺杀。恺撒死后,其部将安东尼率旧部到了埃及,又为克柳巴的美色所倾倒,狂热地爱上了她并与之结婚,婚后纵情酒色,乐不思归。结果又导致罗马另一位野心勃勃的强势人物屋大维率军东进讨伐安东尼。安东尼本也英雄了得,无奈为情所困难以自拔,加之克柳巴在关键时刻又另有打算,于是几经较量,最终兵败自杀,克柳巴也被屋大维逼得走投无路,以放毒蛇咬死自己玉殒香消,埃及沦为罗马帝国的一个行省。克柳巴和这段历史的关系曾经引起过学者、史家们的广泛关注,法国历史学家圣博甫在论文中说过:"要是克柳巴的鼻子长得短一些,历史进程也许完全是另一种样子。"法国物理学家、哲学家帕斯卡也说:"要是克柳巴的鼻子长得短一些,整个世界的面貌就会改变。"学者们说的意思是,埃及之所以亡国,恺撒、安东尼之所以英雄末路,都是为克柳巴的美色与爱情所祸。倘若克柳巴的鼻子短一些,她的美色就会受到损害,就不会具有颠倒英雄的魅力,恺撒、安东尼和克柳巴本人就不会死去,埃及也不会亡国,这样,"历史的进程也许完全是另一种样子","整个世界的面貌就会改变"。当然,已经发生的事实、已经走过的历史是任谁也改变不了的。历史学家们如此将历史与女人的鼻子长短联系起来发表议论,无非是极言女性的美与爱对历史作用之大罢了。

对于中国历史上那些著名事件，我们也可提出同样的假设：如果武则天眼睛小一点，是不是就不会选美选到唐宫中来？即便是进了宫，唐太宗李世民也不一定会对这个小眼睛的女人大加宠幸，以致使太子李治窥色惊艳为以后重拾旧情提供了机会吧？就算李世民不太在乎武则天眼睛小不小，那年轻好色的李治就一定会钟情于她吗？这么一连串"如果"下去，并非绝色的武则天就不可能利用自己的天赋本钱一步步逼近最高权力核心，大唐的天下就不会一度落到武氏手中了。我们还可以继续设问：要是杨玉环不是天生尤物，倾国倾城，怎么会"一朝选在君王侧"呢？就是万幸中选，那玄宗皇帝李隆基后宫佳丽如云，她又怎能集"三千宠爱于一身"？又怎么会导致险些葬送大唐王朝的"安史之乱"？还有，要是明末名妓陈圆圆只是一个姿色平常的艺妓，她怎么会被当成筹码，在决定中国历史面貌的关键时刻，身不由己地卷入了明军、清军和李自成起义军三大势力角逐的旋涡？又怎么会成为重色轻义的吴三桂的宠妾，在相当大的程度上左右着吴三桂的政治取向，使吴三桂"冲冠一怒为红颜"，最终倒向清军，从而造成力量的倾斜，加速了清军定鼎北京的进程？我们还可以提出：倘若叶赫那拉氏当年不是姿容出众且有一副好嗓子，她随口唱的江南小调怎么能吸引住偶然于此时路过的咸丰帝奕詝并马上得到奕詝的垂青？如果没有这次因美貌而起的激情邂逅，日后的清王朝就不会有什么慈禧太后，那一页历史很可能会呈现出另一种面貌，"秋瑾们"的血也许就不会那样抛洒了……

但是这一连串的假设只是反复证明着一个不争的事实：女性的美与爱，这偷食伊甸园禁果的人类始祖亚当睁开眼睛就看到的无边诱惑，所具有的颠倒众生、疯魔世界、影响历史的力量。这种力量来自女性的本色魅力，是润色人间、陶冶人性、化育万物的化雨春风。女性的美色与爱情是历史进步过程中必然生发的于促进历史发展所不可缺少的激素。如果说有的女人曾经在某时某地某事上导致过邪恶、失败，那并非美与爱之罪，而是当时政治、经济、军事、文化等因素错综复杂交织在一起形成的趋势所致，是以父权为中心的阶级社会的权欲思想和道德观念影响、侵蚀女人心灵的结果。男性如果真正懂得女性美与爱的不可阻挡的力量，懂得怎样爱护它，发挥它的作用，就能让它沁入心田，化为血肉，真的就能变得高尚神勇，力大无穷……

因此，问题应该变成这样提出：如果没有男权社会中权与欲的诱惑和驱使，如果没有以男权为中心而展开的你死我活的争宠角逐，如果当时的政治格局中有一套节制权力防止野心的制度和办法，手握重权的男人们如果不沉迷于酒色而蒙蔽了理智，如果不是那么嗜色如命且品质低劣，那么，与他们有关的那一页历史也许真的不是以悲剧终场，而与他们有关的那些美女也会是另一种结局，别一样命运了。

六

已经过去了多少岁月，羞答答的玫瑰一直在静悄悄地开放，在浓重的阴霾下，在凄切的风雨里，宠爱有加也罢，无情作践也罢，它总是呈现出淡雅可人的色泽，飘送着沁人心脾的幽香。但是，它也会凄艳地凋零萎落成泥，如唐琬般沉玉埋香，空留下化解不开的浓重的惆怅与忧伤；它有时也会如烈焰似的燃烧，将天空晕染成触目惊心的一片猩红，让人锥心泣血遗恨绵绵。所以，当秋瑾写下"秋风秋雨愁煞人"的绝命诗而愤然掷笔玉碎香消时，那血染的玫瑰真是开到了极致。

沉玉埋香，香消玉碎，怜香惜玉，悼玉悲香，这"香""玉"二字的确只有那被造物赋予冰肌玉骨、兰麝芬芳、花容月貌的女性才当得起。"云想衣裳花想容""花为容貌玉为神"，写的不是女性又是什么呢！令人浩叹的是，人间世如此美妙的珍物，却常常和"沉埋""怜惜""悲悼"等冷漠伤情的词联系在一起，难道二者之间的这种关联不可以一刀两断、一劳永逸地结束吗？！

我没法不再次想到秋瑾，当她在毕命前一刻大义凛然写下"秋风秋雨愁煞人"的诗句时，内心深处难道没有波澜吗？这么美好的生命被残暴地毁灭，是暴殄天物，当天地同悲。她肯定如秋花般痛切地感受到了在风刀霜剑摧割下的痛楚和悲怆，这才有了"秋风秋雨"之感。证之临刑前秋瑾向刽子手提出三个要求，其一，给亲友们写信告别；其二，临刑时不许脱衣；其三，死后不以首级示众。足见一位尽管"身不得，男儿列。心却比，男儿烈。"的女性革命者至死也没淡忘的性别意识和对自己性别角色的卫护。

花开花落两由之。无数个唐琬、香君香魂杳杳，红颜烈慨的秋瑾也侠骨茫茫，只留下一代又一代有良知的人们怜香惜玉、悲香悼玉的无尽哀思……

万幸的是，现在，经过志士仁人从"秋瑾们"流血牺牲开始的百余年的奋斗，我们已从根本上将造成女性悲剧的社会制度铲除了。今天的女性特别是为数还不算多但也不算少的时髦女性，她们身上那种过去基于传统女性意识而生的娴静、克制、羞怯、温柔等品格已越来越少越来越稀薄，她们在过去只属于男性的各个传统领域和新开辟的领域都试图与男人们一较短长；而最前卫的那些"新新人类"的年轻女性们则走得更快更远，她们在外表、服装、时尚、做派、行为方式乃至道德取向上，都越来越混同于和她们同样前卫的男性。女性男性化、男性女性化的趋势和结果必然是不男不女的中性人趋多，她（他）们身上，已很难找到令人怦然心动的女性魅力和给人以坚强依靠的男性胆色了。

唐琬那一缕幽魂千百年来所期待的难道就是这样一道风景吗？将女性生存境界推到极致的秋瑾拼将头颅所要换取的，难道就是如此的性别泯灭吗？它难道就意味着男权社会、男权文化遗存的淡化吗？

当然，更多的女人在滔滔而来的品牌时装、高级化妆品、高科技美容术、时髦瘦身术、健身法的魔法作用下是变得更漂亮更妩媚了。可是，在光怪陆离、唯利是图的商业运作中，她们中有的人沦落为性奴，而另外一些秉承了冰雪之操的女人却在各种关键时刻毫不犹豫地奉献出生命，而将青春与美丽置之不顾……

被践踏的玫瑰啊！

浴血盛开的玫瑰！

一个社会，如果让女性沉沦，践踏那美与爱的载体，造成唐琬、香君式的悲剧，固然不是合理的社会，但一个社会如果形不成对女性的自动保护机制，动不动就需要女人像男人般地受皮肉之苦，遭生命之险，同样还不能算是健全的社会，不管是事出有因还是事出无因。的确，随着进化，似乎女性在智力上乃至体力上都不输于男性，近来的事实还表明，在百米、二百米竞赛等体育项目上，女性速度最快者与男性几无差别了。在越来越多的领域，女人们毫无愧色地与男人们平分秋色。这都是事实。当然，不管何时何地，个别女性因"异化"而逸出女性的整体，成为社会的祸害，这种现象总是难避免的，就个体生理状态而言，女性接近甚至超过男性者也不少见，但就整体而言，女性就是女性。在体能上、心理特征和生理构造上、行为规范上、自然和社会使命上，女性在可见的将来都无法与男性混同。她们在与男性享有同样的人权和其他多种权益的同时，奉现和展示只属于她们的那种天地之至美，将是人类的大幸福。这是天意。是造物主造人时就定下的判阴阳、分雌雄的准则。

天意难违！

2001年6月

米萝文存：凡圣之间

啊！大师

一

希腊北部马其顿与忒萨利亚之间有一座高山，这就是希腊诸神的栖息地奥林帕斯山。太阳神阿波罗、智慧女神雅典娜、爱与美之神维纳斯、战神阿瑞斯、火神赫斐斯塔司、文艺女神缪斯、海神波赛东、医神埃斯库拉普、山林之神帕恩等各路神祇依据他们在诸神谱系中的地位，在奥林帕斯山上居住、履职和游乐，由此构成一种类似人间王国的等级关系，而雄踞于这个等级最顶端的是万神之王宙斯。宙斯作为至高无上的天神，掌管雷电云雨，主宰人间祸福，威力无俦。他高高坐在奥林帕斯山的神位上，左手抚按神雕之头，右手握着狄坦神赠送的霹雳棒，他的每一表示，都会使天空和大地为之震动。

很早以前读到希腊神话中这个关于奥林帕斯神山的故事，"一切人与神之父"宙斯的不容置疑的权威和崇隆的地位给人留下深刻的印象。试想，这位大神若不是法力高深身怀绝技德高望重何以慑服众神！从此，浮现在脑海中的宙斯就人格化为身材伟岸、容颜疏朗、银髯飘舞、目光如电、不怒自威的伟丈夫。

及长，负笈京华，读先哲书，恩格斯在《费尔巴哈和德国古典哲学的终结》这本著作中说：歌德和黑格尔各在自己的领域中都是奥林帕斯山上的宙斯。歌德、黑格尔是何等样人物！一位是世界文学巨匠，一位是开宗立派的哲学宗师，声名震撼当代，影响远及后世，地位难有人比，本身就像一尊"神"，将这两位文化泰斗比作万神之王宙斯，无非是充分肯定他们文学大师、哲学大师的地位，肯定他们在各自学术文化领域中的领袖群伦的作用。

大师！这真是一个令人肃然起敬的称号。世上权力比他大、职位比他高、财富比他多的人可说是车载斗量不可胜数，一部有文字记载的历史就是这些帝王将相、达官贵人、豪绅巨贾争名于朝、逐利于野的历史，他们煊赫的气焰、熏天的权势、富可敌国的财力可令芸芸众生拜倒尘埃，但却不敌文化大师们的文采风流，在大师们穿越时空的智慧之光、他们创造的艺术瑰宝的永恒魅力面前，甚至连位居九五之尊的统治者也得退避三舍。而历史事实往往是，有些达官贵人之所以名垂后世，不是因为他们的地位、权势和财富，而恰恰是因为他们的人文建树，如宋徽宗赵佶和宋元间的赵孟，作为一代昏君和两朝元老，他们不是留下骂名就是被人遗忘，但作为杰出画家，却流誉至今。

大师，不论这是称谓还是实体，必然要和权威、独创性、卓越建树、深远影响等联结在一起。一提大师，人们自然而然就会想起中外古今一连串光辉名字，即以艺术领域而论，中国的顾恺之、张择端、范宽、梁楷、仇英、陈洪绶、朱耷、石涛、金农、任颐……国外的波提切利、乔尔乔内、提香、鲁本斯、委拉斯盖茨、伦勃朗、库尔贝、莫奈、列宾、苏里柯夫、罗丹……都是当之无愧的艺术大师。说他们是各自时代艺术领域的宙斯，也不过分。可叹的是，在我们接受了大师这个概念的年代，现实生活中已没有大师，不知道谁是大师，也不明白什么样的人才堪称大师。鲁迅应该是大师吧，但称他为"鲁大师"在当时显然与他的"伟大的革命家、文学家"的革命定位不合，弄得不好反倒成了对他的亵渎。及至"文革"之风飘起，"大师"一夜之间连名带实成了敝屣破帽。其时正当学生的我被学校派出到首都最高美术学府去学习画领袖像，在冬天的凛冽寒风中，有人指点着一个又一个佝偻着身子在学校院子里捡拾破烂、打扫卫生的老头，向我们报出了一连串的名字，让几无精神准备的我们听了如淋冰雨、木立在寒风中：这差不多都是我从小就耳熟能详、崇之仰之敬之佩之的著名艺术家啊！他们应该是一袭青布长袍随风飘卷，谈吐儒雅蕴藉，气宇轩昂地出现在莘莘学子面前，咳唾成珠玉，落笔起风云，怎么成了现在这种被人呼来喝去斯文扫地的受难者呢！

　　我不知道，在那个年代，有多少艺术爱好者心中的奥林帕斯圣山一夜之间土崩瓦解夷为平地。然而世上事常常是三十年河东三十年河西。没有大师推倒大师的年代转眼逝去，接踵而来的却是一个始料不及的泛"神"年代。记得是20世纪90年代的一天，我到某省会宾馆公干，至迎宾楼前上台阶，台阶颇高，愈显得楼堂的飞檐斗拱法相庄严，刚上得一半，就见一群人簇拥几位西装革履气度不凡的先生迎面作势欲下。其中的相识者给我介绍其中一位，说是著名书法家某某。某某乃递过一张名片，微笑着，居高临下地伸出右手，于是握手。拜拜。先生们渐行渐远。我方恭读名片，上面赫然印着"世界双笔王×××"。事后遍问书界贤达，均不识×××

为何方神圣。不过愚以为，都南面称"王"了，不是"大师"是什么？这是我与"大师"首次邂逅，不免大惊小怪。几年后，我出差某地开会，下榻一度假村，接风宴上，主人向宾朋郑重介绍一位后到的秃顶中年人："这是××大师，他的画堪称当世一绝……"于是举座肃然，继之觥筹交错，频频敬酒，"大师""大师"的如雷贯耳。我这才想起，这位"大师"别的不知其详，画几笔竹子还是蛮熟练的。席散后主人告曰："大师"近年来徜徉于南都北国之间，每来此地，为主人画几竿竹子，两月白居易也。

这以后，书画"大师"们不仅同气功大师、方丈大师们一样行走江湖，还像歌星影星一样以愈来愈高的频率亮相于各种传媒，在形形色色的笔会上、展览上竞相献技，仿佛奥林帕斯山上的诸神纷纷将他们的桂冠赠给了改革开放后中国的书画家们，以便一露峥嵘似的。于是乎，"大师"从歌德、黑格尔这样"众神之王"式的巨人超人逐渐演化成蜕化成凡夫俗子，正不知是文化的进步还是文明的悲哀……

二

又不知过了几多光阴，直到某年某月某日，我们漂洋过海来到梵蒂冈，站在了圣彼得大教堂的大厅里，才如聆神示般，切身感受到了大师的真髓，感受到了大师魅力造成的经久不息的一种有质无形的强烈精神震撼。圣彼得大教堂有千多年的历史，整个建筑规模宏大，结构雄伟，外观巍峨，美轮美奂。全用钙华石块砌成的教堂大厅庄严峻峭，高耸如天穹的大圆顶出自文艺复兴艺术巨匠米开朗基罗的构思。厅堂内立面和天穹的装饰华光璀璨，精美绝伦，叹为观止，四座巨灵神般的巨型雕像庄严静穆，无语俯视脚下如蚁的游人，由大建筑师贝尔尼尼建造的著名的青铜祭坛华盖巍然耸立如擎天之柱，而它细部的精雕细刻又极尽富丽堂皇，那种金属的光泽令人目眩神驰。看惯了东土土木建筑的我们乍一置身于这座历史悠久、气度恢宏的艺术之宫中，有一种身体内部的什么东西在刹那间一冲而上破空腾起的玄妙之感，用《西厢记》中张生乍见莺莺时"眼花缭乱口难言，魂灵儿飞在半天"一语差堪比喻，不过这种"魂飞魄散"不是"惊艳"，而是高山仰止的惊叹。同行者啧啧连声：人啊，怎么会有这样不可思议的神工鬼斧！只有宙斯，才会创下如此这般的神迹！

　　待到进入西斯廷礼拜堂目睹米开朗基罗在巨大穹顶绘制的9幅《圣经》《创世纪》油画和覆盖西斯廷礼拜堂整面后墙的《末日审判》，那气势磅礴威严可畏的画面，孔武有力结构无懈可击的人体，各尽其妙的神态，博大深邃的思想和燃烧的激情，极富冲击力的色彩，简直让观者目撼神迷，由衷地产生一种要向绘制此画的大师顶礼膜拜的冲动。从1508年到1512年间，米氏躺在高高的脚手架上，仰着脸在头顶600平方米的天穹上作画长达四年之久，完成这项艰巨的工作没有超人的毅力和精力是不行的，以致米氏完成此画从脚手架上下来后身体各关节都没法伸直，甚至看信都不得不仰着脖子。而作《末日审判》时米氏已届花甲之年，垂垂老矣，可他仍以惊人的魄力和超凡的技巧用五年时间完成了这个画幅达221平方米（一说为234平方米）的巨制，使之成为人类艺术史上的瑰宝。画中那一大群尺度巨大的裸体人物以压倒一切的气势体现出米开朗基罗异乎寻常的强大精神力量。一位友人在写给米开朗基罗的信中说："人们对《末日审判》的赞誉在我耳际鸣响。我想，由于它的美，当基督披着光辉来临的那一天，他只能命令所有的人采用画中的姿态，展现画中的美，他会让地狱保持你所画出的黑暗，因为他怕自己不能安排得更好。"它的感染力、震撼力、冲击力是如此不可阻挡，以致委托画此画的教皇来此巡视时面对壁画竟脱口喊道："主呀，你于审判之日请勿判我有罪！"

再看那名闻遐迩被世人誉为"殆非人工，实乃神迹"的《圣母哀悼基督》和《大卫》两尊雕像，竟然是米氏二十几岁时的作品，怪不得当时的人们就认为米氏实非凡人，称呼他为"神圣的米开朗基罗"而不怕亵渎神明。

意大利的文艺复兴产生一位神人式的米开朗基罗已是全人类的幸事和奇迹，可是能够与他比肩而立的竟然还有拉斐尔和达·芬奇。米氏活了89岁，漫长的一生出入于雕塑、绘画、建筑各领域而硕果累累，而拉斐尔却英年早逝，但他短短37年的生命却爆出那样夺目惊心的奇光异彩，他留下的宏篇巨制如《雅典学派》《圣事论战》《主显圣容》《西斯廷圣母》等，展示着人类才智和技能所可能达到的最高境界，使他与米氏和达·芬奇并列为文艺复兴三杰而毫不逊色。至于达·芬奇则是一位全能的、百科全书式的旷世天才，文艺复兴最全面的体现者和集大成者，他集画家、雕刻家、诗人、音乐家、建筑师、工程师、科学家于一身，在每一个领域都卓建不凡、名垂后世。他的《最后的晚餐》罕有其匹，《蒙娜丽莎》则是巴黎卢浮宫的镇馆之宝。

我想起当年在卢浮宫美术馆的长廊里梭巡时，在纽约大都会博物馆的展厅里注目时，在特列恰柯夫美术馆里巡礼时，两边厢那一座座雕像、一幅幅油画散发出的艺术魅力直叫人目不暇接、心无旁骛，每一幅都是巨作、杰作、名作，每一作品后面似乎都隐藏着一位大师，一位既陌生又熟悉、既久远又亲近的大师，一位呼之即出若有神助的大师……只要想一想，你，"寄蜉蝣于天地，渺沧海之一粟"的一介凡夫，此时此刻竟然与古往今来如此众多的艺术巨匠共聚一堂，随便想起哪位闻名已久的大师，众里寻他不见，蓦然回首，他却正捻着胡子微笑地站在你身旁——这种经历、这种感觉是多么奇妙啊！

三

可以斗胆地说，中国没有意大利文艺复兴三杰那样的艺术大师，过去没有，现在也没有，没有这种在思维能力、精力乃至体力的充沛上，在将科学与艺术的完美的结合上，在作品规模的宏大辉煌上都以直观的感性形式咄咄逼人、几乎是以压顶而来的威力让你匍匐的大师。中国的历史传统、哲学理念和人文背景都不能营造出产生这种大师、巨匠的生态环境。即便是和梵蒂冈教皇有某种类似之处的宋代皇家画院和清代帝王的御前画苑也不可能产生出米开朗基罗或达·芬奇、拉斐尔，而只能栽培出赵佶或郎世宁之辈。

赵佶、郎世宁何许人呢？他们在中国历代画家中均非庸碌之辈，而是可上艺界凌烟阁的人物。赵佶不仅花鸟画技艺高超，是南宋"院体画"的代表，而且异帜独树地自创了一种"瘦金（筋）书"。郎世宁作为供奉清廷的意大利画家，则将西画的造型能力、光影技巧与中国画的要素巧妙结合起来，形成一种不中不西亦中亦西的崭新画风，为世人所喜闻乐见。但是他们还登不上大师神殿。真正的大师，尽管在性格上、趣味上、做派上、交游上不必求全责备，但不能有严重的人格破损和道德缺陷；真正的大师，其作品应该有丰厚的文化含金量和丰富的时代信息量，在技艺层面上必得有自己的绘画语言体系，不是开宗立派就是独树一帜；真正的大师，其作品和风格必定会在生前身后造成绵延不绝的影响……以此衡之，赵佶当皇帝荒淫无道，导致国破家亡，其画作自然主义痕迹浓重，失之于纤弱。郎世宁毕竟是西人而入于中国画，其文化素养先天不足，画品难于臻神妙之境。故未足当大师之誉也。

但是中国绝对有自己的大师，当然是具有中国特色的大师，这是一些在人格的峻拔高洁上、在文史典籍的浸淫和学养知识的广博深邃上、在诠释博大精深的中国文化要义上均独树一帜的大师。这样的大师既是艺术大师，往往又是文化大师。

八大山人朱耷就是这样一位三百年来独步古今的艺术巨匠。朱耷乃明室宗亲，在以清代明的大动荡中成为沦落市肆的贵胄王孙，国恨家仇和个人生活的巨大落差无疑在他的思想上烙下了深深的不可磨灭的印记。他一生拒不出仕，曾一度遁迹空门以避世。据清人陈鼎的《八大山人传》所载，朱耷病癫，"初则伏地呜咽，已而仰天大笑，笑已，忽踊跃，叫号痛哭，或鼓腹高歌，或混舞于市，一日之间，癫态百出，市人恶其扰，醉醺酒，则癫止。"实则朱耷的"癫病"是装出来的，一则佯狂以保身，二则借癫以泄愤。他的好友裘琏就是明眼人："闻雪个病癫，归老奉新，予疑其托而云然。"一个正常人要逼迫自己装疯卖傻，可见周围生态的恶劣和个人孤愤之深沉。这些同他的知识分子人文思想融汇在一起，形成了他画作中傲岸冷峻、飘逸高古的精神品格。他精研儒、道、释，出入诗、书、画，深厚的学养直追国学巨擘，开文人画新风，使其画作的艺术层次臻于极顶，所至之境，人莫能入。由于他的绘画艺术在数百年前就植于传统又出于传统而入于现代,将中国画推向简约、单纯、夸张、变形乃至抽象的水墨大写意的艺术发展新阶段,与西方现代艺术的某些特征相吻合,因而具有难能可贵的超前性。试看他的《孔雀图轴》,系闻官僚宋某家中有孔雀奇花有感而作。图中山石花鸟均以"减笔"为之,孔雀用笔极精到简括,却以漫画形式出之,翻白眼而形已变居危岩而势欲堕,三根孔雀尾恰似清朝官员的顶戴花翎。此画构图奇倔,弄险化险,用笔用墨出神入化,前无古人,后无来者。难怪有人将八大比之为中国的梵高,认为此二人"可以说是人类艺术史上的两个奇才。不仅是作为艺术家,而且作为知识分子和富于情感的人,他们永远以其独特性而又带普遍意义的典型性吸引着后世的人们"。

我每当端详着八大的画像,心里就寻思,这个清瘦的、身着布衣的貌不惊人且似乎有些拘谨的诗僧,除了两粒眸子黑如点漆外,整一个乡里冬烘先生模样。他那瘦小的身躯里,怎么能蕴藏那样可怕的颠覆传统的力量,他的艺术怎么竟能超越时空而与今天的现代艺术合拍呢!

这才是真正的大师。

让人遗憾或失望的是,尽管是屹立画坛数百年不倒的艺术大师,倘若将八大的画作与西方绘画大师的作品并陈一室,那么八大那些画在宣纸上的简约清纯冷逸高古趣怪冲和的作品的光彩,会尽为西画富丽堂皇的形式璀璨辉煌的色彩所掩,显得惨淡无光。无论是近些年这家出版社出版的"中国巨匠美术丛书"列入的大师,还是那家美术出版社推出的"中国画大师研究丛书"中开列的画家,其画作在外在形式上没有任何一位可与西洋大师比肩,甚至他们的生活条件也远不如西洋画家的华贵。我曾瞻仰过八大和青藤这两位大师的故居,那不过是江南常见的青瓦粉墙土木结构的几间平房，纸窗木牖，室内陈设至为简洁，如同其画，四壁萧然，寒气沁人。周遭一片静谧。唯有修竹龙吟，松梅照影。然而就是在这淡泊宁静的处所，远离了尘世的浮嚣，散淡了名利的羁索，刚刚沐浴焚香的大师遥望长天，临窗展纸，澄怀静滤，解衣盘薄，留下了千古不朽的杰作。这些作品中的每一根线条，每一处墨渖，每一个意象和意境，都内蕴着多少天声海韵和人文精神，积淀着画家毕生的人格素养、笔墨修为和学识精华，正如画家刘国辉在谈到中国画大师的用笔用墨时的精彩形容："用笔干枯，蘸墨少许，运笔匀定，以内劲将墨水从笔锋里徐徐挤出，一个'挤'字集凝涩、滋润、圆劲、饱满于一体，堪称绝唱。"又说："那渗化的墨色似永远在进行中，因而给人以新鲜未干的感觉，气韵随之而生……"身怀此等绝技的大师，功力往往深不可测。更何况大师们极善以虚当实，计白当黑，他们留在纸上的寥寥数笔、疏疏数点，以一当十，以无当有，空白处或海阔天空，或千军万马，数条波纹引来烟波浩渺，几笔勾出的一袭飘动的袍裾，使人感受到漫天风暴，那似与不似之间的物象则又直写出大师的万千心象……这种艺术的超前性使它内里与西方现代艺术精神相通。

这样的大师，夺天地之造化，参宇宙之玄机，真正是当之无愧的神——画神，面对他们，产生礼拜的冲动再正常不过了。难怪同样身为大师的齐白石会写下这样的诗赞："青藤雪个远凡胎，老缶衰年别有才。我愿九原为走狗，三家门下转轮来。"

四

作为古代画家的朱耷却有着与现代艺术相通的超前审美精神，这使人很容易将他与西方现代派大师联在一起。王朝闻先生就说过,他于1991年冬天在巴黎看了毕加索、莫奈等画家的原作,增加了他对中国民族艺术的自豪感,对八大山人的作品也更感兴趣了。王老在巴黎买到印有毕加索人与牛斗作品的明信片,王老认为,"其洗练和生动的程度接近八大山人的花卉。他那寥寥几笔就画出的愤怒了的牛的犟劲,其造型的表现力和八大山人画的水仙花以及松树的舞姿有异曲同工之妙……"

尽管如此,细细想来,同为艺术大师的毕加索其实与朱耷还是很不同的。跟八大"墨点无多泪点多"凄风苦雨的一生相比,毕加索的一生可谓风光占尽。他在有生之年就已得到众多的荣誉,富豪般的生活十分优裕,他频频出入上流社会,广交各界名人,大不同于朱耷先是伴青灯古佛,后老守田园、自甘淡泊的生活。身材粗壮精力过人有着斗牛士性格的毕加索与女人格外有缘,虽然洋画家多罗曼史,但像毕加索先后与七八个女性结下情缘的实属罕见,也因此他的作品中出现了众多的女性主题、女性形象,女人成了毕加索生活的重要内容和创作的重要动力。

一边是凄风苦雨中愤世嫉俗形容憔悴的山人朱耷,用瘦长的手指拈着秃笔写那怪眼向空的幽禽野鸟;一边是春风得意中左拥右抱激情如火的毕加索,在画布上构写那三维空间中惊世骇俗的裸女娇娃。

仅此一点,中西两位画家的差别就大得不能再大了,但他们绝对都是艺术圣山上的神。毕加索的最大魅力、他最让人倾倒的品格,我以为是那种永不满足、永不停歇的创新变革精神和不知疲倦永无止境的求知探索欲望,是不断改变自己、超越自己的艺术实践。终毕加索一生,经历了写实主义、立体主义、超现实主义各个阶段,每一次改变都是一次否定和超越。他创立的立体主义绘画语言在其对传统绘画手段的反叛程度上,在对以后现代派绘画发展的影响上，在其大胆无羁上，都使其他画家瞠乎其后，黯然失色。

齐白石也许是一位立足于东方足以与毕加索抗衡的大师。两人都享有九十多岁的高寿。一生作品无数。毕加索旋风般一路扫荡陈词滥调而来，日日新月月新，最终以创立立体主义而享誉世界；齐白石则恰恰应了"不在沉默中爆发，便在沉默中灭亡"之理，他的"衰年变法"有如火山喷发，冲天而起的烈焰岩浆将他的绘画艺术送上一个前所未有的高峰，他亦因此而名震大千。没有破釜沉舟的大决心，没有顿开金锁走蛟龙的大悟性，没有挫天地于笔端的大手笔，何敢"衰年"为此！可以说，没有立体主义的创立就没有毕加索，没有"衰年变法"就没有齐白石。

然而毕大师在使凡夫俗子们的视觉和思维受到一连串刺激和震动之余，也将一个看法可能极端对立的大难题大疑问扔给了后人。

事实上是很多人看不懂毕加索那些标新立异的作品。这只能怪你智商太低。谁叫你不懂西方绘画传统、没有西方审美眼光，特别是不明白现代派的绘画语言呢？"有了毕加索，绘画破天荒第一次在表现形象方面不仅得以再现现实的外表，和通过现实来表达情感，而且还表现有关对现实本身的感觉的思想内涵。……绘画作为艺术家面对某一事物或某一事件有感而生的思想的客观叙述。"——这种论断到底有多少审美经验的事实做支撑姑且存疑，问题在于：任何艺术品要有存在的价值就必须诉诸人们的普遍感受。如果一个男人或女人到了毕加索笔下因为要体现出画家"有关对现实本身的感觉的思想内涵"而成了《卡恩维勒肖像》《镜前的女人》《穿衬衫的妇人》中的模样，如果一个事件成了画家"有感而生的思想的客观叙述"因此构成了《格列尼卡》中的拼贴图景，那么，这只是画家极为个体化的感受而已，一般受众产生不了也体认不了这种特殊的感受。真实地摹写物象的写实主义绘画可能会因为摄影术的出现而失去存在的价值，把从几个角度看到的一个物象的几个不同侧面拼接为一体融汇到同一个画面，也会因影视和立体摄影的大行其道而成明日黄花。

绘画就是绘画，雕塑就是雕塑，它们作为感性的艺术，有一千个一万个理由拒绝承载哲学的功用和思想家的使命。标新立异而挖空心思，硬要让在两维平面和三度空间中表现可视物象的视觉艺术离开或肢解形象去玄思怪想，作佶屈聱牙状，作晦涩莫名状，作不知所云状，那大约真得到下一个世纪别一个星球上才找得到知音。

前些年国外传媒曾披露了毕加索的若干信件，大师在信中以调侃的口吻将自己那些久负盛名的抽象绘画称之为"胡闹的谁也看不懂的东西"，而世人竟以假当真人云亦云抬到无以复加的高度。这使人想起了"皇帝的新衣"。英雄欺人，大师亦欺人。毕加索寥寥几笔画出的怒牛，其造型和表现力也许真与八大山人笔下的花鸟舞姿有异曲同工之妙，简约是都简约了，但我想那造型的线条是绝不会一样的。刘国辉说的中国画大师集毕生修为"以内劲将墨水从笔锋里徐徐挤出"，"集凝涩、滋润、圆劲、饱满于一体的线条"，和"那渗化的墨色似永远在进行中"因而让人觉得永远活动着的生气勃勃的画面，其妙处只能怡然心会而难与旁人道。这些具有不可复制性的形式性因素甚至可以从画中抽象出来而成为某种意义上的审美对象，岂是其他任何线与色所能比拟的，又怎么会等于零？

五

  对于稍稍年长一些的人来讲，只要一提起白髯飘飘、手柱寿杖、身着中式长袍的白石老人，十有八九会想起时而中式大褂，时而西装革履，气度儒雅，一身书卷气的徐悲鸿。当年齐、徐并称，"南徐北齐"的名头响遍中国，对于上世纪五六十年代的我们真是如雷贯耳。如果就功业而言，徐悲鸿是中国美术史上最超卓的人物之一，他不仅集画家、美术理论家、美术教育家、美术和社会活动家于一身，而且几乎在每一领域都做出了开创性的建树。

  他是最早走出国门，将西方的素描、人体写生法和写实主义引入中国美术教育和创作的重要先驱；

  他是中国现代意义上的美术学院的创建者和徐悲鸿画派的创立者；

  他是深具人文精神、画兼中西的杰出画家……

  这里且撇开这一切不谈，即以画马而论，现在人们看惯了徐悲鸿画的马或画上"徐悲鸿式"的马，以为马就该如此画，或以为画马从来就如此。殊不知从唐宋以来画马基本上是细线勾勒出马的形体，然后以墨色渲染，画法精致而又凝重、高雅、传神，这只要看看曹霸、韩干、李公麟、赵孟、任仁发等画马高手的画就可了然。历史上，一种画法刚产生时也许不太自觉，也没有非如此不可的理由，你若有更好的画法完全可以取代它，而不致碰到太大麻烦，人们心里也买账。但是如果这种方法在千百年的实践中被定于一尊，成为模式和程式，也就成了层层因袭的传统力量，再要改变它可就无异于掀天造反，不知需要多大的胆识和魄力，何况，用什么去取代传统画法更是需要高度的智商和情商。当然，清代的任伯年、高其佩等少数画家，也曾尝试过用墨染和意笔画马，但不是点到为止就是浅尝辄止。始终没有出过孙悟空画的那个圈圈之外。但是，徐悲鸿就有这个胆魄和能耐，他依凭对马的解剖结构的深切了解和高强的造型能力，大胆地将书法笔意入画，形成了形神兼备、气势阔大的大写意画马法，从而一举掀翻了延续千多年的画马传统和程式，并且还将这种画法推广到画虎、画狮、画牛、画鸡，画一切可画之物。自从有了徐悲鸿，中国画的传统领地里开始出现了一批全新造型的物象，阳刚、大气、凝重、坚实，一扫颓弱之风。这是一场丹炉九转、冻冰百丈、换骨脱胎、天地再造的革命，是一场轰轰烈烈的诞生，千万小觑不得。徐马的创造如此成功，影响极其深广，以致半个多世纪过去，尽管接踵而来的后继者们笔下的马莫不奋蹄疾驰，但至今尚未冲出徐马的巨大影子，这些画家也基本上没跳出徐悲鸿的掌心。

这是徐悲鸿的过人之处。但也是画界的悲哀。毫无疑问，无论哪个领域的大师，具体到个人都只能是唯一的，其人其作都是不可重复、不可复制的。即便有人功夫精湛画出来的作品与米开朗基罗、毕加索、朱耷、齐白石等大师的作品相比几可乱真，那也只是仿作者，永远称不上大师。人类审美的求新性与对重复陈旧的排斥性注定了一个徐悲鸿是画界福音，两个徐悲鸿则是艺术灾难。那么多画家画马而没从根本上摆脱"徐家样"的羁绊，无论如何不是件值得称道之事；更何况时下流风所及，每有一人成功，便有多人趋之效之画风如出一辙；每有一种题材、画法被看好，便有趋时者仿之模之克隆之赝品络绎于道。

如此一来，艺术的独创性到哪里去了呢？

古往今来，真正的大师都是旧传统旧势力（社会的、艺术上的）的挑战者、超越者和反叛者。文艺复兴三杰如此，朱耷、毕加索、齐白石如此，徐悲鸿亦如此。试想，画家徐悲鸿如果还在画唐骐宋骥，那还能有现在的大师徐悲鸿吗？！

也许是徐悲鸿生前死后太为时人所重而遮蔽了别人的光辉，也许是他同时尚、同主流、同政治关系太密难免有"歌德"之嫌，也许真是他的教学体系、绘画理念乃至学院派势力积习太深，制约了画坛的某种格局，影响了中国画的现代化走向，他就难免要在肯定之后经受否定之否定的历史检测。这样，出现要将他从既有位置上"拉下马"的说法亦不足为奇了。已经化作夏露春泥的徐悲鸿当然无言。只是难以想象将自己的人生和艺术与当时的政治斗争、政界人物交缠得难解难分，并且以其艺术风格影响了欧洲几代画风的文艺复兴三杰，在听到这种说法时，将会作何感？

六

当徐悲鸿让自己的艺术理想、艺术活动、艺术创作都成为时代精神的体现，而为时尚所称道时，一位才情功力绝不逊于徐悲鸿，并且同徐悲鸿一道为创建中国新的美术教育事业、革新中国画而奋斗并做出了巨大贡献的卓越画家林风眠，却最终走上了一条远离主流社会的道路。林风眠先是为人生而艺术，继之为艺术而艺术，终其一生都在探索中国画的现代发展和未来走向问题，并将之付诸实践，终于彻底开了中国彩墨画的新局面。林风眠笔下的裸女、花鸟、山水从形式到内容上都融汇中西，自出机杼，横空出世，当为守旧者所不容。晚年直面人生、决绝生死的人物画，又为粉饰太平者所不悦。但是他的不同凡俗的审美理念，他的峻洁冲淡的人格操守，他的永无休止探求艺术真谛的内心躁动，他的人文情怀和书卷林泉气，都驱使他走上这一条不见容于当世的荆棘丛生崎岖坎坷的艺术之路。

于是，历史为我们提供了两个完全不同的画面：作为中国新美术运动先驱，徐悲鸿画派创始人而身居中国美术学院院长、中国美术家协会主席高位的徐悲鸿，不仅有足够的权威而且有巨大的影响，真像奥林帕斯山上的宙斯，因而始终处在时代聚光之中，生前盛誉，死后哀荣，其大师地位已历半纪之久而不坠。倔强傲岸不通世故忠于艺术的林风眠则如窃来天火的普罗米修斯，几乎终身处于被缚在悬崖受鞭笞的苦难之中，被排挤，受冷落，遭贬斥，甚至身陷囹圄。"文革"中，林风眠的家被先后抄了十几次，后又被以"国际特务"罪名缉捕投入监狱。他双手被冰冷的铁铐反铐着，心中在默默向上苍祈祷："让我再多活五十年，我可以继续探索出中国现代绘画，乃至世界现代绘画上一个超时空的层次。"侥幸出狱，大难不死，又为了躲避江青的迫害而被迫自我放逐，避祸香江。别说世俗的荣耀、声誉、地位、权势与他无缘，就连一种过得去的生计于他也成了奢侈品。当我这样概述他的不幸时，林老那沧桑的面容，孤寂的身影和因超前脱俗而与世隔绝的无边落寞合眼即来，挥之不去，令我心直往下沉。

然而，在造成这一切苦难的劫数结束之后，在所有的有色眼镜被击碎之后，面对林风眠因峻洁人格和超凡画品而日益崇隆的身影，谁能说他不是卓越的艺术大师呢！

大师是丘陵起伏中的峭壁奇峰，是绿荫连绵中的虬枝神木，独钟天地灵气，偏得日月精华，就像一株太过强大的植物摄取过多的营养水分一样，周围其他的植物就难以长得同样高大茂盛而细小平常，所以大师在芸芸众生中总是稀少的而且往往是孤独的、高傲的。他的思想、行为、作品总是不随流俗与众不同。大师与世俗的矛盾几乎成了规律性的现象。林风眠如此。与林风眠颇为相似的荷兰画家梵高亦如此。

不敢说梵高的绘画天赋有多高，至少从技术层面上看，他们这一荐叛逆者既赶不上神乎其技的文艺复兴时代的绘画大师，也比不了技艺超群的俄罗斯巡回画派的艺术巨匠。梵高之所以能在强手如林的画史上独占一席，在于将奇特的主观感受和强烈的感情色彩融入有限的技巧之中，使他火辣辣的具有超前性、颠覆性的作品别说在当代惊世骇俗，难以为世俗所看好，就是百载之下的今天，我们一见仍然觉得触目惊心。画家体现在画中的狂放不羁、与周围习惯流风格格不入、极端敏感几近神经质的焦躁不安，恰恰是画家的悲剧性格、悲剧人生的反映，它同他的悲剧命运息息相关。梵高和另一位特立独行的画坛怪才高更本来互相倾慕，他们曾在同一个屋檐下共同生活了两个月，这本来是艺术史上的佳话，这种交往交流会产生多少灵感和佳构！如中国历史上的李白和杜甫，又如徐悲鸿与林风眠。

李白于唐天宝三载（744年）春由长安赴洛阳后，结识了小他十一岁的杜甫，两位大诗人一见如故，产生了兄弟般的深情厚谊。他们在一起度过了难忘的半年时光。次年秋天分手后天各一方，再也没见过面，但思念之情历久弥深。杜甫多次赋诗记叙他与李白的友情："余亦东蒙客，怜君如弟兄；醉眠秋共被，携手日同行。"他们彼此将光辉投射在朋友身上，成为中国文学史上辉映千古的双子星座。

林风眠、徐悲鸿两位大画家虽然有着不同的艺术理念、不同的人生道路，但作为真正的艺术家，却都清楚并尊重、爱护对方的价值。据李可染回忆，上世纪40年代初，徐、林二位和他都旅居重庆，"两个大艺术家都同我非常要好……有一天我要到徐悲鸿家里去玩，我跟林先生讲，我们一道去好不好。林先生说：'我跟你去。'林先生与徐悲鸿见面这在过去是没有的。林风眠到了徐悲鸿家里，徐悲鸿一开门，我说林先生来看你。徐悲鸿非常震惊，样子都变了，马上请林先生进到房间里。话没说几句，徐先生就说，我三天后摆一桌盛大的宴席请林先生。确实三天后就请林风眠。我与李瑞年等几位学生作陪，这是很不容易的。从前的大艺术家是互相瞧不起的，你叫我去看他怎么可以呢，更不用说去拜访了。这件事情可以在艺术史上大书特书的，说明林风眠的心胸很开阔，徐悲鸿的心胸也很开阔。"

大师之间的这种惺惺相惜令人心折。

然而非常遗憾，梵高与高更这两位大画家却彼此个性不合，互不相容，常常大吵大闹。以致某个晚上梵高手持锋利的剃刀，威胁要割断高更的喉咙，高更慌忙逃走，结果狂怒之中的梵高割下自己的一只耳朵并将它送给一位妓女。梵高此后精神错乱而住进精神病院，具有讽刺意味的是，正是梵高在精神病院当疯子时，他的画作有生以来第一次被售出。出院之后的某一天他走入一片田野，掏出手枪朝自己胸部开了一枪，两天后溘然长辞。死时才37岁。他的画在当时并不走红，但现在却卖出了天价，他本人也日益凸显出一代宗师的风采。

这个事例也许足以说明，一个孤傲超前的天才，其性格可以怪僻乖张不近人情到何种地步！梵高和高更的艺术见解与画风并不相同，倘若他们当时能像李白和杜甫、徐悲鸿与林风眠一样相互包容相互影响，西方现代美术史上的一些章节恐怕要有所修改吧？但"既生凡，何生高"的局面已成。此时耶？命耶？运耶？

林风眠、梵高无疑是很"酷"的，我们抚读他们的生平，品味他们的作品时，有一个问题常常困扰着我们的心灵：当这些大师生前背离社会时尚、政治需要、艺术主流而一意孤行，弄出一些不见容于当世的艺术品时，他们在想什么？他们为什么甘于寂寞甚至遭受排斥打击而艺术痴心不改？为何他们要追求、创造这样而不是那样风格、流派的作品，偏偏是这样而不是那样的作品在他们身后身价百倍大放异彩，好像他们当时有预感或预见般？这是偶然的巧合呢还是真有鬼使神差？

　　这些问题值得艺术心理学家、艺术史家、艺术理论家写出整部专著去探讨。我总觉得，这里面有一种暗合"时代需要这样的人物，就会创造出来"的唯物史规律的东西在起作用，实际上是由某种生态需要产生出来的天人合一的各种信息作用下形成的启示，在无形中默默地牵引着遥控着艺术家的心智，使他的艺术感觉、艺术理念能超越现在时的阶段而合于未来的时尚与需求，真像冥冥之中有着神谕或看不见的手在引导着他们一样。至于具体是哪位艺术家幸运而又不幸地被选中来完成这一使命，那就要看谁具备接收上述信息的能力了——这样的艺术家往往是朱耷、林风眠、梵高一类的奇才怪才，他们孤独、敏感、特立独行，不惧路途坎坷和人生落寞，目光和知性永远不知疲倦地向着前方……

　　于是，随着近些年梵高、林风眠大师地位在中国的确立，其人其作的重新被评价，时尚变得格外推崇这类专走偏锋的大侠式的艺术家，偏爱这些生前狷狂身后留名的艺术家，他们的生前不被理解遭受冷落不是用大师的超前与世俗的保守之间的矛盾加以合理的解释，而是被低能儿、偏激者当作涂抹、制作光怪陆离"作品"的依据，以至于有"我为下个世纪而画，我的作品百年之后才能为人理解"等宣言。这当然与梵高、林风眠相去甚远。梵高、林风眠之所以为大师，不在于其人的特立独行甚至狂怪不羁，也不在其作品的不为时尚和当局所喜好，而在于他们真正窃得了艺术的三昧之火。当他们不管外界如何风刀霜剑相摧，内心如何狂躁不安，仍然与自己的艺术创作抵死缠绵时，他们谁也没想这是在为未来而创作，而只是觉得理应如此——他们就是为这种艺术追求而生而献身的。而宣言专为未来的人们创作的艺术家，只怕其言其作不到未来就已被雨打风吹去。

大师们播下的是龙种。

龙种生龙。然而有时也孵出跳蚤。

七

写到这里，我忽然想到了命运。没有什么东西比命运更令人敬畏的了，尤其是大师的命运之谜。

我在威尼斯的灌满咸湿海风的古旧的石板小巷里穿行，我在梵蒂冈庄严辉煌的圣彼得大教堂的穹隆式圆厅里仰望那些壁立了数百年的栩栩如生的雕像，我在佛罗伦萨的米开朗基罗大广场凝望肌肉贲张的大卫雕像那紧拧的双眉、翕动的鼻翼，我在巴黎卢浮宫隔着防弹玻璃罩久久品味着蒙娜丽莎永恒的谜一般的微笑——每当这种时刻，我就止不住地遐想，中世纪发生于欧洲的文艺复兴是人类历史上极为特殊的年代，是只能有一次不可再现的年代，它似乎将人类的整个儿精气神聚集起来，在那个时刻做了一次天地为之低昂、风云为之变色的总释放，否则，怎么能在这么一个狭小的地方产生出以文艺复兴三杰为代表的大批艺术大师！对这种独特现象，你可以从各种不同角度、用形形色色的理论，做出各式各样的阐释，但又总觉得言不尽意，正有一种"怡然神会、妙处难与君说"的玄妙神秘之感，这就是天地玄机。少了这种天意，世界就将一览无余。

达·芬奇、米开朗基罗、拉斐尔毫无疑问是命运的宠儿。生在那个独一无二、聚精会神的年代，他们受造物青睐如此之深，以至如同时代人瓦萨利所说，"偶然地，以一种超越自然的方式，上天把极为丰富的美、仁慈和才能不可思议地赐给了一个人，这使他把别人远远地抛在了身后。"瓦萨利说的是达·芬奇，实际上这个赞词对其他二位也完全适用。唯其如此，他们才会创造出文艺复兴鼎盛时期的辉煌日出。但是，即便是这样宛若天神般的伟大艺术家，倘若生在中世纪或另一个专制的年代，那"暮云合璧"造成的狭小空间岂能容得下他们大动干戈再造乾坤，那种种的桎梏和束缚又怎能允许他们身与心的自由奔放的舞蹈！他们的天赋才华与激情都会被风干、消磨掉，即使创作，也必定会如丹纳所说，"绘画和雕塑中的人物都是丑的，或是不好看的，往往比例不称，不能存活，几乎老是瘦弱细小的，为了向往来世而苦闷，一动不动地在那里期待，……不宜于活在世界上，并且也把生命许给天国了。"

由此可知，人类有文字记载以来的数千年历史中，会有多少天才被埋没、被摧折、被扼杀。

像徐悲鸿这样的艺术家，似乎天生就是要为时代而艺术的，他的艺术走向审美取向同时代方向完全一致，他的艺术成就同这个时代所要求所能达到的艺术水准也完全一致，所以顺理成章理所当然地成了时代的弄潮儿、幸运儿，时代选择了他，他也抓住了时代；时代因他而在艺术中发现了自己，他则因时代的厚爱而成其为大师。

文艺复兴三杰和徐悲鸿这些大师的命运，与梵高、林风眠的命运截然不同。不同的命运又造就了艺术家的不同风范。三杰作品那种庄严巍峨神圣不凡的气度，梵高作品那种奇光异彩狂放不羁如旋风般奔涌的激情，徐悲鸿作品那种法度从容恂恂儒雅的大家气派，林风眠作品那种独树一帜的孤傲冷峻，都是同他们的命运、同他们的角色定位相符的。

艺术家的命运同他们所处的宏观的时代背景、他们的具体的生态环境以及由此造成的生存状态（包括生理的心理的状态）息息相关。每个时代总有属于这个时代的独特的时代精神、时代风尚、时代事件，它们必然会从两个方面作用于艺术家：一方面，通过这种或那种方式、这种或那种渠道直接渗透艺术家的思想，影响艺术家的趣味、干预艺术家的人生，在他们的生活、精神、作品上打下时代的印记，形成一定的时代特色；另一方面，它又会影响着构成艺术家生态环境、与艺术家发生关系的那些人物和事件，并通过这些人物和事件的变化来影响艺术家本人的生存状态。但是，这两种作用会产生什么结果，最终取决于艺术家个人的性格、操守和理念。生活在同一时代的徐悲鸿、林风眠都是喝过洋墨水的知识分子，都立志复兴中国的美术事业，结果是一位为社会主流所推崇，另一位却备受冷落乃至排斥；一位推陈出新，另一位标新立异。这两位大师的命运和风貌如此不同，简直就像冰与炭的殊异。然而影响艺术家命运的还不止于此，甚至连寿算短长这样一些偶然性因素有时也起着至关重要的作用。人们十分清楚，如果画家齐白石没有衰年变法就不会成为大师齐白石，而衰年变法要得以发生并大获成功的前提就是活到九十多岁。曾经点化过齐白石，对齐白石的衰年变法起过直接促进作用的陈师曾，论学识、修养、悟性皆为一时俊彦，其画作名重当世，但可惜天不假年，遽然早逝，终未成一代宗师。真所谓造物弄人，天妒英才，令人太息。

八

不知道有没有人统计过，人类文明史上流传到今天的艺术品有多少，相信那大约是个天文数字。但是只要到那些举世闻名的博物馆、美术馆去看看，不论是巴黎的卢浮宫还是北京的故宫博物院，也不论是意大利的梵蒂冈城还是台北的"故宫博物院"，你肯定因为"万美皆备于此"而叹为观止。收藏、陈列于这些艺术殿堂中的艺术杰作，是五千多年来在地球上世世代代存活过的总计七百多亿人的审美理想、审美经验和审美实践的物化成果的精华。它们不仅反映着、折射着人类各个时代在各个国度和民族那里的物质生存状态和心灵演化史，蕴含着极其丰富而又久远的政治的、经济的、社会的、文化的信息，而且不断地向世人证明，人的智慧和技艺能够达到怎样不可思议的高度。

不过，尽管现在留存下来的艺术品是全体人类艺术实践活动产物的精华，应该归功于全人类，为全人类所共有，但显而易见的是，它们被创作出来，不可能假手于全人类，而只能借助于人类在艺术领域中的代言人亦即艺术家特别是艺术家中的高手来实现。

这种艺术高手就是大师。

大师的出现和存在是客观的必然的事实，不是应不应该产生的问题，而是在何时何地以何种方式产生的问题。当时代需要而且大师存活的各种要素都具备时，大师就会以不可阻挡之势涌现，例如文艺复兴时期以三杰为代表的一大批杰出艺术家风起云涌、波澜迭起，蔚为人类文明史上千年难得一见的壮景奇观；而在另一些地方，却可能千年也难得出现一位真正的大师。

　　大师是人类自身获得发展的不可或缺的要素。就像铺天盖地的万千奴隶创造历史的过程中总要推出杰出人物、英雄人物、伟大人物来发挥先锋作用、领军作用一样，人类在艺术领域中的突破和发展也必须依靠那些眼光卓越、才华出众、满怀创造激情和创新意识的优秀艺术家的创作实践才能实现：没有达·芬奇、米开朗基罗、拉斐尔为代表的那批艺术巨匠，意大利的文艺复兴就没有今天我们所领略的这种万斛风情，甚至没有"复兴"之可能，人类文明史上的这一页就将出现空白。没有毕加索，没有毕加索冒着亵渎神明的风险，彻底否定自文艺复兴以来视三度空间为主要目的的传统绘画法则，从而创作出《阿维尼翁少女》一画，那么在现代派艺术史上占重要地位的立体主义也许不会产生。而如果没有徐悲鸿和他所开创的徐悲鸿画派，则中国近现代美术史就得彻底改写……大师是一种巨大的社会存在，人类历史因有了大师而冠冕堂皇，辉煌灿烂；而风流倜傥，风光旖旎；而峰峦起伏，胜景百出。

　　大师是人类心灵历程上的路标，人们由它可知艺术发展的来龙去脉，可以由此确定自己的艺术走向；大师是艺术发展史上的里程碑，艺术史家们可以据此划分艺术的发展分期，做出艺术成就的总结；大师又是艺术后来人攀登艺术高峰的阶梯，能够站上这些巨人肩头的人必然成为新一代的大师；大师还是人类艺术创造力的标尺，它能准确地客观地标示着人类的智慧之花能在难以企及的高度纵情绽放——归根结底，大师是大自然育化人类时赋予它的神妙之手，是无所不能的"上帝之手"，是卡莱尔、罗曼·罗兰称之为"英雄"的时代精英，是一个国家、一个民族的骄傲，是人类在各个领域的发言人。没有大师的时代是"失语"的时代，它将难以被历史记录在案，无疑是可悲的时代，失落的时代。请读读各类艺术史乃至人类文明史，有大师的时代被那样浓墨重彩、不厌其详地写满章章节节、篇篇页页。要表述大师，就必须介绍、分析时代，必须描绘产生大师和大师活动的环境；反过来，要叙述历史，就必得交代构成这历史的人和事，首当其冲的就是对推动历史最有力、最能反映历史、成为历史纪念碑式的杰出人物，包括大师——于是，历史因大师而彰显，大师因历史而流传。这就是人们为什么言必称希腊，言必称三杰，言必称汉唐，言必称齐徐的缘故。

我们每当读到孕育了文化巨匠、艺术大师的那段历史，心中总是充满崇仰、充满激情。流光溢彩的大师们或是跌宕起伏、或是波澜壮阔、或是充满内心矛盾、或是挣扎苦斗、或是激情澎湃的人生与创作连同那个时代、那个国度、那个环境，给了人们多少启示，多少向往，多少感受啊！这样的历史真是可赞可叹，可圈可点。而没有大师的历史却几乎成了"史外史"，苍白、滞板、灰暗、阴郁，恰如那个时代人们的精神状态，比如欧洲中世纪史。而有时某段历史因政治的、经济的原因搞得非常糟糕，几乎到了"吟罢低眉无写处"的境地，却因有一个半个大师级或准大师级的人物出现而有了引人注目的亮色，于是这段历史被人们拿来重新审视。赵佶之于南宋就是一个典型案例。赵佶是不幸的，他缺乏政治雄才，不明国务，上苍赋予他的是艺术天分，而现实却让他坐上了皇帝宝座，加之个人性格中的种种缺陷，结果落得个祸国殃民、身死异域的可悲下场。赵佶的悲剧昭告人们：艺术家尽管可以努力攀登奥林帕斯山的顶峰，登上宙斯的王位，但却千万别错误地把艺术当政治，艺术家而偏要去搞政治，往往是危险的。但是赵佶又是幸运的，正是因为他坐在了至高无上的皇位上，他的很高的艺术天赋和艺术爱好才得以借助优越的物质文化条件得到充分发挥，不仅本人入于杰出画家之林，而且培养和造就了一批"院体"画家，收集、整理了一大批古代书画文献。就因赵佶和宋朝院体画，那一段风雨飘摇的历史至今屡屡被人提及，人们对杰出艺术家的厚爱于此可见一斑。

　　的确，当我们这些凡夫俗子一朝置身于米开朗基罗的世纪巨制《创世纪》《末日审判》面前时，当我们一旦被"八大们"足令天雨泪鬼夜哭的奇才、绝艺所震撼时，有一种直觉自己的渺小而欲向大师礼拜的冲动。其实不独面对"神圣的米开朗基罗"和惊才绝艳的八大山人时会如此，我们面对所有崇高伟大高尚的事物时，只要良知未泯真情尚在，大约都会油然而生类似的感受。这实际上是一种再自然不过的审美感受。这算不得什么坏事，如果有人甚至由于慑服于大师们的绝世才华而慨叹他们在艺术上所达到的高度之不可企及，于是慨然掷笔，那也于人类艺术的发展无损，顶多是少了几个平庸的画匠。这对于具有自调节、自控制、自组织机能的社会大系统而言是必要的，只有这样才能实现自我淘汰、自我净化。值得忧虑的是，人们在现实生活中已不知多少次地目睹了这种现象：一方面因个人在大师面前有丧失话语权之虞而迁怒于大师的权威，恨不能以夷平奥林帕斯山贬低和放逐山上诸神来废弃仰视实现所谓的艺术"平等"，另方面又竭力通过艺术"作秀"制造新的"大师"，艺术功力不足就诉诸商业炒作以求迅速产生"轰动"乃至"耸动"效应。在这些艺术的乃至非艺术的炒作过程中，那种直奔主题急功近利喧嚣浮躁蝇营狗苟的市侩心态坦然直陈而无丝毫愧色……没有了奥林帕斯山，当然免去了仰视之累，朝圣之苦，崇拜之嫌，但从此就少了一种由衷的向往，一份执着的追求，一种纯真的期盼，一种大美的境界，一道不可替代的风景；没有了大师，人类的精神生活将会是苍白、暗淡的；世界上所有的博物馆、美术馆就将家徒四壁，空空如也……不会的，当然不会如此。

社会的自组织、自控制、自调节功能还体现在，大师的存在不仅会使有的人"失语"（若无大师，则是整个社会"失语"了），同时也会以自己的辉煌给有志者特别是那些具有潜在大师素质的人以标杆，以希望，以激励。1902年，37岁的野兽派泰斗马蒂斯将他的大型巨制《生活的欢乐》拿到"独立沙龙"展出，这幅大胆的作品引起了极大的轰动。其时25岁的年轻毕加索在这位年长的大师的作品前流连忘返，虽然妒忌但又极为钦佩，他从马蒂斯那儿找到了他要为之奋斗的目标，发愤也要创作出成名之作来。经过一番艰苦努力，遂有了《阿维尼翁少女》这幅成为毕加索一生转折点的作品，它标志着开宗立派的立体主义的诞生，也标志着毕加索向艺术大师的起步。由于立体主义画派的产生，毕加索周围形成了一个画家群体，其中一位年仅20岁的画家马克思·恩斯特对毕加索的作品简直入了迷。当即决心抛弃既往，而要成为一名真正的艺术家。皇天不负有心人，这位画家后来真的成为闻名世界的现代派大师。齐白石也是一位在朱耷、徐渭、吴昌硕等大师感召下"衰年变法"而成名的巨匠……这类事例还用再举吗？正因为大师一旦成为大师就不再是单个人的存在而是一种社会化的存在，每个大师的周围都有一个大小不同的引力场，他不仅影响着同时代的人，而且感召着身后的后来者，这样，人类史上，人类文化史、艺术史上才会有一代又一代大师相继崛起前赴后继的人文景观，人类的生活才有永不衰竭、奇变百出的美的延续……

在本文行将结束之时，引用一段罗曼·罗兰在《米开朗基罗传》中的话也许不是多余的——

伟大的心魂有如崇山峻岭，风雨吹荡它，云翳包围它，但人们在那里呼吸时，比别处更自由更有力。纯洁的大气可以洗涤心灵的秽浊，而当云翳破散的时候，它威临着人类了。是这样的这座崇高的山峰，矗立在文艺复兴期的意大利，从远处我们望见它的峻险的侧影，在无垠的青天中消失。

我不说普通的人类都能在高峰上生存。但一年一度他们应上去顶礼。在那里，他们可以变换一下肺中的呼吸，与脉管中的血流。在那里，他们将感到更迫近永恒。以后，他们再回到人生的广原，心中充满了日常战斗的勇气。

大山无欲。

大师无语。

大美无言。

2001年7月

西出阳关
——阳关三叠之一

一

欲西出阳关,实蓄谋已久。

劝君更进一杯酒,西出阳关无故人。

千古佳吟,已成绝唱。

每念及此,雄关绝域,大漠征人,朔风劲草,羌笛流云的塞外奇观顿现眼底,一股苍凉雄厉之气就横梗心头。

它氤氲着从祖宗血脉里继承下来的不解情结……

它浸润着从孩童时代起就生发出的斑斓梦幻……

终于有了西出阳关的机会。

说来惭愧,我们这个年代别说去阳关,就是去天涯海角,都不必像古代征夫旅客那样,徒步、骑马、驱驼,经年累月,风餐露宿,或僵冻于冰河，或焦烤于酷日，历尽千辛万苦，那无际无涯的沧桑之感一定会像刀子般刻在脸上烙在心底。现在，我们乘飞机到陇西大地，朝发而夕至，该是古人不可想象的舒适和写意，也因此深感对不起古人。但饶是如此，当我们从飞机舷窗往下俯瞰时，那在西部骄阳下赤裸裸泛着白光、如波翻浪涌的秃岭荒山还是那样惊心动魄，一种地老天荒之感猛地震撼了全身心。

汽车行驶在从机场到兰州72公里的路上，两边全是几无绿色的荒岭，连绵不尽的土黄色给人视觉上造成的沉闷，前山后山四处皆山给人心理上带来的威压，直到进入美丽的兰州才有所减轻。但是出了兰州再经酒泉往西去，那砂飞石走、红柳的纤细枝条在风中战栗的戈壁滩再次让我们感受到了西出阳关行路难的艰辛。

经过汽车两天的辗转，终于来到阳关所在地了。西部极少雨水，晴朗的天空阳光格外充足。西汉时的阳关遗址已不复存在，那儿已变成一片所谓的"古董滩"，游人在此处细心搜寻，或许还能拾到一星半点的古物，如箭镞、货币之类。地面上唯一能让人发思古之幽情的，是距阳关2.5公里处的阳关候望之地——墩墩山烽燧遗址。两千年的风雨使阳关附近十余座烽燧中最高的这一座变得坍塌倾颓如土堆，烽燧的泥石在岁月中一层层、一片片剥蚀，历史的沉积却也在岁月流逝中一行行一页页地加厚。脚下是滚热的沙土，它随时可能淹没你的双足。背对古烽燧，在强劲的阳光下极目远望，无边的沙海中浮现出一片绿地有若仙境，更远处是白沙连着白云在天际滚动。

飘逝了，那想象中的驼铃、马队。

哪里去了，那记载中的雄关、豪宅？

"念天地之悠悠，独怆然而涕下"的古今兴废之感油然而生。

这就是名动四方的阳关。

这就是被古今文人反复吟咏过的阳关。

这就是两千多年前汉武帝在通往西域的丝绸之路上设置的两座重要关口之一的阳关。

这就是"西出阳关无故人"的阳关。

我轻轻抖了抖缰绳，马儿扬头振鬣作势欲行。我想象着，倘若我们是两千多年前的行者、旅人，从东土长安一路行来，再从阳关逶迤西去渐行渐远，会是怎样一番心情呢？

二

阳关也好，玉门关也罢，它们当年守护的这片土地，不应该是眼前这个模样吧。"三危上风翼，九坡度龙麟。路高山里树，云低马上人。悬岩泉流响……应知有姓秦。"北周诗人庾信当年游历敦煌时写下的诗句，见证着那时这些沙地上也许还水美草肥，牛羊成片呢……

这样一片沃地，自然适合万物的生养蕃息。早在先秦时代，我国北方那个古老的游牧民族匈奴就涉足这一带。到秦汉之际，匈奴已发展为有"控弦之士三十余万"的强大奴隶主军事政权，他们盘马弯弓，铁骑进出，不断侵扰汉王朝边境，以掠取财货和奴隶，给汉王朝造成巨大压力，给西域和中原各族人民带来深重灾难。同时，还阻塞、切断了在西汉之前即已存在的沟通欧亚大陆的丝绸之路。

是可忍，孰不可忍！至汉武帝时，这位雄才大略的君王痛下决心全面反击，拉开了正面进击匈奴的三次大规模战役的序幕。

这三大战役由大将军卫青和骠骑将军霍去病指挥，先后动用了兵力数十万人，征战连年，铁流千里，从现在的内蒙古、甘肃一直打到新疆天山和今西伯利亚贝加尔湖一带，匈奴在遭重创之后远徙大漠以北向西发展，从此"漠南无王廷"。汉王朝则夺取了被匈奴占领的可供耕种的河西走廊大片土地，统一了西域三十六国，于是在河西走廊设武威、酒泉、张掖、敦煌四郡，"徙民以实之"；并设玉门关、阳关，以建卡、驻军、征税、稽私，保护商旅，安定边境，规范边贸，使古老的丝绸之路从此畅通、发展繁荣。

当其时也，中国的商贾、僧人、旅客、使节等要入西域，可以分别从南北两道起行：南道自阳关西去，沿白龙堆沙漠和塔克拉玛干大沙漠南缘，经楼兰、于阗等地，越过帕米尔高原，到达大月氏，再往西可达条支（今伊拉克或阿拉伯）、大秦（即罗马帝国，今地中海一带）。北道则自玉门关西入新疆伊吾，沿天山南麓和塔克拉玛干沙漠北缘，经车师前王庭（今吐鲁番西）、疏勒（今喀什）等地，越葱岭（今帕米尔），到大宛（苏联费尔干纳）等地，再往西南经安息（今伊朗）可达大秦。而远在万里之外的波斯客、阿拉伯商人、古罗马使者、印度僧侣和西域三十六国来客亦循此两道分别从玉门和阳关进入中国腹地。

于是，在横跨欧亚大陆的那细如丝线、蜿蜒曲折联结中国和罗马这两大文明古国的丝绸之路上，出现了"驰命走驿，不绝于时月，商胡贩客，日款于塞下"，使者"相望于道"，故人相期于途的丝路风景。

阳关和玉门关则成了敦煌这个丝绸之路总枢纽上的两个开关。在这里，金发碧眼的胡人和高髻宽袍的汉人摩肩接踵出入于关门，西来的汗血马、玻璃、药物、玉石、异兽珍禽、奇葩佳卉和出关的绫罗绸缎则交汇于街肆。张骞的庞大使节队伍由这里堂皇进入西域，执行和亲政策的汉家公主的华贵车仗从这里驶往塞外……

你可以想象，在浩瀚的塔克拉玛干大沙漠里，当朝暾乍露晨光初动之时，那衔尾前行远送东方文明的马队留下的拉长的影子如何日复一日坚韧不拔地在沙丘上缓缓移动；当落日熔金暮云合璧之际，一片苍茫中，带来域外信息的悠扬、粗犷、苍凉的驼铃声是如何穿越时空响在自己心头……这时，你真的会涌起一股要向冥冥中的历史老人，向几千年前每一个走在丝绸之路上的先行者合十颂祷的强烈冲动，对这些为沟通东西方文明而筚路蓝缕以启山林的先人的压抑不住的激情和崇仰几使你热泪如倾！

真的，在中国海路开通之前，这是我们的先人冲出亚洲、走向世界的唯一通道，虽然它是那么漫长、艰辛，但它与光荣和梦想、胆略和襟抱、惊险与刺激、奉献与回报联系在一起。"路漫漫其修远兮，吾将上下而求索"，当是当时热血男儿的共同愿望。"秋风吹渭水，胡人满长安。"文字记载和出土文物证明这是当时不争的事实。所以，那时的西出阳关，决不至于生发出"无故人"的落寞和伤感吧。

西出阳关，意味着开放、开明、开通、开风气之先，它开启的是"魄力究竟雄大，人民具有不至于为异族奴隶的自信心，或者竟毫未想到，凡取用外来事物的时候，就如将彼俘来一样，自由驱使，绝不介怀"的汉唐盛世。

这是阳关历史上最灿烂辉煌的一页。

三

当年曾盛极一时阅尽繁华的雄关重卡，怎么唐代诗人一提起，竟会生发出"西出阳关无故人"的怨别之情来呢？

三十年河西，三十年河东。历史是一个永恒流动的过程，历史长河中的一切没有一样是居停不变的。

当我们的祖先在陆地上睁大探索的眼睛，迈开他们的双足，终于在千万次践行中将漫漫丝绸之路踩踏出来时，他们是实现了人类历史、中华民族历史上的不亚于哥伦布发现新大陆的空前壮举，这条友谊之路、生财之路、探险之路、求知之路本可以越走越宽广，愈走愈繁华，但事实恰恰相反，随着时代的推移，到了盛唐之后，在此路上跋涉的行人、商队越来越是零落。

陆上丝绸之路之所以衰落，是海上航路开通和发达的结果。中国的海上交通当然非自唐代始，中国大陆那一万多公里的海岸线，本已足够让人海阔天空大做珠宫探宝的美梦；何况早在公元二三世纪时大秦（罗马帝国）的使臣、商人曾从海路抵达中国，向汉王朝和三国时的吴帝国互通音问呢！但拥有辽阔陆地的国人毕竟更习惯于脚踏大地的坚实感觉，西出阳关才成为长达多少个世纪的神圣之旅、光荣之旅、经贸之旅。直到公元8世纪的唐帝国，随着生产力的发展，海上航行经验的丰富和航海物质条件、技术手段的完备，中国与欧洲通航的海上丝绸之路才大开，广州、泉州、明州等成为名闻遐迩的大港口，从广州出发，可以定期航运驶往波斯、美索不达米亚（伊拉克）、亚丁（阿拉伯帝国本土）、狮子国（锡兰）、南海（马来西亚半岛）、婆（爪哇），还可从辽东半岛或山东半岛的任一港口出发，驶达朝鲜、日本和琉球群岛。

苍茫怒海蕴藏了无限商机，发财致富、建功立业的梦想在波峰浪谷间闪烁，孤舟巡海、一帆远航不再是令人生畏的险途。

一个新的"阳关"——广州港口悄悄地又是不可遏止地崛起于东南沿海，南下广州取代了西出阳关，桅橹帆樯取代了驼铃马队，无边大海取代了茫茫戈壁，劈波斩浪取代了沙海跋涉……

阳关冷清了，玉门关落寞了。加之东汉以后朝廷腐败，军阀长期割据，对西域的控制能力逐步削弱，而古罗马帝国的衰落又失去了对世人的金色诱惑，以至中原与西域的关系完全断绝。再加上生态环境的恶化，植被破坏，农田毁坏，洪水泛滥冲刷，来自西南大漠的风沙不断进袭、侵削，逼迫着人们步步后退，玉门关为之东徙，阳关悄然孤立。

此时再到阳关，唯见云生云灭，沙扬石走，鸟飞无迹，再没有了往日使者商贸"相望于道"的盛况。"玉门关城迥且孤，黄河万里百草枯"的咏叹油然而生……

于是，人们就看到这样一个文学史上的经典镜头：唐天宝年间的一个春日早晨，在陕西咸阳市东的渭城，诗人王维在酒肆为友人元二出使安西都护府（在今新疆库车县内）置酒送行。其时，刚刚飘飘洒洒下过一场霏霏细雨，空气清新湿润，地上纤尘不起，街路两旁的湿漉漉的屋瓦黛色凝重，垂柳嫩叶青翠欲滴。两人酒过三巡，执手相看，想起到安西必经阳关，阳关已故旧凋零云散，出了阳关，更哪堪那冷落偏远的安西，斯人一去，归程何期！"昔我往矣，杨柳依依"，一股深深的伤别之情、祝福之意涌上心头，王维于是吟诵出了这样的千古绝唱——

渭城朝雨浥轻尘，客舍青青柳色新。劝君更进一杯酒，西出阳关无故人。

此诗寓凄清于豪迈，寄伤感于旷达，既是对老友的深情祝愿，更是对阳关历史终结的绵长咏叹。后人云："王摩诘'阳关无故人'之句，盛唐以前所未道。"盖因盛唐以前阳关的历史作用还未最终消失矣。这首诗在丝绸之路由陆上移往海上的大转折历史背景下，将一种往昔的繁华璀璨一去不复返所带来的怅然若失的复杂情绪和对美好友情珍惜却又无力留住它的惋叹内在地结合起来，深刻地反映出、折射出一个时代的时代心理和社会情结。所以"此辞一出，传诵不足，至为三叠歌之。后之咏别者，千言万语，殆不能出其意之外。"

此即谓"阳关三叠"。三叠者，据苏轼论三叠歌法云，就是"每句皆再唱，而第一句不叠"。元代《阳春白雪集》所载阳关三叠词其结构与苏轼之论颇合：

渭城朝雨，一霎轻尘。更洒遍客舍青青，弄柔凝，千缕柳色新……

四

我们仍在马背上徜徉，阳关烽燧故址瞻之在前忽焉在后。正午的阳光还像两千年前一样似泼如倾，强烈的光芒造成似有若无的晕眩中，我们神驰思奔于汉唐两代的阔大气魄之中，汉唐间千来年的历史联结着阳关的始终兴废，连接着陆上丝绸之路与海上丝绸之路的彼消此长，也联结着今天开发大西北的大业宏图……

阳关，你曾雄踞在卫青、霍去病西击匈奴的雄师留下的蹄印斑斑的土地上；

阳关，你所吞吐的万里丝绸之路曾为欧亚大陆的沟通、东西方文明的交融发挥了多么重要的作用；

阳关，两千多年来，你见过了多少风云际会，多少悲欢离合，多少兴衰立废，多少尘世沧桑……

现在，阳关终于从这片灼热的、干燥的、一望无际的戈壁滩上湮没了，从历史的深处消失了，只留下那烽燧残垒的无言耸立，它已经在这儿默默挺立了两千多年，还将继续存在下去，就像历史老人，要继续看着这它曾守护过的故国的大西北被开发出来。

我明白，哪怕我们这个国家最贫瘠、最荒凉的地方都繁花似锦，流光溢彩，如诗如画了，阳关也还是现在这副残破苍老的模样，甚至更衰老，我们任何人都无权也无法改变它哪怕一丁点儿。它就是历史，历史永远无法更改，历史只能在历史中存在与消亡。

我们下了马背,我们上了汽车,我们要折回头要离开敦煌了。我知道再不需要如古人似的西出阳关,我知道阳关内外正涌动着开发热潮,但我还是要一唱三叹——

渭城朝雨,一霎轻尘;更洒遍客舍青青,弄柔凝,千缕柳色新;更洒遍客舍青青,千缕柳色新。休烦恼!劝君更进一杯酒,人生会少,自古功名富贵有定分,莫遣容仪瘦损。休烦恼!劝君更进一杯酒,只恐怕西出阳关,旧游如梦,眼前无故人!只恐怕西出阳关,眼前无故人!

这是历史的一段情缘。

这是对美好事物伤逝的凭吊。

这是机遇不可再劝君倍珍惜的暮鼓晨钟。

2001年8月15日

回望霍骠姚
——阳关三叠之二

一

……广袤的朔漠静寂如磐,残月如钩,干冷干冷,奔袭千里的骑士和骏马已汗湿全身,直透重铠,人和马呼出的热气转眼凝成霜花飘落在马头人面泛出片片银白,旌旗半卷犹散发着风烟气息,将士们警觉的眼睛和矛戈在曙色熹微中光点闪闪。跨坐在西域汗血马上的霍去病面容沉毅……现在,只要大将军扬眉剑出鞘,这渊停岳峙严阵以待的数万铁骑就会如怒海惊涛长驱千里势不可当……

从上大学接触到秦汉史实时起,脑海中就开始浮现这幅晨光熹微中的图景。它给我的印象如此之深,以至时隔数十年之后,终于将这个印象信手拈来,画蛇添足地塞进了一篇题为《千年等一回》的散文之中。

所以,当霍去病的铁军风驰电掣般掠过的古阳关故址真的出现在眼前时，止不住的前尘旧影便如泉水般汩汩从心田漫过……

当年，我与霍去病年岁相仿时，我像崇拜兄长似的喜欢他、钦仰他。

现在，我的年龄可当他的父执辈时，我像钟爱自己的子弟一样钦佩他、喜欢他。

毋庸置疑，他有一种时空阻隔不了的摄人心魂的魅力。

那是一位不世将才；

那是一个铁血男儿；

那是一团迅捷升空、猛烈燃烧、瞬间将大地与长空照耀得通明绚丽，却又骤然熄灭的焰火；

那是西汉帝国为抗击寇边的匈奴而出鞘的圆月弯刀霜刃上迸射出来的令人股栗的凌厉杀气；

那是忠肝许国的年轻战神与风花雪月的故事擦肩而过的孤凄背影。

那巍然耸峙在汗血马上的峭拔男儿永远24岁。但却比我们古老两千多年。

二

公元前202年，楚汉相争的烽烟终于尘埃落定，奠基于秦帝国废墟上的西汉王朝基业初创，疮痍满目，百废待兴。从高皇帝刘邦起，中经文景二朝，直到汉武帝，积六十多年的无为之治，休养生息，一个新兴王朝达到了它的鼎盛时期。

然而，在这个新兴王朝的北疆，掠夺成性的匈奴奴隶主贵族侵扰造成的边患始终浓云翻卷风急雨骤。

挟统一全国余威的汉高祖在与匈奴的对抗中竟然蒙受白登被围之辱。

此后又被迫采用和亲之策，几多汉公主和大量金银财宝送给了匈奴，虽换来了一段时间的相对安定，但匈奴本性不改，边境滋事日多。

闻鼙鼓而思良将。

整治武备成了时代需要。

打造将星成了帝国荣耀。

时代需要从来压倒一切。

上自汉武，下至庶民，莫不心

悬塞外，情系边防。

于是，飞将军李广等一大批杰出将领脱颖而出；家奴出身的大将军卫青边塞称雄；卫青的外甥霍去病更是横空出世。

于是，卫青、霍去病指挥的三次正面进击匈奴的伟大战役由雄才大略的汉武帝亲自拉开了帷幕。

三

"中天悬明月，令严夜寂寥。悲笳数声动，壮士惨不骄。借问大将谁？恐是霍骠姚。"

杜甫这首《后出塞》诗中的霍骠姚就是霍去病。骠姚亦作票姚，劲疾之貌。荀悦《汉纪》作"票鹞"，飞行迅捷无伦之鹞鹰。

霍去病于此"票姚"当之无愧。只看他18岁崭露头角那年，亲率八百铁骑远离大部队数百里，孤军进击，一骑当先，如出柙猛虎，摩云神雕，匈奴军望风丧胆，即可想见这年轻将军一往无前锐不可当的神勇。此一役，俘匈奴相国、当户及单于的叔祖等，斩杀两千余人，大胜收兵。霍去病由是获取武帝垂青，封为冠军侯。军中甚至视为可直追大将军卫青声望的明日将帅之星。

此后四年间，这矫健的摩云神雕便每每在决战匈奴的战场上空闪现。

这年轻的奇男子以骠骑将军之尊，指挥汉王朝一路大军四次出塞进击匈奴，无不告捷。

致使经过惨败后退往燕支山以北的匈奴人唱出了这样的哀歌："亡我祁连山，使我六畜不蕃息；失我燕支山，使我妇女无颜色。"

特别是最后一次远征，霍去病率骑兵五万从代郡出塞，北上长驱两千多里，痛击匈奴，总计斩俘敌人七万多人，匈奴左部几乎全军覆灭。霍去病的大军在今贝加尔湖之上会师，于狼居胥建坛勒石庆功。

那是一个盛大的节日，那是一个激情的盛会。载着光荣与骄傲，染着征尘与血腥，那狂烈不羁的勇士们来了，正义之师胜利之师的滚滚铁骑来了。如云屯大野，万蹄蹴踏，旌旗猎猎，马嘶人啸，一股雷霆万钧的勃勃雄风在这黑压压的部队中鼓荡。待到那如标枪般挺峙的军中主帅于万头攒涌中出现，响彻云霄的欢呼声立即炸响开来，一时间千万支胜利的火炬熊熊燃起，染红了漠北的砂石和天空。

从此，"匈奴远遁，漠南无王廷"。

于是，河西之地尽为汉王朝所得。武帝于此置五郡，设玉门关、阳关以扼丝绸之路。

在我们祖国疆域版图的历史形成中，就有着汉王朝戍边将士的贡献。

这一年，"黄沙百战穿金甲"的霍去病才22岁。

四

最具戏剧性的当然还是河西受降那一幕。

匈奴单于恨浑邪王数次为霍去病所败，欲杀之。浑邪王惧，决定降汉。消息报到朝廷，汉武帝"恐其以诈降而袭边，乃令去病将兵往迎之"。但等到霍去病率兵渡过黄河列阵前行，与浑邪王严阵等候的部队遥遥相望时，对方眼见汉军声威凛凛，猜疑之下不由敌意陡生，情势紧急，战云乍起，两军上空弥漫着浓浓的火药味。双方愈迫愈近，浑邪王的部队中突然有人煽动哗变，怀二心者纷纷逃走，炸营惊散的局面可说一触即发。霍去病闻讯，处变不惊，以百万军中取上将之首的无畏气概，一骑骤驰，众莫能当，直入匈奴营帐，亲自与浑邪王谈判，晓以利害，同时果断命令将逃走的人全部斩杀。此一举震慑全营，浑邪王志为之夺，气为之丧，骚乱迅速平息。之后，马上派浑邪王单身乘驿站快车去长安见汉武帝，霍去病自己则率匈奴降兵约四万人，号称十万，好整以暇，缓缓渡河东去，顺利回到长安。

定大局在危难之际，平动乱于指顾之间。这是这位大智大勇的年轻大将为汉王朝立下的又一大功。

难以想象，这世上还有什么东西能令这虎胆英雄为之却步……

五

每读霍去病的战史，都让人豪兴遄飞，血脉贲张，情不能已。

我一直以为，最能展现男性的阳刚气概，最能激活男性的雄性本能的，莫过于冷兵器时代在风驰电掣的战马上进行的铁与铁的交击，力与力的较量，生与死的搏杀。

现在，我徘徊在陇西黄河北岸的戈壁滩上。深深嗅着阵阵掠过的干热干热的风，细细品味着当年霍去病的铁骑留下的气息，真切感受到了古战场的味道。

想想：在辽阔的沙飞石走或牧草翻滚的广原大漠，狂风挟裹着浓云在长空低飞暴走，大自然的肃杀之气如铅块般地充塞天地之间……突然，在地平线上乌云开阖落日熔金处，一彪人马黑压压地仿佛从地下涌出，转眼间如铁流般倾泻下来弥散开去，浩荡的骑阵旋风般从眼前掠过，带着呼啸，伴着轰鸣，流光溢彩，气吞如虎，震慑心灵……经千百里长途奔袭，终于在黎明时分与盘马弯弓、悍不畏死的宿敌相遇，两军交刃，杀声震天，主将那随疾驰的风鬃雾鬣而翻飞的猩红大氅就是旗帜、就是号令，一剑挥处，千万支长枪短剑立时划破晨熹，龙吟虎啸与对手之兵铿锵撞击，神经和肌肉同时绷紧到极致，全身血液被坚强的心脏强力地输送到头脑和四肢，目光如电，激情似火，每一个招架斩劈动作都使生死悬于一发，顷刻间经历一生都未曾有过的大惊大怒大悲大喜，将七情六欲抛向人生体验的巅峰。

它真的符合现代体育竞技的原则——谁更快、更高、更强，谁就是胜者。

它真的是一种极于情而进乎道的艺术，一种让时下的"行为艺术"黯然失色的实践艺术。

它所需要的英雄气概、它所激发出来的人所能至的体智情的巅峰状态，它所包容的紧张、惊险、刺激的审美内容，确非只见坦克飞机、电脑几乎操控一切，两军远距离交手的场景所能取代。

六

纵观霍去病这天之骄子的一生，几乎每战皆捷，无往不胜，若有神助。故时人有"天幸"之说。

霍去病具有很高的军事天赋当无疑问。他在战场上就像老马识途般，对敌人的致命处及意图动向有着非常人可比的特异灵觉，纵使大将军卫青和飞将军李广也要多让。天赋加上不唯书、不泥古、不拘于成法，善于从战争学习战争、对战争之道有着深刻独到的理解，使他总能出奇制胜、无坚不摧。汉武帝曾要霍去病学习孙吴兵法，他回答说："顾方略何如耳，不至学古兵法。"于此可知其眼光、胆略的过人之处。

西汉初，骑兵已以其高速、灵动、极具冲击力而成为古战场上的"快速反应部队"。这样一支部队又是在辽阔的戈壁大漠上与能征惯战的匈奴军作战，常常是日行千里，战机百变，这就决定了它的指挥者不能只是远在战场之外的帐幕中夜观兵书昼划方略，而必须是能亲任前导随机指挥能骑善射勇冠三军的闯将。霍骠姚正是这样的军事指挥员。有他在，他的勇士们就能攒如铁拳，劲气十足，于敌人致命处痛下杀着。

当然，善于就地"取食于敌"，以解远道奔袭的后勤给养难题，和善用熟悉地理的匈奴降将和当地人指引迷津，亦是霍去病的成功之道。

不过也不能不承认，冥冥之中的命运之神的确对霍去病格外垂青。否则，为何作战经验比他丰富不知多少倍、一辈子都在同匈奴人交手的飞将军李广却屡屡不顺，乃至老马迷途贻误军机而饮恨身亡，而这年轻人却功成名就得那般顺遂呢？

独坐南窗，文思徘徊，看窗外白云苍狗，深觉个中玄机神鬼莫测，令人生畏……

七

以往一提霍去病，脑海中就不期然地闪现出《三国演义》中对蜀国五虎上将之一的"锦马超"的描述：

"只见一位少年将军，面如冠玉，眼如流星，虎体猿臂，彪腹狼腰；手执长枪，策骑骏马，从阵中飞出。……"

但是这次从甘肃河西走廊到新疆寻访当年霍去病跃马千里横绝戈壁的遗踪，深深感悟到古时沙场鏖兵的艰难困苦。在那种霜凋百草、飞沙穿甲、骄阳袭肤、刀头舔血的征战生涯中摸爬滚打出来的霍去病，应该比马超更冷峻，更刚毅，更具大将神采。

马超是战将，霍去病却是战神。

这样一位年少得志，功高权重、冷峻刚毅、英武帅气而又出入侯门帝府如闲庭信步的奇男子，自是流韵生风，在男女大防尚不严苛风气甚为开放的汉朝，无疑会使上层社会的贵妇淑女芳心暗许为之倾倒，演绎出莎士比亚笔下"奥赛罗的玫瑰之约"和"罗马大将安东尼的浪漫之旅"是再正常不过的了。

令诗家扫兴让史家阙如的是，查霍去病短暂一生，似未有任何旖旎香艳的绯闻艳遇可供炒作。至当武帝着人为他造豪华府第让他审视接收时，他都断然予以谢绝。

"匈奴未灭，何以家为！"他说出了这流传千古的八个字。

他真是将国家的安危、社稷的轻重、军人的荣辱看得比什么都重，比泰山都重，遑论儿女私情了。他为抗击匈奴而生，他天生注定就是匈奴的克星，击灭匈奴成了他生存的意义，生命的价值。

也可能有一种七尺男儿宁愿马革裹尸，也不愿连累如花美眷的潜意识吧？"可怜无定河边骨，犹是春闺梦里人""醉卧沙场君莫笑，古来征战几人回"，调侃旷达中深含悲慨，亦霍骠姚之隐情乎？

检点史籍，再没有见这伟岸男儿有何豪言壮语。

仅此八字足矣，它已成为历代爱国志士的箴言，胜过许多高头讲章。

二千一百年来，它始终轰响在历朝历代戍边将士的心头耳际。

八

霍去病不仅"帅",而且"酷"。

他冷峻寡言,善于行动,他的一生行状都写在铁马驰骋战旗翻飞的征战中。

然而事情也不可一以论之。

与他同时而比他年长的"飞将军"李广是位声名赫赫的军中精英。在跟随大将军卫青出征匈奴时卫青没有让他任前锋,而改走东路,结果因迷道而痛失战机,事后又受到卫青派去的长史的盘问,性烈如火自叹时乖命蹇的李广悲愤自杀。他死后,其子李敢为替乃父解恨,曾将卫青击伤。卫青对此秘而不宣。不久,汉武帝到甘泉宫打猎,李敢、霍去病同为扈从,不动声色的霍去病嫉李敢伤其舅,乘机射杀了李敢这位英勇善战的军中骁将。

同室相残一至于斯。读这则史料,令人错愕有加。这是那个"匈奴未灭,何以家为"的霍去病吗?是那个沙场致慨英风壮节的霍去病吗?

当然是同一个霍去病。他的作为让人想到他整个人就像一只黑豹,造物将这大猫的全副骨骼和肌肉打造得极为精致而强悍,就如一个随时可以紧缩或强力张开的弹簧,它的四肢修长华美,锐利的爪子可以缩在肉垫之中,使它行走起来悄无声息;而那炯炯的目光甚至有一种勾魂摄魄的磁性魔力。它可以长久地不动声色地跟踪、守候一个猎物,极为耐心地等待可乘之机,时机一到,这黑色的精灵就会如闪电般暴起一举将仇敌击毙。

其实不难理解。霍去病所处的时代是个十分看重家族血缘关系和家族荣誉的时代,这是形成汉王朝统治集团内部门阀之争的重要因素之一。李敢为报私仇竟在光天化日之下将大将军卫青击伤，已是胆大包天。霍去病虽是资质超卓的军人，但他也不能超越门阀的藩篱，更不可能超越时代的局限。更何况他血管里的血在同匈奴的血战中被烧得滚烫，他怎么能忍受对手的叫板！在这种事情上他绝非善男信女。

这矫健的、无情的黑豹在战场上对强敌更是以雷霆霹雳手段予以击杀。

此乃战争铁则：你死我活。

正合中文"酷"的本义。

九

既然说到了霍去病的"酷"，不妨再说点他的"不是"。史载：霍去病生于宫廷，贵不爱卒敬士。出塞远征，皇帝给他配备了足够的食物，打完仗班师尚多有富余，而士卒却有饿肚子的。驻扎塞外，士兵缺粮以致乏力难以站立，霍去病却玩兴大发，令手下弄个临时球场，踢那种毛皮做的球以自娱自乐。

这哪儿还像个能驱使麾下儿郎跟着他出生入死排除万难每战必胜的统帅呢？

简直就是个养尊处优被惯坏了的大孩子。

然而这次到了酒泉，听到的是另一种传说：

霍去病抗击匈奴立下大功，汉武帝特派使臣载了美酒到前线去慰问他。霍去病对使臣说：谢谢皇上的奖赏。但重创匈奴不是我一人的功劳，功劳归于全体将士。命令将御赐美酒抬出犒劳部下。但酒少人多，怎么办？霍去病吩咐手下，将两坛美酒倒入营帐所在的山泉中，整个山谷顿时酒香弥漫，全体将士纷纷畅饮渗酒的山泉，欢声雷动。这就是"酒泉"的来历。

不管这是传说还是史实，我被这故事的美丽和浪漫深深打动了。对于一位统帅而言，这是多么潇洒、多么优美的一笔！这不是倾酒，这是倾情。还有什么豪言壮语比这一倾更能流芳千古呢？在酒泉公园里的"酒泉"旁，我真的被一股古久的醇香所陶醉。

即便如此，我还是宁愿相信史书上的记载。尽管这白纸黑字的记载有损名将风范。但我觉得它更真实，这样的一个侧面同其他侧面结合起来，才呈现出一个有血有肉的立体的活生生的霍去病。

他毕竟才二十出头呀。

否则这大孩子就太超凡脱俗太完美，失却让人亲近的人间烟火气了。然而与煌煌大节赫赫战功相比，谁能不谅解他这点"不是"呢。酒泉的传说就是证明。

因为实在难以解释，这样一个"贵不省士"爱踢爱玩的青年人，是怎样带领士卒去创造战争奇迹的。

十

去病，去病，消灾祛病。

奈何造物弄人，英才天妒，这不世出的一代雄才偏偏在24岁时英年早逝。

一颗光芒四射的将星在西汉王朝的天空骤然陨落。

可老天似乎是给过他恩宠的。

时耶？命耶？数耶？

有汉一代，霍去病的武功勋业也许已臻于极致。18岁崛起于行伍，即以武勇获"骠姚校尉"官号；20岁时以大功升任骠骑将军；22岁时被汉武帝任命为大司马，级别、俸禄均等同于大将军卫青。可叹的是，他在这个高位上只待了不到两年。

空留下几多遗恨，几多惆怅，几多叹息！

汉武帝极尽哀悼，发动沿边五郡的匈奴移民黑甲列队，从长安护送霍去病灵柩到茂陵墓地，其墓以祁连山为形，历二千年风雨而耸峙到今。

霍去病死后，军事上、外交上都占得优势的汉王朝再没有过对匈奴的大规模用兵。

萧条清万里，瀚海寂无波。

"严风吹霜海草雕，筋干精坚胡马骄。汉家战士三十万，将军兼领霍骠姚。……"李太白的诗歌，让人于千载之下犹能想象出霍嫖姚的虎虎生气。

"霍嫖姚"已成了英勇果敢一往无前的代名词。

只活了24岁，却长命两千多年。

这是一种境界。

更是一种超越。

人生如此，夫复何求！

2001年8月26日

石窟惊奇
——阳关三叠之三

一

　　游方和尚乐尊饥餐露宿风尘仆仆来到敦煌的三危山下已是疲惫不堪，于是趺坐小憩，待到张开双眼注目前面的三危山时，忽见山上绽出金光万道，山岩上云遮霞耀，百鸟和鸣，一排排的佛陀宝相庄严，雍容圣洁。一时间乐尊目瞪口呆以至忘情，待到佛光慢慢散去，这游方和尚才蓦然醒觉，赶紧俯伏尘埃，礼拜上苍。他断定，这是神佛显灵来点化他了，于是许下大志愿，要将佛陀的宝相永远留在人间。他请来工匠，就在三危山对面的鸣沙山石壁上开凿一个供有佛塑的石窟。因此窟开在沙漠中最高处，遂起名为漠高窟，谁料后来却因言讹传为莫高窟了。

　　这事儿发生在1600年前的前秦建元二年（366年）。有识者考曰：乐尊和尚之所以会在三危山上看到金光，是因为此山处于老年期，山上寸草不生，山岩呈黯红色，且含有矿物质，所以在阳光照射下出现金色反光。

这是要用科学将此事坐实。不管此说能否成立，我倒觉得这样一来反而将一个浪漫的故事弄得苍白无味了。也或许乐尊和尚心诚则灵，真的看到了这一千载难逢的奇景呢？又或这是他感受到的一种心像？实际上，从古至今有许多自然现象和心灵现象都是难以解释的。反正无论如何，乐尊和尚此举开了依山面壁开窟造佛的先河。接着，又有一法良禅师从中原来到此地，见了乐尊所造佛龛艳羡不已，乃于此窟之侧再建一窟。故史料有"伽蓝之起，滥觞于二僧"之说。此后仿效者日多，从北魏始到唐初武则天，即已凿窟室千余龛，所以莫高窟又有"千佛洞"之称。隋唐特别是唐王朝，使莫高窟的雕刻彩绘艺术臻于辉煌的顶峰，在洞窟规模和艺术成就上空前绝后。其后随着大唐帝国衰亡，莫高窟也由绚烂趋于平淡，虽然吐蕃、西夏也在此有所开凿，但已属前朝遗韵，不足为观了。

从4世纪到14世纪，莫高窟的石窟开凿整整延续了上千年。

到了明朝，因嘉峪关的修建，敦煌遂遭放弃，西来的风沙在漫长的岁月中逐渐淹埋了莫高窟，就像柬埔寨的吴哥古迹被遗弃在丛林中一样，莫高窟也从人们的记忆中淡忘了，消失了。

如果莫高窟真的消失了的话，那无疑是人类文明史上的一大劫难，一个不可补救的损失。当然，如果它真的不存在了，不为人知了，那我们还不至于产生这样的感喟；我们之所以庆幸，是因为它在消失了数百年之后又因一个偶然的机会重新引起了世人的注意并且震惊了世界，它以现存的保存完好的从北魏到元代期间的各代492个洞窟、2415尊雕像、45000余平方米壁画的惊世辉煌，使人在一唱三叹之时产生后怕：如果它真的被毁灭了呢？

二

我知道这莫高窟几乎一辈子了，过去差不多是当作传说来听的，那一直是存在于一个可望而不可即的世界的神话，直到今天我站在了莫高窟的塑像壁画前，石窟的石壁伸手可及时，恍然中还觉有点难以置信。

我们参观的时间太短，导游小姐只能有选择地引领我们去看那几窟最有代表性的石室，其他的窟室，我们是裹在形形色色的游客中从它们跟前匆匆走过的。即便是如此惊鸿一瞥，我也不能不生出强烈的惊艳之感——仿佛满世界的色彩都通过我们现在已看不到的一双双补天之手汇聚到、弥散在这些洞窟的四壁天穹、流淌到佛陀菩萨的全身上下了，在幽暗的石窟里，这些色彩显得格外深沉、浑厚、和谐，愈往洞窟深处愈隐没于黑暗之中，沉埋到了千多年历史的深处。使人仿若面对一幕幕幽深莫测的梦幻，无数当年曾经被带到这里、被挥洒在这里的悲喜哀乐人情世故社会变迁都隐藏在孕育在沉积在这些色彩线条中了。可是一旦堵在洞窟门口的游人离去，或是导游偶尔将手提灯的灯光亮起，那漆黑虚空就像珠帘玉户蓦然开启，千多年前的色彩和形象几乎以当时的真面目绚丽地亮相于人们的眼前，庄静含蓄的佛陀，慈眉善目的菩萨，身姿曼妙的女侍一个个现身出场，尤其那扭胯拧腰，婀娜丰满，如蒙娜丽莎般神秘微笑的女塑足以颠倒众生。而壁画中长带飘扬、衣袂飞舞、柔若无骨、玉臂轻舒的散花飞天更令人击节叹赏，思越千年……

那一刻，我想我们肯定是因深深陶醉而神不守舍了，要不，怎么会感到石窟天穹上藻井中的飞天那长长的飘带在不易察觉地微微拂动呢？惊愕之际，目光移到了那站在神坛上扭胯探腰的女塑身上。奇哉怪也！刚刚还那么腼腆而矜持的菩萨眼角眉梢的几丝笑意,此刻竟如水波荡漾般在她丰腴的脸颊上徐徐绽开来;低垂的眼帘也似在轻轻颤动;保持了千百年的右胯隆起、头稍右倾的身姿,现在却变成了左胯隆起,头向左侧一波三折的S形,仿佛身列仙籍的她也站累了要换一个姿势……

我们目瞪口呆之时,阵阵仙乐、缕缕馨香就从深不可测的神秘之所传来,令人心神俱醉,几不知今夕何夕……蓦地神光乍现,宛若爆起一颗曳光弹,其强烈程度让人睁目如盲,一切都消失在"白洞"之中。不知过了多久,也许弹指之间,也许一生一世,刺眼的强光才慢慢消失,然而洞窟和游人也随之消失了。我茫然四顾:身在何处?只见头顶上五彩祥云舒卷攒涌,金光闪烁中,数位飞天云裾飘拂,披巾飞扬,回旋于我们的上下左右作天魔之舞,其姿容之曼妙,当真是翩若惊鸿,矫若游龙,仿佛兮若轻云之蔽月,飘飘兮若流风之回雪。远而望之,皎若太阳升朝霞;近而察之,灼若芙蓉出渌波……这些飞天少女们已然摆脱了重力对凡夫俗子的束缚,凌空御风般将人体的百媚千娇、千变万化展现得如此淋漓尽致美不胜收,我不由得一阵阵地惊叹于老天的造物之妙!俄而,无数花瓣自飞天们的纤纤素手和翩翩舞影中飘洒而下如霏霏彩雨,异香袭人,直沁心脾。而端庄矜持的菩萨正在那边厢玉立亭亭,拈花微笑;薄薄的纱衣下丰满的躯体浮凸玲珑曲尽其妙,那深垂的眼帘缓缓开启,一双妙目秋水溶溶,深邃澄沏,人间天上的一切都倒映在它里面凝然静寂,一望之下涤心滤肺俗念全消。一种莫名的大感动大领悟由灵台直透脑际渗透全身直让人泪盈双睫。

忽然耳边环佩叮咚,惊觉回头,却见飞天盈盈自天而降;披罗衣之璀璨兮,珥瑶碧之华琚,星眸闪闪,娇吟细细,蛮腰袅袅,衣袂飘飘,如玉树临风,与妩媚多姿的菩萨一道合十致意,真有道不尽的万斛风情。我想问一百个问题，却什么也没说出。张口结舌之时，菩萨飞天微微颔首，婀娜前行。我们在一种看不见的力量推托下身不由己如影随形跟了上去。

　　她们在前面导引，从背影上看去，一会儿似是菩萨、飞天，一会儿又似是导游小姐。迷离恍惚中忽至一石窟前，见一老僧禅坐于此作讲经状，他身披通肩田相袈裟，坚毅自信，端方持重，虽面目黧黑、形容枯槁，却仙风道骨、舌粲莲花，俨然世外高人。菩萨、飞天一齐拜倒，口称"尊师"。我们为之恍然：这不就是开敦煌凿窟塑佛之先河的游方和尚乐尊吗？不由肃然起敬，亦随之合十致意。不料转瞬之间乐尊已起驾与菩萨等一起御风而去，我们也像是上了飞毯，耳际风声呼呼，好像是在一个接一个的石窟中穿行，成群结队千姿百态的佛陀菩萨、金刚力士把臂来迎，又擦肩而去；又像是跨越了一个又一个朝代，以往在书籍影视中已熟悉了的唐宗宋祖被金冠龙袍装饰得灿然巍然的身影在眼前一一晃过，数不清的贵妇宫娃能工巧匠却劈面而来众口嘈嘈，似在争相讲述前朝旧事野史轶闻。

　　眼前衣袂飘舞，人影幢幢，倏忽变幻，但我们大体还能辨认出那以刻削为容、秀骨清相、"令人懔懔若对神明"为特征的佛陀、尊像，非北魏莫属；那雍容厚重、面相丰满、俗装华丽、易生亲近之感的菩萨则多半是隋代的宠儿；而在人头攒动中让人过目难忘如宫中贵妇般袒胸露臂、玉貌丰神、肌胜于骨、肤采润泽的众多菩萨则只能出于唐代艺术大师之手，与她联袂而来的佛陀也有着如凡人似的丰润肉体，面相庄重、慈祥，手势作说法、思维或召唤之状，自有一种大智慧的光辉在。啊，还有，那天真无邪的罗汉当是迦叶，世故深沉的定是阿难，而那盔甲严整或裸露上身，肌肉坟起、青筋绽露、金刚怒目的则是威猛正直的天王力士了……

　　神思悠悠、心旌摇摇之际，耳边风声顿止，只听乐尊和尚苍老声音的一声断喝:"藏经洞!"眨眼工夫,尊师和菩萨、飞天均了无踪影,我们已和一群游人站在莫高窟北端七佛殿下第16号石窟前了。

三

虽然我们还沉浸在刚才如梦似幻的神游之中,但"藏经洞"这三个字还是吓我们一跳。藏经洞!光这名称就带着某种神秘奇诡。它那价值连城的文物蕴藏,它的离奇发现和由此延伸开去的中国乃至世界文化史上可圈可点、堪悲堪叹的传奇故事,使藏经洞具有了如埃及法老陵墓般不可抗御的魔力。难怪乐尊和尚和神女们要将我们带到此处!

据记载,藏经洞开凿于唐宣宗大中五年(851年)。到11世纪时,元代统治者的铁骑席卷敦煌之前,莫高窟寺庙的僧众为避战乱外出逃亡,就将历史遗存下来的汗牛充栋的经卷、文书、档案及佛像画等全部封存于此洞,然后外加一壁,绘影图形以掩人耳目。期待等兵燹一过再返回取出。但是此后长期兵连祸结不得安宁,这些僧徒们也再未回来过。年长日久,风沙淤塞了甬道,洞窟倾颓,此后八百年间幽闭于世,无人得知,遂成秘迹。到19世纪末,整个莫高窟已是流沙漫涌,层积如山,只剩下高处的石窟尚露出沙面。如果说此地还有人迹的话,就是窟前依地势高低佝偻着的三座破败小庙中的几个方外之人,上寺、中寺是几个喇嘛,下寺住的是道士王圆篆。

命运真是叫人难以捉摸。同是待在莫高窟,上、中寺的喇嘛早已消失得无影无踪,下寺的王圆篆却大大有名。要谈莫高窟,要说藏经洞,都离不开这个道士,不知者正不知他是何方神圣,搞风搞雨搞得天下皆知,实际上王圆箓是个十足的小人物，"芸芸众生"中的一"生"，如沙蚁民中的一"蚁"，这个湖北麻城的农民当过兵，退役后生活无着，便当上了道士，辗转来到敦煌莫高窟，做了下寺的住持。这样，当时早被遗忘遗弃无人打理的莫高窟实际上就置于王道士的掌控之下。因为有了这样一个实际上的位置，也才有了使他大大有名的两件奇事：一是因为他无意中发现了藏经洞这个天大的秘密，"劝募，急功经营，以流水疏通三层洞沙，沙出壁裂一孔，仿佛有光。破壁，则有小洞，豁然开朗，内藏唐经万卷、古物多名。"王圆箓的墓志铭上如此记载着藏经洞的发现经过。这是1900年7月2日发生的故事。藏经洞的重见天日，等若开启了中国文化的一扇神秘之门。"见者惊为奇观，闻者传为奇物"，以致整整一个世纪成为中外学者注目和研究的对象，由此而出现的"敦煌学"成为国际显学。二是通过王道士之手，这价值连城的稀世珍宝被闻讯而来的各种盗宝者大量掠往国外：

1907年，比利时的斯坦因来到莫高窟，以十四块马蹄银"换"走了二十四大箱古写本、五大箱绘图和丝织刺绣；

1908年7月，法国人伯希和跟踪而至，以五百两银子买通王道士，掠走了六千五百件文物；

1910年10月，吉川小一郎等率日本大谷光瑞探险队来此，劫走约四五百卷写经和两尊精美塑像；

1914年，斯坦因二至敦煌，这次干脆连"换"的幌子也不要了，直截了当盗走经文五大箱六百多卷。

连遭浩劫，藏经洞文物已所剩无多。以致中国的学者要研究敦煌文化，不得不忍辱含屈地从外国有关机构买取被盗敦煌文物的缩微胶卷和文件。

有了上述两件事情，不仅王道士和藏经洞的传奇引起持久轰动，莫高窟也随之重见天日，名播四方。

带着复杂的思绪，我们随导游走进了16号石窟，除了从外面来的光线照亮了洞口处一小块地方外，往里瞅一片幽暗，也幸亏千百年来没有光线的侵蚀，洞窟里的壁画彩绘才得以保持原状。我们所立足的长方形甬道，就是王道士用流水疏通洞沙的地方，过道墙壁上有一长方形门洞，里面是一小间窟室，标号"017"，这就是名满天下的藏经洞了！！借助导游手中的灯光，我探头向里望去，已是室徒四壁，空空如也。一种"人去楼空"的空虚怅惘直上心头……

四

出得洞来，外面阳光灿烂，游人如织。我确切地知道现实生活中刚才什么也没发生，只不过是自己如同当年乐尊和尚一样做了个白日梦，但这个梦留下的活色生香的景象却在脑海中挥之不去。梦中的菩萨和飞天其实是千年前被抬上神坛的盛唐靓女的写照。整个莫高窟壁画和彩塑在某种意义上可以说是中国从魏至唐古代女性美的集大成。这样一个伟大的艺术宝库千多年前始于方外之人乐尊，却在千多年后既损于王道士又彰于王道士。这本身就意味深长，乐尊之耿耿于藏经洞，自不难解也。

王圆箓并非大奸大恶之人，亦非重权在握唯利是图之辈。据说，他来莫高窟住进下寺后，"入乡随俗"，对佛和佛事表现得十分认真虔诚，化缘或做道场得来的钱，总是细心积攒起来，还时不时请人来清扫洞窟积沙，修补塑像，藏经洞的意外发现就来自于"以流水疏通三层洞沙"的创意。16号石窟不远处的展馆里有王道士的发黄的照片，小帽长袍，一身道士打扮，在石窟前的阳光下叉脚站着，眯缝着小眼睛，一脸傻兮兮的笑。这幅照片正摄于斯坦因来此寻宝之际，不知王道士那农民式的脑瓜子里正在转些什么念头。他是那样平凡，甚至有些猥琐，没有文化却又带几分狡黠，这样的人物可说遍地都是，我们几乎每天都可遇到，说不定谁换个时间环境就是又一个王道士。人们痛恨项羽的火烧阿房宫，×××的火焚少林寺，但是你一旦有了机会，敢保证不会干出王道士的愚行来吗？

我们就要离开莫高窟了。当我再回头瞩望山壁上那一孔孔石窟时，仿佛看到了前赴后继绵延千年的历朝历代的石工画匠们在脚手架上顶着骄阳，斧凿叮当，举着油灯色墨挥洒的场景。

这里应该是有过中国的雕塑巨匠米开郎基罗的；

这里也应该是有过中国的绘画大师塞尚高更的。

否则，不可能造出艺术上的这等辉煌，不可能造成这中国乃至世界的佛教艺术的伟大宝库。

也幸亏是乐尊福至心灵选中了这气候干燥阳光充沛的敦煌三危山来实现他许下的礼佛宏愿，才有了莫高窟千佛洞的存在，也才使这艺术瑰宝得以保存至今。然而，除了乐尊和尚的传说外，什么能工巧匠的名字都没遗留下来，他们统统消失在历史的记忆黑洞中了。只有他们的灵魂、灵感、灵气在他们亲手创造出来的艺术杰作中永生着。我甚至想，倘若知道他们中谁的名字，击掌三下虔诚地呼唤一声，他就会从佛陀菩萨身后悄然现身的吧？

啪、啪、啪——真的有掌声三起。我疑心耳朵发生了错觉，一回头，

米萝文存：凡圣之间

同行者中有人举起双臂在兴高采烈地挥动："看，看，多美！"顺他的视线望去，只见三危山那边刚才还瓦蓝瓦蓝的天空，这会儿出现了几缕如飞机尾气形成的五彩波状云，它在大气中氤氲散化，竟铺成半天云锦，隐约之中似有若无地飘飞着几个婀娜的身影和无数袅娜的罗带……

但愿这次不是错觉。

2001年11月

他成全的是历史
——回望西楚霸王项羽

一

公元前202年年初的那一天，在今安徽和县东北，那个南方人看去像北方、北方人看来是南方的乌江血祭的日子，该是愁云惨淡，朔风凄厉，烟波生寒的天气。曾在"秦失其鹿"后的中原大地上不可一世、搞风搞雨的西楚霸王项羽，此刻却已走上了英雄末路——他那曾经将秦军庞大主力无情粉碎的军团，如今在垓下（今安徽灵璧县东南）被他昔日的战友，后来却成了死对头的刘邦的联军重重围困，陷入四面楚歌束手待毙的绝境。然而项羽却端的了得，饶是铁壁合围，他也能仅靠百十骑就破壁突围杀出一条血路。突围中项羽斩汉军二将，杀数十百人。汉郎骑杨喜自后追之，项羽回身一声怒喝如晴天霹雳，杨喜人马俱惊，窜逃数里方止。现在他们已经奔至乌江西岸，再往前就是长江了。闻讯而来正驾船在此等候的乌江亭长，见到征袍血染披发如狮的项羽，不胜凄怆感慨，力劝项羽上船过江：

"大王，江东还有地方千里，人民数十万，足以容得下大王，请大王快快过江！这里就我有这一只船，汉兵是过不去的。"

项羽有两个瞳子（重瞳）的眼睛凝滞充血，一时竟满是迷惘，他沉重的目光缓缓从亭长的脸上移开，横过水鸟惊飞哀鸣、芦荻瑟瑟的江面，投向了对岸。那儿晨雾迷漫，在凛凛晨风中摇曳的若隐若现的树木恍若大片移动的兵马……

是的，江东有送子弟随他逐鹿中原的乡亲父老，有他熟悉的故土风情……一丝不易察觉的温情伴着笑意在他年轻刚毅却又沧桑疲惫的脸膛上悄悄漾开。

一直在旁察言观色的亭长以为项羽心动，连连催促："大王，追兵已至，赶快上船吧！"

项羽却突然仰天惨然长笑："天要亡我，我还渡江干什么？！想当年我和八千江东子弟渡江而西，征战无数，横行天下，何等威风！而今他们全都战死沙场，无一人生还。我还有什么脸面再去见江东父老？！"此刻，傲岸不屈却又穷途末路的西楚霸王，脑海中一定闪现出曾结为兄弟、这当儿却正指挥手下要将他赶尽杀绝的汉王刘邦，那个高鼻子小眼睛，长着一把漂亮胡子的乡巴佬的身影。"即使乡亲们还同情我，尊我为王，我又怎能不问心有愧呢！"说罢，不容亭长张口，将跟随自己多年的乌骓战马交给亭长，"我知你是忠厚长者。这马日行千里，所向无可当者，随我已五载，情逾手足，我不忍心看它死去，就送给你吧！"

……小船载着亭长和乌骓刚刚从项羽含泪的目光中远去，刘邦的追兵已至，又一次围住了项羽。项羽身边只余二十余骑。他令众人下马，与汉军短兵相接。项羽自己抖擞神威，一柄长剑织出一片寒光闪闪的剑网，汉兵又伤亡数百人。但增援者有增无减。

项羽浑身上下伤痕累累，体力严重透支。他知道，活了31岁，最后时刻终于到来了。这位传奇斗士提起最后一点力气站定，仰望乌云奔走的天空，呼出一口长气，手中宝剑戟指对面一员汉将：

"你不是我原来的部将吕马童吗？听说汉王用千金万户来悬赏买我的头颅。现在，我就成全了你吧！"

话音刚落，他手中的利刃就如一道雪亮的弧光飞上了自己的颈项，鲜血如殷红的骤雨刺目地溅飞开来，高大魁伟的身躯山崩似的轰然倒下，激起了悠久的历史回声……

中国历史上精彩绝伦、撼人心魄的龙争虎斗——楚汉相争至此画上句号；

无数英雄中两个最卓绝人物斗智斗勇斗仁斗狠的对决至此分出胜负；

一个决定秦亡之后中国社会历史走向的悬案至此得出结论。

但是，仁义道德与机谋权变，胆色智术与攻防杀伐，军事奇才与策略高手的较量和在历史上的作用、地位、关系及孰长孰短等一系列问题却让后人思索了两千年。

同时，一连串的假设也斑斑点点散见于诸多史籍：

——如果项羽进入函谷关后即占据关中称帝、经略中原的话；

——如果鸿门宴上项羽不是大施"妇人之仁"，轻易放走刘邦，纵虎遗患的话；

——如果楚河汉界既定之后，项羽不那样轻信刘邦因而有所防备的话；

——如果韩信等人杰为项羽所用而不是为刘邦效力的话；

——如果项羽兵败乌江时终于接受亭长的建议一苇渡江在江东十年生聚东山再起的话；

——如果……

如果以上任何一个"如果"成为事实的话，假如"如果"这种偶然的因素发生作用的话，恐怕楚汉相争的局面乃至结果都会有很大的改变甚至重写，而结局的改变则会直接或间接地将影响渗入此后中国两千年的历史之中。而从当时的具体情况看，这种种偶然性因素究竟会不会发生作用、以何种方式发生作用、发生什么样的作用，似乎全系于当事人的一念之差、一心之用；而这一念、一心又与人的品格、人格、性格息息相关。想想被必然规律所支配的历史竟会因这种种细小的偶然而有所改变，不能不使人对冥冥之中的天机既感敬畏又觉神秘，它必定困扰着人们对历史奥秘的探索，直到永远。

二

中国历史上大约没有哪个年代的群雄争逐会比"秦失其鹿"后的风云际会虎掷龙拿更为精彩。那个年代距百家争鸣诸说并存、纵横之士蜂起、游侠成风的先秦理性精神范式不远，自由个性张扬，浪漫精神流韵远播，虽经秦的焚书坑儒，但人们的头脑远未被禁锢。一个空前大一统帝国烈烈扬扬的诞生过程和它所聚集起来的巨大能量所引起的深刻社会变革、所带来的权力和利益的重新分配，给隐伏在社会各个层面各个角落的形形色色的有识之士、渔利之徒、待起之雄以强烈震撼和无可抗御的诱惑，项羽、刘邦见到秦始皇出巡的排场时的艳羡和仇视，再真实不过地反映出当时普遍的社会心态，这种心态当然不会因秦帝国的短暂而有所削弱和淡化，恰恰相反，过去曾被激活却又暂时被压抑着的种种欲求，现在因"秦失其鹿"而造成的巨大权力真空、所形成的广阔表演舞台和千载难逢的机会而来了个猛烈的总释放，形成了各路英雄豪杰群起竞技争锋的浩大场景。只要想想，连为人庸耕、处在社会最下层的陈胜都能喊出"王侯将相宁有种乎"这样充满平等精神、张扬个性解放的口号，就遑论那些六国旧贵族和儒家知识分子了。

秦失其鹿，天下共逐之，高材者先得。

精彩的场面一幕紧接一幕，目不暇接；紧张的悬念百出的情节跌宕起伏，扣人心弦；人物的角色转换时爆冷门，让人算不胜算……

但目标是一致的。不管是胸怀"彼可取而代也"之大志的项羽，还是一吐"大丈夫当如此也"豪言的刘邦，抑或是振臂一呼"王侯将相宁有种乎"的陈胜，最终目的都是要获"鹿"而归，夺得大一统封建国家的高度集权的皇位即政权，而不是割据一方，当个诸侯王或草头王——这个目标太小家子气，壮夫不为也——这只要看看他们争逐中原的战略布局都是志在掌握全国即可知。事实是，经过春秋战国数百年间的酝酿和秦始皇集其大成的成功实践，统一的大势通过种种曲折途径和方式几乎变成了一种不言而喻的"神谕"，一种潜在无形的深层的强大驱动力，在冥冥中支配着人们的思想和行动。

机会是均等的。逐鹿伊始，"高材者"胜出之前，没有什么力量能压制或阻挡任何有志者加入"共逐"的游戏。作为六国旧贵族之后有着深厚政治背景的项羽且不说了，连英布这样的"群盗"、郦食其这样的儒生游士也能乘机自立，或归附山头以求再起，就是证明。秦二世元年（前209年）继陈胜、吴广7月起事之后，仅9月一月间，就有"沛人刘邦起兵于沛，下相人项梁起兵于呈，狄人田儋起兵于齐"。那个年月，谁都不能顾盼自雄，大言"天下英雄谁敌手"，只因时势为每个英雄好汉都提供了相匹配的强劲对头，有范增就有张良，有项庄就有樊哙，有陈胜就有章邯，有章邯就有项梁……应该说，当其时也，对每一个参加到这场战争游戏中来的人来说，"获鹿"的机会是均等的、公平的。经过群雄无数个回合的较量，层层淘汰，最后只剩下刘邦、项羽这一对选手进入"高材者"争夺皇冠的最后决赛。他们无疑是众雄之雄，是"搅得周天寒彻"的顶尖级人物。

谁将最后胜出呢？

被今人称之为"历史"的那些既往发生过的事实当然谁也改变不了。重归一统的历史规律也不会轻易改弦易辙。但当初命运之神的确一度垂青于那个目有重瞳的英武刚毅的年轻人项羽。

项羽是楚国名将之后。秦时，项羽与叔父项梁避仇吴中，"吴中贤士大夫皆出其下"。这种政治渊源、家族背景、显赫门第，是他的最好包装，对于增强其可信度、扩大其号召力，塑造引人注目的公众形象是十分有利的，无疑远远胜过以小小亭长而举事的一介布衣刘邦。当时看中、看重项氏这一背景而来投靠项梁叔侄者可谓伙矣。有一个东阳令史陈婴，当众人欲立其为王时，他谨遵母教而谢绝之，谓其军吏曰："项氏世世将家，有名于楚，今欲举大事，将非其人不可。我倚名族，亡秦必矣。"结果"其众从之"。就连日后成为项羽克星的刘邦和韩信，最初也是投奔于项氏旗下的。

在这种政治背景映衬下,项羽充满个人魅力的魁伟身影光彩四射地凸现出来。

且看他如何登场。

从公元前219年(始皇27年)起,并天下为一统,武功勋业超迈古人的秦始皇连续到全国各地巡游。那车骑滚滚、煊煊赫赫、极尽堂皇的浩大排场,和始皇帝君临四海的无上威仪,给沿途百姓以沛莫能御的巨大心理威压,莫敢仰视,拜伏尘埃。这个难得的历史场景,项羽和刘邦分别在不同的时间、地点看到了,并且不约而同地做出了非常人所可能的反应。

"嗟乎,大丈夫当如此也!"正在咸阳服徭役的刘邦见到秦始皇时这样表达他的内心感受。其时农家出身的他正在社会的底层折腾,虽弄了个小小的泗水亭长干着,但自小养成的贪杯好色、游手好闲的恶习使他仍迹近无赖似的混日子,连他的嫂子都烦他。可当时谁能想得到这个既贪财又好色的乡村小吏竟有如此不臣之心和非分之想呢!但单从此言看,刘邦其时并无造反作乱之意,他话里话外流露出的是对始皇权势、享受、排场的压抑不住的艳羡惊叹和自个儿也想享受一把的强烈欲望。

"彼可取而代也!"这可是项羽见到秦始皇时脱口而出的话,直截了当,掷地有声。其时他和叔父项梁正亡命在外,恰遇帝驾路经浙江。在无数旌旗于风中猎猎作响,车轮碾过咯咯有声,护驾甲士兵器的偶然撞击、步履铿锵汇成的一片肃杀中,路人无不噤声屏气。项羽的炯炯目光却越过烟尘旗甲,直盯在千古一帝的皇冠上。"彼可取而代也"——没有什么能比这个宣言更能表达出这个24岁的年轻人要将皇帝拉下马的万丈雄心和蔑视威权的包天胆色了。不是感慨"天下苦秦久矣"而要诛"无道秦",也不是因为被逼到绝路故铤而走险,只是因为国恨家仇。"项氏世世为楚将，封于项，故姓项氏。"在秦国统一天下的过程中，楚国曾愚蠢地干过为虎作伥的勾当，自以为能幸免于秦的吞并，但最后还是为秦所灭。连他的祖父项燕都是被秦将王剪逼死的。所以，作为"愤怒青年"的项羽，不可能像与秦无冤无仇的"小资"浪子刘邦那样，气度从容地旁观者似的说"大丈夫当如是"，而是恨恨地要一举灭掉仇人取而代之。

这是何等样气魄！也只有项羽能出此言。史云："籍少时，学书不成，去；学剑又不成，去。梁怒之。籍曰：'书足记姓名而已。剑一人敌，不足学，学万人敌耳。'於是梁奇其意，乃教以兵法。籍大喜，略知其意，又不肯竟。"后人均以此责项羽学不专一或其学不精，实际上这正说明项羽乃非常人也。在那个靠武力打天下的年代，他断然放弃了无用的"书"和寡用的"剑"，而要学统帅之术，但为将之道绝不能用一个模子来复制，其运用之妙存乎一心，所以他"略知其意"即重在了解将帅之道的真髓，之后立即抛弃那些琐屑的刻板教条，凭着自己的天赋悟性（别忘了他的家族世代为将，DNA里必定有此因子遗传下来）去自由地对兵法将略予以创造性的发挥，果然大行其道，大获成功，只要看他后来短短几年身经七十余战，"所当者破，所击者服，未尝败北"的辉煌战绩，即可了然。

西谚有云：培养一个贵族，须用三代时间。项羽是真正的六国贵族之后，其人目有重瞳，身躯伟岸，力能扛鼎，才气过人，"项王喑哑叱咤，千人皆废"，有金刚之勇，虽出身尊贵，具王者之风，却待人接物恭谨有礼，吐属文雅，行止雍容，极具风度，这是一种很难得的个人魅力，当时的年轻人都敬畏于他。他随叔父项梁起兵时才24岁，却表现出超人的胆识和勇力。彪炳青史的巨鹿之战将他的才华发挥得淋漓尽致。

其时秦大将章邯先败项梁于定陶，项梁死，后又将赵王歇困于巨鹿，形势危急。而项梁所立的楚怀王派去救援的上将军宋义却半道按兵不动。项羽在关键时刻当机立断，一举击杀宋义取而代之，立即发兵渡河去解巨鹿之围，自己尾随跟进。人马刚登彼岸，项羽即下令将船只凿沉，将锅灶砸碎，将住所烧毁，全军只带三天口粮，以示这一仗志在必胜，誓不生还。这种"破釜沉舟"的壮举极大地激励了将士们的必胜斗志，莫不以一当十，与秦军血战9次，喊杀声震天撼地，兵戈撞击如急雨敲篷，其惨烈之象令从四面八方赶来救援的诸侯军为之色变心悸，纷纷作壁上观，却无一敢出与秦军交锋。待到秦军被彻底击溃，项羽身披甲胄高踞大帐凛若天神，召见诸侯。入得门来，诸侯们个个膝行而前，莫敢仰视。自此，项羽以上将军名叱咤诸侯，威震楚国。

接着，项羽数追秦军，一破再破复大破，章邯投降。秦王朝的全部实力在章邯的军队，项羽击溃章邯军，等于是摧毁了秦帝国的最后支柱，从根本上倾覆了秦王朝，功莫大焉。而刘邦的入关，于灭秦更多的是象征意义了。"喑呜独灭虎狼秦，绝世英雄自有真。"前人的诗句，已将灭秦的功劳归于项羽了。

行文至此，停笔细想，在我们所熟悉的古代战例、古代将帅中，好像还没见过谁的出场比项羽更见光彩。一场激战，留下的不仅是"破釜沉舟""作壁上观"这样千古不磨、一见即想起项羽咄咄虎威的成语经典，更重要的是它证明了人的胆气、意志和战斗力可以被激化至超越极限的地步，证明了"置之死地而后生"是千古不移的真理。声威慑人，豪气迫人，英风夺人，这就是上将军项羽的出场亮相。

与之相比，与项羽曾一度共事楚怀王，并肩作战又结为兄弟的刘邦，其出场就平淡无奇了。这一点，连奉他为正统的史书也无法为其编造辉煌。刘邦是在大伙都北上援赵的当儿，受怀王之命西进入关的，一路上虽也打过若干仗，但对手均非秦军主力，相当顺利地在前206年由武关进抵霸上，再入咸阳，子婴降，秦亡。

有意思的是，刘邦和项羽一道作战时曾打过若干胜仗，攻克城阳，于濮阳东大败秦军，在雍丘杀三川守李由（李斯之子）。但一旦与项羽反目为敌，即屡屡败于项羽。刘邦入咸阳后接受谋士的建议，派重兵守住函谷关，以阻止项羽统率的诸侯军进入。谁知，"一夫当关，万夫莫开"的函谷关也经不住项羽的一记重锤，很快被击破，项羽麾兵突进，长驱直入。这才引出了流传千古的"鸿门宴"传奇。以后，凡刘邦亲与项羽对阵，鲜有胜绩，先是五十多万诸侯兵被项羽三万精兵所破；旋又于灵璧东睢水上被项羽击溃，老爸、老婆为楚军所俘；继之又败走荥阳……

从项羽、刘邦较力角逐的态势看，项羽曾很占上风，很具优势。但是，当历史的偶然性因素通过人物的性格、作风越来越多地介入必然性进程后，被必然性支配着的历史场景中的种种人事就出现了戏剧性的变化，使得所谓"真命天子得天下"的宿命论神话一朝破灭，更多的可选择性导致了"为虏为王尽偶然"（唐·李山甫《项羽庙》）的随机布局……

三

这里首先得摆摆"鸿门宴"。

这是楚汉相争折子戏中最富戏剧性的一幕，其产生就具有很大的偶然性。而在这一幕戏演进的过程中，我们会看到多种不确定因素即"变数"

的随机出现，是如何彻底改变了项、刘二人的命运和楚汉前程的。

当初楚怀王命刘邦入关时，项羽因秦有灭国杀叔之仇，坚请与刘邦一同入关。但楚怀王听信了帐前诸老将的进言，认为项羽凶悍残忍，不如刘邦宽厚大度，不宜先入关，所以不让他去。没料到项羽在巨鹿大捷后也攻入函谷关来与刘邦争关中了。项羽这次是下定决心，要将羽翼未丰的刘邦一举歼灭。他的首席谋士范增更是看准了这个难得时机，力劝项羽除掉心腹大患。当时项羽有兵力四十万，驻军新丰鸿门，刘邦只有十万人马，驻军霸上。以项羽的神勇和强大兵力，要灭刘邦的确是瓮中捉鳖，十拿九稳。如果此计施行，刘邦既灭，项羽就搬掉了中原逐鹿的最大障碍，必将横行天下，现在写在史籍和教科书中的秦以后的历史进程在细节上就得重写。即使是两千年后的今天，我们来看当时的政治、军事情势，有一千一万个理由来支持，这一仗肯定是要打的，没有任何一个志在天下的统帅会放弃这个机会。因为在任何人看来，这里面的确贯穿着一种"必须如此""不能不如此"的必然要求。

可叹的是，这有千个万个理由必打的一仗根本没打，倒弄起了一个成为千古话把的"鸿门宴"。先是项羽的叔父项伯作为第一个偶然的意外因子介入此事，他因为是张良的好友而连夜赶到汉营向张良通风报信，张良大惊之下将他引见刘邦，刘邦见风使舵，除再三剖白心意说自己绝无与项王对抗之心外，还许诺与项伯结为儿女亲家。项伯回营后将刘邦的甜言蜜语悉告项羽："沛公不先破关中兵，公岂能入乎？且人有大功，击之不祥，不如因善之。"项羽竟答应了。翌日，刘邦亲自到鸿门面见项羽，又是一通花言巧语，指天发誓，再表心曲。项羽疑心尽去，乃设宴以待刘邦，言笑甚欢。

范增知道打是打不成了，但还是按照既定方针办，如果在宴会上兵不血刃地把刘邦杀了，那似乎比打一场血仗更划得来。他多次给项羽使眼色，把所佩玉块据了三次，示意项羽赶紧下令干掉刘邦。但项羽装聋作哑，一言不发，没有任何反应。焦虑万分的范增只好找来项羽的堂兄弟项庄入席舞剑助兴，乘机杀掉刘邦。

直到此时，事态的发展虽然多少改变了形式但基本上还是按必然的逻辑在进行。可以设想，如果这下将刘邦击杀，那么虽然还有十万汉军屯于霸上，但蛇无头不行，已不足虑，可虑者张良、樊哙也。在两强只存其一，并世无可与项羽比肩者的情况下，张良很可能为项羽所用，否则，淡出江湖也符合他的性格。当然，更可能的是范增在击杀刘邦的同时也一并将他与樊哙等斩除。然后项羽亲自出马或派范增代传王命，霸上十万汉军岂有不降楚之理！这以后，天下还不是被项羽玩弄于股掌之上。如此，楚汉之争后的史书记下的就不是汉王朝而是楚帝国了。

但偶然因素第二次发生作用，再次改变了必然性发生作用的形态。这就是项伯和樊哙的介入。先是项伯见项庄舞剑，意在沛公，也拔剑而起与之对舞以庇护刘邦。"天云属地汗流宇，杯影龙蛇分汉楚。楚人起舞本为楚，中有楚人为汉舞。"宋人谢翱的《鸿门宴》诗道出了当时扑朔迷离的景象。接着樊哙接到张良急讯撞关而入，力数项羽，项羽竟"壮之，赐以酒"。刘邦则乘机如厕溜之乎也。这一走，就如放虎归山，纵龙入海。偶然因素的干扰，使得取天下的千载良机在项羽手上仅仅停留了几个时辰就永远失掉了。

读史至此，谁人不为之长太息！

清人王昙《西楚霸王墓》诗云："早摧函谷称西帝，何必鸿门杀沛公",说的就是项羽被必然中有偶然、偶然中有必然搞得进退失据的这笔糊涂账。

刘邦之成为项羽争天下的劲敌、宿敌,这不是因为个人恩怨或心血来潮,随意设定,而是铁的事实。项羽对此应该比任何人都清楚。但是,头天晚上还将之视为眼中钉、肉中刺,翌日却化敌为友,彼动我以情,我活彼以命。就项羽而言,这一百八十度的大转变依据的不是任何政治考虑、利害计较或者策略需要,也没经过什么深思熟虑,其间起决定作用的只是项羽的"一念之差",而这看上去似乎带有很大偶然性的"一念之差",却是深深根植于已内化为他行为准则的旧贵族道德风范,即所谓"妇人之仁",所谓"穷寇勿迫""不杀二毛",所谓"不忍之心",因而又带有必然性。就刘邦而言,则是他作为政治家的机谋权变之术,是他的以屈待伸之计在命悬一发之际救了他。项羽在这个事关成败、事关命运、事关历史的重大时刻,遵循的是常人之间的人情关系原则,刘邦遵循的却是政治家为争天下而屈膝妥协退一步进两步的策略。

放走这个曾与自己称兄道弟、却被范增预言为"吾属今为沛公虏也"的大敌之后,项羽大概是出于对有灭国杀叔之仇的秦帝国的深刻仇恨和强烈复仇愿望,一把火烧了阿房宫,又不假思索地拒绝了关于"关中阻山滞河,四塞之地,肥饶,可都以伯"的正确建议,一门心思要回江东,理由竟是"富贵不归故乡,如衣锦夜行"!其时项羽虽贵为西楚霸王,却还不到三十岁,他这种率性而为的性情简直就是个愣小子,哪像个要打天下的西楚霸王!

至此,反秦斗争宣告结束,进入楚汉相争阶段。这个"相争"是项羽一手制造出来的,在竞技场上,他制造出来或曰放出了那个虎视眈眈的敌手。

　　刘邦深得"大丈夫能屈能伸"之旨，为争逐天下，几乎将一切束缚他、不利于他的仁义道德说教和通行的礼法规则通通砸烂，包括敢于摘下儒生的帽子往里撒尿，从而进入一种为所欲为的无羁境地。汉二年春，刘邦会同数路诸侯计五十六万人东出潼关讨伐项羽，却被项羽以三万精骑大破汉军于彭城，死十余万人；接着，败退的十余万汉军在灵璧东睢水上又被楚军挤入睢水，睢水为之断流。刘邦陷入重围，幸赖风高月黑得以逃逸，但太公、吕雉却为楚军所俘。此后两军相峙于广武，久不能下。项羽乃企图利用手中的人质来作为迫刘邦退兵的讨价还价的重要砝码。改变楚汉相峙局面的机会似乎又一次走近了项羽。他命人高高搭起一个砧板，置太公于其上，对刘邦喊话："你要是再不后退，我就将你父亲煮了吃！"这在今天难以想象，在古代却是说烹就烹的。田横等不就烹过郦食其吗。对这一撒手锏，刘邦回答说："我与你从前一起侍奉怀王，曾经结拜过兄弟，我父即你父。你若一定要把你老子煮了吃，那就请你分我一碗汤吧！"项羽怒极，却也无可如何。我想起"文革"中首都红卫兵小将有云："无私才能无畏。"后来某学生领袖以各种不三不四手段在派性斗争中死缠烂打，毫不顾及舆论，于是红卫兵复指其人曰："无耻才能无畏。"俗谚也有"力大的不如胆大的，胆大的不如心狠的，心狠的不如耍无赖的"之说。此说古今一理。项羽是从人情道义常规发出"吾烹太公"威胁的，他以为刘邦必会有所顾忌而退兵，却不知刘邦一切皆从政治功利着眼，根本不在乎有"耻"还是无"耻"，一句"吾翁即汝翁"就四两拨千斤，不但将项羽的狠招轻轻挡回去，还使对手陷入尴尬境地。刘邦这种"为天下者不顾家"的本性在对待子女上也表现出来。当项羽在彭城大败汉军时，刘邦乘车狼狈逃窜，途中见到自己的两个儿子，随从将他们拉上车一起逃亡。穷奔一气后，马疲而追兵至，急了眼的刘邦为逃性命竟数次将亲生骨肉推下车。幸亏同车的夏侯婴几次将此二子重新拉上车才使其幸免于难。刘邦不但不感谢，反而大怒要斩夏侯婴。

面对这样一个蒸不烂、煮不熟、咬不动、油盐不进的无赖，项羽纵能拔山扛鼎，也应对乏术。情急之下只好给刘邦传话："打了这么多年仗，弄得天下不宁，还不都是因为你和我？我愿意和你决一雌雄，免得天下父老兄弟再多受苦难。"项羽竟天真到如此地步，谁都看得出来，这个建议本身就是黔驴技穷的表现。刘邦只嬉皮笑脸地回答："我宁愿与你斗智，不愿斗力。"这真是看准了对手死穴而蕴力道于无形的一记闷拳。

明人王象春《书项王庙壁》诗借评鸿门宴和广武之战而从人品上论及项羽和刘邦："玉玦三提王不语，鼎上杯羹弃翁姥，项王真龙汉王鼠。"项羽鸿门宴上不杀刘邦是"龙"，刘邦为争天下而不管乃父死活是"鼠"。品格高下，于此立判。

既然是"鼠"，既然什么道德礼法都被当成儒生的帽子可以尿之，那汉王还怕什么呢？就在"鼎上杯羹弃翁姥"之后不久，楚汉两军由于对峙日久而皆生厌心，最后两家约定以鸿沟划界中分天下，鸿沟以西归刘邦，鸿沟以东归项羽。项羽言而有信，释放了太公、吕雉，引兵东归。刘邦却采纳了张良、陈平的建议，背信弃约，发兵追击项羽，先为楚军所败；刘邦再约韩信、彭越等各路大军云集垓下，这次真使项羽陷于四面楚歌之中。

"此天亡我，非战之罪也！"项羽在垓下绝境中发出了这样悲怆的呼喊。对于项羽败亡原因的钩沉抉隐，两千年来几乎没有中断过。可以举出许多失败教训：战略失误。如没有先定关中，失去一统天下的基地；不该分封诸侯，造成割据；用人失误。如韩信得而复失，为汉王所用，终成自己克星；如范增，当世奇士，屡有良谋奇计，却为张良反间计去之，项羽失一大臂助，等等。这些，绝对是项羽兵败身死的重要原因。但是愈往深里探讨，愈发看出个人性格、个人品格不容小觑，历史的偶然性因素往往正是通过个人的性格、作风来起作用的。

"盖世英雄项与刘。"项羽与刘邦的确都是千古人杰，不世之雄，但是二人比较起来又太不相同。出身旧贵族门阀的项羽仪容高贵，天生神勇，深明将略，兼具当领袖人物的各种条件，似乎高高在上，但是他整个人较之平民出身的刘邦更易为一般人所接受，从我们对他的"回望"中，可以真切感受到其性格和行为方式都带着棱角，直白，刚劲，有丈夫气，但又不失人情味，诚如韩信对刘邦所分析的，项羽恚怒作声能使千人失气，其慑人之威一至于此，但他待人恭谨，言语温和，人有病疾，涕泣分食饮。他不仅不隐瞒自己的感情，往往处事还容易情绪化，活得更见真性情。当然，他性格中也有韩信批评的"妇人之仁"的缺陷，例如"至使人有功，当封爵，刻印，忍不能予"，等等。这也是同他遇事往往犹疑不决有关。平心而论，他是一位天才的出色的军事统帅而不是一个好的政治家，或者说，他从来不是一个政治家。当过市井混混的刘邦，虽然连自己也承认在政治背景、军事才能、战斗实力诸多方面远逊项羽，但天生是搞政治的材料，玩计谋的大师，他善忍、善变、善诈，有急智，圆滑阴柔，就像海潮，每次撞击礁石都无功而返散为水花，但瞬间又聚为海浪，再来阴柔的一击，直至礁石镂空坍塌为止，他就是这样动用策略计谋取得了单靠军事行动得不到的东西，将争夺天下的斗争进行到底。

不妨比较一下项羽和刘邦留下的两首诗。诗言志，歌咏言。在这两首气魄阔大的诗前，其他诗作都将黯然失色。这两首诗反映出两位盖世英雄的独特个性：

力拔山兮气盖世，

时不利兮骓不逝，

骓不逝兮可奈何，

虞兮虞兮奈若何！

鸿鹄高飞，

一举千里。

羽翼以就，

横绝四海。

横绝四海，

又可奈何！

虽有缴，

尚安所施！

有意思的是，这两首诗都是作者为爱姬而作。项羽兵困垓下，与美人虞姬诀别，诗中虽然也流露出"天亡我"的无奈和愤懑，但更多的是对命运无常、人生短暂莫测的感慨，对恋人死别的悲伤怅惘，性情中人的本色一览无余。刘邦此诗写在欲改立戚姬之子为太子却为吕后所阻，戚夫人泣涕之际，诗中虽然也流露出苦恼无奈，主旨却仍然不离政治，对统一宏图感慨系之。全然是一位政治家的情感抒发。两人差别，于此亦可见一斑。

项羽在个人品格上显然高于刘邦，他身上那些道德化、人性化、人情化的东西让人产生共鸣，产生同情，更多的是属于道德范畴和审美层面，由此导致悲剧性的失败令人遗憾。而刘邦身上那些导致他最后成功的东西如机变权术，为达目的不择手段、六亲不认，在世俗的道德评价上往往处于负面，但它比之取天下的宏大目标又算得了什么呢！当年有人在刘邦面前进谗，说陈平盗嫂受金，朝楚暮汉，因而是"反覆乱臣"。于是刘邦召举荐陈平的魏无知质询此事。魏无知回答说："臣向陛下所推荐的是陈平的才干，陛下问臣的是陈平的德行。如果一个人有古之信士尾生、孝悌之臣孝己的德行，却无益于胜败，陛下会用他们吗？当今楚汉相争，臣推荐奇谋之士，为的是他的计谋能力能够大大有利于国家。用这样的人，盗嫂受金又有什么妨碍呢！"这话用在刘邦自己身上又是何等贴切。

旧贵族的道德当然不敌新兴地主阶级的政治。

计谋和策略永远高于一切。

四

项羽伟岸的身躯轰然倒地……

在颈血如骤雨迸溅的那一瞬间，这盖世英豪的重瞳之目竟是睁得大大的，仰视着风云奔走的天空。

他其实大可不必如此轻生。

换了任何别的人，比如刘邦，是绝对不会这样痛快地自我了断的。考诸几千年的历史，没见过哪个历史强人会这么轻易退出历史舞台。

项羽虽然伤痕累累，体力透支，但并没有致命伤。几年前他赖以起事的江东是他的根据地，几十万人口上千里地盘，还不够他休养生息、养精蓄锐、与敌周旋吗？更重要的是这儿就只乌江亭长有一只船，只要他登船过江，汉军就只好望江兴叹。以项羽的军事才能和胆识，认真总结这些年逐鹿中原的经验教训，三五年之后，谁说不能东山再起？！

> 胜败由来不可期，
>
> 包羞忍耻是男儿。
>
> 江东子弟多才俊，
>
> 卷土重来未可知。
>
> ——唐·杜牧《题乌江亭》

> 忍辱从来事可成，
>
> 英雄盖世枉伤神。
>
> 但知父老羞重见，
>
> 不记淮阴胯下人。
>
> ——清·何士《项羽》

后人这些明目张胆为项羽叫屈的诗句，表达着对失败者深深的惋惜和同情：君子报仇，十年未晚。鹿死谁手，尚未可知。只要能忍得一时屈辱，天下姓刘还是姓项都难说。在这种情形下怎么还会有人从争天下游戏中自动出局呢。

但项羽就是项羽，是真英雄自有真性情。直到生命的尽头，这西楚霸王依然是他那大孩子式的直爽、痛快；对杀刘邦，他是那样忍让、宽容、犹疑，最终放他一马，而对结束自己年轻的生命，他却是如此果决无情。

他难道仅仅是因为羞见江东父老而不肯过江吗？他怎么会不知道机会在江东，希望在江东，江东"亦足王也"呢？我猜想，在这血性男儿决心将手中利刃加诸颈之前，他一定真切地感受到了那在冥冥之中安排中原逐鹿结局和每个人归宿的神秘力量的可畏，也一定痛切地意识到，如果自己这时渡江东去第二次率江东子弟卷土重来，那么，已经临近尾声、行将画上句号的楚汉之争又将重演一次，又将闹得"天下匈匈"！这是自己起兵反秦的本愿吗？秦与自己有灭国杀叔之仇，所以自己成了誓死灭秦的坚忍复仇者。如果要以天下苍生的血泪苦难为代价，那么即使自己消灭刘邦，登上帝位，又有什么意思？现在秦已覆亡，自己不久前还告诉刘邦，"愿与王挑战，决雌雄，毋徒罢天下父子为也"，既然眼下大仇已报，雌雄已决，就该臣服于做出这一命运安排的那个不可抗御的神秘力量，痛痛快快地将这数年的恩恩怨怨一刀了断，又何必学女子纠缠不休呢！……

否则没法解释，为什么本来已杀出血路的项羽，在绝处逢生时却一反初衷，宁愿一死以谢天下呢？！

项羽大张着的重瞳巨目开始朦胧了，但虞姬哀怨的倩影此刻如轻烟般在眼前飘舞幻化，诀别的情景又上心头，当项羽"虞兮虞兮奈若何"一曲歌竟，这平生唯一与自己真心相爱的女人已泪透罗衫雨洗海棠，悲不能抑……这应该是项羽最后的遗恨，自己英雄一世，江山易手且不说，连心上人也将永远失去，从此幽冥陌路，何处相逢？……

凛冽强劲的朔风悲情万端地呼泣着横扫这中原古战场，地惨云愁。草泽地上铁壁合围的汉军见不可一世的项王颓然倒下，正待一拥而上，却蓦地看见项王身躯动了动，似要挣扎站起，立即纷纷惊退。再定神细看，项王一动不动。于是汉将王翳第一个奋勇上前取了项王首级，吕马童等四人争先恐后各得其一体。此五人以后尽获封侯。

项羽失败了吗？

当然是失败了——从两军对阵、天下易手、兵败身亡的意义上而言是失败了。然而项羽的失败、他的死，又实在是大有所值：他成全的不是吕马童之流，甚至也不仅仅是欲得天下的刘邦，他成全的是天下苍生，是顺应统一大势运行的历史。项羽虽然败亡，但他却是秦亡汉兴的不可缺少的人物。"剑舞鸿门能赦汉，船沉巨鹿竟亡秦。"清人严遂成的诗句恰如其分地道出了项羽的两大功绩。项羽在鸿门宴上真不只是放走刘邦这个人，而是放出了一个将中国封建社会的政治、经济、文化推向第一个繁荣高峰的大汉王朝。更何况，"博得美人心肯死，项王此处是英雄。"（清·吴伟业《虞兮》）在项羽身陷绝境末路悲歌之时，倾国倾城的爱姬宁为玉碎不为瓦全，她不是无可奈何地自尽，而是心甘情愿地为项羽赴死——赢得美人心比赢得江山更难，项羽是真胜了。

几百年后，晋朝的狂士阮籍闲游来到广武古战场，登上了山包上的广武故城，"观楚汉战处，叹曰：'时无英雄，使竖子成名！'。"唐代大诗人李白认为阮籍所说的"竖子"是指刘邦，很不以为然，予以反驳。他认为刘、项都是"龙"，刘邦既非"竖子"，则项羽定是英雄。金人元好问也以《楚汉战处》为题赋诗云：

虎掷龙拿不两存，
当年曾此赌乾坤。
一时豪杰皆行阵，
万古河山自壁门。
原野犹应厌膏血，
风云长遣动心魂。
成名竖子知谁谓，

拟唤狂生与细论。

　　在元好问看来，刘项之争是龙虎之争，而阮籍竟说"时无英雄，使竖子成名"，他指谁为"竖子"？真该将这狂生叫起来细细辩论一番。

　　其实，阮籍与李白、元好问虽各执一词，但都有一定道理，问题是站在什么角度。项羽在军事上、策略上的失误是摆明了的，如果阮籍是痛惜项羽这种致命之伤成全了刘邦的帝业，恨铁不成钢而出此言，我以为有理。但在率性做人的人格上，睥睨天下的气概上，项羽当真是千古人杰，而击败了这样一位人杰的刘邦当然亦是盖世英豪，李、阮理应为之辩护。

　　"成则为王败则寇"，这是几千年来中国封建社会衡人论事的是非标准。但是一败涂地的项羽在乌江边的交颈一刀，却完成了他作为千古悲剧英雄的人格塑造。太史公司马迁惺惺惜惺惺，在《史记》中将项羽事略归入帝王的"本纪"，且将《项羽本纪》置于《高祖本纪》之前。刘邦对一死以成全他的项羽也常怀崇仰敬畏之心，以"鲁公"之号隆重葬项羽于谷城，项氏诸属一个不杀，刘邦本人在项羽坟前率部属哀哀祭悼。想起往事种种，这位胜利者不觉泫然涕下泪湿征袍。斯人逝去留下的巨大真空，使刘邦感受到了难言的孤独和落寞。

　　距此七年之后，已是太祖高皇帝的刘邦荣归故里，置酒沛宫，将所有的故人父老子弟悉数请来一番畅饮，并且找来一百二十名沛中小孩儿，教他们唱歌。酒过三巡，达到高潮。刘邦酒酣兴发，亲自击筑，高歌一曲：

　　　　大风起兮云飞扬，
　　　　威加海内兮归故乡，
　　　　安得猛士兮守四方！

　　命孩子们学唱此曲，一时弦歌之声轰响内外。高祖于是拔剑奋然起舞，袍风浩荡，慷慨伤怀，泪下数行。在那一刻，阅人无数、饱经沧桑的刘邦是否想起了项羽？他的伤怀，是因为惧怕再有项羽一类豪雄危及他的帝业，因而需要大批猛士来严加防守，还是为稳坐江山，需要大批项羽这样的猛士来护卫呢？

刘邦没有告诉我们。永远也不会。

历史却留下了享祚四百年的大汉王朝。

2002年3月

历史成就了他
——回望一代风流谢东山

一

中国历史名城中,除十朝古都西安外,最是风流蕴藉古色古香,最值得好古之徒去寻访的莫过南京了。这座曾被称为"建康"的六朝古城,历史上不知演绎过多少金戈铁马、多少烛光斧影、多少波诡云谲、多少爱恨情仇的故事。令风云变色的一代雄主、机谋迭出的军政强人、文采风流的高人雅士、容华绝代的佳丽娇娃,都曾在这儿留下过他们或深或浅,或大或小的足痕,而他们的勋业与宏图、憧憬与梦想、标榜与隐私、悲凉与惆怅、恩怨与是非,那些当年曾被那样执着、那样看重,甚至视同身价、尊严、荣誉与生命的一切,都已随着如滚滚长江东逝水的历史洪波日夜流淌尽净。我们在列满仿古建筑的秦淮河两岸能见到的,是千百年前尚不知以何种方式存在于宇宙中的各种化学元素,而今天聚合为血肉之躯的同时代人了。

以今之视昔，料非昔之视今。回望古人，每每兴起"独怆然而涕下"的伤逝之感。

我极尽我的目力回望建康古城生发出的活色生香的种种历史往事，我在难以止息的想象中尝试着走近那烟尘蒙蒙中的每一个久闻其名的人物：祖逖、桓温、桓冲、简文帝、司马道子、王羲之、王坦之、支道林、谢安、谢玄、谢道韫……他们的龙争虎斗、明争暗斗、机关算尽，他们的曲折人生、错综关系，他们的形象、气度、风神、心术，直至他们的一个眼神，一个表情，一举手一投足，对我们这些现代人都有一种莫名的吸引力，我想与他们并肩而立、接踵而行，感受与历史同步的震撼；或是忝陪末座，听听他们的奇谋高论，娓娓清谈，看看他们是如何影响于今后的历史进程的……

然而，我的目光愈是在这些人物身上逡巡徘徊，有一个人愈是吸引着我的注意，他的形象愈来愈清晰凸现，这就是一代风流人物谢安，被狂傲不羁的李白反复吟咏称颂的东晋名臣，要谈东山栖隐、兰亭盛会和淝水大捷就不能不谈起他。尽管历史上还有许多比他更具影响、创下丰功伟绩、对历史作用更加巨大深刻的人物在，但像谢安这样隐则为名士、仕则为名相，率性任情，将一生以风流潇洒出之，却又建不世之功盛誉流传后世的人物，历史上却只有一个。

不是每个时代都能产生谢安的，也不是每一个大人物都能效法、都能成为谢安的。"但用东山谢安石，为君谈笑靖胡沙。"我愈是走近谢安，这个被李白赋予传奇色彩的超卓人物隐逸不群的风韵和矫情镇物的风范，就愈是令我着迷；而为什么东晋的偏安小朝廷能产生出这么一位挽狂澜于既倒的英雄人物，则更是令我迷惘……

二

谢安所处的时代是个不幸的时代。

这是一个夹在中国两大盛世汉、唐王朝之间的一段荒唐史离乱史中的小王朝。本来就已是末世气象：汉王朝在奢靡腐败中耗尽元气，进入分裂动乱的三国两晋；略承秦汉余烈的曹氏父子和刘备孙权一脉尽归黄土，举世已无英雄，又何谈"天下英雄谁敌手"。剩下的只是一批又一批的三流乱世枭雄乃至乱臣贼子，这些人无鸿鹄之志有燕雀之行，谁也不能像秦皇汉武那样鞭扑天下，而搞阴谋诡计自相残杀容或过之，出了不少这方面的专家里手，只要看看西晋"八王之乱"中，其始作俑者晋惠帝的皇后贾南风是如何上下其手翻云覆雨设下诛杀政敌的连环计，如何心狠手辣权欲熏心丧尽天良，就可知社会政治黑暗到何等地步，人际关系危殆到何等地步。一个深宫女辈尚且如此阴狠，那些倾轧于政界官场的男人们就更是无毒不丈夫了。从东晋的老祖宗司马懿用阴谋和杀戮篡夺曹魏政权始，其子孙后辈就始终没离开过血腥——先是隐居山林与司马氏不合作的名士嵇康被以"不孝"之罪诬杀，后是宫廷皇族间的互相残杀，尸骨层积，遍地游魂。人间翻为鬼域，白昼时见阴风。以致晋末一个皇帝听说了祖上靠杀戮立国的真相后，竟惊怖莫名不知身死谁手。

昼夜不休年年不断的杀戮造成的高压恐怖使士大夫人人自危，"为君既不易，为臣良独难。忠信事不显，乃有见疑患。"连身为皇亲贵胄的曹植都自觉朝不保夕，战战栗栗，一般士子的惶恐可想而知。为求避祸解忧，知识分子在朝在野，言谈尽量脱离政治和当时的现实，以免被人附会曲解诬陷，招来杀身之灾，于是崇尚"自然"、反对矫饰、主张清静无为的老庄玄学正好投其所需，为其所好，遂开一代清谈之风。东晋建立后，恐怖高压渐趋缓和，但清谈之风已经形成历史的惯性，不但没消失，反而更盛。所谓"元康之放"正是清谈的一副添加剂。晋惠帝元康年间正当八王之乱，血腥恐怖的时势给心灵本来就很脆弱的士人以强烈刺激，将曹魏以来的清谈进一步发展，鄙儒崇道，悖礼任情。这样的时代这样的风气无疑既难以产生，更不适于慷慨悲歌之士和经国济世之才的生存。如以"击楫中流"名垂青史的祖逖，本为北方士族，东晋时率数百家亲党南迁，沿途招募私人部曲，请求北伐。可东晋小朝廷只给了他个奋威将军、豫州刺史的空头衔，拨一千人的口粮，三千匹布，在武器都没到手的情况下，就让祖逖渡江北伐，这不是摆明叫他虚应故事吗！难怪此后祖逖数次北伐，均受到小朝廷的掣肘、防范，甚至被剥夺兵权，以致这位慷慨有奇气、"以中原为己任"的英雄忧愤交加热泪如倾，最终病死。英雄了得如祖逖尚落得如此下场，天下有志之士谁不寒心？！谢安就生活在这个时代。这样的时代是可悲的、不幸的。这本来不是一个产生足以影响历史垂范后世的大人物的时代。

然而就谢安个人而言,他生于这个不幸的时代却是幸运的。换言之,正是因为生在了这个可悲的堕落的不幸的时代,才造就了他的名士风流和名相风范,才成全了他东山栖迟的佳话和淝水大捷的神话。

三

但要了解那位大师,仍然需要把这些有才能的作家集中在他周围,因为他只是其中最高的一根枝条,只是这个艺术家庭中最显赫的一个代表。

艺术家不是孤立的人。我们隔了几个世纪只听到艺术家的声音;但在传到我们耳边来的响亮的声音之下,还能辨别出群众的复杂而无穷无尽的歌声,像一大片低沉的嗡嗡声一样,在艺术家四周齐声合唱。只因为有了这一片和声,艺术家才成其为伟大。

提起谢安,我就想起法国文学家兼艺术理论家丹纳在《艺术哲学》中的这段话,只要将此话中的"艺术家""艺术家庭"和"群众"置换成"谢安""谢氏家族"及晋时名士风气,那么这段话简直就像是针对谢安的一枝独秀而说的。

谢安之祖原系北方的衣冠望族,至西晋"五胡乱华"始南渡投靠东晋皇室以避乱。由于两晋南朝一以贯之地实行以门阀等第制度为基础的九品中正选官用人制度,自然而然地形成了一个个源远流长的豪贵家族,这是一批靠祖荫、靠资历、靠门望、靠血统而傲视寒人庶族,甚至轻视皇权,以麈尾风流坐取功名的贵族阶层。而当时清谈玄虚、任诞放达的社会风气则为这些贵族之家营造了最适于生存的生态环境和舆论氛围。

如前所说，清谈开始时本是士人们用以消灾避祸、消极混世的方式和手段，是一种无可奈何之举，清谈的要义和功用就是言不及物、以虚避实，但是，清谈以庄老玄学为依凭和内核，涉及文、史、哲、经诸多学问，因此，清谈本身就必然包含着一定的文化内涵和文化要求，要在清谈中让人折服，必得依靠辩才、风度、知识积累、文化素养的综合展示。这样，在清谈形成历史惯性继续向前发展，而当初清谈由以产生的社会原因有所改变之后，清谈的功用就在不知不觉中由佯狂避世、玄谈避祸逐渐演变成士大夫特别是王、谢这样的名门望族装潢门第、自高身价、炫耀风度、寄情使性、追求自我、品鉴人物、臧否世事的须臾不可或缺的工具或"抓手"，就如他们刻不离手的"麈尾"一样。不难想象，那个时代，士大夫们在厅堂，在野外，在官府，在欢场，身着宽松飘逸的宽袍大褂，姿态娴雅地或坐或立，肤色洁白保养极好的手优雅地挥动着麈尾，或侃侃而论，或娓娓而谈，警言佳句如春葩粲齿，玄理妙道似天女散花，举座动容，咸服其妙，这对于论者来说是多么风光的事情！清谈不但使论者当场就得到极大的精神享受，心理满足，更重要的是清谈可以高身价，养名望，得赏识，入仕途。怪不得清谈成为当时如空气般无处不在的社会风气，一批又一批清谈高手成为"名士"，名士左右有众多的给他以影响的其他名士，他周围还有一大批仿效名士、仰慕名士的追星族——这就是谢安之所以产生的社会条件、社会氛围，仿用丹纳的话来说，那就是：我们隔了千多年之后只听到谢安的声音；但在传到我们耳边来的响亮的声音之下，还能辨别出谢安周围人们的复杂而无尽的歌声，像一大片低沉的嗡嗡声一样，在谢安四周齐声合唱。

且来看看在谢安四周发出"嗡嗡声"的都是何许人——

谢鲲：谢安的伯父，此公深受"八王之乱"的刺激，又受元康放达之风的熏陶，性好庄老，行为放达，正是他开启了谢氏家族的名士家风，与谢鲲相互标榜的还有纵情悖礼、佯狂避世的所谓"八达"。在《晋书》中，他与任诞之士阮籍、嵇康合传，于此可以窥知个中消息。

谢尚、谢奕、谢万：此三人是谢安的平辈兄弟，首承谢鲲开启的名士家风。虽说不通军务，却都做过将军、出任过豫州刺史，其出仕、去世都早于谢安。三人均任诞风流，崇尚清谈、善于玄言。他们对谢安的隐与仕不能不产生影响。

王衍、王澄：此二人均为谢安周围朋友，前者是当时士林公认的风流领袖，后者是放荡任诞名士。此二人官居高位又善于品鉴人物。王衍更是落拓不羁，以致桓温要将"神州陆沉，百年丘墟"之责归咎于此公。

与谢安及谢家交游的，还有兰亭雅集中的诸位名士，如孙绰、支道林、王羲之、王献之等，这些人所体现、所传承、所影响、所维护的清谈之风，正是谢氏家风得以形成并存在的基础，谢氏家风在价值取向、利益趋同上与清谈之风完全一致，自然就得到社会特别是统治者的认可和肯定，它浸淫、笼罩着谢安，内化为他的价值观念、操守标准和行为模式。

四

东晋永和九年（353年）农历三月初三那天，时为会稽内史的大书法家王羲之以"修禊"为由，与高朋俊侣雅聚于有崇山峻岭、茂林修竹、清流激湍、风景绝佳的山阴兰亭（今绍兴古城外的兰渚山下），一时群贤毕至、少长咸集,曲水流觞,吟咏歌谈,使一向清幽萧疏的竹林弥漫着清雅的林下之风,最后将得诗数十首汇拢一起,公推发起此次聚会的王羲之为之作序。于是有了名传千古的《兰亭集序》。兰亭雅会也因此风流千古。

这次雅集的名士共四十二人,其中就有谢安。

谢安之被邀请参与兰亭集会,当不仅仅因为他是王羲之的好友,还因为他们在思想上、作风上、行为方式上都是同声相应、同气相求,都崇尚纵横任性,顺适自然。这些高人雅士向往闲云野鹤式的生活,只要有机会就隐于林下,游于幽谷,嬉于水滨,或清谈玄理,或吟咏诗章,自得其乐。王羲之曾心满意足地说:我终当快乐而死!

谢安因与闻王羲之的兰亭雅集,千载之后人们谈兰亭之会还会提到他,就此而言,他是借了王羲之的光,但是就栖隐来讲,谢安的名气却大得多,他隐得自由自在,隐得潇潇洒洒,隐出了"东山栖迟"的千古佳话。

所谓"东山",就是会稽郡内四明山西北的东山,谢安筑室于此,几间瓦舍,虽不雕梁画栋,却也庭轩开朗,门前花树掩映曲径通幽。不远处还有两处亭堂,一名白云,一名明月,皆为冶游的好去所。谢安领着谢家子弟在此盘桓,一待就是二十年。

中国历朝历代都不乏隐逸之士,谢安之前,先秦时代有为逃避当国君之苦而遁入山林、后又耻食周粟以至饿死的伯夷、叔齐;有愤于时事放弃功名躲进深山风餐露宿的介子推;西汉末有不与王莽合作,"世无道则隐",在崂山"养志修道"的逢萌,有皇帝三聘仍不肯应召效力、隐居渑池著书立说的周党。与谢安相近的有曹魏时期性爱山丘却又打铁为生、作"宁漆园之逍遥"的嵇康等。谢安之后,有唐一代多"身在江湖之上,心存魏阙之下,托薜萝以射利,假岩壑以钓名",以走"终南捷径"的"隐士";宋代隐风大盛,出现了形形色色的隐者,有以乞讨为生、以破纸为衣的董隐子、王江;有隐形于宗教外衣下的陈抟、智园;有君子不事二朝,宁愿老死山林的遗民逸士,如郑所南、郑思肖、谢枋得等;至明清,真正隐迹山林者日渐稀少,隐于闹市者日见时髦,终于走向了"心隐",大儒王阳明可说是始作俑者⋯⋯

这些隐士,有的虽真正寄情于风花雪月恬静自适,但物质生活上则十分清苦,粗茶淡饭山菜草根已属不易,遑论其他;有的隐则隐矣然一心以为鸿鹄将至,身在江湖,心存魏阙,不得清静;或是为避祸消灾遁迹山林,心理负担始终放不下,栖栖惶惶;至于为蟾宫折桂而走终南捷径以抬高身价者就更等而下之了。

他们谁都不如谢安隐得适意,隐得痛快,隐得彻底。

而东山,在谢安眼前展现的是一片风光旖旎的佳山胜水。大画家顾恺之曾向京城的朋友如此描绘会稽:那里的山岩成百上千,一个比一个美;溪涧成千上万,一条比一条清。花草树木盖满了山坡,阳光下远远望去,真是灿若云锦,赛似虹霞。王子敬赞曰:"从山阴道上行,山川自相映发,使人应接不暇。若秋冬之际,尤难忘怀。""我见青山多妩媚,料青山见我应如是。"这样一片佳山水,无疑是谢安等人心灵外化的对象,是他们的第二个"自我"。寄情于山水,托身于林泉,是谢安的必然选择。在经历了三国动乱和曹魏后期的排斥异己屠戮政敌镇压文人的高压恐怖,以及后来的"八王之乱"、五胡乱华的内乱外患之后,东晋士人见过了太多的生之变幻死之渺茫和生死之间的倏忽转化,嗅到了太多的血腥,他们时时感觉到有一柄他们控制不了左右不了的达摩克利斯利剑悬在头上不知何时落下，沉重的精神负担使他们的思想变得敏感悲观，情感变得脆弱细腻，生死解脱成为他们心头挥之不去的情结——这已经成为当时知识分子的"集体无意识"心理结构，何况谢安年幼时还经历过王敦之乱、苏峻之乱。

"谢太傅语王右军曰：'中年伤于哀乐，与亲友别，辄作数日恶。'王曰：'年在桑榆，自然至此，正赖丝竹陶写，恒恐儿辈觉，损欣乐之趣。'"谢安的"中年伤于哀乐"与王羲之的"正赖丝竹陶写"之语，正是当时士大夫精神苦闷的写照和对解脱之道的寻求。

于是，在东山盘桓的谢安呈现于世的不是千山独步、野钓无人、形容枯槁、鹑衣麻履、茅舍篱墙的隐者，而是袍袖飘逸、丰神俊朗、呼朋饮宴、携妓来游、任情达性、顺乎自然、徘徊沉醉于山水清音玄言丝竹之中的逸士。

王羲之的兰亭雅集正是这一批名士对寄情山水的时尚经典的倾情演绎。谢安不仅应邀参加了这次盛会，留下了四言、五言诗各一首，还经常与王羲之、王凝之、王献之父子，学养精湛的高僧支道林，以辞赋见长的名士孙绰等人时相过从，或宴饮，或清谈，或吟咏，或同游，把本是清冷的隐逸生涯点缀得有声有色。其中为世人诟病的是"东山蓄妓"："安每游东山，常以妓女自随。"也就是私养歌儿舞女，供闲居或游冶时声色之娱。文献中找不到谢安对批评的回应，但他没当回事怕也是真的。他出山以后，"及登台辅，属丧不废乐。王坦之以书喻之，不从"，以致"衣冠效之，遂以成俗"。又建楼馆，每携子侄往来游集，一饭竟至百金，"世颇以此讥焉，而安殊不以屑意"。谢安当大官尚且如此我行我素，没套上这夹板之前当然更不在乎别人说什么了。而事实是，他的携妓东山，却造就了一桩流韵千年的风流佳话，"小红低唱我吹箫"成为后世文人士子欣羡的艳遇和诗人画师吟咏图画的题材。清代杰出画家任伯年就反复以此题材入画。不过在当时，即使同为名士，也不是人人都可如此丰衣足食地隐栖的，比如谢安的好友、王羲之的堂兄王胡之，栖息东山比谢安早得多，应算资深隐士。但其生活却曾一度困窘，竟至无米下锅。有人要送一船米给他，他予以拒绝，声称："我要是真饿得不行，自己会去求助谢安的，用不着别人帮忙。"于此可以看到王、谢交情之深和谢安的人望，同时也可想见，谢安的确不乏逍遥之资。有吃，有喝，有闲，干什么都可以，何况做闲云野鹤般的隐士乎？

"朝乐朗日，啸歌丘林。夕玩望舒，入室鸣琴。五弦清激，南风披襟。醇醪淬虑，微言洗心。"你看，谢安们在野则放歌山水，披襟当风，尽情享受朝暾夕照；入室则畅言玄理，辅以琴瑟，在醇酒美食中酣然忘忧——这其实果真不是什么"隐逸"，而是类似现在城里人到大自然中敞开身心的旅游度假，只不过谢安这个"假"长达二十余年罢了。

盘桓东山，与谢家子弟亲情相娱是谢安隐逸生活的另一内容，也是另一特色。在中国古代世界，似乎没有哪位隐士能在深山老林中求田问舍，将三亲六戚一大家子人都弄去以享天伦。然而谢安却做到了。谢安的兄弟们出仕较早，其子弟多留寓中，谢安自然而然对他们时加关注。《晋书》本传上说他"处家常以仪范训子弟"，恐怕说得过于一本正经，以谢安的超脱通达和玄学本色，似乎不会像后世的道学先生那样拿儒家的礼仪和规范来"训"孩子们的。有则轶事说：谢安想讨一个小妾，但又惧内，不敢开口。其子侄辈为之解难，取《诗经》问谢安夫人刘氏："婶娘记得《诗经》上《关雎》那首诗吗？"刘氏乃聪明人，反问："记得又如何？"侄子们说："《诗序》上说，《关雎》不嫉妒，乐得淑女以配君子，而无伤善之心。"刘氏又问："《诗序》是谁作的？"答曰："周公。"刘乃哂之："《诗序》要是周姥所作，能说出这等混账话吗？"看看，这么一个谢安，怎么能板起面孔说教呢。实际上，谢安对子侄们实行的是"不言之教"，其课程就是带着他们游山观水，体会自然，涤滤心胸；或是与他们品赏诗文，研说玄理，讲论文义，增长才识，务使谢家子弟如芝兰玉树，生于阶庭，以壮谢氏家族门庭。可谓用心良苦。著名才女谢道韫、在淝水之战中大破秦兵的青年名将谢玄就是谢安的侄女、侄男，他们后来在文学、军事上的成功，不能说与谢安当年的不言之教没关系。就是在对子侄们寓不言之教于亲情之娱的天伦之乐中，谢安优哉游哉地打发了悠长的岁月。

据我们现在所看到的史料，谢安41岁之前栖迟东山，的确是出自本愿，并无作秀成分在内。据《晋书》谢安传载：

初辟司徒府，除佐著作郎，并以疾辞。寓居会稽，与王羲之及高阳许询、桑门支遁游处，出则渔弋山水，入则言咏属文，无处世意。扬州刺史庾冰以安有重名，必欲致之，累下郡县敦逼，不得已赴召，月余告归。复除尚书郎、琅邪王友，并不起。吏部尚书范汪举安为吏部郎，安以书距绝之。有司奏："安被召，历年不至"，"禁锢终身"，遂栖迟东土。尝往临安山中，坐石室，临谷，悠然叹曰："此去伯夷何远！"（《晋书·谢安传》）

这段话传递出许多信息。在东山盘桓期间，朝廷曾多次征召，催逼谢安出山，而且官都不小，但这位风流名士就是不为所动，不是称病不出，就是借故"不起"，实在被逼无奈赴召的一次，也仅"月余告归"。终于惹得有司恚怒，予以"禁锢终身"、永不召用。不料此举正中谢安下怀，乐得逍遥，"栖迟东土"，辗转山水间，以为如此就跟伯夷一样遗世独立了。可以说，至此，谢安的"隐逸名士"的声望已达顶峰，不管他本人如何看待，这整个过程也就是当时为社会所认可的"养望"过程。

在翻阅有关谢安资料时，我常常感慨于谢安所处时代对这些隐逸名士的宽容。以前却不是这样的。上文提到的那个被司马昭所杀的嵇康，名列"七贤"，又是曹操曾孙的女婿，只因不愿做官，隐居山林，以打铁为生，且菲薄儒家所推崇的商汤、周武、周公、孔子，就此得罪了司马昭，司马昭哪里容忍得下一个知识分子的这种傲骨，于是将嵇康收捕，以不孝罪处以死刑。

谢安就幸运得多了。经过多年积淀、铺陈、演化、渲染，至谢安时，东晋朝野已营造出了名士栖隐养望的社会氛围和相应机制。首先，按九品中正制的品评任官原则，东晋用人一看门户二看名望，以谢氏家族的百年声威和谢安自小就声名鹊起的声望，他之见用只是早晚间事。他越是不出，在士林的身价越高，至被"禁锢"，声望已达巅峰，以致当时有"谢安不肯出，将如苍生何"之叹。其次，当时朝廷上下已不需、也不可能对不迁就朝廷的"名士"加以压制和打击，人们已养成比较平和、宽容的心态。因为这些推崇庄老、放任自由的名士对现政权已不构成威胁。所谓"禁锢终身"照字面看是很严厉的政治性惩戒，大有一棍子打死的凌厉之势。而实际上地方政府和有关部门执行起来却变得温和稀松，照顾多而管制少。一旦被"禁锢"者回心转意肯于赴任，"禁锢"即自动解除，而被"禁锢"者不但无"前科"之虞，反而声望立即飙升。这个"养望"已成一种机制，是整个朝廷、社会和名士在一道做戏、作秀。而据记载，对谢安的"禁锢",实际上根本没执行。否则,尽管惩戒雷声大雨点小,谢安也不能太纵情任性了吧!

五

有佳山秀水怡目养心、寄情致慨;有高朋俊友诗酒唱和、谈玄说理;有谢家子弟亲情相娱、朝夕身教,既不缺逍遥之资,又可免官场酬酢,可纵情高蹈远举,而无须尘务经心,谢安在东山真是得其所哉,乐在其中,真的不想出山了。那些岁月,东山周遭的山夫野老、孺子村姑,当可经常看到这位"风神秀彻"、清高出尘、袍裾飘飘的名士,或与三五好友游憩玄辩于林泉之下,或携风华正茂、衣冠磊落的谢家子弟徘徊谈笑于竹石之间。有时,若陌路相逢,这位头戴白纶巾、足蹬木底鞋的衣冠名士也会蔼然微笑,与樵子农夫晤谈一会吧。

远离了尘世的喧嚣,求得了心灵的宁静。人生如此,尚复何求?

不过,谢安的"无处世意"并非有出世之想。这是他与不少隐士的又一个不同之处。即使是身在江湖,谢安于世事也没做到"太上忘情"。

谢公因子弟集聚,问《毛诗》何句最佳。遏称曰:"昔我往矣,杨柳依依,今我来思,雨雪霏霏。"公曰:"谟定命,远猷辰告。"谓此句偏有雅人深致。

谢安隐居东山,在作逍遥游时究竟想了些什么,今已无从查考,只从这里透露出些许消息。他为什么将"谟定命,远猷辰告"看成"雅人深致"?因此二句在《诗经·大雅·抑》中,是"把宏伟规划审查制定,把远大谋略宣示于众"的意思。谢安既打定主意栖隐山林,难道还有什么宏谋伟略要制定宣示吗？怎么会对此与其现实生活八竿子打不着的诗句情有独钟呢？这只能理解为，在谢安心底，仍残留着儒家"达则兼济天下"的雄图大志，于波澜不惊之中时而涌动起建功立业的心潮。

所以，当夫人刘氏看到满门兄弟俱已富贵腾达，而谢安四十有余独为布衣，与他开玩笑说："大丈夫不当如此乎？"谢安立即给她一个肯定的回答："但恐不免耳。"

我佩服谢安的不矫揉不做作怎么想就怎么做。东山盘桓时，任你怎么着就是不出去；现在，不管出于什么考虑，想出山了，就立即行动。什么叫风流潇洒？什么叫真性情？这就是。正好此时大将军桓温礼聘他出任自己的军中司马之职，谢安欣然受命，那一年他41岁。我们现在已很难知道，当他看着婢仆收拾完行囊、告别同隐的朋友和一起度过许多难忘岁月的家人，离开那一枝一叶总关情的东山时，会是怎样一番心情呢？对往昔的留恋、伤逝？对离别的惆怅、伤感？对未来的茫然、憧憬？他会不会想到此去江湖风波险恶，他知不知道此番别去，就再无重回东山与林泉鱼鸟相亲的机会？

无论如何，谢安迈出了出仕的第一步，从此就止不住了。十几年间，他从桓温的幕僚起步步高升，一直做到宰辅，总揽朝政，达于权力的顶峰。这期间，他对北方强敌前秦实行"镇以和靖，御以长算"的策略，对内实行"不存小察，宏以大纲"的黄老政治，居然协调了东晋小朝廷的内部关系，维持了南北相峙的局面，使东晋达于小康。这应算谢安的政绩。但是，谢安的政绩倘若仅止于此，那么，他只能以官职于史籍留名而已，"东山栖迟"也很难被后人乐道。谢安之所以名耀青史，是同淝水大捷密不可分的。

现在看来，淝水之战简直就是老天恩赐给谢安的厚礼。

当时的形势是这样：就在谢安攀上权力高峰总揽朝政之时，前秦氐族首领苻坚意欲挟统一北方余威进而统一中国，于是力排众议，举国动员，调兵遣将，以步兵60余万，骑兵27万外，号称雄兵百万，旌旗千里，于金秋十月浩荡南下，直逼晋境。百万大军压境，强大凌厉的杀气锁定建康城。而倾东晋兵力只得八万将卒。于是京师震恐，东晋王朝危如累卵。魂定之后苦商对策，议定以谢安为征讨大都督，全权负责应战苻坚。于是，谢安便被推到了一身系晋室存亡的险地。

压力之大可想而知。

人人为之捏一把汗。

镇守江陵的荆州刺史桓冲见状心忧，急调自己所部三千精兵驰援谢安，拱卫京师。谢安不受，说三千兵马有之不多，无之不少，当即退还桓冲。桓冲叹息道："谢安乃有庙堂之量，不闲将略。今大敌垂至，方游谈不暇，虽遣诸不经事少年，众又寡弱，天下事可知，吾其左衽矣！"

桓冲的忧虑是有根据的：谢安"不闲将略"，不懂打仗用兵之道；"遣诸不经事少年"，除谢石外，谢琰、谢玄、桓伊等前线将领皆属谢家"小儿辈"子弟，年轻，没经过大阵仗；"众又寡弱"，敌我力量对比悬殊，为11：1。不当亡国奴才怪呢！

然而，从未指挥过战争专研玄学的风流名士谢安却不见有任何慌乱。反而是一派胸有甲兵必操胜券的气定神闲风范。大军即将开赴前线，谢玄向谢安请示御敌之计，谢安镇静如常，了无惧色，说："已另有安排。"再无多话。谢玄不敢再问，但心里没底，便让别人再请示，谢安仍不作答。大敌当前之际，却吩咐备车，满载亲朋好友去游览东山别墅，又拽着谢玄下围棋，谢玄本是棋高一着，刻下心绪不宁，连连失手，谢安哂道："你真是心不在焉，一心以为鸿鹄将至了。"随后漫步登山游览，至夜兴尽而归，这才言归正传，"指授将帅，各当其任"。

查诸史籍，关于谢安在淝水之战中到底实施了什么高明将略，均语焉不详。但无可争辩的事实是，这场由谢安当主帅的兵力以1比11的淝水大战，竟然以东晋大获全胜前秦由此败亡而结束。后人检讨制胜之因，不外乎这几条：

部署有度。谢安决策，晋军分东西两线部署迎敌，西线由桓冲指挥，东线则由谢安之弟谢石指挥，其时兵力虽只八万，但晋军精锐"北府兵"极具战斗力，而"北府兵"正是谢安及其侄谢玄亲自组建培训的，堪称谢氏子弟兵。

用人得当。谢安举荐青年将领谢玄为先锋，谢玄是谢安亲侄，是谢氏子弟中的出类拔萃者，谢安在东山栖隐时就料定谢玄有军国才略，后当成大器。谢安举贤不避亲，慧眼识人，谢玄在淝水之战中果然战无不胜，洛涧大战中谢玄也起到了重大作用。其他如元帅谢石，战将谢琰、桓伊、刘牢之等，不是亲属就是亲信，但后来的事实证明，这些人都不负众望，作为谢家子弟兵，为淝水大捷建立了殊勋。

对策正确。正因为用人得当，所以在整个战争进程中，能因势利导，不失时机地根据被苻坚派来劝降的原东晋降将朱序提供的情报和建议，改变了原来坚守不战、以逸待劳的策略，转而采取速战速决的方针，发兵强渡洛涧，初战即大获全胜。接着在淝水之战时激敌后退以乱其阵势然后精兵突击使前秦军队一溃而不可收，苻坚回到长安后，九十万大军只余下十分之一。而洛涧初胜和淝水大捷，晋军分别只用了五千人和八千人。

淝水大捷创造了中国古代史上以弱胜强、以少胜多的著名战例，它使原来根本不可能发生的事情发生了，它胜得那么突兀，那么漂亮，那么辉煌，那么令人难以置信，简直就是奇迹和神话。难怪这场战争在当时和后世会享有那样大的名气、产生那么久远的影响。

但是在反复研读谢安一生行状之后却发现，记在谢安名下的这份旷古奇勋是他所生活的那个可悲孱弱的时代所成全的。

局促在建康的东晋王朝是一个积贫积弱、偏安一隅的小朝廷，当时司马氏皇族与王、谢、桓等大族维持均势的"王与马、共天下"的局面，是中国历史上极为罕见的政治现象。大族首领王导主导了朝政，他标榜"无为而治"，以调和统治集团内部矛盾、息事宁人为己任。根本就不想恢复中原一统中国。而士族阶层在南方产业已丰、满足于既得利益，无心北归。以"舍安乐之国，适习乱之乡"为由反对还都洛阳的孙绰，道出了整个士族的苟安享乐心理。因此，尽管其时也不乏力主北伐收复中原的有识有志之士，但都得不到朝廷的支持，甚至遭到既得利益集团的反对、掣肘，先是祖逖忧愤而死，接着庾亮、庾翼的两次"北伐"均因遭反对而胎死腹中。以后桓温三次北伐，又因缺乏后援先胜后败。谢安执政，深得王导心传，对北方强敌继续实行所谓沉着稳定后发制人的"镇以和靖，御以长算"的策略。

在这种形势下，谢安根本不可能再有北伐之举，整个东晋朝廷的国策和他自己的心态都不允许他这样干。即便力排众议，毅然出师，他也不可不重蹈祖逖、桓温之覆辙。更何况出兵北伐是劳师奔袭，比不得淝水之战是以逸待劳，加之实力远逊于前秦，晋军要想直捣黄龙，击败强大的对手，几乎没有可能。谢安纵然历经千辛万苦，九死一生，又何来"为君谈笑靖胡沙"的赏心伟业、千秋盛誉？

相反，如果东晋朝廷不是这样苟安江左，矛盾重重，而是励精图治，志在恢复，那么，不待谢安出山，慷慨悲歌的祖逖、雄才大略的桓温早就北伐奏凯了。就算祖、桓不出，以谢安的名士之能，北伐的功绩绝不会比淝水一役大。

世上事就是你退我进。失之东隅，收之桑榆。正因为东晋小朝廷不作北伐之想，以偏安一隅为乐，才有了欲一统天下的苻坚的百万大军南下。强敌压境，杀气横陈，才使歌舞清谈矛盾重重惰性十足的东晋朝野骤然一惊，紧张起来，振作起来，将全部力量调动起来，凝聚起来。这是东晋决胜淝水的根本前提条件。此时的谢安再不想犯险也不行了，哪怕以卵击石也得干。于是，在一系列必然、偶然因素的作用下，他接过了苻坚的"招"。于是，就有了淝水大捷的不世之功。在这样的背景下，才凸显出谢安的名帅风流。

其实，前人似已看出谢安这个胜利、这份声望来得蹊跷，来得侥幸，故颇多微词。《晋史》不厌其烦地写谢安的栖隐风流、赏心乐事，于淝水之战仅以"玄等既破坚"数字一笔带过，已别有隐衷。宋代大诗人黄庭坚就直言不讳"太傅功名亦偶然"。清人龙燮说得更不客气："休夸决胜东山墅，只为苻坚下子低。"意谓对手自取其败，与谢安个人有无能耐何干。这些看法不能说没一点道理，但它否认不了一个社会现象：当一个人命中注定要走好运时，任你怎么挡都挡不住！

这可悲的时代酿成了淝水之战。而淝水之战真就是上苍予谢安的恩赐。嗟乎！

六

中国历史上的名士、名将、名相、名帅之多，如夏夜繁星闪烁，史籍罗列者当在万数以上。丰功伟绩胜如谢安者代不乏人。风流倜傥人物亦绝非止于谢安。那么，为何谢安在后世享有如许声誉，风流名士、风流宰相名头长盛不衰，似乎他已占尽千古风情？

这大概跟那个特殊时代造就特殊人物的风采有关，与谢安的个人形象、个人魅力有关。

三国蜀相诸葛孔明千多年来受到了朝野上下的一致推崇，他作为尽忠国事、鞠躬尽瘁、死而后已的范型，尽管已被神化或半神化了（这里有《三国演义》的功劳），但他与谢安的风流宰相的定位不大一样。虽然诸葛先生也曾一度隆中高隐，但他所求者非隐逸之乐，只是暂时栖身以待天时，哪像谢安以超尘为乐屡征不赴以栖隐为目的呢？但是，传说中"孔明身长八尺，面如冠玉，头戴纶巾，身披鹤氅，飘飘然有神仙之概"的超逸不群形象，和他"大梦谁先觉？平生我自知。草堂春睡足，窗外日迟迟"的闲适意态，仍为后人所乐道。苏东坡则神往于三国时大破雄曹于赤壁的周瑜，"遥想公瑾当年，小乔初嫁了，雄姿英发。羽扇纶巾，谈笑间、樯橹灰飞烟灭。"如果说在曾经隐居这一点上诸葛亮与谢安有相似之处，那么，就以弱胜强以寡敌众创造军事奇迹而言，周瑜与谢安互为伯仲。周瑜少年英发，谈笑间破敌的传奇和风范同样为历代士子所心仪。

可以设想一下，如果诸葛、周瑜不是那样一派俊逸飘洒，风神气质不足为后世范，那他们流传下来的公众形象和行状描述就很可能不是现在这个样子了，倘若搞民意调查，认同率、支持率就得下降不少个百分点。历史证明，无论何朝何代，干巴巴、缺乏个人魅力的公众人物都是不受欢迎的。不过反过来说，就算诸葛、周瑜不是如文人所描绘的那样神貌出众、气度非凡，当时与后世也很可能在对他们文治武功的表述中不断注入想象和愿望的添加剂，在传说逐渐弥散的过程中将其一步步塑造成公众心目中与其功绩才干相符的理想样貌。

正如时代需要解决其社会课题的代表人物，没有这样的人物就要创造这样的人物一样，时代同样需要仪表出众的人物。"美的形象是早期人类要求进步的一种表现。"匈牙利著名电影理论家巴拉兹说得对，"在我们这个电影文化的时代，人的形体的美又成为可见的，……可见的美的形象又成为由来已久的生理的和社会的要求的一种表现。"

所谓"美的形象"涵盖着仪表、风度、气质、素养、行为、魅力等诸多因素。"美的形象"的确体现着一个时代文化、文明的精华，反映出人类要求自身完美的进步愿望，寄托了民众身心两方面的向往、愉悦、崇尚、满足的感受。一个公众人物，特别是身居高位、手握权柄、参与重要公众活动和重大历史事件的大人物，如果具备"美的形象"，这形象本身无疑将会发挥巨大的作用和影响。而这一点正是历来为人们所忽视的。

谢安恰恰是这样的公众人物。

他是魏晋风度和谢氏家风浑然交融所诞育的时代骄子。一个秀外慧中、表里俱佳的人物，在任何时代都是受人注目、引为荣耀的；但像东晋时那样看重人的风神气度，那样推崇人的仪容姿质，却十分罕见。这是个典型的贵族之风劲吹的时代，品鉴人物竟成为士林要务，一经某名公藻饰，甚至可平步青云、名重一时，以致一部《世说新语》用了洋洋数十万言来记录这方面的趣闻轶事。中国历史上曾有过许多值得大书特书的时代，但将"风度"与朝代联结在一起成为专用名词（"魏晋风度"）的时代却只有这一个。

据说东汉时臧否人物重"骨相"，到魏晋时则以"风神"品鉴人物了。这与东晋乃至东晋之后的整个时代都崇尚以清谈相标榜的名士之风分不开，谢氏家族正是典型的豪门望族，特别看重、也有充分的条件来培育符合时尚标准和要求的"谢家子弟"。谢安4岁时，就有名士对他的"风神秀彻"大加叹赏。又有人断言他"后当不减王东海"。王东海即王蒙，比谢安年长十多岁，系当时名士，仪容超逸，纵情任性，善谈玄理，为士林风流领袖。后来谢安长成一位风华正茂、识见博雅、精于音乐、风度翩翩的少年佳公子时，曾去拜访这位王蒙，二人"清言良久"，相见恨晚。谢安走后，王蒙之子问乃父："刚才的客人比您如何？"王蒙说："娓娓不倦，咄咄逼人。后生可畏！"王蒙此话一经传出，谢安声名鹊起。大书法家王羲之也以"潇洒"目其风度。及长，时人评曰："风神调畅。"谢安出山后到权倾一时的桓温手下任职，深得桓温器重，桓温将谢安文章比为金玉，认为天底下难得有如此人物，以致不见谢安竟怅然若失。

容颜俊朗，神识沉敏，衣冠磊落，气宇轩昂，多才多艺、任情适性而又能"矫情镇物"，这样的一个谢安正是当世所需要的公众领袖。在他周围自然而然地会形成一个引力场，产生一批追星族。

有一则轶事，最能说明谢安的风度意味着什么，士大夫们从谢安身上寻求和寄托的又是什么：

谢太傅盘桓东山，时与孙兴公诸人汎海戏。风起浪涌，孙、王诸人色并遽，便唱使还，太傅神情方王，吟啸不言。舟人以公貌闲意说，犹去不止。既风转急，浪猛，诸人皆喧动不坐，公徐云："如此，将无归？"众人即承响而回。于是审其量足以镇安朝野。（《世说新语·雅量第六》）

可见，谢安未出山之前，在"养望"之时也在"养气"，即砥砺情感、磨炼意志、扩弘气量，养其"足以镇安朝野"的气度。这种为士夫倾倒的"镇安朝野"的气度在出山之后同权臣桓温的较量中初露锋芒：

桓公伏甲设馔，广延朝士，因此欲诛谢安、王坦之。王甚遽，问谢曰："当作何计？"谢神意不变，谓文度曰："晋阼存亡，在此一行。"相与俱前，王之恐状，转见于色。谢之宽容，愈表于貌，望阶趋席，方作洛生之咏，讽"浩浩洪流"，桓惮其旷远，乃趣解兵。王、谢旧齐名，于此始判优劣。（《世说新语·雅量第六》）

谢安这种用意志控制情感，遇大事镇以静气，临危不乱、夷然不惧的气度，在淝水之战的整个过程中同苻坚大军压境带来的杀气针锋相对，鼓舞了士气，镇定了军心，发挥了巨大的精神力量。

玄等既破坚，有驿书至，安方对客围棋，看书既竟，便摄放床上，了无喜色，棋如故。客问之，徐答云："小儿辈遂已破贼。"既罢，还内，过户限，心喜甚，不觉屐齿之折。其矫情镇物如此。（《晋书·谢安传》）

"小儿辈大破贼"之后的"屐齿之折"已成为传诵千古的佳话。不管何朝何代何人，读史每至于斯，辄心生向往，谢安从容大度、算无遗策、气壮三军、宴谈破敌的个人魅力简直让人着迷，他的光芒几乎让历史上一些大大小小的角色黯然失色。以致唐代那位同样具有浪漫主义气质、一生不肯摧眉折腰事权贵、天子呼来不上船的大诗人李太白亦为之折服，将他视为济苍生平天下的偶像，为他倾情歌唱："暂因苍生起，谈笑安黎元""但用东山谢安石，为君谈笑靖胡沙"！

成就罕见的政绩军功，又具强烈的个人魅力；隐则任情放性，云无心以出岫；仕则功留青史，享百世之盛名——这在中国古代知识分子心目中，几乎已臻人生最高境界了。能将人生挥写得如此潇洒的，舍谢安其谁何？

七

淝水大捷，将谢安及其家族推上了荣耀的顶峰，竟至一门四公，世所难匹。但这个极盛期却极短，由于东晋小朝廷内部矛盾导致的倾轧掣肘，谢安想乘淝水之胜余威出师北伐收复中原的宏图终归破灭，他想急流勇退重返东山的夙愿也好梦难圆。

公元385年夏，淝水战后两年，忧愤交加的谢安抱恨病逝，年66岁。

又两年之后，年仅46岁的名将谢玄亦抱憾病逝。

"生存华屋处，零落归山丘！……"这是曹植《野田黄雀行》中的诗句。谢安病逝后，他的一位崇拜者曾恸哭失声，高吟这悲凉的诗句。自此之后，东晋局势每况愈下，终至灭亡，而建康城里乌衣巷的王、谢家族也荣华凋落，渐至寂寞无声。

也许，这就是辩证法的胜利？

离开南京又有几年了。浮嚣的现实生活早已将我在六朝古都产生的怀古幽思别绪渐次冲淡。然而，一件小事却又使我怅然久之：在我居住的这个城市上空，在我栖身的钢筋水泥构成的建筑物上空，早已见不到任何飞禽了。今年春的一天，忽然听到鸟儿的啁啾，隔窗一望，几只黑色的小鸟在平台上空边叫边盘旋。妻说，燕子找窝呢！我瞅着它们，那儿时非常熟悉的身影，"旧时王谢堂前燕，飞入寻常百姓家"的诗句油然涌上心头，夹杂着几多感慨，几许忧伤……我情不自禁地将目光投向数千里之外的建康，回望那一代风流谢安……

2002年11月12日

霜 锋 铮
——回望游侠荆轲

一

夜阑人静。读《秦纪》，至《刺客列传》，空中隐闻杀伐之声，似从无际深处传来。惊起四顾，不见有异。乃复俯首故纸，赫然见此文字："……荆轲乃逐秦王，……秦王方环柱走，卒惶急，不知所为，左右乃曰：'王负剑！'负剑，遂拔剑以击荆轲，断其左股。荆轲废，乃引其匕首以掷秦王，不中，中铜柱。秦王复击轲……"于是耳际铿然之响突变而为金属剧震之声。余乃恍然醒觉：此非荆卿匕首中铜柱之声耶？两千数百年过去，犹余响不绝。莫非荆卿有灵，胸中块垒千秋遗恨欲一吐为快乎！

乃作斯文。

二

　　荆轲与秦王，这是先秦史上两位最著名最有个性色彩的人物。

　　他们既是当世之雄，又是一对死敌。一个是已经改造而且还正在改造世界的霸主，一个是力图改变而且差一点就改变了历史的侠士。

　　他们的行进方向、价值取向正好相反，因此注定要成为不共戴天誓不两立的死对头。

　　他们没有私仇，没有宿怨。除这一次历史性的会见外，两人从未谋面。

　　他们要么不见面，见面就立判生死。

　　他们要么不交手，交手就一决雌雄。

三

　　史载秦王"蜂准，长目，鸷鸟膺，豺声"，可谓异人异相。而他也真英雄了得，"振长策而御宇内，吞二周而亡诸侯，履至尊而制六合，执棰以鞭笞天下，威振四海"。作为中国第一个封建大一统帝国的创建者，作为"百代皆行秦制度"的秦制创始人，秦王不仅是秦王朝的始皇，也是中国两千多年封建社会中五百多个帝王的始祖。

　　其功业巍巍，自不待言。

　　然而当年秦王定鼎中原的战争机器次第辗过六国的土地时，往往玉石俱焚。

　　历史在大踏步前行时从不相信血泪，从不怜悯死亡。

恶是历史发展的杠杆。

没有道理可讲。只有权力、暴力、强力在支配一切、决定一切。

没有公正可言。只有战争规则，谁的刀快谁的拳头硬谁就是老大。

虽说统一是历史大势，历史大势谁也无法改变，但在当时，处在这个历史大趋势中的所有人，从秦王到六国诸侯，从荆轲到燕太子丹，谁也不能未卜先知地预见到这个趋势所向，他们只能从切身利害来决定自己的行为模式，只能体验自己的感受，只相信眼前的一切。

就算知道秦并六国是大势所趋，难道就甘心国破家亡吗？！

被倾轧、被击败、被欺凌、被剥夺、被宰割、被灭国的经历和感受是锥心刺骨的。

当人被赶尽杀绝又求告无门，当人面临亡国灭族之祸却公道难寻，这时，被欺凌的弱势群体求生存的本能必然驱使其作困兽之斗，对强权以死抗争。

秦王被六国之人视为共同的死敌是必然的。

这样，事情就由历史评价走向了道德评价。

于是，有侠士荆轲出焉。

四

荆轲者，卫人也。其祖先乃齐人，徙于卫，卫人谓之庆卿。到燕国后，燕人谓之荆卿。

荆卿既非士又非民，好读书击剑，嗜酒。其行状颇类无业游民，又像自由职业者，总之是个社会边缘人物。在燕国时每天与狗屠及击筑者高渐离饮于市，歌舞哭笑，旁若无人，时人大约目其为疯子，只有田光先生知道他不是庸人，故善待之。今天我们猜想，荆轲之所以歌哭无常，很可能是感慨于当世各国被暴秦肆意蹂躏却无招架之力，由此一腔悲愤无由发泄吧。

其实在当时，秦和齐、楚、燕、赵、韩、魏六国虽然实力有强弱、版图有大小，但国无大小在国格上都是平等的，都有其存在的理由，它们中的任何一个都有权力去削平其他六国一统天下。

只是，那六国都不如秦国强大，兼并六国的历史使命就只好由秦王一肩挑了。

于是秦出兵山东以伐齐、楚、三晋，蚕食诸侯，马上就要来收拾燕国。大难临头，燕国君臣尽皆股栗。忧国忧君的燕太子丹就通过田光约请了荆轲，"再拜而跪，膝行流涕"，痛陈强秦亡燕之心，欲"得天下之勇士使于秦"。荆轲略一沉吟后慨然允诺。我想，荆轲之所以痛快受命，肯定是太子丹的这一企图与他心中筹之已久的想法暗合。

承诺是决绝的。然而在荆轲出发那天，还是出现了古代史上最有名也最是牵动后人心的送别图景：太子和闻知此事的宾客皆白衣冠送至易水之上。高渐离击筑，荆轲和而歌，凄凉悲壮，风喑水咽，惊弦裂帛，碎人心魂，送行者无不扼腕溅泪。待到荆轲"风萧萧兮易水寒，壮士一去兮不复还"一曲歌竟，激昂慷慨，义愤填膺，"士皆目，发尽上指冠"。

荆轲遂登车，义无反顾，绝尘而去。

五

即使是作为国家使者，荆轲想见秦王也绝非易事。其时各国使秦者多了，秦王哪会降尊纡贵——接见？顶多打发属下处理得了。要硬闯吧，秦宫深似海，禁卫坚如铁，每前进一步都会招来百剑千刀。

燕太子丹和荆轲有鉴于此，谋而后动。他们的行动方案是：用最厚重的礼物诱使秦王亲自接见，乘机劫秦王，迫使他归还从各国掠夺去的土地；若此计不成，则刺杀秦王，秦王死，擅兵于外的秦大将对朝廷必起疑心，若乘此机会使诸侯合从，破秦就有可能了。至于那份重礼，一是秦逃将樊於期的首级，秦王为得到它已悬赏千金；另一为燕国督亢地图，秦王对此垂涎三尺。而用来劫持或刺杀秦王的剧毒匕首就藏在地图匣的最下面。

秦王果然见利心动，破例以隆重礼节在咸阳宫大殿上接见了荆轲和他的副使秦舞阳。于是，社会地位天差地别的两个超卓人物实现了零距离接触。这就使得本来难以想象的刺秦事件得以发生。

秦王命荆轲将燕督亢地图献上，秦王取图而视，图尽，图下之匕首寒光刺目。于此千钧一发之际，荆轲闪电般跃起，左手抓向秦王之袖，右手持匕首刺向秦王之胸……

一场试图阻滞历史脚步的惊天血案眼看就要发生！

"图穷匕首见"，一个多么震撼人心的英雄诗篇。

"图穷匕首见"，一个如此机心深藏的刺杀行动。

"图穷匕首见"，一个那样心志坚忍的复仇故事。

六

说时迟，那时快，秦王在匕首及胸之际也已一惊而起，长袖撕断，脱身而走。边走边拔剑，剑太长，拔之不出，只好绕柱而奔，荆轲紧追不舍。秦法规定：群臣侍殿上者不得持尺寸之兵；卫士执兵器列于大殿之下，非有命令不得上殿。当时事出突然，卒起不意，群臣尽失其度，秦王惶急之中亦不及下令，只得且奔且躲。这时左右高呼：从背后拔剑！秦王将长剑移至背后剑果出，乃砍向荆轲，断其左腿。荆轲无法再追，以手中匕首向秦王奋力一掷，不中秦王，击中铜柱，火花四迸。秦王仗剑复击荆轲，荆轲身负八伤，自知大势已去，倚柱而笑，张膝跪于地，骂道："事所以不成者，以欲生劫之，必得约契以报太子也。"

相信当时天下所有拥秦与仇秦之士都听到了匕首击撞铜柱的争鸣声。

注意：在这整个短促而紧张的过程中，号称"年十三，杀人，人不敢忤视"的秦舞阳都干了什么呢？他捧着地图匣跟着荆轲上殿，刚到秦王高踞其上的台阶边，就"色变振恐"，以致"群臣怪之"。多亏荆轲临危不乱，从容掩饰，才过了这一关。此后，在荆轲刺秦王的龙争虎斗中，再不见秦舞阳那厮身影。只怕是早已吓倒出局了。

倘若秦舞阳也有荆轲般的胆气，局面或会改观？

经历了刚才短促而又令风云变色历史改容的较量之后，荆轲血洒秦廷，徒留千古遗恨。

七

荆轲是在笑骂中抱恨死去的。

那是一种极其复杂的心态：悲（功亏一篑）欣（杀身成仁）交集。

斯人已杳，易水凝寒。

唐诗人王昌龄《杂兴》诗云："握中铜匕首，粉锉楚山铁。义士频报雠，杀人不曾缺。可悲燕丹事，终被虎狼灭。一举无两全，荆轲遂为血。诚知匹夫勇，何取万人杰。无道吞诸侯，坐见九州裂。"王昌龄此诗对荆轲刺秦基本持否定态度，认为逞匹夫之勇不仅自己招来杀身之祸，而且燕国最终仍为秦所灭，何苦来哉？不足为训。但他也对秦吞灭六国颇有微词，认为靠强暴得来的东西归根结底仍会失去。咏叹与悲悼杂陈，惋惜与不屑相间，全诗体现出一种微妙的心情。今人更有因秦王统一中国而以此画线将一切反秦抗秦举动贴上"反动"标签者。

这实在是误读了荆卿，亵渎了荆卿。

"春秋无义战。"战国七雄之间的战争不是一个阶级镇压另一个阶级、一个民族侵略另一个民族的战争，而只是新兴地主阶级内部争权夺利、互较短长、互相兼并的战争，而互相兼并的目的是做大做强自己，实现独霸天下的雄图。至于谁能达到目的，那就看谁内功练得好，谁拳头最硬了。这是一个典型的以胜负成败论英雄的时代。谁都不愿成为败者，败就意味着丧失一切。所以，秦国或别的任何一国侵吞其余六国无可厚非，其他六国的反击、抗争更是正当防卫。至于抗争的方式，那是上帝也限制不了的，在实力不足、公道难寻、悲愤难抑的情况下，弱小者对强暴者的铤而走险，往往会采取非常规、超常限的极端方式。

被迫害者对迫害者的拼死抗争，从来就具有正面道德评价的意义。

所以，刺杀、暗杀绝对是七国争雄问鼎中原这场统一大戏中的一个有机组成因子——只有从这个宏观场景上来观察，才能看到荆轲刺秦行为所包含的历史必然性及其深层的社会、道德意义，才能得出这样的结论：秦并六国固势所必至，荆轲刺秦亦理之必然；也才能理解"侠"这一特殊人群，这一社会边缘群体为什么会兴起、兴盛于春秋战国时期，才能明白为什么二十四史中独独《史记》辟有"刺客列传"，记载了数百年间从曹沫、专诸、豫让、聂政到荆轲等一干义薄云天的侠士，才能懂得为什么从荆轲刺秦之后，还有高渐离"举筑扑秦皇帝"，张良以勇士椎击始皇帝等一连串刺杀行动……

简单地以成败论英雄，宏富多姿万千气象的历史将会一变而为干瘪、粗俗、苍白。

八

荆轲上殿，与秦王于数步之内对峙搏击，是一场力量对比极为悬殊的生死较量。

没有谁比荆轲更明白这一点。他在刺秦的整个过程中以言行表明了这一点。

答应太子丹的请求后，"久之，荆轲未有行意"，只有到秦军逼近燕国南界，太子丹恐惧再请，荆轲才将行程提上日程。由此推知，荆轲绝非但凭血气之勇鲁莽行事之人，面对可怕的对手，他一定是在不动声色之中权衡双方，调整心态，选择时机。

等到诸事准备完毕，荆轲仍"未发"，太子丹"疑其改悔"，再次催请启程。不料却惹得荆轲发火，指出，"提一匕首入不测之疆秦"，担当着天大的利害！他之所以徘徊未发，是要等待一位伙伴一起去——莫非荆轲已预料到秦舞阳是"银样蜡枪头"，关键时刻靠不住，所以才"有所待，欲与俱"？

易水送别时，送行者皆白衣冠，垂泪涕泣，这分明是死别的征象。所有的人都感受到了来自遥远秦国的恐怖和杀气。坚忍如荆轲都表明了"壮士一去兮不复还"的誓死之志，做了最坏的准备。我们今天有理由相信，荆轲虽然对这次行动做了充分的物质上和心理上的准备，尽管十分地谨慎行事，他本人对这个自己要扮演主角的刺秦之行并不看好，他一定已估计到此行定是凶多吉少。

刺秦失败后，荆轲自己说"事所以不成者"，是因为要生劫秦王逼迫秦王当庭签订有利于燕国的契约，结果留下活口，致使秦王有机会反击；而如果只是置秦王于死地，那么先躺在血泊中的就是秦王而非他荆轲了。

的确，当荆轲"左手把秦王之袖，而右手持匕首之"，秦王拔剑不出奔之于前，荆轲手执利器紧迫于后时，荆轲已几乎胜券在握了。

但他还是功败垂成。曾与荆轲发生过争执的剑客鲁句践听到这一信息后曾私下长叹："嗟乎，惜哉其不讲于刺剑之术也！"在鲁句践看来，荆轲倘若剑术精粹，那就大功告成了。

果真如此吗？

九

两千年之后的清人冯廷在《荆卿故里》一诗中发表了与鲁句践不同的看法：

一卷舆图计已粗，单车竟入虎狼都。纵然意气倾燕市，岂有功名到酒徒？空向夫人求匕首，谁令竖子把头颅。南来曾过邯郸道，试问人知剑术无？

沈德潜认为，此诗在探究刺秦之失时指出"不独剑术之疏，直咎行刺之失策，此是正论"。这个看法颇有见地。荆轲刺秦的失败，绝不是可用"剑术不精"来解释的。荆轲"欲与俱"的朋友因路远而未能前来也罢，荆轲"欲生劫之"而未能将秦王立即杀死也罢，夏无且以药囊掷荆轲以滞其气也罢，荆轲剑术不精也罢，这些偶然性因素于刺秦失败可能或多或少都起了些作用，但最根本的还是这个借献图生劫秦王的行动本身包含着流产的必然性，因为它与它所要效法的"曹沫故事"完全不是一码事了。

十

历史会重演，但绝不会机械地重复。

春秋时，以勇力著称的曹沫在鲁国为将，在与齐国的战争中三次战败。齐国咄咄逼人，鲁庄公惧，乃献遂邑之地以求和。《史记》载：

齐桓公许与鲁会于柯而盟。桓公与庄公既盟于坛上，曹沫执匕首劫齐桓公，桓公左右莫敢动，而问曰："子将何欲？"曹沫曰："齐强鲁弱，而大国侵鲁亦甚矣。今鲁城坏即压齐境，君其图之。"桓公乃许尽归鲁之侵地。既已言，曹沫投其匕首，下坛，北面就群臣之位，颜色不变，辞令如故。桓公怒，欲倍其约。管仲曰："不可。夫贪小利以自快，弃信于诸侯，失天下之援，不如与之。"于是桓公乃遂割鲁侵地，曹沫三战所亡地尽复予鲁。

在战争中失去的东西，凭三寸致命之匕与三寸不烂之舌居然失而复得，这的确是个令人心动的诱惑。燕太子丹请荆轲刺秦就是要效法曹沫故事。"丹之私计愚，以为诚得天下之勇士使于秦，窥以重利；秦王贪，其势必得所愿矣。诚得劫秦王，使悉反诸侯侵地，若曹沫之与齐桓公，则大善矣；则不可，因而刺杀之。"曹沫与荆轲都以勇力称，曹沫能干成的事，荆轲就干不得？——这在形式逻辑上是绝对没错的，但在辩证逻辑、历史逻辑上就未见得行得通了。古人早就看到了这一点。

秦皇本诈力，事与桓公殊。

奈何效曹沫，实谓勇且愚。（唐·柳宗元《咏荆轲》）

匕首西入秦，生死在眉睫。

秦政非齐桓，如何欲生劫？（清·刘献之《咏史》）

柳宗元、刘献廷相隔千年，却都对效法曹沫故事提出了质疑，认为秦王不是齐桓，荆轲怎么能照搬曹沫之法呢。的确，曹沫之时，春秋列国尚处在一种混战状态，齐、鲁两国虽有强弱之分，但两国之间还可以争争讲讲，曹沫不仅不会被齐的其势汹汹所吓倒，反而能在心态上压住齐桓公，所以生劫之谋方能一举奏效。

然而荆轲之世早已时移势易了。说是战国七雄，实际上已是独秦一国坐大，秦为刀俎，六国为鱼肉，无论在经济、军事实力上还是在精神气势上，秦对六国都具有压倒性的威慑力。诸侯对秦已无还手之功、讨价之力，只有赔地纳贡的份儿。血气刚勇如秦舞阳，尚且经受不住秦宫肃杀如磐的凌厉之气的威压，经受不住秦王电目一瞬的精神杀伤力，就可见"生劫"之难了。

何况，强国无弱君，秦王本人亦绝非省油的灯，从荆轲断股、"身被八创"即可知其剑术过人。

十一

这就注定了刺秦多以失败而告终：荆轲刺秦身死，高渐离击秦不中，张良椎秦亡命。难道秦王真是命不该绝？莫非天佑秦王乎？

荆轲自己是精心做了各种准备，他或许说不出这个计划究竟有何不妥，但他凭刺客灵敏的嗅觉已感受到了它的死亡气息。所以才会有易水送别那凄怆悲壮的一幕。

当然也不妨设想一下：假如荆轲此次刺秦得手，会怎样呢？恐怕很难全身而退。当殿下众武士冲上来以后，荆轲当庭伏诛是必然的。那么换一个秦皇帝当会如何？答案一目了然：当时国势强盛侵略成性的秦国已是一辆疾驰在一统天下大道上的不可遏止的战车，任驭手是谁，都不能让它骤然止步或改弦易辙。又假设荆轲此次生劫成功，秦王被迫签订一纸协定，又会怎样呢？答案也只有一个：脱身即毁约。统一的车轮会继续毫不留情地滚滚前行。无论何种情况，荆轲都只能将性命白白赔进去。从这个意义上看，荆轲的匹夫之勇，真像是螳臂挡车。悲乎！

结论虽然残酷了一些，但却是不争的事实。

十二

那么，荆轲刺秦的行动岂非成了毫无意义之举？还值得一提吗？

对荆轲的恐怖行动，秦国决定加以报复。史载：荆轲既死，"秦王大怒，益发兵诣赵，诏王翦军以伐燕。十月而拔蓟城。……后五年，秦卒灭燕，虏燕王喜。"具有讽刺意味的是，燕太子丹本人也被穷途末路的燕王喜斩首以献秦王，一如樊於期头被献于秦王。燕太子丹献樊将军头是为了解救国难，燕王喜献太子丹首也是为了"社稷血食"！一个又一个头颅的抛掷、奉献，终未能使燕国得免灭顶之灾。荆轲刺秦失败反而加剧了秦灭燕并进而统一天下的进程。

荆轲以这样乖谬的方式在历史上打下了自己的印记。

然而这都无关紧要了。

荆轲一类的刺客本就没有一直置身于历史之中参与历史的创造，他们是社会边缘人物，平时神龙不见首尾，似乎隐身于历史进程、社会事件之外，只有当他们突然现身如苍鹰搏兽闪电一击时才使世人一睹其风采。然而就是这突如其来的一击，或会爆出一天令人眩目的流星雨；或会绽现一片催人泪下的碧血花；或会卷起一股义薄云天的英雄气。它对人们心灵产生的冲击和影响，往往比那些实实在在的历史事变和杰出人物的丰功伟绩给人的印象还要深刻得多。

十三

　　荆轲之前的曹沫、专诸、豫让、聂政之俦捐躯赴难且不说了，他们的侠烈行动在数百年间已使一脉磅礴之风广为流布人间，他们所崇尚的临危受命、见义勇为、千金一诺等品格已成为社会认可的道德时尚和人格风度。荆轲之流无疑心仪久矣。

　　先是燕太子丹请来田光先生相商国事："燕秦不两立，愿先生留意也。"田光告辞时太子嘱咐："丹所报，先生所言者，国之大事也，愿先生勿泄也！"田光承诺，并将荆轲荐于太子。回去后，田光即自刎而死。他的理由是："长者为行，不使人疑之。"既然太子嘱已勿泄，就是怀疑自己；受人怀疑，即非义侠。于是以死为太子释疑。

　　接着，荆轲去见逃亡来燕的秦将樊於期，直陈己意："愿得将军之首以献秦王，秦王必喜而见臣，臣左手把其袖，右手其匈，然则将军之仇报而燕见陵之愧除矣，将军岂有意乎？"樊将军竟扼腕奋然："此臣之日夜切齿腐心也，乃今得闻教！"遂自刭。

　　荆轲既败，其好友高渐离隐姓埋名为人打工，想方设法得到秦始皇的召见，虽有人举报他是荆轲一党，秦始皇惜其善击筑，还是赦免了他，但瞎其双目，让其作为宫廷乐师。高渐离乃以铅置筑中，在演奏时乘机接近秦始皇，愤然飙起以筑痛击之，又不中，亦血溅秦廷。

田光、樊於期、高渐离，当然还有荆轲，本来都好好地活着，看不出有什么理由或力量足以让他们去死。然而他们自觉自愿地，义无反顾地，前仆后继地去赴死了，只是为了一句话，一个请求，一个承诺，甚至一个眼神、一个表情——只因为都与"义"相连。

义之所在，虽千万人吾往矣！

信诚所至，虽九死而不旋踵！

十四

我每每惊叹于当时人对生命的那种豁达、自由、直面相对的心态。在他们看来，生命不是自己用来享乐的东西，不应为一己所独占，大义、尊严、信誉、公道、友情等等都比生命更可贵，生命不过是天赋的实现人生价值、人生理想的工具，因此，信义当前，他们绝对没有生之留恋，死之恐惧。

能够站在自己生命之外、生命之上来审视和使用自己的生命，这就已经超越了"自我"，在精神层面上达到了英雄的高度。

在人类大踏步走向文明的历史路途中，流淌的鲜血涓细成河，抛掷的头颅堆积如山，虽然血白洒命白搭者亦不在少数，但这不是用一句"历史的代价""历史的局限"就可轻易打发掉的。这其中不是有不屈之魂在长号，有不瞑之目在狞视，有不凝之血在闪光，有不甘之心在骚动吗？我想，荆轲一击余响不绝，就因为有不平、不忿、不甘、不屈之意氤氲其中吧。

　　"其人虽已殁，千载有余情。"只要有"义"在，荆轲即使活到今天，也仍会是——

　　虽千万人吾往矣！

2002年12月

你绝望的眼神让我心碎
——写在2002年世界环境日国际纪念大会召开之际

一

春秋战国时代那个"梦蝶"的庄周,常与另一位以哲辩出名的惠施结伴出游。这天,他们闲游到今安徽凤阳县境内的濠水桥上。庄子凭栏临水,看桥下那小小的白鲦鱼在水中来往穿梭,唼喋戏水,一派无忧之状,不觉为之动容,说:

"鲦鱼出游从容,是鱼之乐也。"

惠施不以为然,反问道:"子非鱼,安知鱼之乐?"

庄子笑答:"子非我,安知我不知鱼之乐?"

惠施再诘之:"我非子,固不知子矣;子固非鱼也,子不知鱼之乐,全矣。"

庄周这下抓住惠子话把,说:"请循其本。子曰'安知鱼乐'云者,既已知吾知之而问我，我知之濠上也。"

——这就是"濠上观鱼"的有名辩难，两千多年来它一直为后人所乐道，自然是因为两位先哲话里话外闪耀着的哲理机锋的光芒。但我却以为，它的真正价值，还是在于那么早就明确提出了人可以察象识物，根据鱼儿的动态推知鱼儿的快乐与否，实质上，就是肯定了鱼和其他动物也像人一样有喜怒哀乐，也有感知、感情能力这样一种观点。

不能不佩服庄子。你看他老先生在生产力那么低下、科技知识混沌未开的两千三百年前，一句"鲦鱼出游从容，是鱼之乐也"的判断，竟与我们今天的科学证明完全一致，也与我们今天瞅着宠物犬嬉闹而发出的"狗狗好高兴呀"的感叹如出一口。

鹰击长空，鱼翔浅底，虎跃山林，驼驰大漠，自然现象而已，谁会想到它们乐不乐呢。

然而庄子注意到了，想到了。

就我所看到的材料而言，肯定动物有情感，最早的记载就是庄子了。

如果此说确然，完全有资格去申报吉尼斯纪录。我觉得，提出动物情感问题的庄子比阐释了相对主义认识论的庄子更高明，对于人类认识世界的活动更有意义。

庄子是推测，现代科学却验证了动物不仅能感知外界，而且能感受痛苦和欢乐，有着愤怒、恐惧、爱、同情与忧伤等情绪，这其中有些情感活动通常是需要有意识的思考的。

还说鱼吧。有一种在宠物店里很常见的虹鳟鱼，人们长期以来相信它选择配偶不是凭理智和情感，而是它的遗传基因在起作用，即雌鱼具有偏爱色彩艳丽的雄鱼的遗传倾向，染色体的指令决定了其爱情的指向。然而，科学家们经过仔细观察后却惊奇地发现，虽然基因在虹鳟鱼的爱情中起到了一定作用，但是，更有决定意义的却是"趋众"——可以称之为"文化传播"的因素。雌虹鳟能敏锐地知道鱼群里其他雌鱼发现的雄鱼身上有吸引力的东西，如果一条雌虹鳟看到其他同伴与一条雄鱼交配，即使这条雄鱼不具备它的遗传倾向所偏爱的特征，它通常也会选择这条雄鱼作为情侣。不仅如此，它此后会对看起来像它的雌性同伴所选择的所有雄鱼更感兴趣。科学家因此断言，"当涉及虹鳟的爱情时，文化传播压倒了遗传。"

没有起码的思维和情感，何来与"文化"有关的浪漫？

一英寸长的虹鳟尚且如此，更不用说比它等级更高的其他动物了。据报道，英国剑桥一家研究所的科学家发现，绵羊并不像人们通常认为的那样头脑简单，实际上它可以辨别并记住多达50张相似的羊脸，还能记住牧羊犬或人的长相。科学家猜测，绵羊可能拥有与人类类似的图形辨别机制。再比如，据观察者报告，当主人打开盒盖，呈现出来的是一块糖果而不是一只智商较高的灰鹦鹉所喜欢和期待的腰果时，它会从盒子转过身来对着人，眯起眼睛，竖起羽毛，微微张开翅膀，低下头——这是愤怒的信号，或是明显的威胁。如果再继续这种讨厌的把戏，灰鹦鹉眯成一条缝的眼睛表明了要咬人的先兆。它还会用嘴在桌子上快速敲打，以表示自己因受挫、失望而来的不满。

其实只要随手翻翻时下的报刊，有关动物之间的感情交流、动物善解"人"意的报道比比皆是：

《都市里的另类爱情》：在一座城市里，萍水相逢的公鸡和母鸡竟演绎出动物界的爱情绝唱：一只红翅公鸡因为热恋上了对门一户人家的母鸡，天天跑过去看它，晚上夜不归宿与恋人相拥而眠。后来它的主人将它关在楼上，它竟跳楼去与情人相会，以致将脚摔伤，仍乐此不疲。多情的红翅公鸡终于被它的主人杀了，那只母鸡见它几天不来，竟跑到这家人家门口来探望，主人赶它也不走。后来有一天，这只痴情的母鸡在横穿道口时，被一辆疾驰的轿车轧死。它死在去看情人的途中，死在大雪里……

《虎狗情未了》：在一家城市动物园里，一只出生才几个月的东北虎崽因为没有同伴而无精打采，院方只好找来一只小狗与它做伴。没想到这两只本来水火不容的动物竟成了好伙伴，虎狗同处一笼，耳鬓厮磨，不离不弃，以致互相间到了少不得对方的地步，相依为命达10年之久。

《大灰狼拉夫》：一只受伤的大灰狼被一对夫妇救活，它与主人家3岁的小女儿贝基成了朋友，它与她一起散步，它天天在路旁迎接放学归来的小姑娘，这种友谊一直持续到贝基15岁，大灰狼临终之时竟将它独力抚养的小狼托付给了贝基。

《主人去世小狗挂泪，九旬博士遗产赠爱犬》：这只名叫"欢欢"的狮子犬与老人相伴9年，它对老人忠心耿耿，善解人意，白天夜里都不知疲倦地陪伴主人，用老人的话说："欢欢与我有缘得很，好像心与心相通。我想啥，它都知道。简直太神了！"老人去世后，欢欢趴在地上一整天没吃东西，两只眼睛挂了三天泪水。一个月之后，它还没从悲痛中解脱出来。

……

一位外国探险家珍·古道尔也说了这么一个感人的故事：20世纪70年代，在非洲冈比国家公园，一个黑猩猩群体中的雌性头领弗洛死了。它一直以来和已8岁的儿子弗林特形影不离地生活在一起。弗林特因母亲的死而陷入深深的忧伤，它整天坐在一条湍急的小溪边打量着母亲的遗体，在它身边不停地走来走去，有时略微为它梳几下毛，还拉着它的已毫无知觉的手抽泣着。后来，它在几米远处坐下，弯着腰，一动不动，瞪着双眼呆呆出神。天黑以后，弗林特爬上一棵树做了一个小巢——它平生第

米萝文存：凡圣之间

一次单独过夜，我们不知道这可怜的孤儿这一宵是在怎样的孤寂和哀伤中度过的。第二天，它离开了其他黑猩猩，独自回到弗洛死去的地方。它目光呆滞，神情沮丧。后来，它爬到一棵高高的大树上，注视着一个大的空巢——是它母亲筑的，几天前它还和它在里面睡觉。它的身影，它的眼神，都让人强烈地感受到它的深刻的、令人战栗的哀伤。在后来的三周内，弗林特越来越无精打采，它不吃不喝，避开同伴，蜷缩在母亲倒下的地方的草丛里，它的双眼深深陷入眼窝，动作如老人般龙钟。它一直待在那儿，茫然若失的眼睛盯着溪水，直到忧伤地死去——此时距弗洛死亡仅三周半时间。

还需要说什么呢？直接的和间接的经验都在推翻着那位"我思故我在"的17世纪法国哲学家笛卡儿的论断。笛卡儿声称，动物只不过是自动装置，对任何刺激都只是产生机械的反应，感觉并不存在于这种装置。我一向敬佩作为哲学家的笛卡儿，但在生命关怀上显得麻木不仁的他远不如早他二千年的庄子了。事实是，人类并非地球上唯一具有感知能力和情感生活的动物。19世纪创建进化理论的达尔文认为，"低等动物像人类一样，显然能够感觉到快乐和痛苦、幸福和悲伤"。达尔文这个判断在20世纪得到了现代科学的支持：人类和非人类动物大脑中共有的与情感有关的影响神经系统的化学物质不仅仅是相似，而是基本相同；人类情感的智力结构——使我们感觉到爱恨情仇的大脑解剖学和神经化学，与无数其他动物的相似或相同。

当动物园圈养的北极熊像人一样在狭小封闭已久的空间中焦躁不安地机械地来回走动时；当动物园的黑熊、棕熊被动物虐待狂泼洒硝酸满地翻滚痛苦万状，如被歹徒浇洒硫酸的人惨痛哀号时；当春天来了百鸟在花间叶上欢快地飞鸣，如同来游园踏青的人们展示自己的快乐时；当黑猩猩幼子因失去母亲而忧伤至死，胜过不少人类的不肖子孙时，当人们用强制的、甚至残忍的手段迫使动物母子分离，族群崩溃，成批成群的动物被猎杀、被屠宰，因而给动物造成极度悲伤、痛苦、恐惧，就像人类社会中强势者对弱势者以欺凌、压榨、暴力、战争，导致妻离子散、家破人亡、流离失所，使他们椎心泣血、痛不欲生时，生命伦理学的问题、生命终极意义的问题、生命关怀的问题就自然而然地提出来了——

对于一个有感知能力、有情感活动的生命体而言，他（它）活着是为什么？是命中注定要为另一种生物的生存、享乐而遭受痛苦、牺牲自由、奉献自己的血肉，还是像其他生命那样有权享受生命正常运行过程中应该有的待遇和乐趣，换言之，是将这生命服从于某种不利于自己生存和发展的残暴功利目的，还是顺应自然要求在尽情展现这个生命当中享受生命的权利？人作为生物之一种，据说天然拥有生存或与生存有关的某些基本权利；那么，作为非人类生命的动物，能不能拥有这些基本权利？不论是或不是，关键在于，这种基本

米萝文存：凡圣之间

权利是谁赋予的？是自封的还是什么权威授予的？如果说，承认和维护人的基本权利是个道德问题，那么，这种道德要求是否也应包括承认和维护动物的基本生存权利？如果答案是肯定的，那么，剥夺、践踏动物的基本权利无端地造成动物的痛苦、恐惧乃至死亡，是否和剥夺、践踏人的基本权利一样，都是反良知、反理性、反道德的行为？

如此等等。这些问题，实际上早就引起过先贤和智者的思索，至少在庄子的时代是如此。只是，人类的私利和贪欲淹没了它的微弱萌芽。但是，现在，当理性光芒不断深入世间奥秘而工业文明却将整个世界拖入失衡与污染的深渊时，这些问题的重新提出，就势必带有一种极大的尖锐性和挑战性……

二

糟就糟在人类从来就不把动物当成可以和自己同样生存、发展权利的生命体来看待，从来以君临万物的姿态对待其他一切生命。

人类固然创造了绚烂多彩的文明史，但在这种历史创造过程中，人类不仅自己"上疆场彼此弯弓月"自相残杀，而且为了满足自己生存和享受的需要，将整个动物界置于被奴役、被虐杀的境地。哪怕是有恩于自己的动物也难逃厄运。

你没有见过驯鹿吗？那是一种生存于欧洲寒冷极地的北极圈地区的壮美而温顺的动物，它身形高大，胸部宽阔，四肢纤细强劲，奔跑姿态矫健，而那双乌黑的温情脉脉的黑色大眼睛更使人顿生怜爱之心。它在最艰苦的生存状态下顽强地生存着：冬天，它们可以凭自己的能力用蹄子和角掘开三英尺的雪，找到它们喜爱的地衣为食。从10世纪开始，驯鹿就已被拉普兰人所驯养：100万只驯鹿中，一半被当成负重的工具，用来拉雪橇，以负重200磅一天跑50英里的能力和辛劳，拉着、驮着拉普兰人不停地迁徙，可以毫不夸大地说，拉普兰人之所以成为游牧民族，就是因为有了驯鹿这个载体。然而就是这样一种为人类鞠躬尽瘁、无私奉献的可爱动物，注定要被杀死，因为人类需要它们的皮、角、肉、腱。它们的鲜血就沾在它们忠心为之效力的主人手上，就流淌在它们自古生活、劳作过的冻土地里。

驯鹿的朋友麋鹿的命运也糟糕得很。这种比驯鹿更壮硕的生灵，它那巨大的向外延展、如仙人掌或树杈般的角，足以勾引起人类的贪欲，而将它置于死地。仅在斯堪的纳维亚，每年就有4000多头麋鹿死于非命。

在北极圈地区被疯狂屠杀的还有海狮，一种形体巨大而性情温和的海洋生物。每年5月，它们不远三千多英里一路游来聚集在阿拉斯加和西伯利亚之间的白令海峡，到6月末，母海狮会在岩石丛生的岛上产下幼仔。

由于人类的滥捕滥杀，到1892年，海狮的总数量已不足100万。到1896年，这种屠杀达于极点：由于外出觅食的母海狮被大量杀戮，几十万只嗷嗷待哺的小海狮在岸上无可挽回地走向死亡——就像被战争夺去母亲的饥肠辘辘的婴儿在凄惨的哭泣中徒劳地等待母亲的归来……

这种情况随着人口的膨胀、工业文明的发展而愈演愈烈。据科学家估计，人类正在促使近代物种以比其自然灭绝快1000倍的速度丧失，以比形成快100万倍的速度消亡。其丧失速度在上20世纪大致每天一个，现在则每小时一个。据统计，近400年来，全球已灭绝的物种以千数计，其中灭绝的鸟类约150种，兽类95种，两栖类约80种。以兽类为例，1771—1870年的一百年间，全世界共灭绝了12种；1871—1970年的这一百年间则灭绝了43种。仅20世纪，110个种和亚种的哺乳动物、139个种和亚种的鸟类已再无缘让今天以至后世的人见到。目前，濒于灭绝的野生动物已多达600余种。

人类贵为万物之灵长。但这改变不了人类也是一种动物的事实。这当然不仅是因为人类是从动物界脱胎而来，臀部打着动物的标记，具有和动物大致相同的生理功能。进化论和现代科学都证明人类曾是动物界的一员、一种、一族、一群，不少动物甚至比人类更早地出现在地球上。人是在充分利用了包括动物在内的一切自然资源的基础上才发展到今天的，没有动物与人类的共生共存共发展，没有无数动植物相互衔接形成的生物链，没有这种生物链构成的生态平衡，整个地球就是一片没有色彩、没有生机的荒原，人类早就成了孤家寡人，何谈生存与发展！

"万类霜天竞自由"——"竞自由"才真正是动物和一切生命的天赋权利，在这个意义上，它们和人类是生而平等的。

人类之所以是一种动物，还在于他身上保留了由此脱胎出来的动物性。"食、色，性也"，孟子这话，道出了生存和繁衍是人和一切生命的基本特性和基本需求的真理。一切生物本能地因而是无条件地服从这个法则，从而出现了生物链，出现了弱肉强食、优胜劣汰，动物的本性便充分显露出来。人的可怕，就在于他虽脱离了动物界，这种为生存和繁衍而弱肉强食的动物本性却没有也不可能改变。这里不存在人类个体自不自觉、愿不愿意的问题，因为人自出生以来就生活在这么一种文化环境中，食用动物的观念和习惯是自小就被接受的视为理所当然的文化遗产，哪怕是最善良、最胆怯的人也难例外，除非他皈依以"不杀生"为戒律崇尚素食主义的佛门，或是从科学理性高度走向善待生命，用"文化""文明"来约束、净化、提升自己，将对生命的爱心推己及物，尊重生命，善待动物，保护生态平衡。然而，还有另一方面，那就是，如果人的动物本性在私欲甚至贪欲的驱使下恶性膨胀，那么其功利指向就必然大大超越生存和繁衍的需求，走向了炫耀、享乐和挥霍，并会借助科技文明使这种恶性膨胀的动物本性有了无所不能、残酷无情的实现手段，足以将所有的动物——地球上亿万斯年进化产生的灿烂生命之花全部毁灭！

"人是什么？一半是天使，一半是野兽。"所谓"资产阶级庸人"的这种说法，倒是道出了人的善与恶交织的极端两面性。

由此看来，从环境保护，从生态平衡的角度来谈善待动物，尽管十分必要，但从根本上来讲，还是人类以地球之主自居，居高临下地将动物置于低人一等的位置，其倨傲之态、怜悯之心显而易见；同时也是因为人类的生存和享乐离不开动植物组成的生态环境，其功利性不言自明。而"众生平等"说在立意上似应比一般的动物保护理论更高一筹，因为它是以生命高于一切，物种生来平等这种生命伦理观为出发点的。

不妨看看林业部门提供的一组数字，当得起是触目惊心：

野生动物及其产品的年贸易量为：2.5～3万只灵长类动物；相当于9万头大象的象牙；200～500万只活鸟；50万只野生鹦鹉或长尾小鹦鹉；1000万张爬行类动物皮张；1500万张毛皮；几百万只蛙腿；超过5亿尾热带鱼；还有如袋鼠皮等大量其他各类野生动物及产品。

想想看，这得以多少动物鲜活的生命为代价？而这些生命都是有感知能力、有情感活动的，它们在被囚禁、被猎捕、被贩运、被虐待、被杀害时要经受多少痛苦、恐惧！多少个动物家庭、种群会经受妻离子散甚至灭门之灾！而导致这一切悲惨结局的是人类的市场需要，其终端就是世界各地的消费者，其中就有你、我、他。当绅士们极有风度地抽出他的鳄鱼皮皮夹买单时；当女士们穿着昂贵的貂皮大衣展示万种风情时；当贵妇富豪在铺着虎豹皮的客厅中谈笑风生时；当美食家们在酒楼饭店美餐各种野生动物时；当看客们在马戏院尽情享受狮虎象等动物在驯兽师皮鞭下颤栗表演的乐趣时；当猴、狗、猫、兔、鼠等动物在实验室里口不能言地忍受多种死去活来的折磨之痛时，你想过没有，有多少个冤死的生命在冥冥之中悲泣，而在你身上，又有多少个死不瞑目的冤魂在缠绕！

语云："人命关天。"区区一条人命之所以会关乎天道，就在于人是"天"即大自然的最精美的造物，人的生命是日月精华的结晶，残害人命，就是违背天意，暴殄天物。同样的，能思维、有感情的非人类生命也是造物主的心血，是地球上几十亿年生命进化的成果，成百上千，成千上万，甚至百万、千万计地屠杀、奴役、迫害、囚禁动物，不是背天道、弃良知又是什么呢？！

三

在人类无所不到的威力和永无止境的欲望面前，在人类文明特别是现代文明面前，从最渺小、最温顺的虫豸鸟雀到最强悍、最孔武有力的猛禽巨兽，全都显得那样孤苦无助，它们的任何反抗都不堪一击，整个动物世界在战栗、在匍匐、在哀鸣……

一篇题为《藏羚羊心中永远的裂痕》的文章这样写道：年复一年，母藏羚在可可西里深处的神秘之地集中产下羊羔后，又领着刚出生的小羊长途跋涉返回各自的故乡。其间，一群60余只藏羚羊要经过一条青藏公路。

"藏羚羊是青藏高原速度最快的动物，可以80公里的时速在高原飞奔。我以为它们在确认没有危险后，会以最快的速度冲过公路。没有想到藏羚羊面对公路就像面对一条悬崖上的钢丝、一盆滚烫的炭火，更像非洲角马迁徙途中面对一条布满鳄鱼的河流，路基上的羊足足几分钟不敢踏上公路。终于有一只勇敢的母羊率先踏上了公路，但动作格外谨慎缓慢，每一步仿佛都迈在雷区，10米宽的公路用了很久才走过之后，其他的羊才一只一只地跟着小心翼翼地迈出了试探的步子，不少只半途而返，徘徊多次；用了近一个小时才越过公路。而几只小藏羚实在没有勇气踏上路基，望着公路另一侧的羊群，绝望中向着相反的方向跑去。尽管它们的母亲又返回来引领它们，但却被扑面而来的汽车惊散，慢慢消失在遥远的天边……

"望着渐行渐远的小羊孤单的背影，我似乎听到几个没娘的孩子的哭声……"

这就是人类文明对野生动物心理上造成的巨大威压。对公路的恐惧，已让这些可可西里精灵的精神几近崩溃。"失去羊群的保护，没有母亲的奶水，它们能平安度过今夜吗？"读到这里，相信不少人的泪水会要夺眶而出！

然而，这些藏羚不仅要面对青藏高原最恶劣的自然环境，要面对人类文明带来的巨大冲击，还要面对偷猎者为给贵妇、小姐炫耀身份、追逐时尚而披戴的昂贵"沙图什"披巾提供原料而射出的罪恶子弹，据报道，2001年仅6月6日和7月14日，可可西里国家自然保护区管理局已连续两次破获了两个盗猎藏羚羊的犯罪团伙，收缴各类枪械10支、子弹15000多粒，还有174张藏羚羊皮！

面对罪恶的枪口，面对死亡的威胁，藏羚羊，特别是母性极强的母藏羚表现出了像人类母亲一样舍身护犊的伟大母爱：有一个猎人，当他清早从帐篷中刚一走出，就见几步之远对面的草坡上立着一只肥壮的藏羚，他立即转身取来猎枪瞄准了猎物。奇怪的是，那只藏羚并没有逃走，只是用企求的眼神望着他，然后冲着他前行两步，两条前腿扑通一声跪了下来，两行长泪从它充满绝望的眼中淌下。就在这一刻，猎枪响了，藏羚一头栽倒，仍保留着跪卧的姿势，两行泪迹久久不干。待到猎人将猎获的藏羚开膛扒皮，才发现这是一只母羊，在她的子宫里，静静地蜷伏着一只已经成形的小藏羚，当然也已死去。这时猎人才明白，为什么这只母羚肥肥的，也才明白它为什么要屈下笨重的身躯向自己下跪：它是求猎人留下自己孩子一命啊！

母爱之所以伟大，在于它是物种生命延续的保护神，在于它的真正无私无畏。这种爱不容亵渎，不容践踏。对人类的母爱，我们赋予了多么圣洁崇高的色彩！可怕的是，就是这个为人类母爱高唱赞美诗的生物，其中的利欲熏心之徒却对毫无自卫能力、连用语言表达自己情感都不能的善良温顺的藏羚施行母婴大屠杀!

在可可西里,一只小藏羚刚生下不久,母羊就被偷猎者打死了。当保护区工作人员赶到时,受了伤的小羊四腿直抖动,一双大眼睛惊恐万状地看着他们,把这几个大男人看得心酸酸的。大家给它取名"祖塔才仁",意为"长寿的藏羚"。尽管为了它的存活想尽一切办法,这只过早失去母爱的可怜又可爱的小藏羚,还是没有逃过大劫,在人们发现它的第六天清晨终于死去……照片上的"祖塔才仁",乌黑的大眼睛尚未闭拢,它是死不瞑目呀!

"吟罢低眉无写处,月光如水照缁衣。"写下上面一段关于藏羚羊悲惨命运的文字,我竟忽然想起了鲁迅这两句诗,莫非此时的感受同鲁迅当年因人类中的黑暗势力对新生命的屠戮而悲愤莫名无以遣之的心境相通?我觉得目光因水气而朦胧,只好闭目枯坐,眼前却不期然地浮现出杨玉环在马嵬坡前被乱军士兵用白绸巾绞死前迷离而哀痛的眼神;浮现出被日寇对母亲开膛破肚又用刺刀挑起的血淋淋的胎儿;浮现出二战中父母被炸死,坐在冒烟废墟上哀哀哭泣的幼儿;浮现出默默躺在花丛中的死于战火和暴力的阿富汗小姑娘的凝滞目光……

我没法不联想起这些令人毛骨悚然、心往下沉的往事和现实。如果人类社会中的这些暴行理应遭到政治上、道义上的强烈谴责,那么动物这些不会说话、在遭到最可怕的打击时都无法用强烈的痛苦形式来表达的可怜生命,它们那铭刻在绝望眼神中的悲恸,就不能不让人心碎!

如果说,偷猎者们对如藏羚羊这种在最艰苦的生存状态下靠草根、苔藓维持生命,善良如少女、温顺如幼儿的可爱动物实行滥杀,是对自己良知和良心的公然背弃，是对生命伦理的粗野践踏，是将美与善用血腥的手撕毁了给人看；那么，对狮、虎等猛兽的凌辱和戏耍则无疑是对阳刚雄伟的自然美的嘲弄和亵渎！狮、虎等号称百兽之王的猛兽是大自然登峰造极的杰作，是几十万年生命进化的硕果，在整个生物链中，这些动物无疑是居于最高层次的终结者，大自然赋予这类生命体以王者的体魄和气概，使人一见顿消鄙吝之心，这样的动物理应让其在深山大泽、大漠旷野中自由地追奔逐北，啸傲天地。从它们身上，人感受到生命的壮美，再不济也该放养于野生动物园之中，还他们一片合于天道的天地。

可悲的是，不少这样的动物真像亡国之君或如被征服部落的土著酋长一样，被恃强凌弱的牟利者掳获到马戏团中以暴力威逼做种种取悦于看客的表演，稍有不服或违规就鞭棍交加。每当我看到这样的场面，看到这些威猛的一啸百兽惊的猛兽们在鞭笞下不知所措、惊恐委屈、惨叫哀号的模样，我总是感到羞愧难当、悲愤难抑，这种感觉同目睹暴民们将漂亮女人扒光当街示众加以羞辱，逼迫奥赛罗、斯巴达克屈膝跪倒自陈"罪状"时的心情并无二致。人们肆意羞辱自己的同类和异类中的强者、美者以满足近于畸形的心态，或是谋取商业利益，实际上是在公开展示自己的无耻和怯懦，我为自己的同胞、同类而羞愧，而气愤！最近，有传媒披露了更加骇人听闻、惨无人道的残害动物的内幕：在河南开封汴京公园内，一个来自安徽的驯兽团用极为残忍的手段驱使老虎、狮子、黑熊等动物为游人表演，为了不让动物们反抗，竟然将狮、虎的牙齿、指甲全部拔除或敲断，致使动物们的口腔、嘴角溃烂、化脓，惨不忍睹，其中连一只仅4个月的小虎也难逃厄运。更有甚者，在浙江慈溪和宁波，先后发生两起因驯兽团主人见利忘义用残酷手段驱使国家一级保护动物东北虎频繁走穴表演直至活活累死的惨剧。这两只东北虎一名"雷雷"一名"花花",都只5岁,通人性,会表演,据目击者称,"雷雷"死时眼眶里还挂着眼泪。而"花花"死后竟遭剥皮卖肉的大劫!

皇天在上!天道公平,众生平等。老天怎么会造出这么一种以虐杀异类的生命、凌辱他们感情为乐、牟利的生物来呢!

我欲哭无泪。

四

在进化的进程中,人类中的一部分是变得愈来愈能耐也愈来愈霸道了。

庄子的时代,尽管诸侯混战杀得血流飘杵一塌糊涂,但那是人类自个儿的事,与"非人族类"无关。作为智者、隐者、贤者,庄子能设身处地、察迹观行,体味到鱼儿们在水中畅游的快乐,而不是见鱼思食,立马命人将水中鱼一网打尽,烹之以饱口福,确属难能可贵;就是当时的政治家,也常有以一种"己所不欲,勿施于人"的心态对待动物的。据说齐宣王当朝时,有人牵着一头牛经过朝堂之下,齐宣王见了问:"把牛牵到什么地方去?"那人答:"准备杀了用来祭神。"宣王便说:"把它放了吧!我不忍心看到它战栗恐惧的样子,这不就像没有犯罪却要送它去死吗。"孟子就此总结说:这正是仁慈的心术。"君子之于禽兽也,见其生,不忍见其死;闻其声,不忍食其肉。是以君子远庖厨也。"

然而这种仁术,这种境界已差不多成为绝响了。

科技的进步,文明的发展,本来应该有助于整个人类精神境界的提升，有助于人对"非我族类"的动物生命意义的认识和尊重，有助于人类从"天人合一"的高度来处理好和动物界的关系，然而，不管意没意识到，客观事实是，科技进步文明发展的结果将人类中的一部分变成了武装到牙齿的动物杀手，变得对非人生命越来越霸道，越来越冷酷，越来越自私，为了满足自己的私利，将整个动物界置于自己的生杀予夺之下，动物生存的权利和生命的需要、动物的生存状况和喜怒哀乐，从来被漠然置之，甚至被残酷无情地剥夺。

人与人之间的争斗、杀掠，那是人类自己的事，从动物的角度来看无话可说；人对动物间的争逐也无话可说，那是弱肉强食、优胜劣汰的自然规律。但是人类对动物的几近物种灭绝式的屠杀却是另一回事，这不仅不是自然规律使然，恰恰是违背自然法则的行为。因为人类发展到今天这个地步，早已脱离了动物界的自然竞争，他已完完全全成了与自然、与动物对立的异己力量。难道就因为人类比任何生命体都强大，是"万物之灵长"，就可以为了自己的生存和享乐有权任意虐杀其他动物？

人们，特别是西方那些经济与科技高度发达国家的国民，今天正在愈来愈频繁、愈来愈富有想象力地谈论外星人对地球的入侵，他们用金钱和高科技炮制出来的大片中，那些奇形怪状却拥有极高智慧和超人能力的外星人，将为所欲为的地球人置于他们的恐怖统治之下，地球人只能任其摆布和蹂躏，一如地球上的动物界被人类所奴役。

这真是绝妙的反讽。

人类在资本主义发展阶段曾喊出过"天赋人权"的口号，声称人生而平等，任何人都享有天赋的多种做人的权利。但是，老天造物，难道也赋予了人类以恣意杀戮、奴役别的生命的权利吗？人们在强调自己生存和发展的权利不容践踏、不容剥夺的同时,是否也该想想,非人类动物是否也应该有生存的权利呢?谁都知道,让每一种生命都有自己生存、发展的空间,享受每一种动物都应该有的生活乐趣,这才是老天的本意,否则,老天也不会将它创造出来了。生命伦理学的精义当在于此。更何况,从生态平衡而言,只有当动物界(当然还有植物界)处于良性循环时,人类才能活得像个人样。所以,从动物界的角度来看,不,从老天爷的眼光来看,人对动物的奴役和利用的权利,只是出于人类的一己私利,并没有征得其他生命的同意,完全是人类一族一群自封的,就像在阶级社会中,法律完全是统治阶级制定并为本阶级服务一样。尽管人对其他非人动物的欺凌是如此不公,但却不会有任何一种抗议出现,因为人类唯我独尊、大权在握地把持了这个星球的话语权,而整个动物世界却沉沦于无声的深渊,就像人类中的聋哑世界。可以想见,人自己赋予自己的这种权利在"非人族类"看来是多么专横、多么无理、多么可耻。

人类为了自己的生存,所以要奴役和剥夺其他"非人动物"的生命和利益。许多生物物种的灭绝或濒临灭亡就是如此造成的。据英国《卫报》最近报道:去年卸任的政府首席科学家,现任皇家学会主席梅勋爵推算,鸟类和哺乳动物的灭绝速度比历史上千百万年来的平均速度要快100倍至1000倍。对化石的研究表明,历史上曾发生过5次大规模的物种灭绝。而现在,人类正主导第六次物种大灭绝,其规模不亚于6500万年前的恐龙大灭绝。

多么骇人听闻!

当年白人殖民者在种族主义支配和资本原始积累贪欲驱使下,曾凭借海盗船、火药枪将非洲、美洲的一些土著居民赶尽杀绝;

当年的法西斯纳粹党徒在疯狂的种族歧视复仇情绪支配下发动大规模的侵略战争，在集中营里将成千上万的"非我族类"的平民、战俘送进毒气室、炼人炉；

当年的极左、极右各种极端主义势力曾在不同范围里、不同程度上对平民实行种族灭绝式的清洗……

现在，人类中一些人对动物生命、种群的"物种歧视"乃至灭绝式血洗，同人类中一部分人对另一部分人的"种族歧视"乃至"种族灭绝"在形式乃至本质上究竟有多少距离呢？

无非是五十步笑百步吧！

著名的犹太裔作家以撒·辛格说："就人类对其他动物的行为而言，

人人都是纳粹。"此话虽然极端，但却让人难以辩驳。

过去，我在树林里看到有人张网捕鸟，在花鸟鱼市看到那在一个个狭小笼子中蹦跳、挣扎、木立、嘶鸣的小鸟时，会以为生活多么丰富多彩，但现在却每每勾起了一些遥远的几被尘封的记忆碎片……在我童年生活的那座南方城市，因依山临江，树木繁盛，气候适宜，故而禽鸟特多，在我上学的路两旁连成一线的小树间到处是飞来飞去的小鸟。我们往往在放学路上持弹弓从小林子里穿行，只要头上的枝叶间有鸟儿栖落张弓就打，当一只鸟儿中弹从林间扑扑簌簌坠落在地，心中就为之狂喜，赶紧拾起，不是腿儿打折，就是翅膀淌血，握在手中，小小的身体仍在挣扎，想养起来几无可能，惊恐与创伤使它们很快就会死去……这是多少年前的事了，可是现在回想起来，几十年前鸟儿在手中挣扎扑棱翅膀、哀鸣绝望的感觉似仍残留在手心，真有椎心之痛冤魂附体之感。

任何生命被摧残都是极端痛苦的——更别提我们差不多每天都要吃掉的各种动物肉和动物肉类制品了，那都是以"君子远庖厨"的方式在无情地吞食别个生命、在残忍地制造别个的痛苦。

吃猪肉、牛肉、羊肉……

吃鲤鱼、鳜鱼、鲍鱼……

吃公鸡、母鸡……

吃乳猪、乳鸽……

吃乌龟、甲鱼……

吃熊掌、驼蹄、鹿鞭……

甚至吃孔雀、吃老虎……

一张如无底洞般的牙尖齿利的血盆大口，似要将普天之下的动物吞噬殆尽!

在德国艾科尔野生动物园的一座小木屋的墙上,写着这样一个问题:

"世界上最危险的动物是什么?"

游客们马上想到的答案是狮子、老虎、毒蛇、鳄鱼等等。

人真是太谦虚了。真正的答案只要打开木屋的门就可以看到。木屋门一旦打开,游客们面对的是一面大镜子,每个人的尊容都在镜子中纤毫毕现——

人,你才是最危险的动物!

我们这个星球现在被弄得遍体鳞伤:土地沙化、林地萎缩、大气污染、水源短缺……你都得负起全部责任;

人世间有那样多的丑恶和苦难,自然界中有那么多的死亡和罪孽……你都不能辞其咎!

于是,人们开始觉醒了。

据说那位杀死了怀孕母藏羚的猎手,在剖开母羊肚子看到了那蜷伏的胎儿后,将母子俩连同自己的猎枪一起埋葬在山坡上,从此,他消失在藏北草原上。

这是良心的回归。

我终于理解了这种由摧残生命而产生的极度愧疚和痛苦。理解了那位古代印度太子为什么悲天悯人、出家修行而成"普度众生"的一代佛祖释迦牟尼。

由是,我敬佩在惊涛骇浪中驾着小小摩托艇、橡皮船冲到巨大捕鲸船旁抗议捕杀鲸鱼的绿色环保主义者;崇仰在可可西里倒在偷猎者罪恶枪弹下的保护藏羚羊的缉私队队员;赞美历尽艰辛十几年如一日在非洲丛林中与狮、象、猩猩为伴的科学家；感谢一切尊重动物生命并为维护其生存权利而百折不挠的动物保护者们……

让人感到欣慰的是，从18世纪英国最早提出防止虐待动物立法以来，已有越来越多的国家制定了有关保护动物的法案，1973年，《濒危野生动植物种国际贸易公约》正式签订，1981年，中国正式加入该《公约》。2000年，吉林省人民代表大会常务委员会通过了《关于禁止猎捕陆生野生动物的决定》。尊重非人生命、善待动物、保护生态环境的观念被越来越多的人和机构认为是现代意识的必具成分而接受。

最近，读到一条消息："德国给予动物宪法权益"，称：德国今天成为第一个在宪法中保障动物权益的欧盟国家。在表决中，大多数议员支持在一项强制本国国民尊重和维护人类尊严的宪法条款中添加"以及动物"的字样。

如果说，资本主义诞生时期的文艺复兴、启蒙运动意味着人的觉醒、人性的觉醒、人性的复归的话，那么，在宪法中将维护动物的尊严与维护人类的尊严并列，可以说是标志着人性的第二次觉醒——这是人超出自我的界限，从更广阔得无比的人与自然的关系、人与非人生命的关系的高度，从人类生存、存在和发展的进程，来理解和肯定什么才是真正合乎人性、合乎伦理、顺乎天道、顺乎自然的行为。与此相映生辉的是，今年初在澳大利亚网球公开赛上，一位运动员因自己打起的球将空中飞过的小鸟击毙，而当场跪地合十为之忏悔、哀悼。这一跪，充分显示出人之为人的高贵尊严和对生命的珍爱敬畏之心。而在中国湖北，为了拯救一只小金丝猴，出现了百位人类母亲为其哺乳的感人事迹。"人类给动物哺乳，这种爱太令人感动了！这再一次让我们看到中华民族善良博爱的传统美德。"消息传出，外国读者赞颂有加。这同屠戮藏羚羊的暴行相比，不正是天使与野兽的天壤之别吗！

然而，让人为之揪心的消息仍然不绝传来："全球环境处于危险的十字路口""全球变暖，鸟乱方寸""北极熊挣扎度日""阿拉善骆驼，死亡告急""公园只为挣钱，孔雀被强迫开屏""中国大陆金钱龟濒临灭绝""印尼珍稀动物走私猖獗"……

这会儿，一家刊物上题为《离去的东北虎》的消息又叫我蓦地一惊。东北虎是虎科中个头最大、仪态最威严的虎，是濒临灭绝的国家一级保护动物，我国东北境内森林已难得见到东北虎的踪迹了，仅有的十数只难道还要"离去"？！从生态平衡角度看，任何一个物种的消亡都必将引起连锁反应，导致更多物种的消失。东北虎处在生物链的顶端，如果它不幸归于灭绝，那将给生态环境造成难以预料的损失，那是人类的罪孽和悲哀，也是动物界、自然界的浩劫。

　　然而读下去，才发现它讲的是这样一个传奇故事：1974年，一伙在黑龙江省林区采伐队当工人的年轻人，用精心设置的捕兽器夹住了一头三百公斤左右的雌性东北虎，把它囚禁在木笼中，装在车上，用3头牛拉着下山，转移到别处去。那天，由十几个小伙儿护送，一路上格外小心，严阵以待。"下午四点多，天就快黑了，寒风呼啸，雪花乱飞。我们正在盘山道上艰难地行进，突然当头响起一声惊雷般的虎啸。我们立即放枪，但根本没看清老虎在哪儿。老虎太迅捷、太强悍了，猛听'咔叭'一声巨响，一根木杠已被虎掌击断。两头虎咆哮发声，向山上蹿去。好半天，我们才敢从地上爬起来，好像刚做完一个噩梦，木笼已经空了，三头牛吓得瘫在地上，屁滚尿流。"

　　痛快痛快！真该浮一大白！那感觉就像读金庸、梁羽生快意恩仇的武侠小说。浮在我眼前的是乔峰乔大侠和金毛狮王谢逊的身影。这两只东北虎已真正恢复了百兽之王的雄风霸气，再无在驯兽团被人欺凌、奴役的屈辱、卑琐了。多么壮伟不羁的生命！多么不可一世的气概！

也许，只有当动物强大到足以粉碎人类对它的宰割时，人才会认真考虑动物的生存权利。如果做不到这一点，那么，只有到动物界面临灭绝之时，人类或许才会悔恨交加地来抢救这些将永远消逝的美丽生命——无论哪一种情形，对于人类而言都为时晚矣！

我们面对的，将是一个除了人类自己的喧嚣外，再也没有任何天籁和其他生命瑰丽大合唱的枯寂世界。

我们将很难孤独地生存下去。

人们，你们要警惕啊！

2002年4月

所向无空阔，真堪托死生
——关于马的随想

我不知道这辈子是怎么和马结下不解之缘的——这不是说，我和实实际际的足踏大地疾驰绝尘的马儿有什么特别的瓜葛，比如说，当过骑兵、牧马人之类，因此也演绎不出人和马之间跌宕生姿的浪漫故事——我只是想说，马这种生灵，这个上帝的宠儿，这个造物恩赐给人类的忠实朋友，又被人类赋予独特审美意义的客体、符号，是怎样负载着人类历史的博大深沉、挟带着劲风海浪般的矫健奔放，渗入并在一定程度上影响我的人生轨迹的；我只是想说，正因为如此，马的形象才牢牢地屹立在我的画幅之上，引导着我去探究它的一切秘密……

一

1949年，在人民共和国奠基过程中激扬起的烟尘滚滚南移的那些日子里，湖南南岳大庙前一直冷冷清清，因人迹罕至而显得格外洁净的那片空地上，花岗石铺就的甬道叶落无声，不知年岁的古老松柏落寞地夹道而立。忽一日，这儿突然挤满了战马——那在一个五六岁孩子眼中无疑巍然如山的庞然大物——它们有的全副戎装，鞍辔齐整，似乎又要踏上征程；有的已卸去束缚，坚实的肌肉在光亮的皮毛下兴奋地轻轻抖动；有的专心致志于饲料，只用那善解人意的湿漉漉的大眼睛余光照应着周围的一切；有的亢奋地在原地蹴踏转动，不时打着响鼻，偶然振鬣长嘶，悠长尖厉的颤声似饱含沧桑和感慨，与在花岗石道上得得响起的清脆马蹄声一道，一直洒落在我心湖的深处，漾出阵阵涟漪……多少年后，不管哪儿的马嘶、马蹄声，都会条件反射似的使孩童时见到的解放军入湘时的这一情景在脑海中重新回放，而那和清新空气混合在一起的马饲料、马粪的味儿都会唤起我久远亲切的记忆。

这是一支参与共产党打天下的宏壮战争的骑兵部队。战士们不管是用刀还是用枪，终归是在马背上大展神威的——若干年后，当我在宣纸上纵笔泼墨挥写马的图像时，每每会感到有淡淡的硝烟从纸上飘过，有隐隐的风雷在纸的深处轰响……

这时，我就觉得我不是在画马，而是在追踪一个横绝六合、在历史的波涛中腾跃的不羁的精灵。

的确，在与人类发生这样那样关系的非人生命体中，没有一种在作用上、地位上、文化内涵上比马更重要、更独特，对人类自身发展有更重要意义的动物了。

不过，多少万年以前，马的老祖宗始祖马却没有它的后代那样雄武俊逸，那是一种似豚类犬的小个子动物。马是在与人类互动的历史过程中进化成为动物中贵族的。在人类驯化的动物中，马一开始地位也并不高，它与牛羊鸡猪等一起被人类功利性地当成可供果腹的食物、可资役使的工具。然而后来，马却以其体魄的健美、行动的迅捷、品格的忠诚从其他动物中分离出来，跃升出来，成为人的坐骑——第一个骑士的出现既是马的命运的历史性转折，更标志着人类工具史上的一场意义深远的革命，它使人极大地超越了自身肉体上的局限，使许多靠自身体能和速度做不到的事情有了实现的可能，——于是，交通、贸易、旅游、狩猎、邮驿、仪仗等各项事业渐次铺开——从而有力地加速了人类自身的发展。而马被使用到战争中——先是战车，后是骑兵——则更是战争手段和战略战术思想上的深刻变革，马作为唯一的非人生命更广阔地更深刻地介入到人类的历史中来。

中国历史上自秦始至汉为烈的匈奴寇边之所以成为大患，就在于这是一个生活在马背上的剽悍民族——以今观之，无异于坐在坦克上——骁腾的骏马使他们来如飘风，逝如疾电，其机动性、灵活性、冲击力等前所未有，远非步兵所能抵御。只有当汉王朝重整军备、锻炼出自己的骑兵和它的统帅如卫青、霍去病之属，才有以铁拳对铁拳的能力。你看霍大将军墓前那巨石雕成的马，尽管刀法朴拙简洁，并未往深里开凿，尽管蜷曲的四肢几与身躯融为一体，使整个形体浑若一块顽石，但它那骨子里透出的龙虎精神、大汉气魄和作势欲跃的动感却让每一个人为之震撼，它内蕴的那种要向外扩张、向四方爆炸般的力量令一切虚张声势的"艺术"黯然失色。

到13世纪，使欧亚大陆发生地震的蒙古民族仿佛一夜之间从草原崛起，大首领成吉思汗则似自天而降，将他的帝国拓展到空前绝后的庞大。这位生就一张典型蒙古人种阔脸的小个子统帅能成就这份伟业，端赖他拥有当时世界上最精锐的战争机器——骑兵。

当全副武装的军人与驰骤如风的战马有机结合为一体，并成千上万甚至数十万地成建制地组合起来，按照严格的军纪军规去实现一定的政治军事目的时，就成为可怕的战争机器。

这是真正的铁流。人和马都被金属武装起来，一路铿锵，一路火花，怒涛般地向前推进，没有什么能止住这腾踏不停的铁蹄，除非迎面而来的是一支更强、更硬的武装。

这是壮观的挺进。没有什么在威慑力上、冲击力上比骑兵行进、骑兵搏杀更惊魂夺魄气势撼人的了，那是铁血的撞击，雷电的交鸣。阳刚大气激荡其中，英雄之星闪耀其上。挟风而进，一泻千里……

于是，"以马上得天下"成为一种历史的规律，成为英雄豪杰奋斗的目标，也成为与人共舞的马展现其高贵品格、无伦风采和卓越贡献的良机。

唐太宗李世民在削灭群雄一统天下的战争中，有六匹与他共生死同命运的坐骑：飒露紫、拳毛、白蹄乌、特勒骠、青骓、什伐赤。光从这些响亮的或染上异域色彩的名头，即可想见其英风骏骨，同时亦可推知其传奇身世，它们中的每一匹都曾伴随李世民谱写过英雄诗章。据记载，拳毛、青骓、什伐赤在冲锋陷阵矢石交加之际，分别身中数箭，血染鬃毛犹不歇蹄，真是生命不息驰驱不止，那种忠贞品格、无畏气概让人血脉贲张不能自已。可以说，大唐帝国就是这些战马从李渊起兵的代郡一路驮到长安的。

在李世民心目中，这些战马不只是一种可用来骑乘的工具，而是他忠心耿耿、立下汗血之功的战友、伴侣，他深知它们对于李唐王朝、对于他本人的重要性，他和它们之间已从单纯的功利关系转化为道德的与审美的关系，这种关系之深，已到生死不渝之境地，以致李世民特命当时的能工巧匠将6匹神骏变成浮雕，列置于自己的陵墓前，与自己千秋万世永相厮守。

考诸史册，有哪一只特定的冠名动物享受过这么崇隆的礼遇？

距此一千多年后，前面提到的在南岳大庙前驻扎骑兵的解放军的统帅,那位历史上第一次为人民大众的翻身从马背上打天下的马上英雄毛泽东,同时也是一位庸常之才难以望其项背的马上诗人。在艰难困苦的国内革命战争时期,毛泽东在指陈方略、克敌制胜之余,还写下了不少彪炳诗史的诗词。这些诗词对于"两句三年得,一吟双泪流"的文人墨客来讲,恐怕皓首穷经也不可得,毛泽东却只淡淡一笑,说:这些诗,都是马背上吟成的。

马背上不仅可再造乾坤,马背上还可诞生英雄史诗。

从霍去病的雄骏,到李世民的御乘,再到解放军的战马,毛泽东的坐骑,这些天之骄子时代精灵虽然在不同历史时代负载着不同的使命,效力于不同的主人,但是从它们身上都能强烈感受到贯通历史、推动历史、创造历史的一往无前的英雄气概,领略到一种难能可贵的历史连续性。

二

如果说威仪十足、君临百兽的狮虎是动物王国的王者,风情万种、仙姿绰约的天鹅是动物世界的仙子,那么,气度高贵仪表非凡的骏马就是动物社会的勇士和贵族。

在参与人类历史创造的历史进程中，马也被历史性地再塑了形象。

人类所曾做到的最高贵的征服，就是征服了这豪迈而剽悍的动物——马。它和人分担着疆场的劳苦，同享着战斗的光荣；它和它的主人一样，具有无畏的精神。它眼看着危机当前而慷慨以赴，它听惯了兵器搏击的声音，喜爱它，追求它，以同样的兴奋鼓舞起来。它也和主人共欢乐；在射猎时，在演武时，在赛跑时，它也精神抖擞，耀武扬威。但是它驯良不亚于勇毅，它一点不逞自己的烈性，它知道克制它的动作；它不但在驾驭人的手下屈从着他的操纵，还仿佛窥伺着驾驭人的颜色，它总是按照从主人的表情方面得来的印象而奔腾，而缓步，而止步，它的一切动作都只为了满足主人的愿望。这天生就是一种舍己从人的动物，它甚至于会迎合别人的心意，它用动作的敏捷和准确来表达和执行别人的意旨，人家希望它感觉到多少它就能感觉到多少，它所表现出来的总是在恰如人愿的程度上。因为它无保留地贡献着自己，所以它不拒绝任何使命，所以它尽一切力量来为人服务，它还要超出自己的力量，甚至于舍弃生命以求服从得更好。

法国作家布冯满怀深情描写的马，是那样通人性、有灵性，英勇无畏、舍己为人的品格是那样高尚，它难道不正是人类的第二个自我吗？它所具备的这些美德，不正是人类所希望、所看重、所珍视的吗？"在它的整个肢体，特别是它的头上，有某种富有精力的同时也是柔和的表情。它是那样一种动物，仿佛它的不能说话，只是因为它的口的构造不允许它那样。"（俄·列夫·托尔斯泰《安娜·卡列尼娜》）将这样一种只差不能说话的高贵动物征服，就像征服风华绝代的美女一样，真是人类所能做的最高贵的事情之一。它对于人类自身的意义是不言而喻的。

而在中国华夏文明中，马是具有龙相的，"凡马六尺以上为马，七尺以上为骇，八尺以上为龙。""果然那马浑身上下，火炭般赤，无半根杂毛；从头至尾，长一丈；从蹄至顶，高八尺；嘶喊咆哮，有腾空入海之状。"（《三国演义》）——这就是古人笔下被赋予龙相的神骏。

所以，当周穆王乘黄金碧玉之车巡行天下，将驭车的八龙之骏次第摆开时，展现出的是一幅令人目眩神驰光华璀璨的壮丽图景：先是沉沉暗夜星光闪烁，继之晨曦微吐，继而曙色欲染，一股明丽的大气冉冉升腾。蓦地，强光乍现天际，迅速扩张膨胀而成一巨大夺目光球，在壮阔的红色天空中流金溢彩；久之，其中影影绰绰有物夭骄宛转、渐行渐近，终于光晕中涌来八骏，其态如龙，或黑或白，或赤或黄，长长的鬃毛似金色缎带凌风狂舞，修长有力的脖子若龙颈屈伸，宽阔的胸膛肌肉结抖动，钢打铁铸般的四肢腾挪劲健猎猎生风，张大的鼻孔有若喷筒，强大的气流由此灌入肺部再喷吐而出……它们是龙，又分明是马，真有上天下地之概。"四荒八极踏欲遍，三十二蹄无歇时。"正是因为有了这神异的八骏驾车，穆王才得以行遍天下，威加四海，八方臣服。

这世上还有什么动物在气势和作用上能与马相捋？

穆天子有马如此，后世豪雄谁又不想效法？有了这样的雄骏，就等于有了改变现状的利器，就等于有了实现梦想的魔杖，就等于有了寄慨抒怀的载体。

于是有了九方皋神乎其技的相马术。

又有了以千金市死马而后一年内千里马三至的君王。

难怪汉武帝孜孜以求汗血天马。

雄伟的王朝需要雄壮的骏马。

至高无上的帝王需要高贵的坐骑。

因此，一旦出使西域的张骞从遥远的大宛国带回一匹汗浆如血般殷红的宝马，整个长安上层社会立即为之轰动。汉武帝派出使者携重金宝物去大宛国换取汗血马，却不料遭到大宛王的拒绝，汉使者亦为其所杀。汉武帝闻讯为之震怒，即派大军西征大宛，首战失利后再派重兵征讨，大获全胜。大宛国臣服，献出的汗血马随凯旋将士来到长安。汉武帝亲眼见到这些"似鹿犹依草，如龙欲向空"的汗血天马，喜不自胜，乃大宴群臣，并亲自作《蒲梢天马歌》以遣兴：

天马徕兮从西极，经万里兮归有德。

承灵威兮降外国，涉流沙兮四夷服。

这以后，获取宝马名驹几乎成了上自帝王将相、下至黎民百姓的共同心愿。它成了一种有独特内涵的文化，爱马、赏马、驭马、养马同功名、事业、门第、身份，甚至友情、爱情、生命联系在一起，马和人一道演出了无数可歌可泣、可圈可点、波澜跌宕、爱恨情仇的故事。

备屯樊城，刘表礼焉。惮其为人不甚用。曾请备宴会，蒯越蔡欲因会取备。备觉之，伪如厕，潜遁出，所乘马名的颅，骑的颅去，堕襄阳城西檀溪水中，溺不得出。备急曰："的颅，今日危矣，可努力！"的颅一踊三丈，遂得过。（《三国志·蜀志》）

这就是被《三国演义》极尽铺陈的"跃马檀溪的颅救主"的故事，过去几乎妇孺皆知。一部三国史，人物万万千，史实浩如烟，而史家略去无数人与事，却将"马跃檀溪"这一细节载入篇幅昂贵的史册，可见对其之重视和叹赏。在这里，有刘备的所谓"命运"问题，也有的颅马自身的体能、素养、品格因素在起作用，更有此马在危急时刻对主人心理的入微体察和凝聚全部体能于一瞬爆发的本领。不难设想：倘的颅此次溺于檀溪不得出，刘备为刘表追兵所执，则后来的三国史可能得改写，历史亦可能演绎不出"三国"这一精彩绝伦的故事。

《三国志》是正史。另据《丰县志》记载：宋代，当高宗还是康王时，曾在金国当人质，后乘靖康之乱逃出。途中，康王筋疲力尽，夜宿于丰县的崔府君庙中。梦中似闻人语："快起来，追兵至，请上马！"康王惊醒，见身边有马一匹，骑上后日驰七百余里，待至淮水渡口，再怎么鞭策此马都不动弹。下马一瞧，才发现是一匹泥马。康王恍然大悟：此乃神助。后来康王登上皇位，得以延续宋朝国祚。这就是有名的"泥马渡康王"传说。传说是现实的折射，它典型地反映出现实生活中马对于人、对于人类社会发展的重要性。

在马与人互动的漫长过程中，马与人的关系甚至超过了人与人之间的关系，达到了生死与共的境地。马自身的内在品格和审美特征也愈来愈表现得淋漓尽致，愈来愈人格化了。《三国演义》中关云长被孙权所杀，他的坐骑赤兔马亦绝食七昼夜而死，就是一个催人泪下的故事。

距汉武帝作西极天马歌约八九百年之后，"大宛汗血马"的故事还在大唐帝国朝野流传，它激起的英雄气概和对先贤伟业的追慕之情是与大唐王朝的雄厚国力与阔大气魄相适应的。

胡马大宛名，锋棱瘦骨成。
竹批双耳峻，风入四蹄轻。
所向无空阔，真堪托死生。
骁腾有如此，万里可横行。

当诗圣杜甫搦管挥毫写下这样激情喷涌、寄慨遥深的诗句时，他大约也像我现在画马时那样，眼前一定风烟滚滚地掠过无数骏马与主人同生共死赴汤蹈火的景象。不同的是，他心中沉积的对社会的感察、对人生的咏叹、对友情的渴求，已然力重千钧地凝聚于笔端。"所向无空阔，真堪托死生"，此十字胜过千言万语，高度凝练地展示出骏马一往无前的气概和忠勇无俦的品格；除马之外，天地间何物可当此盛誉！此诗写尽了马的威力、马的风范、马的作用和人对马的深情，堪称咏马千古绝唱。而又过了千百年，一匹八路军的忠勇战马为此诗再一次做了最好的注脚。

那是一匹通体雪白雄骏非凡的马中之王。它的悟性，它的敏锐，它的通人性，令人叹为观止。"飞飞"这个名字是它"所向无空阔"精神的写照。抗日战争中它从新疆伊犁尼勒克草原来到八路军中以后，屡建殊勋，又曾从火线上救下负伤的主人。后来不幸被觊觎它已久的日本侵略军所俘，敌酋黑森先是用最优厚的待遇接待飞飞，却被能识别敌方、牢记仇恨的飞飞狠狠踢了一脚；于是又被判死刑，受到残酷拷打；后又被送回豪华马厩，供以美食。但飞飞义不食敌粟，滴水不进，终于绝食而亡，享年8岁。飞飞的死给本来就有反战情绪的黑森以很大震动，他亲笔写下了飞飞的墓志铭：一匹骏马安息在此。可惜，我不知道它叫什么名字。我只亲眼看见，它用它的死，写下了我们民族的羞耻。1944年6月，黑森以思想叛国罪回国受审，物证就是这个墓志。在法庭上，黑森在辩护词中说："一匹马尚不能征服，何况乎一个民族、一个国家？！"

吟哦着杜甫"所向无空阔，真堪托死生"的诗句，遥想着那沉埋在抗日战场上的不朽骏骨，一股慷慨奇气就自胸至腹盘旋激荡。这马，真是大自然最高贵最杰出的造物之一，看来，天地间的精华灵秀，不仅钟于人，亦且钟于马！飞飞所体现出来的宁死不屈的凛然气节，足以令许多被称为

"人"的生物为之汗颜！马犹如此，人何以堪！

随着现代科学技术的迅猛发展，马力也与人力一样渐次为机械力、电力乃至更先进的动力所取代，这是不争的事实。我们现在于城市中几乎已见不到马的踪影了，除非去骑马、赛马，或是观赏少见的仪仗队、女骑警。解放军最后一个骑兵连消解的消息曾使人回肠荡气。马似乎从历史的地平线上消失了。但造物赋予马的高贵、骏美、轻盈、劲健的典雅气度，那锋棱斧削、四肢如铁、弹簧般伸展自如、内蕴无穷爆发力的躯体，如战旗、如火炬、似泼如倾、如飞似舞的鬣毛，那能察知主人细微内心活动并随机配合的高度智慧和能传递任何感受的湿漉漉的善良眼神，那让人心动、催人下泪、激人慷慨悲歌的忠诚无畏——这一切，是任何别的物种、别的物象、别的力量所取代不了的。它们综合成人类永恒的审美意象活在世世代代人的心中。

于是，我又似乎嗅到了南岳大庙前解放军骑兵驻扎时弥散出来的混合着粮草、马粪味的熟悉气味……

三

马和人共同创造了历史。

马和人有着过命的交情。

更何况，"以马背上得天下"，马与人类社会的英雄史诗，英雄气概是紧紧相连的。

这不能不在艺术上反映出来。而造成世界影响的莫过于秦始皇陵兵马俑了。

那是一个浩浩荡荡的军阵。秦始皇凭借着古代世界最重要的军力要——秦战马打天下，和马一起负载历史、拉动社会、推进时代车轮，人与马同生死共命运之种种，通过兵马俑这与真人真马等大的艺术杰作淋漓尽致地展现出来。

1996年6月的一天，我亲临兵马俑坑，俯瞰那从历史堆积层中破土而出的兵马俑队列，心中的震撼和感触难以言表。两千多年了，已然逝去的，再也不可能重来的人与他最忠实的伙伴的关系就这样定格了，凝固了，物化了，成为一种可以昭示永远的恒久。

兵和马联系在一起，意味深长意义深远，它竟然使传统的中国绘画艺术专门产生了一个"人马画"科。在"人马画"这个独特的艺术长廊里，连威猛如狮虎，优美如凤凰，都得退避三舍，那是一片留给人类最忠实朋友的天地。

最早当可追溯到远古原始人在山洞壁上描绘出的马的形象，追溯到人类与自然界由隔膜对立到逐渐实现"天一合一"、互相依赖的过程。穆王"驭八龙之骏……以匝天地之域"的传说虽然染上了神话的色彩，但的确折射出至少在周代就已有了多马驾车的制度和能力。到秦代达到第一个马政高峰，否则不会有一统六国的车兵、骑兵，也不会有秦兵马俑了。

凡是马政繁盛之时，大体是国家、民族尚武之时，或国力强大，或卫国戍边，或争逐天下。所以，马同英雄主义、浪漫主义和慷慨悲歌、壮怀激烈、沉雄阔大、所向无敌的阳刚大气的审美物象是紧相联系的。以此视角放眼而望，秦、汉、唐、元、宋、清这些朝代，画马高手迭出，笔下之马多有英雄开拓之志。

秦兵马俑不说了，汉霍去病墓前石马也不说了，单看那东汉画像石、画像砖及墓室壁画上的人马车骑，凡马皆颈项后曲，胸部前凸，四蹄弓曲悬空，马尾高举，作猛气横发一往无前之状。这种腾跃之姿与古希腊雕刻中的骏马及文艺复兴时期画马大师鲁本斯油画中的骐骥有相似之处。但在中国，此后除东晋顾恺之《洛神图卷》第四段《辞别》中的驭车之马上还可约略看出这种猛厉之志外，其他时代的马图上已无缘得见了。

但唐代，国势强盛如日中天，马政空前繁荣。初唐和中唐时官马分别达70万匹和43万匹之多。这个时代呼唤良马与呼唤良将的声音一样响亮，由此，一批画马高手如曹霸、韩干、韦偃等就在这此起彼伏的呼声中跃然登场。

你看韩干《放牧图》中的马，那躯体圆硕厚重、四肢纤细劲健，马首锋棱分明骨相清奇的造型跟昭陵六骏一脉相承，透着一种沉郁雄浑、武勇华贵的气象。韩干另一杰作《照夜白图》中被拴于马桩的白色骏马为唐高宗李隆基宠物，它不甘于被缚，四蹄腾挪，鬃毛直竖，鼻翼扩张，怒目圆睁，颈肌紧绷，欲脱尽羁绊之桀骜不驯状跃然纸上。此后的马图中再难一见此种生猛形状。

不过，憧憬"骁腾有如此，万里可横行"的杜子美还是不满意韩干画的马，而推崇曹霸之马。"干唯画肉不画骨，忍使骅骝气凋丧。"作为将一个时代化为"诗史"，对历史行程有着独特感受的一代诗圣，杜甫倒不一定是要崇曹抑韩，虽然曹霸的马也达到了时代的高度。时人评曰："曹将军画马神胜形，韩丞画马形胜神。"杜甫是在呼唤一种更沉郁、更雄强、更具历史感的社会理想和美学风格，这种理想和风格只能由"神胜形"、见风骨的曹马来负载。遗憾的是，此后历代的画马之作，虽经历了金代清代的第二次、第三次人马画高潮，虽然出现了李公麟、龚开、赵孟、任仁发、任贤佐、郎世宁等画马高手，尽管技法日臻精妙，但他们腕底之马仍未脱却凡马的形态，哪怕是画周天子天马的"天闲十二图"，画中之马也仍然是圉人手中之物。

是唐以后的历朝历代缺失了卓尔不群、高蹈远举的汉唐雄风？是士民的精神始终没攀登上英雄浪漫主义的精神层面？抑或是真正到了"龙媒去尽鸟呼风"的末世？还是肉眼凡胎的画家根本没有伯乐的眼光？总而言之，放眼望之，彩笺素纸上的滔滔群马中，竟然找不到一匹可以与西方文艺复兴时代达·芬奇、鲁本斯笔下骏马相比美的雄骏。在大不解之余，我常常为此而太息。

难怪历史上有那么多的高人"相马""千金求马"之说。人们历来以此喻示要善于识用人才，说明人才的渴求见用。然而，难道其本来意义上的千里马难求不也是一种悲剧？

历史在等待。

画坛在期盼。

杜甫以降千多年后，终于有了徐悲鸿锻造出来的"一洗凡马万古空"的狂傲不羁的神骏。

任何开宗立派、开拓创新之举不论大小都是十分艰难的，"艰难困苦，玉汝于成"。它意味着对传统、对成规、对世俗、对权威的反叛与颠覆，它需要烛幽洞明远见卓识，需要舍弃凡俗琐屑凌风直上的如虹气势，需要艺术上脱胎换骨乾坤再造的功力和手段。我佩服徐悲鸿。这从南国水乡走出，熏熏儒雅，仅仅活了五十多岁的江南布衣，是怎样锻造出这丹青独步的时代精灵？在徐悲鸿心中腕底，马再也不是帝王将相的厩中之宝，亦非美女侠士的贴身之宠，更不必沐浴水中翻腾地上作凡马俗物状，它已抛却鞍辔缰绳脱尽任何羁缚，"哀鸣思战斗，迥立向苍苍"，时刻准备腾波时代大潮负载历史使命。它是一种人格化了的符号，一种社会共识了的精神。横空出世，石破天惊——用这样的词来形容徐马的出现似不为过。可以说，徐马一出，世间骏骨龙媒的精气神才有了归依，才真正戛戛乎而独立。从汉马的雄强浑朴，唐马的英气浪漫，到徐马的卓立不羁，其间整整经历了千年梦幻，可见神骏产生之难！

说来也巧，当徐悲鸿在画室中孕育他的神骏之时，也正是共产党领导的人民军队打天下的鏖兵岁月。"山河百战归民主，铲尽崎岖大道平。"徐悲鸿在一幅奔马图上题写了这样的句子，他将徐马的锻造同共产党对人民共和国的缔造联系在一起。这难道仅仅是历史的巧合，而不是心与心的相通？——我由此在南岳大庙的战马与徐马之间找到了一种内在联系，一种似曾相识基础上的心灵共鸣。否则，连我自己也无法解释为什么从小就迷上了画马，在中断二十多年后重提画笔时什么都画，但慢慢地别的物象渐行渐远，唯独马牢牢地屹立于我的画纸之上。

这是心灵的契约。

这是历史的承诺。

事实上，在这个声光化电高科技空前发展的时代，马无论在军事上民用上都已淡出历史——它已经完成了自己的历史使命。它再不需要依赖于、服从于谁，它就是它——时代的强音。"似鹿犹依草，如龙欲向空"，我们偶然还能在某些地方见到马群在草地上徜徉一派平和宁静景象，而在时代意义上讲它已衍化为龙，一种在现实生活中不得一见的灵异之物，一种承载既往历史、承载民族精神、承载人类美德、理想的符号……

奋鬣龙气象，嘶啸虎精神。闻鼙思战斗，蹴踏起风云。吟就这四句口号，我又铺展开宣纸，握笔凝神，遥望远方，虚空中有那熟悉的不羁身影在夭矫涌动，又似乎嗅到了数十年挥之不去的淡淡的马饲料和马身上散发的汗气混合成的气味。我知道，我对这时代精灵的探究之旅在继续向前延伸……

2002年11月

英　　雄

一

望气之术，古已有之。

史载：楚汉相争之际，有名的"鸿门宴"发生之前，范增说项羽曰："沛公居山东时，贪于财货，好美姬。今入关，财物无所取，妇女无所幸，此其志不在小。吾令人望其气，皆为龙虎，成五彩，此天子气也，急击勿失！"然而项羽施"妇人之仁"，在鸿门宴上放走了心腹大患刘邦，从而将一个可怕的终极杀手置于自己面前。几年之后，项羽兵败垓下，刘邦一统全国，是为汉高祖，正应了范增所请"望其气"的术士之言。

此说真耶？伪耶？姑置不论。

让人感兴趣的是，范增的望气之术启发我们可以寻求一个观察事物的新视角、新方法。"山雨欲来风满楼"，一个杰出人物的登场，一个重大事件的发生，一场社会变革的酝酿，都是在错综复杂的社会关系中实现的，由此引发的这些社会关系变化所产生的感应和影响，会通过形形色色的社会现象表现出来，这就有类于笼罩着、伴随着这个人物、这个事件、这场变革的"气"，只不过这"气"凭凡夫俗子的肉眼是看不出来的。范增指使给刘邦望"气"的术士想必是位独具慧眼的奇人高士——假设我们有这样的灵心慧眼，那么我们像在宇宙飞船上观察地球般遥遥"望其气"，就会看到，在那通过漫长时空隧道、有亿万斯人参与组成的在混沌中运动、生灭、变幻的社会文明递嬗过程，在交织着发展、停滞、喧腾、沉寂、辉煌、苦难、逆行、突变、渐进、冲突等运行状态的历史天幕上，经常有一种如激光般耀眼、如虹彩般绚丽、似焰火般辉煌、似熔岩般灼人、若燎原烈火般壮阔、若陨石雨般华彩、像倚天剑气般犀利的光芒，在沉寂中铿锵，在压抑中奔突，在停滞时飞旋，在黑暗中爆亮，在无声处炸响，在暧昧时龙吟虎啸……——这就是人间英雄气，这是天地正气，阳刚大气，沛然浩气，它照亮人寰，激活历史，让开明盛世气魄阔大，令萎靡之世一振疲癃；它针砭时事，一洗沉疴，力挽狂澜，一改颓势；它化腐朽为神奇，措凡庸于大雅。这种英雄气辉映在杰出人物奋发图强、百折不回、乾坤再造的宏图伟业和开通历史关隘的英雄壮举中，也炳耀于凡夫俗子临危受命、仗义助人、成仁取义的志士诺、烈士血中。它使顽者警，懦者立，凶者惧，使被侮辱被迫害者得申正义，讨回公道，心生希望，使暴虐者、专制者、为富不仁者为之气挠，为之胆丧……

历史证明：凡是这种英雄气蔚集、蒸腾之际，必定是英雄出世之时。人无分贵贱，位不论高低，一旦赋得这人间正气天地浩气，则人人皆可为英雄。历史的天象因英雄惊世骇俗的活动而奇观璀璨！

二

他们来了！

在那条被称之为历史的或平坦，或崎岖，或宽阔，或狭窄的时空大道上，在熙熙攘攘、有时如浪如涛，有时行色匆匆的人流中，不管何时何地，哪朝哪代，总会有一些与众不同的人混杂其间，让人过目难忘——这不一定是他们的样貌有多么超群出众，而是他们内在的品格和气质不同凡响，是他们身上散发出来的英雄气息灼热迫人，他们之中有贵为帝王将相者，亦有引车卖浆、贩夫走卒之流；有主流社会的名公巨子，也有不见经传的社会边缘人物……

从人类童年时代开始，他们就怀着特有的赤子之心像追寻太阳般追求理想，追求光明，追求真理，为了这种追求，他们摩顶放踵，胼手胝足，哪怕朝闻夕死也甘之如饴……

他们憎恶一切仇视、毁灭人类，剥夺人生命和自由与幸福的恶势力，哪怕这种恶势力强大得如大海汪洋足可吞没一切，他们也夷然不惧，奋起进击，哪怕失败一千次，也会作第一千零一次冲击，其悲壮惨烈，足令天地改容……

他们为了生存和发展，以移山填海的坚韧不拔意志奋力开拓，一代又一代前赴后继地披荆斩棘，终于从没有路的地方开出路来，将不可能的事情变为现实……

这就是中华民族自远古时代就张扬着的英雄主义气概，是人类早期英雄意识的觉醒。这股英雄气对于先民们在生产力水平极为低下的远古战胜洪水猛兽、天灾人祸，得以繁衍生存下去具有极其重要的意义。无数这样的无名英雄和他们焕发出来的英雄之气，在一代又一代人的口碑传扬中凝聚成形，于是有了夸父追日、精卫填海、愚公移山等神话经典——

夸父与日逐走，入日。渴欲得饮，饮于河渭，河渭不足，北饮大泽，未至，道渴而死。弃其杖，化为邓林。——《山海经·海外北经》

昔炎帝女溺死东海中，化为精卫，其名自呼。每衔西山木石填东海。……誓不饮其水。——《述异记》卷上

太行、王屋二山，方七百里，高万仞，本在冀州之南，河阳之北。北山愚公者，年且九十，面山而居，惩山北之塞、出入之迂也。……遂率子孙，荷担者三夫，叩石垦壤，箕畚运于渤海之尾。……河曲智叟笑而止之曰："甚矣汝之不惠。以残年余力，曾不能毁山之一毛，其如土石何？"北山愚公长息曰："汝心之固，固不可彻，……虽我之死，有子存焉；子又生孙，孙又生子；子又生子，子又有孙；子子孙孙，无穷匮也。而山不加增，何苦而不

平!"——《列子·汤问》

夸父追日、精卫填海、愚公移山虽表现为远古神话,但其所体现出来的那种冲冠裂石劲气慑人的英雄气概,则是我们先民固有的积极本质,从这个意义上来说,夸父、精卫、愚公也罢,其他神话人物也罢,皆非虚构,而是实实在在为中华民族的发展筚路褴褛以启山林的先驱。

当这些远古的英雄们渐行渐远,隐于历史的大幕深处之后,有名有姓的英雄更是史不绝书络绎于道。我们回望先秦那个天崩地坼的大变革时代,一眼就看到了唐且,一个不知其身世的布衣之士,却恁地英雄了得!时当春秋战国之世,贪得无厌的秦王觊觎小国安陵国的五十里之地,花言巧语欲以五百里之地换之。安陵君以"大王加惠,以大易小,甚善;虽然,受地于先王,愿终守之,弗敢易"回绝。秦王怀恨在心。"欲加之罪,何患无辞",于是诚惶诚恐的安陵君以唐且使秦解释此事,不料惹得秦王雷霆震怒。于是有了以下的戏剧性场面:

秦王怫然怒,谓唐且曰:"公亦尝闻天子之怒乎?"唐且对曰:"臣未尝闻也。"秦王曰:"天子之怒,伏尸百万,流血千里。"唐且曰:"大王尝闻布衣之怒乎?"秦王曰:"布衣之怒,亦免冠徒跣,以头抢地尔。"唐且曰:"此庸夫之怒也,非士之怒也。夫专诸之刺王僚也,彗星袭月;聂政之刺韩傀也,白虹贯日;要离之刺庆忌也,苍鹰击于殿上。此三子者,皆布衣之士也,怀怒未发,休祲降于天,与臣而将四矣。若士必怒,伏尸二人,流血五步,天下缟素,今日是也。"挺剑而起。

《战国策》这一段描述真是绘声绘色,画影图形,千载之后读之犹气壮英雄胆。它之所以值得我们再三品味,在于它充分体现出卑贱者、弱势者"说大人则藐之"的以弱抗强、由劣转优的英雄观。这是一场真正的高手过招，比定力，比胆色，比智慧，比气势。结果，善于御气的唐且不战而屈人之兵，在其迫人锐气前，"秦王色挠，长跪而谢之，曰："先生坐！何至于此！寡人谕矣：夫韩、魏灭亡，而安陵以五十里之地存者，徒以有先生也。""其实"色挠、长跪而谢"的秦王也非等闲人物，就凭他痛快认输而不是死乞白赖，即可断定他也是条好汉。

宋代民族英雄文天祥写过一篇传颂千古的《正气歌》，实际上是一篇"英雄颂"，其中有这样一段：

……时穷节乃见，一一垂丹青。在齐太史简，在晋董狐笔，在秦张良椎，在汉苏武节。为严将军头，为嵇侍中血，为张睢阳齿，为颜常山舌。或为辽东帽，清操厉冰雪；或为《出师表》，鬼神泣壮烈；或为渡江楫，慷慨吞胡羯；或为击贼笏，逆竖头破裂。……

文天祥实际上是对他之前的志士仁人的高风亮节做了一个总结，他用精粹精彩的诗句高度概括地撷取了这些英雄生命中最悲壮最光彩的篇章和镜头——这里有为国家尊严和个人气节而舍生取义者，如被匈奴拘留19年执节不屈的苏武；有以"但有断头将军，无有降将军也"的壮言节标青史的严颜；有大骂叛将，口齿皆裂、舌头被钩，宁死不屈的张睢阳和颜常山；这里有"鞠躬尽瘁，死而后已"的诸葛亮；还有中流击楫、气吞胡虏的祖逖……

这些仁人志士的雄风烈慨惊天动地，人们早就耳熟能详，姑不置论。最叫人震惊的倒是诗中所说，为维护历史真相而杀身成仁的史官。据《左传·襄公四》所载，齐国大臣崔杼在一次叛乱中杀死了齐国国君，于是，"大史书曰：'崔杼弑其君。'崔子杀之。其弟嗣书而死者，二人。其弟又书，乃舍之。南史氏闻大史尽死，执简以往。闻即书矣。乃还。"请看，为了忠于事实，为了直书"崔杼弑其君"这五个字，竟然有三位史官前仆后继，视死如归！这"头颅掷处血斑斑"的惨烈悲壮，连妄图一手掩尽天下耳目的崔杼也深为震慑，不得不罢手，所以才有"崔杼弑其君"的史实留下来。这就是诗中的"在齐太史简"。"在晋董狐笔"也是如此：董狐是春秋时晋国的史官，晋灵公被赵穿杀了，赵盾从外边回来没有惩办赵穿，董狐就不顾个人生死记下"赵盾弑其君"之事（事见《左传·宣公二年》）。

　　写到这儿，我忽而警醒，这可是发生在靠在竹简上刻字以纪事的先秦时代的事呀！那三位史官名不传于后世，我们当然更无法想见他们的容貌风神了。然而，他们明知写下那五个字就会死，却仍从容赴死，那澄明、无欲、至刚、至勇的心境，我们却是多少可以感受得到的。可是，他们难道当时就曾断定，他们记下的文字定会流传后世吗？记下那几个字于世于史真有那么重要、值得拿性命作代价吗？他们处在人类社会刚刚脱离蒙昧时代的远古，难道就已经具有了坚持真理、维护真相的良知、理性和勇气，并进而超脱生命的束缚？想到这一点，我有一种神圣的冲动。一个社会，一旦说真话都成了一个问题，那说真话者就非英雄莫属了。历史已无数次证明，有多少事，坏就坏在讲假话，掩真相上，坏在不尊重事实，不坚持真理上！为了一个看起来并不那么雄赳赳气昂昂、没有耀眼光环、甚至不留名姓的义举而不动声色地、平静优雅地从容赴死，是更需要真正英雄气概的。

　　当然，这里也有在我们今天看来或许不太值得宣扬，与我们的价值观、历史观相去甚远的人和事，如"为嵇侍中血"。其实这也可以理解，因为文天祥不仅是位爱国者，而且是站在臣子的立场上来回望前贤的，自然要肯定嵇绍的以生命鲜血护卫主子的行动。如果我们不拘泥于这些细枝末节，而整个地探究一下文天祥心目中英雄人物的共同之处，就不难得出结论，在文天祥看来，身为英雄，其作为大小、地位高低在其次，根本的是在道德品格上要异于常人、高于常人、胜于常人，不论是坚持真理、维护真实、抗击强暴，还是忠于事业、实践大志，抑或是潜形独处、隐迹清贫，都要清操自励，大节凛然，生死相许，鞠躬尽瘁，这种足以压倒任何邪恶和艰难，维护人格尊严、人生大义的胆识和气魄，就是天地正气，英雄浩气。"是气所磅礴，凛然万古存；当其贯日月，生死安足论，地维赖以立，天柱赖以尊……"文天祥是将这种英雄气的评价推向了极致，它成了能与日月分辉，让世界有序发展的人间奇气。有了这股英雄气，生死又算得了什么！个人利害更算得了什么！

实际上，谁被赋予这种英雄气，谁的人格就具有了高尚、高洁的品位，反映在审美上就是崇高、悲壮、雄伟，其审美效果就是油然而生高山仰止之情。诚如鲁迅夫子言，在大漠长天见到狮虎鹰隼劲跃雄飞，是会消去鄙吝气的。

文天祥本人就当得起是位大英雄。这位被他身后各代画家描绘成修眉长目、五绺长髯，一身儒雅气的文士，眉宇间似乎总攒着一股忠愤之气、抑郁之情。元兵南侵，宋朝国祚危如累卵，朝廷束手，武将缩头，一介书生文天祥却在家乡召集义军勤王，抗战到底。被俘后，任敌人千般诱降，绝不动摇，于狱中著《正气歌》以明志。面对元世祖的最高级别劝降，他慷慨陈词："唯有以死报国，我一无所求。"最终血洒北京柴市刑场，达到了古圣贤所谓"立功、立德、立言"中之"立德"至境。这就是"威武不能屈，富贵不能淫"的气节，为大义从容赴死的义烈。文天祥和他所歌颂的先贤们已日渐远逝了，但却一一留下了千古芳名。

如果说这些人还是活跃在政治历史舞台上的为官作宰者，那么平民百姓中具有英雄气概、一展英雄本色的更不在少数，只是等于为帝王将相作家谱的所谓"正史"很少记录罢了。据《世说新语》载："荀巨伯远看友人疾，值胡贼攻郡，友人语巨伯曰：'吾今死矣，子可去！'巨伯曰：'远来相视，子令吾去，败义以求生，岂荀巨伯所行邪！'贼既至，谓巨伯曰：'大军至，一郡尽空，汝何男子，而敢独止？'巨伯曰：'友人有疾，不忍委之，宁以我身代友人命。'"终于使友人免祸。没听说过这荀巨伯有什么显赫经历，这则轶事中他也没什么惊人之语，只不过是大难当头不舍友人而已。但要做到这一点，则非有置生死于度外的英雄气概不可。而明末江阴百姓宁死不降清的史实就更是英雄气概惊天地。其时清兵入侵中原，清将豫王都铎派赫斤部万余兵力直逼江阴城下。守城士兵和乡民与攻城清兵血战，两面夹击，大败赫斤部。被激怒了的豫王亲自率大军将江阴城死死围住。这种情况下，深明大义、宁死不降的江阴百姓做出了自己的选择：各自带领妻儿老小来到督军府内，关门点火自焚，大火三日不熄。清兵终于入城，但得到的是一座无一活人的死城。

至于在沙场上为国家安危、为民族大义、为父老生存而奋勇前行、慷慨赴死的无名将士，在开山通河为民造福的生产劳动中披荆斩棘、踏尽崎岖的芸芸众生，都是将其慷慨奇气般投射到历史天空，给社会平添无限风光的无名英雄。

从夸父到文天祥，从荀巨伯到江阴百姓，时间跨越了数千年，一股流被于中华大地上的英雄气一脉相承一以贯之。当年，狱中的文天祥作《正气歌》，写英雄颂，那些志士仁人曾给了他以精神道义上的巨大鼓舞。今天，我们再回首包括文天祥在内的逝去的先哲先贤，那感受，正如文天祥当年写下的诗句:"……哲人日已远,典型在夙昔;风檐展书读,古道照颜色。"

三

在生死关头,在需要超乎常人的精神品格、道德风范时,我们往往看到英雄;而在历史波涛起伏的波峰浪谷,我们也常常看见英雄,一如现代的冲浪运动员,冲浪疾行是他们的本色所致,弄潮击水是他们的使命所在。我们看着他们腾波踏浪,引来迭起高潮,不能不感受到一种非凡的刺激。

这是一些专为打通历史险阻、解决社会难题、制造历史事变而生的卓绝人物。正像凿岩机只有在向坚硬的山石掘进时才会惊天动地、石火四迸、碎屑暴扬一样,这些人的英雄本色,他们强大的精神力量和卓越才能,他们推进历史的一往无前的英雄气概,正是在同千难万险的搏击中展现出来。

陈胜无疑是这样的英雄。这个2300多年前为人佣耕的贫贱者,在被秦二世的暴政逼得走投无路、唯有一死之时,竟与同伴揭竿为旗,斩木为兵,发出了"且壮士不死则已,死则举大名耳!王侯将相宁有种乎?"的呐喊。陈胜率领的农民起义军左冲右突,将横暴昏庸的秦二世一手造成的昏天黑地撕裂出一个大口子,给压抑的社会以新鲜空气,给沉重蹒跚的历史以喘息之机,给求生存的人们以希望,给渴望建功立业的高材者以机会——尽管陈胜最后失败了,尽管他犯了不少错失,但他敢于向暴秦这个庞然大物叫板,敢于冲击不公正社会的大无畏英雄气概却是千载难掩其光华的。

项羽也是这样的英雄。且不说他一生作为对秦亡汉兴的意义,单说他

米萝文存：凡圣之间

解巨鹿之危、"破釜沉舟"的壮举，就足以撼人心魄："当是时，楚兵冠诸侯，诸侯军救巨鹿者十余壁，莫敢纵兵。及楚击秦，诸将皆从壁上观。楚战士无不一当十，呼声动天地，诸侯军无不人人慴恐。于是已破秦军，项羽召见诸侯将，入辕门，无不膝行而前，莫敢仰视。"此一役中，项羽率其铁军破釜沉舟如利斧大破秦军的无坚不摧的凌厉劲气，正是那些奋不顾身打通历史险阻的人物英雄气概的典型写照。

这样的靠一股无坚不摧的闯劲和魄力去开拓，去进击，去改造，给历史和社会打下印记的英雄，在数千年的时光隧道中风起云涌。许多成一定气候的农民起义者、农民造反者们，许多"以马背上得天下"的开国帝王们，几乎都当得起这"英雄"的称号——不是说他们一生行状都可入英雄谱，不是对这些人物作全面的历史评价，更不意味着这些人物没有错失和局限，而只是说，当封建王朝的专制统治达于极点、社会腐败黑暗达于极点，历史之步履维艰达于极点，人们的苦难也达于极点时，敢于奋起反抗，"敢把皇帝拉下马"的暴烈行动是要有"舍得一身剐"的大无畏英雄气概的；当各个时代的以这样那样的名义、这样那样的理由啸聚山林，转战大漠，逐鹿中原，浴血奋战，最后"以马背上得天下"，创建一代新王朝的开国帝王们也是不能没有一点英雄气概的。由是观之，历史大道上搅起滚滚烟尘铁骑突出的黄巾军张角兄弟、赤眉绿林好汉、黄巢和他的战友们、李自成、洪秀全、李岩、李秀成们……历史舞台上被聚光灯锁定的秦皇、汉祖、唐宗、宋帝、明太祖、康熙、乾隆们……都能从他们身上找到英雄因子，这些人物以一种非常积极主动，甚至热情狂放、烈火烹油般的姿态投身到历史创造过程中来，参与甚至发动历史事变。没有他们的精彩演绎，没有他们的英雄气概，还谈何历史！

然而，英雄决战岂止于沙场！

只要社会运转的齿轮轴承出现了滞涩，只要历史滚动的车轮碰到了障碍，而又有人试图去清淤排障，那么，任何一个社会生活领域，从政治到经济，从思想到文化，从传统到时尚，都会随时随地成为英雄效命的战场。有时，在如老牛破车般缓缓滚动的平庸岁月和灰暗年代进行的改革和变革，所面对的旧传统、旧势力、旧观念的阻力和反抗往往比战场上百十万敌军还可怕，更其需要敢为天下先、打响第一枪、冲决罗网和羁绊的大无畏英雄气概。

发生在战国之世的"赵武灵王胡服骑射"中的赵武灵王，我看就是一位这样的英雄。赵国原先不是一个大国，在战国列国中充其量只能算二三流之国，它虽然能战胜一些小国，但碰上齐、秦等强国就败军失地，长此以往，难免有被兼并之忧。赵武灵王正是清醒地看到了这一点，遂下决心对现行的军政制度进行改革，其突破口就是实行"胡服骑射"，亦即改革赵国将士重盔笨甲、结扎烦琐不利作战的服装，采用胡人举动灵便、适于马战的短衣长裤，以利于发展组建起一支强大善战的骑兵。

然而就是"换换衣服"这么一件看似简单的改革，在当时实行起来却是需要巨大勇气的。想想：祖祖辈辈穿惯了长袍大褂并将之视为遵圣贤遗教的赵国君民，突然换上被视为野蛮的化外之民的胡人的短衣长裤，其惊世骇俗的程度恐怕比二十年前在T形台上着三点式更甚。没有足够的胆量，谁敢？！

果然，这改革从一开始就遇到重重阻力。先是以赵武灵王之叔为首的宗室贵戚形成的守旧势力坚决反对。赵武灵王不得不亲自到他家去和他辩论，费了老大的劲才将其说服。继之王族公子和大臣又坚决抗命，对赵武灵王横加指责。好在赵武灵王是一国之君，软硬兼施后终将其劝服。于是，赵武灵王下令全国改穿胡人之装。同时，为组建强大的骑兵而亲自训练士卒。于是，举国上下皆"胡服骑射"。

曾见过一幅古人画的"胡服骑射图"，发黄的画面上，窄袖短衣、戎装挺拔、气宇轩昂的武灵王手持利器正在马上腾挪，周围目注主帅的悍将也莫不装束精干，跃跃欲试。这样的精骑一旦投入战斗，在以"带甲"的步兵和车兵混合编制的军队为作战主体的当时，显然是一支可怕的、难以抵御的军事力量。

历史事实证明，只三年工夫，赵国即国富兵强，连连击败强国劲敌，一跃而为"七雄"诸强之一。

"赵武灵王胡服骑射"也成为变革经典流誉千秋。

至于人们所熟知的商鞅、王安石、谭嗣同，更是中国历史上的变法先驱。他们所处的时代虽先后不同，但都有一个共同之处，就是都到了不疏通、不整治、不变革，历史就无法大踏步前进、社会就不能出现新局面的关键时刻。当然，不疏通、不整治、不变革也未尝不可，那结果就是任社会循其惯性慢慢滑行下去，腐败下去，衰朽下去，等到烂到极点坏到极处时物极必反，"于无声处听惊雷"，来一场自下而上的社会大变革。但这样一来，历史的进程就得延缓多少年，在这种消极等待的过程中又会糟蹋掉多少生命和激情！——赵国迟早会成为他人俎上之肉，灭国亡族；秦国会推迟其富国强兵兼并六国统一天下的进程，甚至这份旷古奇勋将花落他人之手；宋朝中期面临的那场深刻的政治、经济危机将无法化解，必将导致加快宋王朝衰败和灭亡的速度；而清朝封建末世将更加黑暗混浊，人民要遭受更多苦难。——正是在这种是消极等待、听其自然，还是积极用世、干预社会的历史岔路口，不论是古代的赵武灵王、商鞅、王安石，还是近代的谭嗣同，都积极主动地、义无反顾地选择了置身历史之中、创造历史事变的变法之路、改革之路。任何变法或改革本质上都是对旧传统、旧办法、旧体制、旧利益格局的批判和否定，遭到激烈反抗和严重打击是必然的。这就需要参与变革、创造历史事变的改革者们拿出巨大的勇气和毅力。而事实证明，改革者们的确表现出了超乎常人的英雄气概。

赵武灵王和商鞅、王安石、谭嗣同作为改革的主角，是他们制造或参与了"胡服骑射""商鞅变法""王安石变法""百日维新"的历史事变，给停滞不前，或死气沉沉的历史引入了新的情节。并且由这个新的情节引发出新的故事，某种程度上影响了历史的进程。我们从以上列举的那些历史人物所参与的全部历史活动来探究，可隐隐约约看到这么一种带规律性的现象：一个英雄，他的英雄品格、英雄气概表现的程度往往是与他所要打通的历史壁障的硬度、所要解决的社会问题的难度、所遇到的挑战和困难的刚度成正比的，一般而言，越是艰险越向前，越是危难越英雄。——当然表现形式不同：如果英雄如赵武灵王那样，居于主宰形势的位置，那么，当英雄气概足以压倒一切困难时，壁障就会打通，历史往往就会挪动，社会往往就会推进。而当英雄处于受制于人的境况时，如商鞅、王安石，又或谭嗣同，那么，一旦有人掣肘、刹车，那么英雄往往只能以自己的血来表明他的英雄品格。当然，不论在哪一种情况下，都必须以一定的物质条件和历史可能性为前提。否则，任何人都难以去展现自己的英雄业绩，硬要去逞英雄的话，只能是血白流或是当一把堂·吉诃德式的角色。

这样，我们就走近了另一类英雄，这类英雄面对的也许不是开土拓疆，不是改革变法，不是沙场征战这些本身就足以成就英雄大业让人血脉债张的任务和目标，而是一些看似平淡、随机性偶然性极大、充满不测、缺乏明晰前景和运作程序的使命，但是，一旦接过这个使命，介入这项工作，它自身包含着的创造历史的潜在可能就会极大地激活这些人物内在的英雄情结，于是，历史就伴随这些英雄的人生轨迹通向新的领域，揭开新的篇章。他们行动到哪里，历史就书写到哪里。

汉代二出西域的张骞，明朝七下西洋的郑和，就是这类英雄。他们毫无疑问是中国古代享有世界声誉，思想开放、眼界阔大的两位探险家和开拓者。在人们的想象中，张骞那骑在马背上率领驼队在苍茫无际的沙漠上日复日年复年艰难跋涉的日见衰老的身影，郑和那屹立船头、披浪御风、指挥船队远航于茫无际涯的大海的挺拔英姿，总是同泱泱大汉气魄和沉雄大明国威叠印在一起的。

其实，通西域的构想，是汉武帝在一个偶然机缘中触发的。当时正值汉王朝抗击匈奴寇边，武帝忧于国事，一次从匈奴俘虏口中了解到，西域有个叫大月氏的国家与匈奴有世仇，但苦于无人相助雪恨。武帝甚喜，决定派使者出使大月氏，互结友好，以断匈奴右臂。但是到大月氏要经过匈奴控制地区，旅途肯定艰险莫测，前景难卜，随时随地都可能使这次出使中途夭折，功名难求，然而，正是这项前景扑朔迷离的任务所具有的刺激性冒险性吸引了具有使命感和英雄气的张骞，他主动应召，行程万里，两赴绝域。第一次出使前后达十三年，其间历尽千辛万苦且不说，还被匈奴所俘，一扣就是十年，但张骞不改其志，终于完成使命，回到祖国，出发时一百多人，此时只剩下张骞和副使二人。数年之后，张骞再度出使西域，历时4年，与西域各国建立了友好关系。

至于郑和下西洋的目的，历来说法甚多。据《明史》所载，朱棣当了皇帝后，疑心政敌建文帝朱允汶逃亡海外，特派郑和下西洋查访行踪，当然也有向海外炫耀明帝国富强之意。明眼人一看便知，这本来是一个"语焉不详"的差事，何处查得朱允汶行踪？如何做才算是宣扬了大明国威？其间伸缩性、随意性均太大，可以这样也可以那样，就算什么没搞成回来复命也奈何他不得。然而郑和却以他的冒险精神、英雄胆识和爱国情怀，将这模棱两可的使命作成了一篇炳耀青史的绝妙文章。从郑和35岁第一次下西洋，到他第七次扬帆远航，已是年届花甲，前后二十余年，先后到达过的地区和城市有今越南、柬埔寨、泰国、爪哇、苏门答腊、斯里兰卡、孟加拉国、菲律宾、马来半岛、印尼、马尔代夫、印度、伊朗波斯湾口、也门、麦加、索马里等。大大促进了明朝与这些国家的友好关系和贸易往来。

张骞和郑和都是在最后一次出使回国后不久去世的。他们将毕生精力献给了中国历史上的对外开放大业：一个早在二千年前率先开辟了陆上丝绸之路；一个在中国民族资本主义即将萌芽之际开通了海上商贸之旅。任何一个懂得中国历史的人都明白，此举于中国、中华民族的生存和发展具有什么意义，其功莫大焉！

的确，这里没有陈胜斩木为兵的铤而走险，没有项羽破釜沉舟的刀光剑影，没有商鞅变法的巨创大痛，不像他们刀头舐血、攻坚闯关时那般淋漓尽致地展现出大无畏的英雄气概。然而这里有万里狂沙、无边恶浪；有九死一生的惊险；有千难万苦的磨砺；有水滴石穿、风餐露宿、穷年累月的跋涉；有坚忍不拔、顽强不屈、埋头苦干的开拓。这往往是一种更需要意志、毅力，更需要淡泊精神、牺牲精神、忘我精神和远大抱负的英雄行为。

"我们从古以来，就有埋头苦干的人，有拼命硬干的人，有为民请命的人，有舍身求法的人，……虽是等于为帝王将相作家谱的所谓'正史'，也往往掩不住他们的光辉，这就是中国的脊梁。"（鲁迅）有了张骞们的开拓意志，项羽们的攻坚胆魄，陈胜们的奋斗精神，商鞅们的变革理想，才铸就了中华民族的铮铮傲骨，写下了中华民族的英雄史诗。

四

历史是一个后来居上、新陈互替的过程，在中国这片古老的土地上，每一个时代、每一个王朝都是奠基于以往的建筑物和人文土壤之上的。如果我们将这一个个叠压、层积的朝代逐一铺展开来，那就成了时空隧道中一道绵延无尽的奇异风景，而在这片风景中，我们一眼就可看到若干巍峨耸拔、壮丽辉煌的巨大建筑，其气派之宏伟，架构之繁复，远超于同侪，宛于群峰中的崇山峻岭，令人心生向往之情——这就是历来为人所称道、所礼赞的英雄王朝、英雄时代，如秦汉、隋唐、康乾……中国历史上若无这些朝代的存在，将会暗淡无光，它是一个民族的气节、一个国家的风范的集中体现。

秦二世而亡，统共才存在了区区15年。秦从一个边陲小国走向中央集权的帝国的过程中，特别是在削灭六国的战争中，的确尸横遍野，血流成河；帝国诞生后，一瞬间即毁于它自己的虐民暴政。它之被人骂不绝口是事出有因的。但将秦帝国放到历史天平上去衡量，却是货真价实的英雄时代，如有的论者所言，那是一个大毁灭、大创造、大沉沦、大兴亡，从而在总体上大转型的时代。是青铜文明向铁器文明转型，隶农贵族经济向自由农地主经济转型、联邦制国体向中央统治国体转型、使中华民族达到了农业文明极致状态的英雄时代。这个时代，这个帝国所凝聚、所释放出来的物质的精神的能量究竟有多大，所创造的业绩究竟有多辉煌，可以有种种计量办法，本文略去其他，只就秦始皇陵这一个建筑物来做一简略探究。《汉书·刘向传》讲到秦始皇墓的奢豪时说，"自古至今，葬未有盛如始皇者"，然而"项藉燔其宫室营宇，往者咸见发掘。其后牧儿亡羊，羊入其凿，牧者持火照求羊，失火烧其臧椁。"但是据二十世纪七八十年代的考古报告，秦始皇墓仍然保存完好，现在已掌握的钻探资料表明，秦陵封土下的地宫东西宽485米，南北长515米，总面积几达25万平方米。这么巨大的一个地宫，里面都有什么呢？那就是《史记》所载："穿三泉，下铜而致椁，宫观百官奇器珍怪徙臧满之。……以水银为百川江河大海，机相灌输，上具天文，下具地理。"这几乎是将天地宇宙浓缩到地宫里了。这需要多么丰富的想象！要有多么超群的胆识！既然秦陵地宫仍在，那么史料所云"数年之间，外被项藉之灾，内离牧竖之祸"的就只能或是讹传，或是指的秦陵旁的陪葬墓了。证据就是：20世纪70年代为秦陵陪葬的一、二、三号兵马俑坑的被发掘和8000名与真人真马等大的兵马俑的重见天日。仅一号坑面积就达15000平方米，排列着6000余个兵马俑和数十辆战车。这就是世人称誉的世界第八大奇迹！然而奇迹尚不止于此。此后，秦陵封土东南侧又发现了一座内藏石质铠甲的巨型陪葬坑，面积近似于规模最大的一号兵马俑坑。2003年初又传来惊人消息，秦陵封土之北侧，近日探测发现一座达8万平方米的巨型陪葬坑，其面积相当于秦陵一号陪葬坑的5.6倍！据说，迄今为止，在秦始皇陵区共发现180余座大小、内容、形制都不相同的陪葬坑。但它们还只是始皇陵园陪葬坑的"冰山一角"。而整个陪葬坑又只是秦陵的附属物。附属物都如此规模宏伟、工程巨大，其主体始皇陵地宫该是何等壮丽非凡的建筑！如果再将秦筑长城、修直道、戍五岭、建阿房等浩大工程的工程量加在一起，那几乎是一个天文数字了！——在生产力尚不发达的秦代，这些工程的实施肯定伴随着非人的奴役、超常的劳动强度和血泪生命的大量付出，但无论如何，它的确凝聚着一个英雄时代巨大的物质精神能量。作为这些工程主持者的秦始皇，无疑是个将自己的帝国建于黔首白骨和血泪之上的、令人生畏的独裁者和暴君，但同样无可置疑的是，他也是一位令人钦佩的英雄。且不说其一统华夏的丰功，单看其立国之后定集权、设郡县、筑长城、修直道、车同轨、书同文的一系列举措，都是极富开创精神、极具政治智慧、极有远见卓识，前无古人、后启来者的大手笔，其雄霸之气、英烈之概咄咄逼人。秦帝国之成为英雄王朝、英雄时代，是同秦始皇及其文臣武将的英雄气概、英雄作为紧相融合的。

汉王朝和唐帝国，是继秦之后拔地而起的又两个英雄朝代，两大文明高峰。大汉立国垂四百年之久，大唐享祚三百余年。这两个王朝出了一拨又一拨的风云人物，生发过一件又一件值得大书特写的历史事件，开创了一种雄视古今的被称之为"汉唐气派"的阔大风范。"以马上得天下"的汉高祖刘邦和唐高祖李渊、太宗李世民，无论是作为军事统帅还是政治领袖，放在何时何地都是足以与亚历山大大帝、汉尼拔、恺撒大帝、安东尼、拿破仑、库图佐夫、彼得大帝这些世界史上的顶尖人物相撷颃的英雄。他们与其后继者们所创建的文治武功、所开创的"文景之治""贞观之治"盛世，使政治、经济、外交、军事、文学艺术及社会各项事业都臻于极致，整个社会英气勃发、文采风流、生机盎然，呈现出一派对外开放、吞吐八荒的气魄。汉代陆上丝绸之路的开拓，唐代海上贸易之旅的兴盛，都具有划时代的意义，它使长安两度成为国际化大都市，今天我们所看到的"老外"的祖先，说不定汉唐两代时就曾作为使节和商贾、学者、旅者在古长安和中国大地上留下过他们的足迹。而中国的使节和商贾的行踪则遍及当时的整个世界。"汉人""唐人街"、汉代文明、唐人风俗伴随着中国文化在世界各地散播、生根、开花、结果，影响了中国众多周边国家，汉唐风度、汉代衣冠成了后世各代令人无限心仪怀想的文明典范。居庙堂之尊的帝王将相也罢，处江湖市井的黎民百姓也罢，既不妄自尊大，又不妄自菲薄，通通以一种平和心态来对待外来事物、外边世界，诚如鲁迅所言，"汉唐虽然也有边患，但魄力究竟雄大，人民具有不至于为异族奴隶的自信心，或者竟未想到，凡取用外来事物的时候，就如将彼俘来一样，自由驱使，绝不介怀。"古人创建了汉唐帝国、汉唐文明。汉唐帝国、汉唐文明反过来又影响着、潜移默化着中国人的思维方式、性格特征，我毫不怀疑，在我们今天中国人的身上，一定有着汉唐英雄时代DNA的遗传因子。几乎不可设想，倘若历史上不曾有过汉唐盛世，中国今天的形象和在世界上的影响是否还会是如此！

秦帝国，汉、唐王朝，它们处于历史上的不同时期，尽管表现形态上千差万别，但勃发着英雄气概的这三个王朝，一个共同之点就是上演了一些令后人叹为观止的正剧和悲喜剧，其场景之浩大，演绎之倾情，端的是感天动地，气射斗牛，足以比美世界历史上的一切重大事变。秦王定鼎中原削平六国的战争前后动用了数百万计的兵力，耗费资财无数，铁骑风暴席卷上百万平方公里土地，其间穿插着无数宫廷密议，政坛雄辩，沙场争逐，外交折冲，其摇曳多姿、气象万千，恐怕只有古罗马帝国、马其顿帝国、成吉思汗帝国演出的历史大戏差堪比拟。汉王朝对匈奴的三次大战，数十万热血男儿和他们的忠实坐骑如狂飙横扫大漠，深入不毛，直打到贝加尔湖之滨，然后又不留一兵一卒，班师凯旋。这样的气魄，这样的风度，这样的英武之举，又有哪一国哪一支军队可相伯仲？这三个帝国力量如此雄强，气派如此雄阔，一切纤细小巧、萎靡颓唐的东西在它们的强光照射下似乎都难以存在。甚至连唐时的安史之乱都得伴以"渔阳鼙鼓动地来"的无边悲怆，在一片惊心触目的血红中演绎出"天长地久有时尽，此恨绵绵无绝期"的李杨千古悲剧，其内涵之深刻，美学品格之经典，对后世影响之深远，远非宋徽宗、李后主之流"春花秋月何时了"的悲吟浅唱所能望其项背。我们只要闭目遥想历史上历朝历代的种种人情世态，那么，流韵千古，气壮山河，灿若云锦，慷慨激越之事、之人、之音、之景多来自秦、汉、唐三代，这大抵是不会错的，大抵！

其实，直到封建末世的清王朝前期也是不乏英雄气概的。它是由一个少数民族建立的王朝，这个少数民族在其发展史上正处于成熟期，其问鼎中原的勃勃雄心和澄清天下的慨然壮志，在大清帝国奠基的战火中和康雍乾百年盛世的强势治平过程里得到了尽情展现。其时中国国力之盛已达于封建社会经济发展之顶点，国土版图之广，拥有民族之众，邦交之国之多，均为汉唐以来所未有。

历史上的英雄王朝、英雄时代是社会生产力发展到一定程度的必然产物，是政治、经济、文化诸因素在一定形势下互动互用的结果，更是无数英雄与全社会共同奋斗的成果。它是历史的一个阶段，涵盖了社会生活的方方面面，而非人情世态的零金碎玉，因此它比个别英雄人物的活动于历史、于民众更重要。它支撑历史，教化风气，促进发展，激活社会，强民筋骨，扮美山河，其作用怎么估价都不为过。中国数千年的历史，的确因这些英雄时代而充实丰厚，而顶天立地，而大气磅礴！

五

然而历史行进不可能一路凯歌。至少在中国，数千年间，腐败的王朝、倾颓的时代并不少见，几乎每一个朝代在其鼎盛期之后势道就逐渐低落、停滞、衰败，直至长夜如磐，万马齐喑。于是戾气、瘴气、阴气、杀气、晦气从各个阴暗处宣泄而出，障天蔽日污染整个社会。若无至大、至刚、至强、至猛的英雄浩气的冲击、中和、涤荡，何来光天化日？一部青史会成什么模样？长夜难明，人们只能叩问苍天，希望在何方？出路在何处？

先哲说得好：没有天才的民族是可耻的。

我们可断言：没有英雄的时代是可悲的。

所谓英雄，就是这样一种人：他们无论是置身于历史事变的尖端，肩负贯通历史的重任，还是混迹于市肆，斤斤于引车卖浆的区区琐事；亦无论居庙堂之尊，贵为王公，还是处江湖之远，贱为草民，只要正义需要维护，公道需要主持，危难需要援手，壁障需要破除，他们都会义无反顾、舍生忘死地全力以赴，表现出压倒一切困难、冲决一切罗网、抛弃一切私利直至生命的英雄气概。像文天祥，虽官居宰相，在金兵压境国难当头的危难之秋，既未能挽狂澜于既倒，又未能建退敌之奇功，但是于生死关头却大节不亏，威武不屈，宁死不降，表现出了"男儿到死心如铁"的英雄气节。这就是英雄与非英雄的区别之所在。

不错，一个社会要维持正常运转，必得有行政机构、军队、警察、法律、舆论等等工具或手段。但是，还有相当广阔的领域是上述这些工具或手段涉及不到、干预不了的，甚至连无所不在的一般道德法则也望而却步。荀巨伯面对强寇，即便一走了之，又能责备他什么呢？张骞出使西域为匈奴所俘让他娶妻生子以淹留其行,他逃脱出来,即使就此打退堂鼓回到汉朝,还能苛责他不该回来吗?王安石为相,不搞变法,不求新政,照老祖宗皇历办事,又有谁能说他错了?然而倘若这样,他们就把自己混同于芸芸众生,历史就会泯灭许多奇光异彩。所幸的是,"袖里奇珍光五色,要为补天裂",他们该出手时就出手,一出手就尽显英雄本色。民气由此而慷慨激昂,社会由此而平添生机,变革由此而别开生面,历史由此而一展辉煌。

英雄,是真正的精神贵族,是社会的宝贵财富,他们的精神世界非庸夫俗子所能窥其堂奥,他们的作用亦非任何别的社会力量所能替代。英雄气是一种巨大的精神力量,是一个时代精神文明的重要内容。任何时代,任何社会,要顺利地实现自身的发展,要做到与时俱进,没有英雄和英雄气是万万不行的。英雄和英雄气,是一个民族的壮骨丸,一个社会的造血剂,至崇至巍,可钦可敬,当圈当点。哪怕是后工业社会,科技文明空前发达,个人作用似乎越来越微,人们断言无英雄的时代,也是离不开英雄和英雄气概的。

壮哉!英雄之为气也。

2003年1月11日

在天愿为比翼鸟
——大唐华彩悲情

汉皇重色

"汉皇重色思倾国……"

白居易《长恨歌》劈头而起的这句诗,其审美取向的坦率大胆足令古今一切假道学色挠气丧。就当时而言,这首名篇是在为一对非常男女充满浪漫主义的爱情悲剧而燃情;对于今人来说,则并非只是男人,尤其是大权在握的男人"爱江山更爱美人"的古代童话。"东边我的美人西边黄河流……"如同男人的侠客梦一样,一首当代通俗歌曲如此这般的一声吼将古往今来男人们潜意识中的绮思、奢望、痴想和壮慨雄心柔情幻梦表露无遗。尽管唐王朝三百年的历史元气淋漓激情酣畅地写满了男人们金戈铁马、经天纬地的铿锵音符,若没有杨玉环、李隆基交颈而鸣的悲情绝唱,那大唐奏鸣曲终会缺失一唱三叹低回婉转的浪漫情怀风流韵味。

诚然,李杨爱情故事具备了今古传奇所应有的一切要素:人物的高知

米萝文存：凡圣之间

名度；双方地位、经历、年龄的巨大差异；事件本身的惊世骇俗以及它同一些重大政治历史事件的关联度；跌宕多姿的爱情过程和凄美华丽的爱情终结，等等，绝对符合"爱江山更爱美人"的兼得心理、罗曼蒂克情结和《奥赛罗》情殇式的悲剧品格。因此，不但自白氏《长恨歌》始，千多年来李杨爱情故事成为文学艺术创作的传统题材，单是"贵妃醉酒"就一醉千年；而且终有唐一代，唐玄宗一直在被政治家们、学者们反复评说，唐以后关于李杨故事的版本就更多，人们似乎由初时的从政治上剖析玄宗总结教训逐渐变得愈来愈看重李、杨爱情，艳羡或指斥玄宗，同情怜惜贵妃了，以致有玄宗与贵妃七夕长生殿定情和方士为杨妃招魂，以及贵妃没有魂断马嵬，而是东徙日本，且留下后人的传说。更叫人拍案惊奇的是，最近报载一条"山口百惠是杨贵妃后裔"的消息，据百惠称："我是中国杨贵妃的后代。"而且好事之徒的最新调查也证明她是浙江杨氏后人。就连韩国电视剧的剧中人谈起美女时竟然也以中国的杨玉环作譬。一个古代女子，只活了短短38年，生平既无惊天动地之举，且又不得善终，为何不仅在"女人是祸水"观念甚深的国人心中占有一席之地，还芳名播及海外，这不能不让人惊叹。杨玉环名列中国古代四大美女之列，但西施、貂蝉、王昭君与之相比，在历史上的分量就如轻烟一抹了。

究竟是什么让这个女人如此长久地出没于历史、存活于人心呢？

更令人困惑的也许是，唐玄宗不仅是唐王朝"可称者三君"之一的皇帝，在中国历代帝王中也可算是佼佼者，他的文治武功大有可圈可点之处，怎么白居易偏偏揭出"汉皇重色"这一篇章？

好色如饮食，天性使然，人皆如此。为何"汉皇重色"就值得大书特书？秦皇宋祖就不重色吗？"汉皇重色思倾国，御宇多年求不得。""汉皇"统治天下多年，情迷绝色而绝色难觅。"绝色""重色"被明目张胆地抬到这般高度，而且又获得后世无数人的认同，它究竟涵盖了什么？

到底是什么使这个男人如此重色？

难道唐玄宗所重之"色"，所重之"情"，真能重过他的文治武功，乃至文人墨客为此"色"争输文采，天下英雄为此"情"竞相折腰？

华清惊艳

对于历史而言，一个女人究竟有多美并不重要，重要的是她的美能否在一个特定的时刻集束成一道强光，灼伤一个特别男人的眼与心。

那只是瞬间的电光石火，却可以使当事人一生激情燃烧直至成灰。

那只是惊艳的四目对射，却足以令美色烙入竹帛丹青永不褪色。

那只是心灵的刹那碰撞，却必定会撞击人生、震撼社会。

杨玉环就是那个有幸让天下安危集于一身的大唐天子疯魔的女人。

祖上虽是隋朝的弘农望族，然而到杨玉环父辈已是家道式微，即使有为官者也顶多是个七品芝麻官。作为蜀州司户的小女儿，杨玉环"生于蜀，好食荔枝"，10岁父母亡故，被叔父领到河南洛阳抚养。虽天生丽质，"含章秀出"，倘若命运之神不予特殊眷顾，这一片美色也就会随岁月流逝而在民间、官府自生自灭吧。巧的是，唐玄宗要为他最宠爱的武惠妃之子寿王清选妃，其时正值他第五次东巡洛阳，玉环养父时任河南府衙吏，参与对皇室贵宾的接待，"杨家有女初长成"的玉环以其美貌已为洛阳上层社会所了解，在各种关系、信息交互作用下，玄宗与武惠妃终于选中了玉环为未来的寿王妃，并随之举行了"册妃"大典。时年玉环18岁，与寿王清同庚。而公公唐玄宗51岁，婆婆武惠妃38岁。册为寿王妃这一步对于杨李爱情十分重要，它为二人日后的"零距离接触"创造了近便条件，搭起了跳板。玉环这小妮子的美色正在默默地等待着那双能欣赏它、逼视它、攫取它的眼睛的出现。

有这样一双慧眼灵心的唐玄宗又岂是等闲人物！史称其"仪范伟丽，有非常之表"。他幼年封王，因排行十三而被宫里呼为十三郎。很早就在李氏与武氏的宫廷斗争中经受磨炼，培养成"英武果断"的性格，26岁那年一举诛灭乱政的韦后势力，以武功从监国即皇帝位，继之又粉碎太平公主及其奸党的政变阴谋。随即大展宏图，"依贞观故事"寻求"安国抚人之道"，任贤用能，求教纳谏，抑制奢靡，移风易俗，成就了政治清明、经济发展、文化繁荣、社会安定的"开元中兴"之局，朝野咸谓"贞观之风，一朝复振"。史家称唐玄宗为唐史上除太宗外最杰出的帝王，诚不为过。这么一位雄才大略的帝王，在其保江山安社稷的同时，也热烈地爱着那些如花似玉的美女，享受着鱼水之欢、琴瑟之乐。他24岁外任潞州别驾，到任之后，得识"乐人"赵某，赵之女容颜秀丽，能歌善舞，李隆基一见钟情，与之相爱并生子。值得注意的是，赵女虽出身寒微，身为帝胄天潢的李隆基却没有嫌弃玩弄，一直与之相守，直到后来赵女成为赵丽妃。而在结识赵女前他纳有王、刘二妃。成为大唐天子后更是后宫美女无数，身旁佳丽成行，而他独专宠武惠妃达三年之久。

可见，虽贵为天子，作为男人的唐玄宗和作为贩夫走卒的男人一样，离不开"情""色"二字，亦即离不开以爱情审美为前导的两性相吸。或者毋宁说，越是精力充沛、情感奔放，越是需要在政治、经济、军事、文化等领域中有大投入大成功的男人，越是具有浪漫主义气质的男人，越是不能没有命中注定的那个异性，越是需要那个能真正进入他生命的女人。

——她使你完整充实。阴阳化育衍生万物的自然规律决定了女人是男人的另一半，男女结合才是完整的人生。越是在灵肉两方面超卓的男人，他的情感与欲望的世界就愈丰富、愈深邃、愈广博，追求完整充实的需求就愈强烈，那种对理想异性的包容力就愈强大……

——她是你的"第二个自我"。男人总是会去追求那种体现出自己所珍爱、所欣赏的品格、气质、形貌的异性，这样的异性正是你自己积极本质力量的对象化，是你的第二个"自我"，你从她身上观照出了自己，证明了自己，你与她"相看两不厌"，有了她，你会强烈地感受到自己的存在，无论何时何地，都不会失去自己，也不会感到孤独……

——她是你生命的归依。女人绝对是情感的载体。她作为主体，用她的感情滋润你、浇灌你；作为你的"对象"，又寄托着你的感情，你为了这份情会最大限度地激活自己，尽可能地完善自己，情之所至，生死相依、生死相许，甚至死去活来；她对你的激活力越大，你的生命就越有价值和意义……

唐玄宗正是这个"你"。他虽富有天下，功名权力已是囊中之物，但是却替代不了情感之依归，这些身外之物永远成不了他的第二个"自我"。从潜意识和生命体验而言，唐玄宗尽管历经沧桑，心灵深处肯定仍有强烈的空虚、欠缺之感。因此，爱江山也爱美人的唐玄宗虽然也脱不尽封建帝王对后宫佳丽滥情的恶习，但是一旦出现为他所倾倒的"另一半"和"第二个自我"时，他会不由自主地将原来的"滥情"收拢为一点，专注于独特的"这一个"身上。若不然，怎么能解释除武惠妃外"宫中虽良家子千数，无可悦者"这一现象？

巧的是，就在杨玉环正式成为寿王妃的当年，武惠妃即撒手人寰。

对多情种子玄宗来说，这真是个沉重的打击。史称："（开元）二十四年惠妃薨，帝悼久之，后庭数千，无可意者。"（《旧唐书·杨贵妃传》）于是从开元二十六年起至开元二十八年正月，玄宗三次到骊山避寒，都触景生情，怅然若失。每次驾幸华清宫，"内外命妇，熠耀景从，浴日余波，赐以汤沐，春风灵液，澹荡其间。上心油然，若有所遇，顾左右前后，粉色如土。"（唐·陈鸿《长恨歌传》）

香魂既杳，情亦成空。谁能来替代武惠妃填补精神恍惚、郁郁寡欢的玄宗感情上的巨大空白，似乎已成为大唐朝廷的当务之急。既然"后宫数千，无当意者"，于是"诏高力士潜搜外宫，得弘农杨玄琰女于寿邸。"（《长恨歌传》）《杨太真外传》则云："（开元）二十八年十月，玄宗幸温泉宫，使高力士取杨氏女于寿邸。"

寥寥数十字，包涵了中国情爱史、审美史上最香艳、最辉煌、最具人文意义的一幕胜景。

凭借史料和文学典籍的零星记载（当然也需要一点合理想象），那么，这一幕大致是这样渐次展开的——

继开元二十六年以来三次避寒骊山之后，开元二十八年（公元740年）十月，金风送爽，天高云淡。玄宗再次驾临骊山华清宫。相随的内外命妇、宫娥彩女环佩叮咚、兰香馥郁，臣工卫士、百乘千骑、冠带堂皇、矛戟森然，皇家气象自是非同凡响。高踞于众人之上的唐玄宗此次只作一人想——高力士从寿王府中"取"来的杨玉环（其时还是玄宗的儿媳）。

杨玉环虽然已当了五年寿王妃，但也才22岁，由一个地方小吏的养女到贵为王妃，那已是平步青云，地位、身价、起居、眼界已是今非昔比，对于玉环而言，真是喜从天降，她那份嫁作贵人妇的春风得意的心情，后人不难想象。但她这次被从寿王邸"取"到华清宫之际，在谜底没解开之前，想必心里是忐忑不安、诚惶诚恐的。因为"老奴"高力士虽然善揣上意，深知玄宗"忽忽不乐"而急欲觅得倾国之色以自慰，而玉环又"姿色冠代""资质丰艳""含章秀出"，但他毕竟不能确定这次会见的结果究竟会怎样。玉环到底能否博得阅女无数的玄宗的欢心，尚为未知数。更何况还有玉环是玄宗的儿媳这个人伦大限，所以他（或者是他派出的手下）在"取"杨玉环时肯定不能把话说透、说白、说死，只能是闪烁其词、含糊暧昧，杨玉环也就因此会心悬半空，忧喜参半，疑虑重重；喜者，她这次赴华清宫朝见公公陛下，不是往昔那种逢年过节的礼节性参拜，而是被专门"取"来的，作为王妃，作为儿媳，平时也不是那么容易见到大唐天子的，此次单凤来朝，该是多么崇隆的恩典与荣耀；忧者，身为女人，不能不敏感到这次被专门"取"到天子行宫的异常，自古天威难测，高力士们的暧昧暗示，更会加重她对此番前去的结果和自己今后命运祸福的悬想——这本来应是小说家深入人物内心世界、表现情感冲突、塑造典型性

261

格的大好素材，可惜由于史料的缺乏，我们今天也无法确证杨玉环当时的心态，以上不过是据常理做的推想。玉环会不会预感到自己命运中即将发生的巨大转折呢？我想不大可能。虽然前有唐太宗娶其弟媳为妃、唐高宗纳曾为其父唐太宗侍寝的武则天为皇后的旧例，但那毕竟是前朝往事，深藏寿王邸的杨玉环也未必知道多少，她毕竟与寿王同床共枕已5年，当不会作此荒唐之想吧。

这样，在开元二十八年十月甲子至辛巳的十八天中的开头某一天，满怀心腹事的寿王妃被宣进华清宫，正式与唐玄宗相见了。

过去几年中，在将玉环册封为寿王妃及寿王大婚小两口朝见公婆时，在每年元旦皇子亲王与王妃对父皇母后的循例朝贺时，在随从游幸华清宫时，在为武惠妃祭奠守灵时，玄宗有可能数次见到杨玉环，当时玉环惊鸿一瞥或许曾引起过玄宗的注意，但玄宗那时或寄情于武惠，或哀思于宠妃，不可能移情别恋，自然也不会生出什么绮想杂念——即是说，彼时的玄宗不是以男人对女人的视角看杨玉环，而是以长辈看晚辈、公公对儿媳的身份看杨玉环。眼下则不同了，昔日那个维持长幼君臣之礼心无旁骛的"公公"早已不知去向，现在踞坐在华清宫胡床上的是一个处于情人状态的男人，一个身心俱健、勋业虽已臻于顶峰而感情却留下巨大空缺，并且被高力士的建议大大吊起胃口，内心充满渴望与欲念的孤独男人，一个阅女无数，在与武惠妃等"亲密爱人"长期相处中，在大唐审美时尚的香风艳雨沐浴下已形成自己独特"审女观"的精品男人，一个时时都想用拥有的无尽权力享天下之福、尽人世之欢的强势男人。

所以，不难想象，用以导引佳人的《霓裳羽衣舞》的华丽乐音刚一奏响，轻移莲步，颔首低目、袅袅娜娜的杨玉环甫一出现，胡床上那男人热烈的、带有明确性指向的审美目光便如聚光灯般罩住了她，锁定了她。杨玉环此时还是以臣妾的身份、儿媳的身份朝拜皇上、叩见公公的，现场庄严威压的氛围，吉凶未卜的忐忑，使她虽行礼如仪，却未免诚惶诚恐，战战兢兢，叩拜舞蹈之间，莺声呖呖，娇喘微微，细腰转折，清影徘徊——大约正是这种有些"戴着镣铐跳舞"氛围的特定晋见情境，使夭桃其年、玉其貌，年方22岁，正处在女人一生中最富魅力期的杨玉环更其娇态可掬楚楚怜人——这一切都巨细无遗地摄入大唐第一男人眼中。凭他的审美敏感和细微洞察力，他甚至能品味出她既飘逸灵动又随形婉转的衣裙下那丰隆有致、夭矫转折、时隐时现的鹤势螂形。只要是正常的男人，没有不为上苍赋予女人的这些"致命诱惑"所倾倒的（在崇尚丰腴的唐代，现时大行于市的都市"骨感美人"恐怕无立锥之地），而从玉环形体展示的万种风情中更有一股发自骨子里的被李渔名之为"媚态"的气息飘散开来以致充溢于整个大堂。当时，一定有什么类似西人所云"上帝启示"的微妙感应在他与她之间发生了，玄宗在惊艳的同时肯定会有一种"众里寻她千百度，蓦然回首，那人却在灯火阑珊处"的"前世今生"的深刻感触，这就可以理解，为何武惠妃去世后数年间，玄宗视后宫三千佳丽"粉色如土""忽忽不乐"，今朝却龙颜"大悦"，立坠情网。

可是大唐第一"美眉"杨玉环的感受又是如何呢？很少有人谈及这一点，也没有史料反映这一点。似乎玉环只不过是个青春、美貌、快乐的性感载体，一个为玄宗制造和提供享乐的工作平台。实际上，杨玉环的心态应比玄宗复杂得多。

作为女人，杨玉环的全部生命潜能应该说也都在趋向自己的另一半；那个另一半只有和她自己这个"一半"完全吻合，才算是命中注定、前世今生的天作之合，那个另一半也才能成为她的"第二个自我"和"对象"。因此，并非任何名义上的男女结合都是真正爱情意义上的"吻合"。

玉环与寿王清结婚已有五年之久，虽是少夫少妇，但史籍似从未提过他们之间情感究竟如何，她内心深处有无隐憾，不好妄测，姑置不论；但玄宗恩宠有加，几无心理准备的玉环一定受宠若惊，女人要被人爱的本能和企求一种更理想生活的愿望可能同时被激起，让她霎时有了一种全新的心理体验，进见前的忐忑不复有了，但由一向执臣媳之礼的她一下子变为与公公肌肤相亲的情人，所产生的伦理道德观上的巨大逆转又令她惶惑羞愧，但若婉拒玄宗的意旨则可能招致杀身之祸……真不知杨玉环是怎么度过那几天的。被伤情离别、受宠若惊、惶惑羞愧、担惊受怕等种种情绪纠缠着的杨玉环，恐怕会如一只被温存地握在拳中的瑟缩不安的小鸟吧。但现在哪里还由得了她，她只有承欢献笑的分了。但与此同时，会不会也有因自己的"另一半"蓦然现身而引发的心灵悸动乃至晕眩之感呢？

从万千女子中被择为寿王妃，到今天"一朝选在君王侧"，杨玉环人生路上这两步走得真是花枝招展，若有神助。

据《长恨歌传》载，玉环"进见之日，奏《霓裳羽衣曲》以导之；定情之夕，授金钗钿合以固之。"有论者以为以"金钗钿合"之类信物定情乃民间男女风俗，非极礼仪之复杂的皇家之所为，且李、杨之间名分上仍为公媳，怎能一夕之间亲密到"定情"程度。这实在是有点以辞害意了。年轻时曾数度卷入或参与皇家内部骨肉相残，为了达到既定目标不怕采取非常手段，同时雅好音律歌舞，具有浪漫主义气质，现在正情潮澎湃的李隆基，在惊艳、厮磨、销魂之际，怎么就不可能采取一种最发自内心、最能表达他此时此地感情的方式向意中人示爱呢！至于如何遮人耳目，使杨玉环合理合法名正言顺地归己所有，那都是后话而非今夕所需马上思考的问题。所以从十月甲子至辛巳，玄宗和玉环权把华清宫当成了温柔乡，情深爱热地度过了十八天。

这十八天究竟具体做了些什么，已不甚了然。但是历史上的文人墨客不吝文采大做文章的是"赐浴"一事。陈鸿《长恨歌传》云："别疏汤泉，诏赐藻莹。既出水，体弱力微，若不任罗绮；光彩焕发，转动照人，上甚悦。"白居易《长恨歌》亦称："春寒赐浴华清池，温泉水滑洗凝脂；侍儿扶起娇无力，始是新承恩泽时。"别说"赐浴"，就是"混浴""合浴"，甚至比这更甚的举动，在历代皇室恐怕都算不了什么大事，但是把皇室的赐浴在文学作品中堂而皇之地描摹如画，且那么风流蕴藉、旖旎香浓，就值得注意了。陈、白二人当然没有亲睹昔日杨妃出浴实况，但是有关传说他们一定听过不少。为什么华清十八天中的其他种种父老不传，独独只谈"赐浴"，足见此事对于朝野审美满足的重要性及其社会意义。

不由得想起几年前在华清池凭栏俯瞰脚下考古发掘出来、由椭圆形砖石砌成的贵妃汤池遗址时，眼前那干涸的汤池中似乎正温泉汩汩，碧波荡漾，热雾蒙蒙。一千二百多年前，正是在这里，在玄宗的热切注视下，杨玉环娇羞满面，任侍儿宽衣解带，丰腴浮凸白皙如玉的身体一旦脱开所有的遮蔽和束缚，立时荧光四射，终于将天公一段秘藏的稀世之美释放出来。她慢慢浸入水中，一如天鹅浴羽；温泉的热力使她双颊如染，艳比出水荷花；这美人鱼在透明皎洁的碧波中回旋婉转，每一回眸浅笑每一玉臂轻挪都是美艳不可方物的定格造型，那像凝冻油脂一样白净细润滑腻似酥的胴体在温泉中稍一待久,就真像要融化了,于是侍儿赶紧将她扶起,玉环此时体弱力微,连一袭罗绮都成了不能承受之轻,那娇羞无力星眸低垂的神态真是倾国倾城……

——这不就是中国古代的维纳斯诞生图吗?文艺复兴艺术大师波提切利的油画杰作《维纳斯的诞生》,将爱与美之女神维纳斯的裸体描绘得那样优美,那样温馨,那样圣洁。她站在贝壳之上,金色的长发凌空飘舞,明澈的眼睛淡定从容,并未为展现自己充满青春气息的肉体而感到丝毫的羞涩。中国封建社会长达二千余年,一直都是男权社会,女性长期处于受压地位而沦为"第二性"。但是中国历史上还没有过欧洲中世纪那种禁欲社会,至少在唐代男女关系就不那么严苛。即便是"灭人欲,存天理"的程朱理学大行其道的宋明时代,市井小民和文人学士仍然雅好女色。女性美在中国历史上从未泯灭过它的光辉。西方的美爱女神维纳斯诞生不过是古代神话,是神话作者和文艺复兴的艺术大师使她幻影成像,以假成真,折射出西人充满人文精神的审美理想;中国的杨妃出浴却是真人真事,她温泉溶脂的迷人形象和陈白等文学家描摹的娇娜情态,其审美意义绝不亚于《维纳斯的诞生》。在人们心目中,"贵妃出浴"的那一刻,杨玉环真的成了美爱女神的化身。

"回眸一笑百媚生,六宫粉黛无颜色。"杨玉环在经过度为女道士,由寿王妃一变而为"太真""娘子",住进兴庆宫与玄宗朝夕相伴以后,大唐王朝真就有些变化了:她不仅使本来就很孤寂地消耗着青春美貌的六宫粉黛因她"三千宠爱在一身"而陷入更加冷落沉沦的残酷境地,而且因裙带关系,爱屋及乌的玄宗使杨氏一门骤然大富大贵大红大紫起来,杨国忠当道,杨氏三姐妹干预朝政,玄宗沉迷于贵妃美色,朝廷政事废弛,社会各种积压的矛盾在潜滋暗长——唐玄宗执政前期励精图治造成的"开元盛世"开始从它的顶峰缓慢下滑……

这一切都跟女色有关。它通过一个强势男人的手，参与政治，抚摸历史，制造事端——要做到这些于别的男人难上加难的事，拥有这美色的女人只需要对一个强势男人回眸一笑就足够了。

这就一千零一次地提出那个老掉了牙的问题：

女色，这个既非物质又非纯精神的东西，这个似乎说不明道不清，只依存于女性却又很容易离女性而去的东西，这个离开男人就无意义，只对男人起作用的东西，这个既不能用更不能当作遗产留传下去的东西，在社会生活中，在历史活动中，究竟占什么位置？起到什么样的作用？

美色一旦与权力结合会产生什么后果？

美色对于女人本身，对于拥有它的男人，究竟是祸是福？

千古疑问，扑朔迷离……

马嵬情殇

自古红颜多薄命。

自古如此说红颜。

当杨贵妃在深宫与大唐天子耳鬓厮磨沉溺太平时，当这朵帝苑名花在三千女人花凋残的缤纷落英中热烈绽放娇艳欲滴时，一场由玄宗昏庸荒唐，李林甫、杨国忠擅权乱政引发的政治危机已经悄然酿成，它所导致的军事叛乱由贵妃"养儿"安禄山发动了。

要说中国历史上的野心家、两面派，安禄山绝对是此中高手。他机巧权变，从一个小小边将一步步爬高，终于成为边将中最受玄宗宠信的一个，他又利用这种宠信一步步接近玄宗，向玄宗效"忠"：表白"腹中唯忠心也"；向杨贵妃献媚：当杨玉环的"养儿"，弄出了"洗儿"的宫闱闹剧。他韬光养晦十年，积蓄力量，等待时机，终于在天宝十四年（755年）十一月初九拂晓发兵造反，"禄山一呼，四海震荡"。很快，叛兵饮马黄河，戟指长安。消息传来，玄宗、贵妃尚在华清宫里寻欢作乐、歌舞升平。"渔阳鼙鼓动地来，惊破霓裳羽衣曲"，白居易的诗句非常形象地再现了其时宫中的惊惶万状。玄宗仓促应敌，在短短半个月里连设三道防线，以阻御叛军前进。然而，此时的大唐帝国已无复往昔雄风，外强中干，在叛军的奇袭强击下，一个月内三道防线土崩瓦解。玄宗两次欲"亲征"，也因叛军进军太速加上唐王室内部矛盾而告吹，此后出现了半年左右的相峙局面。然而好景不长，天宝十五年（756年）六月上旬潼关失守，京都长安震恐。原先一直还抱有幻想和侥幸的玄宗，此时精神防线已近崩溃，而恐惧之心猛长，顿萌逃跑之意。经过近臣一番紧张安排，天宝十五年六月十三日凌晨，玄宗领着杨贵妃及其姐妹和一干大臣西出长安，开始了大唐天子的逃亡之旅。

中国历史上的封建王朝、封建统治者有许多荒唐可笑或叫人气煞之事，唐玄宗秘而不宣突然弃城出逃，如果不是其中最惨不忍睹之举，那也该是丑不可闻之行。宋代史学家范祖禹指出："自是以后，天下有变，则京师不守，人主先为出计，自明皇始，其可丑也夫。"（《唐鉴》卷五《玄宗（下）》）一个年轻时出生入死，后又开创了开元之盛，文治武功垂于后世的帝国最高统治者，在朝廷军力尚可与敌周旋，大局犹可为之时，竟然被叛军一时的汹汹气焰吓破了胆，竟然弃祖宗社稷于不顾——当年的英明神武哪儿去了！一国之君的脸面哪里去了！一个男人的男子汉气概和自尊哪儿去了！看他宗庙社稷不要，单携贵妃西逃，真就是"爱江山更爱美人"甚至"不爱江山爱美人"的风流天子了。但殊不知，玄宗此次携杨妃出逃，本意爱之，实则为杨启了杀端，反误了卿卿性命。

逃亡的第一天，君臣一行饥餐露宿，苦不堪言，"将士饥疲，皆愤怒"。以至发展到"六军不进，请诛杨氏"。这种看似因饥疲直接引发的"愤怒"其实是六军将士长年来对现实不满的积愤，"天下以杨国忠骄纵召乱，莫不切齿"，所以一下子就将所有的不满和愤怒全集中到奸相杨国忠身上了。于是，在护驾的龙武大将军陈玄礼率领下，杨国忠及韩国夫人为军士所诛。迫于群情激愤的强大政治压力，一贯宠信庇护杨氏一族的玄宗也不得不"杖屦出驿门，慰劳军士"。

杨国忠伏诛，玄宗认可，将士们的目标达到，理应罢休。然而当时的事实是"六军不散"，仍然包围着驿站。玄宗命令收队，竟无人从命，只好派高力士去宣问，将士们异口同声："贼本尚在。"

杨玄礼更明确指出："国忠谋反，贵妃不宜供奉，愿陛下割恩正法。"

玄宗闻此，不啻冷水浇头，说："朕当自处之。"言毕"入门，倚仗倾首而立"。这已全然是一委顿老者的形象，再无复大唐天子气派了。相信此时的玄宗一定五内俱焚，思绪万千，无法平静。

这时京兆司录韦谔一脸惶急过来说："今众怒难犯，安危在晷刻，愿陛下速决！"

玄宗忍无可忍，反驳说："贵妃常居深宫，安知国忠反谋？"

"贵妃诚无罪，"一直对玄宗忠心耿耿的老奴高力士接话说，"然将士已杀国忠,而贵妃在陛下左右,岂敢自安!愿陛下审思之,将士安则陛下安矣。"

外面将士众怒难犯,里面亲信软磨逼宫,将与贵妃生离死别的悲痛令玄宗这71岁的老人万箭穿心。

这是一场残酷的缺席审判:驿站门外,大唐君臣在就杨贵妃当不当死的问题进行舌战,而当事人杨玉环却在驿站里,等着她的情郎李隆基回来,对门外腾起的杀机和侵逼过来的杀气一无所觉。

贵为大唐第一夫人,连事关自己生死的知情权都没有,更别提为自己辩护了。悲乎!

更可悲的是,她不知道,最后决定她死的竟然是她的"知心爱人"李隆基。

李隆基此时肯定一千个一万个不情愿杨贵妃去死,但形势是那样严酷:贵妃不死,则有"秋后算账"之忧,将士不安;将士不安,则不仅贵妃终难免一死,自己都性命难保,遑论帝位了。

纵然"贵妃诚无罪",作为政治家的唐玄宗于"安危在晷刻"之际还是击败了作为情人的十三郎,生的渴望一时压倒了与死联系在一起的对情人的宠爱。乃命高力士去将杨贵妃"赐死"。

关于杨贵妃之死,后人说法甚多。

一说"扈从至马嵬山,百姓惊惶,六军奋怒。国忠、方进咸即伏诛;虢国、太真一时连坐"。(《高力士外传》)

一说玄宗"命高力士缢贵妃于佛堂前梨树下"。(唐·李肇《唐国史补》)

一说在玄宗将贵妃赐死时,贵妃泣曰:"愿大家(指玄宗)好住。

妾诚负国恩，死无恨矣。乞容礼佛。"玄宗曰："愿妃子善地受生。"（宋·乐史《杨太真外传》）

有论者认为，上述说法除杨玉环是被缢死一事属实外，其他如缢死于佛堂前梨树下以及李杨对话均不确，恐为后人附会。比较可信的记载当出于《玄宗实录》：

帝不获已，与妃决，遂缢死于佛室。时年三十八，瘗于驿西道侧。

如果将这数十字的记载还原为当时活生生的历史镜头，那真是一幅"宛转蛾眉马前死，君王掩面救不得"的妃子血、天子泪相和流的绝世惨象。一个雍容华贵、丽色照人、风情万种的女人，一个曾让自己倾心、同床共枕十六载的女人，一个曾经高踞于大唐所有女人之上，身为大唐国母的女人，一个到现在自己还深爱着的无罪女人，现在却要由自己亲自下令，并且在自己眼前，被高力士或小宦官用罗巾套上她那天鹅般修长白净的脖颈一寸一寸缩紧勒死，玄宗当会如何？也许当时紧张的气氛或多或少抑制了玄宗的哀伤，使他还能硬撑着违心地将自己心爱的女人送走；也许当时他太过悲痛反而麻木以致如木偶般地被高力士、陈玄礼之辈提示着办完贵妃死事，但贵妃死别的哀伤一定会像刀子般刻印在心底，直到他生命的终点。而贵妃，这个可怜的女人，直到要被处死的前一刻才被从驿站她和玄宗双栖双宿的房间里叫出来，对外面发生的突变懵然无知，当时一定是由高力士或陈玄礼仓促地当然也是义正词严地冠冕堂皇地宣布她为何要被处死的罪状，这对她不啻晴天霹雳，这时她或许有了如在法庭上一样向审判长直面陈情的机会。但法庭已缺席判了她死刑，她百口难辩。实际上她很可能有口难言。更可能的是连她自己也会认为朝廷如此下场都应由自己负责！她只是张目结舌，绝望、惊恐无助的目光，如待宰的绵羊、兔子的眼神。这目光撇开团团围住的人群，死死地落在她此生此世唯一的情人和靠山十三郎脸上。

她不能相信他会要她死，她只相信他能让她活。却万万没料到他会掩面转身摆手！于是顷刻间天昏地暗天崩地塌。当她被高力士"引"到佛堂去行刑时，简直无法想象她的纤纤玉足是怎么走完那短短百十步路的！——这百十步的起点和终点连着阴阳两个世界，连着她一生的大富大贵和大悲大恸，连着她的爱情、幸福和情殇、悲苦！

如果用罗巾来勒死她的是高力士，那么这个对主子忠心耿耿、对奸相杨国忠满怀嫉恨的老奴，为了赶紧逃出眼前的困境，一定会用他那颤颤巍巍的手将罗巾越勒越紧。

如果干这事的是高力士手下的小宦官，那么这帮多少有点心理变态的小厮慑于力士之权和叛军之威，也一定会虽哆哆嗦嗦但并不留情地将手中罗巾拉紧，谁还会去顾及这要被窒息而亡的曾是皇上的枕边人。

而如果高力士和宦官都干不了这杀人取命的勾当，那么陈兵于佛堂咫尺之隔的陈玄礼们就要出手了，一出手势必是血溅龙袍，玉石俱焚。

于是，当朝国母，一代尤物，绝世妖姬，不明不白地就这样三魂杳杳七魄悠悠，徒留下佛堂前玉体横陈，以便陈玄礼们进来验明正身。

我想起一桩典故：古希腊雅典有一位绝世美人芙丽娜，因为常被艺术家们请去做模特而被正人君子们以违反教规有伤风化之罪告上宗教法庭。审判之日，所有陪审员众口一词地斥她为祸水，激愤的人群大叫大嚷："处死她！处死她！"法庭决定判她死罪。在这命悬一线之际，芙丽娜的辩护人基彼里德猛然揭去了她身上紫红色的披衣，于是，像神光乍现，芙丽娜毫无遮盖的丰腴、白皙、修长、婀娜有致百媚千娇的玉体散发出的艳彩，使法庭上的所有人为之目眩神迷叹为观止，心头涌上一种大感动。

"我们没有理由把上帝赋予人类的绝伦精品毁灭掉！"基彼里德此言一出，叹服声即漫过大厅，芙丽娜当即被宣告无罪释放。

感慨之余又想，杨贵妃不是大唐第一美女吗，她的美，她的无罪，玄宗、高力士、陈玄礼直至士卒们都心知肚明，为什么都忍心叫这大自然造就的天姿国色毁于一旦？为什么竟无一人挺身而出冲冠一怒仗义执言？中国历来不是有敢于抚哭叛徒的吊客，有敢于以命搏凶的死士吗？在蒙冤遭陷之际，芙丽娜以自己的美赢得了生，而杨玉环却因自己的美招致了死——这就是国人与西人的不同。在"女祸论"中浸淫的中国男人上自天子下至小民，当需要女人顶罪或认定女人该顶罪时，谁也不再会怜香惜玉了。呜呼！

"请以贵妃塞天下怨"——这句话，真是将女人、女色用处的此中三昧和女人原罪性的悲剧命运说得出神入化。

这次马嵬兵变历时半天，最后玄宗慰劳众军士，"玄礼等皆呼万岁，再拜而出，于是始整部伍为行计。"就是说，贵妃一死，大伙的心头刺拔掉了，隐忧去掉了，所以继续簇拥着玄宗逃往四川。

实事求是而言，马嵬兵变，在玄宗出逃乃至整个安史之乱中都具有重要意义，这是一次紧急发动的诛奸相、清君侧行动，是大唐历史上危亡关头的一次救亡之举，是多年来种种社会矛盾郁结丛集不得不一吐为快的一次减压性释放，历史上理当记上一笔。

然而若仅止于此，马嵬事变大约也仅仅见诸史籍，决不会弄得那样遐迩闻名，叫人一唱三叹回肠荡气，千百年来流传不绝、家喻户晓。

这不是因为杨国忠伏诛大快人心。

也不是唐玄宗当机立断顺时应变绝处逢生。

而是杨玉环的冤死，是杨李爱情的悲剧性终结。这是这次政治事变中最能折射出人性之复杂的亮点。

一个治理大唐帝国几近半世纪的强有力的男人，一个能让全国臣民在他的咳唾声中诚惶诚恐匍匐于地的拥有绝对权力的皇帝，在马嵬之变中竟无力保护自己的爱人，眼睁睁地看着"宛转蛾眉马前死"，这一事实本身包含着深刻的社会内容、必然的历史规律和惨痛的政治教训。千百年后东欧巨变中一些前国家领导人及其家属的下场无异于历史的重演。它说明，任何强人都有自己的软肋，都有败走麦城的可能。当个人私密、个人情感与政治大局、天下大事发生关联时，如果处理不当，大则危及社稷，小则伤及爱侣，自己也会从一呼百诺变成形影相吊，体验到毛泽东说过的"终有一天会霸王别姬"的情殇命绝的至悲至痛。当时玄宗的那种万般无奈，悲苦凄惶，那种英雄垂暮之感，足令一切大丈夫气短。而杨妃的红颜薄命，更使天下有情人抚膺长太息。

杨玉环不过就是个女人而已，既无治国兴邦之才，又没有主动投怀送抱，她之所以"一朝选在君王侧"，专宠十六载而不衰，无非是她与生俱来的美色。女色美到极致，必定成妖成精，男人这东西岂能抵挡得住。

美色一旦与至高权力相结合，不管主观如何，意识到没有，就直接间接地、潜移默化或明目张胆地作用于社会各领域。李隆基因贵妃而废政，杨国忠因贵妃而高升，安禄山因贵妃而得宠，一切祸国殃民，都是美色惹的祸。"贵妃诚无罪"，真无罪吗？美得让男人望风披靡，这本身就是原罪。既然如此，拥有这美色的女人就得付出代价。

"只今唯有温泉水，呜咽声中感慨多。"终于又来到了华清宫故址。

远处有硕大无俦的始皇陵、兵马俑和以昭陵六骏名满天下的唐昭陵，它们所物化了的陵墓主人往昔混一天下、再造乾坤的雄霸之气曾经催发了古今多少有志男儿的建功立业之想。然而华清池让人遐想的贵妃出浴的旖旎风情却让人有一种隐隐的心神不宁之感——那是一种脂粉味和血腥气混在一起的怪异味道，它所唤起的幻觉是极度香艳的美色与无可告白的悲情的重叠……

美色，你究竟应对历史负什么责任？

大 唐 绝 恋

唐玄宗与杨贵妃如何相知相恋，这个同开元之治走向天宝之乱有密切关系的问题，这个大唐最高统治者的"绝对隐私"的问题，不仅历来为史家所关注，同时也吸引着无数的文学家、社会学家、心理学家去穷根究底……

毫无疑问，是杨玉环的稀世姿容和娇娆体态在第一时间吸住了玄宗的眼球，激起了玄宗的爱慕之情，即所谓"惊艳"。在杨妃华清宫进见之时，温泉池赐浴之际，她将一个女性的娇媚之美发挥到极致，此时此地的玄宗也不再是大唐天子，那些什么矜持、尊严、礼仪，甚至伦理大限都被他撇在一边，对美色动情的他已还原为一个本色男人，此时此际，杨玉环的"颜色、仪态、容貌就变成了对性欲的刺激和两性选择的向导"——不知李、杨为何人的美国美学家乔治·桑塔耶纳的话却似乎是针对早他千多年的中国皇帝说的："若不是感官首先被吸引，性的吸引力就不能起作用。本能中预定应追求的那个对象，也必须能迷惑眼睛和娱悦耳朵。"

从武妃逝后到杨妃进见之前这几年中，后宫虽粉黛三千，却没有一人可以吸引他的视听，故玄宗觉得"无可悦目者"。那次驾幸华清宫，玄宗赐随来的内外命妇以汤沐，看着这些贵妇娇娃在清澈温暖的泉水中嬉戏荡漾，"上心油然，若有所遇"，好像蓦然看到了心中美人的姣好形貌，但收回目光再看一下池里池外的女人，却跟刚才"若有所遇"的仙姝差之甚矣，简直"粉色如土"！而杨妃甫一出现，就令玄宗怦然心动神不守舍，肯定正暗合于他以前"若有所遇"的那个理想美人的图式吧。

可以这样说，华清宫李、杨相会相厮守的那18天中，杨妃对于玄宗是充满了魅惑力的，而玄宗对杨妃也满怀着青春激情的冲动。杨妃虽比玄宗小三十多岁，但从两人如胶似漆的亲密关系以及此后16年之久的共同生活来看，玄宗的确有能力满足一个如花似玉少妇的欲求，而这也正是他们16载鱼水之欢的坚实基础。至于杨妃，一从投入玄宗怀抱，肯定就知道自己的生活将发生巨大变化，受宠若惊、乍娇还喜、如登仙界正是她的心态的写照。无可置疑，华清宫的这18天，他们沉迷于"两个人的世界"，天天都是极乐狂欢忘乎所以，"不复知尚有人间世也"。

"云鬟花颜金步摇，芙蓉帐暖度春宵；春宵苦短日高起，从此君王不早朝。承欢侍宴无闲暇，春从春游夜专夜；……金屋妆成娇侍夜，玉楼宴罢醉和春。……缓歌曼舞凝丝竹；尽日君王看不足。"

白居易的诗，真是活色生香地画出了一个宫廷贵妇的万种风情，写出了玄宗、杨妃的极尽春色之娱。终得意中人的喜悦，久违了的复燃的青春激情，使玄宗对怀中这个娇艳欲滴的少妇产生一种可意会难言传的微妙感情，这种感情又会转化成一个真正成熟男人加倍的轻怜痛惜、缱绻柔情和大度宽容。而这种由成熟男人的宠爱、宽容带来的如温暖厚实的毛毯将人轻柔覆盖使人直想甜蜜蜷缩不愿起来的温馨感觉,在与杨妃年岁相仿又没多少人生阅历的毛头夫婿那儿恐怕是难以得到的。杨玉环有理由觉得幸福。他们是坠入情网了。所以,真正的情欲之花不是在寿王邸绽放,而是在华清宫盛开的,它开得那样热烈,那样奔放,那样娇艳,那样无所顾忌,虽然有点媚惑,有点邪异,有点另类……

不过,如果认为李杨之间长达16年的恋情全是靠这种性的吸引、这种色欲情欲来维持,那就错了。因为色欲、情欲是会随着"色"的变化而变化的,而女人再"色"也不可能永远保鲜,终有红颜老去的一天。色衰爱弛在某些男人那儿几乎是一个铁则;即使色未衰,产生审美疲劳甚至移情别恋也很容易,这其中似有自然法则存焉。最近,又有人"科学地"证明,使人产生情爱的那种化学物质,只能维持一年之久,刚好够生一个孩子用。既然如此,又何来"三千宠爱在一身"?又怎么会延续十六载?

也不仅仅是玄宗巨大权力给杨妃带来的荣耀感和宫廷奢华生活赋予的舒适满足。杨妃与不少后宫宠妇不同的是,她似乎对权力看得比较淡,没有利用玄宗的宠幸干预朝政,更没有如武后、韦后那样窃取权力的勃勃野心,至少史无记载。但是"一朝选在君王侧",玄宗至高无上的权威所产生的魅力和连带效应她是感同身受并引以为荣的。一般而言,女人可以不要权力,她们需要的是绝对真情,是灵肉俱秀的伟丈夫,但也有一些女人却希望自己的男人有权有势,这意味着她的依靠、她的荣耀、她的地位、她生活的质量。因此,在这些女人心中,权势本身也许是男人身份、男人吸引力的一个重要组成部分。至于杨妃被宠幸后的物质生活则更今非昔比了,"华清宫之香车宝马,至天宝而极矣"(赵翼《廿二史札记》)。临时行幸的华清宫尚且如此豪奢,长安的宫廷生活就更不用说了。"三千宠爱在一身"，那是怎样一种颐指气使，要风有风要雨得雨，花团锦簇随心所欲的日子啊。"一骑红尘妃子笑，无人知是荔枝来。"用驿马从南方将贵妃喜食的鲜荔枝快递到京师，以致"百马死山谷""警尘溅血流千载"，这个向为士人乐道的轶事充分说明了玄宗巨大的权力是如何转化为贵妃的口腹之欲和心理满足的。但是，权力给贵妃带来的荣耀也好，奢华的生活也好，贵妃由此而心生感激离不开玄宗也好，都不能阻止皇帝的移情别恋。只要玄宗一旦爱弛恩消，举手之间就会令一切繁华富贵云散烟灭。有唐一代，先是恩宠一时，后被打入冷宫的妃嫔宫娥知多少！——这正是封建社会天威难测、伴君如伴虎的可怕之处。

李杨之恋之所以历久不磨，是因为他们之间在思想上、艺术爱好上的"心有灵犀一点通"，这是互相之间产生强大吸引力的重要激活素。据史籍所载和论者确认，玄宗是一个道教崇奉者，尽管富有四海，贵为"至尊"，他仍然慕长生，炼金丹，思飞升——长生不老是人类永恒的欲望，那些已经得到了、享受了人间种种的大人物恐怕更是如此。而杨妃自从被拥入玄宗怀中，"明修栈道，暗度陈仓"成为女道士"太真"起，就以玄宗的宗教信仰为信仰，紧密配合，"勤志元（玄）宗，协诚严奉"，以热衷于道教活动而得到玄宗的赞赏。思想、信仰上的一致是男女心灵共振的最高层次，李、杨爱情因了这点而历久弥坚。而共同的音乐舞蹈修养和爱好，则使他们更加情投意合。伴随玄宗所作《霓裳羽衣曲》的旋律，晓音律、善歌舞的贵妃自编自舞。"飘然转旋回雪轻，嫣然纵送游龙惊。小垂手后柳无力，斜曳裾时云欲生。烟蛾敛略不胜态，风袖低昂如有情……"白居易描绘的舞者在"霓裳羽衣曲"第一部分"散序"击磬箫时不歌不舞，蛮腰箭袖，长身玉立，静若停云。到第二部分"中序"时，节拍骤然而起，舞者按拍起舞，其袅娜翩然之态，飘忽回旋之姿，端的是回雪轻，惊鸿顾影，莲步轻移之间风有情而宛转，裙裾摇曳之际云无心以出岫，天地低昂，极尽华彩。到第三部分"曲破"，节奏由徐缓转快，到极快时，舞者急转如作"胡旋舞"，卷起的旋风将阵阵兰麝芬芳播送四散，令观者心旌摇摇……白居易描摹的未必是杨贵妃，但贵妃解舞，舞时旖旎百态，直教玄宗如醉如痴。开元国势之盛，社会风气之靡，玄宗宠溺之深，尽在这素手翻飞裙裾摇曳香风飘荡之中了。

李杨之恋之所以历久弥坚，还因为在这场皇家爱情马拉松中，唐玄宗情动于中，走下了森严的"至尊"神坛，像一个真正的男人去品味、感受、体验一个真实的女人；而杨贵妃也不像别的妃嫔那样匍匐在地，将玄宗当作"至尊"的神来膜拜，相反，她是将玄宗当作一个如夫如兄能依能靠可昵可恋的男人来爱着的，因为对于她或对于女人而言，也是如同男人一样需要自己的"另一半""第二个自我"的。而玄宗在她心目中就是这样的"对象"。在这个情爱"对象"面前，她得以始终保持着她的"女"性、她的"人"性，而这正是玄宗在别的女人身上感受不到的。

贵妃的两次"出宫"风波，将包裹在皇袍艳服中一对男女的恋情赤裸裸地曝了光。

虽说两次出宫之因皆为婆婆妈妈的芝麻小事，但却让当时的最高统治者方寸大乱。

第一次，天宝五载（746年）七月，杨玉环被册为贵妃不到一年，就因"妃以妒悍不逊，上怒，命送归"外第（《资治通鉴》）。第二次，天宝九载（750年）二月，杨妃旧病重犯："太真妃常因妒媚，有语侵上，上怒甚"（《开天传信记》），致使"妃复得谴还外第"（《新唐书》)。两次遭谴"出宫",均因"妒"而起,妒甚?妒谁?论者其说不一。或曰虢国调情,或曰梅妃分宠,或曰玄宗选美,对此本文不加辨析考证。但有一点是可以肯定的,即"妒"皆因有别的女人介入。这里有趣的值得探究的不是第三者与当事人的关系问题,而是当事人的复杂微妙心态和一波三折的情感旅程。

中国封建社会的后宫制度,给皇帝提供了与众多女性合法发生关系的可能,而众多女人却只能共有一个男人,因此红粉争宠蛾眉生妒是难免的,它因其符合爱情的排他法则和"种的生产"规律而具有必然性。历览历朝历代宫闱秘史,从狐媚惑主、谗言离间、栽赃陷害到借刀杀人、弄权泄愤、宫闱仇杀,无不有之,但却少见保持独立个性、维护爱情权利、敢于公开犯颜以示不满者。杨玉环也不是没干过排斥异己打压群芳之事,例如天宝五载出宫风波就与玄宗选美有关,白居易在《上阳白发》诗前小注中说:"天宝五载以后,杨贵妃专宠,后宫人无复进幸矣。六宫有美色者,辄置别所,上阳是其一也。"结果导致"上阳人,红颜暗老白发新",不知其数的女人花在贵妃专宠的燃情岁月中落寞凋残。但是杨妃与众不同之处是,在面对危及自己爱情的重压和危险时,她没有逆来顺受听天由命,而是挺身"捋逆麟",敢于为维护自己的爱情专利顶撞握有生杀予夺大权的玄宗,即所谓"妒悍不逊"。尽管"出宫"之惩离"冷宫"之险已不太远,她还是我行我素,天宝九载又一次为此类事冒天下之大不韪进行了抗争,其大不敬激怒玄宗,第二次"出宫"。这两次风波中,杨妃作为恋爱主体体现出爱情要求专一的心理的、生理的、社会的必然要求,放射出与这种合乎人性的要求相符的张扬人性、维护人格、追求幸福的个性光彩,这在历史上是鲜见的。

杨妃"妒悍""妒媚",在封建卫道士眼中是犯了"天条",玄宗有绝对的权力和一百个理由将其送谴"出宫"或打入冷宫,数年情爱就此了断。而后宫机制马上就会为他送上承宠新人。唐玄宗以前就曾有过多次类似举动,当时心安理得事后无动于衷。唯独对发谴杨妃,玄宗却表现出有类"少年维特之烦恼"的反常情绪。

据史籍所载,第二次贵妃出宫,"是日,上不怿,比日中,犹未食,左右动不称旨,横被棰挞。"(《资治通鉴》)杨贵妃虽是玄宗一怒之下亲自下令遣送出宫的,然她的倩影刚一消失,玄宗就怅然若失,心神不宁。杨妃走了,走的不仅仅是几年来"车同辇,止同室,宴专席,寝专房"的朝夕肌肤相亲的情人,还有贵妃的气质、风度、言笑举止造成的魅力场和弥散在玄宗所到之处的那种既熟悉又亲切的旖旎氛围,于是,玄宗从心灵到周围都是一片空虚,一腔抑郁失落之情无由寄托,无法排遣。那一天整日闷闷不乐,急躁易怒,举止失措,以至于忘食废餐,左右近侍动辄得咎,横遭责罚。——其时玄宗61岁,从当时人的寿命而言已步入晚年,但玄宗整个的情绪表现却像热恋又失恋的青年一样,足证他对她爱之深情之切,也表明玄宗其时从生理到心理都还处于一种充满活力的应激状态,所以很容易被激活。幸亏"探知上旨"的高力士为备受煎熬却又下不了台的玄宗铺下台阶,"奏请迎贵妃归院",果然正中玄宗下怀,顿时如释千钧,立马准奏。为了既让贵妃便于马上回宫,又要不事声张,当天夜里破例连开二道只有逢军国要事才可启开的"禁门",一路上皆由禁军护送。玄宗翘盼佳人归的急切心情于此呼之欲出。

这一天,长安皇宫的深宫大殿中,哪有什么运筹国事关注天下的大唐天子,只有一位身披龙袍、被情人搞得心慌意乱焦躁不安进退失据的失意

米萝文存：凡圣之间

男人！

第二次，据多种史料载，"太真妃常因妒媚，有语侵上，上怒甚，召高力士以辎送还其家。"（《开元传信记》）"天宝九载，贵妃复忤旨，送归第。"（《旧唐书》）"天宝九载，妃复得谴还外第。"（《新唐书》）"（天宝九载）二月，杨贵妃复忤旨，送归私第。"（《通鉴》）这里众口一词指出杨妃是"常""复"开罪玄宗，可见天宝五载风波以来杨妃并没接受教训，在要求爱情专一上依然故我；也没有调整视角，没有将玄宗当作一个皇帝、一个政治家来看待，没有理解后宫三千是玄宗特权这一事实，却仍然把玄宗当成她的生命与共的"老公"，把自己当成他的"唯一"，因而恃宠使性，出言不逊，发泄不满，估计举止间也难免甩甩搭搭，给他难堪。玄宗忍无可忍，又亲自喝令"出宫"。这里的"外第""其家""私第"均指贵妃兄家杨宅。据学者考证，送的当不是高力士，而另有其人。这一次贵妃"出宫"后玄宗如何不甚了了，倒是杨妃较之前次深受震动。据记载。杨见其妹再次谴归，忧惧交加，谋于工于心计的吉温，吉温打通关节得以入宫面奏皇上，大意是女人见识短，有忤圣情，如果有罪，就让她死在宫里，怎么能让她忍辱于外，贻笑大方呢！玄宗听了，为之"感动，辍食"，饭也不吃了，立即派宦官张韬光至杨宅抚慰贵妃，贵妃一见张韬光即趋前"泣奏"，为自己"有忤圣情"被逐出宫痛表歉疚悔恨。言毕，"乃引刀剪发一缭附献"，说："珠玉珍异，皆上所赐，不足充献，唯发父母所生，可达妾意，望持此伸妾万一慕恋之诚。"杨妃此举，表明她这次"出宫"，在心理上留下了深刻烙印，作为女人，她是不可能没有玄宗的，没有玄宗，也就没有了她存在的意义。她是在被动中求主动，积极争取重回玄宗身边。张韬光回宫，向玄宗汇报，玄宗一见贵妃头上青丝，立知事态严重，深为震恐，挥涕悯然，急命高力士召还贵妃。从此对贵妃"宠待益深"。这以后，他们再没有过分离，直至与贵妃死诀于马嵬。

多亏史官们对两次出宫事件有所记载，才使人们窥探到高踞于大唐王朝顶端的这一对男女恋人跌宕起伏的情感历程和复杂微妙的心理状态。作为成熟的男人，尤其是那些手握重权，筹谋宏业的军政强人，一般都会高筑城府，深修静气，不论发生何种变故，他们都不会轻易为其所动，甚至在死亡面前也不会皱眉。坚毅、沉着、不乱方寸，正是这些男人的本色。唯有男女之情，唯有女人，唯有感情纠葛，能令男人，哪怕是玄宗这样的强势男人失态，在那种失常状态中，一向举止沉稳的男人会不克自持，心态失衡，茫然无绪，心烦意乱，心情沮丧，郁闷压抑，心神不定，举止失措，一如陷入牢笼来回不安踱步的狮虎困兽。

因为只有爱情，才会如此刺伤他们心中最柔软的那部分。

古往今来多少英雄好汉，九死一生都挺过，天崩地塌无惧过，万险千难都闯过，可是却勘不破一个情字，跳不出一座情关。因为只有这种因得不到或失去自己的"另一半"而产生的与个体生存状态生死攸关的私情，才是最个人化、最不受羁勒，有时是连钢铁般的意志、哲理性的思维都左右不了的。

这就是男人。不论地位高低，不论年龄大小，在那样的时刻，他们都是大男孩，一个控制不了自己情绪的大男孩，哪还有昔日强人的风度。这时的男人是最最脆弱的，要致其死命简直轻而易举。

当然，他们也可能在外部某种因素或压力的作用下走出这种失常状态。马嵬兵变中，尽管对杨妃的那份情剪不断，理还乱，千丝万缕，拔则痛彻心脾，但在要么留得美人在、江山化作灰，要么忍看美人死、留得江山在的两难抉择中，作为政治家的玄宗最终还是击溃了作为情人的十三郎，选择了后者——这是政治上的胜利，却是人性的毁灭。从来的政治，许多次都是这样无情地碾过人性而大步前进的。

千年孤独

"问世间情为何物，直教人生死相许？"

一首时下流行歌曲的缠绵，的确叩问到了人的感情特别是男女恋情的最深处。

不仅叩问今人，也在叩问古人。

不仅叩问古今芸芸众生，也在叩问给历史留下深刻印痕的大人物。

相信唐玄宗愈到晚年也愈在叩问自己的灵魂。尤其是当他自四川回到长安，以太上皇身份在深宫里过着绚烂而趋平淡、甚至是孤寂的日子之时。

贵妃魂断马嵬，是作为政治家的唐玄宗杀死作为情人的十三郎的结果。由是，玄宗从绝对困境中得以解脱出来，将士们肯簇拥着他继续西奔入蜀了。否则，玉石俱焚，玄宗的政治生涯可能就此画上句号，以后大唐皇室历史就会少不少内容，而李杨的华彩恋情也许以另一种方式来谢幕了。

没有了贵妃，玄宗果然像是清醒不少，看事看人颇能从政治上着眼了。除了在入汉中、赴剑门的幸蜀路上，玄宗因霖雨不止、马铃声阵阵而勾起思妃之情，作《雨霖铃》曲以寄恨外，似再未见他对杨妃之死有何表示。倒是为安抚"潜怀去就"的士卒，为整顿涣散的禁军，为收罗人才，为重新部署平叛力量，玄宗采取了一些重要举措，还下了一道罪己诏。自756年7月避难成都，到757年10月离蜀回长安，玄宗这段时间在政治上痛定思痛，对国忠祸国、禄山谋反做了通盘思考，对已往的十余宰臣逐一评价，特别是对曾经指出过安禄山狼子野心的故相张九龄追思不已，遥致祭悼。为弥合自己与已登帝位的肃宗的父子关系，也为弥补往日对肃宗生母杨氏的冷落，将她追册为元献皇后。在这些活动中，独独不见杨妃踪影。既便做梦，玄宗也只梦见唐初有名的方伎人物孙思邈，油然有求仙之意。

离杨妃殒命才一年多，难道就已记不起一代娇娃曾存在过？

而实际上，笔者妄测，杨妃之躯、杨妃之情、杨妃之死，是玄宗生命中永远不能解脱的爱与痛。

这一年多非不用情耳，只为逃难路上，寄蜀旅中，运交华盖，忧患当头，诸事丛集，且讨杨之声未远，求振之议犹在，平叛与再起成了唐王朝的第一要务，迫使玄宗不得不将自己重新定位于政治家的形象，没有时间没有条件也没有心境去与杨妃香魂缠绵也。

待回到长安，与儿子肃宗会见的虚热闹散尽之后，玄宗以太上皇身份重返兴庆宫，再也不用管天下事了，至此，尘埃落定，在生命的最后几年，年逾古稀的玄宗注定要在"无为"中了此残生了。在此状态下，玄宗这个已徒具空名的天子愈来愈向"人"性复归，愈来愈远离身外物而趋于心灵迹化，留在他记忆中感情中的杨贵妃生前的种种琐细在眼前愈来愈活灵活现，愈来愈引起他伤感痛苦的思念。

闲居无事，有个名叫贺怀智的乐工向玄宗讲述宫中旧事：很久以前，一次玄宗命怀智独弹琵琶，贵妃俏立一侧。忽然一阵风来，将贵妃的领巾吹落到怀智头巾上，良久，回身方落。怀智回去后犹觉香气袭人，乃将头巾储于锦囊中以为纪念。此时怀智献上头巾，一股久违了的香味就直达玄宗脑际，玄宗情动于中，泣曰："此瑞龙脑香也。"香气、香味历来是同女性、女体、女色如影随形二位一体的，非美不香，非香不美，"闻香识美人"已成千古佳话。此际香犹在，人已杳；人虽杳，香仍在，玄宗宁不涕泪交泗！

在兴庆宫的日子里，玄宗还曾一度到华清宫避寒。华清宫已许久没有接待这样尊贵的客人了，只是景物依旧，物是人非。人去楼空、人何以堪的惆怅之情郁集在这位古稀老人心中，浓得化不开，苍茫暮色正越来越重地笼罩着华清宫，也笼罩着玄宗。于是召见了新丰名伶谢阿蛮，阿蛮过去常出入宫中，贵妃待她甚好。此次玄宗重来华清，阿蛮殷勤献舞。阿蛮虽已不复当年青春少女风华，但韵致犹存，起舞还算轻盈，然热情超过以往，她是在用心去舞，用情去舞，毕竟玄宗、贵妃是她一生中交往过的最重要的人物。舞影翩翩中，大唐盛世的气派和当年与贵妃行乐的情景似乎幕幕重现，但又转瞬即逝，繁华不再。阿蛮终于停下来了，翻飞的裙裾舞袖萧然下垂，她微微屈膝致礼，在玄宗眼中，这个伴随着灯火明灭摇曳不定的倩影恍惚朦胧，显得那么落寞。阿蛮复又趋前，将一件物事与玄宗过目，玄宗目光甫一接触，即如电击，五内震撼。原来这个"金粟装臂环"是当年贵妃赐赠阿蛮的。睹物伤情，玄宗"持之出涕，左右莫不呜咽"。从此，华清宫里再也不见玄宗踪迹。

此时的玄宗已经七十四五了。痛失自己"另一半"的玄宗再也不可能是完整的、健全的了。数年之间，倾颓的国势、仓皇的逃亡、贵妃的惨死、晚年的冷寂、无尽的忧思，不能不严重影响到玄宗的身心状态，"仪范伟丽"、体魄强健的玄宗，这时也承认垂垂老矣。就在这次他重回华清宫时，当地父老纷纷出门迎接，想一睹阔别多年的天子骑马打猎、神采飞扬的景象。可是玄宗这次改为坐轿了。父老动问为何，玄宗答曰："吾老矣，岂复堪此？"言者神色黯然，听者为之悲泣。在他的夕照之年，虽然再没见有什么异性进入他的生活，但他从灵到肉肯定还保留着性爱的余热，而在这基础上升华出的悱恻凄婉的持久不息的恋情，又是指向那个独特异性的。

人最痛苦的，莫过于将一种愧疚、负罪和永远失去不可复得珍物的大恸大憾之情伴随终身直至坟墓。痛定思痛，暮年的玄宗对杨妃的慕恋愧悔一定使他的灵魂如在炼狱中饱受煎熬。要赎救自己的灵魂，玄宗此时唯一可做的就是改葬贵妃。贵妃死于兵变之中，当时就地取材，草草包裹，"瘗于驿西道侧"（《旧唐书·杨贵妃传》）。锦绣堆中脂粉窝里，同床共枕16年的玉人，一朝毕命弃于荒郊野地，软玉温香任其自腐，孤魂与狐鬼相伴，令玄宗每一念及辄痛彻心脾。几年前从成都返回长安，又经过马嵬驿，越是接近这个伤心之地越是肠断，那种想早点见到又害怕见到的矛盾心理令玄宗大为踌躇。不过，由于史书记载不详，玄宗重过马嵬的情景，我们只能从后世诗人的作品中来揣摩了。

金甲铁旌尽已回，苍茫罗袖隔风埃。

浓香犹自随鸾辂，恨魄无因离马嵬。（唐·李益《过马嵬》）

冀马燕犀动地来，自埋红粉自成灰。

君王若道能倾国，玉辇何由过马嵬！（唐·李商隐《马嵬》）

"恨魄无因离马嵬"，语极哀伤，杨妃魂断马嵬，"罪"也定在马嵬，她的魂魄被锁在了马嵬，又怎么能随上皇车驾离开这凄风苦雨的马嵬

米萝文存：凡圣之间

呢！

"自埋红粉自成灰"，言极沉痛，玄宗自己将贵妃赐死，红粉自埋，纵生前万种风情对何人说？留下的只是痛苦得心如死灰的玄宗了。

怀着深深的歉疚哀伤，玄宗"自蜀还，令中使祭奠，诏令改葬"（《旧唐书·杨贵妃传》）。对于一个王朝而言，对于一个曾经号令全国的太上皇而言，这根本就是区区小事。但却遭到了严重的反对，理由堂皇正大："龙武将士诛国忠，以其负国兆乱。今改葬故妃，恐将士疑惧，葬礼未可行。"（《旧唐书·杨贵妃传》）很清楚，问题的关键不在杨妃有没有罪，是否其罪当诛，而在于这个替死鬼现在已成了马嵬事件当如何评价的晴雨表。于是，玄宗为贵妃公开举行葬礼的打算化为泡影，只能派宦官秘密到马嵬改葬贵妃。

那情景肯定是凄然而寂寞的。也可能天正在下着霏霏细雨，几个临时雇用的小厮不怎么太费力就将驿道旁高不过三尺的小土坟掘开，坟上长出的青草现在又被掘出的泥土翻在下面了。坟中赫然可见一紫褥包裹，里面贵妃如花似玉的血肉之躯已腐坏与泥土同朽。想着世上不论多么尊贵的人物，多么璀璨的青春，多么荡人心旌的美色，多么刻骨铭心的爱恨情仇，就这样悄无声息地了结，委为尘土，唯蝼蚁知之，令今天的我们都不免要与当年玄宗派来掘坟的人一起浩叹唏嘘。小小坟坑中一望索然，没有什么物事可拿回去复命。幸好贵妃随身佩戴的香囊仍在，宦官们将它带回长安，献与玄宗。玄宗手接香囊，老泪纵横，贵妃生前死后的种种都来眼底，倏忽几年，而天人永隔，香囊上却似乎还有她的体温……我想，此时的玄宗一定会体验到一种深刻的战栗的无可告白的绝望的悲情，一种白茫茫大地真干净的末日之感……

"你怎么可以把你放进我的生命里,然后又拿走,还告诉我,你根本没来过?"

所有该逝去的都逝去了。

一切都不可能重来了。

此情可待成追忆,只是当时已惘然。

李隆基、杨玉环在大唐盛世演绎了一段大唐由盛而衰的华彩悲情。它真像一面镜子,照出了人世间爱恨情仇的众生相。历史上、生活中曾经或正在进行着无穷无尽的爱情故事,它或轰轰烈烈,撼天动地;或平平淡淡、寂然无声;或回环跌宕,一波三折,可圈可点;或一泻无碍,激情迸射,可咏可歌;或者喜气洋洋,或者悲情叠叠;或电光石火,转瞬即逝,在历史长河中不留点滴痕迹;或波起云涌,绝唱千秋,连青史也为之动容。那些在政治、经济、军事、文化等各个社会生活领域中发生的错综复杂、斗角钩心、扑朔迷离的种种关系、事件、人物;那些看似与个人情感、私密生活毫不相干的纵横捭阖、倾国倾城的政治变迁、战争行动、外交风云、文艺纷争,可能都隐隐约约地与男女之间的爱恨情仇相连,但是当男女之情引发的矛盾、冲突在政治、经济、军事等领域展开时,这些矛盾、冲突引发的事变、造成的后果会离它的初发之因、基本出发点越来越远,且以那种历史事变的正剧形态愈演愈烈,非情爱性的社会文化因素介入愈来愈多,以致完全遮蔽了它的原始面目——这个原始面目、最基本的动因,不过是男女之间的情爱互动而已。

无怪乎亚圣孟夫子慨叹:未见好义如好色也。

对于社会文明而言,这似乎是人性的弱点,特别是男人不堪一击的软肋。"义"是道德范畴,属于精神文明,得靠后天的教育、培养。"色"

却是先天的本能,人生而有之。它看似粗俗,却关乎着马克思说的人类两大生产之一的"种"的生产,不论男或女,没有在"色"上亦即两性感情上持久永恒的、不顾一切的、发自天性的、甘之如饴的追求——这是一种必然的规律性要求——人类生命的再生产就不可能,人类就不能繁衍至今并将继续生存下去。说到底,这是人类生存和发展的一种自调控自组织机制。"义"一旦与"色"携手,性欲就会催生爱情之花。李隆基、杨玉环的华彩绝恋之所以情动后人、传诵至今,就因为它折射出人类生命再生产规律这个必然要求是如何通过多姿多彩的社会生活形态来为自己开辟道路的,哪怕是为帝为王者也不能例外,尽管李、杨之恋的结果并没有直接再生产新的生命,这一事实正好表明了这一规律表现形态的多样性。

唐玄宗在万般无奈下草草迁葬了贵妃之后不久,由于宫廷小人离间他与肃宗的父子关系,被逼迁居甘露殿,实际上被幽禁西内。从此处境每况愈下,心情更加沮丧。终于积郁成疾,带着深深的悔恨于762年5月病逝于西内神龙殿,享年七十有八。

只有到这时,他才得以甩掉一切羁绊,与贵妃自由地舒卷苍穹——历来的文人雅士、市井细民都是这样期待着、希望着、想象着。这是善良的人们给予李、杨绝恋的巨大同情。由是有了贵妃死后方士为玄宗招贵妃之魂的故事,有了贵妃殁后魂魄超升,化为仙姝游于蓬莱的传说,甚至还有杨妃并没死于马嵬,而是逃往海外仙山,逃到了日本的奇闻……

但是,尽管过去了千多年,尽管关于李杨之恋的形象包装已趋于定型,可人们真正读懂杨玉环、李隆基了吗?如果真有灵魂的话,他们死后一定会比翼云天吗?

不知玄宗弥留之际会让怎样的表情凝固在脸上。庞大的帝国，曾经炙手可热的权势，令人侧目的繁华富贵，后宫三千粉黛，——这些身外之物任什么人都是带不走的，对于生命稍纵即逝的人来说都只是过眼烟云。一个人在生命的最后一刻能够带走的只有一份心情，一份深藏心底的挚爱温情。如果他知道世上有一个"她"在他生前死后都会无时无刻不想着他，而他心中也深藏着对她黄泉碧落不相忘的爱，那么他就会伴着这份温馨之情微笑着合上双眼的。玄宗能如此吗？

"天长地久有时尽，此恨绵绵无绝期。"

很可能他们要孤独千年。李隆基对杨玉环恋情的真实性当然毋庸置疑，但是他的两宗罪也不可否认：始乱与终弃。始乱自不待言，说到"终弃"，与外国的奥赛罗真可一比：玄宗迫于政治压力亲自下令将贵妃"赐死"；奥赛罗误信谗言于爱恨交加的狂迷状态中亲手将爱妻掐死。在干这种绝情勾当时，他们两人都处在强大的心理压力和情感冲突之中而不能自拔。不同的是，奥赛罗在明白真相后，原来为情所蔽的人文主义男女平等的思想灵光重现，他以决绝的自裁完成了对爱人的忏悔和自赎。而玄宗一开始就知道真相，却依然置贵妃于死地，从此他要用终生的孤独来作为忏悔的代价。贵妃能原谅、能重新接纳这负心郎吗？

或者，也许国难当头，天妒绝色，天意难违。玄宗何能，当可原谅？

人们真不知道。

人们知道的是，从"汉皇重色思倾国"到"爱江山更爱美人"，一千二百多年过去了，可男人这东西几乎无甚长进，还是对异性趋之若鹜，还是面对美色就好昏头。当然，女人也依然是性感尤物，依然千娇百媚。这世界上正在发生着的生生不息的爱情故事也依然摇曳多姿、精彩纷呈。而玄宗与贵妃的华彩之恋也依旧为人所艳羡，所同情，所传诵，甚至连日本影星山口百惠也要将自己附会于贵妃苗裔了……

2004年4月

那山那庙那人

衡岳纵横，由西南奔驰而来，至星沙骤然而止，于湘江之滨甩出一林木葱茏的处所，这就是岳麓山。此山虽不高，却应了"山不在高，有仙则名"的古话。在它的半腰，有一座麓山寺，这座山寺不像北京香山的碧云寺、杭州灵隐寺、河南五乳峰的少林寺等那样声闻遐迩，但却是我国创建最早的佛寺之一，"汉魏最初名胜，湖湘第一道场"的门联和唐代书圣李邕题写的"麓山寺"碑，正证实了它历史的悠长。而在这儿参禅悟道的，不是候补神仙又是谁呢！

盛夏之际，偕友重游，此时的岳麓山离"万山红遍，层林尽染"尚早，然古木盘空，浓荫蔽日，漫山碧透，连空气也仿佛染成了绿色。我们从与它一江之隔的挥汗如雨进行现代化建设的长沙市区来到这儿，顿觉凉气袭人肌，鸟鸣山更幽。从爱晚亭过枫林桥，沿斗折蛇行的石径上行，就到了麓山寺。二十多年前，当我还是个学童时，不知多少次和小伙伴们来这儿玩耍过，那时，这儿蓬蒿上阶，青苔侵壁，寺垣颓败，兔起鹘落，只有上了年纪的僧尼迈着蹒跚的步子出入其间，一派寒山古寺景象。

而现在，殿前的六朝古松如旧，松后的寺庙却修葺一新，庙中灰积尘封的观音大士像也重现金身，而台阶下原先派作种菜之用的空地则变成了供游人观赏的花圃，至于原先那些老态龙钟的僧人已音容杳杳，代替他们的是年轻的佛门弟子了。就在大慈大悲、普度众生的观音大士金身之侧，一位二十多岁的尼姑正合十参禅，她神态肃然，专心致志，尽管面前游客熙来攘往，笑语喧哗，她却如处无人之境，与咫尺之隔的游客恍若两个世界中人。看她那虔诚的样子，不知为什么，我忽然想起了北京的雍和宫，正是在那里，我们见到了一些身着赭色僧衣，但却戴着电子手表的年轻和尚。他们，她们，我这十几年来走南闯北，所见多矣，而现在，却撩起了我的思绪……

"天下名山僧占多"，此言不谬。在中国，几乎有山便有僧道，他们的踪迹不仅遍布名山胜地，在令人目眩的悬崖绝顶、启人遐想的白云生处、赏心悦目的林泉幽谷，建起了数以千百计的小自仅容一僧栖身的"葫芦庙"，大到可供上千僧众同时修行讲道、规模宏大、金碧辉煌、使人心神飞越的伽蓝，而且峨眉、普陀、五台、九华也因历代高僧、名寺丛集而成为中国佛教的四大名山。至于东岳泰山、南岳衡山、西岳华山、北岳恒山、中岳嵩山，则是道教的圣地，被视作五小洞天。道、释之所以要遁迹深山，固然是为了远离尘嚣，潜心悟道，但也未尝不体现着它独特的审美情趣。在僧侣禁欲主义桎梏着世人心灵的中世纪欧洲，"厌世的心理，幻想的倾向，经常的绝望，对温情的饥渴"以及"烈焰飞腾和万劫不复的地狱的描写，光明的天国与极乐世界的观念"（丹纳：《艺术哲学》），促成了基督教审美趣味的形成，那种哥特式的大教堂危楼高耸，雕花镂空，孤独瘦削，病态似的直指上帝所在的苍穹，教堂内部则"罩着一片冰冷惨淡的阴影，只有从彩色玻璃中透入的光线变作血红的颜色，变作紫石英与黄玉的光彩，成为一团珠光宝气的神秘的火焰，奇异的照明，好像开向天国的窗户"。（同上）神秘，阴森，孤独，压抑，这正是基督教要求的审美效果。而中国的道、释却是讲求宗教的玄南和文人的野趣的，他们将寺、观建在不沾人间烟火的林泉之所，那是多么飘逸、空灵、秀雅，引起的是脱俗超尘的出世之感，使人忘却人世绝扰而来世之想，这同释、道的教义要求是一致的。它同大自然的野趣融合在一起，构成了中国名山胜地独特的景观。

但是，宗教徒主观上想脱俗离尘是一回事，客观上能不能摆脱尘世的干扰和影响又是一回事……

不容否认，宗教徒中不乏怀着坚定信念，将它当作一种真理、一种事业去追求、去献身的人。唐代高僧玄奘为了取得真经，万里间关，西游天竺；鉴真和尚为弘扬佛法，历尽劫波，东渡日本。他们为中国与外国的文化交流、人民友好做出了卓越的贡献。当他们为了实践自己的信仰而甘愿舍弃人生享乐，胼手胝足、摩顶放踵、顽强奋斗时，那精神足以令人动容，他们和中华民族历史上的精英是可以并列而无愧的。

然而具有讽刺意味的是，这不食人间烟火的宗教，却往往成了草莽英雄、江湖叛逆、孤臣孽子、乱世佳人的遁迹之所。如果说《水浒传》中三拳打死郑屠的血性汉子鲁达削发为僧，血溅鸳鸯楼的刚烈男儿武松混迹行者，是虎卧龙藏、英雄待时而起，那么"掩袖工谗，孤媚惑主"的武则天削发为尼，却是野心家在形势不利时的韬晦之计。而一代雄主朱元璋年少时投皇觉寺出家，农民领袖李自成九宫山败绩后入灵泉寺为僧，则一为贫困所迫，借此栖身，一为英雄末路，以了余生。至于封建社会中那些在宦海沉浮中看透尔虞我诈的丑恶世相，挣脱名缰利锁的文人，或是在酷烈的阶级压迫下辗转于生死线上，觉得四大皆空的贫民，则是将空门当作世外桃源，从中寻求精神和肉体的解脱了——宗教在这些人的命运中已经失尽了它的灵光，只不过是一种工具，一种掩体，一种鸦片了。

纵然这些人的命运令人扼腕，使人太息，发人长思，但最使人一洒同情之泪的却是那些被命运驱使到青灯古佛旁度过一生的青年男女。青春是同爱情联系在一起的。爱情意味着生命的孕育，而生命的生产正是马克思讲的维系人类生存和发展的两种生产之一。宗教向往的是天国，寄希望于来世，当然不能容忍尘世间的爱情。所以，它虽然也追求美，但只崇尚使人脱俗超尘的出世之美，却排斥人间的现实之美、生活之美，特别是使其徒动"凡心"的与男女之爱联系在一起的人之美。西方号称教会之父的奥古斯汀说过："肉体的美、光的闪耀……是不会得到神的重视的。"而佛教也有"六欲""九想"之说。所谓"六欲"指的是观照人的六种自然美因素（如肤色美、体态美、风度美、音调美、形象美等）所产生的愉悦之感，它往往是爱情的先导，为了杜绝爱情这俗物，就得用对人体的九种丑的主观想象（如血肉模糊的想象、尸体膨胀的想象、脓烂腐臭的想象等）去攻破"六欲"。不难想见，在这种禁欲主义窒息下，那些青年僧尼的身心会受到怎样的压抑！《红楼梦》里那个色艺俱全的栊翠庵中的"槛外人"妙玉，虽正值豆蔻年华，却要修炼得心如古井，不起微澜。但一个活生生的有血有肉的人，要"一念不生，万缘俱寂"又谈何容易！终于有一次凡心一动，在"貌若春花"的宝玉面前脸红起来，以至晚上虽欲"断除妄想，趋向真如"，可一想起宝玉日间所言"妙公轻易不出禅关，今日何缘下凡一走？"就神不守舍，"一时如万马奔驰，觉得禅床便恍荡起来，身子已不在庵中。便有许多王孙公子，要来娶她，又有些媒婆，扯扯拽拽，扶她上车，自己不肯去。……骂道：'我是有菩萨保佑，你们这些强徒敢要怎么样？'这段描写入木三分地揭示出了怀春女尼内心最深处的隐秘和矛盾——神性与人性的冲突。而在《贵族之家》中，少女丽莎由于纯洁爱情的被扼杀而裹上严实的黑色道袍到一个遥远的修道院当修女去了。八年之后，她昔日的恋人又见到了她，她却神色木然，但是当她紧挨着他走过时，她那"朝他这一边的眼睛的睫毛却几乎不可见地战栗了，她的消瘦的脸面也更低垂了，而她的绕着念珠的、紧握着的手的手指，也互相握持得更紧了……"。惜春曾说："妙玉虽然洁净，毕竟尘缘未断。"丽莎不也是如此吗？这是爱情的悲剧，是罪恶的封建社会造成的悲剧，而宗教所需要的正是这种摒弃人间的爱与美、槁木死灰般的悲剧性人物。难怪丹纳说，在欧洲中世纪禁欲主义支配下，"绘画和雕塑中的人物都是丑的，或是不好看的，往往比例不称，不能存活，几乎老是瘦弱细小的，为了向往来世而苦闷，一动不动地在那里期待，……不宜于活在世界上，并且已经把生命许给天国了。"这就不难理解，在文艺复兴时期，当油画《蒙娜丽莎》中的女性显示出人性蔑视神性的微笑时，人们会那样振奋……可是，她，麓山寺这位年轻的出家人，却与丹纳笔下那些画中人相去甚远，她虽然没有绽出蒙娜丽莎的微笑，但显然是健康而开朗的，那男孩似的纯朴的脸上分明透着女性的秀气。而北京雍和宫的那些小青年，如果不看僧衣只看神态，倒像一群充满青春朝气的大学生。那么，又是什么样的原因使他（她）们步入空门的呢？真想问问。可是，她那肃然的神情止住了我们的好奇心。我们这些凡夫俗子，怎好用俗气十足的问题去打扰这"槛外人"呢？

米萝文存：凡圣之间

然而，当我们登上岳麓山顶的云麓宫，透过四周古木的藏密枝叶远眺时，却生出了一种感想。山下，由近及远是飘带般的湘江，柳叶似的桔洲，阳光灿烂的城市，那里汽车的鸣笛、人流的喧闹、工厂的轰鸣汇成的强大声浪，甚至在这脱俗超尘的"仙界"也隐隐可闻。看来，宗教想超凡脱俗也难。从马克思主义观点看，"一切宗教都不过是支配着人们日常生活的外部力量在人们头脑中的幻想的反映，在这种反映中，人间的力量采取了超人间的力量的形式。"（恩格斯语）就是说，宗教那朵花虽然开放在幻想世界，它的根却是扎在世俗生活的土壤之中，其本身乃是现实的产物。从历史上看，不但俗世的各色人等曾经借宗教的旗帜和建筑为各自的现实目的服务，而且寺庙哪怕建在深山最深处，也避免不了人世变迁风潮的拍击，麓山寺就曾几遭兵火，偌大的建筑物仅余后殿，在"文革"浩劫中，它的信徒甚至被遣散一空。只是到了十一届三中全会后安定团结的太平盛世，有党的宗教政策的保护，它才得以免受干扰，殿宇修葺一新，它的信徒才有了信教的自由。想到这，我们不想再对那些出家人刨根问底了，不管她和他出于什么动机上的山，也不管宗教作为一种社会现象、一种意识形态还要存在多久，从社会主义制度讲却是从根本上也再不会为人所利用。谁也不能强迫人们上山，同样，谁也不会强迫人们下山。但是，既然他们可以自由地走上山，不也可以自由地走下山吗？

美、爱情、幸福和希望毕竟在社会主义的人间！

1985年11月11日

从"长人"到巨人
——孔子:一个人的形象史

一

不管情不情愿,在曲阜孔林孔墓中沉睡了二千多年的孔老夫子到了2006年,注定要再"摩登"一次,让世人再追捧一回——

2006年7月,中国孔子基金会发起组织评选制定孔子标准像。此消息一经发布,立即引起海内外的广泛关注。6月13日,山东(国际)文化产业博览会和中国孔子基金会召开新闻发布会,向海内外正式推出孔子标准像雕塑初稿。对此,世人不仅关注,而且议论纷纭。到了9月23日,即孔子诞辰2556年纪念日前夕,中国孔子基金会在孔子故里山东曲阜向全世界正式发布了孔子标准像定稿。

标准像究竟什么模样?报载:"更加慈祥、宽鼻、阔嘴、浓眉、长髯,国字形脸,眼神也更加温和,是一个具有山东人相貌特征的忠厚长者。"创作此像的负责人说:"我们重点从形象定位和精神气质等方面做了修改完善,更注重体现孔子'仁'和'礼'的思想内涵,表现他的博大儒雅。"

从传媒刊发的照片看,"孔子标准像"也确如上述报道。

原以为一锤定音,孰料言者谆谆,听者藐藐。孔子究竟长什么样,有无必要和可能制作如此一个"标准像"?是谁将造孔子像的"标准"授予制作方的?……围绕这些问题,引发了沸沸扬扬的议论。

笔者倒是从来也没费脑筋去想过孔子到底是什么样,其实这根本就是个无解方程,一个千古之谜。从小到大,在书本、图册、孔庙、碑刻等载体上见过千百年来留传下来的无数个孔子的画像、塑像,这些孔子像自然无一"标准",各不相同,正合了"一千个读者就有一千个哈姆雷特"的审美定则，唯其哪个造型都没标榜为唯一"标准"，所以谁见了也不会太当真，非得刨根究底问一问"像否？"这中间最为人们所熟悉、所接受的大概还得数唐代吴道子画的孔子像，画中，孔子雍容凝重，温厚质朴，拱手而立，腰佩长铗，体现着他一生看重和践行的"礼"与"义"，身着宽袍大袖，的确是"吴带当风"，观之印象深刻。

端详着孔子现在的"标准像"，却让人恍兮惚兮：这个憨厚拙朴的山东老者，就是史学巨匠司马迁礼赞为"高山仰止，景行行止""可谓至圣矣"的孔圣人吗？就是宋代名相赵普对之五体投地，以"半部《论语》可治天下"之语极赞之的孔先师吗？就是那位被历朝历代最高封建统治者供于殿堂之上、尊为"万世帝王师"的"素王"吗？就是那位千百年来一直深入到民间私塾、三尺小童入学时第一个要叩拜的"至圣先师"孔夫子吗？就是那个以四书五经支撑中国传统文化典籍、被定于一尊的儒家学派的祖师爷吗？就是那个以巨大身影投射到中国二千多年历史上留下不灭影响的思想家、教育家吗？……

说来也巧，几乎与孔子标准像发布同时，在号称西方思想文化发源地的希腊，官方于10月24日发布了一幅古希腊哲学大师亚里士多德的半身雕塑照片。这是日前在雅典卫城山脚下发现的古罗马时期的雕塑。亚里士多德是古希腊三大哲学家之一，他与另外两位哲人苏格拉底、柏拉图在思想上有着师承关系，他们三位生活的年代几乎与从孔子到孟子这段时间平行。在希腊官方公布亚里士多德雕像照的前几天，我们中国新闻代表团正在雅典访问。在那三位哲人的故乡，见到他们的雕像复制品自非难事——其实在国内，在有关古希腊的印刷物上早已拜识过多次了。待到回来，将新公布的亚里士多德雕像与早先见过的一比较，尽管角度、表情不一，但绝对就是一个人。古罗马紧接着古希腊。真多亏了古希腊罗马时期那令人或许至今还难以企及的艺术大师，可能就在这些哲学大师们生活的当时，艺术家们神乎其技的魔手就已对之摄魂勾貌，留下他们逼真的形象了。所以两千多年后，我们还能一睹大师们的真实风采。——这里不存在任何"真否""像否"的质疑。

这无疑是亚里士多德比孔子幸运的地方。

不过，也正是在看了亚里士多德那形貌、表情惟妙惟肖的雕像照片之后，我才明白，孔老夫子几千年来尽管化身千亿，仿佛无处不在，实际上却已真身隐去，弥散在千年时空隧道中了。我们捕捉到的，留在印象中的，无非是老夫子生前死后发出的各种信息，在人们想象中形成的形象碎片而已，然而即便是碎片，也达到了"一花一世界，一叶一如来"的境地。

这么看来，还是没有留下真容的孔夫子更神秘、更耐人寻味，更鲜活，也更幸运吧。

难怪在已经有了荧屏美女、时装美女、香车美女、篮球宝贝等"美眉"的当今，又冒出了"国学美女"，且发出了要勾引孔子以发扬国学的热辣宣言！是否在你们的想象中，号称"圣之时者"的孔老夫子已变成翩翩少年郎了呢！

幸耶？非耶？

二

不论在中国历史上，还是在世界历史上，孔子都绝对是老天戛戛乎独造的"唯一"。

那是一位不可复制的逐日夸父般的巨人。

然而在当时,孔子同时代的人既没把他当成"唯一",更没把他当成巨人、伟人而向他顶礼膜拜,尽管他那时已相当地有名气。

俗云:仆人眼里无伟人。同时代人眼中也没有伟人吧?除非有计划、有组织地发动一场造神运动。但在中国古代,所谓巨人、伟人几乎是半神话式的人物,不是活在远古洪荒年代,就是活在传说之中,如尧舜禹和周公这样级数的圣王先贤。而出身贫贱,又几度落魄、常与凡夫俗子厮混的孔子在当时人们心目中却未免平民化、生活化、情绪化了,离现实太近了,偶像化也难。

实际上的孔子,那个二千五百年前活动在齐鲁大地上的古山东汉子,应该是一个身材颀长、体格强健的人。这可证诸其父叔梁纥的威猛,史载叔梁纥是个"以勇力闻诸侯"的"武士",曾在一次攻城战斗中,手托落下的城门,让被困的部队撤出来,避免了重大伤亡。如其主帅孟献子所言:"《诗》所谓:'有力如虎'者也。"还有一次,叔梁纥星夜率三百骑突破敌人重围,将鲁大夫护送出险境。这么一位"有力如虎"、屡建军功的壮士,体格必然健壮,在其63岁上,娶了一位不到20岁的姑娘颜征在为妻,"纥与颜氏女野合而生孔子"——从生理学角度看,健康的基因遗传,悬殊的年龄差距,激情的云雨交合,必将诞育出强壮的新生命。晚孔子数百年的司马迁在拜访了孔子故里,广采史籍和博闻古老传说之后认定,"孔子长九尺有六寸,人皆谓之'长人'而异之",足见在时人眼中,已对孔子这位"长人"另眼相看了。虽然早年"贫且贱",管过仓库和牛羊,壮岁又以布衣而入仕,由中都宰而为司空,由司空而为大司寇,在鲁国动乱的政局和与周边国家复杂艰险的关系中费心竭力地周旋数年之久，未几，迫于时势，又不得不弃官离鲁，为实现自己政治理想而开始了十多年的列国周游，一路上风餐露宿，备尝艰险，"斥乎齐，逐乎宋、卫，困于陈、蔡之间"，好几次命悬一线，但"长人"孔子坚忍地一路走过来了，晚年继续孜孜不倦地从事教育和古籍的编纂，终年72岁。这在平均年龄不过三四十岁的春秋时期，不能不说是少有的高寿了。于此可见其毅力的顽强、体魄的强健。

想到这些，我觉得周游列国时的孔子在外形上颇类鲁迅《理水》中那位舍命治水的大禹：瘦长粗莽，面目黧黑，衣服破旧，即便在旅途中下车小憩，也"并不屈膝而坐，却伸开了两脚……满脚底都是栗子一般的老茧"。干过粗活，又在十多年的艰辛奔波中日晒雨淋饱经风霜，我们的孔夫子如果不是如大禹这样，难道会是细皮嫩肉的白面书生吗？

然无论怎样揣想他的状貌，有一点是肯定的：他的学识、才华、能力一如他的身高，在当时活跃于政坛、学界的诸子百家精英中，都是高出一头、鹤立鸡群的"长人"。

但是，这只是对他外观想象所得的感性印象。一旦这位黑瘦颀长、粗手大脚的长者和他的一大群弟子向我们走近时，我们却会感受到有什么东西拂过我们的灵魂，有什么东西沉到了我们的心底，——他的移动左右着我们的视线，我们不能不注视着他。

那是他几十年育人、从政、治学、求道生涯中形成的博学、睿智、仁厚、爱人的精神境界中散发出的人格魅力之所致。那是老天雪藏已久的千年佳酿，凡是闻到些微酒香的人都会为之迷醉的。

人而不仁，如礼何？人而不仁，如乐何？

吾十有五而志于学，三十而立，四十而不惑，五十而知天命，六十而耳顺，七十而从心所欲，不逾矩。

富与贵，是人之所欲也，不以其道得之，不处也；贫与贱，是人之所恶也，不以其道得之，不去也。

饭疏食，饮水，曲肱而枕之，乐亦在其中矣。不义而富且贵，于我如浮云。

其身正，不令而行，其身不正，虽令不从。

志士仁人，无求生以害仁，有杀身以成仁。

……

这些因《论语》而流传下来的耳熟能详的至理名言，以一种只有孔子时代才能具有的高度凝练高度概括的先秦语言风格，将孔子的"仁""义"精髓、政治理念、人生哲学全盘托出，其微言大义深入浅出，成就了后世那些以注释它为能事的汗牛充栋的高头讲章。

然而，了解、熟知孔子的人，尤其是在鲁国跟他同执政柄的同僚和跟他一道周游列国的弟子们却知道，他们这位"夫子"并非总是"温、良、恭、俭、让"或一味的峨冠博带，道貌岸然，色彩单一，枯槁乏味之人，否则，也就没有《论语》和有关典籍记载中那个如多棱形金刚体般闪烁着异样光彩的孔子了。

他厚重则厚重，仁爱归仁爱，但也有撂脸子、动杀机的时候，诛杀少正卯就是一例。那是在孔子被赏识他的鲁国国君姬宋任命为代理宰相不到3个月之时，孔子处死了一位相当有名望的文化人少正卯。事后宣布少正卯所谓的五大罪状：居心险恶，善于迎合人意；行为邪异，不肯接受劝告；谎言惑众，却标榜全是实话；博闻强记，但所知全是丑事陋闻；自己犯错，却文过饰非。——历史上，这件事，自然是反孔派抓住不放的劣迹，尊孔派则讳莫如深。直到两千多年后的我辈，也仍然百思不得其解，孔子究竟是出于什么心态要下此辣手？难道权力真有如此魔力，能使执掌它的人迷失本性，连圣人也不能幸免乎？！唯一合理的解释是，这位以"克己复礼"为己任的迂直的夫子，好客易逮住用权的机会，岂能不兑现他的施政原则。

其实在此之前姬宋与齐国国君的夹谷之会中，以礼仪专家身份亮相的孔子就曾以"平民轻视国君"的罪名，命鲁国卫士将表演了宫中轻喜剧的齐国男女演员抓到台下断其手足。为了他坚守的"礼"，对艺人尚且如此苛酷，况乃政敌乎！

他不语怪、力、乱、神，但信天命，并且和自己的政治主张、道德品格融为一体，从而充满自信地奔走呼号以实践自己的理想。周游列国时路过宋国，孔子那天正在和弟子们在大树下演练周礼，与孔子闹过纠纷的宋国司马桓魋赶来砍倒大树，追杀孔子，弟子们为老师担心，已是59岁的孔子却认定："天生德于予，桓其如何？！"经过匡地，因孔子长相与荼毒匡民的阳货相若，于是人们将孔子拘禁起来，"弟子惧"，孔子又一次显示出他的自负与自信："文王既没，文不在兹乎？天之将丧斯文也，后死者不得与于斯文也；天之未丧斯文也，匡人其如予何！"其实，天也罢，命也罢，在孔子那儿，不过是一种信仰而已，他并不听天由命或靠天行事，我以为，他只是坚信冥冥之中有一种支持他信奉的理想的神秘力量在，因而能以天下为己任，临难不苟，遇宠不骄。至于当时人十分迷信的鬼神，孔子则持回避态度，而将注意力集中到社会人生的现实问题上。"未能事人，焉能事鬼？""未知生，焉知死？"这实在是一种十分睿智的态度，于中或许能看出孔老先生的几分调侃吧。

　　的确，孔子不乏幽默感，而且是一种和乐观与共的幽默。就在桓魋追杀孔子之时，弟子子贡焦急地四处寻找老师，有人告曰："东门有人，其颡类尧，其项类皋陶，其肩类子产，然自要以下，不及禹三寸，累累若丧家之狗。"子贡将此话转告孔子，孔子竟未动怒，却开怀一笑说："形状，末也。而谓似丧家之狗，然哉！然哉！"承认自己状类丧家之犬，足见孔子此时已狼狈到何等地步。不过，这样级数的名人以狗自况，历史上恐怕还是第一次。这也表明，狗在当时还没背上后世人们加给它的种种恶名，因而人与之并列也不以为是多大的羞辱吧。

　　孔子似乎也不免于凡人的七情六欲，在卫国时，卫灵公夫人南子颇有美色，然为人不羁，又干预国政，名声不佳。却不知出于什么动机，必欲召见孔子。是要向孔名士卖弄风情，还是要在文化人面前炫耀自己的威权？不得而知。"孔子辞谢，不得已而见之。……夫人自帷中再拜，环佩玉声然。"在司马迁笔下，好一幅活色生香的图景，好像他亲眼所见似的。那位后来战死时还要系紧帽带而死的子路对此大为不悦，孔子百口难辩，只好对天起誓："予所否者，天厌之！天厌之！"这一情节，"五四"时期在"打倒孔家店"的大背景下曾被激进学生以《子见南子》之名演于舞台，盖在刺孔之好色也。"文革"中，又被以污言秽语包装起来，以从道德上将孔子搞臭。其实，孔子虽圣却也是人，在当时投奔卫国的情势下，既然"寡小君愿见"，又请之再三，总不能佯装没听见吧？也不能太没绅士风度吧？

　　依我辈俗人心性，倒宁愿孔子真的是对南子的美感到赏心悦目，甚至怦然心动，"美眉"嘛！"目之于色也，有同美焉。"这是"亚圣"孟轲说的。"吾未见好德如好色者也。"这可是孔老夫子自己说的。经过夏商周三代先儒们对人性的思考，至孔子已是深知人性之二重性了。此处之"色"当为"美色"而非"色相"也。现代儒家张中行援引西哲之言说：面对美人而不心动，对不起上帝——这倒像是对孔孟之言的注脚。不然，一个对美色（包括异性美）无动于衷的人，人们有理由怀疑，此公要么是生理不健全，要么是矫情，再不就是假道学，而非孔夫子也。

然而，诛少正卯也罢，子见南子也罢，对于孔子的历史评价，对于孔子这个博大精深的"人"而言，又算得了什么呢？同是在世界名人排行榜上傲视尘寰的歌德、爱因斯坦等文学巨匠、科学泰斗，也皆非一尘不染的圣人。他们和孔子一样，是巨人，但非完人，更绝非小人。他们的种种不足和缺失在只见一斑、不及其余的庸人看来，是有犯天条、罪无可逭的。"鹰有时飞得比鸡低，鸡却永远也飞不到鹰高。"——列宁曾引用过的这句话用之于孔子非常贴切。孔子的思想之"鹰"究竟能飞到什么样的精神高度，请读读他关于大同社会、小康社会的论述即可了然：

……大道之行也，天下为公，选贤与能，讲信修睦。故人不独亲其亲，不独子其子，使老有所终，壮有所用，幼有所长，矜、寡、孤、独、废疾者皆有所养。男有分，女有归。货恶其弃于地也，不必藏于己；力恶其不出于身也，不必为己。是故谋闭而不兴，盗窃乱贼而不作，故外户而不闭，是谓大同。今大道既隐，天下为家，各亲其亲，各子其子，货力为己，大人世及以为礼，城郭沟池以为固，礼义以为纪，以正君臣，以笃父子，以睦兄弟，以和夫妇，以设制度，以立田里，以贤勇知，以功为己。故谋用是作，而兵由此起。禹、汤、文武、成王、周公由此其选也。此六君子者，未有不谨于礼者也。以着其义，以考其信，着有过，刑仁讲让，示民有常，如有不由此者，在执者

去，众以为殃。是谓小康。（《礼记·礼运》）

　　世人往往称道美国二百年前的独立宣言，高度评价它提出的人权平等、社会公平等社会原则，于法国大革命时期的人权宣言亦然。以为理想社会的基本原则于此尽矣。然而两千多年前孔子憧憬的大同世界、小康社会，所展现出的那种和谐社会的美好图景，却是孔子对中国上古社会生活的理想化总结和概括，其饱含激情和道德评价，千载之下读之犹令人怦然心动。它为古往今来人类所共同向往和追求，在中外历代先进思想家包括18世纪空想社会主义关于理想社会的论述中都可看到它的影子。甚至在读马克思恩格斯关于共产主义社会的论述时都会油然联想起孔子的大同世界构想。这里的差别只在空想还是科学，愿望还是实践。作为一种美好崇高的政治目标，孔子关于大同世界的和谐图景，产生了广泛深远的影响，二千多年来让无数志士仁人热血沸腾，前仆后继地去追寻、去为之奋斗。它的一些范畴至今仍为我们所乐道、所践行。至于"见利思义，见危授命""三人行，必有吾师""德不孤，必有邻""吾日三省吾身""见贤思齐""学而不厌，诲人不倦"等妙言警语，在《论语》等典籍中直如碎金散玉，字字珠玑，随处可见，流光溢彩。其精义至理百世不殆，让我辈常常惊叹于孔子何以在那时就达到了如此的思想高度和巨大思想容量。

　　我常想，我们现代人往往挟现代科技和社会财富而骄矜，蔑视古人，大大低估了古人的智慧，想当然地以为，在那样蛮荒粗陋的时代，人们智性初开，能有什么深刻的思想、超卓的能力。其实，除了必须随生产力高度发展才能产生和形成的现代科技知识外，当年古人以其近乎通灵的澄明头脑，已将天、地、人之间的奥秘想了个透，将人性看了个透。以致两千多年来无数人思索过的问题在深度和高度上都难超过前贤。真如歌德所说："这个世界现在太老了。几千年来，那么多的重要人物已经生活过、思考过，现在可找到和可说的新东西已经不多了。"我们今天之所以终于超越了古人，乃是因为我们是站在孔子这类古代思想巨人的肩上。

这样一位孔子，同古希腊的哲学三杰一样，无疑是各自奥林帕斯神山上的大神宙斯。

颜回，这位孔子最为称赏的弟子，后人推为"七十二贤人"之首的"复圣"，在谈到他们老师时曾如此动情地说：

仰之弥高，钻之弥坚。瞻之在前，忽焉在后。夫子循循然善诱人，博我以文，约我以礼，欲罢不能，既竭吾才，如有所立卓尔。虽欲从之，末由也已。

越是仰望他，就越是觉得他高；越是钻研他，就越是感到他深。你不能简单地、片面地、静止地来把握他，他或是在前导引，或是在后助力，或是在旁启蒙，他是那么丰富多姿，其思想和人格魅力会整个地笼罩着你……这就是弟子心目中的孔子，大哉高哉智哉的孔子。

那么，别人怎么看？

后人怎么看？

历史怎么看？

三

公元前479年夏历二月，已是72岁高龄的孔子病重。他是在前484年秋结束长达十四年之久的列国之行回到父母之邦鲁国的。晚年的孔子倦鸟归林，不再奢望老天会给他一个手握权柄一展宏图实现其政治人文理想的机会了，于是重操教书育人之旧业，学生多达三千；同时作《春秋》，删《诗》，赞《易》，序《书》。这些本应列入国家重点工程的大事，皆由孔子一人完成。此时的孔子，已入垂暮之年，除了偶尔还能在鲁国都城曲阜的街头巷里见到他或独自一人，或三五弟子跟随踽踽于道略显佝偻的高大身影外，就只能在杏林办学之所和编修典籍的居室看到他日渐衰老下去的华发苍颜了。然而命运的箭石接踵而至：孔子70岁时，独子孔鲤先他而逝；接着，西狩获麟旋即被杀，这在孔子看来意味着天下无道；未几，孔子最器重的学生颜回不幸早死；不久，跟随孔子最久的弟子子路又在卫国的一场内乱中战死……沉重的劳作和连串的精神打击彻底损毁了孔子的身心健康。当跟随他多年的子贡来看他时，他已预感到大限将至，长叹自歌曰："泰山其颓乎！梁木其坏乎！哲人其萎乎？"

"泰山其颓乎"，想都可以想见那真是自然界一个可怕的灾难性的事件，它震天撼地的巨响要很久才能消失，它引发的地质地貌、生态环境的改变却马上会开始，并为人们所感知……

"哲人其萎"呢？它会激起什么样的社会反应？

一切历史遗产的价值、作用、地位、意义，均视其满足当代需要的程度，由此也决定了它的当代面貌。孔子已经消逝，作为他和他的形象的历史即由此正式展开。

自孔子去世到秦一统中国的二百余年间，天下大乱，秦楚燕齐韩赵魏七国争雄，逐鹿中原，伴随着纷飞的战火，列国关系处在纷繁复杂的变动之中，在政治、经济、外交各个领域相互较量，一个大变革、大动荡的时代来临。思想文化领域呈现出"诸子蜂起""百家争鸣"的活跃局面，其中以儒、道、墨、名、法等五家学派为最著，儒学虽因了孔子及其后人、门生的努力而居显学之首，但因为儒家推崇的以仁为根本的旨在恢复西周鼎盛时期有序状态的礼治主张和改良社会的思路并不符合当时各国当权者攻城略地、吞并对方的迫切政治军事需要，不能成为他们攫取利益的灵丹妙药；同时，当时可供选择的思想武器五花八门，各派游说之士投怀送抱、登门献技者日众，而孔氏子孙却多恪遵"有道则见，无道则隐"的祖训，对当时各国统治者采取了一种若即若离的隔膜态度，所以儒学虽为先秦诸子学说之首，在当时却并未一家坐大。此时的孔子虽广受尊崇，却也只不过是一派学说的精神领袖，是"人"而不是"圣"，更不是"神"。他的学派、他的后人甚至还出现了他生前始料不及的变故。秦一统天下之后不久，秦始皇听从宰相李斯之言，以个别儒生的言论和不合作态度为由头，实行了焚书坑儒的惊天酷政，儒家和儒学遭到了初创二百余年以来最沉重的打击。以致在秦末大起义的怒潮中，孔子的第九代嫡孙，当时名气颇大的大儒孔鲋竟带着家传的祭器和礼器，投身于陈胜领导的农民起义军中，并被尊为博士、太傅。

一种温和的学派，竟被最高统治者目为乱政之说而用血腥手段予以镇压；一个旨在用"仁"学改良社会的家族竟出了一位参与用暴力"犯上作乱"造反行动的儒生。掌握历史话语权的时代风云就是这样书写当代史，为孔子及其学派塑造形象的。

夫子在天，作何感言？

然而到了汉代，一个在某种意义上决定了孔子及其学说历史命运的大人物终于应运而生了，识货的大买家终于出场了，孔子学说的价值也终于被看到了。由于自春秋战国至秦末的数百年战乱，社会经济遭到严重破坏。汉初天下复归于一，统治者要坐稳位子，就必须恢复生产，稳定封建秩序。至武帝刘彻时，经文景之治，社会财富充盈，而阶级矛盾加剧，迫切需要从政治上、经济上和思想文化上进一步强化专制主义中央集权制度。而儒家的春秋大一统思想、仁义思想与和谐君臣吏民关系的伦理观念对于统治者而言岂非"正合吾意"！于是，在汉高祖刘邦"行自淮南还。过鲁，以太牢祠孔子"，"此帝王祀孔子之始也。"开历代帝王崇儒祭孔之先河后不久，至汉武帝朝，被誉为"千古雄才"的刘彻采纳了大儒董仲舒"罢黜百家，独尊儒术"的建议，将儒学钦定为国家主流意识形态。

汉武帝、董仲舒们的这一举措还真是"顺天应民"的大手笔，它首先是巩固了自己的统治，使汉朝成为中国历史上寿命最长的第一王朝。这里的秘密在于：孔子学说中的民本爱民和群臣等级思想，对于封建王朝既有支撑、巩固、维护的作用，又有一定的规范、制约之效。揆诸二十四史，就某种意义而言，遵从还是违背儒家民生民本思想原则成了一个王朝寿命长短的重要因素。史家认为，汉朝四百年命脉全系于尊儒崇孔。此说不无道理。而那些颠覆孔子民本思想的王朝，实则也就颠覆了自己，没有不短命的。

儒家理论从此与帝王意志、国家权力结为一体，孔子则成为其人格化身，从此被抬上了神坛。经过孔子门生、后人一代又一代的努力，经过孟子、荀子、董仲舒、朱熹、王守仁、王夫之等历代大儒的修正、调整和发展，儒学和孔老夫子在不同时代都有了与之相适应的形式和形象，而为当时的统治者所需要、所接受，传承不绝。而每朝每代不管是打天下还是治天下的军事枭雄、政治强人则都会不约而同地去从儒学及其经典中汲取智慧和力量。据传，宋初，人言宰相赵普所读仅只《论语》而已。一日太宗问赵普此说确否。赵普答曰："臣平生所知，诚不出此，昔以其半辅太祖定天下，今欲以其半辅陛下致太平。"时人云，赵普其示例每决大事，启观书，乃《论语》也。（宋·罗大经《鹤林玉露》卷七）由此可见孔子、儒学、《论语》在中国古代士人和统治者心目中的显赫地位。是故，在中国这片古老的土地上，二千多年来，一个接一个的王朝前仆后起，一茬接一茬的帝王纷至沓来，不管是大一统的汉唐宋元明清，还是分裂时的魏晋南北朝、五代十国；也不论是汉人统治者君临华夏，还是少数民族入主中原，尽管政坛上纷纷扰扰、熙熙攘攘、波诡云谲、腥风血雨、君面千变、帝座百迁，唯独儒学作为"国学"的正统主导地位不变，孔子的"帝师"身份不变，孔子故里山东曲阜作为"圣地"的朝拜之所不变，历代帝王"朝圣""祭孔"的传统不变。孔子的封号自西汉武帝时"为汉制法"的"素王"始，经历朝历代不断加封，由"师"而"王"，由"圣"而"神"，至清顺治年间定称为"大成至圣文宣先师"，追赠"万世师表"的封号。

一个生前风尘仆仆、四处奔走呼号的孔子终于被抬到了吓人的高度，只要你到曲阜孔庙大成殿或全国任何孔庙去看看，众多端坐在神坛上的孔子哪一个不是手执玉笏，头戴冲天冠，身着华衮，金面肃然！已无一丝人间烟火气，岂止是超凡入圣，实则是由圣成神了。

当我如此粗枝大叶地缕述中国历代封建王朝尊孔崇儒的历史时，不止一次想起马克思150多年前说的这一名言："一切已死的先辈们的传统，像梦魇一样纠缠着活人的头脑。当人们好像只是在忙于改造自己和周围的事物并创造前所未闻的事物时，……他们战战兢兢地请出亡灵来给他们以帮助，借用它们的名字、战斗口号和衣服，以便穿着这种久受崇敬的服装，用这种借来的语言，演出世界历史的新场面。"我觉得马克思关于"他们战战兢兢地请出亡灵来给他们以帮助"的论断，揭秘了人类历史、人类社会的一个普遍现象，远不止于资产阶级登台了。中国历朝历代的尊孔史就是一部不断请出孔夫子的亡灵，利用他的儒术来巩固自己统治、维持社会有序状态的历史，是一部将孔子塑造成"圣"与"神"的历史，也是一部随着形势发展，根据当时王朝的需要，不断让孔子的思想和形象"当代"化的历史。

孔府、孔庙、孔林、孔墓的连续性，就是孔子的思想和形象不断被"当代"化的编年史，它正反映了中国历史的连续性，又反作用强化了历史的这种连续性。

孔子，"圣之时者也"！

四

在我的老家，岳麓山脚下，紧靠岳麓书院，有一圈红墙围裹着一座耸然而立的覆盖着黄绿相间琉璃瓦的古老建筑物。这是一座孔庙。不知何年何月始，它成了一所小学的校舍。我的童年启蒙就是在这儿完成的。那当年想必供奉着至圣先师文宣王神位的大成殿被隔成了几个教室，天天书声琅琅，下课则笑语喧哗，那是我们这帮少不更事的孩子们的乐园。只有每天上学时看到石门旁立着的"文武官员到此下马"的拴马桩，才会朦胧意识到这儿的旧主人曾享有至尊至贵的地位。不过也仅此一想而已，这儿留给所有学生的永远是温馨。

几十年后的现在想来，被搞得那样森严可畏、连官员们都要"到此下马"的文王庙，原来一旦装进新内容，也是可以这样令人亲近的。

其实这正是孔子及其学说的另一面，即平民化的"草根"一面。虽然曾一度官居大司寇之尊，在当时鲁国官场和列国政界也算是个风云人物，但你要孔子不草根都不行。据说孔子血统高贵，因为在其后人编修的《孔子世家谱》上，孔子的四十七世祖竟然是中华民族的始祖之一黄帝，而四十三世祖契则是殷商的始封祖。这身世够显赫的吧！自此一路下来，各世祖均为政界头面人物，直到六世祖孔父嘉因参与宋国国君废立之事被杀，导致抄家没产、祸及家族，其后人才被迫去国离乡，避祸鲁国，这一门显贵自此家道衰落。其后孔子的五代祖先（包括其父叔梁纥）在鲁国或为家臣，或为地方小官，再无腾达之时。

培养一个贵族也许需要经过三代人的积淀。但毁掉一个贵族之家却一击足矣。即便孔子血液中真有黄帝一脉的DNA贵胄因子，那也远远敌不过现实社会中平民生活对一个人的影响。孔子三岁时其父叔梁纥去世，其母颜征在携孔子居于鲁都曲阜的阙里，完全融入周围的平民生活当中。其间上过一段平民学校，15岁后可能迫于生计而不得不一边自学，一边干活，即孔子自谓"吾少也贱，故多能鄙事"，曾为人"委吏"，即管理仓库，又为人"乘田"，即管理牛羊，在当时上层人士看来这个姓孔名丘的年轻人尽管文质彬彬，但已与"贵族"八竿子打不着了，充其量不过是一个识文断字的乡巴佬罢了。

"孔子要经，季氏飨士，孔子与往。阳虎绌曰：'季氏飨士，非敢飨子也。'孔子由是退。"如果说孔子少时的贫贱还未使他充分而清醒地明白自己在现实社会中的角色定位的话，那么在他16岁那年，当他自以为出身士而欣然赴鲁国执政之卿季武子招待士的宴会时，季氏家臣阳虎却将他拦住不让进:"季氏宴请的是士,不是请你!"这对孔子不啻当头棒喝,后人可以想见这位高个子年轻人当时的尴尬。可以这么认为,这句侮辱性的话对孔子一生都会产生影响:一方面是激励孔子出仕从政,以便实现他在政治上的宏图大志,其中就包含着将人都当人看待的理念;另方面是烙上磨灭不掉的草根情结。孔子30岁时开始聚徒设教,面向社会底层办私学,实行"有教无类"的办学方针,就是草根情结的一个证明。后来孔子"鲁乱奔齐",途经泰山时,"有妇人哭于墓者而哀"。孔子命子路去问何故,妇人说:"昔者吾舅死于虎,吾夫又死焉,今吾子又死焉。"孔子问:"何为不去也?"答曰:"无苛政。"孔子由是大发慨叹:"小子识之,苛政猛于虎。"——"苛政猛于虎",五字掷地有声,浓缩了自有政治以来人民大众对苛政暴政的痛苦感受,对一切为政者具有振聋发聩、暮鼓晨钟的警示作用。其深刻性、经典性足令众多煌煌辩言黯然失色。没有那份平民情怀,没有一颗仁者之心,没有长期对草根生活的真实体察,断乎难出此言!而在家乡生活于父老乡亲们中间的孔子性格温和恭贤、平易近人,说话不多("孔子于乡,恂恂如也,似不能言者。"《论语·乡党》)。这样一个在平民生活中长大的孔子,一个在周游列国羁旅中阅尽人间疾苦的孔子,一个常怀草根之忧的孔子,对普通人的生命价值自然比只顾争权夺利的当权者有更多人文关怀,并把这种关爱通过教育如春风化雨般洒播到人心中去。

考诸孔子一生,除青少年时期为生计所迫边自学边干活,50岁后一度短暂从政,之后周游列国十余年之外,他将生命的大部分章节都献给了教育,特别是人生中的黄金季节壮年和收获季节晚年。即便是十余年的列国行,虽然政治色彩浓烈,但也是以一种别开生面的行教方式进行的——

在二千多年前的风尘弥漫的中原大地上，在沟通列国的交错迂回的古道上，不管是骄阳裂土的岁月还是风雨如晦的日子，行人们经常能见到一位五六十岁的老者，或车或行，身前身后总是围绕、跟随着一大帮弟子，他们个个难掩风尘之色，对老者则恭谨有加，因为这是他们尊敬的夫子，他们愿意一辈子追随的师长孔子。设若在下当年也曾忝列门墙，聊附骥尾，那么除了能亲眼看见孔子与各国政要论政、议经、谈文的博学多智的风采外，更经常地、大量的是在路途上亲聆夫子与众弟子或有感而发，或随机即兴的问教、授业、辩难了，在那种场合，孔子往往一反在官场议政时的严肃、高古，而更像一位和蔼可亲、彬彬有礼又不失尊严的导师，态度依然是"诲人不倦""知无不言"，方法照样是"举一反三""循循善诱"，颇像现代导师之带研。思想处于最自由无羁的激活状态。孔子的博识广闻、睿智多思，此时表现得淋漓尽致。《论语》中许多思想精邃、妙语如珠的章节如"为政以德，譬如北辰，居其所而众星共之""其身正、不令而行""自古皆有死，民无信不立""道不同，不相为谋""一张一弛，文武之道也""三人行，必有我师焉"等等就是出自此时。咳唾成珠玉，吐纳皆文章，此之谓也乎！

公问孔子于子路，子路不对。子曰："女奚不曰'其为人也，发愤忘食，乐以忘忧，不知老之将至'云尔。"

这应当是孔子当时的真实写照。温和而不失威严，庄重而又安详（"子温而厉，威而不猛，恭而安"），居则设帐授徒，行则随机解惑，治国宏谋、人生哲理，均娓娓道来，诲人不倦，学生如坐春风，心神俱怡。孔子的这种教师形象在民间较之那个在森严庙堂中的"百世帝师""文宣王"自然更为人们所亲近、所接受、所熟悉。作为私学的开创者，在以后的千年社会生活中，几乎凡私塾都挂孔子画像，设孔子牌位，学生入学均要对孔子牌位行礼致敬。即使没有孔子牌位，也会像当年少年鲁迅那样，"对着那匾和鹿行礼。第一次算是拜孔子，第二次算是拜先生。"（《从百草园到三味书屋》）孔子的平民形象深入人心，"子曰诗云"之类人们耳熟能详。至今还记得儿时时常听见父母叔伯说："孔夫子讲哩……"或是"孔夫子周游列国时……"那语气在幼时的我们听来犹如援引家族中某位受人尊敬的长者的教诲，我似乎可以嗅到那位老人家身上熟悉的气味。

中国当代的一位伟人在被问及其"亲密战友"给他奉上的四个"伟大"时，他说：讨嫌，只保留"导师"一说，其他的都去掉。想必于今有人问起孔夫子他头上那些历代冠上的高得吓人的尊号时，他或许会说，把那些劳什子都摘掉，只要"教师"这一称号吧！

五

一切历史都是当代史。

孔子的死，正如他的生一样，尽管在朝野产生了影响，引起了关注，但也仅此而已。谁也没有，谁也不能估量、猜测到这个人身后会产生什么样的影响，他的学说能否生存下去，会遭遇什么命运。就连孔子自己在去世前不久都曾浩叹："吾道不行矣，吾何以自见于后世哉！"

历史事实是，孔子之"道"不仅大"行"于后世，而且在历朝历代朝野双方的合力作用下，经二千余年的历练，他本人也由当年芸芸众生中的"长人"长成了人类历史上、精神文化上的巨人。其故里曲阜孔林中绵延七十余代二千余年的孔氏墓地，见证了这个人影响历史的巨大能量，在中国乃至世界历史上都是空前绝后的文化奇观。尤为引人注目的是，改革开放以来，孔子及其学说愈来愈受到正面的、积极的、科学的评价，形成了一股研究、出版、宣讲中国文化和儒家经典的热潮，外电报道："中国的'孔子热潮'体现了'中国式发展模式的自信。……孔子在中国已完全'复活'，并兴起了传统文化潮，这是不争的事实。任何社会现象都反映了该社会成员的思想，从这一点看孔子的'复活'是绝不容轻视的变化。"今年6月外电报道："截至本月1日（孔子学院）已经达到了156所，遍布54个国家和地区。"光美国就有十几所。说孔子当今又在世界范围内"周游列国"似不为过。

这一次孔子是真正走下神坛，走向普罗大众，走向世界的现代之旅。跟随他的当然有七十二贤人乃至三千弟子，但更多、更大范围的当代粉丝们也加入了这个儒学的现代之旅。

孔子及其开创的儒家学说已历二千余年，这个他曾经生活过、奔走过、呼号过的世界早已天地翻覆，世事全非。经过这么漫长岁月的磨损，再坚挺的砖石建筑物如金字塔、长城等也会风雨剥蚀，再辉煌璀璨的金属器皿如金王冠、青铜鼎也会锈迹斑斑，最终将凋零湮灭，为何身为"百世帝师"的孔子在世人心目中却始终金刚不坏，为何曾经跟历代封建王朝结下不解之缘的儒家学说能将其根须一直延伸到今天，以致不死不灭？如果说，历代王朝是因为孔子学说能维护以等级制度和纲常秩序为核心内容的封建统治而需要它、尊崇它，那么，在封建社会已终结近百年，人们对封建残余深恶痛绝的现代社会，在经历了"打倒孔家店"的"五四运动"和"批孔批儒"的"文革"后的今天，在网络博客、手机短信、超级女声、

NBA联赛等时尚风靡世界的张扬个性的时代，孔夫子凭什么会重新被人们从历史的深处推向现实的前台？

这个秘密还得从孔子及其学说本身去探寻。

樊迟问仁。子曰："爱人"。

当二千四五百年前的某一天，孔子如此回答弟子的问题时，其内心也许波澜不起，从容淡定。因为对于"仁"的精义，孔子思考多年已烂熟于心，"爱人"几成其下意识了。然而他当时肯定没意识到，这似乎脱口而出的两个字，就如"苛政猛于虎"的激愤之词一样，会给千秋后世的芸芸众生以怎样的启示和震撼。

"仁者爱人"是孔子学说中最可贵的民主性精华，"仁"是其思想的主要范畴，也是孔子的独造。所谓"爱人""泛爱众"的仁心仁术，就是要求统治者把人当人看，把平民即"草根"们当作与自己一样的人来看待。孔子将这种仁心仁术作为政治和道德的基础，诉诸政治就是行仁政（"修己以安人""修己以安百姓""博施于民而能济众"），诉诸个人就是做仁人（"己所不欲，勿施于人""己欲立而立人，己欲达而达人"）。做人为政达到极致，天下就会臻于理想的天下为公的大同社会。这是中国儒家民本思想的源头，其后从孟子的"民为贵，社稷次之，君为轻"，荀子的"天之生民，非为君也；天之立君，以为民也"，到黄宗羲的"向使无君"，"盖天下之治乱，不在一姓之兴亡，而在万民之忧乐"的民本民主思想，皆滥觞于此。

在孔子博大的胸怀中，人的生命获得了极高的价值和尊重。这在视奴隶如草芥、杀人如屠猪狗的当时，无异于阴霾中的一声春雷。在孔子看来，一切财物都比不上人的生命可贵。马厩失火，他不问马而问人。他反对当时传之已久的人殉制度，即使用俑殉他也痛心疾首，斥之曰"俑者不仁"，诅咒"始作俑者，其无后乎？为其像人而用之也。"不要说是中国史，就是查诸世界史，在二千多年前奴隶制向封建制嬗变的血火年代，有什么思想家、政治家对漠视人的生命、亵渎人的尊严如此深感痛绝？思想能如此超前？

真该衷心感谢孔子。因为有了他，一些具有普世意义的人类社会中的永恒主题那么早就被提出、被确立。即如关于对生命的顾念和尊重，对人的价值的发现和考量这样的问题，让中国人早在二千多年前就开始萌生出对生命的敬畏之心，也让志士仁人、专家学者思考了二千多年。"人命关天""救人一命，胜造七级浮屠"这类市井箴言、江湖俗语都看得出它的投影；而且还有不少具有罕见超前性的进步思想和命题，在经历了漫长的历史淘漉后愈见其生命光辉，令我们这些现代人心动。

如关于人与自然关系的哲学思考。《周易》中的"天人合一"思想认为，人是天地生成，应与自然界和谐相处。而《周易》正是孔子极感兴趣并加整理的上古典籍之一。"孔子晚而喜《易》……读《易》，韦编三绝。"《周易》这个思想也直接体现在孔子的言行中。他说：人是"天之所生，地之所养"，而人"断一树，杀一兽，不以其时，非孝也"。就是讲，虽然人类为了生存，不能不伐木猎兽，但是这种维持人类生存的活动也必须遵循自然界生物生长发育的规律，若果违背规律贸然行事，那就像对父母不孝一样是对大自然的不尊重。这种思想，经孔子传人孟子等的发展，形成了中国关于宇宙万物发生和相互作用而构成系统整体的阴阳学说，与现代生态学完全吻合。也是其仁学仁心的延伸吧。

又如以德治国、"德主刑辅"的理念。"子曰：'为政以德，譬如北辰，居其所而众星共之。"强调以道德教化来治理国家，是孔子一贯的思想。孔子认为："道之以政，齐之以刑，民免而无耻；道之以德，齐之以礼，有耻且格"。刑法虽必不可少，但道德教化的范围更宽泛，作用更根本，可以从约束行为到净化心灵。所以孔子自己虽然曾一度官居鲁国大司寇，掌管鲁国司法、刑狱和社会治安，但他并不一味唯刑。"听狱必师断"，多听各方意见，再做决断，颇有点民主作风。在他任上有一件记载下来的事例："有父子讼者，孔子拘之，三月不别，其父请止，孔子舍之。"父告子不孝，三月之后，孔子赦免了其子。此事引起季氏不悦，言孔子欺己："（子）语予曰，为国家必以孝，今杀一人以戮不孝，又舍之。"孔子闻之慨然叹曰："呜呼！上失之，下杀之，其可乎？不教其民，而听其狱，杀不辜也。"孔子之意谓行孝当以教化为本，教化不行，独行杀戮，无异滥杀无辜。这是孔子以德治国"德主刑辅"理念的具体体现。而现代西方法律制度中关于证人作证义务特免权的规定，有的（如亲属间作证义务的特免权）竟然可以到孔子那儿去找依据。面对社会的种种矛盾冲突，儒家追求"无讼"的最高境界，主张"德主刑辅"的轻刑政策。孔子认为，父为子隐，子为父隐，直在其中。即是说，作为刚正不阿的法律，也应该包含人文关怀，应当尊重父子间的血缘亲情，免除直系亲属间作证的义务。当然，作证义务的免除并不等于允许包庇犯罪行为，而仅仅是免除在审判阶段作证的义务。此事虽小，但同样映现出孔子仁学的超前性和人性的光辉。

再如"有教无类"的教育思想体系。这是孔子一生中对人类最伟大的贡献，也是被尊为"万世师表"的根本原因。办私学，实行"有教无类"的办学方针，仅凭这一点，孔子就足以成为中国历史上颠覆贵族教育制度，第一个使教育面向平民、面向社会的大功臣。虽说是潮流所至，然孔子的勇气和超前眼光仍使今天的我们为之钦佩——在某种意义上说，我们今天仍然是这种教育理念的受益者。和谐社会的丰厚内涵中，理所当然地就包括了教育均衡教育公正的原则。"学而不厌，诲人不倦""举一反三""温故知新""三人行，必有我师焉""知之为知之，不知为不知""见贤思齐"等等这些今天我们记忆犹新、朗朗上口的妙言警论，体现着孔子倡行的教学原则和教学方法，具有江河可废，此论不磨，放诸四海，概莫能外的超时代、超国度、超种族的普世意义。

毫无疑问，不论孔子个人如何具有人格魅力，其学说怎样超前，儒学作为一种萌生于从奴隶制向封建制嬗变历史时期，又贯穿于二千多年封建社会的"国学"，其历史局限性自不待言，其中的封建糟粕也理应扬弃。近代、现代的批评者指斥儒学对中国封建社会的超强稳定、科学技术和生产力发展的缓慢停滞等等起了负面作用，因而在走向现代化的今天应予排斥。但是需要提请世人注意的是，虽然我们在走向现代化，但我们的历史传统没变，文化背景没变，而儒学正是构成这传统和背景的重要元素，如果我们的历史和文化根本就是排外、泥古的，是自闭、僵化的，那么中国的现代化进程就不可能实现；而事实是，改革开放以来，外来的理念、机制、资金、技术、人才等之所以能在中国现代化进程中产生效果、发挥作用，就是因为我们拥有一种能包容、适应这一切的历史传统和文化背景。这也正是中国软实力的一个证明，也是今日儒学复兴和孔子学院办到世界去的题中之意。中国崛起不仅是经济的，更是文化的，在这种崛起中就有孔子提出的那些普世的理念，如"和""和谐"等范畴。中国领导人提出的"和谐社会""和谐世界"命题，是在当今崭新历史条件下，根据中国和世界的现实状况，对孔子和儒学这种理念的发展和创新，在国内国外产生了广泛的影响。法国国际问题专家皮卡尔称："我个人很喜欢和谐这个词，和谐概念包含在孔子思想和中国传统理念内，不过同时也具有现代意义，因为和谐承载着深刻的价值理念，意味着对强权逻辑说不。"而德国学者则认为，中国领导人提出的建立"和谐世界"的构想最终能够成为人类共享的理念和理想。

看到洞明世事、练达人情、聪明绝顶的孔夫子那么早就能把握住未来世界存在的真谛，我们只能说"OK！"了。

有趣的是，当孔子花费十四年时间，领着一群破衣烂衫的弟子一个一个地叩开列国之门，兜售他的政治主张时，总是不由得使人联想起现今的招聘、应聘、解聘。孔子跟国君政要们谈政论经说文，意见合则留，不合则走，你炒我鱿鱼，我也炒你鱿鱼没商量，虽说一路上"夫子再逐于鲁，削迹于卫，伐树于宋，穷于商周，围于陈蔡，杀夫子者无罪，藉夫子者无禁"（《庄子·让王》），备历艰辛苦楚，但至少留去自由。从这点看，孔子当是中国古代最早最大的打工者。而孔子之所以会辗转这么多国家，就是因为他"克己复礼"的社会改良方案，不合时宜地照顾到平民阶层的利益，注定为代表贵族利益的各国执国柄者所不容。孔子的这个政治主张实际上以其民本思想和礼治体系为当时正在萌动的封建制度的雄起和延续奠定了基本原则，当时没落的贵族集团又怎么能赏识！

现在看来，这些列国君主们还真是做了件好事，就因为他们没重用孔子，让孔子套上政治的小夹板在官场沉浮并终老是乡，才使中华民族有了思想文化巨人孔夫子；中国历史乃至世界历史上少了一个有他不多、无他不少的官员，整个人类却有幸直到今天仍然可以欣赏到古代东方文明那次辉煌日出的瑰丽。据说，历史有时会走错房间，因而出现意想不到的突变。孔子本想走进政界官场，最后却滑落于学界。这一不小心之错，终使他永垂于青史。

时代抛弃了他。历史选择了他。

六

在中国历史上，孔子可谓独步千载。

在世界历史上，也罕有可比肩者。

古希腊哲学三杰苏格拉底、柏拉图、亚里士多德庶几可比之。苏格拉底在哲学上改变了以前哲学关于万物形态的本原观，把人类对万物统一性的认识提高到了一般与个别、本质与现象的高度，是人类认识史上的一次飞跃。在政治上他主张专家治国论，反对民主选举。苏格拉底一生没有留下任何著作，在这一点上与孔子相似。但孔子殁后其门人弟子辑录他的言行编撰成《论语》，与《诗》《书》《礼》《易》等典籍，一并成为中国漫长封建社会中知识分子的经典。这却是苏氏所无法比拟的。柏拉图则不同，他著作等身，传世有《辩证篇》《理想国》等等，其哲学体系的核心是理念论，即物质世界之外还有一个非物质的理念世界，前者是不真实的，后者才是真实的，这是典型的唯心主义。柏拉图和孔子憧憬理想的大同社会一样，崇尚他心目中的理想国家，认为国家就是放大了的个人，个人则是缩小了的国家等等。因其一整套政治、哲学建树，柏氏成了学院派的开山鼻祖。其后的亚里士多德更是古希腊哲学之集大成者，他本着"吾爱吾师，吾更爱真理"的精神，抛弃了柏拉图的许多唯心论观点，认为物质世界是客观存在的、永恒的。同时他和孔子一样,又是一位大教育家,首次提出对学生要进行"智育、德育、体育"三位一体的教育。苏、柏、亚三氏构成了古希腊哲学的主体,奠定了西方哲学的基础,其对后世影响之大,足以成为西方文明发展的源头。

去年,随中国新闻代表团访问希腊,在雅典卫城上,听说山下有一个石洞,曾是当年拘押苏氏的处所。我从卫城山下去寻找,终因语言不通而失其所在,可谓擦肩而过。晚上,在可以遥望被炬光照耀得一片通明的卫城帕得侬神庙遗址的下榻宾馆里,大厅悠扬动听的钢琴声如爱琴海夜涛一波又一波涌入耳鼓,我又想起了孔子。我曾到过孔子周游列国时路过的山东永城,听当地人说,那里有一个孔子当年避雨的"避雨亭",也是一个岩洞,可惜时间仓促未能前往一探究竟。想想,如果去了,站在两千多年前孔子及其弟子曾经待过的同一处所,可能会有时间在此凝冻、沧桑于此压缩的"山中方七日,世上已千年"之感慨吧。

然而仔细一想,尽管孔子和苏、柏、亚三氏对东方和西方文明分别产生了巨大而深远的影响,二者之间还是有区别的。苏、柏、亚三氏前后师承,他们的历史作用因这学业上承上启下、不断发展的师生关系而更彰显。这么说来,谈到儒学,至少也应将孔子最杰出的继承人"亚圣"孟子放进来。一般而言,谈古希腊哲学主要就是谈苏氏师徒三杰,而谈孔孟之道也就是谈儒学。二者之间的不同在于:孔孟儒家是一种更重现实、重民生、重实践的学说,对治国之道、个人修养和人性哲学的研究更甚于哲学范畴的抽象,而苏氏三雄代表的古希腊哲学却尤长于完整哲学体系的构建,精于思辨之道。所以,儒学一方面被历代封建王朝供奉于庙堂,千年香火不绝,另方面又透进百代草根的思想灵魂,成为构建中国人文化人格、心理模式的重要元素。而苏氏三雄的哲学殿堂则为西方一代又一代思想家提供了思想原料和哲学工具，西方中世纪文艺复兴运动所要"复兴"的正是古希腊人文科学的精神。但唯其是精神思辨的巍巍殿堂，云山雾罩般，既与当权者有所疏隔，又超越于一般百姓的智趣，所以它在民间和当代社会的影响远远不如孔孟儒学。

在雅典，有一处当年雅典学院的遗址遗迹，它象征着古希腊哲学那高高在上、似乎不食人间烟火的精神抽象品格。除此之外，在民间似乎再难找到与苏氏等有联系的事物。而在中国，山东曲阜的孔庙、孔府、孔林横贯二千余年沧桑而不毁，全国各地文庙遍布，以至于孔子学院今日走向世界，这是世界文明史上独一无二的文化景观、文化现象。

斯人逝矣，时不再来。

但是我们的目光依然会一百次、一百零一次恋恋不舍地转向、投向产生了孔子的那个时代。

孔子及其学说越是热炒于当代，我们越是有感于他遭冷遇的古代。

以孔孟生活的年代看，大致在公元前551—289年，正当春秋战国之时；苏氏三杰则生活在公元前469—322年。与孔孟年代相重叠。为什么在几乎同一时期的中古时代，在这相去万里的两个不同国度，在社会生产力还十分低下、物质生活尚相当粗陋的当时，会产生影响东西方文明发展走向的思想界的东方圣人和西方巨子？德国作家兹尔格·齐特劳就注意到了这个问题，他在《自从有了哲学家》一书的前言中说："大约是在耶稣诞生前六到五个世纪，许多大的思想体系和对世界的诠释就露出了端倪——而且是在世界范围内。比如，远东的孔夫子、释迦牟尼和老子，我们西方的泰勒斯、毕达哥拉斯和赫拉克利特。为什么恰恰是这个时期出现了诠释世界的潮流，我们只能猜测。其中的一个重要的原因，肯定是生活状况的变化。"他归纳出两条：有充足的思考时间；有充分的言论自由。

然而紧接而来的问题是，思考的时间、言论的自由并非那个时期所独有，历史表明，从古至今，不少时代都可能出现这样的条件，为何别的时代产生不出孔子和苏门三杰这样顶尖的思想文化巨人？

人们其实忽视了老翁叔梁纥和少女颜征在野合的时代象征意义。

当盘古万年的历史沉积与榛莱初辟的人化自然阴阳相拥时；当新兴阶级登台呐喊的前卫伴奏与没落贵族的末世欢歌激情PK时；当社会生产力还没发展到以分工的精雕细琢使人成为分工的奴隶，一些卓拔之士得以免受分工所带来的局限、使人片面化的负面影响，从而获得成为完人的那种性格上的完整和坚强，知性智性全面发展时；当中国历史从混沌的史前史状态走向夏、商、周"三代"，而先秦思想家在总结三代历史的基础上认识到人是具有善恶二重性的类本质相同的历史主体，从而实现人类精神觉醒的思想新飞跃时，那么，在这样的经典时刻，带着人类纯真童年时代超常发展印记，"童言无忌"式直透事物本质真相的百科全书式的巨人就会横空出世。这是些和神话同时现世的，具有永不复返社会阶段的独特魅力，不可再现，但却横亘历史、光照千年的人物。

论者说得对，中国全部古代文化乃至中国人的人格心理无不深深打着孔子及儒家的烙印。不仅如此，在人类历史上，唯一没有中断过的以儒家文化为基础的中华文明之影响，不仅深刻影响了国人的精神，超越了时代，而且超越了国界，它构成了包括日本、朝鲜等国家在内的东方文明的基本内涵。直到如今，新加坡还在用儒家文化治国教民。而十七至十八世纪思想启蒙运动兴起的欧洲，孔子及崇尚理性思辨、以道德为本的儒学对当时的思想界产生了很大影响。德国著名哲学家莱布尼茨说过："我整天沉醉于孔子这位中国哲学之王的著作中，巴黎今年刚刚出版了他的著作。"另一位德国学者克里森·沃尔夫甚至由于他"过于推崇"孔子学说而被他所任教的大学解职。被尊为启蒙时代"百科全书学派"首席哲学家的狄德罗称颂孔子为哲学圣人，高度评价《论语》中的"道德警句"比欧洲的"超验哲学和经验哲学要高明得多"。思想巨人伏尔泰则说他根据中国元代戏曲《赵氏孤儿》改编的戏剧《中国孤儿》是"孔夫子思想的戏剧化表现"。他认为，"对于人类来说，没有比孔夫子更有价值的立德者了。"而德国经济学家奎奈则被其门生尊为"欧洲的孔夫子"。这种影响一直延续到今天。不少西方国家的政治家、企业家在制定其策略和现代管理概念时，都喜欢从儒家那里取经探宝并获成功。正如20世纪80年代世界诺贝尔奖获得者在巴黎会议上宣言所说："人类要在21世纪生存下去，必须回首两千年前，去吸取孔子的智慧。"

有新锐人士力捧当今某红女星，说"一个×××，比一万本孔子都有效果。所以要像重视孔子一样重视×××，中国文化才有未来。"又有时尚人士激情澎湃地指出："孔子不是很伟大吗，×××也是中国人的代表啊，……我们也要尊重她，崇拜她，好歹中国人就这么一张脸让人家记住了……"云云。不否认×××们的过人之处和成功之道。但让人记住她"一张脸"又能怎样呢？被全世界更多人记住"一张脸"的女星灿若群星，嘉宝、泰勒、梦露……数不胜数，但伊们能与古希腊三杰、文艺复兴三杰、华盛顿、林肯等比肩吗？至于只有重视×××，"中国文化才有未来"，更是让人匪夷所思。如果一定要有一比的话，那么，孔子及其学说有若博大汪洋的沧海，而×××则只是"沧海一粟"。

所以，在外国学者、作家编写的诸如《影响人类历史进程的100名人排行榜》、评说人类有史以来38位大师的《自从有了哲学家》等著作中，没有留下"一张脸"真容的孔子和古希腊哲学三杰均名列其中且荣居前列。而在"影响中国历史100事件""影响世界历史100事件"等书中，孔子及儒家学说的创立都是必不可少要大书特书的历史事件。这远比谁的脸被老外记住更重要。

孔子的"脸"即孔子的人格形象，永远在历史的定格中，在广袤的人心里。

我们现在再次回过头来遥望孔子那既朦胧又清晰的形象。在封建帝王的庙堂里，泥塑木胎、道貌岸然的孔子尊捋帝王，了无生气却又阴沉威压、古老沧桑，"百世帝师"的名头恰如其分地彰显着他对维护封建统治的作用及地位。在民间社会、江湖草民中，有教无类、循循善诱、警言粲齿、哲理入心的孔夫子则一派长者风范，亲切淳厚，睿智过人，言行堪为表率，有着鲜活的生命力。而在人类历史上，在我们这个星球上曾诞生过的总数达两百亿之多的人口中，孔子是仍然存活在人们记忆中的、在过去几千年中对社会进程起过巨大作用、至今影响不灭的百十精英中走在最前面的几位思想巨人之一。

毋庸置疑，孔子留给我们的印象不论多么鲜活，其人其事早已消逝于古久历史烟尘的深处。可是，他分明又没有死，在我们生活周围到处都感受到他的影子和气息。当我们收回遥望历史上孔夫子背影的目光向前眺望时，宽袍大袖的他老先生竟然又在我们前面扬尘跋涉，这位"生活在公元前5世纪的21世纪哲人"，仍在娓娓告诉我们人生的许多箴言和智慧……

瞻之在前，忽焉在后。

说不尽的孔夫子哟。

古老又时髦的孔夫子！

2007年1月至6月

千 岁 忧

一

人生不满百，常怀千岁忧。

记不得这是哪朝哪代哪人的诗了。但是脑中印象颇深。可能是它将短暂的人生和超越生命局限的悠长思绪以一种深藏不露的忧伤糅合在一起，唤起了你的生命体验了吧。

不知道作者是谁，也想不起全诗的状貌，这也好，等于是将这两句诗独立成章而不受某时某地某人语境的限制，因而有了概括总结人类某种共同心理状态的普世意义。

千岁忧，忧什么？人生可忧可思之事繁多，一般及身而止，即便是儒家最推崇的治国平天下之君国大事，亦不能外，更别提江湖上的爱恨情仇，官场中的功名利禄了。而能称得上是"千岁忧"者，必定是突破了个体"正在进行时"的有限态，进入到对身前身后心内心外事的无限探求中，而产生的所忧所思。

想来想去，关于这"不满百"的短暂人生的意义，关于"人"集结成"类"的人类的前世来生的走向和命运应当是"千岁忧"之最重要的内涵，想必也是千百年来最能引起共鸣的话题。

先说说那些超越个体生命的局限，着眼人类与宇宙关系的宏思伟想吧。那么"呵壁问天"的三闾大夫屈原绝对是个先行者。在其不朽之作《天问》中，屈夫子劈头就对天地开辟、宇宙生成等重大问题发出质疑："曰遂古之初，谁传道之？上下未形，何由考之？"接着就对山川、地理、日月星辰等一系列自然现象设疑问难，然后诗人由大自然转入对天命人事的诘问。他以一百七十多个关于天地万物、古往今来的诗情叩问，展现出一个突破"自我"个体的狭隘天地，置身于无穷宇宙空间和奔流不返历史进程中的哲人形象，诗篇中混沌初开的宇宙意识和历史情思迫人眉睫。

历史的发展必然伴随着人的认识能力的提高，社会生活中各种矛盾、各种问题的层层积累，又必然加剧着人的忧思。由屈原发其端的宇宙意识、愤世忧思在潜移默化地浸润着一代代学人的灵台，人们思考的空间和领域愈益拓展，不光是一己人生，甚至人类的由来和未来走向也进入先人的视野了。尽管关于人类本原的哲学思考、艺术咏叹代不乏人，佳什华章层波叠涌，然气象阔大的唐代诗人毕竟出手不凡。面对着江边那轮高悬了亿万斯年为人司空见惯的月亮，年轻诗人张若虚却独出奇思，在其"以孤篇压倒全唐"的《春江花月夜》一诗中，一个带根本性的"天问"撼人心扉：

春江潮水连海平，海上明月共潮生。……江畔何人初见月？江月何年初照人？人生代代无穷已，江月年年只相似。不知江月待何人，但见长江送流水。……

诗人在这里用华彩诗句，从天地大处着眼，激情叩问人类的本原："江畔何人初见月？"古老的长江和洪荒未开的月亮，早在人类出现之前就已存在了，那么，最早看到月亮的人和被月亮第一次照到的人，不就是人类的始祖吗？这个人类始祖是何时出现的？他、他们又是谁？自从有了生人，世世代代生生不息，一茬一茬的人消逝了，一拨一拨的人又产生了，而江上之月世世代代皆无变化。这样，有限和无穷、短促与永恒的强烈对比，生发出诗人和读者对人生短暂、人类何来的诗意咏叹与哲理思考：那一轮江月年年岁岁孤悬天宇，脉脉发光，似有"不见不散"之意，它是在等待谁呢？而见到的却只有滚滚流逝的江水。如滚滚流逝的江水一样的人类，未来又将会走向何处呢？难怪闻一多认为此诗"神秘而又亲切，如梦境的晤谈，有的是强烈的宇宙意识，被宇宙意识升华过的强烈爱情……"所谓的"宇宙意识"就是诗人在诗中叩问宇宙与人类最初始源头的那种哲学性的、带有终极意义的思考。

古人、前人在当时历史条件下对人类由来的充满诗意怅惘的哲学猜想，今天的"分子遗传学"却给出了令人震惊的科学结论。

自19世纪以来，进化论者和考古科学就架构完成了"人类进化多元起源论"的理论。它用在世界各地大量发现的人类进化的化石证明，人类起源发端于距今400万—100万年的南方古猿，距今300年—200万年时出现了与南猿有别且能制造简单工具的早期猿人能人，此后出现了距今100年—20万年的包括北京猿人、爪哇猿人在内的直立人。而在距今25—4万年时段的旧石器时代中期，出现了以能制造精细工具著称的早期智人，如马坝人、丁林人。这以后就是距今约4万年的如法国克鲁马农人、中国周口店的山顶洞人的晚期智人。现代人就是由智人发展而来的。但传统的"多地区起源说"认为由智人到现代人并非单线承袭,而是各自独立起源的。即是说,张若虚所追寻的那个在长江之滨最早望月的人,其祖先是在中国长江流域由当地直立人进化而来的东亚智人,而被泰晤士河上之月最早照到的人,其祖先则是生活在欧洲的直立人即智人,如是等等。这意味着人类起始有多个或N个源头,每个源头都有自己的始祖。此即"地区连续性"的进化模式。我想,即便唐时的张若虚根本不知道晚他千百年之后会有什么"多地区起源说",也不知道"江畔何人初见月"的"何人"究系何人,但饱受中国传统文化熏陶的他,以至今天的你我他,潜意识中肯定是要上溯到三皇五帝之前去追寻这位"初见月"之先民了。

然而,"分子遗传学"却石破天惊地告诉我们,北京人、山顶洞人等并非中国人的祖先,更别说三皇五帝了,——在长江之滨"初望月"的那最早的一茬中国人,竟然是从万里之外的非洲迁徙而来的,就是说,中国人的祖先始于非洲,不仅此也,今天世界上不同种族和肤色的人都始于一个共同的非洲祖先!

这个天方夜谭式的玩笑开大了吗?遗传学家用线粒体DNA和Y染色体的基因遗传理论和技术,以大量实测数据确认,生活在十五万年前古非洲的一个女人(所谓的"线粒体夏娃")和近6万年前的一个男人(所谓的"亚当")竟然就是地球人的曾祖母和曾祖父。唯其有了他们,其子孙后代才散布到世界各地。虽然这个理论目前还没得到各界的全体认同,但线粒体DNA和Y染色体中记录着的"非洲起源说"的人类来路历程,正在越来越有力地撼动着传统的"多地区起源说"。

……

在没有真正探究张若虚提出的人类最初始祖的真面之前,《春江花月夜》给我带来的的确是诗意升华了的宇宙意识,现在,则唤起了我们沉重庄严的历史感,从邈远的非洲始祖夏娃和亚当,直到现在遍布环球的六十四亿现代人,既使人感受到了作为人类整体生命力的坚韧绵长和DNA的神奇,又使我们对在这漫漫人类史上已经消逝和正在凋萎的个体生命生发出"无边落木萧萧下,不尽长江滚滚来"的浩叹和惆怅,不得不重来审视我们自身——这个有一天也终会流失的生命。的的确确,有了"江畔何人初见月,江月何年初照人"的科学答案,搞清了人类何来的源头,并不能全面概括人们"千岁忧"的全部内涵,也不能缓解人类个体对生死恐惧的历史性焦虑,更不能替代人对生命的本质、"活着"的终极意义和人生最高境界的苦苦探求。

二

《列子》中有一个"杞人忧天"的故事:"杞国有人忧天地崩坠,身亡所寄废寝食者。"这个被列子创造出来的"杞人",二千多年来一直被定性为庸人自扰的愚人。实际上,他应该是位"常怀千岁忧"的智者才对。

自从有了"初见月"的生民,千万年以来,人就栖身在坚实的大地上,日月高悬,天育万物,已是人类的思维定式。尽管中国上古神话中有"天陷东南"之说,那也是共公怒触不周山造成的,何况女娲又炼石将其补缺。杞人有何理由"忧天地崩坠,身亡所寄"?

其实,杞人有一千个一万个理由。且不说"人生不满百",生命如昙花一现般短暂,而这短短的生命,又随时随地会成批量地毁于天灾人祸。五亿年前的小行星撞击地球造成第五次生命大灭绝是杞人不可能知道的

"天崩"，但他应该知道先秦时代兵连祸结、天灾地害造成的生命劫难，数百年生灵涂炭而积淀起来的忧愤，促使列子创造出杞人这一形象，以一浇胸中块垒。杞人之忧，不过是那个时代智者对天灾人祸巨大威压下生命卑微渺小脆弱而又无能为力命运的慨叹的忧思反映。

而在我们今人眼前，逝去的生命还少吗？1976年和2008年的唐山、汶川地震，瞬间就是几万、几十万生命消失。

人生何以这么脆弱、这么短促？老天创造生命这种奇迹，就是为了让它短暂地绽放，又突然熄灭？世上万事万物都比不上生命的精致、复杂、奇妙、高级（人类发展到今天，几乎是无所不能了，即使如此，高科技仍然仿制不了生命），这种至今连高科技也创造不出来的珍物，竟又是那样无情地被一只看不见的手像农夫割麦般成片成茬地毁灭，连同这生命所承载的深邃思考、宏图大计、爱恨情仇、遗憾怅惘……及对生的渴望。

人就不能不死吗？如果一定会死去，那么老天造人究竟为了什么？在这个大千世界中，昙花一现的短暂生命究竟要被赋予什么意义，活着才有价值？它该怎么被历史定格？怎样才能自觉不负此生而不留或少留些遗恨？

三

生命究为何物？人为何物？

生命是蛋白体的存在方式，这种存在方式本质上就在于这些蛋白体的化学组成部分的不断的自我更新。这是恩格斯说的，显然是对19世纪生命科学理论的总结和概括。生命是一种"化学过程"的说法迄今仍流行。

又有科学家指出，基因是自然选择的单元，而进化的动力是基因本质上具有的自我复制的倾向。所谓生命，不过是基因复制的载体。云云。

而据说斯蒂芬·霍金则认为，所有的生命、包括人类，都仅仅是天体物理上可忽略的"化学渣滓"。

这些说法都过于专业、抽象，过于冷冰冰了。岂如17世纪法国天才思想家帕斯卡的表述来得形象，富于人情味："人不过是一根芦苇，是自然界最柔弱的东西。但他是一根能思维的芦苇。"

之所以伤情，就在于生命如芦苇之脆弱易折。

之所以忧虑，就在于这芦苇有了思维。

有了思维，就有了自我意识，就有了对死的焦虑，正如法国文豪马尔罗所说："人是唯一知道自己会死亡的动物。"

"生命中最确定的事情是，我们都会死亡，最不确定的则是，死亡将于何时降临。"

死不可避免，又不知何时来临，这就是人们，特别是不甘碌碌无为，而想尽力充实人生以求功业精神不朽的那些人为之焦躁忧惧的关键。

"对酒当歌，人生几何？譬如朝露，去日苦多。慨当以慷，忧思难忘。何以解忧？唯有杜康。……山不厌高，海不厌深。周公吐哺，天下归心。"想想枭雄如曹孟德，位极人臣，挟天子以令诸侯，一生东征西讨，统一了半个中国，因此时年岁已高，而吴、蜀未平，"周公吐哺，天下归心"的一统宏图恐难在有生之年实现，而发出如此悲啸，就可知其对人生短促的忧思之深。

桓公北伐，经金城，见前为琅邪时种柳，皆已十围，慨然曰："木犹如此，人何以堪！"攀枝执条，泫然流泪。

《世说新语》记载的这则故事之所以大大有名，我以为十之八九是桓温道出了一切欲建功业于天地间以求不朽而又深惧"时不我待"的英雄豪杰的共同心态，后人无不可借桓公之酒杯，以浇自己心中之块垒也。

正是这种实现生命价值最大化、以求功业精神不朽的心理驱动，成就了古今中外无数仁人志士、英雄豪杰、哲人先贤的似火人生。

当然，也有如庄子、刘伶、东坡这样的"达者""解人"。

信奉"其生也天行，其死也物化"之理的庄子，妻死，竟鼓盆而歌。好友惠施怪其乖情。庄子却洋洋洒洒说了一大篇话：

不然。是其始也，我独何能无慨然！察其始而本无生；非徒无生也，而本无形；非徒无形也，而本无气。杂乎芒芴之间，变而有气，气变而有形，形变而有生，今又变而之死。是相与为春秋冬夏四时行也。人且偃然寝于巨室，而我噭噭然随而哭之，自以为不通乎命，故止也。

庄子真是高。一记形气互变之说，就让生死大限化为虚无，他也从悲痛中得到了解脱。晋名士刘伶使鹿载酒，终日酣醉，"醉后何妨死便埋"的行为，则是在当时政治高压下从无路处找出路，以一死百了摆脱忧愤。至于"哀吾生之须臾，羡长江之无穷"的苏学士，则悟出了人生"寄蜉蝣于天地，渺沧海之一粟"的生命至理，而要将人生三千烦恼丝一刀了断，尽情享受"江上之清风，山间之明月"的大自然恩赐，这也是对生死焦虑的一种大超脱吧。

四

其实，作为生物界循环不已、生生不息的关键环节，死亡，以及对它的解读、诠释、态度、作为，和由此生发的千般形态万样情思，既是哲学思考的无尽命题,更是审美范畴中一朵怒放的带有某种邪异神秘气息和醉人味道因而令人痴迷不已的伤花。然而,广大人群乃至整个人类世世代代关于生命意义、人生境界的不断探求又不断被新的问题所困扰而产生的个体性或集体性的焦灼、忧虑,却不是一部分人或少数人对人生价值诠释与实现所能置换的。芸芸众生中的每一分子——不论活得滋润还是活得无聊,是活得有为还是活得平庸,是活得高贵还是活得低贱,是活得幸福还是活得痛苦——实际上都会自觉或不自觉地期盼他有限的一生活得"有意义""值得""不白活""不枉此生"。可事实无情,仿佛上苍将人造出来,就是要让他受苦受难似的,用种种烦恼、困难、痛苦、绝望来折磨他,"在冰水中浸三次,在沸水中煮三次",让他一生往往事与愿违:想轰轰烈烈的碌碌终生;想浪漫潇洒的平淡乏味;想发财致富的一贫如洗;想平平安安的一生坎坷;想大有作为的一事无成,如此等等。战国时代的庄子梦见一个髑髅对他解说"死":"死,无君于上,无臣于下,亦无四时之事,从然以天地为春秋,虽南面王乐,不能过也。"庄子不信,欲想法将髑髅起死回生,髑髅听了却眉头紧锁:"吾安能弃南面王乐而复为人间之劳乎!"这个寓言表明,早在二千多年前,人们对人生的苦痛、苦恼,已达到了怎样的深度!以致厌世情绪、末日情调时时蛊惑人心,种种将幸福寄存于天国或来世的宗教并没有因现代科技、文化的高度昌明而销声匿迹,恰恰相反,在生活节奏日益加快、自然灾害因人类对地球生态的严重破坏而频仍发生、社会灾难因利益冲突而此起彼伏、人们的生老病死愈发难加把握的现在,宗教和迷信甚至更加风行天下。

现代混沌理论之父爱德华·洛伦茨指出,小影响能导致大变化。他举例说,巴西一只蝴蝶扇动翅膀,改变了空气的持续流动方式,最后可能会在得克萨斯州引发龙卷风。这就是著名的"蝴蝶效应"说。当代世界经济和科学文化的发展，使个人对社会、对群体、对现代文明的依赖从未有过地加大，人们已无法将自己从所处物质和文化环境中择出来，如陶渊明、鲁滨孙们一样独善其身，因为人一离开他置身其间的生活环境，生活方式就将无所适从，这已遍布人踪的世界早已不是桃花源或人迹不到的海滩了。这种无所不在的依赖性因"蝴蝶效应"成百成千倍地放大，更何况这"蝴蝶"已衍变成类似伊拉克战争、厄尔尼诺飓风、汶川地震、金融海啸、全球天气变暖这样的天灾人祸，它们所掀起的"龙卷风"，会通过传媒、网络、商业渠道、市场一时地或持久地影响着几乎每一个人的思想理念、工作方式、生活状况。物价上涨，使你买车、买房的计划难以实现，甚至每日餐桌上的菜份都在缩水，这不能不影响你的生活质量和幸福指数；经济萎缩导致缩编、裁员、失业、就业难，你的未来人生前景难卜，你不能不焦躁不安；网上公布的虐猫虐狗事件会让动物保护主义者及一切有爱心者感到愤怒；地球变暖，海平面上升，有机、无机资源日见稀缺，这一切会让你为人类未来的命运揪心……

由此看来，个人生命的意义、生命境界，同社会群体，同整个人类社会的生存环境、生存状态是密不可分的。作为人类个体，独立地考量个人生命的价值和生存方式已毫无意义。个人对人生意义的焦灼和求索越来越离不开人类整体的现存状况、存在价值和未来命运、未来走向——于是，我们的话题不得不回到与前文"人类何来"紧相关联的问题：人类向何处去？

五

这个问题,从来没有像现在这样迫切需要回答。

不管人类是多地区进化而来,还是单线进化而来,就宇宙而言,人类的诞生纯粹是一种偶然——只要想想,科学家们费了那么多时间,用了那么大力气,在宇宙中搜寻外星生命的痕迹,迄今一无收获,更别提人这样的高级生命了。即就地球生命进化而言,如果那只冥冥中造物的"上帝之手"改变任何一个程序,又或是遭遇行星撞击地球导致包括人在内的物种大灭绝,那么生物界就完全是另一番景象。已经有人在合理想象这样的图景了。《没有我们的世界》一书作者艾伦·韦斯曼假设了人类"突然消亡"的原因:

邪恶的病毒令人类遭受灭顶之灾,而其他生物毫发无损;仇恨人类的奇才攻击了人类区别于大猩猩的那3.9%的独特DNA,或是使绝招使人类无法产生精子,也有可能是耶稣或外星人将人类带走关在宇宙中某个动物园里。……

如果大自然中剩下的事物和我们的同胞生物突然摆脱了人类所给予的无情压力,它们会有什么样反应呢?多久之后,大自然才能收复失地,抹去我们曾经生活在这里的所有痕迹?它将如何吞噬我们庞大的城市和公共设施,如何将不计其数的塑料制品和有毒的人工合成材料转化成良性的基本元素呢?……

艾伦·韦斯曼在他的书中告诉我们,大自然对待人类留下的、造成的种种不同痕迹和破坏,要花数百年、数千年,甚至上万年才能达到没有人类以前的原始生态平衡,而二氧化碳的含量要达到史前水平则大约要十万年左右。即使这样,有些已经被人类无情毁灭了的物种再也不会重现。

当然,问题的症结不在人类诞生是偶然还是必然,而在于人类存活在地球上,其意义和价值如何?这个问题的答案要看以什么尺度来衡量。艾伦·韦斯曼所描述的图景或许有利于我们对"尺度"的理解。

18世纪德国浪漫主义大诗人席勒在其《艺术家们》一诗中热情礼赞：

人啊，你多美！你执着棕榈枝，

屹立在十八世纪的终端，

你高贵、自豪、勇敢、刚强，

……

你是自然的主人，它甘心受你驱使，

你在千万次斗争中锻炼了你的力量，

是你使自然从荒芜杂乱一变而为绚丽辉煌！

这种对人和人的力量的赞美，就是对人类在地球上生存意义和价值的肯定。而这种肯定，又是以人为中心，以人为尺度的，"你是自然的主人"。关于"尺度"的概念，早在古希腊时期就已使用了。奴隶主民主派思想家普罗塔哥拉就提出了"人是万物的尺度"这一著名命题。另一位大哲学家苏格拉底则提出"思维的人是万物的尺度"。尽管二者之间存在着如列宁所指出的"微妙的差别"，但都是将人视为君临万物的统治者，以人的观念、需要、利益、是非、美丑作为衡量、评判万物的唯一标尺。这杆无形的标尺在中国古代"天地之所贵者，人也""天生万物，唯人为贵"（不管当时有何进步意义）的观念中也同样存在。按照这个尺度行动，人类为了生存和发展所做的一切事情，如开辟田畴、毁坏林木、挪移水系、抛置有害物品、建造钢筋水泥森林、倾泻炮火、大量虐杀非人生命等等，就都是合理合法的，还被席勒赞美为"是你使自然从荒芜杂乱一变而为绚丽辉煌"！殊不知"荒芜杂乱"才是自然的合理原生态，而所谓的"绚丽辉煌"则是人类未经造物（包括上帝）许可，也不征求其他地球生命的意见，一厢情愿自作主张、独断独行创造出来的一切和毁灭掉的一切，其中包括艾伦·苇斯曼在《假如人类消失》中推测的要花若干万年才能复原的地球生态平衡。

如果说，"人是万物的尺度"这个理念的提出和践行，带着历史的局限，受当时人们对世界认知水平的制约，对于人类的生存和发展曾经起过无可估量的作用，那么在今天看来，再要无条件地运用这一尺度，事情就会走到它的反面。

人固然是万物之灵，但人首先是大自然之子。科学证明，早在人类始祖亚当、夏娃出现之前，大自然就已经衍化出地球生态系统中的全部物质要素，就是这些物质，按照自然规律相互作用、转化、循环，构成了地球上各种生物之间、生物与非生物之间、人类生命与非人类生命之间相互依存的关系，形成了一个各个物种、各种关系不可或缺的完整生态系统。换言之，人类既是这种生态系统的产物，其生存发展的每一步都离不开这个生态系统。人这种唯一的现代智能人种，也是一种归属于脊索动物的、脊椎动物亚门、哺乳纲、真兽亚纲、灵长目、类人猿亚目的动物，就生命本身而言，他与所有非人生命在生存权利上都应是平等的。事实上，自有生命以来，其他生命从来没有向人类索取过什么，它们没有人类也能独立地生存、演化，甚至生活得更好，而人类之能存活到今天，却是一步也离不开其他非生命物质和非人生命，他是靠如恒河沙数般天文数字都难以计量的非人生命（动物和植物）的牺牲才有了自己的血肉和灵魂的。

西班牙《趣味》月刊去年刊载一篇"地球末日时，怎样到来"的文章，这样写道：

人类从未停止繁衍的脚步，按照目前的增长速度，到2100年全球人口将达500亿。人口达到多少就能把地球上所有的东西都吃光？科学家计算表明，如果保持目前的趋势，要达到这样一个数字只需要3500年，与此同时，如果土地退化保持目前的速度，或者其他一些预测成为事实，这一天还会提前到来。

这绝非危言耸听。最近，英国《新科学家》杂志刊发一组专家文章，痛心疾首地指出：当前全球经济的规模，正在接近这个星球所能承受的极限。海洋被掏空了游鱼；森林因肆意采伐而面积大幅缩减；大气中污染物和温室气体的水平不断上升。又发出警告：只要经济体制继续建立在追逐增长高于一切的基础上，我们就会走向环境和经济灾难；只要经济继续建立在盲目增长的基础上，无论个人抑或集体的环保行为对于拯救地球脆弱的生物圈都无济于事。人类已经成为地球上数量最为庞大的哺乳动物，正在引发一场前所未有的物种灭绝危机。更有学者指出，当人类尚是狩猎采集者时，他们留下的生态足迹是非常狭小的。但随着技术因素的增加，人类开始大规模聚居，资源消耗逐渐超过环境所能承受的限度。结果，文明一再地趋于崩溃。不过，以前遇到难处，人们可以易地而居——那也就是人类始祖亚当、夏娃的子孙们走出非洲的原因。但今天，亚当、夏娃的子孙已经漫山遍野，而将地球撑得人满为患，生存空间日益缩小，生存环境日渐恶化的人们还能逃往何处？！

那么，现在还是将来，当地球资源消耗殆尽，当人们的疯狂举动行将毁灭地球，那时，人类将向何去？出路何在？"探究太空"的选项会令你妄称高科技能让我们摆脱任何困境，所以不必担心，而这一点恰恰是错误的。不受限制的资源只是一种痴人之梦，我们永远也无法实现。实际上，人类是一种依赖于生物圈的生物。"失去了与我们性命攸关的地球生物圈，人类将无所逃遁于天地之间！即使遥远的未来，高度发达的科学技术能够将人类送往别的星球，但是看着那颗被抛弃的已千疮百孔的成为死星的地球，又情何以堪！一位作者说得极其中肯和沉痛："人类将是唯一一种被自己折腾死的物种，而其死亡，还会让整个生物圈为之殉葬。到那时，最后一个地球人登高一望，必会发出'后无来者'的悲鸣！"

难道这仅仅是预言吗？还能断然否认人类这一大劫与"人是万物的尺度"的理念与实践无关吗？现在谁还能嘲笑那个杞人，说"杞国无事忧天倾"？

想想人类亲手酿成的巨大恶果，面对人类未来可能遭遇的劫运，人类生存的价值和意义不能不引起我们刻骨铭心的长长思索：我们作为人类一分子的人生意义究竟如何定位，怎样实现？不能不在人类整体命运的大背景下重新予以考量。

六

然而在有关人类命运的种种不祥之说让一些人杞人忧天惧天倾之时，竟然还有天上掉馅饼的好事。科学界频频传出了令人怦然心动的喜讯——先是有人根据人类自然年龄推算的三种学说（"自然学数"说、"细胞分裂"说和性成熟期信数说）推算出，人的寿限最低也应在110岁至120岁，高限应在175岁。可是，到目前为止，人类平均还只活了自然寿限的一半。这就为养生延年提供了巨大的空间。

更让人神往不已的是一连串关于延年益寿的科学福音：英国《独立报》网站声称：新技术让酵母寿命增10倍。基因重组或使人活上800岁。西班牙《趣味》月刊以《走向永恒的青春》为题刊文，以科学家名义指出，老龄化并非人类无法避免的结果，而是细胞分子长期受损造成的，而医学的发展可以避免这一受损过程，甚至可以完成细胞修复。如果实现了这一技术，人类梦寐以求的"长生不老"就可实现。这一能让今天40岁的人有机会庆祝自己100岁生日的雄伟计划取决于一项被称为"细微老化工程策略"的以生物医药学为基础的研究。哥伦比亚《一周》周刊的《寻找长生不死》一文则更进一步："保守派认为21世纪内人类预期寿命可达100岁，而更大胆的科学家却认为人类将很快逃脱死亡。"

这立马让人们，至少是中国人想起了彭祖。

尽管寿高八百的彭祖让世人羡煞，但也只是传说中人而已，而上述"人活千岁不是梦"等福音却是以"科学"或"科学家"名义发布的，不由你不相信。

且不说我们这一茬人有无机会在遥远未来庆祝自己的1000岁生日，倒是应该想想：几十年的寿命让人们痛感生之短促，这种精神压力迫使人类探寻生命的意义，而当人的生命被延扩至几百岁、上千岁乃至"长生不老"时，还会有今天这样的生死之叹吗？在那样漫长的生命旅程中又该怎样做、做什么才不致虚度？个体寿命的无限延长，对于整个人类的命运、地球的状态会产生什么影响？只有人类长命千年，别的物种却没益寿，是否违背大自然的生态平衡规律？

如果今天还有一位三闾大夫在，他一定会再来一篇《天问》的。

当我们的亚当与夏娃老祖宗们还处在"茹毛饮血"时代，人类是有机地置于受自然规律支配的生物链中的，然而工业文明时代一旦降临，人类就断然逸出正常的生物链，从其中的一环一变而为整个链的操控者破坏者，由物圈中的一员暴升为一切生灵的迫害者、主宰者。我们作为人类个体，可以是非常善良的，绝大多数人也并不直接参与、从事掠取自然资源和动植物生命的活动。但是，这种"善良""非直接"并不能改变我们人人都是靠攫取非人生命为生这一残酷的事实。"就人类对其他动物的行为而言，人人都是纳粹。"犹太裔作家以撒·辛格的这句愤激之语道出了不以人为"尺度"，而以动物为"尺度"看世相看出的人的"另类面孔"。早此百多年，叔本华就曾引用过《论人类》作者戈比涅的话，人是"格外凶恶的动物"。也许早就有人统计过，在当前生命不过区区几十年的人生中，要直接间接地毁灭多少动植物的生命以供其衣、食、住、用，正是这种"格外凶恶"的行为正在一步一步剥夺、缩小其他生物的生存空间，削减森林、草原、湿地，恶化水源，污染空气，造成温室效应，加速物种消亡，直至引发第六次生物大灭绝……

"人生不满百"，就已造成这样的恶果，给其他生命带来如此罪孽。那要果真活上千岁，地球资源负担得了吗？其他生命能答应吗？科学家还没来得及告诉我们，这种长寿人的生命活动规律如何？多大岁数性成熟？生育期多少年？能繁衍多少后代？他们也都长命千岁吗？如果"趣味"周刊关于只需3500年人类将把地球吃光一说当真，那么未来这些长寿人还靠什么存活？如果人活千岁就是为了虐杀生命，祸害地球，这样的人生还有什么意义？

要解决这些"少年维特之烦恼"，似乎还得回到中国古代哲人的大智慧。晚生于苏格拉底一百年的庄子讲了这么个故事：有一个木匠，看到一棵被拜为土地神的高大栎树，可是用其"以为舟则沉，以为棺椁则速腐，以为器则速毁，以为门户则液樠，以为柱则蠹，是不材之木也"。于是舍之而去。晚上栎树托梦给木匠：你编排我这也不行那也无用，那只是你用的是木匠的标准；对于我这棵树来说，使自己对你们人"无所可用"，保命延寿，那才是我的标准。于你无用，恰恰是我之大用。在这里，庄子已经发现了苏格拉底之"人的尺度"以外的另一种尺度，即其他物种的尺度，这是一个非常重要的发现，它足以启示、引领我们从另一个全新的角度看问题。从不同的"尺度"出发，各个物种都有自己生存、发展的权利和需求，"此亦一是非，彼亦一是非"，不是人类从极端的人类中心主义出发，对地球索需无度而毁灭地球，就是物种、资源因人类掠杀而悲惨灭绝，再以自己的灭绝悲壮地报复人类，将其置于死地。两败俱伤何如双赢？因此，必须有一种超越狭隘的极端人类中心主义尺度的更大、更高，更全面的尺度，一种能照顾到各个利益攸关方的具宇宙意识的尺度，才能协调世界万类的和谐有序发展。

七

"人世难逢开口笑，上疆场彼此弯弓月。"自人类跨进文明代的数千年间，群落之间、阶级之间、种族之间，国家之间，从来没停止过互相攻伐、斗争、冲突、杀掠。虽然对立双方有正义与非正义、侵略与被侵略、进步与落后、革命与反动之分，但归根结底，是由经济原因引起的，在于对社会财富和自然资源的占有和再分配，而在这持久、漫长的冲突中，包括动物、植物在内的自然资源以完全被动的方式，被奴役、被任意宰割和挥霍，无数非人生灵已到了被敲骨吸髓的悲惨境地，人类所珍视和追求的物质上、精神上的福利，一点也没惠及它们，有的只是少数贤达悲天悯人的叹息。可以说，人类社会与自然界特别是生物界是基本对立的。

那么到了现在，当人类的物质文明精神文明发达到了"可上九天揽月，可下五洋捉鳖"的高科技时代，在全球一体化进程加速，唱响构建和谐社会、和谐世界、同一个家园的当今，人类是到了该用先进理念、现代手段关注大自然、关爱非人生命之时了。庄子云："胜物而不伤""不以物害己"，可说已是致广大、尽精微地将人与社会、人与自然的关系说透了。人按照客观规律调整、理顺各种社会矛盾、社会关系，协调好社会与自然的关系，使地球万物各就其位、各享其利，彻底将以往主宰和被主宰、奴役与被奴役的对立方转变成互利双赢的利益攸关方，这样就像大象因有了足够的生存空间而不再闯入村庄无端伤人一样，自然界才不会报复我们，我们才能臻于所谓和谐社会、和谐世界，这是一个人类从未曾达到的理想境界，也是人类拯救地球、拯救自身的人间正道，是数千年来人类先进分子孜孜追求的具有宇宙意识的理想之境。当人类与万物和谐共处，世界万类欣欣向荣时，个人也好，全人类也好，都会在心灵上得到一种大救赎，一种大充实，一种大欢喜！

一想到通过无数人的世代努力，人类还将会有这么一种"与天地同朽"的光明未来，我们个人的人生意义、人生价值也就有所附丽。当然，我们现在生活在地球上的每一个人，肯定都不会有在未来庆祝自己千岁生日的好事。但是，"人生不满百，常怀千岁忧"却是完善人类的今天、关注人类的未来，从而让短暂人生有意义、有价值的不可或缺的精神要素。"人无远虑，必有近忧"的古箴真正是值得每一个人深思的！

2009年3月

米萝文存：凡圣之间

刍狗春秋

老子："天地不仁，以万物为刍狗……"

一

已是春节后了，纷飞的大雪仍然厚厚地覆盖着这座东北边城。天寒地冻，路滑难行。这种天气，本该是待在家中，品品茶，看看电视，唠点趣闻轶事，要么一卷在手，神驰于古往今来……可我必须出行。

这天是Billy（比利）的半年忌日。我想他，要去看他。

在那个让我们情思牵系的处所，我朋友家后院，几株树木笼罩之下，有四个小小的坟丘，我家的Mary（玛丽）、Billy和朋友家的两只狗狗就静静地安息于此。

2008年7月11日早上，陪伴我们十五年之久的M与我们诀别。一年之后的9月20日中午，B也永远离开了我们，他比M多活了一年。

原来打打闹闹、快快乐乐的他们，只剩下年龄稍轻但也已8岁的

Johnny（乔尼）和刚来不久的charles（查尔斯）了。

　　刚刚从痛失M的沮丧中稍稍缓解过来的我们，又因B的撒手人寰而再度陷入难以言说的伤感与失落之中。原来随处都有M、B身影的房间顿觉空空荡荡。睹物伤情，竟在随后的许多日子里成了我和静挥之不去的痛。一向与B交好、夜夜同铺同眠的J，不知是由于B的突然消失而生出失落和狐疑，还是感受到我们的忧伤，也变得郁郁寡欢，蔫头耷脑。只有"少年不识愁滋味"的C，还在沙发上蹿上蹦下地撒欢，且时不时地撩扯J……

　　从1993年岁末、1994年年初M、B先后落户我家，到2002年、2008年J和C又陆续添丁进口，前后十余年他们没一刻离开过我们关注的目光。眼看着他们从毛茸茸的一团逐渐长大成人，个个有模有样，嬉闹、亲昵、纷争，在与我们的互动中将他们的喜怒哀乐毫无掩饰地尽情挥洒。他们的到来，像是訇然洞开了一扇未知之门，让我窥见了非人生命、类人生命与人类生命的相通相连；他们品格中的尊贵、纯真与原始的欲望、旺盛生命力浑然一体所产生的魅力让人着迷，令人困惑；经常在恍惚中我觉得他们就是"人"、是人类的"孩子"……当我在小小坟丘被深深积雪掩藏得白茫茫了无痕迹的那几株瑟瑟作响的树下伫立，向B和M致哀时，压根儿不是将他们当作宠物犬，而是视如亲人，因为他们曾就是我们生命、思绪、情感和记忆的一部分，谁也拿不走，阴阳隔不断……

　　许多往事都来眉前眼底。我得记将下来，为M、B，也为自己。我像写"人"一样地写他们，以示对这些非人生命的尊重，想来也不算是对人的冒犯吧。

二

十多年前M被朋友送来我家时，我正在南方出差，回到家一推门，就见一只小小的白花狗欲迎还退地怯怯冲我汪汪叫了几声，"M，这是爸爸！"静提醒她。实在说，当静电话中告诉我接收了M一事时，我还不大情愿，因为我们那时正在自己事业打拼期，工作繁忙，哪有闲心养宠物呢。倒不是不喜欢动物——小时在老家麓山下湘水滨，无日不与各类的鸟雀、鱼蟹、龟鳖、鸡鸭、猫狗、牛羊打交道，在江畔，在稻田，在小溪，在池塘，在草棵，在竹林，在岩堆，在雪地，在树端，在院场，在路上，甚至在屋梁，在一切我足迹和目光所到之处，都可见到它们的身影。——但那是什么岁月啊！一颗童蒙未开的心，彻头彻尾将自己融入大自然中了。我至今无法想象，若是没了它们，我的童年、少年时代，将会是怎样的单调乏味。现在早已今非昔比，三十来年的人生历练，渐已成为一个地道的"社会人"了，花鸟虫鱼之趣早已逸出生命之外。不仅自己再不与这些非人生命打交道，就连不久前小冰弄来一群鸽子养在窗外，整夜咕咕叫得人心烦，更担心孩子"玩物丧志"，也被我强令退还给他的同学，至今想来还为当时简单生硬地剥夺了孩子与非人生命亲密接触的机会而懊悔不已（好在小冰对动物发自天性的爱心不泯。若干年后，他们的小家庭里不但也添了非人生命的"孩子"，而且小两口对社区附近的流浪猫狗照顾有加）。然而那一刻，当我的目光与M明亮纯净能照出人影的乌黑大眼睛对视时，电光石火般地，仿佛两个生命间有了一种彼此接纳的心灵感应，我一下子就喜欢上她了。当时叫我纳闷的是，此前静是一个连用手指触碰一下温驯如山羊之类动物都吓得一哆嗦的人，而今怎么会突然钟情于狗狗呢！看来总是一个"缘"字了。打这以后，家里不管谁回来，M都要欢叫着到门口迎接，天天如此，次次如此，以致后来的小二、小三、小四，即便不是这个性格，可受了M的带动，全都如此了，这就是M用行动立下的规矩。直至她离世前几天被病痛折磨得骨瘦如柴、水米不进、走路打晃、站立不稳时，仍然一听门响就如听到冲锋号般，摇举着已掉毛很多的尾巴蹭到门口来迎我，这也是她一生中最后一次来迎接我，因为翌日就要带她去医院了——我热泪盈眶。谁能承受得起十几年如一日的这份痴情不改的依恋啊！

　　还是当年我出差回家的晚上，当我们上床躺下后，原本在床边小窝里的M发出了尖脆幼嫩的嘤嘤哼唧声。"M怎么啦？"我问，静探头往床侧瞅一眼，说："她坐在那儿，不肯在地上睡……干脆让她上床吧！"与狗同眠？！我还未及反应，M已被安置在我俩枕头间，她侧躺着从被头上露出一个小脑袋，知道我在瞅她，她也斜着大眼睛怯生生地瞅我，"你看，"我叫静，"真是狗模人样，它真把自己当小人儿了！"一股暖流伴随着爱意浸润了我的全身。也许就是从这一刻起，我们认定了M就是家里的一个不可少的成员，也是全家的最爱。在以后的岁月中，尽管新家庭成员不断加入，但只有M自己十几年独享与主人共眠的特权。

　　"狗模人样"的M的确极通人性，善解人意。不管我们在沙发上坐着，在床上躺着，在房间里玩耍、游走或睡觉的她会突然蹦上床，低着头或仰着颈，拿她那乌溜溜的可爱大眼睛端详你，似乎在问讯：还好吧？你怎么啦？如果你拿手抚摸她，她会伸出小小的粉红舌头在你鼻子上、脸颊上甚至嘴唇上轻轻舔几下，以示感谢。当我们唠嗑说到"M"这个词儿时，她会冲你竖起耳朵，眼神中满是疑问：你们是在说我吗？有时M发飘，我们会故意逗她：M，你对B那么凶，又不让剪指甲，不听爸妈话，我们不要你了，你走吧！……这时M就会不高兴地筋起鼻子，龇牙咧嘴地发出"呜呜"声，我们展颜一笑，她立即摇摆着圈形的尾巴，蹿上身来舔你、亲你。我偶然打个喷嚏或是咳嗽几下，M会停止她的活动立马蹿上来左舔右亲，表示慰问。那满脸写着的关切使你无法不动容。"M心里啥都明白。"静说，我绝对认同："就差会说话了！"

多年以后，我和静还在议论和思索：M刚来时晚上睡的小窝本来在床侧，她也已经在那里待过几宵了，为什么我回家后的那天晚上，她会突然渴望上床？这是不合犬的遗传习性的。而且我们没给过她任何暗示。真是她将自己视为人的同类了吗？而当静将她放进被子，安置在两枕头中间时，她竟是那样乖乖听话，显得舒适，甚至惬意，仿佛她早就认定她的窝儿就是此处。当她怯生生地乜斜着大眼睛瞅我的时候，她的小脑瓜子里在想着什么呢？"不好意思，我就待在这儿了，别怪我哟……"是这个意思吗？

M来我家两个月后，B也接踵而至。

B刚来时才一个月大，长得可比M幼稚多了，也调皮多了。通体白色，毛茸茸，披头散发地连眼睛也遮住了，短短的，矮矮的，乍看像个白毛球。只要地上有什么东西在动，如静拖地，它就咬住拖布，四脚趴开，任你拖来拽去，真逗死人。那是一个多可爱的小不点儿啊！

M对新来的小不点也颇好奇，眼神定定地瞅着他，B蹒跚着到哪儿，她跟到哪儿。没过多久，两个小家伙就打闹着在地上翻来滚去了。M大几个月，体格壮实一些，但她显然让着B，经常翻转让长毛"披头士"B压在她身上逗趣。B对一切都不在乎。刚来时，几次吃完自己碗里的食犹嫌不足，又旁若无人地用头拱开M，整个身子趴到M的碗上呱唧呱唧开吃。头几次，M不知所措，退到一边，很是诧异，很不情愿地瞪着B。如是几次之后，当B又照例行事时，M突然发怒了，将B一下从碗上扑倒在地按住，还龇牙咧嘴咆哮着，——B这才知道M是惹不得的。此后B再也不敢轻易冒犯M，M在家中的王者地位由此确定，以后J和C来，M总会在某一场合给他们一个下马威，令其乖乖臣服于女王裙下。只是B心中从此埋下了对M的敌意，平时敢怒不敢言，但只要他被我们抱起，或是M遭到斥责时，他都会呜呜地对M低声吼着，以宣泄心中的不满。

不到半年，M和B都已脱却儿时的稚气，长大成人了。身为巴狼串的M真是只漂亮的小花狗，筋骨强健，活泼好动，跑起来颠颠地像只小马驹。蓬松的白色尾巴高高翘起卷成一个圆圈，毛茸茸的赛似雪绒花，后腿上的茂密白毛向两侧蓬起，我们都说M穿上了马裤。尤其是她的眼睛，圆而大，黑又亮，眼毛长长的，真是一靓女，漂亮！从她对你专注的凝视中，从她听到什么动静的一回眸中，从她犯了什么错误讪讪走开的低头斜视中，可以读懂她的询问、探求、若有所思、温情、疑问、警觉和不好意思、心虚、认错、乞求等诸般心思和情绪活动。B当然也非昔日吴下阿蒙了，这只出身于马尔济斯家族（但血统也非纯正）的小趴趴，现在已是四肢修长，全身白毛纷披的"披头士"，为了不使长毛遮挡眼睛，静每隔几天就得为他精心梳理一番，将他额头上的长毛拢起在额头上扎成一小揪揪，系上红绳，如此打扮又宛若一男扮女装的白雪公主。也许是生就运动员般的修长四肢，B的弹跳力在家中确属一流，经常蹦上椅子，再跳到书桌上、画案上、餐桌上巡视一番的就是B，——M应该也有此能力，但她极少如此发挥。——B甚至能跃过七八十公分高的障碍，将放在里屋尼龙袋里的狗粮偷吃个不亦乐乎，以致连拉不止……

食、色，性也。在这一点上，卑微的狗狗们同高贵的人一样遵循着圣人的古训。

M倒是从不像B那样腾高犯险，但对"吃"同样专注而执着。每天喂食时静都是每人一只小钢碗，M和B的嘴一边往碗里拱一边发出带威胁性的呜呜示警声。这绝对不能说是他们太小抠，"护食"是任何生命在竞争激烈的生存环境中活命的不二法门，是遗传自始祖、与生俱来的原始生命本能。与现在时尚的"AA制"差堪相似。何谓"禁脔"，于此可明也。我喜欢看狗狗们狼吞虎咽的样子。健康嘛，胃口就好嘛。M、B小时，人吃的一切他们都吃，肉干、水果、瓜子、鱼片，甚至冰糕，没有他们拒绝的。到了他们的晚年，为了健康，改吃狗粮，且一定限量。一日一顿意犹未尽。在厨房，多少次看到M头冲着搁有狗粮袋的壁柜，专心致志地盯着，也不吱声。直到你掏出几粒狗粮当点心喂给她，才吧嗒吧嗒嘴，摇摇尾巴，心满意足地离开。我忽然很感动：作为智力似三龄童的小狗，就这么一点小小的要求，满足了他，就很快乐。人，要是也能这样，将无限的欲求简化为小小的欲望，不就经常能得到快乐吗？快乐其实就这么简单，可叹的是，几乎无人能做到，我也不能。虽然不能，却使我感悟到了"简单的快乐"之真谛。

B虽然贪嘴，M虽然在"食"上寸步不让，但他们在"大是大非"上从未含糊过。他们一旦认定了你，相信了你，就会将一生托付给你，至死不改其诚。

1994年底的一天，我们抱B去做绝育手术，主刀的张医生是一位技艺不错的朋友，事先已和他沟通过这手术的种种细节和可能。临到动手术时，静不忍看先出去了，由我抱着B，先给打麻醉针，一会儿时间到了，B眼神开始迷离，身子也左右摇晃，可就是不愿倒下，一个劲地往我这儿挣，我估摸，从抱B进手术室，到陌生人给他打针，麻醉开始起作用这短短的时间里，B已朦胧地意识到自己生活中在发生巨大的变化，周围有他不熟的、未知的、可怕的人和事在出现，在压迫着他，这令他恐惧，唯有我，是他全身心的依靠，是他的亲人，所以他即使意识模糊也挣扎着往我跟前靠……这里面就有一个"意志"在支撑着他。我蓦地想起三十余年前，小新不足岁时，有一天托儿所阿姨急匆匆来告诉我，说小新不小心可能胳膊肘脱臼了。我三步并两步赶去托儿所，一大群小孩在大铺炕上，玩的、吃的、哭闹的，热闹着呢，小新孤零零背对我坐着看他们。"小新！……"我喊，嗓子发热眼发潮。小新回头见是我，立即从炕那头冲我爬过来，伤了的那只胳膊悬着，另一只手和两腿并用，泪痕未干的小脸蛋涨得红红的，满是兴奋、盼望和委屈……我心中生出一种大感动：是信赖，才能驱使一个生命无条件地趋向另一个生命；是亲情，才能生出这样的生死依恋……我紧紧抱住了B，如同抱住了至亲骨肉。B这次让我突然明白，那种不含任何功利的纯真感情，不仅可以在人与人之间发生，也可以在人和非人生命间发生；而这在以往是不可能感受得到的。

三

春天到了。转眼夏天也来了。南湖公园林木郁郁葱葱，绿肥红瘦，群雀乱飞，那蒸腾弥漫在林间湖上的野性生命气息不仅使游人如痴如醉，也令M、B在家里时不时冲着窗子伸长脖子、微闭眼睛做深呼吸状。我和静、小冰、小新在那段日子里经常傍晚或节假日带着M、B去林间溜达。血气方刚的M、B高兴极了，尽情撒欢嬉戏，纠缠翻滚成一团，转眼又蹿高伏低，如两团白色的浪花在绿草地上、灌木丛中流星般掠过，还一路发出兴高采烈的尖叫——这应该是他们的生命本能和大自然生命韵律自由呼应的内在本性使然吧？难怪在家时，这俩小家伙有时突然疯了似的以极快的速度，箭一般来回从这个房间冲进那个房间，是因为他们天性中的自由因子被束缚而要找机会尽情发泄吗？

在林间出现的当然不只我们，还有来往行人和别家嬉戏的狗们。"这才叫狗仗人势呀！呵呵……"有一次，M、B突然冲一路过的中年男子叫了几声，那人递过来这么一句。听出来话里带着对狗狗的鄙夷和因说出一个自古的真理的自鸣得意。虽然时隔十几二十年，这句话我至今记忆犹新。他或许是对的，M、B也好，别的狗狗们也好，肯定因为有主人在而有安全感而底气足，他们冲着陌生人吠叫或许就是要在高兴之时表达一下这种感受吧。何况，在这美妙的大自然中，他们也需要如人说"真美呀"一样来宣泄自己的情绪。然而，"狗仗人势"这句千百年来流传的熟语，所反映的不过是人在征服自然的漫漫长途中改造人与非人生命关系乃至扭曲非人生命本性的一个小小侧面而已。当剽悍野性的狼——这狗的祖先和近亲——在非洲远古的大莽林和遍布世界各地的旷野深谷中团队作战，驰骋争雄时，它们需要依仗人势吗？是人，为了自己的生存和发展，将狼这不羁的精灵、大自然的天之骄子，异化成了与人相依为命的狗——山林之王从此沦为人类的家臣甚至奴仆！于人而言，这是改造物种的一大成功，狼变犬之后给人类社会带来的种种好处的确值得人为之庆幸和骄傲；然于狼与狗而言，却是自由本性与其天赋地位的历史性沦丧。不独犬也，一切为人所豢养之非人生命，牛、羊、鸡、鸭、猪等概莫能外。人将狂烈不羁的狼按照人的欲望驯化成了依附于人的犬，还有何资格大呼"狗仗人势"？！

让我们稍感不安的是，当M、B在外面，或是有人来家里时，他们有时会猝然冲人一阵狂叫或作势一扑，的确会吓人一跳。为此，直至M离世，有十来年之久，我们再没带M、B外出过，也不让外人来家中。

M辞世之后，我对她深深地歉疚。其实，他们都是天真无邪的善良的小狗。而我们从小被灌输的观念是，自古以来，人类就因毒蛇猛兽的存在而处于不安全之中，对动物，对狗，尤其是对野生动物的恐惧几乎成为我们的天性。M、B和所有狗狗也因被此恶名而为人侧目。而事实是，即便在人类社会初始阶段，在与动物的攻防战中，吃亏的、遭屠杀的总是动物，否则，何来"茹毛饮血"之说？连一亿年前陆上巨无霸猛犸象的灭绝，也被科学家证实是人类干的。更何况现在！没有一种动物，不是在人类赶尽杀绝时才攻击人类的，惧怕人这种双足兽，才是动物界的潜规则。M们又岂能例外？

M、B就是这样与我们一家人相依为命地重复着一日又一日的生命喧嚣。在M、B八九岁那年，J来到他俩身边。又过几年，最小的C也来加盟，凑成了这嬉闹的小组合。

J是只金褐色的小博美犬。个子娇巧玲珑，短吻高额，一双三角形大耳毛茸茸，蓬松的尾巴总搭在背上，圆圆的双眼似藏着无限深意。温驯娇小的他是最适于让人抱来抱去的宠物犬了。静陪朋友到一户人家挑选小狗时一眼就看中了才刚三个月的这小家伙。其时M、B已人过中年，不如幼时活跃好动了。J的到来，除了刚开始时引来M、B的观察、疑问外，不久

米萝文存：凡圣之间

就明显看出，B因为J而被重新激活了。事情是这样开始的：有一天，当J跳上我们的床铺时，突然弓背竖耳，以飞快的速度在小小的床面上绕圈疾驰如作唐人"胡旋舞"，令我们啧啧称奇："J太有意思了！"几十圈下来，J放缓了速度终于停下，张嘴吐出粉红的小舌头喘气。J的即兴表演和高超技艺不仅让我们眼花缭乱，也让蹲在床角旁观的B看傻了眼。蓦地，B也跃入床中，也像J一样跳起了"胡旋舞"。令我等大乐——B从来没有过这种疯法呀！J一看，意犹未尽又加入其中，随后便和B撕巴打闹成一团。就打这一刻起，J和B有了一种特殊的关系，他俩时常在一起打闹，但几乎从未当真过，B虽比J个大，但只要J一真发怒，B就让一步，只是筋鼻龇牙打响鼻来呜呜发泄怒气。而M依然龙行虎步，我行我素，除了找茬将J压在身子下哼哼着给J一个下马威，一般是不和J闹着玩的。当然也有例外，我几次见到M或与B，或与J粘在一起翻滚，M时不时倒在床上或地上，四脚朝天，张开大嘴一迎一递地逗J，J这时就乘机翻到M肚子上，几乎要将小脑瓜塞进M的大嘴。这是M和J最友好的时候。但M平时一急眼就将J按趴在地上的暴力行动，一直让个小气性大的J耿耿于怀，这样，他仨之间就形成了一个"三国"关系：J和B亲近，晚上同在一窝，白天也腻在一块，还常常联合起来对M发狠。不过M的女王风度亦颇足，根本就不往心上放，翻翻眼就自顾走开。

当冬日的阳光透过阳台耀眼地投射在明净的地板上时，经常可以见到M、B、J扎堆在一块晒太阳的情景。有时又变成M和J，或是J与B。还有时会出现M和J一起挨挤着趴在小窝里，两个小脑瓜搁在一起休闲的镜头。看着他们此时毫无芥蒂、懒洋洋的舒服劲，我真为这份温馨感动得心颤。

M、B的名字是学外语的小冰给取的，J由静命名。C则因其长相而得名。因M、B和J皆为小型犬，静就想有一只既能满足养"大"型犬的欲望，又符合养犬规定的中型犬。通过网上咨询，相中了喜乐蒂牧羊犬这品种。若说M、B、J虽然被我们视若心肝宝贝，但血统上都谈不上什么名贵，种也不大纯，可C应该算得上是出身名门贵胄，刚来时才两个多月大，通体覆盖着长长的亚麻色长毛，可个头已压过M、B，J就更不在话下了。瞅他那长长的不同俗流的尖嘴，少见的不同颜色的双眸，看他小跑时高雅的花步，想他那漂洋过海的传奇家世，我们一致认定他是贵族无疑，理应有个堂皇的名号。我主张叫"巴顿"，多豁亮的将军名头。静认为他更像王子，莫若叫"查尔斯"。一番热议之后，C就正式冠名了。

C刚来乍到，看到他一大坯蹲在沙发上怪模怪样呆头呆脑的，M、B、J都为之侧目，"非我族类，其心必异"，恐怕是当时这姐弟仨的共同心态。C受到冷遇，也有不自在之感，这从他蹑手蹑脚地走路，有时讨好似的、小心翼翼地想靠近哥姐仨的肢体语言上可看出来。好在我们对C是极尽爱抚，时间长了，M、B、J也默认了这个怪客的存在。但是M在不理不睬之后依然用其惯用的撒手铜令这体形比她还大的王子对女王心生敬畏；连B和J也好几次联手对C一顿咆哮，让他明白了自己在小"四人帮"中的老末位置。饶是如此，天性温和性格大度的C也未见沮丧之态，更其谨慎地扮演好规定给他的角色，哥姐四个倒也相安无事。只是在迎接我回家的一路小跑高叫着的仪仗队中，数C蹦得最高，嗓门最大，而且往人身上扑时，那力道足以让你一晃——C就是用这种方式来表达他的热情高涨，M则通常是在猛摇尾巴一阵狂叫过后激动得张嘴呼哧呼哧直喘气；而B和J是欢迎过后就各归各位了……

当M和我们同床共枕从被头上露出个小脑瓜时，当M、B在野外尽情

米萝文存：凡圣之间

撒欢时，当B和J在床上作"胡旋舞"时，当C迈着他富有弹性的步子高扬着尾巴这个房间那个房间轻快地溜达时，当我们坐在沙发上任由他们依偎在身旁膝上时，当他们大口品尝着静为他们精心调配的食物时，当他们自在闲适地趴在床头、窝里酣睡，挤在阳台上晒太阳，在房子里东瞅瞅西遛遛自由自在时，我往往就问自己、问静：狗狗们这样生活觉得快乐吗？幸福吗？

无巧不成书的是，电视上正出现加拿大人屠杀海豹的血腥画面：白雪皑皑的冰面上，一个身着黑衣的高大男子手挥利斧和钢叉，追杀拖着殷红血迹蹒跚逃生的海豹，斧棒落处，可怜的无辜海豹在凄厉绝望的叫声中皮开肉绽，饮泣身亡——它到死都不明白，为何自己会被这些"两足兽"夺去生命。海豹是一种很温和的动物，上苍创造出它来就是让它在南极的冰海中为生，构成极地生物链中的一环。它一不占人地，二不夺人食。可是加拿大人为了获取海豹产品以牟利，就在一年一度的所谓"海豹捕猎季"大开杀戒，成千上万无辜生灵的鲜血染红了冰层海面，也染红了杀戮者的眼睛和牙齿。这个画面立马让我想起"杀人不眨眼"这个常与屠夫、刽子手连在一起的词——这与当年白人殖民者残暴屠杀土著居民在本质上有何区别？都是一部分生命为满足自己的贪欲而灭绝另一部分生命！具讽刺意味的是，当欧盟对此质疑并对加拿大海豹产品实施部分抵制时，加拿大海豹猎人协会主席反唇相讥："欧盟的立场完全是伪善的。他们在欧洲出于各种原因杀害了数以百万的动物……"

他的话是对的。惯常被国人心仪为绅士样板的西方人，其中有的兽性大发时是会比真正的野兽凶残百倍的。不仅欧盟，凡是有人类在的地方就每时每刻都有对无辜非人生命的残暴践踏，不仅剥夺它们的快乐，更要剥夺它们的生命。就在我们居住的这座城市，郊区一个不大为人所知的小村，竟有一个秘密屠狗场。据报道，该场每天要宰杀约300只"外地狗"，其方式凶残至极：用大铁钳绞、砸、拧狗的头……照片显示，一只狗在万分惊怖中突破血腥围剿，蹿上了大货箱，另一只狗落荒而逃。一名"工作人员"手挥凶器正要撵去剿灭……整个屠狗场已翻为人间炼狱，周围村子里的狗一听到屠宰场同类的悲惨号哭，就惊恐万状，浑身战栗。"如果这是人呢……"这个念头令我毛骨悚然，眼前顿时浮现出纳粹奥斯威辛集中营那惨绝人寰的景象。更残忍的是，海豹也好，"外地狗"也罢，它们之所以被虐杀，是因为有太多的人要"食其肉，寝其皮"。人类在衣食住行种种方面对动物的需求，导致了海陆空生灵的全方位被虐杀！

"就人类对其他动物的行为而言，人人都是纳粹。"犹太裔作家以撒·辛格此言的确振聋发聩。自从有了M和B后，我不吃狗肉，不吃驴肉，不吃鹿肉，不吃乳鸽，不吃一切野生动物，但猪肉、牛肉等照吃不误。的确，一想起餐桌上的美味佳肴曾是有着思维和感情活动的鲜活生命，它们惨遭横死之前的恐惧、挣扎、呼救，曾多少次令我举箸难下，心头涌起一阵悲凉；但是仍然没能阻止我的口腹之欲。"君子远庖厨"的古训和悠久的食文化传统使我们既饱蘸非人生命的血泪而又心安理得；在动物心目中，我们也直接或间接地参与了对它们的虐杀！能说我们的双手是洁净的吗？

也许，在大自然中，动物们应该是得其所哉吧？它们在山林原野、江河湖海中夭矫纵横，一定是快乐的。其实这只是我们一厢情愿的主观想象。在当今时代——通过每天从文字、影视、网络等传媒播出的铺天盖地的信息——人们在获悉野生动物世界惊人的丰富多彩的同时，也看到了各类非人生命生存处境的艰难，它们无时无刻不面临着风霜雨雪的摧逼，食物匮乏引起的激烈生死竞争，繁育后代所付出的辛劳、痛楚和牺牲，食物链所导致的弱肉强食，更可怕的则是来自人类的无情猎捕和虐杀……它们的活动空间在一天天缩小，它们的生存条件在一天天恶化，它们的种群在一天天减少，它们的苦难在一天天加剧……从野兔、羚羊、山鸡等温驯的小动物到虎豹鹰雕乃至大象、犀牛这些称霸自然界的猛禽巨兽，到处是它们惊悸、绝望的眼神，警觉转动的双耳，疲惫无助的身影，因饥饿而倒地的尸体，被虐杀而迸溅的血泪——看到这些，每每为野生动物的悲惨命运而扼腕心悸，久久难以自已。再看看M们在主人的荫庇下优哉游哉的生活，我觉得他们应该是幸福的，快乐的。保证他们一生平安、快乐、幸福，这是我们的承诺和责任。当然也是我们的快乐。

然而有时蓦地又生出别样的念头：说狗狗们生活得幸福、快乐，这毕竟只是我们人的判断，他们自己内心的感受呢？我又一次想起了春秋战国时的哲人庄周，他与朋友惠施结伴出游到今安徽凤阳县的濠水桥上，看到桥下小小的白鲦鱼水中喋喋戏水的无忧之状，动容地说："鲦鱼出游从容，是鱼之乐也。"周之言与我之所感虽然跨越了二千三百年的历史时空，判断动物快乐与否的标准实际上都是一样的，根据的都是人的主观经验。难怪惠施不以为然，反问庄周："子非鱼，安知鱼之乐？"此问问到了根子上，也就是我所要问的，即鱼（所有动物）自己感觉快乐否？当然，这个问题谁也回答不了，因为你不可能化身为鱼或狗，我们与它们之间无法用同一种语言来沟通。但是有一点可以肯定，现在动物世界的种种灾难与痛苦，百分之九十都是人类过度开发、污染、炫耀、享受造成的，如果没有人类的摧逼，让野生动物按照各自的天性生活在它该生活的地方，真正实现"万类霜天竞自由"，那它们的快乐自不待言。所以两千多年前，在没有污染的一片青山绿水之中，说自由戏水的鲦鱼有"鱼之乐"是可信的。

那么，狗狗们呢？是像它的祖先和近亲狼那样寄形天地啸傲山林来得快乐呢？还是如现在这样寄人篱下受宠于人来得高兴？这个问题也难以回答。毕竟狗非狼。也许经过漫长的驯化狗们身上尽管还遗传着狼的基因，但与人共生已经成为它不可更改的生存前提了。这样，那M、B、J、C来到我家，无疑是他们最好的归宿。想想那些脏兮兮、可怜巴巴、无家可归的流浪狗、残疾狗，那些遭虐狗，被送至屠宰场的菜狗，我就为M们能永远躲开这些厄运而欣慰，为自己能有机会亲近、善待几个非人生命而感谢上苍。友人建议，应该让狗狗们受训，学点这会点那。我有时也会拍拍、抱抱这些个无事忙的小家伙，问他（她）：你能干点什么呢？但终于什么也没逼他们学。狗狗们与人相伴就十几年，干吗为难他呢！让他们自由自在地生活在主人身边，得到终身宠爱，这就是我们能给予他们的快乐吧！

四

在M十几岁时的一天晚上，窗外明月正圆，皎洁的清辉如水般泼洒在床头地上，也洒进了M正卧躺着的小窝。忽然，M立起上身，伸长脖颈，张嘴发出了一声尖尖的、颤悠悠的长啸——这在M是从未有过的举动。声音虽不大，但透着一种苍凉，一种邈远，甚至一种凄厉……"M这是咋的啦？"我和静面面相觑，好一阵难以入睡。

后来看到唐诗人张若虚的《春江花月夜》，方似有所悟。在这首"以孤篇压倒全唐"的名诗中，一个带根本性的叩问系人心魂——

春江潮水连海平，海上明月共潮生。

江畔何人初见月？江月何年初照人？

人生代代无穷已，江月年年只相似。

不知江月待何人，但见长江送流水……

诗人用华彩诗句，从天地大处着眼，激情叩问人类的来源："江畔何人初见月？"古老的长江和洪荒未开的月亮，早在人类出现之前即已存在，那么最早看到月亮的人和被月亮第一次照到的人，不就是人类的始祖吗？这个人类始祖是何时出现的？他、他们又是谁？这些个问题在古人是找不到答案的惆怅，今天的"分子遗传学"却石破天惊地告诉我们：在长江之滨"初望月"的那最早一茬中国人（他们恐怕还是三皇五帝的先人），是从万里之外的非洲迁徙而来，就是说，中国人的祖先始于非洲。不仅如此，今天世界上不同种族和肤色的人都始于一个共同的非洲祖先。最近又有消息说，狗的始祖亦出于非洲！那应该就是从非洲莽林中走出的狼吧？狗的出现是在人之后，因为由狼变狗是经过人的驯化的。这样说来，我们就有理由想象：在长江之畔"初望月"的那最早的一茬先民，完全有可能带着同自非洲而来的家犬，它的祖先狼，是曾同人类始祖一起年年岁岁吞吐过月亮的太阴之气的啊。

怪不得我们经常从影视图片上见到这样的画面：夜空中，一轮圆月映衬着一头引颈长啸的狼的剪影。它是在重复祖先"初望月"的记忆吗？

我家的M，在它最后的岁月中，又有过类似的情景动作。她也是在与早已冥冥远逝的祖先作某种心灵沟通吗？还是以此排解自己的痛苦？此中可有某种不为人知的天机呢？

众多科学家们不遗余力想破解动物语言之谜，以便能感同身受地探知它们的心理情绪活动，搞明白非人生命的所思所想和喜怒哀乐，可惜仍未如愿。然而已经取得的研究成果证明，动物的内心世界远比人们世俗所知的复杂得多、也奥妙得多。

据西班牙2009年12月9日报道，有一只世界上最聪明的鹦鹉亚历克斯，其智力堪比五龄童。它不仅能识别物体、数字、颜色和形状，还可以区分"大"与"小"、"相同"与"不同"，甚至还掌握了150个词汇。和它相处30年的心理学家兼科学家艾琳·佩珀伯格说："从科学的角度出发，亚历克斯告诉我们，其他生物的思维能力比我们承认的程度更加接近人类的思维能力。"她还说："亚历克斯就像一个长羽毛的小拿破仑。"

又据美联社斯德哥尔摩今年3月9日电称，瑞典公布了一项研究结果，聪明机敏的大猩猩桑蒂诺会不动声色地收集石块，而后等到发怒时将其扔向动物园里的游客，这表明大猩猩具有像人类那样事先谋划的能力，包括思想上对可能事件的逼真模拟。

而今年3月11日，日本东京都大学灵长类动物研究中心公布了一段录像，在泰国曼谷北部的一家动物园，泰国长尾猴正拿着它拾到的人头发给幼猴示范如何"刷牙"。

类似的报道层出不穷，例例都在向人们展示着非人生命在智能上、行为上的"类人性"。

至于活跃在我们许多人家庭的狗，英国《每日电讯报》曾报道：研究人员通过可信的实验，得出"同我们一样，狗也能形成抽象概念"的结论。有关研究报告发表在《动物认知》季刊上。报告称，"在早些时候，研究小组就发现狗的模仿能力与人相似，不光是机械地模仿，还能领会看到的举动。"

这些超出人们日常认知的说法，也屡屡在C身上得到验证。

C刚来不久，有一次忽然在墙角立镜前停住了，他显然是对镜子里毛茸茸的陌生映像发生了兴趣。C先是立住冲镜子里的"他"端详了一小会儿，接着四爪在原地刨动，发出"呜呜"的低沉吼声，一看对方也在冲自己吼叫，C就将脑瓜伸向对手，却撞上了冷冰冰的玻璃，这才悻悻地走了。同样的举动M也曾有过。我观察着他们端详"镜中人"的认真样儿，揣测着他们当时的心理状态，一定是奇怪家里怎么又来了一个陌生客。是想与之沟通还是想撵他走？

C生性活泼好动，除初来乍到那几天怯生生外，很快就不拿自个儿当外人了，几个房间一天不知要来回跑多少遍。因为尝过M的下马威，一般不敢撩扯老大；B此时年岁已高，除了对吃兴味不减，一天下来数趴窝打盹多，而且有时看C不顺眼，会突然暴起追着C一顿咬。其实按个头力气，C都在他们之上，但M、B系老资格老前辈，又很少假他以颜色，天性温和的C对他们敬而远之。只有J，个头较C小一大截，C就认定他是个玩伴，总是前身趴低，后腿弓起，一跃一跃作势逗J玩。J不耐烦一溜小跑走了，C也立即跟进，贴着J并排小跑，边跑边拿他的大嘴掐J——这准是牧羊犬赶羊的遗传天性，他把J当作小羊羔了。J对此很不受用，猛地掉转头来冲C连吠带挠，C于是赶紧溜边。这样的情景剧每天不断重复上演。使子女都在外的"空巢"之家平添几多温馨和生气。这来自不同背景、不同时间，品种、年龄、性别、脾气、个头、外形各个不同的4个小家伙，尽管彼此都有小小纠葛又互成小帮伙，整体上却组成了一个和而不同的小社会。

每当晚上我们在沙发上坐定，尤其是小冰小新逢年过节也回来的时候，4个小家伙就格外兴奋，纷纷跳上来，或投怀送抱，或小鸟依人，倘若再给他们一点零食，那就更是热情高涨了。狗狗们跟主人的亲密度和依赖感显然超过了他们彼此间——这种现象让我长久在思索。莫非这就是千万年前人类始祖带领狗的始祖走出非洲时就注定了的？或者是在千万年来人和犬共生共存的互动历史过程中定格的？我想，对于已有主人的狗来说，主人肯定比任何生物都可亲可信可依。就像美国狗证上以狗的语气对主人说的话："你有你的生活，你的朋友，你的工作和娱乐，而我，只有你。"这种忠诚似乎只有马可与之相比。正是这种忠诚，演绎出了千秋史上无数感天动地的人狗不了情……也正是这种忠诚，甚至让狗狗们丧失了自我……

然而让C显得与众不同的是，他会玩叼球游戏。为此，静给他买了许多个绒布制的小熊、小兔、小鸡、绳结等等。只要你待在沙发上，他就会叼住其中一只颠颠地过来，将玩具放在你脚前或手旁，然后绕着沙发前的茶几跑开离你二三米远，等着你将玩具扔出去，他会跳起来空中接住，再衔着跑回你跟前放下，再跑开去接。如是不知疲倦、不厌其烦地无数次重复这个把戏。有时由于抛出去的小熊小兔角度大些速度快些，C还会在咬住它的刹那间做出十分漂亮的空中翻滚动作，这是M、B和J都做不到的。J小时也喜欢我们扔玩具给他，但他只是人立起来做一个可爱的扑咬动作，然后叼着玩具边走边摇头摔打它，这样的动作也要反复多次，直到累得这小玩意张开小嘴伸出粉红小舌头直喘气。C的到来，几乎剥夺了J玩游戏的机会——不管是小熊小兔还是球，只要扔出去，总是动作矫健的C抢到，即便特意扔给J，一不留神，C就会上前去抢，这俩小子一人一头咬住玩具互相用力拉扯，都在呜呜低哼着，J总是不敌身大力强的C，被C拖着一路走，最后只好松口。我猜这是导致J对C不满的原因之一，加之C老是张开大口作势牧羊似的掐J脖子，弄得颈毛湿漉漉的，J对C的怨怼中甚至有了几丝敌意。同时由于C特依恋人，早上一起来，他就围着你不停地蹦高，一会又叼着玩具缠你陪他玩；你只要一坐下，他若不想玩，就趴在你身旁或脚下静静待着，那暖暖的身躯总是给人怜惜、温馨、安详之感。或许是年岁渐大，或许是性格所致，也或许是与C争宠不成，J近一二年来特别是B走后，总是一个人躲在另一间房里蜷缩着，只剩下C人前人后闹腾。瞅着阴暗中J蜷伏着的小小身影，我总是生出落寞之感。他的小小脑瓜子里究竟在想什么呢？"好像从C来，B走，J就有点怪怪的。"我对静说，"他缺玩伴呢。"静说："也不是这样啦，J以前也喜欢一个人待着，现在上岁数了，更爱睡了。"

话虽如此，还是难以完全消除我心中那淡淡的忧伤。作为和人类始祖一起走出非洲，又和人类共同生活了千万年的四足朋友，狗的遗传基因中应该积淀了太多关于人和人类社会的集体无意识，它早已和完全的野生动物不同，也与它的始祖，习惯了孤独的狼不同，孤僻、忧郁、吃醋、嫉妒等人类的高级情绪活动肯定会在狗狗那里应运而生。J，你说呢？当你独自待在一旁，扭头似乎故意不看正闹腾得欢实的C的侧影里，或是不管我们怎么招呼你也佯装没听见不搭理的姿态中，我明显读到了你的醋意、不安和无奈。你说是这样的吧？所以我们格外注意呵护你，尽可能多地抱你、亲你，尽量不让C和我们亲近的样子刺激有一颗脆弱心灵的你。

有一天，我们无意中惊喜地发现，C还具有辨识不同物体的能力。起初，在地上散放着的众多玩具中，我们随便向C扔出一个，他都会跃起叼住或用双爪按住。后来他的要求就有了特定的指向性，你扔出去的东西如果不是他要的，他就站着不动，洋洋不睬，只有当他要的那一件被扔出去时，他才会做出互动反应。再后来，他就主动要求某一个了：在厅里的茶具柜顶上放着几个有弹性的形色不一的球。C玩小熊小兔厌倦了，就会一动不动地趴在茶具柜前，也不吱声，只是时不时仰头往柜上瞅瞅。当我们将柜顶的球依次取下给他时，他只会接受其中他感兴趣的那一个。对别的球则只拿眼角扫一下。玩了一会后，他会用这种办法重新要求你给他拿另一个他要的球。这令我们啧啧称奇。要知道，这不是马戏团驯狗师通过食物建立起狗和某一动作行为间的条件反射，而是C自发的行为，我们没给他任何训导和提示。那些小熊小兔之间，球与球之间，虽有区别却也不大，C作为才两岁大的狗狗，他是怎么掌握并辨识这种差别的呢？

"动物们似乎越来越聪明了。……最新的有关'人类最好的朋友'——小狗的研究表明，它们的智商相当于两岁半的儿童。"这是去年西班牙《数码报》上一篇报道中的文字。它援引了一科学家的论据。我现在完全相信这一点。M也好，C也好，都正像智力初开的孩童。若果真有一天别人告诉我，M、C开始说话了，我也不会大惊小怪的。说"狗智商非常接近人类"，说"狗具有某些'人类智能'"，信非妄言。

其实，在我们的心理定位上，M他们就是一群永远长不大的孩子。他们的智力永远停留在三四岁小孩阶段，唯其如此，他们被造物赋予了可爱的孩子般的单纯，即使搞点什么小诡计也显得那么稚嫩可笑。实际上，狗狗，所有非人生命，即便人类称之为狡猾的狐，它们在生存进化漫长过程中形成的那点求生本能，怎及得上人类狡诈的万分之一！"一个成人不能再变成儿童，否则就变得稚气了。但是，儿童的天真不使成人感到愉快吗？他自己不该努力在一个更高的阶梯上把儿童的真实再现出来吗？"当我注视M单纯明净的眼睛时，不期然就想起了马克思论古希腊艺术时把古希腊人比作正常儿童的这段话。人类今天当然早已脱却儿童时的天真变

米萝文存：凡圣之间

得心智无限且诡计多端，但整个动物世界却还停留在人类的童年甚至幼年——不不，人类真正的童年应该是在"只几个石头磨过""人猿相揖别"的"小儿时节"。不争的事实是，人类起源于、脱胎于动物界，他曾经如许多动物种类一样有过懵懂的儿童期，都是大自然的子民；当人类成熟长大以后，他理应"斯世当以同怀视之"，以自己超卓的智慧和能力来保护那些永远长不大的"弱智"的动物兄弟。可令人痛心的是，自从人类脱离开动物界之后，就以一种与大自然异己的力量和身份开始了对整个自然界的统治，曾经与人类祖先同生共存的非人生命从此都被置于"人为刀俎，我为鱼肉"的生杀予夺之下……

一直让我扪心自问的是，"我"凭什么对M们的生存和命运拥有至高无上的权力呢？"我"想养宠物了，就可以把他们买来，抱来；玩腻了，就可以送人或遗弃；打骂随"我"之意，生死由"我"定夺……"我"的权力从何而来？这种对非人生命的支配权与殖民统治者对待土著居民的奴役处置权何其相似！推而想之，就不难明白，"我"之所以能成为M们的主人，根本原因不在于"我"能买得起，养得起，而在于"我"是已经对非人生命、对整个大自然享有绝对支配权、使用权和话语权的人类之一员。

"你是自然的主人，它甘心受你驱使，你在千万次斗争中锻炼了你的力量，是你使自然从荒芜杂乱一变而为绚丽辉煌！"这是18世纪德国浪漫主义诗人席勒在其《艺术家们》一诗中对人和人的力量的赞美，亦即对人类在自然界位置的肯定。"我"作为人类一分子，当然倍感自豪。然而事情往往容不得细想："你是自然的主人"——是谁赋予了人类这个当"主人"的合法权利呢？与"天赋人权"与生俱来的？还是经过了什么合理合法的程序,由大自然特别是大自然中那些智力堪比三龄童五龄童的非人生命共同推举的?实际上都不是!人类这个大自然"主人"的王冠,纯粹是自封自戴的。而凭借的正是人类超脱动物界之后千万年累积起来的几乎能改变一切的智慧和力量。谁拳头硬谁就是老大。这种霸王原则使人类不需要考虑、征求任何非人生命的意见就可为所欲为。而人类的"为所欲为"又是以人类中心主义为尺度的。

关于"尺度"的概念,早在古希腊时期就已产生了。当时的奴隶主民主派思想家普罗塔哥拉就提出了"人类是万物的尺度"的命题;另一位大哲学家苏格拉底则提出了"思维的人是万物的尺度"。尽管二者之间存在着如列宁所指出的"微妙的差别",但都是将人视为君临万物的统治者,以人的观念、需要、利益、是非美丑作为衡量、评判万物的唯一标尺。听听:"是你使自然从荒芜杂乱一变而为绚丽辉煌!"——殊不知大自然中从不存在什么"荒芜杂乱",它的任何在人类看来的"荒芜杂乱"皆系自然规律使然,都是合乎大自然"尺度"即自然规律的。而席勒所赞美的"绚丽辉煌"倒很可能是人类滥用人的"尺度"破坏大自然的结果。将各类动物从它们自由生长的大自然中猎捕来如奴隶、犯人般集中关在动物园的铁笼中供人观赏或是弄到马戏团,在人的威逼利诱下做出种种违背其天性的表演,其毛羽之艳丽,其动作之惊险,倒真让观者叹为"绚丽辉煌"了,而在动物们的心理体验中恐怕是深恶痛绝的!

人啊,你多美!你执着棕榈枝,

屹立在十八世纪的终端,

你高贵、自豪、勇敢、刚强……

看到席勒如此赞美人之为"人",我真想呼喊:人啊,人!现在已是

21世纪之开端了,你的智慧和能力已发达到可上天入地,怎么就忽视了生我养我的地球,依然在饮鸩止渴式地破坏生态,屠虐万千非人生命?!你何时方能从自己造成的全球混乱和严重污染中全身而退、重返自然,与那些永远长不大的"当以同怀视之"的三龄童、五龄童们重回"同望月"的和谐境界?

五

M和B都是很健康的狗狗,能吃能喝,能玩能睡,也没生过大病。在他们十几岁时(在人类已是八九十岁的高龄了),M的跑姿仍如小马驹般轻盈飘洒,B上床、上椅依然一蹴而就。这些现象,甚至使我们忘记了他们的"老之将至"。我和静议论,觉得M和B应该比一般狗长寿,两个都是串儿,有着杂交优势,M毛色鲜亮,肌肉强健;B还做过去势手术,他俩一直胃口好,基本没生过病,我们对他们关心备至,呵护有加。虽说狗狗一般活十二三岁,但M、B现已十四五了,依然看不出什么老态,怎么就不能更长寿呢!只要精心照料,说不定能活到20岁呢。但有时屈指算算他们的年龄,再想想书上的说法,还是令我们时有隐忧。

其实几年前,我们就发现M腹部有个肿块,有时我们抱她会尖叫一声,静就说,可能是没抱好,碰到她那儿了。那是个什么东西?怎么产生的?我们多次猜测过,但看到M平时一如往常,就没太在意。到了2008年,春节除夕,小新回家,M还跟她的伙伴们一起,跟家人守岁到半夜,一会儿在地上溜达,一会儿跳上来,或趴在大人们腿上,或依偎在人中间。当晚照片,事后再看,仍然散发着温馨。大约就在春节过后不久,M

明显衰老，肠胃不好，饮食稍不注意就吐、拉肚、瘦得厉害，一摸净骨头，整天无精打采，总趴小窝里，也不大跟人亲近了。对其他小狗的冒犯，她不再像以往那样动辄勃然作色，予以威压，而只是低沉地咆哮几声。但是，即便如此疲且惫矣，M稍稍好些，仍爱在房间缓缓走动。有一天，静将玻璃金鱼缸放在地板上，M走过去，还低头俯首往缸里专注地瞅了一会。其他小狗则无此雅兴。多么热爱生活的小狗呀！B则稍强些，虽也看出消瘦，但走动还没明显老态。尤其是食欲不减。6月的某天，唠起M，静说M肯定是腹中长什么东西了，要不怎么消瘦得这么厉害。幸亏可能还不痛，否则将如何！静担心M挺不过今年了。静的这个判断在我们心中都留下了不祥的预感。但是当天我们回家进门，M仍一如既往地到门口迎接，又叫又跳，依然激动得直喘气。我一把搂起她，眼眶都潮热了，这就是我心头难以了却的M之情啊！

没过几天，更令人心忧的事发生了：静发现M有尿血迹象。好不容易哄她吃了药，有所好转。然而不过一天M突然又拉肚，厌食，瘦骨嶙峋的M似乎奄奄一息地趴在窝里，我们深刻地感受到她那无法言说的痛苦，揪心不已。我和静合计，为了救治M，不惜付出一切代价。当即拨通了当年曾给B做过手术的兽医张大夫的电话，请他无论如何要想办法救救M……当时一种生命中某一部分即将无可挽回地失去的无奈，使我突然悲从中来，电话中哽咽失态。我为自己的冲动而自责，以为这只是一时的软弱，孰料从此始直至M走后大半年之间，一种锥心刺骨的悲怆竟一直伴随着我，以至难以自拔……

两天后我和静抱着M去张大夫那儿，经过几项检查，先是认为是脐带部位那个肿包发炎，影响到肠胃，导致厌食消瘦，决定下午先输血输液，补充一下体力，翌日做切除手术。但午后意见变为，既然白细胞高达6万，远远超过发炎的几倍，很可能是恶性肿瘤，否则不会消耗如此之大，若果如此，手术就无意义了。回到家，我给M拍照，但她显得不配合。看她痛苦无言之状，我和静的心都抽紧了，静止不住抽泣起来，我想安慰她，话没说几句，就被悲伤的号啕截住了。接着几天，为了M的生命，就她做手术还是不做的问题，我们和大夫又反复商讨好几次，又征求小冰、小新的意见，最后在万般无奈下，痛下决心不做这个让M遭受无端痛苦的手术了。但这也等于是连最爱她的亲人们也只能默默接受那个最可怕最伤心的结局了。这以后的一个星期，M状况时好时坏，几乎不吃不喝，瘦得皮包骨头，原先丰满圆浑的头和嘴都尖削了，只有那双乌黑的大眼睛尚未大变，只是它里面包藏了太多说不出，我们又解读不了的东西。人们都说，动物比人幸运的是，它不知道自己会死。对冰雪聪明的M来说，真是这样吗？

现在的M从外形上看，和以前简直判若两人。唯一不变的是，不管家里人何时开门回来，她依然摇晃着已经变得毛发稀疏的尾巴，蹒跚着跟大伙一起跑到门口迎接；当她稍稍好点时，又会跟着大人们在屋地上走来走去。但她实际上已虚弱到当C蹦高落下撞倒她时，她连发作的力量也没有了，只是颤颤巍巍地挣扎着爬起来。"英雄老去"的悲凉之感在我心头凄然而生……

祈祷！祈祷！但愿上苍给M最后的眷顾，让她少些痛苦，让她出现奇迹！

M一岁左右，一次跟家人外出走丢，她在独自归家横穿马路时被疾驶的汽车撞得连翻几个跟头，到家后几次咯血，然而奇迹般地没留下后遗症；不久，在南湖跟我们散步时，突然掉入一池塘，当我们手足无措正要下水时，她却无师自通地水上露个小脑袋游回岸边了……两次大难不死，这次难道就挺不过来了吗？！

但是奇迹出现的期盼在我们心头一闪即逝。M的状况江河日下。她已经衰弱得连正常的趴姿都坚持不来，突然四脚张开全身贴地了！这是个非常不祥的兆头，我情绪在那一刹那就差点失控了。"不行，"我斩钉截铁，"明天无论如何要带M去医院！"静觉得，身患绝症，送哪儿都没用，与其在医院遭罪，不如在家里在亲人的陪护下走完她的最后生命旅程。如果送医院，肯定回不来了。但我做不到，我不能忍受眼睁睁看着M的生命伴随着疼痛一点点损耗殆尽而不能为她做点什么的心理折磨。于是采取了一个折中的办法：请宠物医院的小周大夫上门为M诊视。结论是，M身体极度虚弱，米水不进，需要补充能量；还不能确定是否有不利于别的小狗的病毒感染；如果在家里送终，对她的伙伴肯定有不良心理影响。几点理由都指向了医院。我心头一片阴霾终于透出了一点亮光：总算为M做了该做的事。或许还有救！

2008年7月9日，一个天气阴沉沉的日子，当天上午，我将骨瘦如柴的M用毛毯小心包上，抱起，和静跟小周、好友老刘一道去了宠物医院。小新随后也赶到。出门时静又伤心地重复了一句"M可能回不来了！"我说："怎么回不来？咱们今天去给她再做检查，补充能量，然后一起回家！"

但是这次，当我抱着M和静跨出家门时，命运已注定M再也回不来了。我们送她上医院，实际上已经送她上了一条不归路。

在宠物医院给M打吊瓶，她虽然也老大不情愿甚至作势咬人，但也只是一时的虚张声势。点滴完以后小心扶趴在台子上的M站起来，她似乎稍稍精神了点。我想抱M回家。但一直在旁为M伤心的静和小新主张留她在医院，医生和朋友也劝说留下。我想来想去，与其在家看着M日渐衰竭痛苦，而又一筹莫展，生受心理煎熬，不如留在医院，还能继续补充营养，每天有人护理，比在家少遭点罪，也不致给其他三个更多的负面心理影响。更重要的是，小周是位富于爱心的大夫，这些年经她手起死疗伤的各类动物难以计数。M交给她，才觉得对得起M；我心底一直期待着留M在这好好治疗直至康复，过些天带她回家。

下午2点，与M告别，静抱着她照张相，止不住抽泣出声，小新也眼圈红红的。只有M没什么表情，她也许是太难受了，也许是太虚弱了，对外界已失去了往昔的敏感。我将M轻轻放进医院饲养宠物的铁笼，她也没什么反应，全不像过去。她在想什么？知不知道亲人们对她做了什么？我再也忍不住悲怆，伴着压抑不住的哽咽热泪横流……

从医院出来，我去单位收拾东西。因为在一位朋友的急不可耐的关心下，我已定在后天即7月11日彻底离开我工作了几乎一辈子的地方。走廊里几乎见不到人，这和我空荡荡的心倒也相呼应，正好有的人我真的再也不想见到。

但与M半天未见就已牵肠挂肚。5点多给医院去电，询问M情况，护士说她没有表现出焦躁不安，正在睡觉。我心稍安，过两天去看她，也许就会好些了。翌日早上，我让静给医院打电话，她说不敢打。我打，先是护士接的，说昨晚他们给别的小狗喂肉掉下一小块被M抢了，想不让她吃都不行。后来小周大夫接听，我再次拜托她，她说一定会尽全力。又去单位收拾东西。5时许小新来电，说他今天去看M，M没有表现出见到家人的激动，只有双肋不停地呼扇——小周说，这是因心脏衰竭而导致用腹腔呼吸——可怜的M！小周又说，M可能就在这几天，当然还是要尽力挽救——这对明知前景凶险可又还是不甘心地怀着奇迹可能出现还能将M留在身边的我而言，真如兜头一桶冰水……

这是一个凄惶的晚上。我不知为何当晚没有马上就去医院。是因为亲人朋友关于暂时别去以免引起M激动消耗体力的劝告？是担心见到M被病魔折磨的样子于心不忍以致失控？是相信M决不会这么快就离开我们的痴心？还是隐隐以为天不绝斯人会出现奇迹的幻想？我不知该怎样安置自己彷徨无依的身躯四肢，更不知该如何让那颗时悬时荡时悲时戚的心安定下来。

M一生的影像在脑中飘浮闪烁，虚化变幻，只有那双黑溜溜的大眼睛恒定不变……在这双眼睛里，依旧是忠诚，澄净无邪，信赖、依恋，却无在人类中常见到的那种狡诈、贪婪、阴险、凶残……

像一阵细雨洒落我心底，那感觉如此神秘，

我不禁抬起头看着你，而你并不露痕迹，

虽然不言不语，叫人难忘记。

那是你的眼神

明亮又美丽……

此时此刻，这首歌真如天雨般洒进我心里。为了感动，为了排遣，为了寄托，为了怀念，我摊开稿纸，写下了这个文题：《你的眼神——M，我心中永远的爱和痛》。但是，只写了几字就心酸难继了。7月11日早上，我最后一次去单位，有人约我在那儿见面，我也就是在这一天要彻底挥别那似乎很熟悉但感觉上又十分陌生的钢筋混凝土建筑了。之后，我要将全部可能的时间和关爱交给M。车行半路，朋友老刘来电，说小周告诉他，M快不行了。我脑中顿时一片空白。立即掉转头拉上静一同急趋医院。

M已被安放在她前天打吊瓶时趴的那台子上了，还像她生前有时在地板上惬意地侧身而卧睡觉的姿势，四肢一侧伸开。身上盖着一块白布……我几步抢过去，M的眼睛半睁着，眼珠浑浊，周遭似有分泌物，嘴微微张开，身上的毛乱糟糟的，有的地方纠结着……这难道就是才分手两天的M？！我俯下身子抱住M，最后一次亲吻她的头，心痛如割，再也控制不住，涕泪纵横，痛哭失声……

外面的天空灰蒙蒙的，时不时还飘起几点斜风细雨。我强抑悲情，捧着M出了医院门，和静、小新将她放置在朋友事先做好的纸盒里，一路护送她来到最终栖息地，我的一位好朋友家的庭院前，在茂密的树荫下，有一个稍显凸起的小丘，那里已安息着一个小小的灵魂，朋友的一只宠物狗。紧挨着它的一个小土坑，就是给M留着的埋骨之所了……

M身上裹着静特地买来的橙橘色浴巾，静将她平时吃食用的不锈钢饭碗、她最爱吃的肉条和一个供她玩的小球放在了她身边……最后一次凝视着M，要将她深深刻印在心坎上，我的热泪又刷地夺眶而出；静和小新同样伤情，当我们铲起的泥土逐渐掩埋了那小小的盒子，我知道，从此，这个陪伴了我们十五年之久的小精灵，与疼她、爱她的亲人们就阴阳永隔了！

人不过是一根芦苇，是自然界最柔弱的东西。但他是一根能思维的芦苇。

17世纪的法国哲学家帕斯卡如是说。其实从生命易折而言，世上众生皆如此。而非人生命相比之下尤为脆弱——除了一切可置生命于死地的自然灾难外，人类也在随时随地剥夺非人生命生存的权利。若真如帕斯卡的同时代人笛卡儿所言，动物只不过是自动装置，对任何刺激都只是产生机械的反应，感觉并不存在于这种装置，那么，我或许对M和无数动物的死亡会无动于衷，可是，它们偏偏也是会思维、有感情的芦苇！

事后小周大夫告诉我们，M在医院的两昼夜，由于虚弱，她只是蜷伏在笼子里，也不哼哼，但是在要小便时她一定会竭力走出笼子——十余年在家养成的习惯和天性使她在生命垂危时仍如此自律自洁。7月11日早上，小周预感到M的大限将到，在笼旁观察着：8点多钟，M从昏睡（也可能是昏迷）中醒来，她挣扎着站起，想走出笼子去方便，但就在两步一瞬间，她突然倒下，大张着嘴喘气。小周和护士赶紧抱她出来输氧、打针，但都已于事无补了，M终于走完了她的十五个春秋，也终于从病痛中得以解脱——此时是上午9：50。

"M在最后时刻没哼，没闹，干干净净，没麻烦任何人……"小周说，语多感慨，"她走得安详，十分有尊严……"

啊，原来一只动物辞世的方式也是可以如人一样的！看似那么卑微、生死祸福都掌握在别人手中的一只小狗，也是可以给自己的生命赋予高贵与尊严的！

失去M的悲痛持续了大半年以至更久，就是现在，只要一想起她生前的种种，仍会令我酸楚欲泪。就在送别M的那天晚上，我和静说起了M，又悲从中来，一直比较理性的静也痛哭失声。其实，她为M操了最多的心，做了最多的事，为了侍候狗狗们，甚至多次放弃了同我外出旅行的机会，可是仍在自责：平时M做错了事，悔不该拍打她的脑袋……而最让我负疚椎心的是，M在医院的最后两天，特别是弥留的时刻，没有亲人在她身旁。她那时所思所想所感的是什么？会不会以为我们不要她了？M这一生，和其他几只小狗一样，从来没有离开过亲人环绕的这个家，她是怎样度过这两天两夜的呢！

其实，从十五年前M来到我家，确认接受她为家中一分子那一刻起，我，我们，在生命对生命的关系上，就已经是向化育万物的上苍做好了承诺：对M守护一辈子，不抛弃、不放弃（尽管我们平时谁也没如此说过）。对B、J、C也是这样。事实上，我们真是将他们视若子女，呵护有加，只望陪伴他们到永远。可这次，竟阴差阳错，鬼使神差般，被守护了一辈子的M最后一刻却独自走上了不归路。每念及此，悲从中来，没有守住承诺的愧疚和后悔深深地困扰着我的灵魂……

真是没料到M竟会如此匆匆地离去。真是以为两天后就能再见到她。甚至幻想出现神迹：M竟起死回生了呢！

但这无法减轻心头的煎熬和怀想。"……岂知宝玉是下凡历劫的，竟哄了老太太十九年！如今叫我才明白！"《红楼梦》中贾宝玉离家出走归隐太虚之后，其父贾政感慨万千说的这话，却似也道出了我们的感慨：哄了我们十五年的M，你也是来红尘中历劫的吗？

六

那天早上M离开了我们。那天下午，我离开了一辈子打拼的单位。这两件事在这一天的离奇重合，会让我永远记起某些人和事。

没有了M这百丈红尘中依然喧阗热闹。可我却感到了自己生活的凄清如许，再也不像M在时了。我无数次力劝自己，尽快从这种失落情绪中超拔出来，可还是一次又一次地为M伤神。M留下的空白似乎连B和J也感受到了。B虽然以往老受M的气而对M心存恨意，但毕竟只有他俩彼此从"小儿时节"耳鬓厮磨一路走来，倘若B不做绝育手术，则也许与M青梅竹马儿女成行了。这对冤家真闹假打时合时分矛盾对立统一的一生演绎出的爱恨情仇，非局外人所能尽悉，但在我眼中，M的离去，使B平添了几丝落寞，他除了对食物保持着永不衰减的兴致外，对外界其他都有点漠然视之，再没有和J作胡旋舞这样的兴致了。

B更多的时候是独自在地板上或沙发上默然趴着，晚上则仍和J共睡一窝。而如果我在沙发上坐着或在床上午睡，B是一定迫不及待跳上我膝头蜷伏着的。J乍看没啥异样，但我总觉得他愈来愈离群索居。当B趴我腿上时，当C在厅里撒欢时，J却不见踪影，这时我就要到里屋或别的地方将他找到并抱出来——我怕他得上孤独症。当我这样来揣度B、J时，静却认为这是年岁老了的缘故。静的话应该是对的，她精心侍候了狗狗们这些年，平时又看了那么多有关书刊，判断不会错。但我还是认为，既然狗狗们的智力相当于三四岁的幼童，那么，一个朝夕相处的伙伴突然离去，恐怕不能不在他们的心中激起反响。只有刚来不足半年的C也不顾及B和J的情绪，兀自上蹿下跳玩得高兴。

对M的哀思，触动了我们的另一隐忧：B只比M小几个月，若比对人的年龄，也该是垂垂老矣。尽管其腾跳爬高能力看似未减，但走起路来已少了先前的那种活力。不管B还能伴我们多久，一定要善待他的每一天，再不能留下任何遗憾了。我又在期盼着B能创造狗狗长寿的吉尼斯纪录了。

为了B的健康长寿，我们尽力做能做的一切。静格外注意观察他的细枝末节，饮食上多方调节。我只要在家，每天早上先后领C、J和B出去遛一会。小周说狗是土命，我想让B多多接触大地，呼吸自然空气。这时候，B就比在家时活泼了一些，对于长期待在家里的B而言，"外面的世界很精彩"想非虚言，这从他东张西望之上就可看出来。不过仍有些怯怯的，始终不离我左右。有时我坐下来，把他抱在膝上，抚摸着他已不如以前光溜松软的毛，一丝忧伤涌上心头：B，你还能这样陪我们多久呢？……日子在我们关注B的目光下一天天平淡过去。到2009年夏，B的老态已很明显了，整天除了趴窝睡觉，就是惦着吃的，我待在哪儿，他就在哪儿趴着，我知道他是在耐心等待着有点什么吃的。可能就是近一两年吧，B患上了白内障，听力也大不如昔。平时一般性地叫他，他听不见，非得提高嗓门不可；也只有你用手挨近他的眼前一晃，他才蓦地一惊。看着他仰颏瞅你的越来越混浊的眼睛，似乎里面仍充满着期待，心里总是一阵阵的酸楚疼惜……我提议去给B做白内障手术，静不同意，她说B都这么大岁数了，还能活多长都不好说，万一手术中发生意外，就后悔莫及了！我想这也对，心情却因此更沉重。2009年9月9日晚上，他从坐在沙发上的我的腿上跳下，着地后左后脚就蜷缩着，走起来一颠一颠的。我赶紧抱起他用手摩挲，B又似无痛感。此后几天仍这样。我们担心他是磕坏了，又或是腰椎毛病引起的。电询小周大夫，她说可补补钙。静立即照办，却无显效。几天后，B突然连吐几次黄水，原以为是消化不好，像以前一样饿一两天会好，可是一天后又开始吐。赶紧和静抱他去医院，检查后排除了传染病的可能，认为是肠胃有问题，打了三个吊瓶补充能量、消炎、止痛。但此时B的体温不到正常的38℃。这是9月18日的事。第二天一早又打了三支吊针，可B仍不见有何起色，整个人委顿不堪，似乎连走路都不会了。傍晚回家，B第一次没有和J、C来门口迎我。静说他又吐了，现在吐的已不是黄水，而是黄色的黏稠物。我心如焚。就在我坐在桌边记下B当日的状况时，静过来说，你看B过来了！果然，他就在我脚旁，我立即抓起桌上的相机给他拍照，灯光一闪，B竟然一抖，差点站不住了。天哪，为何一个曾经充满活力的生命，竟会有一日一至衰病如斯！一年前失去M的巨大悲痛尚未磨平，难道一年后又要痛遭一劫吗？！这是一个忧心忡忡的不眠之夜。一整夜我抱着B，他不时地剧烈抽搐，一干噎就挣扎着下地，连续地吐着黄色黏稠物，且抽和吐的频率愈来愈高，以至于刚抱他在怀又要下地。每次我都得跟着他，他一抽，就站不稳要摔倒。头天夜里，静一直关注着B的状况，不时起来照料他，已是一宵未眠。我担心她挺不住，力劝她睡一小会。但静放心不下，他每一次吐，静都要跟过来擦洗。B的痛苦，能从他干噎到头拱地、肋巴骨急剧收缩、一没及时扶住就"咯噔"倒地、四肢晃晃悠悠的状态中强烈地感受到，以至于我们的心都痛苦地抽紧。一直到早上，B应是已奄奄一息，可他仍然颤颤巍巍地站着不肯躺下——不是因为巨大的痛苦，一只小狗是不会这样的。可B整个过程中一声不吭，也不在我怀中呕吐。到了这个地步，他还在忍受，还在遵守多年来养成的干净习惯。

　　B无言，我却听见难忍的病痛折磨在他瘦小的身躯里咆哮！我可怜的B啊！

　　9月20日早上8点多，我和静用小被子裹好B，又抱他去宠物医院。路上，放在我双膝上的B又一阵猛烈抽搐和呕吐，我觉得自己的心肝都要被揪出来了。一到医院，事先已有准备的小周立即给B打针，B再一次猛烈发作，突然身子一松，由平时正常的蹲伏姿态变成四肢外伸的趴卧姿态，一如M重病时，眼睛半睁不睁地进入昏睡，但仍在不时地抽动。静此时已热泪涟涟，她知道我因M最后时刻不在她身边而深深自责难以解脱，这时将捧持B的位子让给了我。小周告诉我们，B是因心脏缺血引发抽搐，全身脏器几近衰竭。因缺血导致意识丧失，我们在他耳边招呼他毫无反应，他已不认人了。到11点多钟，被病痛折磨了这么久的B逐渐变得安静，11点51分，他在我和小周的怀抱环绕中停止了呼吸。我还抱着他，突然感受到刚才还温热的身体急剧地冷却下来……

那个曾经欢快的小精灵，此刻正从我怀中冉冉地飘向天国了吧？——我有生第一次如此真切、如此痛楚、如此无奈地感受到一个我们曾那样挚爱着的生命是如何一点一滴地消逝的……

这样近乎琐屑地写下一只小狗的最后时刻，是因为当时B与我永诀的感受至今还如灼热的烙铁般留在我的臂弯上；是因为这个几乎具备了人的一切的非人生命对于我们是那样弥足珍贵；还因为被世俗和偏见加上了各种恶谥的狗狗其实生与死都是可以如此牵系人心的……

我们把B安葬在M身边，在他们之间，还安息着朋友家前些时故去的另一只小狗。我凝视着盒子中静静侧躺着的B，他将会以这样永恒的姿态直至化为尘埃与大地融为一体，这姿态连同M同样的姿势永远定格在我心中。我轻轻揭开静买来裹在B身上的橘色毛巾，再次抚摸他已经僵直的身体，吻着他的头，最后一次嗅到他身上那熟悉的气味，暴涨的血液撞击得两穴生痛，喉头止不住地哽咽起来。静将B吃饭用的钢碗放在他嘴边，又放上几袋他生前最爱吃的牛肉干。毛巾重新裹上，盒子被合上，铲起的泥土哗哗地撒落其上——再也见不着B了，可我就在昨天，还执着地以为会看完病后将他再抱回家的！

天在下着小雨。我、静和赶来的小新伫立在新起的小小坟头前向B作最后的告别。也向近在咫尺的M致以吊唁。两朵新鲜的黄花被搁在了两座小坟丘之上。M和B的先后离去对我们家，尤其是对我的打击是巨大的。在那些悲泪长流的日子里，心情糟到了极点，干什么都了无意趣，甚至觉得男人视为最重的所谓功名事业都可弃如粪土，什么都比不上与M、B长相拥有。"问世间情为何物？直教人生死相许？"我反反复复地叩问：为什么两只小狗如此牵动着我的心神？人和狗的不了情为何可以纠结到如此地步？是他们对人无怨无悔一以贯之的忠诚？是无助弱势的他们将命运无保留交给你的无条件信赖？是他们的单纯、天真、无邪、活跃给不如意事常八九的人生带来的欢乐？……卑微的狗狗们身上所有的这些品格，恰恰是如今人世间最稀缺的，我离开那个职位才多久，周遭的熟人中有的就已几度变脸……而M和B，还有J和C，不管你怎样"尘满面，鬓如霜"，浪迹天涯千万里，他们都会无怨无悔地追随你……这不能不让我深深感慨。按照狗狗的寿命，M、B都已进入期颐之龄，但对我们而言，他们始终是长不大的孩子，看着他们生老病死，亲手送走他们，"白发人送黑发人"的难言之痛如磐石压心。唯一的慰藉是，现在的M和B，和"纵有千年铁门槛，终须一个土馒头"的人一样，都不分贵贱，彻底平等了。

然而，当年如白云冉冉飘来，在我们生活中演化出无尽的生命情状；转眼却又似轻烟淡淡散去，在亲人的心灵上留下难以言说的惆怅空虚，到底是为了什么？你们来到这世间，除了我们，有谁知道呢？那么，你们存在的意义、目的究竟是什么？你们在这世上"潇洒走一回"了吗？钻牛角尖似的，这些疑问时不时仍困扰着我。

著名的人道主义者、法国最受人尊崇的以马内利修女在她的《活着，

米萝文存：凡圣之间

为了什么？》一书中写道，不论在媒体界、政治界，甚至有时也包括宗教界，我们都活在一个煽情、耸动当道的时代。"今天，绝大多数人们所需要的，是赋予生命意义。"即回答"活着为了什么"的终极问题。我当然明白，于人而言，一生最重要的是活得有意义，有价值。只有活得有意义，有价值，才算没白活。而这个"意义"或"价值"，取决于生命潜能的释放与社会进步的吻合度，体现为个人心理的满足与社会评价的一致。若在以往，事情似乎就到此为止了。然而，M和B与我们相伴一生之后，我不能不去思考：对于动物，对于非人生命而言，是不是也有个"活着为了什么"的问题呢？

这绝非矫情。以苏格拉底、托马斯·阿奎那为代表的古希腊哲学家曾提出一种"目的论证明"的理论，其中一个要点是，世界万物结构如此巧妙，彼此之间配合那么协调，这表明它是出于一个伟大制定者有目的的安排，万物的合目的性证明了上帝的存在。这个理论无疑是荒谬的。恩格斯就曾批评说："根据这种理论，猫被创造出来是为了吃老鼠，老鼠被创造出来是为了给猫吃，而整个自然界被创造出来是为了证明造物主的智慧。"二千多年过去了，一百多年过去了，虽然用目的论也好，用别的方式也罢，谁也证明不了上帝是否存在，倒是有人道出"上帝死了"，但是，人类的行为却在证明着，猫、狗之类的动物被创造出来是为了供人驱使、当人宠物、为人果腹，而整个自然界被创造出来是为了供人类主宰和奴役。难道，这就是动物们活着的意义？这就是大自然存在的价值？

现在我们知道，任何生命都远比我们原先想象的复杂精妙千万倍。依靠着最先进的当代科技手段，人工制造最简单的生命都难上加难。可是，老天在纵情播撒无涯生命的同时，又毫不留情地大把割芦苇似的将这世上最奇妙最精巧之物成千上万地毁灭。难道这就是人和非人生命的宿命？莫非这就是天意？

从来天意高难问。

我非哲人，更不是通灵术士。"天意"于我岂知哉！我只是为M、B及所有类似生命来这红尘中走一遭究竟有何意义而焦虑伤怀。倘若于它们自己而言真有一份价值在，那作为亲人的我们，心里应该会平添几许慰藉和平衡吧。

然而，大智若老子者似乎窥见了天意之所在。"天地不仁，以万物为刍狗；圣人不仁，以百姓为刍狗。"将包括人和非人生命在内的万物当作用于祭祀用的草扎成的狗，用后即弃之，这就是自然法则，就是天道、天意。天道无法左右，只能承认顺应而无须伤感。其实，在无限宇宙之中，连人也不过是"刍狗"的角色，更何况"刍狗"的原型狗狗们呢！这样想来，还真有如释重负的解脱之感呢！

的确，M、B走了，还有J、C在；一茬一茬的生命之花凋零了，还会有一拨一拨的生灵将喧闹填满世界。虽然，万物的生生死死这个铁则谁也改变不了，但是，无端虐杀、毁灭生命毕竟有违天道、忤逆天意。动物们的生存和快乐也毕竟是天赋权利。人类凭什么可以将自己的生存和快乐建立在动物的死灭和痛苦之上？！这绝非天意。我们这个星球从来不缺少生命。但是万望关爱生命。我想，既然如今人类已逸出生物链的连环而具备了操控这链条的巨大能力，那么，只有将万类生灵置于自己的关爱之下，才算是获得了超越狭隘功利的真正人文情怀吧。

两年来，我和家人曾多次去看望M和B。每次我都要和他们说几句话，告诉他们，爸爸妈妈来看你们了！嘱咐他们在那个世界一定要健康快乐地生活。想着两个小小坟丘下面不到一尺之处就长眠着这两个曾与我们朝夕相伴的小家伙，而今却近在咫尺间，默默不得语，总是令我潜然泪零。

回到家里，无论何时，J和C仍是一如既往地又叫又跳迎过来。这种发自他们天性的欢迎仪式，或许于他们自己就是一种存在价值的体现？瞧两个小东西激动得又呼又喘的模样，我想他们此刻一定是快乐而满足，这种精神上的满足与他们吃食时口腹上的满足都是生存的必需。我们不知道的是，他们是否还记得M和B呢？

每天早晚，静都要精心调配准备J和C的吃食，为他们一遍又一遍收拾厕所，为他们洗脸洗脚，剪指甲、梳毛，每隔一些时日，得一个个洗澡、吹干，稍有不适还得掂量着给他们服药……十几年如一日的精心料理，静功不可没。种种琐屑磨人事小，一天也不能离开这个家却严重制约了静的外出自由。人生还能有多少个春秋？"这狗不能养呀……""快送人吧！……"间或有朋友如此劝说。我们理解好意，但绝对是一笑置之。不抛弃，不放弃，早已是我们对家中所有非人生命的既定方针。"养完这两只再也不能养了……"偶尔，静会这样说。我不接茬。世上事未可知。C就是一个"超生"。如果哪天碰见一只与M或B一模一样的小狗，我（也包括静）很难担保不会将它抱回家来——说不定它就是M或B的前世今生呢。

不知多少年以后，当我们，这些人和狗，这些事与情，都了无痕迹地消失以后，但愿这篇文字还在人世的某些角落存留着，那么，它所记下的那些，它所表述的那些，曾经的存在和曾有过的所思所感，或许就会留存下去，那些生命也就没有白来人世走一回……

2010年3月至6月草，7月改定

中古三星耀吉林
——关于东明、朱蒙、大祚荣的那些事儿

一

头顶上无边无际的蓝天穷极高旷邈远,浮游的半透明的缕缕白云更增添了它的深邃空明,让仰望它的人有一种身与物化的晕眩之感。但身边这座建于中古时代素有"东方金字塔"之誉的将军坟,却是触手可及的带有历史威压感的真真实实的存在。

将军坟坐落在吉林省集安市东北的龙山南麓,由1100多块经精细加工的巨大花岗岩石条砌筑,向上逐层内收颇类古玛雅古墨西哥坛状祭坛,通体凝冻着一股神秘气息。由于种种原因,这座庞大的古建筑曾像吴哥窟和敦煌石窟一样逐渐被人们所遗弃乃至遗忘,湮没、消失在荆榛树莽之中千余年……

我曾在荆楚古城古地的古庙、古桥、古墓、古巷盘桓勾留,也曾在大

学历史系的课堂上、古籍里爬梳沉想，更曾在十三朝古都、六朝古地流连凭吊，窃以为煌煌历史遗存尽在中原荆楚矣，却没想到，在原以为是一片蛮荒蒙昧之区的吉林黑土地上，竟然也能一睹如此美轮美奂之古王陵！

将军坟工程浩大，建构宏丽，气势雄浑，足可媲美关内那些留名青史被列入国家重点文物保护单位名录上的王陵，但它绝非吉林境内唯一一处可圈可点的历史文物，实际上它只是古高句丽众多座王陵中的一座，而与高句丽承前启后共同支撑起吉林几千年开发史的还有上起于秦汉下迄于隋唐以降的土著先民及夫余王国和渤海国这两个少数民族地方政权留下的无数遗珍。

秦汉至隋唐，是中国历史上王朝翻覆雄豪迭出的历史年代，当秦皇汉武、唐宗宋祖等一干英雄豪杰用巨手搅得大河上下怒浪滔滔、金戈铁马掀动长城内外苍茫风雨，强有力地将文治武功炳耀于天下之时，作为中原王朝藩属的夫余、高句丽、渤海等少数民族政权的创始人东明、朱蒙、大祚荣及其子孙，也曾此起彼伏、前赴后继地演绎过为古代中国开疆拓土、创建中华文明多样化形态的生龙活虎的边疆史，留下了民族融合、文化交流的篇章，也留下了龙潭山文化、高句丽王城、渤海旧城的大量遗存。正因为有了这些地方古国及创建它的风云人物，汉雨唐风润化关外，中原文明照亮了黑沉沉吉林古地的白山黑水⋯⋯

二

在历史烟云弥漫混沌的上古时期，吉林这片黑土地上就已生息着多民族的先民。到先秦时，濊貊族系古族人已成为吉林地域的主要居民，创造了松花江流域的西团山文化等古文明。至秦一统天下，汉承其绪，郡县制的触角已抵达今吉林珲春及其以东近海处，沧海郡的设置进一步促进了濊貊系古族社会的发展。西汉王朝时期濊貊族系中濊人的一支率先在嫩江中游地区建立了槖离国。至公元前二世纪末，一个新兴的少数民族政权的雏形已开始在政治、经济、文化均已达奴隶制社会临界点的濊貊系古族社会母体中躁动起来。而为这个王国雏形催生并初步打造成夫余国的正是槖离国王子东明。关于他的身世，史无明载，留传下来的是一团五彩斑斓扑朔迷离的神话传说。这种传说在中国和朝鲜史籍中多有记载，但最早见于中国史籍《论衡》——

> 北夷橐离国王侍婢有娠，王欲杀之。婢对曰："有气大如鸡子，从天而下，我故有娠。"后产子，捐于猪溷中，猪以口气嘘之，不死；复徙置马栏中，欲使马藉杀之，马复以口气嘘之，不死。王疑以为天子，令其母收取，奴畜之，名东明，令牧牛马。东明善射，王恐夺其国也，欲杀之。东明走，南至淹淲水，以弓击水，鱼鳖浮为桥，东明得渡，鱼鳖解散，追兵不得渡，因都王夫余。故北夷有夫余国焉。

一个边陲不化之地少数民族地方政权创始人的神话传说，居然被中国中原王朝的史书、史籍记录在案，足见这一人物连同他的建国传奇的影响及其在中原衮衮诸公眼中的重要性。神化自己的始祖，神化杰出人物的身世，这是生活在中国大地上的汉族和少数民族的共同做法，周朝先人后稷，满族祖先库里雍顺降生之说，汉高祖刘邦斩白蛇起义之说，等等，皆如出一炉。然而，撩开神话传说的神秘外衣，综合散见于史籍的零星资料，我们还是可以大致还原一个比较接近真实的夫余国始祖东明的粗线条轮廓——

东明之母是橐离国王后宫中一位地位卑下的侍婢。当她有娠时，国王或是疑其私通，或是担心生下孩子于王权继承不利，乃欲杀之以绝后患。这才逼着侍婢编造出"有气大如鸡子，从天而下，我故有娠"的说辞侥幸免死。东明出生后，国王指使人将他扔到猪圈马厩中同牲畜一起生活而大难不死，这种"贱养"既使庶子东明自小就体验了下层卑贱者的艰辛遭遇，又锻炼了他的体魄。但却令国王疑其为"天子"，"令其母收取，奴畜之"，打发去放牧牛马。其时牧奴中大约颇多士卒勇夫，东明由是练就一身骑射功夫，成长为智勇兼备的昂藏伟丈夫。这就招致王室成员的妒恨，谗言顿起，国王害怕东明要"夺其国"，又一次动了杀机。于是东明从危机四伏的王宫出走，与心腹南渡淹㴲水（今嫩江与松花江汇流处附近），一路上备遭困阻，终以自己超强的智慧和坚忍不拔的意志，到达松花江以南。审时度势，招贤纳士，臣服了当地濊人土著，创建了夫余王国。

也许正是因为史籍中几乎没有关于东明其人的具体记载，当我写此文时更加心存揣想：此公真是长得"天日之姿，龙凤之表"，英气逼人，以致周边人视其为"天帝之子"，加以追捧？还是中人之姿，但腹有良谋、胸怀大志的英豪？抑或是真人不露相，混在当时千万平头百姓中则不为人知，而一旦登高一呼却应者云集的人杰？……但都已无据可考了。唯一可以坐实的是，他一手打造了夫余王国。

这大约是公元前二世纪末以前的事。也是南迁橐离人与濊人的一次民族融合。其建之初，以今吉林市东团山、龙潭山一带为活动中心，后迁至今农安一带。其时夫余尚属奴隶社会早期阶段。东明立国后便迅速扩张势力以武力慑服肃慎、高句丽，同时与中原王朝长期保持一种朝贡的藩属关系，学习中原王朝的封建礼仪、官制，儒家典籍，接受中原王朝的封号印绶和管辖，在政治、经济、文化上都有了长足进步。此后数百年间，夫余国的统治者们基本上维系了始姐东明奠定的内政外交方针，以藩国之属长期与中原王朝保持友好服从的关系。直到494年（北魏孝文帝太和十八年）降高句丽，这个享国近七百年之久，肇基于西汉王朝时的吉林古国终于熄灭了它最后的一缕光芒。

三

公元494年，接受夫余人举国投降的是高句丽二十一代王文咨明王罗云，他的上一代王长寿王巨琏乃其祖父，而长寿王正是将军坟的墓主。这位长寿王在高句丽历史上也是一位赫赫有名的人物，在位期间，迁都平壤的是他；入侵百济，攻陷其都城汉城的是他；攻取新罗狐鸣等七城的是他；死后被魏文帝追封车骑大将军的是他；为其父、第十九代王广开土境平安好太王修陵建"好太王碑"传之后世的也是他。寿王的将军坟阶坛共7级，寿王墓室建于第三级阶坛，室顶由一重达50吨的巨石覆盖。室内平行放置的一大一小两块长方形石棺床至今保存完好。只是历经千多年的岁月沧桑，墓主的衣冠连同那曾经辉煌一时的高句丽王国都已荡然无存，棺床上空无一物。墓室外，将军坟沐浴在夏日夺目的阳光下，而这墓室内却清幽如许。此情此景，令来凭吊的我辈莫名地生出几许怅惘，同时也有一个突如其来的疑问悬停在空中：当文咨明王罗云从祖父长寿王手中刚接过王位不几年，于公元494年接纳"夫余及妻孥以国来降"时，他知不知道，想没想过，五百多年前，他们的远祖、高句丽王国的创始人朱蒙还曾是夫余国王子？且与夫余后来的金蛙王有着一段感人的交往？——公元19

年夏,高句丽始祖朱蒙之母柳花夫人死于夫余,夫余王金蛙仍以太后礼仪厚葬柳花,并建神庙奉祀。此情不可谓不重。同年冬,朱蒙还遣人前往夫余,厚赠高句丽方物以报答金蛙的大恩大德。朱蒙与夫余王室的爱恨情仇岂是一个"缘"字了得?!然而正是朱蒙当年从夫余的出走,才有了高句丽王国,才有了好太王、长寿王、文咨明王这些后世子孙得以一展身手的广阔舞台……

更令凭吊者纳闷的是,朱蒙出世与东明降生创业的神话传说竟然高度重合。创立夫余国的东明是因其母"有气大如鸡子,从天而下,我故有娠"而生;打造高句丽政权的朱蒙则因其母被"幽闭于室中,为日月所炤(照),引身避之,日影又逐而炤之,因而有孕,生一卵,大如五升许",后从卵中生;东明生后被置猪圈,"猪以口气嘘之,不死;复徙置马栏中……马复以口气嘘之,不死。"朱蒙尚在肉卵中,夫余王以为怪物,弃之,但狗不敢食,牛马绕行,群鸟遮护,刀砍斧劈皆不开,只好交回其母柳花,后由肉卵生一英俊男儿。——总之,他们都是天纵英才,号称"上帝之子",非凡夫俗子所可比也。而且,两人生于宫廷,皆为庶子,又皆善射。且都由于英才遭忌,于是一个离开橐离王宫南下,建夫余,另一个弃夫余远走高飞,创高句丽。前后相距不到二百年。

尽管神话云山雾罩,学者们依据各种史料做出的分析也使我们能像接近东明一样,走近一个比较符合历史真实的朱蒙。

他是夫余王子,但其母柳花夫人非夫余王正室,故朱蒙也只是庶子,同其母一样,朱蒙在夫余王室中地位不高。然而位卑者往往高贵,练就一身武功,又智勇过人的朱蒙在以王位继承为争权夺利之核心的宫廷斗争中处于不利地位,经其母柳花夫人点拨,他带领亲信乌伊、摩离、陕父等三人脱离王室逃出生天，跟随他的或许还有一支军队。这一行动发生在汉元帝建昭三年（公元前37年），朱蒙时年22岁。

在当今这个年龄的男人还被称为"男孩"，似乎迟迟不愿长大，而两千余年前的"男孩"朱蒙，却已经历了生与死的考验，冰与火的洗礼，他们一行来到土壤肥美，山河险固的卒本川（今辽宁省桓仁县城附近）居留。两年后，开始在纥升骨城营建都城。因此地是西汉王朝玄菟郡管辖下的高句丽县，所以朱蒙在卒本川建国后就定国名为高句丽。

不过，除了后人附会的朱蒙出生、去国的种种神迹外，当时及后世关于朱蒙行事为人的具体记述几乎是一片空白。只有朱蒙收服松让一事，倒有笔记小说式的传闻：朱蒙建国立都后的某一天，在沸流水边发现有菜叶自上游漂来，断定上游一定有人居住。乃以狩猎之名率人顺流而上，来到沸流国所在地。沸流国王松让说朱蒙："寡人僻在海隅，未尝得见君子。今日邂逅，不亦幸乎？然不识君子自何而来。"朱蒙答曰："我乃天帝子，来都于某所。"松让曰："我累世为王，地小不足容两王，君立都日浅，为我附庸，可乎？"朱蒙闻言十分恼怒，双方决定以较量射艺决定胜负。结果，精于射术的朱蒙获胜，松让服输。翌年，松让举国降之。朱蒙将其地作为多勿部，仍命松让管辖。

这个故事相当精彩，从中可以看到朱蒙在创国之初是如何用智慧、计谋赢得机遇，以兵不血刃的和平方式获得新地盘的。当然也不能一概和平解决之。毕竟是开疆拓土的战争，军事行动肯定是主要方式。公元前32年，朱蒙命乌伊等率军征伐了位于今长白山东南的荇人国，并在此建立了高句丽城邑。公元前28年，朱蒙又命扶尉猒率兵灭掉了位于今长白山东部的北沃沮，也在此地建起了高句丽城邑。至此，朱蒙用十余年时间建成了由夫余人、高句丽人、貊人、汉人等各民族组成的地方政权,势力扩至沸流、荇人、北沃沮等部落,辖有今通化县、白山市、临江市、长白县及长白山东北一带。公元前19年(汉成帝鸿嘉二年),完成了立国建都扩地大业的朱蒙去世。在位十九年,年仅40岁。

朱蒙可说是高句丽乃至整个东北古代史上的一个传奇。他励精图治,赤手空拳打下一片天地,在沉寂的吉林历史天空爆出了一团璀璨的焰火,照亮了他后世子民大展拳脚的舞台;他英年早逝,没有留下任何有关他死因和遗言的记载,我们无从揣测他是心有不甘还是心满意足。但不争的事实是,朱蒙创建的高句丽国,经过他二十几代继任者的打拼,延续了七百余年,这在中国历史上的少数民族地方政权中几乎是绝无仅有的了,国祚之长几可直追中原八百年殷周王朝。这也是朱蒙垂于青史的不朽成就。

朱蒙的继任者中,鲜有昏君,其中有几代王更是文治武功,声威显赫。第二代王琉璃明王即位仅一年,就完成了"迁都国内(今集安市区西部),筑尉那岩城"的国家工程,使高句丽王国在此雄踞四百年之久,在白山黑水间上演了不断开疆拓土、整治政经、发展文化教育、同中原王朝偃武修文、友好往来的精彩剧目。第十九代广开土王(即好太王)谈德更是一代雄主,史称其"生而雄伟,有倜傥之志",在位期间励精图治,南征北讨,扩大了高句丽的疆域,增强了高句丽的国力,将高句丽推上辉煌顶峰。他战胜朝鲜半岛的百济并取得其以南大片土地,为其子第二十代王长寿王迁都平壤创造了有利条件。长寿王即位不久即迁都平壤以避北魏之锋芒,从而使高句丽在此后二百余年间得以在朝鲜半岛上充分发展。为感念先王的功绩,第二十代王长寿王巨琏在好太王故去第三年修建了好太王碑,时在414年(东晋安帝义熙二年)。就在这为好太王记功的碑文中,还特别铭刻了其始祖朱蒙"剖卵降世生而有圣德"及南下建国途中的种种奇闻。

朱蒙死后被葬于今辽宁桓仁的龙山，谥号东明圣王。其墓今尚在，但较粗糙简朴。其后代子民却经长达数世纪的不懈努力，创造了高度发达的高句丽文明。尤其是他的历代子孙，留下了高句丽山城、千里长城、洞沟古墓群、太王陵、将军坟、五盔坟、四盔坟、千秋墓、国内城、丸都山城、关马山城、霸王朝山城等一大批数以万计的古建遗迹。特别是好太王碑名闻遐迩，成为上继朱蒙下启后世的里程碑式的国家级文物。

令人慨叹的是，长寿王死后，其继位者一改前朝内奉中原的遗策，重起刀兵，导致包括隋唐两朝最高统治者隋炀帝、唐太宗御驾亲征的数次战争。668年唐军直逼平壤，高句丽末代王宝臧出降。"最是仓皇辞庙日，教坊犹奏别离歌。垂泪对宫娥！"此时宝臧心中况味，亦如南唐后主李煜乎！所谓"早知今日，何必当初"，此其谓与？从此，由始祖朱蒙创立，经二十几代王朝苦心经营七百零五年之久的高句丽国在大唐版图上化作九个都督府，42个州，100余县。由唐代名将薛仁贵出任平壤安东都护镇守之。

四

当东明、朱蒙在时光隧道中渐行渐远，历史的尘埃将他们印在吉林大地上的深深足迹一个个掩埋之际，又一个少数民族强人大祚荣连同他创建的渤海国于公元698年崛起于盛唐时期的吉林大地。此时距高句丽为唐所灭（669年）仅30年。

渤海国是建于唐代以靺鞨族人为主体的地方民族政权。说起这靺鞨族来，真大有来头。作为中国东北地区古代少数民族之一，其远祖肃慎族自先秦以来即生息于东北的白山黑水之间，但其族名却一变再变：东汉之际改肃慎为挹娄，南北朝时挹娄改称勿吉，后又称靺鞨。渤海国时"始去靺鞨号，专称渤海"，渤海之后其遗裔先后易名女真、满洲、满族。

不管怎么称呼，靺鞨部族历史上一直与中原政权保持臣属关系，不断送子弟到内地留学，派使节到内地取经，如饥似渴地学习中原先进文明。但同时与高句丽有着十分复杂的爱恨关系，既受高句丽驱使，又常与之发生冲突。隋末，粟末部首领与高句丽战，战败后，率其部千余家内属，处之于营州（今辽宁沈阳）。这些定居下来的粟末靺鞨人"与边人来往，悦中国风俗，请被冠带，帝嘉之，赐以锦绮而褒宠之"，从而加速了靺鞨人汉化的进程。高句丽灭国后，大批高句丽人和依附于高句丽的粟末靺鞨、白山靺鞨人纷纷内迁，并与营州的粟末靺鞨人会合。在这个内迁浪潮中，就有大祚荣父子率领的家属部众。他们同隋朝时就迁入营州的粟末人和汉人杂居一地，更多更直接地受到先进汉文化的熏陶，知悉了创建政权的基本套路。这就为靺鞨人建国注入了初始能量。而这时，中原唐王朝内政纷乱，放松了对东北各少数民族势力的控制。特别是高句丽灭亡，契丹入侵河北阻隔了唐对东北的掌控后，东北吉林地区突然出现了权力真空。

面对这天赐良机，已经蓄势多年的大祚荣父子毅然率部东归。自营州东渡辽水，抵达长白山下靺鞨人的故地，很快同当时的高句丽遗民及其他几个较大的靺鞨部落联合起来，成了一股不可小觑的地方势力。大祚荣利用契丹阻遏唐军进讨的机会，凭仗所在奥娄河（今牡丹江）的险要地势，筑城自卫，于698年宣布建国称王。自行将朝廷赐颁其父的"震国公"晋升为"震国王"。接着遣使突厥,结义盟好,消弭外忧。不久,又将王都迁往敦化县南郊的敖东,以利于农业生产和向四周发展。体现出大祚荣开放长远的政治眼光。

705年和713年,唐中宗、唐玄宗先后两次派遣使臣前来招慰和册封,颇识时务的大祚荣欣然拜受,将自号的震国废弃,而按朝廷的封号,专称渤海国,并去掉原有的靺鞨族名,自此称为渤海人。这种名义上的改动意味深长,表明大祚荣本人既是靺鞨人的最高首领,又是唐王朝委任的地方行政军事长官;渤海国政权既是靺鞨人自己管理自己的行政机构,又是唐朝管辖内的一个州,是唐朝的地方行政建制。

纵观靺鞨族的历史,那真是一个孜孜以求,不断将创建政权、创立王国的政治游戏操弄于股掌之上的大玩家。当它被称作女真时,他们在北方建立了金国;当它被称为满洲时,他们从白山黑水大举入关,建立了大清帝国。而在这两次立国大典之前,他们于中国的盛唐时期以渤海国的名义进行了史上第一次的"建国"演练。

同夫余的东明、高句丽的朱蒙一样,史籍中没有留下关于大祚荣个人音容笑貌、行状谈吐的任何资料。有关他发迹、立国的有限记载不过是夹在书本中风干了的记忆碎片。然而他们的确是在吉林这片黑土地上生龙活虎般生活过的一方豪杰,他们当年搞风搞雨留下的遗迹至今犹在在可见,到处都散发着曾经身处其中的历史人物的气息。努力捕捉这些信息,人们有理由相信,这个大祚荣应该是一个长着圆阔脸庞,上唇蓄着两撇长须,鼻隆额方,双眸隐有精光的汉子;身材不一定高大,但必然是敦实强健的,且娴熟刀弓,行动干练机敏;此公还应是腹有机谋权变,辩才无碍,极富鼓动性和浓厚的个人魅力。不然,他怎么能在信息流通闭塞、交通十分不便的中古时代，审时度势，把握机遇，该出手时就出手，打出"建国"旗号而又能避开各方势力的干预，在一片"空白"中以自保？我们可以想见，在他们内迁营州的三十年漫长岁月中，大祚荣是怎样日复一日奔走于这里结交的汉人高句丽人之中，时而谈笑晏晏，时而买醉醺醺，时而埋首中原典籍华章，时而投身当地各种官办民办的社会活动；在这样的场合，他精力充沛，行事豪爽，能屈能伸；双眼偶或精光一闪，随即敛去，换上狡黠或诚恳的笑意。就是这样，他不仅结交了一批各色朋友，更是把中原王朝的典籍制度、政权运作模式、官场礼仪学到手。东归长白山后，当地的高句丽遗民，以及其他靺鞨族部落，为他杂博的见识、为他极富煽动性的口才、为他提出的充满诱惑性的"建国"方略、为他身上散发出的领袖魅力所折服，于是自愿联合起来，成为实现大祚荣建国梦的基础力量。

　　大祚荣当然是一个富于政治智慧、目光远大的人。这种政治智慧和政治眼光最重要的是体现在他对中原王朝的态度上。

　　中国的中原文明历史悠久，内容宏富，在社会发展阶段和政治制度、经济水平、文化层次上远远高于周边少数民族地区。依托这种高度文明崛起的历代中原王朝在体量上，在政治、经济、军事实力上，在文化同化力上，都是其他地方势力难以望其项背的。看看吉林历史上的几个地方政权吧，当它们同中原王朝交好时，就有了强大的政治依托和安宁保障，中原先进的文化就得以传播过来，有力地推动地方政权在政治、经济、社会各方面的发展——这种速度远远快于其自身自然式的发展，甚至出现跨越历史阶段的奇迹。夫余国在其延续的数百年中同中原王朝的关系分分合合，但总体上是内奉中原的，中原王朝先进的典章制度对于夫余的政权建设起了很大作用。但当中原地区社会动荡，中原王朝国力衰微时，地方政权就陷入互相攻伐、一朝败亡的境地。夫余国正是在中原政治陷入分裂，无力他顾时被其他地方割据势力击溃的。高句丽王国的七百年历史中，内奉中原也一直是其当权者的国策，该国从这一政策中获益多多，是达成其繁盛的一个重要因素。直到隋灭唐兴，高句丽、百济不遵唐命，联合进攻新罗，违背了同唐王朝的友好藩属关系，唐太宗天威震怒，发大兵两次亲征高句丽，高句丽由是覆亡。

高句丽灭国，距大祚荣建国才不过三十年。殷鉴不远，他应该是感同身受，刻骨铭心的。这个腹有机谋但深藏不露的强人，当唐中宗、唐玄宗两次遣使来招慰册封时，他不仅毫不犹豫地拜谢受封，而且为了表示效忠朝廷、履行属下职责和义务，大祚荣还遣其子大门艺随唐使入长安谢恩为质。在他执政期间，先后六次派遣其子或属臣入唐朝觐，贡献方物，领取赏赐。他还向唐朝廷奏请就市交易，并要求到内地做佛事交往。这些请求，大唐王朝都一一予以满足。

719年春，70岁左右的大祚荣去世，但他与中原王朝修好的国策被其继任者们承袭下来。据统计，渤海入唐朝贡先后达49次之多。就是说，千多年前，在今吉林敦化到陕西西安的漫漫长路上，大祚荣的子孙和使节们曾经不知疲倦地、虔诚又满怀希望地为唐王朝奉上吉林的土特产贡物、渤海王室的奏章信札，又从唐王朝带回丰厚的赏赐、坚定的承诺和各种支持。正是这种政策，维护了渤海国的政治稳定，经济发展，社会平安。渤海国经大祚荣二十余年的打理，到他离去时，已占有地方两千里，编户十余万，拥有"胜兵数万"，享有"海东盛国"之美誉。他的子孙中，第三代渤海王大钦茂偃武修文，宪象中原制度，大力推进唐朝政治制度和文化思想，诸如统治机构设置、地方行政区划、官吏配备、通行汉文字、崇尚儒家思想等等，都与唐帝国这个时代巨人顾影随形，形成"车书本一家"的格局。到第十一世渤海王时期，渤海社会经济长足发展，"海东盛国"于此达于巅峰。

大祚荣创建的渤海国，是中国历史上少数民族地方政权中与中原王朝关系最为友好的一个藩国，也是汉化程度最高的地方自治政权，对促进东北境内各民族大融合，推动东北地区的早期开发，都居功至伟。渤海国王大祚荣，继东明、朱蒙之后，也在白山黑水间留下了巨大的足迹。至于他魂归何处，已无足紧要了。

五

东明建夫余国于公元前二世纪末之前，公元494年降于高句丽，享国近七百年。朱蒙创高句丽国于公元前37年。从朱蒙立国到夫余降高句丽，其间有四百多年之久是夫余与高句丽的并存期，称得上是双雄并峙，让沉寂的吉林大地红红火火热闹了好几个世纪。朱蒙出自夫余国王室，与夫余同属濊貊族，高句丽人也是由濊貊族系中分化出来的一个部落。这两个同出一源的部落政权在四百余年中既交往又争斗，其势此消彼长，最终夫余为高句丽所亡。但这两个地方王国都创造了深受中原文明影响的璀璨地域文化，当这两颗硕大的流星划过沉沉中古吉林的历史天空时，几个世纪的人们都在仰首观望点赞，为它们莫名的瑰丽，也为它们多舛的宿命。

将军坟和它的主人见证了夫余王的来降，也见证了故国自身的陨落。但它更见证了另一颗新星的迅捷升空。仿佛是为了不使吉林这片黑土地重归沉寂，距高句丽繁华散尽仅三十年，渤海国就横空出世，以二百多年的历史，以别样的风采风情让世人永远记住了大祚荣及他的子孙们。

我们再一次来到了将军坟。登上坟顶自有一种"念天地之悠悠"的指顾历史风云，挥洒无边思绪的感慨，但进入长寿王曾长卧的墓室，更有某种如进入到金字塔深处，触摸历史深层内核，悟感某种历史玄机的深邃、凝重。同行者已经各自走开，墓室内光线逐渐阴暗。我静立着，思绪似已弥散在浩茫无际的时空……我在时空中穿越千载，努力感受着当年虽寿高92岁但已然了无知觉的长寿王的衣冠被他的臣民们送进这墓穴时的场面和气氛，感悟着代代无穷已地书写历史，又随时随地被历史清场的被称作"历史人物"的那种生命存在的真谛和意义……

2015年2月

米萝文存：凡圣之间

西陵纵横

泰陵怀古

这就是清西陵吗？

我们这一群在保定参加精神文明建设宣传经验交流会的新闻工作者，驱车百十里来到易县的永宁山下时，举目都是光秃秃的丘陵，既无泰岱之雄，亦无峨眉之秀，却兀地现出一片苍松翠柏，掩映着洁白的雕栏玉砌、大红的朱门宫墙，墙内祭殿巍峨，明楼高耸，黄、绿两色的琉璃瓦顶在春日的阳光下金碧辉煌，明楼后面一座座巨大的圆形宝顶（坟丘）却似蹲伏不动的庞然怪兽，将它们的脊背拱向蓝天，有如斯芬克斯，使这静谧的幽谷平添了一股森然的威压之势。就在这周边达百余公里、围墙达二十一公里的陵区内，有帝陵四座（泰陵雍正、昌陵嘉庆、慕陵道光、崇陵光绪），后陵三座，妃陵三座，王公、公主园寝四座，共葬七十六人。陵内殿宇千多间，石建筑和石雕刻百余座，建筑面积达五万多平方米。真是名副其实的"帝王之谷"！

可是，当年那崛起于关外林莽的满族帝王入主中原后，为什么要选择这远离京城的不毛之地作为自己的"龙穴"，而没有像明十三陵那样就近建造呢？

只有当我们登上雍正葬身的泰陵明楼披襟当风时，才看出这"万年吉地"的恢宏气势，苍黄的山丘绵延无尽，如大海波涛起伏，风中疾走的白云仿佛在追逐、在搏击这滚滚黄涛。高天寥廓，思绪纵横。虽然时值仲春，却似乎有股秋肃之气扑面而来。我忽然想起"骏马秋风冀北"之句，那是何等壮阔的图画：秋草浪涌，雁阵横空，塞马长嘶，金风飒飒。的确，这冀北燕赵之地的气象是迥异于"杏花春雨江南"的，它线条粗犷遒劲，色块凝重浑朴，韵调激越苍凉，不似江南的旖旎秀雅，完全是一种伟岸的阳刚之美，与关外的白山黑水相仿佛。三百多年前，当勃兴于白山黑水间的八旗精锐金戈铁马问鼎中原时，是很有些"掣长鲸于碧海"的阔大气魄的，尽管此后歌舞升平的安逸享乐生活使骁勇善战的八旗子弟每况愈下，但他们的祖先却无愧于富于开拓进取精神的一代天骄。马克思曾说过，不管资产阶级社会怎样缺少英雄气概，它的诞生却是需要英雄行为的，它的斗士们需要从古代的传统中找到把自己的热情保持在伟大历史悲剧高度上所必需的理想和幻想。封建时代每个新王朝的创业者大概也是如此吧？处于奠国拓疆、康乾盛世之间的雍正之所以看中这块宝地，是不是塞马秋风的雄厉景象重又激起了骨子里已逐渐泯灭的先人豪气，勾起了对发祥之地的缅怀呢？当然，更可能的是想借这山川之灵气以昌盛国脉吧。

可叹的是，此后的清王朝闭关锁国，不仅拒绝吸收外来的先进的东西；而且窒息内部的一切新事物，终于走到了穷途末路。光绪看到了"国将不国"的危机，支持新派谭嗣同变法维新，以图振作，孰料却遭西太后慈禧的无情扼杀。其时清王朝气数已尽，备受西太后挟制的光绪生前已无力为自己营造陵墓，清亡之后才由逊清皇室继续修建，其建制规模已无复往昔景象，却也忝列于此，实际上，它既是一个皇朝的终结，也是整个封建社会的终结。

不过今天的游人们似乎对这位短命皇帝无多大兴趣，倒是往往在崇陵之东的珍妃墓前驻足遐想。据说，光绪、珍妃两情融洽，珍妃是支持光绪变法维新的，因而招致慈禧的嫉恨，将她打入冷宫意犹未尽，终于在1900年借八国联军攻陷北京之机将她投入水井，致使这弱女子二十四岁就玉殒香消，其后遗体几经辗转才迁葬于此，光绪生前与珍妃咫尺天涯，死后才泉台相会，这个爱情上、政治上的悲剧，留给后人不少值得咀嚼的东西……

燕 赵 悲 歌

燕赵自古多慷慨悲歌之士！

即以清西陵坐落的这片古老土地而言，就西有紫荆山，南有易水，与狼牙山隔水相望，东为燕国古下都遗址。公元前227年，秦国出兵进攻齐、楚等国，将及燕国。在燕国"小弱，数困于兵，今计举国不足以当秦。诸侯服秦，莫敢合从"的危急形势下，侠士荆轲受燕太子丹之重托，仗剑入"虎狼之强秦"谋刺秦王，以解燕国之危。就是在易水之滨的军事重镇燕下都，荆轲与"皆白衣冠以送之"的燕太子丹等诀别，慷慨悲歌："风萧萧兮易水寒，壮士一去兮不复还！"后人慕荆轲之雄烈，乃将易县城西南一山名之为荆轲山，上建荆轲塔。而与此塔相距三十多公里的狼牙山上的烈士塔却铭刻着人民革命战争年代更为激撼人心的悲壮一幕：1941年秋，日本侵略军三千余人分九路向我晋察冀边区大举进犯，我主力部队转移到外线作战，仅留下少量部队在狼牙山的牛角壶一带牵制敌人。浴血奋战之后，只剩下马保玉、葛振林等五战士，在三面受围、弹尽粮绝的情况下，他们宁死不屈，跃身悬崖，是为狼牙山五壮士。

现在，当我们站在西陵最高处遥望荆轲山、烈士塔时，似乎易水之滨仍在回响着"壮士一去兮不复还"的历史余音，狼牙山上惊心动魄的悲壮呐喊犹在百里陵园中振荡……"天地有正气，沛乎塞苍冥"，正是这浩然正气，铸就了燕赵豪杰，民族精英。

保定地委宣传部和西陵文物保管所的同志的介绍，又把我们引回到现实中来：十年浩劫，河北，尤其是保定地区（易县当然不例外）成了重灾区：武斗猖獗，派性恶性发展，党政机关瘫痪，经济受到严重破坏，某些贫穷山区的人民甚至连温饱都没解决，整个局势在动荡之中。北京和全国在关注着。这儿的人民毕竟有燕赵豪杰的气概，从党中央派来的省委第一书记，新上任的保定地委书记，到山沟沟里连饭也吃不饱但却舍家豁命要告倒贪赃枉法者的农民大娘，都把希望、赤诚和一腔热血放在贯彻落实党的十一届三中全会以来的方针、政策上去了。经过艰苦的努力，他们消除了派性，稳定了局势，发展了生产。接着在席卷全国的改革大潮中，在社会主义物质文明和精神文明的建设中，他们又做出了显著的成绩。且看保定地区：1958年荣获周总理签发的"农业社会主义建设先进单位"奖状的辛兴村党支部以党风带民风，促进了经济的迅速发展，被河北省命名为"文明村"；定州市总司屯办事处运用"层次对应"的方法，对农村党员进行教育，取得了最佳效果，定县县委、县政府把全县二十五万个自然村分为六个基地、二十个基点分类指导，聘请科技人员为顾问，建成三万多亩"千元田"；涿县解放生产力，，十一万妇女投入十大行业的商品生产，仅1984年即创产值1.5亿元，约占全县工农行业总产值的50%；易县北管头村五名青年组成"狼牙山青年林业社"，两年绿化荒山2700亩，被全国绿化委员会和团中央授予"绿化祖国突击队"称号；涞水县大力发展"双向式"城乡经济，望都县建立"农副产品生产者协会"，安国市创办了农民技术研究会，广泛开展"抓科技，增效益"的活动……类似的两个文明建设的先进事例，保定地委的同志可以一气举出百来个。就连这个1961年被列为全国重点文物保护单位的清西陵也焕发出了新的光彩。1980年以来，该陵文物保管所同当地驻军一起，从清理陵区环境入手，在职工中大抓"四有"教育，不断把"五讲四美三热爱"活动引向深入。目前整个陵区清除草茨面积达三十多万平方米，运走垃圾一千三百多立方，完成了四座帝陵的消防安全给水网的铺设工程，补栽常青树木一万多株，育苗十五亩，培养花卉百余种……西陵的如此变化，恐怕是长眠在西陵下的那些人们万万想不到的吧？！

当然，燕赵大地上两个文明建设的硕果不是轻易得来的。在经济体制改革和经济建设的进程中，省委、地委和人民群众一道，经受了改革的阵痛，经历了曲折的斗争，付出了宝贵的心血。蒋子龙不是写过表现农民改革家阔大胸怀和坎坷命运的报告小说《燕赵悲歌》吗？的确，改革，仍然需要敢于拼搏、敢于开拓前进的慷慨悲歌之士！不过，这"悲"并非悲切、悲痛、悲哀、悲剧的"悲"，而是悲壮的"悲"，是为了祖国的前途，人最宝贵的精力和生命在上下求索、九死不悔的奋斗中奉献、升华所展示的深沉、壮美和崇高。是的，我们面临的"第二次革命"——改革，正在造就千千万万新时代的慷慨悲歌之士，有了他们，我们改革的成功、目标的实现，是毫无疑义的。

两个世界

易县人民不会忘记1982年的4月18日。这天正是星期天，清西陵桃红柳绿，游人如织，春意正浓。上午九点三十分，中国民航的一架直升机在陵区上空盘旋了一圈，然后降落在泰陵小牌楼西的海墁上。机舱门打开，健步走下舷梯的竟是日理万机的胡耀邦同志！

总书记立即同游人们汇聚到一起了。他进了隆恩门，但只看了一眼隆恩殿，转身就往外走。常驻西陵文物保管所的易县文化局副局长跟了出来。总书记详细询问了保管所的情况后，笑着说："那还不错，今后在搞好文物保护和旅游外，还要搞绿化，美化环境。"随后，耀邦同志又来到嘉庆昌陵西边的驻军营房，接见了这个部队和易县各部门负责人，听取了易县县委关于发展林业的汇报，针对太行山区的特点，做了建设山区、绿化山区的指示。

这是一次普通的来访，又是一次重要的视察。西陵之所以有今天的新貌，太行山区之所以有现在的变革，都跟总书记的此行有关。这以后，一些中央领导同志曾多次亲临河北的城市山乡，同地方的同志一起共商发展生产、富国富民的大计。就在我们参加的精神文明建设经验交流会召开前夕，即今年4月17日到20日，耀邦同志又来到保定地区的五个县，风尘仆仆地实地考察、访问农户、开座谈会，就加快山区建设步伐，尽快绿化太行山做了重要指示。在这次视察中，耀邦同志希望广大中青年干部要学会两件本事，一是要学会创造性地贯彻上级指示，二是要学会正确处理党内矛盾。"我们之有今天，全靠了党中央的指引啊！"保定地委、易县县委的同志谈起这些，感激之情发自肺腑。我们也深有同感。

在由易县乘车返回保定市时，大家忽然瞥见了车窗外早已荒废、又被农田水利建设切断的路基和河中光秃秃的石砌桥墩，地委的同志颇有感触地指点说：那是当年西太后慈禧由北京来西陵谒陵时火车道的残迹。史载，清朝自在河北遵化和易县分别修建东、西二陵后，每逢皇帝谒陵祭祖都要兴师动众，皇舆、坐骑、车辆、差役、御林卫队旌旗弊日，甲仗耀目，浩浩荡荡，接连数里，来回四百多里的行程，所耗人力、物力、财力之巨令人咋舌。1903年，那个扼杀变法、敌视科技、丧权辱国的西太后谒陵，却是坐火车去的，演出了一场用近代科技为封建宗法、神权活动服务的闹剧。当时芦汉铁路（卢沟桥至汉口）北段已建成，但京芦之间尚无铁道，为了这次谒陵，特地抢建京芦段，同时铺设由高碑店至易州（易县）泰陵的轨道，使之与芦汉铁路相衔接，仅此一项花白银六十万两。铁路既成，又特别筹办谒陵的专用车辆——龙车。承办此事的盛宣怀、袁世凯等人借机邀宠，大事铺张，把个龙车弄得珠光宝气，甚至特置吸鸦片床，如意桶（"便溺器也，底贮黄沙，上注水银……外施宫锦绒缎为套，成一绣墩"），极尽奢华之能事。随行的有光绪帝、后妃和庆亲王等一大帮皇亲国戚，盛、袁二人亦在内。现在，面对当年的铁道残迹，这里的人们已经司空见惯，但乡亲父老和地、县的同志每谈及此事，辄感慨系之：谒陵之举对于封建统治者来说完全是为了维系一己皇权，显示其统治的合法性、延续性，但对于人民群众来说则是一场劫难。慈禧谒陵给沿途百姓带来沉重负担和骚扰，以致事后朝廷不得不宣布这些地方"应征本年钱粮，著加恩蠲免十分之三"，以免激起民变。所幸社会发展的规律不以任何人的主观意志为转移，封建统治者的"敬天法祖"也不能挽救束缚生产力发展的旧社会的必然灭亡。

巴士沿着坦荡的公路，在这片古老而又年轻的土地上疾驰，西陵远去了，狼牙山掠过了，前方，绿野无垠，桃云似锦，清风拂面，春光正媚……

1986年6月16日

米萝文存：凡圣之间

深深的海洋
——为一位伟人而作

好想写写这位世纪老人。

却又久久难于下笔。

你面对的是浩瀚深邃的海洋，是这个星球上生命起源的地方，平静时碧波万顷在晴空下无际无涯地荡漾铺展，其博大足以汇纳千流万水，一旦深不可测的海底火山喷发，那烈焰熔岩会使每一朵浪花都燃烧，使整个大海都沸腾，其气势无与伦比……当一位伟人魂归大海，当这位伟人波澜壮阔的一生如大海般在你眼前涌现出千般气象万种风神时，你惊叹，你震撼，你崇仰，你甚至敬畏，你唯独难以平静从容地为之礼赞……

一

1974年4月，邓小平率中国代表团出席联合国第六届特别会议，他的使命是代表中国阐述毛泽东关于"三个世界"的理论和中国的对外政策——我之选择这一事件、这一时刻来开始本文，是因为这不仅仅是"文革"以来自我封闭近十年的中国重新与世界对话的时刻，而且是作为世界性杰出领袖人物邓小平政治生涯中最具传奇性、最具戏剧性的时刻。

法新社4月7日电："昨天，当中国副总理邓小平这位一向只对政府最重大的工作负责的第一流的老资格领导人，在中国航空公司的伊柳辛式62飞机上系紧安全带准备从北京长途跋涉到纽约的时候，全世界的人在预料中国将有某种真正的惊人之举的心情下简直好像听到了他系紧安全带的声音。"法新社记者并非夸大其词。邓小平在联大特别会议上的发言产生了强大的冲击波，成了"台风眼"。《纽约日报》4月12日现场采访专讯这样介绍："邓小平着黑色中山装……面容严肃地缓步进入会场。当他演说时，会场特别宁静，气氛极为肃穆。"讲毕，掌声雷动。日本《产经新闻》电讯描绘说，"中国代表团的行动简直像主角一样。邓代表遭到了相机的集中进攻，他的座位周围人山人海。"

这种热烈场面的出现，固然因为邓小平"是迄今为止访问美国的中国最高首脑"，代表中国所做的猛烈抨击美苏两个超级大国霸权的讲话在第二、第三世界代表的心中产生了共鸣，当然毋容否认，邓小平的领袖群伦的大国领导人的凝重风度，他的不可阻挡的个人魅力，肯定也是形成这股劲风的强大因素。

4月14日晚，作为被邓小平猛烈抨击的超级大国之一的美国的国务卿基辛格博士举行宴会同邓小平会晤，私下会谈了三个小时。"说实话，我那时不知道他是谁。因为他在中国的'文化大革命'中受到迫害。"基辛格后来回忆说。这个精明的美国佬当时甚至不知道邓小平是中国代表团的团长。但是，当邓小平在晚宴上和基辛格折冲樽俎时，基辛格肯定意识到眼前这位比他矮一个头的英华内敛的"东方小个子"那百折不回的钢铁意志和再造乾坤的巨大能量，邓小平处理事情的果断能力以及对事物的洞察力给基辛格留下了深刻印象。在潜意识中，他是否已将邓小平列为自己今后要长期与之打交道的令人生畏的强硬对手呢？

——但是基辛格绝不会料到，中国国内的政治阴影又将降临到邓小平身上。"文革"中的中国，革命的戏剧效果一个胜过一个，人和事物好像是被"盛大节日"的五彩缤纷的火光所照耀，在"四人帮""造反派"那里几乎每天都充满极乐狂欢；而社会在还未清醒地领略疾风暴雨的"文革"灾难性后果之前，一直是沉溺于长期的酒醉状态，以致被几个波拿巴式的政治骗子的如簧之舌所蛊惑，甚至不惜将人民最优秀的儿子、民族最可贵的精华送上"革命"的祭坛。不到两年，已被打倒过两次的邓小平在实行了大刀阔斧的整顿后第三次被打倒。

——基辛格更不可能想到，中国人民、中华民族、中国共产党的自我批判能力、自我否定能力和自我再生能力远远超出了世界上一切预言家的预料。他们在自己无限宏伟的目标面前虽然由于一时的失误被迫再三往后退却，给世界上一切爱它、恨它、观望它的人们留下了一连串的不解之谜，但它一旦退到无路可退之际，就会置之死地而后生，将三千烦恼丝一刀了断："四人帮"一夜覆亡，"文革"戛然而止，众望所归的邓小平第三次崛起。邓小平的这次崛起，带来了社会主义中国翻天覆地的巨变，从而大大加速了中国跻身现代化强国的进程，强有力地影响了国际社会的政治经济格局。

苍天有眼，斯民有幸！

二

在中国人和外国人心目中，邓小平是一位充满传奇色彩的大英雄。

试想，在中外古今的政治风云人物中，有谁经历过三落三起的波折？有谁经受得住三落的浩劫？又有谁能创造出三起的奇迹？

如果说，邓小平政治生涯中的第一次跌落，即20世纪30年代初遭受王明的"左"倾宗派主义打击而受到党内"最后严重警告"处分，被撤去职务，这在当时错综复杂的国内外政治背景下，对于老一代的革命者似乎还难以避免，带有某种规律性的话，那么，他的第二次跌落，即在狂热的"文革"极左灾难中成为首当其冲的目标，就几乎是必然的了。

倘若只有前面两次跌落，那么事情就止乎此了，他本人或许会背着恶名被历史灰积尘封，中国则将继续在"左"的泥泞道上蹒跚许多年。所幸的是，两千多年前孟子说的"天将降大任于斯人也，必先苦其心志，劳其筋骨……"注定要在20世纪中叶通过邓小平做一次辉煌的验证——邓小平在第二次跌落后第二次崛起，第二次崛起又导致了最为神奇的第三次跌落和复出。

被作为"文革"主要对象而被打倒在地的"第二号最大的走资派"在"文革"中重新上台来整顿"文革"，这在当时已远远超出了人们的政治想象力。但历史的辩证法就是如此无情、如此神妙：在林彪折戟沉沙、"文革"已将整个国家引入死胡同、毛泽东为此而沉思而焦虑之际，时代呼唤着一个能"重整朝纲"的强有力人物出来，"如果没有这样的人物，它就要创造出这样的人物来"（马克思语）——被发落到江西新国县劳动，在后来被称之为"邓小平小道"上走了三年思考了三年的邓小平，就是这样一位为时代所需要又被时代所"创造"的杰出人物。

邓小平第二次复出的几年中，统筹全局，力排干扰，大刀阔斧的整顿使被"文革"搞得满目疮痍的国家重现生机，证明了他有治国安邦的好手段，而不仅仅是一个充当配角的人。当整顿的刀斧即将触及"文革"的根本时，内心十分矛盾的毛泽东要求邓小平主持中央政治局会议，做一个评价"文化大革命""十分成绩，三分缺点"的决议。

按照世俗的看法，无论是从人情上、策略上，都不妨做这个妥协。因为毛泽东对邓小平一直是有好感的，不然不会在邓小平第二次跌落时保留他的党籍，这是邓小平第二次复出并很快进入权力核心的一个极重要因素，更何况邓小平第二次复出后，毛泽东对他的工作给予了很大支持，赞同他搞整顿、抓生产，只是难以容忍否定由毛泽东本人亲自发动的"文化大革命"。所以毛泽东的建议中有着对小平的情分、也有着自己的矛盾、苦衷，更有着对小平的期盼。邓小平如果做一妥协，不仅人情上过得去，而且政治上可以"留得青山在"，不愁以后无一展抱负的机会。但是开"铜铁公司"的邓小平以"由我主持写这个决议不合适，我是桃花源中人，不知有汉，无论魏晋"为由拒绝了毛泽东的建议。这绝不是偶然的，实乃邓小平耿直、刚毅、实事求是的性格使然，而这种性格又是同他的目标、信念、原则相一致的。

这样，一方面是要通过整顿的实际行动来扭转"文革"造成的灾难，实质上就必然导致否定"文革"，另一方面是要通过决议来维护"文革"，实质上必然要最终否定整顿。一方面，否定"文革"虽然反映了历史的必然要求，但力量相对弱小，另一方面，维护"文革"虽然是一种时代谬误，但政治力量更其强大，"这就构成了历史的必然要求和这个要求实际上不可能实现之间的悲剧性的冲突"（恩格斯语），由此我们看到了作为杰出人物的邓小平的刚直性格一旦同时代谬误发生冲突是如何导致历史悲剧的，在这个悲剧中凸显出了邓小平人格的崇高。

然而，中国20世纪70年代中期这一社会悲剧尽管付出了沉重的代价，但是播撒了否定"文革"的火种，启迪了人们的思想，激励了人们的斗志，为"四人帮"的一朝灭亡奠定了群众基础，为邓小平的第三次复出准备了思想条件，也为此后的改革开放开了先河。在更浓重的阴霾降临中国大地的当时，体现着中华民族傲骨的邓小平成了一种象征，一种力量，一种希望。

三

邓小平曾几次对来访的外国客人说过：我是一个军人，我真正的专业是打仗。

的确，从邓小平1920年16岁离开家乡远走高飞到法国开始他的职业革命家生涯的七十多年中，领兵打仗就有二十年左右时间。百色起义，创建晋冀鲁豫解放区，刘邓大军千里跃进大别山，指挥淮海战役，挥师解放大西南，和平进军西藏——在中国共产党领导的革命战争史上，留下了邓小平戎马生涯的不朽手笔，挥洒了他的军事奇才。然而，元戎运筹制胜，又岂止于战旅疆场！

长鲸掣碧海，大略驾群才。1977年邓小平第三次复出后的作为表明，他在解决比军事行动更错综复杂、更需要高度的智慧和胆略的决定中国向何处去的重大政治问题上，在需要为国家、民族、人民的未来发展确定历史方位的重大转折时刻，显示出了卓越的领导艺术和高超的战略决策的能力，展现了高瞻远瞩、雄才大略、领袖群伦的伟人风范。

当时摆在全国人民面前的重大时代课题是：粉碎"四人帮"，是否意味着"文革"祸害的终结？在各国争先恐后走向现代化的国际潮流中，已远远落后的中国还存不存在向何处去的问题？怎样确定中国今后的走向？……这些课题同每一个中国人都有关，但人们，或者说绝大多数普通人，虽然迫切渴求新的变化新的生活，但对此问题不但不可能有清醒的理性认识，而且在相当大的程度上还受着多年来极"左"思潮的束缚。而当时的中央负责人在此情势下做出的"两个凡是"的决断，则意味着在各个方面仍将沿袭过去的"既定方针"，其中就包含着对邓小平的"潜龙勿用"……

尽管当时百业待兴、百废待举，处在困境中的邓小平却暂时撇开千头万绪，犀利的目光盯住了被扑朔迷离情势所笼罩的整个链条中最关键的一环，那就是必须用准确的、完整的毛泽东思想来指导全党全军和全国人民。由此展开的关于真理标准的大讨论如大河奔涌，冲决了"两个凡是"的桎梏，还马列主义毛泽东思想本来面目，恢复了党的实事求是的思想路线。当时那种对思想的震撼和解放，我们这一代人至今记忆犹新。

此关键一役，促成了邓小平的正式复出，并理所当然地成为党的第二代领导集体的坚强核心，从而能够一环扣一环地采取一系列重大行动：首先是在各个领域拨乱反正，纠正极左，胜利召开了党的十一届三中全会；紧接着，针对党内外出现的资产阶级自由化思潮，提出坚持四项基本原则；在力排"左"和右的干扰中，十一届六中全会通过了《关于建国以来党的若干历史问题的决议》；在党的指导思想上拨乱反正胜利完成的基础上，以邓小平为核心的党中央着手研究中国现代化建设的大课题，提出了中国百年图强的三步走经济发展战略；为了保证这个目标的实现，邓小平果敢地发起了一场关于改革开放的新的革命，于是改革由农村发端迅速发展到城市，于是特区的建设，深圳、珠海、海南的崛起，东南沿海地区的开放，浪起潮涌，涛声震撼了整个中国大地……

现在我们已清楚地看到，由于邓小平英明的战略决策，中国的整个链条都动了，整盘棋都活了，造成了改革开放、经济建设如日月经天、江河行地的无法遏止的联动效应，一直波及今天。

当然，这场战略决战没有烽火硝烟，没有厮杀呐喊，但是，交织其间的矛盾、冲突、斗争的尖锐、复杂、激烈程度却远甚于战场，投入、付出的心血、激情、苦恼、毅力、意志、企盼和取得的成就则更是空前，这毕竟是一场有十二亿人参与、在九百六十万平方公里广袤大地上全方位展开的伟大战略决战啊！你若是从时代的高峰去俯瞰神州大地，你肯定会领略到一场新的造山运动的隆隆雷霆和恢宏壮景，它体现在冻雷惊笋般节节拔高的楼群上、联袂而起的一座座现代化城市中；体现在大街小巷"黄蚂蚁"般的人流愈来愈加速地成为五彩缤纷的彩蝶的变化里；体现在老百姓日益丰盛的餐桌上、不断完善的生活电器中；体现在愈来愈开放、自由、活跃的心态中；体现在成为畅销书的《中国可以说不》里；体现在通过传媒不断传来的中国在世界上同各大强国平起平坐的消息里；体现在洗雪百年耻辱的香港回归的欢腾中……

江泽民同志指出："邓小平同志这样说过：如果没有毛泽东同志，我们中国人民至少还要在黑暗中摸索更长的时间。我们今天同样应当说，如果没有邓小平同志，中国人民就不可能有今天的新生活，中国就不可能有今天改革开放的新局面和社会主义现代化的光明前景。"

微斯人，吾谁与归！

四

作为一个领导着十二亿人民进行改革开放、经济建设的战略决战，推动着中国自汉唐以来又一次跃上世界潮头的大国领导人，肩上的担子绝不会是轻松的。

但是日理万机、挥斥风云的邓小平一点也不给人以负重之感。这位宽肩、结实的老人，不论是在人民群众中还是在党和国家的重要会议上，也不论是在休闲的桥牌战、水上游还是在国际会议上、同各国首脑晤谈中，始终是精力充沛、头脑清晰、步履稳健、反应机敏、气度从容。他用两根苍劲有力的手指夹着烟卷，谈笑风生、语动四座的潇洒姿态是人们熟悉的、亲切的，但每每也给人以历史的沧桑感和敬畏感——就是在这青烟袅袅之际，一些重大的决策和举措在孕育、在形成、在实施：淮海战役中几十万国民党军在覆灭；针对"文革"的整顿在雷厉风行地实行；改变中国面貌的百年图强的经济发展战略在启动……

邓小平是位"干的比说的多"的求真务实的政治家。他过人的精力与勤奋是同他肩负的巨大的工作量所需要的排山倒海般的行动能力相称的。而不断推动他和全党全国人民走向行动的则是他的思想，是现在被称之为邓小平建设有中国特色社会主义理论的科学思想。

"理论在一个国家的实现程度，决定于理论满足这个国家的需要的程度。"可以说，当今世界上，还没有一种学说像邓小平理论那样，与如此之多的普通人的思想感情、行为方式、日常生活发生千丝万缕的联系、使一个国家贫困了几千年的人民的物质文化生活水平在极短的时间里提高到为全世界注目的程度，使这个国家真正开始挥别一穷二白，实现向现代化迈进的跨世纪超越。这个理论给国家和民族所带来的福祉与光荣，每个中国人从自己做人的尊严、做中国人的骄傲，从展现在自己面前的个人与国家发展的无限可能，从衣食住行等一切宏伟与琐细中都切身感受到了。因此，邓小平理论在社会主义中国享有最大的权威。

这个理论的基本原理同马克思主义一脉相承，同时又极具开拓性和创新精神，有着鲜明的时代感并被赋予强烈的邓小平风格。在"两个凡是"冰封一切春之消息时，如惊雷炸响般提出，当前特别重要的是恢复毛泽东同志倡导的实事求是的思想路线；在种种"左"的、僵化的所谓"社会主义"的观念左右人们头脑时，提出要重新认识社会主义，指出我们还处在社会主义初级阶段；当东欧剧变苏联解体之后，及时提出了冷静观察、稳住阵脚、沉着应付、有所作为的方针；当举国上下面临着如何缩小同世界经济发展的差距，如何搞中国式的现代化的大课题时，系统地提出并阐明了改革开放的理论；在中国统一大业的关键时刻提出了"一国两制"的伟大新构想，顺利地实现了香港的回归……这一切，充满了开拓意识、创新精神和时代色彩，具有非凡的想象力和穿透力。

理论上的开拓创新，来自于伟大马克思主义者的解放思想、实事求是的精神，来自于忠诚共产党人对党对人民事业的高度使命感和强烈责任心。"解放思想，就是使思想和实际相符合，使主观和客观相符合，就是实事求是。"严格的务实精神使邓小平一切从中国实际出发地来提出解决问题的办法、找到该走的道路。"坦率地讲，出来工作，可以有两种态度，一个是做官，一个是做点工作。我想，谁叫你当共产党人呢，既然当了，就不能有私心杂念。"共产党人的使命感、责任心，对国家命运和人民利益的深切关注，赋予他以冲破禁区、超越前贤的理论勇气和远见卓识。在马克思主义关于社会主义的理论武库中，邓小平的一系列崭新论述当属开山之作，谈的都是重大理论与实践问题，却绝对简洁明快、通俗晓畅。风格即人。这种文风是邓小平坦荡、朴质、果断的性格的反映，也是他严格的甚至是苛刻的求实精神和逼视事物真相、直透事物本质的洞察力的体现。"黄猫、黑猫，只要捉住老鼠就是好猫。"这句在"文革"中被反复批判但却不胫而走的名言，是那样生动形象地体现了实事求是、一切从实际出发的思想；"两手抓，两手都要硬""发展才是硬道理"等等名言，将许多重大的理论问题高度概括化了、形象化了，即使是最普通的老百姓也耳熟能详，朗朗上口。

"最通俗的马克思主义＝最高的马克思主义。"列宁这句名言简直就像是为邓小平理论而说的。

五

"小平你好"！1984年国庆节北京游行队伍中的大学生经过天安门时突然打出的这个横幅，由衷地表达了当代中国人对这位世纪老人的爱戴感激之情。

的确，中国改革开放十几年来取得的巨大成功无可争辩地奠定了邓小平作为我国社会主义改革开放和现代化建设总设计师的崇高地位，使他赢得了作为世界性杰出领导人的声誉。美国《成功》杂志选他为1985年的成功者，《世界报》在1988年把他评为十年来最代表时代精神的名人，《时代》周刊曾两度把邓小平评为新闻人物。世界各国的领导人、资深政治家、著名科学文化人士、现代化大企业的管理者、各种新闻传媒的工作人员，纷纷来到北京邓小平的寓所，拜访他，请教他，倾听他的意见……

邓小平以他卓绝的建树而臻于权威和声望的巅峰。党的十一届三中全会之后，拥戴他担任党的总书记、国家主席已是实至名归、众望所归的事。

但是邓小平却坚决不当一把手，从权威的顶峰引身而退，又一次出乎人们的预料。

历览千年青史，还没有发现一位威望、能力达于巅峰状态的伟大人物在人们翘首以待之时能够自觉自愿采取如此果断的行动。这是邓小平对历史传统的超越，对政治架构的超越，尤其是对以个人为本位的"自我"的超越，他的崇高人格魅力在这一超越中闪现着夺目的光彩。尤其是当我们看到现实生活中有的人将手中那一点点权力发挥到最大限度而获取最大好处时，邓小平将最大权力交给别人这一举动就更令人感慨系之了。

在这举动后面，是一位哲人对国家长治久安的深谋远虑，是一位公仆对人民命运的深情关爱。邓小平说："文化大革命"结束，我出来后就注意这个问题。我们发现，靠我们这老一代解决不了长治久安的问题，于是我们推荐别的人，真正要找第三代。他还多次说过，不要形成天下安危系于某人一身的局面，那是危险的。

为此，邓小平不仅率先垂范，而且为确立我党第三代中央领导集体付出了巨大的努力，做了大量的工作。他说，第三代领导集体的核心就是江泽民同志，大家都要维护这个核心，团结在这个核心周围，这是我的政治

米萝文存：凡圣之间

交代。现在，人们有一千种理由一万个根据认定，邓小平第三次复出后的十几年里，不仅以宏伟的规模非常有效地行使权力从而极大地改变了本国和世界的历史进程，而且是有史以来为数不多的真正在高度道德水平上治理国家的伟人。

做出了政治交代的邓小平已入耄耋之年，他实现了"过一个真正的平民生活"的最终愿望，他像所有的老爷爷一样和家人共享天伦之乐，看看电视，打打桥牌，逗逗孙儿孙女，散步，偶尔也像普通人一样到外面走一走，看一看……这位叱咤风云七十余年的世纪老人的生命由绚烂之极而趋于平淡，有一种返璞归真的意味。"他有一个可能是我永生难忘的表情，"围棋国手聂卫平说，"就是他一笑啊，虽然咱们说是像慈祥的老人，但我觉得更像是一个很天真幼稚的孩子似的，笑得非常的天真和纯。"的确，只有无私无愧无怨无悔的人才会有这样纯真的笑。

但即使是这样，对人民命运的高度责任感仍不时如火焰般在这位老共产党人胸中燃烧。1992年他以88岁高龄千里南巡，所做的一系列讲话仍然挟雷霆万钧之力，且充满青春朝气。

邓小平的逝世，在人们心中引起巨大的悲痛，但是社会没有波动，体制没有波动，国人没有以往痛失领袖时的惶惑、忧虑、茫然，因为正如新加坡资深政要李光耀所说："邓小平走得非常从容，他在去世之前已把一切都安排好了。"人们在克制、冷静中化悲痛为力量，决心在以江泽民同志为核心的党中央领导下将邓小平开创的建设有中国特色的社会主义的伟大事业继续推向前进。这表明了党的成熟，人民的成熟，社会的进步，充分体现了邓小平的大智慧和战略眼光。古往今来，不知有多少仁人志士、英雄豪杰在追求生前身后事的完美，但真正做到几稀！邓小平无疑是个成功者。

六

在历史的深邃天幕上，无数杰出人物如群星闪烁，各放异彩：有的以武功卓绝炳耀千载；有的以文治华彩光照后人；有的长于思维，建构起煌煌理论体系；有的胆略超群，运用行政手段改造现实雷厉风行；有的极富组织才干，筹划、组织、实施重大计划得心应手；有的具备高超的宣传鼓动天赋，传播先进的思想，点燃理想之光，对于他们而言简直是与生俱来的天职……

在众多的杰出人物中，能集文治武功于一身，融理论与实践为一体，既继承又开拓，虽屡踣而屡起，挽狂澜于既倒，扶大厦之将倾，使国家面貌民族命运改变之巨大形同乾坤再造的人，无疑是不世出的巨人、伟人。这样的巨人、伟人，毛泽东、邓小平是当之无愧的。"在伟大领袖人物的脚步声中，我们听到历史隆隆的惊雷。"——这里无意对尼克松做何评价，但这位美国前总统在他的《领袖们》一书中当头而来的这句话，倒恰如其分地描摹出了伟人行动的历史效应。

探索邓小平一生三次大落大起的传奇经历，特别是第三次复出后不到二十年时间里，他的生命流程为何会释放出那样巨大惊人的能量，他的政治生涯为何会铸就那样烛照天地的壮美辉煌，他的国家为何会在他的导引下如神龙腾霄般令环球瞩目，这无论在当今还是未来，肯定都是一个激历人心的、令无数政治家、社会学家、心理学家和史学家们产生巨大兴趣的课题。邓小平是永远说不尽的。

米萝文存：凡圣之间

马克思主义关于人民群众和个人在历史上的作用的理论给了我们正确解答这些课题的钥匙和线索，但是它坚决排斥一切机械的、形而上学的、教条主义的方法，也不可能提供现成的答案。邓小平已融入了我们民族、我们国家、我们党的历史，他的一生太曲折，他的经历太独特，他所处的历史环境太复杂。"这位非凡人物及其精神可以比作一个多棱形的金刚石，每转一个方向就现出一种不同的色彩。"（爱克曼：《歌德谈话录》）除非对每一个有关因素都加以分析研究，否则就永远无法理解，为什么恰恰在这片国土上、这个时代里会造就出这样一位伟人。

例如，1976年4月邓小平第三次被撤销职务时已经72岁，"四人帮"对此弹冠相庆，以为从此可以高枕无忧，因为在"四人帮"看来，随着时间的流逝，邓小平的政治生命也就自然终结了。"四人帮"抓住的是所谓"常理"，他们做梦也没想到历史的辩证发展往往会出现超越"常理"的奇迹：时隔半年之久他们自己就成了阶下囚，而这也是同邓小平第二次复出后几年雷厉风行的整顿所造成的政治经济形势分不开的，正如法国《晨报》所说，"他（邓小平）甚至无须亲自出面，就清除了他的劲敌'四人帮'及其朋党。""四人帮"不但错误地估计了形势，更是低估了邓小平，他们不但没料到自己一伙这么快就会全军覆灭，更不会料到他们一旦覆亡，历史必然会再次选择邓小平，因为邓小平超凡的卓越才能、国人皆知的显赫政绩，特别是对党对人民的忠诚，使他成为当代中国不可或缺、不可替代的最佳人选。美国《新闻周刊》报道说，中共十届三中全会公告发表后，北京天安门广场人山人海尽情欢呼，一直延续数天，并且蔓延到上海和其他城市，"这对一位恢复名誉的领导人来说是前所未有的。"邓小平在人民心目中的地位和印象由此可见一斑。"四人帮"尤其打错算盘的是，对于凡夫俗子而言，的确"人生七十古来稀"，但是对于邓小平来讲，70岁出头正是经验最丰富，智慧、才干、领导艺术臻于化境的时候，就连当时西德的《世界报》都认为，"73岁已经是相当高龄了，但这并不被认为是种妨碍。通常要用经验和智慧来衡量中国最高领导人。"谁能想到，邓小平以古稀之龄还能再奋斗二十年呢！而正是这二十年使邓小平成就了一番空前伟业。由此可见，个人在历史上究竟能起多大作用，除了这个人物本身是否具备巨人的素质、他所在的国家能否为他提供大展骥足的广阔空间，以及这个国家政治、经济发展的必然规律能否强有力地造势等条件外，连人生修短这样的偶然因素也具有至为重要的意义。而古老辽阔的中国、史诗般悲歌慷慨的中国、高天厚土氤浩气的中国，正是孕育人杰并为他们提供用武之地从而改变自己面貌的国度。李光耀最近在答日本记者问时指出：任何别的人、别的国家都不可能改变中国。"但是，中国的一位领导人就可以改变中国的面貌。毛泽东可以改变中国，邓小平也可以改变中国。说不定哪一天新一代的领导人将改变中国。"可以预期，在以江泽民同志为核心的党中央的坚强领导下，中国在21世纪将会有更加惊人的改变。

  伟人的一生，的确是一部启迪人、教育人、陶冶人、鼓舞人的大百科全书。江泽民同志深情地说："邓小平同志和我们永别了。他的英名、业绩、思想、风范将永载史册，世世代代铭刻在人民的心中。"

  一个伟大的灵魂融入了大海。

  深深的海洋在律动，海洋深深地在呼吸……

  哲人岂萎哉！

1997年7月

米萝文存：凡圣之间

蔡老走好

　　5月13日，在办公室接到蔡若虹先生女儿蔡胜女士电话，告知蔡老5月2日因心脏病突发在北京寓中与世长辞。当时我觉得似被电击了一下，差点从椅子上跳起来。虽说蔡老已92岁高龄，这事还是太突然，叫人难以接受。就在不久前，蔡老还寄来他的诗词新作并附短函，词作中洋溢着历久弥坚的顽强生命力，我满心相信老人家会冲刺百岁大关的，孰料遽尔松折，倏忽星沉，使人浩叹！

　　很早以前就知道蔡老的大名。他资深的革命经历，他在美术界的崇隆地位，他在重要报刊上发表的那些带有政策指向或理论导向的文章，以及人们对他的敬重，都使他同我们这些当时年纪尚轻的学子产生一种距离感，从来没想过有一天会同蔡老"零距离"接触。1998年岁暮，一位同事要赴京公干，我忽发奇想，嘱他将我新出版的一本画集捎上，如能见到蔡老，即将画集呈上请教。其实当时我也只是想想而已，因为蔡老家居何处、近况如何，我们一无所知，更何况从未谋面，即使找到了，他能接待一位陌生来客吗？结果事出意料，其时年已90的蔡老不仅亲切接待了这位年轻朋友，而且就我的画集写了一封热情洋溢、褒奖有加的信和一幅题辞托他带回，令我和朋友大为感动。翌年三月，蔡老又寄来一诗：

难得才多艺更多，丹青翰墨共婆娑。

屈原千古精神在，我敬方家号米萝。

一位德高望重的艺坛耆宿居然以这种谦谦姿态给一晚生后辈写诗奖掖，令我汗颜又深受感动。

自此，开始了与蔡老三年的忘年之交。

1999年，我去北京专程拜访了心仪已久的蔡老。蔡老真个鹤发童颜，美髯飘拂，神清目朗，仙风道骨，望之若秀木乔松，的是雅人深致。我们报上名号，蔡老就像见到老朋友似的热情。我们执弟子礼，老人却全不摆师长之尊。他仔细询问了我们情况，谈自己的经历，谈《在延安文艺座谈会上的讲话》，谈对文艺的看法，也谈及自己目前状况。思维清晰，性格爽快，记忆准确，谈吐从容，语重心长，深具年轻人之活力而又有长者之风，这是首次见面蔡老留给我的深刻印象。

回长以后，我与蔡老保持着经常的联系。他不时将诗词新作寄赐予我，使我先睹为快。老人还不忘督促我："我非常赞赏你的文章，我希望你在业余挥洒丹青之余，也不要忘记写些小品随笔，我祝愿你双管齐下！！！"使我于懒散之时每每暗自惕怵。

过了大约年把，突然听说蔡老不慎将骨盆摔伤，卧床疗养，打电话没法接通，去信也得不到回音，焦虑之下，我和朋友到北京时再次去蔡府拜访了老人。其时蔡老已约略康复，依然端坐于厅中那张宽大的椅子上，依然神情疏朗，只是行走不便。这次，我又与老人并坐倾谈良久。他声音洪亮，谈锋犹健，谈往事，谈形势，谈艺术。怕他久坐劳神，我们适时起身告辞，蔡老说：恕我不能起身相送，就此别过，以后不知还有得几次见……我心中陡地起了几丝伤感，紧紧握住老人软和的手，到了门口拉开房门，忍不住再次回头凝望老人端坐的侧影，心中默默祝祷……

返长不久，接到蔡老来信，寄来题为"九十述怀"的七律四首。他自己比较满意。其一云：

九十春秋九寸须，余晖留恋夕阳低；

峥嵘凤愿归沧海，点滴诗心化小溪；

每遇贪婪搔白首，更逢灾祸拜红旗；

千年火树银花夜，我在蓝图梦里迷！

老人自注云："蓝图指党的十五大制订的跨世纪发展计划的蓝图。"

谁都感觉得到，这诗中洋溢着的一位沧桑老人的青春激情。老人还随信寄我一首"采桑子"词：

造物抒情才子笔。造象无多，造意良多。独弄丹青唱牧歌。

神在征途形在马。志气嵯峨，格调嵯峨。万里奔腾是米萝。

这让我受宠若惊又深自惭愧，同时为老人的才情而倾倒。但是在信上，蔡老说："我今年大大地不如去年，老眼昏花，执毛笔的右手抖得厉害，去年不是这样，人老了，一天不如一天，奈何！"又说："我来日无多，今后能见几次面，实在难说。寄上小照一张，是我过九十一岁生日时我的外孙女儿为我拍的，附在诗稿一起，作为给你留下的纪念品。"细细咀嚼话意，不觉黯然伤神。这样乐观的老人难道也有了什么预感吗？

我就一直惦着，由于穷忙，我委托同事赴京出差时又一次去探望老人。同事回来告诉我，老人状况还不错，还惦着我们。接下来一年多时间中，蔡老诗情难遏，多次给我寄来诗词新作。这些作品给我的印象和感受，正如我后来在《战士风骨诗人风采》这篇评论中所记："世纪老人的炯炯目光，仍在不倦地关注大千世界发生的事态，申奥成功、申城峰会、加入世贸、军事五项……无不激起诗人的澎湃诗情，'跳进英雄时代，红旗在我心中！'能写出这样灼热的、似有青春血液在涌动流淌的诗行，哪里像将要寿登期颐的老人！"我将自己读诗的印象写信告诉了蔡老。蔡老回信说："你说的'这哪里像九十岁的老人写的诗呢！'仅仅一句话让我高兴了很久！让我知道自己目前还有一点青年人的朝气，这比医生说我能活一百岁还要快活得多！"蔡老的话和他这些诗词新作将我心中上次告别蔡老时留下的那点伤感一扫而光，我坚信，排闼而入百岁之门，在蔡老应是预期中之事。

435

《战士风骨诗人风采》见报后,我给蔡老寄了去。没过多久蔡老即回一长信,满怀感情地写道:"我一九三九年到达延安之前,先在重庆八路军办事处穿上了八路军服和臂章,一九四五年离开延安到北平去办报时,又穿上了八路军的军服和臂章,在八达岭等火车时,当地老百姓都对我伸大拇指!我这一辈子深以当过八路军拿笔杆儿的战士为荣!而你,却在2002年以'战士风骨'评论我的诗词,仅仅这一点,就打中我灵魂深处的'点子上'了……"可以看出,蔡老将"战士"这个角色、这个身份看得有多重;"战士"给予他的责任感和荣誉感有多高。事实上,恂恂儒雅、文采风流的蔡老毕生都是一位战士,一位"当过八路军拿过笔杆儿的战士",一位将他视为神圣的革命事业、信念理想进行到底的战士。蔡老晚年由于年事日高且健康状况不佳,实际上已谢绝社交,蜗居书斋了,但他的思维和脉搏始终紧扣时代风云、国家大事。欣赏他的画册《苦从何来》、诗集《若虹诗画》《灵犀小唱》,特别是品读《蔡若虹美术评论集》《蔡若虹文集》《理想的美比实际生活更美》等著作,仿佛能感触到诗情的激荡,思维的运行,理想的燃烧,一切都是鲜活、真实、深刻的。

蔡老真可说是以笔为枪战斗到生命最后一息的。仅今年以来,他就曾4次寄新作于我,最后一次是4月20日,他在短函上写道:"寄上《五月延安红烂漫》五首,这是我近来记忆力衰退时写的,既有感性,更有理性的综合,所以我把副标题题为总印象。"这是以"蝶恋花"为词牌的五首新词。贯串其中的仍然是蔡老燃烧了近一个世纪的革命理想主义激情。我不知道蔡老此后是否还给别的朋友写过什么,对我而言,这是蔡老的绝笔。那五首词则是他的绝唱了。

此前的三月,蔡老赠诗一首,并附信一函,说:"……我情不自禁地

写了一首七绝,并且用硬笔写在宣纸上,尽管东倒西歪,但我想只有你看得懂……"诗云:

笔墨因缘信有之,忘年心事自家知。

辐辏场中春寂寂,独守书窗听马嘶。

这首诗让我品味了好一会。它不同于蔡老所有其他的诗词。作为一位精神世界极其丰富的战士、诗人,垂暮之年的蔡公在那一刻想到了什么,感受到了什么呢?

一切都太突然了。蔡老,我们不是曾经相约,我们不久要再去看望您老吗?我还打算过些日子,在蔡老九五大寿或百岁华诞时再写点有分量的文字。怎么就这样匆匆而别呢!蔡胜同志在电话中说,他们家人也感到突然,就在蔡老去世前不久,还去医院检查过,除心脏有点老毛病外,其他器官都还可以。只是在去世头一天,家人感到老人心情烦躁,第二天早上刷牙时,突然跌倒,撒手人寰。人的生命是那样顽强,艰苦的革命生涯、"文革"的浩劫,90多年的运转磨损,都没能击倒一位风骨铮铮、风彩烨烨的战士;人的生命又是那样脆弱,一颗搏动了近一个世纪的心脏,只因一次搏动失误,就轻易撂倒了一位从不服老的诗翁。

遗体告别仪式5月6日在北京八宝山举行。死者寂寂,生者攘攘。

生者凭此寄托哀思,似乎比死亡本身更重要。我因公无法亲往,特地委托我们共同的朋友前去送蔡老最后一程。

此前的几天中,先是老朋友、老领导,原吉林省委宣传部部长、省政协副主席胡厚钧因心力衰竭于4月26日病逝北京;继之我在报社相识最久的老同事、老朋友、资深编辑胡乃江,在4月30日早上正要上班时被突发的心脏病夺去生命;5月2号,我所敬重的蔡老又被心脏病这可怕的杀手击倒。这些年来我已见惯了死亡，不少亲朋好友，我都是为之送行的。但数日之内连失三友，宁不痛哉！

唯一的安慰，是在他们已经去了的另一世界。据报道，科学家们正在研究死亡之谜，好像也包含现世的生命终结之后，会否或将以何种方式存在于"来世"的问题。

如果真是这样，那就请这些朋友们走好！愿他们在另一世界中，继续他们在现世的未竟之业……

2002年5月

寂寞的风景

A市那个略带寒意的11月的深夜,当年过八旬的父亲颤颤巍巍蹭到我的床头,用瘦骨嶙峋的手摸索着他的远方归来的儿子时,那一瞬间的确凝聚了太多的眷恋、太多的期盼、太多的孤寂、太多的落寞……

我就在这时醒来了——就像是专为等待这一瞬间而蓦地大睁了眼睛。我听见了隔壁房间摸索鞋子的声音,接着是一阵在脸盆洗手的哗哗水响。父亲会过来的,直觉告诉我。我等着。终于,我冲站在床头缓缓地艰难地俯身向我的父亲叫了声:"爸,我回来了,在这儿呢!"我感到了自己声音的酸涩。

老人伸向我的抖抖的手骤然停住了,似乎为自己这个举动不好意思,稍停,父亲才说:"悌儿,你回来,那就好啰。我放心得噻。"然后,他缓缓转过身,摸索着回隔壁房间了。

不为别的,只因为这天晚上外出的我没有如父亲叮嘱的那样"早点回来",父亲就坐立不安地念叨了一晚,虽经弟弟一再劝说仍迟迟不肯去睡,以至于半夜了还不放心……

我只觉得心坠坠地往下沉。

父亲原来不是这样的，不是的。

难道人在垂垂老矣的暮年，造物必得让他再一次如儿童那样变得无靠变得脆弱吗？

我小时候曾见过父亲好些20世纪30年代在天津南开大学读书时拍摄的已经发黄因而也就带上了某种历史感的照片，那上面的父亲风华正茂，在阳光很足的天空下，他的白衬衣束在裤线笔挺的西裤里，领带微飘，皮鞋锃亮，很帅气很潇洒的。现在回想起来，当时目光注视着远方的父亲一定也会像我们的青年时代一样，心中沸腾着一种激情，做着成就一番事业的橙色之梦吧？不过这当然只是我的揣想，照片上，那一切的一切都藏在父亲恬淡平静的表情下了。

然而此后父亲的人生之旅中却极少这种阳光很足的天气了。那是内忧外患的年代。为避战乱，南开、清华、北大等高等学校南下至昆明组建成西南联大。在那南徙的络绎于途的莘莘学子中有大名鼎鼎的闻一多先生。事过许多年后，父亲还带着少有的感情色彩对我们说起闻先生的大胡子和他的一些长留在学生们心中的趣事。闻一多遇难后，父亲沉痛地作诗哀悼：

跋涉黔滇日，同行路几千。

留髯忧国步，组画纪山川。

悲愤言犹在，文章身已传。

丹心凝碧血，风雨翠湖边。

迈出大学门，父亲回家乡到一所中学当了教师，接着就是在战乱中"携妇将雏"颠沛流离，逃难，逃难！由一校到另一校，由此地到另一地，颇类《围城》中那些青年的经历。我们一家老小七八口人，全靠父亲那菲薄的几十元工资"苟全性命于乱世"。这种拮据状况后来因家里人口有增无减而一直持续到我们兄妹或是参加工作或是下乡插队全部离家为止。用"家徒四壁"来形容那种困窘是恰切的：一只蒙着漆成红色的皮革的大木箱是包括父亲备课、母亲做针线活和我们做功课的书桌，一只冬天烤火用的竹炕笼上搁一块木板是饭桌，一张四腿直摇晃的白木长条桌是搁置茶杯水壶等日用物品的"专柜"。家中所有的蚊帐都是洗了补、补了洗，以至糜烂到一碰就破无法再补只好改用纸糊，以至每次洗帐子母亲都心惊肉跳唯恐一旦报销无以为继。

拿我来说，总是接过爸爸的旧衣服穿，穿上后还是破了补、补了破，最后拆下的补丁足有半斤重。一年中我有三个季节是光脚丫子的，只有在冬天最冷时才穿鞋。当然，家中也并非一贫如洗，也有一件多少像点儿样的东西，那就是搁在父母床后的一只黑皮木胎箱子，这只箱子一年也难得打开一次，因而它在我们幼小的心灵中就显出了神秘和金贵。我们最盼望的是父亲"清箱子"，每次清理，总要甩出一些废纸旧书和其他小破烂，这些就成了我们小时的"爱巴物"。

"你看啰，这个月还有十几天，就只剩下五块钱，你们爸什么也不管，要我何是搞噻！"母亲常常在月终数点着那仅余的几十大毛时这样叹息，然后松开指头，让那双因做鞋洗衣做饭做得太多洗得太多而绽裂老化发胀的手就那么无望无力耷拉着，两眼望着虚空，久久不动。但是更叫母亲困窘的是，我家周围的邻居也就是父亲在中学里的同事，似乎个个、家家都比我们过得滋润气派，他们似乎都在有意无意地要对我们显出他们的那一点"富"来，这叫要强的母亲感到难堪。于是，到叔叔家、堂叔家、表哥家借个五元十元的差事就不时落到我头上，使我过早地品尝了"居不易"的艰难和仰人鼻息的酸楚，曾无数次地下决心：以后自己参加了工作，第一件事就是结束家里人借贷的屈辱。然而，当我的心在母亲那不断地为全家人的衣食而发愁的伤叹中瑟瑟抖动时，父亲却超然物外——他既不理会母亲"何是搞"的问题，也不作穷愁之状。他不是一册古籍在手吟哦咏叹，就是闭目遐思——他的思维正在我们不熟悉也无法进入的一种境地中徜徉。

我想我这一辈子再也不会见到第二个如父亲那样不爱交际、拙于交际或者说简直就是不交际甘于孤独的人了。他除了偶尔和母亲到叔叔家去串串门外，几乎从来不到别人家去，也从不邀别人来家做客。像是知道父亲这种脾气似的，我们家的确很少来人，偶然来一个，也是三言两语说完就走，倘若坐久一会儿，就会明显感到父亲烦于应酬拙于应对的勉强神态。我觉得，性格内向寡言少语的父亲喜欢以一种最自然自在的完全放松的心态融合在家庭的宁静和谐氛围中。父亲教了一辈子书，几十年来，他的学生中很有一些发达了的，有的身居高位握实权。父亲自然从不去找他们，不仅不找，连说都没听他说过，还是偶尔有知道的亲友闲谈时提起，我们才略知一二。上世纪60年代末到80年代初，我们兄弟姊妹散在全国各地，家中只剩下父母亲相依为命，年岁越来越高，身体越来越差，父母的晚年生活成了我们子女的一大心事。我们商量，要想法将离家最近在一个县中学教书的哥哥调回城照顾父母。为此事我不止一次写过"陈情表"也多次上访过，在遭到各式冷遇招来各样白眼仍无成效后，不能不想到父亲那些在位的昔日学生了。"咯是冒得用的。"父亲在听了我们的想法后先是默然无语，"你们不要去找，晓得人家现在搞么子啰。""不找，爸同妈妈哪个来照顾啰！""不要照顾噻，我同你妈妈自己能过噻！""你们爸是巴不得一世年也不来个人才好。"母亲有时笑着这么数落父亲。在母亲自己，却以虔诚的态度去招待每一个客人：买不起糖果之类，她最爱吃的姜盐豆子芝麻茶总是要冲一碗的，然后恭恭敬敬地递给客人，然后在一旁静静看父亲和客人谈话，并不时虔敬而憨厚地报以微笑（母亲这时的神态真可爱极了，每每令我想起圣母的图像），然后非常客气地和客人道别、送走。倘若是母亲自己的熟人来，那就是另一番亲亲热热唠家常的景象了。

不过我后来发现父亲也并非一概不交友。上世纪60年代初父亲被他的某些同事排挤到六十多里外的一所县中学以后，在那里结识了一位落魄的知识分子齐老师，齐老师原是市里一所大学的老师，只因家庭出身不好、社会关系复杂也被下放到这里。父亲和他一见如故，有一次回家，父亲破天荒地和齐老师并肩而入，向母亲和全家人郑重其事地介绍了齐老师。事后，父亲向母亲称赞齐老师为人正直有学问，这在父亲是少有的。母亲则一个劲夸奖齐老师的"懂礼节"。有一段时间，他们俩返城相约而行，回校也结伴而去，真有点"醉眠秋共被，携手日同行"的味道。另一位与父亲有深交的是在另一所中学教语文的黄老师。父亲在学校学的是化学，出校门后教的是数学、物理，然而黄老师称道佩服的却是父亲的古诗文功底和独到的见解。每次都是这样：隔着靠墙的一个陈旧茶几，父亲和黄老师腰板挺得笔直地并排而坐，在母亲敬上姜盐豌子芝麻茶后，他们俩就开始了对古典诗文的切磋探讨，通常总是黄老师设问，父亲作答。看着平时寡言而在生人面前则拙于言的父亲此时言谈侃侃吟咏抑扬的洒脱情态，我常暗自寻思，氛围的不同能使人出现多大的变化啊。几十年后，当他们都是七十几岁的老人时，极少出门的父亲听说黄老师病了，一定要我陪他过河去探望。那是深秋的一个阴郁的下午，西风掠过林木洒下凋零的树叶发出凄切的尖啸，我搀扶着父亲吃力地爬上黄土高坡在黄老师房中坐定，听着苍颜华发的父亲和缠绵病榻的黄老师互道久违时那微微颤动的话音，看着这一对诗文相知的老朋友感情含而不露地谈熟人谈近况谈古典，但又常常因听不清对方所言成了各谈各的，我痛切地感受到了生命夕阳来临之后的那种宁静而凄然的肃穆，我的眼睛潮润了……

好多年以前，一个夏天的傍晚，一个四五岁的小男孩儿随父母在院中乘凉，其时父母因有人找暂时离开了一会儿，让小男孩儿好好等着。小男孩儿默不作声地望着蓝宝石般群星闪烁的夜空。突然，一颗流星在天幕上划出一道闪亮的弧光，又蓦地消失了。"人是会老会死的"，这个念头瞬间就攫住了小男孩的心，他回顾不见父母，不觉悲从中来，号啕失声了。当时那种唯恐会失去最亲爱的人的感觉在四十几年后的今天有时还会突然袭上心头，令我怅然戚然，经常怀想在父母膝下承欢的那些岁月。诚然，父亲情感内敛，少于言辞，对我们子女极少呵斥，但也少有闲唠亲热的时候，哪怕对我这个"爱崽"也是如此。但其实这只是父亲对待子女的一种方式，与他那种超然的为人处世态度相一致的方式。当我生病时，父亲总会来到我床前俯下身子，用嘴唇碰碰我的额头——试试体温，看发没发烧。父亲满嘴硬硬的胡茬儿扎在我前额上，我就紧闭上双眼，唯恐那盈盈泪水溢出来，这时，最是这时，我深切体会到什么叫父爱。三十几年后，父亲还作诗追忆我儿时在他心目中的情景："忆汝初生日，乾坤震荡时，扶携劳转徙，嬉戏叶埙箎。画虎翻残纸，笼鹅觅小池。谈天依膝听，前事系人思。"有人说，对父母而言，子女是永远长不大的。此语信然。

1964年我国第一颗原子弹成功爆炸后，父亲在给我的一封信中——其时我正在北京上大学——一改他历来写信的平和与平淡,用一些带惊叹号的文字为之欢呼,认为这一声巨响击碎了帝国主义关于中国人无能、中国无科学的谎言。在父亲这些话的后面,我真切感受到遭遇了太多灾难和屈辱的中国老一代正直知识分子扬眉吐气的激情。这其实就是父亲一贯的政治态度。新中国成立前,他以一介书生忧国伤时,写下了不少激愤悲凉的诗篇。新中国成立前夕,他还和学校的师生一道护校,掩护地下党员和进步学生。新中国成立以后,凡是上面定下的事情,他都是积极投入的。但对后来那一连串的政治运动,他既无非议和怨言,也不歌功与颂德,行动上虽按部就班,但却从不为之忘情,而是以一种哲人式的冷静在精神上保持超然,所以任何运动几乎不在他身上留下什么痕迹,我以为这实在是智者的态度。

记得一位作家说过,无论怎样的伟人,在他妻子眼中都是平凡的。但在我母亲的心目中,生活中平凡得近乎潦倒的父亲却不同凡响。她为父亲、为这个家奉献了一切。年轻时潇洒的父亲不是和别的时髦女性而是遵父母之命和只念过私塾的母亲结秦晋之好,这一点肯定在母亲生命中具有重要意义,而父亲在以后几十年的共同生活中也无怨无悔。1938年在西南联大时,父亲作诗寄母亲:

"昔别新婚后,邅浮渤海槎。九年重聚首,几日复离家。却对滇池水,深怀湘浦花。会当扫狂房,携手看朝霞。"

以后的几十年中,父母虽然也因养家糊口等问题发生过不快,但这些丝毫无损于母亲对父亲的一往情深和父亲在生活琐事上的一贯的超然态度。母亲是劳动人家出身,"做得,吃得,睡得"。但是每天操劳完,晚上我们都做完作业躺下后,惯于熬夜的父亲却一定要母亲陪着他看书、说古,有时甚至到深夜一二点。"我困得眼皮都抬不起来,你们爸还不去睡。"母亲有时向我们"诉苦","他就是这种脾气,会熬夜,他倒好,早上可以不起早,我不行噻,很早就得起来侍候你们噻。一跟你们爸说睡吧,他就不喜欢,发脾气……"我不知道习惯于孤独、耐得住寂寞的父亲为何要这样,我疑心多少受了古代文人学子所欣赏的"红袖添香夜读书"的浪漫情趣的影响。父亲还有个叫母亲颇不以为然的习惯:好洗手。洗手本来是爱清洁讲卫生的需要,无可厚非的。但父亲讲卫生似乎讲过了头,以致有了洁癖。外出回来,洗手;关完门窗或拿过什么东西,洗手;同人握过手,洗手;甚至翻过一本书也洗手;如果刚洗完手之后又摸了碰了什么他认为不洁的东西,那么又马上再洗手。所以我们一天到晚只见父亲在脸盆里不停地拼命洗手,水珠溅得脸盆周围地上一片湿。这经常成为母亲同我们闲谈的有趣话题。"你们爸把地搞得咯样湿,差点儿叫我跌一跤!"母亲笑着说,但她从不阻止父亲的这种雅兴,总是只要一看盆里水少了、水脏了就马上叫我们添水换水。有母亲的这种理解和支持,父亲这一少有的习惯一直保持到现在。最近我在一张报纸上看到:人如果一天多次用冷水洗手,将会有利血管保健云云。我于是恍然憬然。

"你们爸是有学问的,"冬天的火炉前,夏日晚乘凉时,没上过正式学校的母亲往往这般开头说起父亲,"不像那些男人家,只晓得穿衣吃饭……"最叫母亲自豪和期待的是父亲的科学研究。"你们爸在搞科学研究嘞……"母亲有一次悄悄地带点儿神秘地告诉我们。其时她和儿女们正围炉向火,母亲这天晚上没做针线活,操劳了一辈子的双手在红红的煤火边轻轻摩挲着,眼睛里满是幸福和天真的色彩。这个"科学研究"究竟是什么以及它对于与父亲相濡以沫以丈夫的生命为生命的母亲来说究竟意味着什么，我当时弄不清，也不知道父亲在一无必要的仪器设备、二无及时的参考资料的困难情况下是如何研究的，但我明白，这必定是一件很重大很高尚的事情。近些年来，我每次回家，父亲自己也每每提起它，"悌儿，我的研究正在搞嘞。"他的语气是那样庄重。然而我们一直没看到这个研究的成果，以致父亲最忠实的支持者母亲有一次和父亲拌嘴时生气地说："你看他啰，只讲要搞研究，夜里搞得那样晚，可净看些什么诗书……"

1989年2月的一天中午，正在颤颤巍巍洗碗的母亲因肺心病突发而熄灭了那燃烧了八十三年之久的生活烛火。等我千里迢迢赶回去，在A市那潮湿阴冷的天气中迈进家门，看到我印象中一向身板笔直精神超脱几乎从不作儿女态的父亲突然衰老了、憔悴了，完全是副被沉重打击搞得老态龙钟可怜兮兮的模样。我抢过去紧紧握住了父亲青筋凸露的枯削的手，哽咽着喊了声："爸，我回来了！"父亲没有像往常我回来时那样回应我，老人已委顿不堪。在我逗留的那些天中，我几乎是寸步不离地守着父亲，父亲裹在棉军大衣中的瘦削的身子如秋天的落叶般轻飘，仿佛撑不住大衣的重压，我不得不随时用手搀扶住老人。我不断地找话说，以图分散父亲的悲伤，但他几乎不提母亲，只是反复说些以前的旧事。过了些天，弟弟让父亲写悼亡诗他没写。"我心情不定，写不得。"他话里流露出让我揪心的孤寂伤感。唯一见出父亲真情的是他为母亲撰写的一副挽联，其下联中有"誓将续撰五篇书"之语，说的就是要继续他的科研工作，这是父亲对母亲最深沉的悲悼和祭奠了。

神话说，人来到这个世界之初并无男女之分，而是集阴阳于一体的两性人。后来，心生妒忌的大神宙斯将这些男女同体的两性人劈成两半，搅乱之后撒到世界各个角落。于是，从那遥远的年代以来，人出于本能一代一代地都在苦苦寻找自己的另一半……我在想，这种寻找难道仅仅是热恋中的青年男女所理解所渴求的那种性爱吗？他（她）实质上难道不是在寻找自己生命的最终栖息地、寻找那只属于"两个人"的"世界"吗？"两个人的世界"如果只剩一个，月亮如果失去星星，这世界怕会要出现如宇宙深处才会有的死一般的孤寂吧？我因此又深怪大神宙斯的嫉妒和多事，倘若当年没有他的那一板斧，人依然两性同体，高大漂亮，由生命之始到生命之终，那么世界该多么完美。

幸而父亲虽然经此大劫却并没有一蹶不振。我明白，是诗词和科研支撑住了他。"霜有空未销湖海气"的父亲直到现在的垂暮之年，胸膛中依然跃动着一颗"烈士"之心。他所思所感发而为诗，个中绝对找不到半点失之纤弱和柔媚的情调，其旋律始终高昂明朗热烈。如前些年写的《闻鸡》："慷慨闻鸡舞，由来壮士趋。繁花论事业，烟海破书图。且弄班门斧，多羞南郭竽。芸窗风日好，应许探骊珠。"又如《国殇——自卫反击》："正义旌旗武，边城敌满山。执兵张挞伐，卫国不生还。浩气凌霄汉，英风起懦顽。大功人不朽，千载视雄关。"今年四月他从电视上看到了当年曾登临过的长城，赋诗云："城上风云阅古今，连山横海客惊心。瀛寰尽有千年迹，不及登临万里吟。"品诗谈诗作诗成了父亲精神生活的重要内容和生命的一个支撑点，诗词以它的绚丽光耀照亮了父亲平凡生活的天宇。

"我的科研，前晌又有一大发现，将千百年来还无人能认识的一些物理现象弄清楚了，我感到很愉快！"父亲在前不久的信中这样宣称。生平谦和的父亲在他的科研领域中似乎根本不存在什么不可触动的权威，他执着地认为，"××定律"是错误的，他将这个看法跟我说，跟弟弟说，跟妹妹说，我们都静静地听着。唯独哥哥，因为他也是教物理的，颇以父亲的见解为不然，"你讲它到底错在哪里啰？"哥哥问得有些生硬。心平气和的父亲于是少有地激动起来，只用几句话就把那个赫赫有名的定律给"否"了。后来，我的孩子也知道了爸爸的这个见解，特地写信去请教。这次父亲认真写了回信，以最浅近的事例做了说明，但又告诫他们：你们还小，还在学习，还是应该按课程要求学习好，我谈的这些只是帮助你们了解情况。照我看，父亲晚年就是以证明这个定律的荒谬为己任，这已成为他生命的另一支点。

糟糕的是，就在母亲去世后不久，父亲的白内障日趋严重以至什么也看不清了，但还勉强借着高倍放大镜给我写信。每当我捧读那字迹越来越大越来越歪斜了的信时，心头就一阵阵紧缩。想想吧，一位刚刚经历了晚年丧伴大悲大恸的八旬老人，腿脚乏力，听力极差，终日枯坐一室又无人可与之交谈，现在连读书看报写文章这个最后可以寄情于其中的据点也失去了，该是何等孤独冷寂！这种孤独就像一团冰，连远在千里之外的游子都感受到了它的袭人寒气。即使在此情况下，父亲也不怨天尤人，他踽踽独行在旁人不可企及也无法仿效的精神活动中，一任周围嘈杂的现实世界存在于他的感知之外。但是，儿女辈忍受不了，一致反复动员父亲去做眼部手术，这是重见光明的唯一方法。然而父亲硬是不去，先以眼睛会慢慢好起来的理由来搪塞，到最后终于连一线光明也消失了之后，仍在固执地不肯就医，理由是手术不可靠。终于有一天，弟妹们不管父亲同意与否，联系好了医院，强扶硬拽地将父亲送去做了手术。妹妹后来告诉我，说父亲到医院后的第一件事，就是用一个有类小孩儿索物的借口，要弟弟回家把他的一个布口袋捎来。捎来后，看不见东西的父亲仔细地将它摸索了一遍，抖抖地将它压在枕头之下，还不时用手摸摸，一刻不离直到出院，而那里面并没有什么金银细软，只有他的手稿！更令我感慨的是，手术后，双眼缠上了纱布，一个星期内只可平躺，不得翻身或坐起。这对于身体健康的青壮年尚且很难，父亲却以83岁高龄硬挺过来了，表现出与起初不肯住院完全不同的精神状态。

　　这次手术后，父亲对子女的牵挂更执着了，只要一个星期收不到我的信，他就要焦虑地问弟弟妹妹："你们二哥怎么还没信来？不会出么子事吧？"啊，爸爸，你老人家过去在这些事情上的超然超脱到哪里去了呀……

　　于是便有了带着寒意的那一个深夜，父亲在我床头向我伸出摸索的手——我真后悔，不该出声的，那样，我，他的年近半百的天涯游子，还能享受一次慈父的抚爱……

　　啊，爸爸！

1992年8月

龟 虽 寿

"喀喀喀,喀喀喀"。门外响起了一种奇怪的声音,好像是什么硬物在碰擦房门。已是午夜时分,这声音在万籁俱寂中突兀、尖刻。我的中枢神经像被针扎了一下。我们竖起了耳朵。还是那叫人产生洪荒太古之感的神秘声音:喀喀喀,喀喀喀。弟弟终于站起身,走过去,猛地拉开了房门,然而昏黄的灯光下,并没有如往昔那样,由门缝踅进一只灵龟来,却不期然地灌入一阵冷风,我们都激灵地打了个寒战。

一

当那年夏天的一个深夜,靠小院那间房的房门外第一次响起这"喀喀喀"的声音时,父亲和母亲正在一盏二十五支光的电灯下相对无言地坐着。父亲在看书,母亲在看报。那一年父亲77岁,母亲78岁。从我记事起,每晚当我们都睡下后,父母亲还要弄到很晚,父亲照例是看书或看他订的物理杂志、化学杂志,或是双手交叉在脑后沉思默想;母亲则通常是做那永远做不完的针线活，得闲时也看看我们借来的小说或小人书之类。到十一二点钟，母亲就为父亲用开水在茶杯里冲一个生鸡蛋，这个即使在最困难的年月也没中断过，它在母亲看来是非常重要的事。"你们爸先天不足，全靠后天补养。"她这样告诉我们，但母亲自己是从来连嘴唇沾都不沾一下的。我每每一觉醒来，还听见前屋里两老在闲聊着过去的家事，或同事、朋友、熟人的情况。常常是父亲提起某人某事，母亲总是细声慢气地就此人此事忆起一些琐琐屑屑却充满人情味儿的细枝末节来，父亲再插话。然后是沉默，就像是清风拂过草地后的那种恬静。又过一会儿，母亲轻声说："该困得吧？"父亲就随声附和："困噻。"有时却又不太高兴，这从提高声音的"困啰——"中听得出来。"你们爸就是喜欢熬夜，"母亲同我们子女闲唠时这样说，"总要我陪，我困得要死，早一点睡他就不高兴。他早上困得可以晚起来，我不行哒……"确实，母亲一辈子操劳，是做得吃得的劳动型妇女，当然也困得。但她早上要很早起来为全家人做饭，所以常常睡眠不足。不过，当我们劝母亲"那你就早点睡"时，母亲却又是一种说法："你们爸夜里要看书，一个人寂寞噻，我不陪哪个陪啰。"但我后来以为，父亲之所以一定要母亲陪着熬夜，恐怕主要不在于寂寞，而是在于，离开了母亲，父亲心中的世界就不会是完整的了。

不知是父母亲年轻时没在一起照过相呢，还是没有保留下来，总之我从没见到过。父亲20世纪30年代在天津南开大学上学时的照片我倒是见过多张，构成了一个系列：在阳光很足的天空下，风华正茂的父亲很潇洒很帅气地站在那儿注视着远方，洁白的衬衣扎在裤线笔直的西裤里，皮鞋乌光锃亮，整个人带着一股浓浓的书卷气。有的照片中，父亲则和一二好友并肩而立，风吹动着他们的头发衣襟，阳光照耀着他们的脸庞，他们眼睛里满是即将踏上人生旅程的故作冷静的神色。我揣想，当年的父亲一定和我们年轻时一样，胸中奔涌着以天下为己任的激情，做着成就一番事业的未来之梦吧？据母亲说，当年的父亲是颇引人注目的。引人注目又是怎样的呢？母亲没说，我们也没问。只是后来我才悟到，那样才气舒卷风神倜傥的父亲是不乏追求者的。

多年来，我曾想方设法搜罗，但始终没找到一张母亲年轻时的照片，只是后来在一位亲戚保存的一帧全家在三十年代末逃难到蓝田时的合影中，我才找到了母亲。照片上有四十来号人，全是我的祖父祖母一辈伯伯叔叔姑姑婶婶一辈（其时这世界上还没有我）。照片上虽然长袍、短褂、学生装、呢大衣、毡帽、瓜皮帽交错并陈，可偏偏没有父亲。母亲站在第三排，刚露出个头，齐耳的短发，梳着刘海，颧骨微高的瘦削的脸上，一双大眼睛流露出淡淡的抑郁——大约是因为其时父亲正负笈云南没在身旁吧。

我暗自将照片上的父亲和母亲比较一下，他们都是三十出头，父亲是"洋学生"，母亲则像过去农村大家庭中的那种"小媳妇"，长得虽平常，但眼睛非常美，以至于几十年后，当我爱人的一位女同学见到母亲时还对这双眼睛加以赞赏。就这样，母亲和父亲一起组成了20世纪30年代很典型的知识分子家庭。母亲只上过不久的私塾，她之能读书看报，多半是嫁给父亲后逐渐学会的，但不会写，写信这类全靠父亲，后来就靠我们。记得我十几岁时，街道居委会要母亲当居民小组长，母亲像挂了个什么委员衔头一样十分看重这工作，一回来就当大事告诉了我们，又拿出发的表格，在填"文化程度"一栏时，琢磨良久。"我虽然冒上中学，这些年跟你们爸在一起，看书看报也到得初中水平，"母亲自言自语，又仿佛和我商量，"你看，填初中毕业行啵？"我笑着点头称是，为母亲的天真，也为母亲那点小小的要强的虚荣。

父母亲的结合，据父亲说，是曾祖父，我们俗称为"老爹"的那位大家庭的最高权威促成并拍板的。其事起因于汨罗江北岸的江夏黄氏家族中有一位与我家过从甚密的先生，在到我家走动时看中了父亲，有意从中说合。当时祖父不在家，父亲自己做不了主。曾祖父知道后一锤定音：黄家女我了解，穷是穷，是个好妹子。这样，母亲就成了他的孙媳妇。母亲过门后，上有公婆要侍候，下有小叔小姑要照顾，扮演着"长嫂半母"的角色。此外，还有那位"老爹"也要母亲来服侍。老爹年事已高，行动不便，母亲天天为他倒马桶，从无厌色，从不懈怠。这一切，老爹看在眼里，多次称赞这个孙媳妇孝顺、贤惠，选对了。母亲是个"人敬我一尺，我敬人一丈"，从不忘别人好处的人，所以她对曾祖父一直保持着一个孙媳妇的好感和敬意。直到她自己到了可有孙媳妇的高龄，还很怀旧地对我们提起曾祖父当年对她的夸奖。

当母亲睡梦中被"日本人要来了"的叫喊惊醒时，寄寓在蓝田一处老屋中的我家几十号人已在紧张地唤爹叫女，收拾行李。母亲拎起床头早已准备好的包裹，拉着十来岁的姐姐，随大伙仓皇地出了门。其时天色仍昏暗，虽然互相看不清彼此的脸色，但那杂沓的脚步声和粗重的呼吸声宣泄出紧张的心情，前些时从外面传来的日本鬼子到处烧杀淫掠的讯息像无情的鞭子抽打人们的心。母亲双脚小时候缠过，虽说后来由于外公不忍心而放开，毕竟已伤及筋骨。此时她既要时抱时拽地拉着姐姐，又要张罗照看上了年纪的人，几乎是连滚带爬了。刚走出村子不远，日寇飞机的轰鸣声就鬼哭狼嚎般地传过来，接着就是一片惊心动魄的巨响，回首间栖身之所已是一片火海，几位亲友没来得及逃出被炸死。对母亲这一段经历，我们多次听父亲说起过："你们妈妈命大嘞，她小时候有一次掉到水塘里，爬不起来，正好有一个老倌子经过，才把她救上来。后来蓝田逃难，又只差一点挨了日本人的炸弹……"

"我这一世年就是侍候你们爸。"晚年时母亲不止一次地对我们说起她八十年来的人生之旅，似乎她小时年轻时两次大难不死就是为了侍候父亲似的。在母亲心中，照顾好丈夫无疑是第一重要的神圣事儿。她不仅以丈夫的生命为自己的生命，几十年陪着父亲走过了坎坎坷坷风风雨雨的路程，单是那几十年如一日地每晚都为父亲冲一个鸡蛋就非比寻常。到了暮年，母亲自己差不多走不动路了，手也不好使，还坚持给父亲准备好每天喝的水和漱口水。默默地看着母亲艰难地然而又是不可遏止地做着这些，我便想，母亲对自己是不是苛苦得过了头？但我又清楚，母亲只要是母亲，就是让她重新生活一百次也必定如此，父亲在她心中有着不可替代、不可挪动的位置。

"你们爸是有学问的哩，晓得他的人都佩服他。"晚上闲聊时母亲这样对我们说。这我知道，父亲虽然学的是理科，但他国学底蕴深厚，不仅熟读经史，而且对古诗文也颇有见地，我们那位也是大学毕业见过大世面的风度翩翩人称才子的三叔就很佩服父亲作的诗。另一所中学一位教语文的黄老师不来则罢，一来就同父亲谈诗说文，他也很敬重父亲在这方面的见解。"爸又写么子诗呀？"我问。"咯倒冒，"母亲说，稍停，忽然略带一点神秘意味地说，"你们爸在搞科学研究哩！……"这我还是第一次听说，好奇地问："搞么子研究啰？""咯就不晓得了，"母亲一副虔敬的憨厚的表情,"要问你们爸。"

但我始终没有去问父亲,我觉得这事儿还是让它带点儿神秘味好。不过,家里人虽不常谈起此事,可又都觉得是件大事儿,都盼着父亲能尽快搞成。想不到这一"研究"竟然长达二三十年。直到我参加工作多少年后,回家探亲,父亲才第一次正式对我说:"悌伢子,我的研究有新的进展嘞!……"到这时我才大致了解到,父亲的科研涉及元素周期表、牛顿经典力学、爱因斯坦相对论等重大科学课题。有一次听父亲谈起对"××定律"的不以为然的看法,也是学物理的哥哥忍不住问:"那你讲讲它到底错在哪里啰?"这一问惹恼了一贯心平气和的父亲,他声音猛地提高了几度,三言两语就把赫赫有名的"××定律"给否了。母亲则坚信父亲见解的正确性,"你们爸总是有道理的嚏!"她说。

有趣的是,作为父亲科研工作最忠实支持者的母亲,一旦遇上她为之焦虑、为之惦念而又难以预测难以决断的事儿,往往会跟父亲说:"你算算看呶,看万伢子咯一阵身体好不?不会生病吧?"或是:"你看看妹伢子何是咯样久冒得信来?不会有么子事吧?"当我们笑问母亲"那何是算得准"时,她就天真地一笑:"你们爸是搞科学的人嚏,他还不晓得?"母亲坚信父亲有这种超人的"特异功能"。父亲从来没对我们说他会"算",但只要母亲一问,他就会若有所思地掰着指头,闭目沉思一会,徐徐答道:"不会吧。"有了这句话,惶惶不安的母亲就放心了。

"悌伢子,你去买一两茶叶来。"母亲一年中总有一次会这么对我说,边说边从大裰一侧的口袋里掏出几角钱来交给我,"家里不是还有茶叶吗?"我奇怪。母亲说:"咯不干净嚏。"我只好遵命照办。到了傍晚,母亲洗完澡对我们说,你们先出去一下,我有点事。然后就关了房门，一个人在里屋待上半个来小时。待到母亲招呼我们，进得门来，她就指着桌上的几小杯清茶要我们喝了。我问："妈，咯是么子茶？""咯是敬神的茶，吃了冒病冒灾噻！"我再问："敬么子神？"母亲犹豫了一下，笑笑说："今天是观音菩萨生日……"我这才明白哥哥以前说的：新中国成立前夕，看见母亲一个人在房里跪在凳子上向窗外默默祷告。他问母亲在做么子，母亲也是笑而不答……

这都是几十年前的"城南旧事"了。父母亲愈到晚年愈是相依为命。母亲已不再要父亲"算"什么吉凶了。两老的感情已如醇酒，酒浓愈纯愈清。白天，大家忙忙活活还不觉得什么，一到晚上，11点之后，来闲坐的人走了，儿女们也睡了，周围邻居们熄灯了，父亲就将原来靠墙高挂着以便照得见满屋子的电灯放低，这时，真如哥哥所说，父母亲真是如小孩似的膝盖对膝盖地坐着。母亲此时已没有多少针线活可干而且眼力和手劲都不济了，看报纸就成了她消夜的一大嗜好，她看得那样认真，仔细，几乎是一个字一个字地读。我回家探亲时碰到这种场合，就忍不住问："妈，你看得懂不啰？"母亲总是憨憨地一笑："看不懂也要看噻！"实际上，母亲是在用她的全部悟性和真诚来品究、体会报上说的那些事的。当她实在搞不明白时便真当回事似的问父亲，于是，父亲就会放下手中书本，认真地想，认真地说……我曾写过一本《两个人的世界——爱情审美双向流程》的小册子。但当万籁俱寂之时看到父母亲在橘黄色的柔和电灯光光圈下白首相对，多少知心话，全在不言中时，我才真正领悟到什么是"两个人的世界"……

"你听啰，"父亲放下书，侧耳向门，"是么子响啰？"

"该不是野猫吧？"母亲也听到了那个"喀喀喀"的神秘声音。

父亲又听了听，起来去开了房门。门外层宵隐隐，月华如水，只有院中的簇簇黄菊在泥地上投下了自己高标傲世的清影。父亲习惯性地咳嗽一声，正待关门，一低头，借着微弱的灯光，发现门口伏着一只巴掌大的乌龟，它似乎揣度到主人要关门，于是慢慢地然而是毫不迟疑地爬了进来。父亲没拦它，就站在那儿注视着它，母亲也侧过身子惊奇地瞅着它。乌龟停了一下似乎若有所思，接着，就坚定地一径爬到房间一个角落，伏在那儿，将头缩进龟壳，不动了。这桩奇事儿给父母添了个话题。"乌龟通灵性哪，"父亲意味深长地说。母亲"啧啧"连声："一世年也是冒看见过！"第二天一早母亲起来，乌龟已趴在房门口了，母亲轻轻打开门，它就缓缓爬到了院子里，钻到菊花下，消失在草丛里了。打这以后，这只乌龟几乎天天夜里都要来光顾，几乎在同一时间，待在同一角落。如是者从秋天到夏天。

当妹妹来信将这奇事儿告诉我时，我正在东北一个城市里为不能在父母烛影飘摇的晚年承欢膝下以尽孝道而抱憾，常常晚上躺下后对妻长吁短叹，妻说："你们就是多愁善感，爸爸妈妈自己不挺乐观的吗？"现在，妹妹说的这桩奇事儿使我沉重负疚的心为之一松：灵龟叩门，当属吉兆，是不是就在父母身上呢！

二

1986年，母亲八十大寿。弟妹们来信说，父亲的意思是，他的生日（父亲比母亲小一岁，生日也在冬天）和母亲一起过好了。这对我来讲是一个特殊重要的时刻。在父母身边的二十年，从来是父母为我们过生日，虽然那时家境贫寒，但母亲至少要为我们煮两个荷包蛋。1963年我离家后，又是二十多年过去，其间虽多次回家，但都没赶在父母生日。这次父母双双过八十大寿，我是无论如何要回去的，头拱地也得去。

到家是个阴冷的天气。在早上6点来钟。从北京回来的姐姐和兄妹们的临时床铺挤满了屋子。妹妹见面的第一句话是："二哥，爸咯些天一直在和妈妈讲你，讲咯样久冒接到你的信，大概会回来——昨晚上还讲哩！"弟弟对妹妹说："快去喊他们噻，爱崽回来得啦！"我赶紧来到父母房里，二老已经起来了。"是悌儿吧？"母亲坐在床沿上，一边系大襟扣子一边问，这声音，连同房间里的微微温乎的气息，是那么熟悉，那么亲切，那么温馨，那么打动游子的心，我觉得眼眶发热，眼睛有些朦胧了。"妈，是我……"我俯下身来，紧紧握住了母亲的手，不尽的思念全在这一握之中了。"你回来得就好。"母亲欣慰地说，抬眼望着我。我这才发现，母亲那双原来很美在我们心目中始终清澈明亮的眼睛，现在有些混浊了，令我触"目"惊心！还没等我做出反应，母亲已费力地下了床，我赶紧搀扶着老人来到外间。

少顷，父亲也下床过来了。"爸！"我大声喊，父亲有些耳背了。父亲满脸是掩抑不住的笑意，手里拿着牙刷，端着一杯漱口水——那一定是昨夜母亲给准备好的——弯下腰来，双肩像小孩隔着衣服蹭痒似的一拧一拧（这是父亲十分高兴时的习惯性动作），对坐在小竹椅上的母亲说："悌儿回来了，咯回他们兄弟姐妹都到齐了！"

真的，自我记事起，这是我们兄弟姊妹6人在老家的第二次大团聚，第一次大团聚是在35年前，那时我才9岁。

母亲明显地衰老了，整个身躯向右倾斜，原先很黑的头发变得花白，

米萝文存：凡圣之间

牙齿也掉得差不多了——一辈子的辛劳在母亲身上留下了令子女心碎的烙印。"妈，身上有么子地方不舒服？"我双手紧握住母亲的手问，心中隐隐作痛。"还好哩，"母亲说，气有些喘。在我记忆中，似乎从没听她老人家说过自己身体如何如何，这个曾给家庭以有力支撑的身子骨终于如百年老屋的大梁一样倾颓了。"就是从前年起，出气不赢。"母亲补充说，从怀里掏出皱皱巴巴的手绢擦了擦眼睛，这个动作是过去从未有过的。妹妹在旁插话："医生讲是肺气肿。妈妈眼睛也不好了，喜欢出眼泪，医生讲是眼睫毛倒长刺激的。"

母亲不同意妹妹的看法，说："我眼睛不好，是咯个时候想美伢子哭得太多搞的嘞。"一说起大弟弟当年过继给大叔的事，母亲仍十分感慨。

在我的几个叔叔中，只有大叔叔和我家在一起的时间最长，关系也最密切，他和婶婶一直没有孩子。从母亲的眼光看来，一对夫妻没有孩子还成其为家吗？于是和父亲商量，倘再生一男孩，就过继给叔叔。这就预先决定了大弟弟的命运。他出生后，母亲考虑到孩子太小，叔叔婶婶不好带，等大一点再送。大弟弟三岁时，从未单独出过远门的母亲坐火车从衡山将他送到A市叔叔家。在A市那些天里，母亲处于极度的矛盾和感情折磨之中：一方面骨肉情深，想到马上要和儿子分手，母亲的母爱沸腾到最高点，另方面，理智又在一次次催逼，走吧，走吧，把孩子留下吧，这才是深明大义。最终，母亲舍下大弟弟挥泪回衡山了。那之后的几年中，对儿子的苦苦思念将母亲击倒，她每日以泪洗面，茶饭不思，加着吐了几次血，穿的衣服看着看着就变大了，空荡荡的。好多年之后，母亲每提起此事，就悲从中来，说："我只想把美伢子一把抓在怀里，不让他走了！唉，把我想得硬是掉了一身肉……"

母亲还没从对大弟弟的苦思中恢复过来，年幼的小弟弟又突然因恶性痢疾而住院。小小的孩子天天便血，舌头由于高烧而缩进了嗓子里，讲不了话。于是母亲送小弟弟住院又一次来到A市。母亲日夜守在医院，饭菜端来又端走。那时的母亲，血肉之躯简直不存在了，只有一颗伟大的慈母心在守护着她的小儿子。多少CC鲜红的血从母亲血管里流进了小弟弟的血管，小弟弟终于一天天见好了，而母亲又开始咯血，身体虚弱得连给小弟弟念几页小人书都提不起气来。那时，我正寄住在大叔叔家上小学。小弟弟由医院出来后也随母亲到叔叔家住几天，我对他稀罕得不得了，一股从未有过的兄长对弱弟的呵护之情油然而生，一放学回来就抱他，哄他。在母亲和小弟弟离开A市的前一天晚上，我几乎一夜未睡。为了赶车，母亲、弟弟走得很早，我不敢起来送别，一股生离死别似的伤感情绪袭击了我，不由得蜷缩在床上哽咽到天明。这在我感情的历程上是最早也是烙痕最深的一次……

为了两个弟弟，母亲两次吐血，两次消瘦下去，严重地损伤了她的身体。回忆起这些往事，我才体会到什么叫"衣带渐宽终不悔，为伊消得人憔悴"了。

母亲又从怀里掏出手绢擦拭眼睛了。我动情地握住了母亲的另一只手。母亲的手虽然枯削了，衰老了，但手背的皮肤仍然光滑，只是手掌手指处出现了裂口。我摩挲着母亲的手，冲动的感情一直波动到心灵的最深层。

晚上，我掏出100元钱塞到母亲手里，轻轻地说："妈，您老买点喜欢吃的东西噻！"母亲缓了一口气，平静地说："人都老了，还要钱有么子用啰！"这话又触动了我的感慨。我深知，在母亲最需要手头有点零花钱的时候却一无所有，使她受过多少窘，发过多少愁，伤过多少次心啊！

我这辈子没见过如父亲这样更不爱交际，更耐得住寂寞和孤独的人了。他从西南联大毕业后一直当中学教师，而他的同学连同他的堂兄弟们似乎一个个都比他发达，他却视若无睹，在最神气最阔气的贵人面前，父亲也能自然而然地保持一种不卑不亢平静平衡的心态，他的书卷气这时表现得最充分。这就注定了他要一辈子吃他的粉笔灰，一辈子拿他的几十块钱养家糊口，一辈子受穷。从我懂事起，"借钱"二字就如雷贯耳，连同它引起的屈辱感，强烈地刺激着我的神经中枢。父亲每月将他领到的几十元钱交给母亲就算完事，接下来就是母亲东一趟西一趟地张罗借钱，周围的邻居、同事不要多久就借遍了，于是发展到借高利贷。后来又打发我和妹妹到亲戚们那儿去借，那种为借几元钱而琢磨半天该去求谁该怎么说，到了人家门口又"足将进而趑趄，口将言而嗫嚅"，乃至硬着头皮求一回却要等上大半天而最后还是一句"我也冒得钱借噻"的滋味，我算是过早就领受过了。到现在，我一闭眼，就能想起这个情景，几乎是每月到离下次发工资还有上十天十几天时，母亲就要从她那个自己缝的小布袋中将所有的零星钞票掏出来，一分一分一角一角地仔细数清，叠好，然后忧心忡忡地对我说："咯个月就只剩咯一点儿钱，一家人天天等吃。你们不晓得我好为难……我这一世年就吃亏在冒得工作上！"说完，长长地哀怨得让我直想哭泣地叹一口气，眼睛失神地瞪着虚空，陷入了沉思。这时，我就在心里把那个已经一百次申明过的誓言再重复一次：将来我有了工作，第一件事就是不要让母亲再为借钱而伤心了！

于是我暑假跟几个同学拖板车去挣点钱。A市酷暑天，气温高达40℃，柏油路面晒化了，踩上去漆黑黏稠的"臭油"就连脚带起来。四周没一处不是明晃晃的让人眼花，没有一处不是滚烫的气流直往脸上冲。18岁的我光着膀子和脚丫，只穿一个小裤头，拖着1500斤重的板车，一天十几里的路程走两趟，浑身被大汗泡着，脚上是"臭油"糊着。这样十几天干下来，居然有了一点收入，除了留下一点钱用来买学习用品外，其余交给了母亲。

我不知道我去拖板车母亲是怎么想的，只记得母亲接下我手中那可怜的一点钱时，她心疼的表情。

母亲小时候家境很苦。她不止一次地回忆道："咯个时候你们外公给人当长工，要吃饱才做得事嚷。你们外婆每天开饭的时候就把我带开，怕我看见外公吃饭喊吃，怕外公看见要把饭分给我……只是到了后来，你们舅舅他们大了，有了事做，才好一些。我们家也是苦人家哩。"或许是因为有了这个经历，母亲就很愿意看有关农民造反、斗争地主之类的书。每一看完，总要为书中讲到的穷苦农民的非人生活唏嘘良久，"那都是以前的事了。"我们说。于是母亲也为之释然："还是新社会好嘞！"说完，似乎还沉浸在一种意犹未尽的情绪中，默默地回味着什么。

然而不久我们也尝到了饥饿的滋味。那是除了四条腿的板凳不能吃外，似乎什么都能吃，都想吃，也都敢吃的年头，"民以食为天"的古训每日每时都为新的经验和事实证明为颠扑不破的真理。我那时正是长身子骨的当儿，为了使那有限的一点饭食能经吃一些，于是加进青菜和水，煮成一大碗照得见人影的稀粥。就是这样，仍觉喉间要伸出手来似的。每当我在碗中搜寻着最后一粒饭时，就感到母亲怜爱伤感的目光在一旁轻抚着我。一天早饭后，母亲叫住了正要上学去的我："悌伢子，把点好东西给你。"我问："么子好东西？"母亲像抖落什么机密似的冲桌上的盐缸子努努嘴："你去看罗。"我揭开缸盖子伸手进去，摸出的竟是个馒头。"妈，你冒吃饭呀？！"我惊问。母亲说："你就莫问，快点吃了。"我噙泪凝视着母亲日渐消瘦的脸庞，舐了一下那馒头，苦咸苦咸的，就像苦涩的泪水。

"么子时候你们吃一顿饱饭就好了。"母亲有时带着一副怀想期待的神情这么说。然后又眨巴几下眼睛，若有所思："现在还是好嘞，你看你们爸有工作，受人尊敬，你们都上学，咯不容易嚛！新中国成立前有地方，跟黄世仁一样，奸毒得很，你们外公要不是几个崽起来，只怕也要跟咯个杨……杨私子老倌子一样嘞！"其时正上映电影《白毛女》，母亲印象很深，好几次提起。

我20岁离开家，在外面闯世界的时间比在家时还多，经历过不少感情起落的时刻，见过不少难忘的场景，然而现在每当我静思默想着以往那些难忘的情景人事时，总要从潜意识屏幕的纵深处飘浮出一个若隐若现的小黑点，它不断扩大、清晰，终于呈现为母亲上街拾煤渣时在寒风中伫立等待的形象。这个形象越来越大，以至充塞整个屏幕而将别的一切掩蔽净尽……

"你们莫管。我自己去，咯又不丢你们的丑！"母亲对我们生气地说这话时，是三年困难时期。为了使丈夫儿女教好书上好课，母亲借钱与邻居养了一头小猪羔。因为要煮猪食，计划的那一点煤就远远不够用了。于是母亲做出了一个决定：到马路上去扫煤屑。那时我们家离一条马路不太远，那儿是下坡路，从煤站拖煤的板车一到这下坡路就必得加速，也就自然颠下若干煤屑，它就成了妇女儿童争抢的宝物。因为我们一致反对母亲加入这个队伍，她就生气了。有天我和妹妹放学回家，母亲不在，便去找。到了那条马路,一个景象令我们惊心动魄:被满脸黑煤灰和一件破大褂弄得几乎变了模样的母亲手提扫帚和簸箕立在路口,寒风撩起了她的头发和衣襟,那么寒碜,那么可怜,一俟板车过去,赶紧挪动她那"半解放脚"到马路中央将煤屑扫进簸箕,来往的车辆几乎与母亲擦身而过。我当时就觉得心在发抖。我不厌弃任何劳动,我修过铁路,拖过板车,挑过大粪,插过秧苗,也炼过钢铁,开过机床,但我忍受不了全身心尊敬和热爱的母亲,一位被邻里和学生们称之为"师母"的女人这样为了生计蓬头垢面地在街上扫煤!啊,妈妈,你原本是应该在家里,在子女们的簇拥下幸福微笑的呀!

"我这一世年冒歇过一天,"母亲感慨地说,"最怕就是以后动不得,要人侍候。"操劳一生的母亲把"动不得"看作晚年最可怕的事。她六十多岁时曾和父亲相约:一定要双双活到80岁。现在80岁了,还在操劳,但一种深深的隐忧也袭上了母亲心头。这次在家的十几天中,每天早上六七点当我们大家因晚上熬夜而还在睡梦中时,母亲就挣扎着起床下地,一如过去的无数个清晨。但是,失却了以往的轻捷和活力,传到我耳中的是细碎的脚步在地上艰难蹭动的"嚓嚓"声,映入我惺忪睡眼的是母亲蓬乱的白发和佝偻瘦小的身影。她几十年来始终保持着这个习惯:早上一定要将桌上的茶碗一一擦洗一遍,然后扫地、擦桌椅,生火做饭,择菜洗菜,一样也不落下。我曾多少次按住母亲缓慢动作然而永不停息的手,用哀求的语气劝她不要再自己干了,由我们去做,但一贯善于体谅子女心的母亲在这一点上从不妥协:"只要我还能动一天就做一天……"

"我是劳动人民嗬!"以前,母亲这样自豪地对我们宣布过。我想,母亲是在身体力行一种她信奉一生的人生哲学,是在向子女们示范一种她倍加珍视的做人精神。从母亲艰难而奋力移动的身影中，从她常常因觉气短而咬紧的嘴角腮帮骨上，我仿佛看到背负十字架的受难的基督，感受到了一种寂寞的悲壮。

做寿的那一天，除了我们兄弟姊妹外，来了不多几个亲友，但父母亲仍很高兴。他们二老冲对面墙上的大红寿字并排而坐，接受亲友和子女的祝福。瞧母亲那拘谨幸福的样子，真像刚出阁的新娘。母亲以前逢年过节爱喝几口酒，那在她是很高兴的表示和很大的享受，这几年随着年事增高身体日衰不喝了。这次八十大寿破例又喝一小盅，脸立即红了。父亲则一如既往滴酒不沾。

晚上，全家在火炉旁围坐，妹妹说："二哥，你看今天爸和妈妈好高兴啊！""嗯……"我点头，刚想说点什么起兴的话，但情绪一下就变坏了，"不过我这次回来，妈妈好像突然衰老了，老得厉害……"妹妹一时无言，只瞅了我一眼。我感到静寂的房间里有什么看不见的重物在向我肩头、心上坠落。"妹，"我问，想转移一下话题，"你讲的那只乌龟现在在哪里呢？"妹妹说："那是前年的事啰。听爸讲，冬天它就钻到院子里的泥里去了。""后来看见过冒？"我问。"那就不晓得了，"妹妹答，"我冒问过爸。"

我们又沉默了。

三

父母亲八十大寿过了后，我就不得不悄悄掐手指计算归程了。只剩下几天时间，似乎还有许多事要替父母做，然而都来不及了，只有一件无论如何必须办的，这就是送二老去看看叔叔婶婶。

父母亲很少出门。"淡泊以明志，宁静而致远"，诸葛武侯这名言常使我想起父亲来。尽管父亲平生从未有过建功立业之举，与波澜壮阔的人生相去甚远。但在宁静淡泊上我以为足以与先贤相通。我也见过与世无争的人，但像父亲那样对他身边的功名利禄淡然置之，对生活的贫穷困窘漠然处之，对一切大欢喜大烦恼冷然释之，对寂寞孤独泰然视之者，真几乎没见过，我自己是一辈子都修炼不到这个境界的。

对父亲来讲，这个家就是他的全部世界，每天除了上学校教书外，偶尔上街买点东西，他几乎足不出户，至于出公差更是与他无缘。他极少邀请别人来家串门做客，别人也多多知道他这个脾气，没有来闲坐的。倘若有人来待的时间长了点，父亲便会由于烦于应酬拙于应对而沉默无语或举止失措，连我们看着都觉得不安和尴尬。父亲教了几十年书，可说是"桃李遍天下"，其中还颇有些发达了的，但父亲别说是去找他们，他连提也不提起，我们还是从亲友闲谈中得知一二的。

"来人就讨厌，只怕人家不走，像你们爸咯个样，只怕连个鬼虾子也不来上门……"母亲常这样数落父亲，说到"鬼虾子"时自己忍不住哈哈笑起来，于是我们也觉得可笑，跟着笑。

即使如此，家里的客人仍然常有，这要归功于母亲。母亲是那种见人就掏出一片心而又极讲礼数的家庭主妇。每逢来人，不管是邻居还是父亲的同事，母亲总要先冲上一碗姜盐豆子芝麻茶敬上，然后端坐一旁带着拘谨虔敬的微笑听着客人说话，且总不忘掏出几角钱给我或妹妹："快去买点糖粒饼干来。"如果来客是男人，在和父亲说话时和母亲说起什么，母亲就往往会显出未见过世面的孩子般的天真和无措，慌慌地不知说什么才好。倘若是稍远一些的客，母亲还会乘客人不注意时跟父亲耳语道："留客吃顿饭，好吧？"邻居小孩来，母亲会像对大人那样客客气气地问："毛佗来了？""细妹子来做客呀？"然后抓上点瓜子、糖什么的，硬塞给孩子们。

"该到他们叔叔那里去了吧？"每隔几个月，或是母亲，或是父亲，会这样提醒对方。到叔叔婶婶家去串门，这是父母亲也是我们全家最大最重要的外事活动了。每次去都是早几天就议定下来的，当然都定在星期日。由于没钱，我们都习惯于步行，在A市这么些年，我没坐过一次公共汽车，以致后来第一次坐公共汽车时，心情忐忑不知有些什么规矩。所以到叔叔家去的那一天，全家皆步行十几里。照例我和哥哥先行，然后是弟弟和妹妹，最后才是父母，每每是我们到了半天，二老才姗姗来迟。"何是走咯样慢呵？"我们问。母亲就笑着回答："我走不快嚯。"停停又补充说："又要换衣，又要洗手，你们爸关门锁门也要搞半天，明明锁好了还要一摸再摸，生怕冒锁好。"这我是知道的，父亲在这类事上极其谨慎小心，有时甚至到了叫人不耐烦的地步，比如门锁好后已经摸了好一气，临走，只要我在旁边，还要叫我再摸摸，看看锁好没有。在叔叔家，老兄弟妯娌之间扯扯这一段的相互情况，然后吃午饭，叔叔婶婶做的菜似乎比母亲做的好吃一些，大家都很赞赏。饭后又闲聊一会，然后就回家。这种串门一直持续好多年。当然其间叔叔婶婶也会来回访，但毕竟是我们去得多。只是到了近几年，父母年迈体衰，特别是母亲，几乎失去了在外面活动的能力，又不能去挤公共汽车，就不得不中止了串门的活动。但他们惦念着叔叔婶婶，尤其是得知婶婶中风偏瘫后更是如此。我这次回来，父母别的什么要求都没提，只是说："悌伢子，你们得把我们搞到叔叔那边看一下才好嘞……"话只此一句，可我却真切地感受到了它的分量。

那天，我想方设法搞到一部小车，将父母亲送到了叔叔家。

阴冷灰暗的房间里，婶婶坐在竹椅上靠着火炉，裹着被子，神情黯然。见到父母亲十分伤感："哥哥嫂嫂，你们来了——我动不得……"说着就掉泪，"不晓得还能不能再看到你们……"

母亲刚才在车上因晕车呕吐搞得虚弱不堪，使我时时生着一种有什么东西会折断的恐惧感。这会儿，母亲让我搀扶到婶婶身边，尽力挺直身子，抓住婶婶的手，苍老苍白的脸上显出一种毅然决然的神态，说："蘅英呐，莫是咯样讲嘞，你好生养着啰，我会常来看你的噻……"

泪水在婶婶浮肿的脸上默默流淌，半晌才哽咽着说："……嫂嫂，我咯是受罪哩……怕搞不得好久了……"

"唉！……"母亲费了好大劲才叹出一口气。腮帮骨又咬紧起来，痛苦的神情倏地从混浊的眼中闪过，张了张嘴，又闭上了。"你也身体不好噻……"婶婶僵硬的手臂使劲动了一下，低低地伤感着。

我觉得周围的空气愈来愈沉重地挤压着我，一股说不清的情绪令我惶惶然，凄凄然。终于起身走出了阴冷潮湿的屋子。

我在外面的公路上踯躅。自从父母叔婶进入暮年，我每次回家都感到压抑困惑。他们自己照料自己还能有几年？一旦失去自理能力，身边无人，真不知老之将何以终。每念及此，一种古道西风残阳落照的凄然之感就会袭上心头，使我郁郁久之。

天气很好。少年时期，我寄住叔叔家上学，对这一带很熟悉。但这么多年过去了，路两边景观变化之大颇令人兴"木犹如此，人何以堪"之慨。我任由思绪带我信步而行。我知道已到了左家垅。我记得，三十来年前，路侧是一片稻田和水塘，沿着田埂走过去就是一片树林子，穿过林子，再走过一片稻田，就是杜家塘了——这是父母和我们曾住过几年的地方，也是这些年来让我魂牵梦绕的地方。但现在眼前只见一栋栋黑顶白墙的瓦房。池塘不见了，稻地不见了；问路上行人，都不知道这儿还曾有过一个"杜家塘"。一种淡淡的惆怅悄然涌上心头……

……我忘不了当年在杜家塘陶公馆——父亲所在学校一些职工聚居的老式大院的那些难忘的夏夜里……

一出陶公馆大门，迎面就是一片阡陌连畴的农村景象。夏夜，显得朦朦胧胧的稻田随着清凉的晚风飘来一阵阵稻香，其间蛙声密一阵疏一阵地送入耳鼓。真是一幅"稻花香里说丰年，听取蛙声一片"的迷人画图。我们小孩扛着竹椅板凳先行，父母亲端着茶壶茶杯殿后。在蛙声中沿着一条两边长满蒿草的乡间小道走出百多米，就来到一处高地，这边是幽幽的静谧的荷塘，荷塘后也是陷入暮色的稻田，那边是低洼的泽地，一直绵延到神秘的天际。在那儿，我们看着绚丽的晚霞如何在暮色浸染下散作余绮，然后一点点向天际消逝，让位于蓝宝石般夜空上的一轮皓月，那月亮倒映在荷塘中使荷塘愈显幽秘深邃，当我们定定地看着它时，那塘中荷叶下仿佛要现出什么花精水怪随着迷蒙的月色逸散到太空中去，让人遐想无限。

这样的时候，一直沉思冥想的父亲会突然来一点雅兴，跟母亲说起唐人传奇或《聊斋》一类书中的逸闻怪事，说着说着停顿下来，母亲往往会挺当回事似的问："后来咯个狐精到底成冒成器啰？"于是，父亲又兴致勃勃地说下去，说完了，有时自己还评论几句："唐人小说是做得好嘞，咯以后比如宋元明，就难得有咯样的格调……"接着是"啪啪啪"地一阵摇蒲扇，我想那主要的怕不是为赶蚊子，而是当时活跃着的情思所致。

冬天晚上自然不能出去，只能待在家里。我们或是以一只当桌子用的大红木箱为中心看书、做作业，或是围炉向火，所有的手脚拢在炕笼上的一块小棉被下面取暖。这时，收拾完了家务的母亲就提着刚烧开水的炊壶沏她最爱吃的姜盐豆子芝麻茶，一人一碗，她则要喝两大碗。大家边喝茶，边嚼茶里的豆子茶叶，边漫无边际地自由自在地兴之所至地闲聊，它往往是在不知不觉中从一句最普通的问话或耳闻目睹的某件事开始，如妹妹问："妈，你今天到梅娭毑那里去了？"母亲则答："是噻，咯个老婆婆人好嘞，就是冒崽冒女造孽哩。我只有一块钱，就把得她……"这之后大家就会围绕着"人老了何是搞""有崽女不孝顺还不如冒得"这些话题议论开去。又如弟弟随口一句："妈，今天放学回来在路上推板车上坡，得了两分钱。"母亲马上就得问长问短，我和妹妹也要插上一嘴。

母亲有时也讲故事，我最熟悉的是"小时偷针，大时偷金"：从前有个细伢子，到邻居家玩，看见他家绣花针好看就顺手牵羊拿回了家，他娘见了不但不责骂反而夸奖他。这以后细伢子在外面见什么偷什么。直到他长大。有一次竟跑到衙门里去偷金元宝，金元宝没偷到自己倒被捉了起来处以死刑。临刑前，刽子手问他还有什么要求，他说，他就想吃娘老子一口奶。结果他娘一给他喂奶，他一口就把奶头咬了下来，恨恨地说："要是我第一次偷针你就教育我，我也不会有今天！"另一个故事，讲的是一家财主的后院与一座寺庙相连，这财主家每天都要把许多白花花的剩饭倒进水沟，隔壁寺庙的和尚见水沟里漂进这些米饭，连称罪过，就天天用笊篱将剩饭捞出来，洗净，晒干，然后装在罐子里。过了些年，财主家败落了，以致他的子孙不得不出门讨饭吃，庙里的和尚乃大发慈悲，将罐子里的干米饭重新煮好后给他们吃，他们连连称谢。这时，和尚们才将米饭的由来说出，令财主的子孙们悔恨欲死。

这两个故事，我以前在祖母那儿也听到过，可见一代一代相传，它们的警世劝善之意是不言而喻的。

闲聊中，母亲常常会为子女们的什么趣事，过去老家的什么逸闻，父亲的某个好笑的举动，或是她自己因大意、糊涂搞糟了某件事而哈哈大笑，边笑边说："你看咯个妹子……""咯硬是个滑稽鬼嘞……""看我这下背时……"这时大家也跟着笑，为母亲的天真、愉快，为此时的温馨惬意。我有时草草做完作业就看小说，如《聊斋》什么的，一被书里的鬼魅狐精弄得心惊肉跳，就赶紧放下书加入到这种闲聊中来。

即使是这时，父亲也只是莞尔一笑，说一句："你们妈妈最有意思得嘞。"又继续看他的书，或者双目微合，用一种古里古气的摇曳的语言吟诵起我们没一个人能听得懂的诗文来……

从叔叔家回来的路上，由于事先给母亲服了晕车药，老人不再呕吐了，但上午的折腾加上一天的劳顿以及婶婶病情的刺激，使母亲急剧地由一种精神状态转入另一种精神状态。这天晚上，全家人在厅里守着那盆火闲聊，五岁的小侄子在尽情地起"人前疯"，大伙逗他，也被他逗乐。但是我总不能忘情，不能放松自己。我感到身后的母亲——我们催她到火盆跟前来，但她固执地坐在离火盆很远的竹椅上不动，不参加家人的说话，而以前她是多么愿意啊！实际上晚饭时我就察觉到母亲情绪的变化——她脸上的怫然之色愈来愈重，我不知其所由何来，但预感到它会发展成一场风暴，不由得懔凛然。"你们以后要照顾好你们爸嘞——"一直像冰山般冷冷沉默着的母亲突然说了这么一句。这话的深层含义又令我心悸。我紧张地等着下文，可是母亲再也不开口，只是脸上的表情愈来愈冷峻，失尽了往昔的慈祥。

其他人也注意到了母亲反常的情绪。妹妹握住母亲笼在袖筒里的手，凑近大声问："妈，你冒得么子不舒服吧？""冒得！"母亲不高兴地回答。"你们莫管啰。"弟弟插话，"妈妈就是咯样的。"

大家不作声，唯有小侄子还在高兴地大声叫嚷。这时，父亲站起来弯下身子问母亲什么，好像是问他的鞋垫在哪儿，完全沉浸在莫名激愤情绪中的母亲就像跟陌路人讲话似的顶上一句："莫顺我，不晓得！"耳朵背的父亲显然理解错了母亲的话，也生气地一甩手，转身就往里屋走。这时，处在反常变态情绪顶峰的母亲突然抓起放在煤炉上烘烤的父亲的军用大头鞋，用力向父亲掷去。我们都为之愕然。这个举动在母亲80年的生涯中肯定是第一次，也是最后一次。

这件事给我很大刺激。就在前天，祝寿宴席后，全家老小都来到屋前空地照全家福时，和父亲并排坐在正中的母亲是那样高兴，将孙子孙女都揽在怀中，以致照片上母亲的脸都被遮去一多半。为什么感情的天宇中由艳阳高照到阴雨凄风的转变来得如此突兀？我不知道还会发生什么，我的心始终像被一只手揪着。

就在我离家返回的前一天，叔叔那边突然来人告知：婶婶在凌晨去世，是睡在床上悄悄离去，去得没有任何一丝声息，以致睡在她身边与她厮守几十年，她瘫痪以后格外留心的叔叔也没发现。他早上起来喊他的"蘅英"时，她已在彼岸世界与他遥遥相望了。年近八旬的叔叔老泪纵横，悲不可抑。我立即赶到叔叔那儿去做我所能做的事。但我始终没去婶婶房间看她最后一眼，我知道，如果看了这一眼，那个悲痛的场面就会永远留在我眼前而挥之不去了——我宁愿保留儿时记忆中婶婶的形象。

翌日，我离家返回东北了。母亲（婶婶突然去世的消息我们都瞒着父母亲）已从那天晚上的意乱神迷的反常状态中恢复过来，挣扎着颤颤巍巍跟出房门，仍如过去许多年中我们每一个人离家时那样，探着苍白的头，看着我走出老远，我一回眸，正看见母亲在用手绢擦眼睛……

四

这一离家就跨了两个年头。

当我在1989年2月一个阴沉沉的日子里几乎同时收到弟妹发来的两封"母病危速归"的电报时，才意识到，我将会失去多么珍贵的东西！这种"失去"有如射出去的箭，我追得再快也无法挽回了。

在从北京到A市的漫长旅途中，我一个人蜷缩在车厢里，难耐的悲怆和孤寂同隆隆的车轮声一道伴随着不息的思绪。我蓦地想起了1966年11月那次回家的情景，与今天是多么相似啊……

1966年的11月，这在A市正是秋高气爽的季节，北京却已是满地黄叶在西风中翻飞了。其时我正在北京上大学，和其他几个被"红卫兵兵团"置之不理的同学结伴南下串联。我们到成都，上重庆，顺长江而下过三峡，终于到了A市。当天晚上，大伙挤在临时派给我们的住地，兴致勃勃地议论这一路的感受，我却无言，我被即将看到母亲这个念头所激动，激动之中又悬想万端、惴惴不安：我不知道，在这场翻天覆地的大动荡中，善良、懦弱、缺乏应变能力的母亲孤身一人会是怎样一个景况。

第二天一早我就往家跑。此前，我从家信中得知，由于父亲已被他的同事排挤到百多里外的一所县中学去教书，他原先所在的学校就派人三天两头来催要房子，说闲话，找找碴，已是家常便饭，母亲只得领着尚在上初中的小弟弟一次又一次地搬家，其仓皇程度实不下于抗战期间的逃难——不，还不如那时，那时还有父亲可依赖，这时却全靠母亲一人了——最后搬到教门园一栋民房的阁楼上。尽管住旧破房于我是再习惯不过，但当我转弯抹角找到那儿时，仍然觉得寒心：那是一个木板钉成的阁楼，手指宽的木板缝四面透风，一扇小窗子对着外面居民的黑压压的屋脊和灰蒙蒙的天空。房中除一张床外，真是家徒四壁。

"悌伢子回来了？！"邻居从外面找来了母亲，她心头的欣喜不可压抑地从还算平静的话语中流溢出来。也就一年多没见，母亲双鬓已添华发，我鼻子一酸，马上又镇定下来。母亲给我弄了点饭。我吃饭时，她始终坐在一旁看着我，我感受到母亲的注视中有着千言万语，但她只简略地告诉我，妹妹高中毕业后考大学虽成绩不错终因社会关系复杂名落孙山下了乡，小弟弟在学校搞"文化大革命"不在家，父亲仍在乡下……"还能在家住几天不？"母亲问，可怜巴巴的，满怀期待的。"不行嘞，还有同学在等我呢！"我不得不硬着心肠回答，这是我生平第一次没答应母亲。我走了，母亲在路口送我，我走远了，回过头来，母亲孤苦伶仃的身影笼罩着哀伤……

我自从1963年离家到北京上大学直至到东北工作以来近三十年中，曾多次探亲或出差回到A市，其中时间最短而印象最深刻的就是这次，最不可原谅以致我后来一想起来就痛悔不已的也是这次：在善良胆小的母亲孤身一人被剧烈的社会震荡弄得几乎无处栖身心头充满莫名的恐惧和凄惶的时候，在母亲最需要亲人在身边帮她承受这命运的箭石的攒击之时，我，她的儿子，却就这样为那场并不需要他的"革命"舍她而去了！……

我走后不久，还在上初中的小弟弟在学校被他的"红卫兵"同学贴了大字报，紧接着"革命到底"的小将们势不可挡地将大字报贴到了家里，勒令母亲三天之内立即搬走。这一招不啻晴天霹雳，母亲几乎走投无路，幸亏好心的邻居竭诚相助，才找到一间已废弃的篱笆糊黄泥的东倒西歪屋栖身。大概这地方实在太破烂了，革命的风暴从它上空掠过不再停留，它反而成了母亲"苟全性命于乱世"的唯一庇护所了。

其时母亲已六十出头，与小弟弟相依为命。但是上山下乡的锣鼓一响，不用任何人来说，母亲就让小弟弟报名下乡了。走的那天母亲倾其所有塞给小弟弟20元。那是怎样的一把钞票啊！全是母亲平时省吃俭用从牙缝里抠下的，全是皱皱巴巴的毛票、分票……母亲去世后，妹妹回忆道：此前她下乡与母亲告别时，母亲拉着她的手想叮嘱几句，话没出口就双手捂着脸耸动着肩膀痛哭失声，她从来没见母亲如此哭过……

回忆叫人痛苦。我在车厢的过道里来回溜达，缩着双肩，搓着双手，想如驱除寒冷一样驱除悲凉和不期然而生的可怕预感。

我又想起了那只灵龟。自从上次回家妹妹说它不知去向之后，我再没问过此事，其实它是一直藏在我心中的。然而它毕竟不再来叩门了。那么它的出现意味着什么呢？"神龟虽寿，犹有竟时；腾蛇乘雾，终为土灰。……"我连自己都没明确意识到就反复背诵起曹孟德的诗来了。一个念头在心中一动：如果神龟都"犹有竟时"，它还能卜人休咎吗？然而如果它一无灵验，又为什么会来月夜叩门呢？

从小弟弟下乡到1972年父亲退休回家，母亲一人度过了四年的孤寂日子。"你们娭毑也可怜造孽哩！"粉碎"四人帮"后我第一次回家探亲，邻居李师傅一见面就十分感慨地对我说起了母亲。他告诉我，那些年，母亲总是一个人坐在门口，捧着一杯茶，呆呆地看着门外，看着苍天……这时的母亲，该是怎样一片凄苦落寞的伤感啊！幸亏有李师傅一家和附近的杨娭毑，李娭毑，这些富于同情心的"引车卖浆者流"给了母亲以安慰和照顾。妹妹后来告诉我，那时杨、李每天晚上都要在我家坐到很晚，聊到很晚，和母亲一起尽量减短这难挨的漫漫长夜。临走，等母亲把门关好，上床躺下，她们在门外还要问一声睡好了没有，之后才离开。早上，李师傅的妻子如果见我家的门开晚了些，就要来叫门，唯恐母亲出什么事。"老李他们真是好人嘞，我咯硬是搭帮了他们……"我这次回家，母亲好几个晚上都以非常感谢的心情絮絮叨叨地向我诉说。

　　但就是这次回家，我发现母亲精神上起了变化，隔三岔五，母亲好好地会突然骂起儿女来，不是过去我们小时不听话所受到的那种责骂，而是带着一种难以理解的怨恨，用很尖刻的话来诅咒似的，使我感到如蒙不白之冤地难过。每当这时，母亲就变得十分陌生，家里的温馨就一扫而光，连空气也变得让人窒息，以致我不得不暂时逃避出去。等我在外面绕了一圈回来，母亲又恢复到本来的状态，又是我们那么熟悉那么慈祥的妈妈了。我不懂为什么会这样，我为此感到非常沉重和痛苦。

　　有一天饭后，我正站在门口外抽烟，斜刺里就有一个一身黑衣黑裤的女人，操着一口汉阳腔的A市话热情地跟我打招呼："啊哟，他二哥回来啦！"

　　"是呀是呀，"我想起母亲关于对所有邻居都要热情有礼的嘱咐，赶紧答话，"你老人家是？……"

　　"啊，我是你们隔壁刘师傅家的哩！"

　　"是刘娭毑，你老好吧？"

"好，好嘞。你妈妈早几天就讲你要回来。你妈妈太寂寞，你咯次多住些天吧！"

我感激地点点头，这才看清这个女人：五十出头年纪，黑瘦，矮小，三角眼，塌鼻梁，额头和两颊鼓起的肉正好夹住那只有点朝天的鼻头，太阳穴上贴的那两块黑色的太阳膏令我不期然地想起一位著名漫画家笔下那个千古不朽的漫像典型。

"那个刘娭毑蛮热情啊。"我跟妹妹说起这个女人。"她呀，"妹妹声音里却满是不屑和鄙视，"莫看嘴巴上讲得好听，其实她最毒，妈妈精神不好就是她搞的。"这很出乎我的意料。妹妹点拨我说，在这个居民区中，住的绝大多数都是干重体力活的人，像老李就是拖板车的，他们在城市居民中属最下层的等级。但这个"刘师傅"则有点"那个"，他整天病病歪歪地并不出门干活，而家里的吃穿摆设都在一般人之上，"刘娭毑"也是没个正经活计，一天到晚甩甩搭搭地四处转悠。但据说成分极好。

我家之所以能搬到这儿来，是因为原来住的篱笆棚子因要盖房子被拆掉，有幸成了动迁户才得着的。其时正值"斗批改"，一天，突然来了几个居委会的红卫兵，气势汹汹地破门而入，为首的一个年纪不大长相清秀却一脸狰狞，站在那儿念了一段语录后就高声大气地直呼母亲的名字，以一种对待"四类分子"的侮辱人的蛮横口吻呵斥被吓坏了的母亲，无非是"只许老老实实，不许乱说乱动"之类，然后将一张那年月盛行的入另册的"登记表"扔过来命令填上，然后扬长而去。他们走后老半天，母亲还呆呆地站在屋地当中，她被这个从天而降的打击弄蒙了，精神受到严重刺激。之后，居委会陆续有人来找麻烦，一会儿传母亲上居委会去"汇报思想"，一会儿又上门来讯问祖宗三代的历史。这种骚扰持续了一段时间之后看实在搞不出什么名堂才消停。只在这时，才有人透露出，是那个叫作"刘娭毑"的女人到居委会告的密，说母亲是地主婆，家中藏有许多光洋，晚上还听见数钱的叮当声。被一种狂热煽起某种卑劣情欲的刘，为了挤走孤苦伶仃老实可欺的母亲，时常鬼鬼祟祟地踅到我家窗下偷听，在邻居中挑拨离间，到居委会散布谣言，这样来伤害母亲，从中获取某种快感。

妹妹的话第二天便被证实了。那天我从外面回来，还没到门口，就看见刘姓女人在房前的场地上指手画脚地在叫骂，言语污秽不堪。我不知她是在骂谁，进门想问问母亲，却见母亲双目失神，两手神经质地在胸前交叉捏搓着，在屋里团团转，嘴里低声地念叨："咯硬太欺侮人得噻！咯硬太欺侮人得噻！……"问邻居，才知是刘将一大桶脏污水泼在我家门口。母亲只说了一句"莫是咯样搞噻"，刘就借机撒泼，蹦高骂街。我只觉得头皮发紧，一股怒火自心头窜起。此时刘的叫骂还在高一声低一声传进来。我冲出门去，立在刘的跟前，从牙缝里蹦出几句话："刘娭毑，你马上闭上嘴巴！你要再咯样欺侮我妈妈，就不要怪我不客气！"

刘的气焰于此稍杀。但母亲的精神失常已坐下了。1972年父亲退休回家，居委会要他去开会，母亲死死地拦在门口，将父亲手中的小凳子夺走，不让父亲去，连连说："他们会害你的！会害你的！！"

"他们会害你的！会害你的！！"这声音先是在我心头响起，继而就像是在耳畔轰鸣了。

我心惊肉跳。

火车终于抵达A市车站。

A市正是阴雨连月不开、整日淅淅沥沥的梅雨季节。我一进门，从弟妹们戚然的脸色和胳膊上的黑色挽纱上顿时明白了一切，一瞬间似要倒下。"爸呢？！"我惊惶四顾。父亲在另间房的沙发上，上次回家祝寿时父亲身板还那么直，不到两年，就萎缩得如同一片枯叶，那件军大衣裹在他身上愈发显出被猝然打击弄得委顿不堪可怜兮兮的神态。"爸，您老——"我抢过去握住父亲瘦削的青筋凸露的手，哽咽住了。父亲没有如以往那样回应我，只是任自己的手被我握着，抖抖的，半晌才嗫嚅出声："你们妈妈……"老人下面的声音听不见了，也许他根本就没往下说。

"他们会害你的！"

这声音蓦地在屋里轰然响起。

五

当母亲安卧在鲜花丛中最后一次接受了儿女亲朋的告别被推走后，我觉得世界突然一下子变得空荡荡了，就像冬天的房里大家都在围炉向火其暖融融之时突然这熊熊的火炉被抬走时的失落。我甚至不太清楚自己这次回来究竟要干什么，只觉得一阵阵悲从中来，不觉恸哭失声……

"1989年2月23日，妈妈早上起床后照例把茶碗、脸盆等洗好，给父亲打好漱口水，吃完早饭又把晚上要吃的蔬菜洗好。中午吃完午饭（大约2点钟）又弯着腰到厨房端来洗碗水准备洗碗，可就在这时突然发病，妈妈挣扎着刚坐到椅子上就讲不出话不省人事，处于深度昏迷状态。从当时的表情看，妈妈好像有很多话要讲，她老人家紧紧地抓住父亲的手不放，表现出无限的焦急和依恋……"这是哥哥在痛定思痛之时记述的母亲人生之旅的最后一幕。我无法想见却又分明想象得出体会得到母亲在那突然发病、突然失语，思维却又还没消失的一瞬间，由于清醒地意识到与丈夫子女与她所热爱的一切诀别的一刻已经来临，而又有那样多的未了事、未了情无法做无法表达，因而极度焦灼和留恋的悲苦心情……这一瞬间，人的感情之河会掀起惊涛骇浪，汇聚起一生一世的离合悲欢，这以母亲那衰迈的心如何承担得起啊！

我恨我在上次回家祝寿之后为什么没想办法最后再来看望一次母亲，我恨我以前在听母亲于万般无奈之时对我说"你们还是得有个人调回来才好，我一个人太孤单了"之后，竟没能去满足这个并不过分的愿望，还有好多年前的那个夏天，我们夫妻领着一岁大的儿子回家，一天晚上歇凉时，母亲一边用蒲扇给睡熟的孙子赶赶蚊子，一边十分期待地对我说："要是冰伢子再大一点，留在家里几好噻！"当他们的孙子长大后，我也因山高水远没能让他回去孝敬一下祖父母……

"你看哦，"弟弟递给我一本《老年天地》杂志和一张《参考消息》，"妈妈去世的头一天晚上还在看这些。"

啊！我心一抖，接过来，轻轻抚摸着这母亲最后翻过的报刊，就像以前抚摸着母亲的手。我细心地翻阅着，想探寻一下母亲最后的心路历程。我发现杂志上折了一角的那一页登有一则外国人写的周恩来的故事；《参考消息》看了一遍，一则张学良近况的介绍令我怦然心动。我记起来了，还是我离开A市上北京念书之前，有一天晚上，我一觉醒来，听见前屋里父母亲还在谈什么，忽然母亲一句话飘进我耳："张学良现在还在吧？"父亲说："还在台湾噻，一直被软禁着，现在怕也有七十岁了吧。"稍停，母亲很感慨地说："咯是个功臣哩……何是好人冒得好报罗！"说完，长长叹了口气。这声叹息同"张学良"这个名字久久地嵌在我的心坎上。过了许多年之后,我从东北回家探亲,有天晚上,正在专心致志看报纸的母亲突然摘下花镜放下报纸,情动于中地自言自语:"周总理咯硬是了不起嘞!……"她欲说还休,将报纸平放在并拢的双膝上,两眼望着只有她自己才看得清的地方,脸上浮着一种由衷的崇仰,她就以这个庄重的姿态沉入了对一位伟人的追思。我后来想,对于母亲这样以丈夫的生命为生命的旧式家庭妇女,居然还有两个男人能走进她的心扉,这该是两个什么样的顶天立地的伟男子啊!

我觉得对母亲的了解又加深了一层。我从这个房间走到那个房间,就像沿着先人走过的路,我一寸一寸地追寻着,观察着母亲最后一段时光那窣窣窸窸的艰难移动的足迹,在记忆中搜寻着母亲的一颦一笑,努力在想象中再现晚年的母亲。于是,以往没怎么注意的一些琐事与细节现在竟然那样生动、鲜明地浮现在眼前。

我明白,当那次母亲激愤地抓起炉子上的大头皮鞋砸出去时,她的精神已长期处于不正常的状态之中,虽然自1972年父亲回A市后经一段时间的细心调理已基本上好转,但到最后又频频发作了,一种深远的怨恨盘踞在母亲的心头。她时时说些几十年前的旧事,其间夹杂着她一辈子的艰辛、痛苦乃至屈辱,有时突然说起那个刘姓女人,"她硬是把我害苦得嘞,她硬是把我害苦得嘞!"她反复这样念叨,那前面的一切都仿佛不存在似的满是幻觉的凌厉目光让我们望而却步,除父亲外,谁跟她说话都会被呛回。此时的母亲不再是我们熟悉了一辈子的母亲,出现在她面前的不再是她的子女甚至不是她的丈夫。当然过一会儿母亲又会恢复到常态,然而我却感到深深的悲哀。

但是,父母亲在精神上比过去更加和谐了。父亲因白内障视力不好,每次出门买菜、办事,母亲总是悬着一颗心:"我总担心你们爸眼睛看不清,耳朵听不见跌跤,又怕被车撞了,硬是要望到他回来才放心。"二老还是那个老习惯,等我们都睡下后,他们在低垂的电灯下还要促膝对坐很久,看书看报,但不再你问我答夫唱妇随,即便母亲想说点什么,父亲也听不清。母亲也不再喝她喝了一辈子的姜盐豆子芝麻茶了。"悌伢子,水开了,冲杯茶吃吧。"那天母亲叫我。等我冲好了茶,正要往茶里撒豆子,母亲说:"你莫给我泡……""何解?"我问。母亲默然一会,才无力地说:"牙齿不好,吃不动了。"事后妹妹告诉我,自从母亲前年病了一场,吃茶就不再吃豆子了,只放几片茶叶。

操劳了一辈子的母亲似乎愈到生命的尽头愈是执着于一种精神的追求。几十年来,她为了这个家从没穿过新衣服。我们参加工作后家境好一些,时常给母亲买点穿的,但母亲不是叫别买,就是买来也不穿。她有几件衣服几条裤子已是补得不能再补,晚年又当作里衣里裤穿。哥哥后来每次给母亲做衣服,她总是郑重地穿好,心满意足的样子。试过之后却舍不得再穿。

有一年冬天格外冷,屋里比外面更冷。妹妹有天回家,见母亲一人呆坐在小竹椅上,两手合在并拢的双膝里,就问:"妈,你冷不?要不要把厨房里的煤炉子提进来?"母亲摇摇头:"不要嘞。"妹妹不管,刚把煤炉子提了进来,母亲就挪动竹椅凑过去。妹妹见状蹲下来摸摸母亲身上,才发现母亲只穿一件破旧不堪的卫生裤!……家里的家务活,母亲从来不放过任何一个动手的机会。看着母亲歪着身子咬紧腮帮蹭着碎步坚持擦房扫地、淘米煮饭、摘菜洗菜,我们不知费了多少口舌,但碰到的总是一句话:"做惯了,咯一世年就是做噻!"我常想,母亲这样孜孜矻矻,显然有她的人生道理，但事实上于母亲于子女都是一种小小的悲剧；母亲身体搞垮了，子女们则痛苦难言。啊，老天，何必呢！

人愈到晚年，那如落日燃烧得火红因而格外辉煌、却行将暗淡下去乃至很快散作余绮在苍穹中游丝般消失的惨淡景象，就愈是令他不愿、不忍或不敢去正视，令他忌讳一切与这如血残阳相关的思想和事物，包括"死"这个字眼。然而母亲，这个文化程度不高的旧式家庭妇女，却敢于直面这余绮散尽的时刻。

一次，当父亲领到退休证又为没有合适的单人照而伤脑筋时，妹妹想起有一张父母的合影，那上面两位老人都显得蛮有精神，特别是母亲，那微带笑意的嘴角传神地勾画出了母亲性格中最有特色因而给子女留下深刻印象的瞬间。妹妹就将这底片送到相馆分开洗了一张。父亲的相片上了退休证，母亲拿着自己的像片看了一会儿，笑着对父亲说："咯张照片留着以后有用噻。"妹妹听出了母亲的弦外之音，说："莫是咯样讲啰！"母亲自己却没有丝毫的哀伤。她对妹妹说："我只希望到最后还动得，不要磨床，要走在你们爸前头。"就在1986年我回家为父母祝寿时，母亲有天晚上忽然十分郑重地对我说："悌伢子，以后爷娘不在了，你们还回来不？"这话令我悚然。母亲意识到了预感到了什么吗？老人是在安排身后事吗？我常留意对母亲察言观色。但是，除了陷入意乱神迷的短暂时刻外，母亲依然保留着孩童般的天真。"我就喜欢看妈妈笑。"很早以前，当妹妹还是小姑娘时就曾这么对我说过。我得承认，妹妹说出了我们兄妹的共同感受。尽管生活艰辛，一年到头为柴米油盐发愁，又屡遭困窘，都没消磨掉母亲那与生俱来的乐观天性。母亲的笑，特别是母亲的开怀大笑，是发自内心深处的，只有对世界充满爱心，对生活充满渴望、襟怀坦荡的人才会有的。母亲的笑，像悬在我们头上的温馨的灯光，照亮了那清贫的生活。

弟弟迁到新居后，有了个后院，于是养了几只鸡。母亲此时已衰弱不堪。但每天还艰难地蹭到走廊，攀住窗棂，尽力使那已经倾颓厉害的身子骨直起来，探着头，看着院里的鸡。鸡们一见到母亲的面容出现在窗棂里，就呼一下围上来，伸长脖子有节奏地叫着，等着给它们喂食。这时，母亲就像小孩儿一样，一个人冲它们笑。是母亲想起了无数次养鸡的往事？还是回忆起与丈夫、子女一起度过的难忘时光？也许是，也许不是，但即使什么也不想，任何小小的满足本身都能使母亲高兴地笑起来，赞叹不已。去看热闹。当鞭炮的焰火照亮母亲那一如既往的灿烂笑容时，我们心头也爆亮了一朵焰火。父母亲都喜欢花，妹妹经常买些花回来栽上。此后每次回家，母亲都要高高兴兴地告诉他，什么花开了几朵，什么花长有多高。妹妹去院里看花、栽花，行动不便的母亲就如小孩一样跟着妹妹，蹲在旁边，兴致勃勃地看着，说着。就在母亲去世前不久，妹妹有一天回家，一会儿母亲就不见了，她去找，在厨房里看见老人坐在小矮凳上，眼睛望着灶台，模样如小姑娘般极其天真。妹妹笑着问："妈，你坐在咯里做么子啊？"母亲憨憨地一笑："我想等你爸来了打开炉子煮两个蛋给你吃。"——"我这一辈子都不会忘记妈妈当时那种样子的。"妹妹后来无限感慨地这样说。

母亲去世那天上午本来天气晴好，到下午却突然漫天飞雪，这在A市是少有的天气。几天之后我千里迢迢赶回家，也只赶上为母亲最后送行。从殡仪馆回来的路上，我不禁潸然泪下，我再也不能迎门叫一声"妈妈"了！

父亲在那些日子里猝然衰老，但他将老年失伴的哀伤深深藏在超脱的外表下。只有一次，他对妹说："你们妈妈前一阵子总是又洗又抹，咯个时候冷噻，冻冰一样，我怕她得毛病，要她莫搞，她还是要搞……她是在做准备，怕麻烦得你们噻……"说到这儿，父亲有点语不成声，默然良久。

　　"人要是只有记忆没有感情，那就好了。"哥哥这样说时，他的戚然的目光，正落在那只乌龟消失的菊花丛下。一阵风来，金色的花瓣飘飘洒洒……

1993年8月

凡圣之间

一、死

　　86岁高龄的父亲是坐在一把破旧的沙发上悄然去另一个世界的。那是1993年1月28日17时10分，正月初六的傍晚。

　　A市正是一年最阴冷的时节，总也化不开的连绵阴雨将满世界搞得湿漉漉潮乎乎，连人心里都觉得要拧出水来，沉重、烦闷、夹杂着隐隐的不安。

　　初一那天，哥哥从外县回来了，妹妹也从城市的另一边过来，和父亲、弟弟一家一起过春节，其时只有我和姐姐在远隔数千里的北国。吃晚饭时，父亲颤颤巍巍地拿起筷子，用那晚年白内障手术后稍稍恢复一点视力的眼睛挨个看了一下子女们，说："这就好，今天和儿回来了，万儿也回来了，一起吃新年饭，这就是幸福啊！"其欣慰之情溢于言表——当时大伙听了这话是何感觉我不知道，但事后哥哥将此情此景告诉我时，我觉是心里有一种隐约的绞痛感。父亲一辈子寡言少语，很少对我们说这样动感情的话，就连1987年所有子女为庆祝父母亲八十大寿而从四面八方齐集A市弟弟家时，欢愉逾常的父亲也没用过这似乎过于外化因而不合于父亲内向性格的"幸福"二字。这一次，在经过了暮年丧偶、双目失明、听力大减的大恸大劫之后，父亲为有半数的子女同他一起吃顿年饭而动情若此，老人是预感到了什么吗？

据哥哥说，当天晚上，即在父亲和子女们吃过新年饭后，弟弟给父亲端来热水洗脚，哥哥就发现父亲的双脚已经红肿。这个发现使一个不祥之念掠过子女们的心头，但父亲浑不在意。

这一夜，外面鞭炮声不断全家人却惊怖不安。

翌日，似无大变化，但晚饭时，饭碗突然从父亲手中滑落，他的头也歪向一边，涎水从口中淌出。父亲立即被送到就近的医院抢救，诊断为心力衰竭。哥哥、弟弟彻夜守护。经过两天的输液，父亲才恢复过来，当他意识到这是在医院时就吵着要马上回家，兄弟们怎么劝也劝不住。"你们年轻人不晓得老人家的心情啊！……"父亲说，气急，甚至有点动怒了。弟弟当晚给我打电话，说父亲固执得像小孩，按都按不住，好像活力又回到了他衰老的身躯，于是只好将他接回了家。这使我几日来高度紧张的心稍稍缓过来。莫非父亲以他顽强的意志闯过了这一关？感谢上苍！

然而事实是：回到家中，父亲又不行了，当晚神志朦胧，睡时全凭家人摆布。到了28日下午，父亲清醒过来，挣扎着要起床，但是虚弱得连穿衣穿袜子的力气都没有了。"取远，"父亲在床上费力地叫孙子，"你来看看，爷爷的脚还肿不？""还肿哩！"孙子大声说。"你来扶爷爷走走。"父亲说。这时正赶上弟弟下课回来，赶忙让父亲躺下，但父亲不屈不挠："我得走一走，还有好多事没搞完哩！"弟弟只好把老人搀扶到厅里，在那张破旧的沙发上坐下，给他双膝盖上毯子。这时父亲雪白的头开始往下垂。"爸，没有事吧？"弟弟不放心地大声问，然后，他急急出门找来同楼住的校医给父亲打针，接着去食堂打开水。

弟弟出去了二十来分钟，回来时，坐在沙发上的父亲已经离开了人世……

"生命中最确定的事情是，我们都会死亡；最不确定的则是，死亡将于何时降临。"一本书上这样写道。近些年来，父母亲年事愈高，我愈是颤颤栗栗，深深忧惧于那终会来临的一刻不知会于何时以何种方式到来，以至于有心交瘁之感。但终于还是没料到"死"会在父亲还刚刚沉浸于"幸福"之中时悄然到来，在父亲沉睡之中到来，来得轻柔而又残酷，平静而又凄厉，温馨而又惆怅。任何向妇孺和老人出手的暴力都是卑劣的，这个"死"也一样，我诅咒它！

我曾无数次根据弟弟的叙说想象当时的那一瞬，思考着人生的终极意义。我无法抑制住自己的悲哀。倘若父亲曾金戈铁马气吞万里如虎地活过，倘若父亲意气风发指点江山创一番业绩地活过，倘若父亲著作等身声名远播地活过……不不，哪怕父亲曾经于平凡中一闪光芒，哪怕虽然平凡平淡甚至平庸，但在子女们看来未曾留下什么憾事地活过，抑或活着时痛快地发泄过享受过，那么我也不至于悲哀。我悲哀，因为父亲作为有抱负有脾气有个性的男子汉，却时乖命蹇克制忍让清贫一生；我悲哀，因为父亲在芸芸众生中像蝼蚁（"蚁民"！）一样与世无争无声无息无欲无求地过了一生！难道生命的价值生命的意义就在于这样"活过"？！这种淡如轻烟的"活过"与英雄圣贤活得令历史入木三分镌刻的辉煌印痕相比简直不如无有！

中国人大约是对"死"的称谓最有研究，同是一个死，却分出三六九等的叫法。例如《礼记·曲礼下》就记载着：天子之死曰崩，诸侯曰薨，大夫曰卒，士曰不禄……

古代帝王将相诸侯士大夫之死的这些称呼姑置不论，只说至今仍在口头笔端使用的叫法吧："永归道山""仙逝""驾鹤西归"等等，显然只有具相当社会地位和名气且有半仙之体者才配用，平头百姓被冠以此类称谓纯属荒唐名不副实。"故"往往与"病"联系在一起；"逝世"则隆重得如行大礼，非英雄豪杰未敢染指，分量不足者亦宜慎用。我的家乡倒有一种叫法——"老了"。虽避忌，却过于生僻且含义不明。于是只剩下一个赤裸裸的"死"，这个字倒是把生命终结的本质揭示出来了，但未免过于冰冷，有如逝者体温消失后肌肤给人的感觉，抹掉了任何的感情色彩，但与英雄豪杰有云泥之别的蚁民们不用此还能用什么呢？难道还真想"千古"吗！

实际上，对一个人生命终结的称谓如何，在很大程度上反映了生者对死者身份、地位、作用、影响的看法或评价，带有一种盖棺论定的性质。

这才是真正的悲哀，所有如父亲者真正的悲哀！

二、"思想啊，我的思想！"

其实我在父母身边生活的时间并不长，也就十几年，但这十几年中，父亲留给我的印象是一辈子也磨灭不去的。我反复琢磨父亲的人生哲学，觉得出身于中国传统知识分子家庭而又接受了西方科学教育的父亲，其实骨子里并没有脱开"达则兼济天下，穷则独善其身"的儒家观念，年轻时曾想在科学上一展"济天下"的抱负，奈何时运不济，充其量只是在中学里当了一辈子穷教书匠，不得不为一家的生计而折腰。理想与现实的这种矛盾通常难以调和，往往造就出块垒坎坷之士，颓唐放诞之人。但父亲以他的与世无争、甘于淡泊、心气平和将这矛盾化解了，虽然从他偶然臧否人物的不以为然的谈吐中还可感觉到他冲淡恬和外表下那颗不甘蛰伏的灵魂的律动。愈到暮年，他愈是与母亲在沉寂中相厮守，生活圈子活动范围也愈益窄小，仅限于三尺门内了。母亲去世后，老人身体日衰，急剧恶化的视力、听力几乎将他与外界的最后联系隔断，他除了在弟弟的搀扶下差不多每日一次到户外走动一下外，几乎足不出户，经常终日枯坐一室，两手相握，头低垂胸前，处于一种似沉睡又似沉思的状态——每当我看到父亲这种老态，一种"英雄迟暮"（"夫英雄者，胸怀大志，腹有良谋，有包藏宇宙之机，吞吐天地之志者也。"曹孟德这话虽系小说家言，却的确道出了中国古人心目中英雄的卓尔不群——平凡的父亲去此远甚矣！）的痛楚就会袭上心头，而老人身上那种深刻的孤独感就会针似的刺痛我。

父亲去世后，我千里迢迢回家奔丧，除了在殡仪馆最后一次见到父亲的遗容，留给我的是父亲生前住过的那间屋子的凄清如许。弟弟清点遗物，我带走了父亲生前用过的几本书和他专为我写下的《雨花斋诗词》，以及他用作简要记事的几本台历。将它们留在身边，就如父亲与我同在，尽管对于这世界而言他已不存在了，或许根本就没有存在过。——据科学家统计，自有人类以来，我们这个星球上曾经诞生过的人口总数已达710亿到790亿，除了那青史留名的极少数英雄豪杰巨匠伟人外，绝大多数人早已灰飞烟灭，今后还将有无数人如此。问苍茫大地，何处能找到他们曾经存在过的痕迹？历史何曾记住他们？凡圣的分野乃是这样铁面无情啊！

直到有一天我终于翻读起那些留下父亲手迹的台历，我才蓦然发现，我其实并没有真正了解父亲，尤其是他的精神世界。

日记从1984年3月3日开始的，其时距父亲退休在家赋闲已十六个年头，父亲已77岁，仅3月份就有如下记载：

1月3日：时间空间性质的数学关系完成。

1月4日：完成碰撞研究。

1月25日：完成动量守恒公式的研讨。

1月31日：完成作用反作用的正确概念（说明弹簧车实验的实际机制）。

十分明显，要完成对这些问题的研究在一个月内是不可能的，它只能是父亲退休以后这些年、甚至早在中学执教鞭时就已开始思索的结果。

在此后的最后7年生命历程中，父亲几乎每天都写下他对一些物理数学问题的疑问和探讨，涉及面十分广泛，如电磁波、光子能量与各种不同物理现象的关系，波·粒二象性，机械能守恒定律，德布罗意波长公式，牛顿宇宙学，元素新周期表，布朗吉常数，超导现象机制，牛顿、爱因斯坦的速度相加定理，爱因斯坦二原理及万有引力，宇宙诞生新理论，等等。对这些问题父亲或是提出质疑，或是对有关公式作出新的推导，或是提出新的理论阐释。与此同时，饱读诗书的父亲又在探讨科学与文学、科学与诗的关系，台历上不时出现他对时下诗词的一些感慨之言、针砭之谈。他一边细拟着物理学论著的纲目，一边计划着撰写《唐诗三百首读法》《唐诗三百首绝律别裁》《杜诗欣赏》等著作。但是父亲思考的最集中目标还是牛顿、爱因斯坦的理论，他对这二位科学泰斗的评论有时十分尖刻：

——对时空的概念，牛顿固然错误，而爱因斯坦也同样有错误，牛顿的错误出自绝对观，而爱因斯坦则出自相对观。

牛顿和爱因斯坦都是教徒，牛顿要从科学证明上帝的存在，如果他真能证明上帝的存在，则是不小的功绩，可是他并不能证明。

牛顿失之于归纳法，爱因斯坦失之于理想实验。

牛顿研究力学的态度是严肃的，虽然有错误不失为一位伟人，而爱因斯坦的研究态度似乎有魔术大师的风味。

……

默默无闻、甘于淡泊的父亲何以"说大人则藐之"，对牛、爱二位理论的批判不遗余力？他自己在台历上道出了个中原因："我所以多评牛、爱二家，是因为一般认为二人是物理学界的最高权威，其实不然，尤其是爱氏，不能与牛氏相提并论，爱氏并不能称为权威。"并赋诗铭志："几岁评牛爱，今年快着鞭。著成新物理，一扫旧书篇。"父亲之所以执着地研讨牛、爱二氏，是因为他觉得他们的理论有不足、有谬误，他慨然以推翻旧说、创立新论为己任，他对此的确充满了信心："历年观宇宙，深识自然机。头白青春在，奇书著不违。""千年物理斯时盛，举世争新入妙思。宇宙玄机人未识，只今唯有我能知。"

人自信到"唯有我能知"，这似乎有点"大言""狂言"之嫌，但父亲是在作诗，而且根本没打算去发表（也不可能发表），诗语的夸张就如"白发三千丈"一样，一泄无碍地倾吐了老人对自己获得新知的喜悦。何况，为了探索这"宇宙玄机"，他已付出大量的劳作，在父亲遗留下来的几个本子上，到处都是密密麻麻的数学公式的演算。

米萝文存：凡圣之间

台历上的日记，到1989年2月母亲突然发病去世而猝然中断，此时的父亲已是83岁的老人。但过不了十天，父亲就在台历上写下："今日又开始考虑关于第一定律的对话的《引论》。"时隔二十天，老人就"开始写《关于牛顿第一定律各问题的对话》"了……

此时一辈子远离世上名利场的老父亲已像一名隐士一样隐居在A市郊区我弟弟所在学校的一间陋室里，足不出户，亦无人来，没有人知道，更没有人要求他去搞什么研究，他完全应该在余年的物质上享受一下，穿好吃好一些，也可以种花养鸟、自怡自娱、含饴弄孙，以求永年。他之所以根本不作名利之想，也不求享受，而让衰朽残年如刀刃在拼搏的砥石上磨砺闪光，是因为他笃信这样的"人生真义"："金钱的贪求和享受的贪求，促使我们成为它们的奴隶，也可以说，把我们整个身心投入深渊。"（郎加纳斯）他认为，"全为着自身的名利而去研究是不会深入的"，"只有不为世俗污尘所染的人才有超时之见"，"艰苦的条件常能使人有所创造。"他自觉地遵守这样的信条："思考是人生的法宝，不思考人生就无意义。"思考成了父亲创造人生事业、实现人生价值、完善人生意义的途径，是他人生乐趣的源泉。正是这种对"人生真义"的信念和思考的法宝，使一位行将就木的老人得以超脱名利、享乐、清贫、孤独、衰老、失意等世俗羁绊而入于生命的自由自主之境。

所以，尽管父亲听力太差而与广播电视绝缘，与身边亲友对话也十分困难，更无法去领略外面世界的精彩，但却从科研思考和诗词的形象思维中得到极大的乐趣，他的内宇宙已与无际无涯的外宇宙浑然一体……我不期然地想起了父亲晚年的一首诗：

沧海难为水，骅骝骨自奇。

长河见真理，他石会新知。

著论千秋事，倾心一代师。

春风满天地，赢得赏花时。

也许正因为对名利享乐无欲无求旷达知命，所以父亲随时随地都能从俭朴平凡的生活中找到乐趣——

"妥善办理任何一件事，都能使人愉快。"这使父亲感到愉快的事，也许只是清理了一下书架，整理了几件衣物；

"对一切认真是生活愉快的保证。"父亲在台历上写下这句话时，指的倒不一定是他的科研，而很可能是他发现家里某一件物品放得不是地方，容易出毛病，于是他认认真真地让人将它放到他认为应该放的地方，或是发现书报上什么地方用词不当，经过认真斟酌、翻阅资料，确证了这一点；

"乐趣在于诸事有新的安排和成就。"这多半是指对自己的科研计划有了新的调整，或是领悟到古诗文中的某种新义，当然，也可能不过是将房间里的桌椅重新摆放了一下；

"在风和日丽的窗下阅读，是一种很快乐的事情，也是使人有心得的场合。"读到这样的手记，我就仿佛重新看到须发萧然的老父亲坐在窗下桌前，一卷在手，怡然心会，兴之所至，吟哦有声："白发心逾远，黄花意正遒。城南沙酒美，宜此醉高秋。"

其实仔细想想，在现今这个令许多人浮躁又使许多人去寻求迷醉的俗世中，这些令父亲愉快的事算得了什么呢？

这就是父亲，或者说，是平时不为子女所了解的更高层面上的父亲——体现着生命积极本质的父亲。可叹为人子五十余载，现在才开始走入父亲的内心世界。

　　父亲虽然如隐士般隐居，但并未"遗世而独立"，恰恰相反，他执着地关注着他所能知道的一切。他在诗词中缅怀周恩来、刘少奇、彭德怀这些民族英雄的人格和业绩："大海思余烈，丹心照汗青。"他为那场自卫反击战心潮澎湃，对烈士颂之以诗："大功人不朽，千载视雄关。"他确信："中华民族是一个有高度智慧的民族，如果不是历代黑暗势力的摧残，我们早就有牛顿。"因而他对崇洋媚外十分鄙弃："在学术上以得外国人点头定论这一顽症必须消除，才能在学术上有所突破。""有关国家、民族兴盛的著作不是商品""用诺贝尔奖的获得来评价学者的高低是欠正确的，也是不公道的。"在台历上，还时时可以看到老人评人论事的感慨之语："全盘西化是亡国灭种之道！"作为一名教师，他一直关心着教育改革，在他80岁时，他甚至呼吁："（对）所谓物理学上的正统体系应来一次狂风暴雨的革命，（否则）物理学是无法前进的。"我乍然见此，几乎难以相信，这呼唤"狂风暴雨的革命"的"怒目金刚"难道真是有儒者之风的父亲吗？还有一次，父亲俨然以"为宰者"的姿态在台历上写道："入夏以来很少下雨，天气又燥热，可能发生干旱，有关部门应早为筹措。"天真得像孺子的老父亲啊！

　　"展卷超然识父风"。我久久翻看着父亲这些从未打算让别人看的日记，探索着一位垂暮老人的最后心路历程，我逐渐摆脱了长期困扰我的伤人自伤的悲凄情绪，思绪变得凝重起来。

　　父亲这一生，特别是他的晚年，有什么需要子女们为之悲悯、哀伤、叹息的呢！当我在千里之外为他的衰老、孤独、淡泊而戚戚然时，他的思想却在浩茫的天地中为破译宇宙玄机而纵横驰骋；在现实中，这位一生藉藉无名晚年又衰病相加独居陋室的老人分明已被放逐于世俗生活之外，但在科学思维领域中他却堪称是荷戟佩剑不可羁勒的精神战士。他鄙弃功名富贵，无畏泰斗权威，踔厉风发，脱俗超尘，为了他的事业、理想、信念，将最大的"天赋人权"——思想功能、思维权利发挥、运用到极致，让生命意识的自然流程自由奔泻曲尽其妙，这是一种什么修为？这是一种什么境界？想来圣贤也不过如此吧？这种活，活得充实，活得潇洒，活得有意义，活得无拘无束，不用摧眉折腰不用锱铢必较不用瞻前顾后，对于"人"而言，这才算得上真正"活过一回"！生命在自己手中，我们每一个人不是都可以这样地为实现生命的终极意义而活吗！

父亲的日记除了母亲去世后中断八天，和他自己因白内障手术中断三个月之外，天天不断。1993年1月1日，距父亲辞世不到一个月时，他记下："今天开始研究宇宙形成的新问题。"这以后的二十多天中天天有"继续研究所拟定的宇宙新问题"的记载，表明他的念念所求。1月26日因心力衰竭住院，日记阙如；1月27日回家后，在26日那天的台历上补记了"继续研究所拟定的宇宙自然新问题"这句话，但当天的台历上没记；28日昏迷中仍惦记着定下的研究任务没完成，虽挣扎着下床，但再也无力回到桌边了，那把破旧的沙发成了父亲走向另一世界的桴槎。

我不期然地想起了一位伟人去世的情景："……让他一个人留在房里总共不过两分钟，等我们再进去的时候，便发现他在安乐椅上安静地睡着了——已经是永远地睡着了。"这位伟人对于人类的贡献与父亲比也许是沧海与一粟之比，但父亲辞世的方式同这种英雄式的死法多么相似啊！

我曾经为父亲一生的坎坷、贫穷、忠厚得近乎窝囊不得一展怀抱而耿耿于怀，为造物弄人的不公道而愤然不平，但现在随着父亲人生大幕落下时那悲壮的告别而释然了。上苍毕竟是公正的，在"死"这个铁律面前，凡人也可如圣贤一样臻于英雄之境——奋斗到生命的最后一息。

那么，历史能不能记住无数个父亲一样的无名氏呢？！

也许，父亲一生的抱负、垂暮之年的艰辛努力最终是一场空，因为天不假年让父亲有足够的时间去完成他的计划，迄今为止，我也没有看到父亲著作的手稿，更不知道他穷毕生之力、至死不休探索的学术价值。也许，父亲不过是将风车想象成巨大怪物的堂·吉诃德式的英雄；也许，父亲立志要创造的科学"新理论"根本就不能成立，他的探索只是徒劳，因为牛顿、爱因斯坦仍然是科学界谁也扳不动的泰斗。但，即便是这样，父亲的努力就毫无价值了吗？他那不为外物所左右，自主自强地把握生命、让生命整体流程达于自由之境的生存方式就无意义了吗？

凡圣之界在哪里？我恍兮惚兮……

三、再生

逝者如烟。

留在我心里的另一个谜，一个全人类都在关注着的永恒之谜。

"爸走的时候神情蛮安详，气色也很好……"当时弟弟在电话中告诉我噩耗之后，像是要弥补这人生大憾，又像是为安慰我，补充了这一句。然后是沉默。

等我赶回老家，在殡仪馆最后一次见到躺在铁匣子里的父亲时，老人的确面色红润而祥和，虽双目永闭，嘴角眉梢却都含着笑意，永远拂不去的笑意。我相信，不管何人，遑论凡圣，在由生入死、出生入死的那一临界点的表情都是内心体验的最真实反映，它不存在一丝一毫的矫揉造作，因为这个最后的表情不是为他人、为世俗而做的。因此，我无数次想象着、探寻着微笑而去的父亲在生死相判的那一瞬想到了什么，见到了什么，感受到了什么，方能令他如此愉悦？

关于人在生死大限上是否有意识，他的个体情感体验如何的问题，历来是人类关心的问题，它似乎直接同人生的终极意义和人生价值相联系着。人在死亡时听到天上传来仙乐，见到美妙景象的传说、描述充斥着中外的古典文献。长期从事生理、药物和古文化研究的美国科学家斯·柯罗夫博士在他的《死亡探秘》一书中，引用心理学家和医生雷蒙·A·莫蒂在大量实证基础上重构的一种典型的普遍的死后状态体验：

某人正在死去，当他的身体达到死亡极限时，他……发现自己处在自己物理的身体之外，……一会儿之后，他聚集自身，并开始习惯自己这种奇特的状况。……不久，另外的事物开始出现。别的人来与他会面，并且帮他的忙。他见到了那些已死去的亲属与朋友们的精灵，还看到了某种他以前从未得见的可爱的、温暖的精灵，那是一种光的存在，出现在他面前。这种存在物要求他——但并没有用言辞评价自己的一生，帮助他像放电影般全面显示自己一生主要事件的瞬间映像。……他已经被强烈的喜悦、爱与平和的感情所淹没……柯罗夫博士还指出，对死后生命概念所做的比较研究证明，一个特定的主题，特别是有关生命的两极形象——天堂与地狱——不断重复出现。在体验中，在天堂无边无际的快乐与狂喜，在地狱则是无穷无尽的痛苦与折磨……

感谢这位洋博士，他为我去探寻父亲的最后生命体验指出了可行的方向。是天堂（在中国就是仙界）带给了父亲大欢喜？不可能。从父亲生前对牛顿企图证明上帝存在的努力所持的激烈否定态度看，从他要解开宇宙玄机的执着看，从他生平所持的唯物立场看，不论是西方的天堂还是中国的仙界，他一概不相信，令他愉快的绝非天堂或仙界。倘若作如此想，那是对笃信科学的父亲的亵渎。

究竟魂归何处？

我想象着：当父亲在弥留状态中达于死亡极限时，他首先看到的也许就是与他相濡以沫几十年而又早他四年故去的母亲，母亲也不是衰老残年时佝偻着腰、眼睛浑浊、花白的头发去光泽的模样了，她腰板挺直，头发变黑，眼睛又恢复了神采，她笑着，就像过去无数次在门口迎接从外地回家的父亲一样，问长问短，嘘寒送暖。四年前正坐在椅子上忙活的母亲突然发病，一把抓住赶过来的父亲的手，万语千言没能出口就闭上了双眼。现在，这些情重千钧的话母亲可以从容地向父亲诉说了，父母亲都充满了欢欣，然后，他看到了他的"美儿"，我的早他三年而去的大弟弟，接着，是他的二弟、他的母亲、父亲……当然还有先他而走的生前二三好友……他们的面容是那么熟悉，但又似乎不是往昔的模样了，一个个清新俊逸，衣袂飘举，但又似乎在虚空的云气里飘浮隐约，他们都笑着，友善的目光使父亲如入澄明之境。

以后呢？以后是怎么个情景？我想象不出。

于是我重新想象：父亲在那一瞬间忽然觉得自己离开了地面升腾起来，他已不是那个还留在沙发上的身心衰竭的垂死老人了，他觉得真气又回到了体内，手足轻捷，耳聪目亮，在惊异之中举目四顾，他仿佛看到了一连串的图景在眼前缓缓而过。仔细看去，那不正是自己一生经历的浓缩么？青年时代怀着成就一番利国利民的抱负负笈津门的壮游；国难当头的烽烟岁月随闻一多等远赴昆明的跋涉；几十年如一日两袖清风地在中学教师岗位上默默奉献的岁月；晚年在科学领域中孜孜辛勤劳作的乐趣……这生动再现出来的自己的一生，虽不足铭诸青史，但亦未虚度，无愧我心！他终于感受到了上苍对自己人生终极意义的肯定，这时，一派祥和亮丽的光辉将一切笼罩了，清风徐来，清音悦耳，欢愉之情溢于心中，笑意在父亲脸上如涟漪般漾开……

但是当我重又翻看父亲病重以后那几天的日记，"继续研究宇宙形成的新问题"这一行字映入眼帘时，我蓦地感悟到，父亲临终时一定是为最终找到了"宇宙形成新问题"的答案而大欢喜，展现在他眼前的一定是个他在诗词中不止一次描写过的鲜花绽放、灵山奇水涌现、天籁阵阵的大雅之境，他因此而将灿烂的微笑凝结在脸上，永远留在子女们的心中。

我被自己想象中的情景所感悟到的妙谛所激动。而当冷静下来之后，那个以往令我多次思索而无结果的问题重又浮上脑际：生命是一次性的，死亡就意味着生命的永恒终结。这个常识性的论断难道真的不可动摇吗？

我不相信人死后会经过转换以另外的方式生活在另一个世界，尽管这种说法充满人情的温馨。我宁可相信：既然人这种生命体的特征取决于各种生命要素，按遗传基因的"密码"有机结构而成，那么，当某个个体的生命终结、他的各生命要素又还原到自然界中去并弥散开以后，"这个人"就真的消失了。但是，类似的生命元素在自然界大量存在着，会不会在此后时间和空间的某一点上，一些与"这个人"的生命要素相同的生命元素重新按"这个人"的遗传基因组合起来，再形成"这一个"生命体呢？尽管它的概率极小极小，但不是毫无可能的，中外典籍和传说中的"再生"之说亦非空穴来风吧。

这种设想，这种信念，将使"我感到我对自我的界定远远超出原先

米萝文存：凡圣之间

那种狭窄的观念，即所谓一个受局限的生理身体存在于一受局限的时间框架之内。我知道我自己是一更大、不受局限、创造性的整体网络中的一部分，它可以说是神圣的。"

愿每一个凡夫俗子都能超凡入圣。

1996年10月

浮光掠影话东瀛
——访日纪行

20世纪80年代最后一年的11月27日下午,当中国新闻代表团乘坐的中国民航CA925次班机在一万多米的高空飞临日本海上空时,靠近舷窗的一些乘客起了阵小小的骚动:"瞧,那片岛屿就是日本吧?"引得不靠舷窗的乘客也拥过来,踮足探头极力将视线透过小小舷窗投到白云下那片灰蒙蒙的异国土地上去。"大概是第一次来……"同行A时忖度着,他的目光随着思绪,穿越历史烟云,仿佛看到了八十年前的一幅情景——

清朝末年,曾上书反对与沙俄签订丧权辱国的不平等条约,后又起用老将冯子材在镇南关(现睦南关)大败法军的湖广总督张之洞,在其晚年先后办起了枪炮厂、制铁局等一批工矿企业,并且延揽了一些外国人来为其"襄赞"。其中有一日本大佐,此人究系何许人物,所为者何,已不得而知,只知他来华两年即"归装忽整匆匆别"。而这一年(即1909年)正是张之洞卒年。也许这是他返国原因之一吧。送别他的人中有林生者,嘱其友人为赋赠别诗,诗末有句云:"大别烟笼江水碧,蓬莱天远海云黄。……他年东渡重相访,白露兼葭水一方。"诗中流露出作者想亲眼看看异国扶桑的愿望和即便他年东渡相访亦难见伊人之感……

飘过去了近一个世纪的风风雨雨，那个岛国已不复当年面目，而中国则已日月换新天，历经沧桑的中日关系几经波折也终于走到了"相逢一笑"这一步。那位一辈子足未出国门终老林下的诗作者早已作古、现在，"他年东渡重相访"的有他的第四代传人，他将会看些什么呢？

霓光人影共匆匆

我们11月27日傍晚下榻东京银座东急饭店后的第一件事，是在薄暮中逛银座。

银座之闻名于世，首推其商业繁华，地号名贵；因为繁华名贵，各部门、公司、企业、商店都欲于此觅一立锥之地，因而更导致地皮昂贵。据翻译介绍，银座的每一块地皮已与同样大小的金皮等价，真是名副其实的镶金之地。不过，我们走在这铺金之地上，也没有什么异样之感，倒是它那毫不吝啬地泼洒夜空的辉煌灯火，不免令初来乍到者咋舌。

银座的街道笔直、宽敞，两旁的建筑物整齐、高大，而色彩缤纷、千姿百态的霓虹灯就从贴地的橱窗一直辉映到屋顶。它是公司的字号，厂家的牌子，商店的标识，产品的信息，在夜空若金蛇游走，若萤光明灭，若礼花喷射，若天雨倾泻，若流珠征逐，若火树摇曳，从看不到边的这头一直闪耀到望不着头的那边，将一幢幢形态各异的建筑物装点或如浑身珠光宝气的华丽贵妇，或如腰缠万贯的金融巨子，或如百媚千娇的影视歌星；它们倨傲而炫耀，毗连又孤独，俯视着脚下大街上由浩浩荡荡、川流不息的小轿车组成的同样被染上迷一般色彩的铁的流……这就是银座的夜，似乎银座的奢华、气派、豪阔，质言之，银座的含金量，都通过这尽情的、带着疯狂劲儿泼洒的霓光虹影表现出来。我们真正体会到了什么是现代资本主义世界的"不夜城"。

然而，就在这由贵妇、阔佬、名媛组成的华丽家族所占据的银座街头，我们也看到了卖小吃的摊床，看到了摆地铺兜售时髦小玩意的白人青年，看到了以很大耐心排队等待着科学算命的日本少女……一天傍晚，大伙访问归来，几个人又到银座街头漫步。在一家大商店门前，由里向外喷洒着的乳白色光晕中，戳着一男一女两个模特儿，女的连头盖脸全身笼罩在洁白的婚纱之下，作含羞垂首状，男的西装革履，头戴礼帽，单膝跪地，一手捧鲜花于胸，一手扬起，作求婚献花状，引来了一圈围观者。我们惊诧于店老板敢于花样翻新、标新立异，将模特儿由橱窗内推至人行道上招徕观众的胆识，手持相机的同事正待抢拍这难得的镜头，却见围观者中一日本姑娘终于好奇地撩起那女模特的面纱窥视其面，那里面似乎传来急促的鼻息，而几乎与此同时，我无意中在男模特面部涂抹的白色油彩后面看到了真人的肤色，而他那仿佛固定在空中的手也在轻微地颤抖……"是真的人！"同伴低声说，"而且是白人……"再看地上围观者扔的零零星星的钱币，我们明白了：原来这也是乞钱术的一种！令人不胜感慨的是，传统观念中，历来是白人歧视有色人种，但是在无情的经济规律面前，在日本这个新崛起的富国面前，照样有白人淘金者拜倒。难怪日本有人著书声称：日本现在可以对美国说"不"了！——这里面，不是有许多东西值得人们思索吗？

银座街头由于圣诞节将临而被装饰得更加豪华、灯光更加刺激。置身于这霓光人影共匆匆的世界有如置身于一个灯光变幻、对手不定的大舞场，那看不见的节奏紧张的商业竞争、人生竞争的舞步，却是分明可以感受得到的……

一衣带水　风月同天

抵东京翌日，日本众议院议员、日中友好议员联盟干事长林义郎先生与我们一行共进早餐并座谈。"今年我曾和海部先生竞选，结果海部当选；如果我当选，那么现在陪吃各位的也许就是海部了……"林先生一番幽默，引来了一阵笑声，气氛活跃。林先生说他每年都去中国，所以访华次数已不计其数了；去年9月他在沈阳见到了李鹏总理，在北京又受到小平主席的接见，是促进日中友好的政治家。据翻译介绍，他在去年三巨头参加的竞选中名列第二。他谈形势，谈日中交往，谈日本教育，谈中国历史。他说：我对中国历史是很感兴趣的，《史记》之类的书常看；对天干地支也有兴味，对历法天文亦有过点儿研究。他认为，大概到了己巳年都会出现点儿波折动荡。干支以甲子年始，这是非常微妙的一年，是一年新旧交错、万象更新的年份。作为政治家，理应助新去旧、推陈出新。

中日两国的确是风月同天，一衣带水，两国的历史文化渊源之深，之久，非其他国家可比。访问中，我们随处都可感受到中国文化在日本的影响。带有象征意味的是，我们开始在东京的第一个活动项目——访问国际学友会时，一进大门，就在庭院里看见一座孔子的雕像，而在这里学习的外国学生中，又以中国学生最多。在横滨市本町小学，校长在介绍他们的开放式教学法时告诉我们：这种教学法与中国孔子说的"举一反三"有相通之处。大阪太阳工业株式会社，以构思灵活和人事管理思想独特而引起国内外人士注意的公司董事长能村龙太郎先生也谈道:"中国曾经创造了光辉灿烂的古代文明,我对孔子、孟子等中国古先哲十分崇敬……"还有一位日本版国家,众美馆主小野田耕三郎先生,和中国版国家戈沙先生是朋友,我在东京时,他专程跑了两个小时的路来饭店相会,我们谈起了所谓"纯文艺"和"通俗文艺",他立即用不大纯熟的中国话引证了鲁迅先生的有关论述。难怪同行A君认为,来到日本,在直观上没有多少异国他乡之感,见到的人都是黄皮肤、黑头发、黑眼睛,而且到处都可以看到汉字。

陪同我们的日本新闻学会木原正博先生,对中国文化颇为熟悉,这位身材颀长的年轻人已到过中国数次,能用汉文忆写不少唐诗名篇;刚过而立之年的他,性格文静,谈吐儒雅,但是也有感情奔放之时。在结束东京访问的一次晚宴上,代表团的各位在酒酣身热之余纷纷作了即兴表演,而木原先生则率先落落大方地唱了好几首日本和中国的流行歌曲,末了,经他提议,和中方翻译小苏用汉语合唱了《国际歌》,居然也字正腔圆,激昂慷慨。看他那洒脱劲儿,听那"国际悲歌"在异邦响起,大伙报以由衷的掌声。陪同我们去外地访问的日本新闻协会编辑部主任国府一郎先生则大概是因为不太会汉语之故,轻易不吱声。但有一次在火车上,我和他用汉文在他的记事本上进行了一次笔谈,原来他对中国的历史、地理、文化也相当熟悉,对《三国演义》《水浒》等古典名著津津乐道。抵达长崎当晚,我们在一家中华料理店内共进晚餐时,我问木原先生:前些时候,中国国内文艺界就"雅文学"与"俗文学"问题进行过讨论,不知贵国这方面情况如何?你怎么看?另外,在国内时就曾听说,日本现在漫画大行其道,无论大人小孩、男士女士都爱看,是不是这样?木原先生说,在日本,文艺似也有雅俗之分,但目前弄纯文学的人似乎越来越少,他的几个原来搞纯艺术的朋友现在也开始画连环漫画，因为这种东西社会需求量大，经济效益相当可观。说着，木原先生举起了他随身带着的一本砖头般厚的专载连环漫画的刊物（其人物造型类似"铁臂阿童木""一休"）给大家看。他对这种文艺基本上是肯定的。他认为，虽然其中也有格调不高的东西，但基本上还是好的。看看这种文艺，也能有所收益。对此，国府先生持反对意见，为此讲了一大篇话。我印象深刻的是，他认为现在文艺中乱七八糟的东西太多，他是决不让孩子们去看的。对他们二人的争论，大伙听得兴味正浓时，转盘长唐非先生打趣说：木原、国府先生刚才发表了两种看法，我现在来谈谈第三种看法。我认为，木原先生之所以觉得此类文艺可以看，那是因为他有成熟的分析能力，而国府先生之所以批评此类文艺，那是因为他有两位年龄幼小的千金。所以，我觉得二位看问题各有各的角度，都是有道理的。老唐这一番"化干戈为玉帛"的妙语，使得满座皆笑，尽欢而散。

在东京，我们还曾到住在横滨的日本新闻协会国际部部长宝子山幸充先生家作客。在品尝了主人一家热情地为我们准备的日本风味小点之后，宝子山先生让我们参观了他的家，其中包括他爱女的闺房。翻译小马说，照日本人习惯，女儿的住房是绝对不能让外人窥视的，那只是属于她一个人的秘密小天地。而宝子山先生居然做通了女儿的思想工作，这位健康、苗条、娴静的姑娘落落大方地向异国客人们开放了她的小天地。这是间约10平方米左右的长方形房间，室内陈设简洁雅致。回到客厅，闲谈中，大伙的注意力自然集中到这个"家"上来。为回答客人们所问种种，宝子山先生和他夫人竟翻出账单，向我们无保留地公布了他们家的财政收支情况。小马说，这也是一般日本人做不到的。宝子山先生对中国客人的一片友好情谊，我们自然是心领了。

衣香鬓影异域情

在日本，与银座的霓光虹影同样给人以深记得印象的是，这儿的树木格外绿，格外净，每片叶子似乎都泛着油光，如绿蜡碧玉，用手一摸，竟一尘不染。起初，我们以为是雨水淋浴过，或是喷水冲洗过。但翻译小马说：日本的雨不像北京，痛痛快快地哗哗下一阵，而是若有似无，使空气保持着充分的温度。木原先生则告诉我们：现在日本的城市基本上已踩不到泥土地了，不是绿地就是水泥、石块铺就，工厂的烟雾也已得到最大限度的净化，所以空气洁净清新。难怪树木青翠如此。而日本温润的海洋性气候又为植物的滋茂提供了得天独厚的条件。从东京到大阪，从北九州到长崎，公园里，原野上，山谷间，到处染红耸翠，点碧间黄，色彩斑斓而鲜明；枝叶纷披，树冠浓密，姿态潇洒而郁秀。但更令人注目的是庭院、街道上那些不知是自然长成还是人工修剪成的或呈球状，或呈蘑菇状，或呈灵芝状的树木，那形，那线，如此精致，令人叫绝。这些树木，娴静秀雅，丰盈都丽，总给人一种女性化的感觉，而没有"黛色参天三千尺""天边落木萧萧下，不尽长江滚滚来"的中土恢宏气势，体现出别一样的异国审美情趣。

日本的女性直观上给人的也是这么一种印象。在银座，在秋叶原，在其他各地的街头，在公司、企业的大楼内外，在大学校园，在商场饭店，在日航班机，我们见到的女性几乎是清一色的西装裙服，虽然这些西装裙服的款式也是精采用纷呈的，但一律平肩束腰，裙裾飘逸，恰到好处地勾勒出婀娜有致的身姿体态；过去人们传统印象中的日本女性头发都是往上笼成高耸的"富士"型，时下年轻的女士们却都秀发披肩，光泽可鉴。她们表情恬静，薄施粉黛，举手投足自有一番风韵，待人接物彬彬有礼，不时以一种标准而优雅的姿势向同事、客人鞠躬致意；行走起来则高跟鞋橐橐，步履匆匆，在动势中显出旖旎之美来，给那钢筋混凝土构成的冷冰冰的都市增添了几多妩媚，几多柔情。

日本的男士们则西装革履，头发梳得极是光亮，皮鞋擦得极是锃亮，领带系得煞是飘洒，或胳肢弯里夹着公文包，或手插裤兜，或指夹烟卷——银座街头地面几乎纤尘不起，却到处落英缤纷似地洒着密密麻麻的白色烟蒂头。这在国内是极为罕见的——尽管在街头巷尾随处可见他们熟人相遇时或与人会面时点头哈腰、鞠躬如仪的谦恭情态，但若看看这些男士们高视阔步、旁若无人地行进时的绅士派头，似可忖度出他们西服下的那种倨傲感。这，也许源于日本富甲天下的经济实力？抑或源于男性在社会上的优越地位？

然则不论男士女士，当霓光虹影将他们团团罩住，他们在珠光宝气中亦载亦趋时，固然平添几丝画意，但也更加使人意识到：他们正是那场永无休止的快节奏迪斯科舞会的参加者。这种快节奏固然会产生出日本经济的高效益，但对任何一个参加者都不会是轻松的。

太空世界与信用卡

日本确实是个工业高度发达的国家。东京那回环高耸、纵横交错、车流浩荡的立体交通网络固然壮观，那如鹤立鸡群般的新宿密集的摩天大楼群固然巍峨，那灯火辉煌的银座街头固然瑰丽，但真正给人以震动的还是北九州工业区的太空世界。北九州市过去是以原材料（钢铁）生产为中心的第二次产业之城。近年来随着日本全国产业结构的变化目前正在改变着固有的面貌，这就是由制铁工业向第三产业进军的产业转换。太空世界总经理小池先生介绍说：这个中心是以宇宙空间作为主题的世界唯一一所大型活动设施公园。1989年1月动工，预计990年4月建成；中心占地33公顷，备有能容纳6000辆汽车的停车场，工程预算基本投资20亿日元，建成后还要有300亿日元的设备投资。在太空世界施工现场，我们怀着浓厚的兴趣观赏了那硕大无朋、直指云天、被阳光照得耀眼的银白色火箭和橘红色航天飞机模型（这个模型与美国的航天飞机一模一样，同等大小），以及正在紧张施工的太空体验旅行馆、太空漫游旅行馆和空间集训地等配套设施，委实一开眼界。小池先生说，太空世界建设的主要促进者是日本钢铁公司。为了实现日本产业的转换，即由重工业转向高科技和服务行业，同时也充分考虑到北九州地理位置离中国、朝鲜及东亚诸国很近，旅游观光事业潜力很大，所以，日本钢铁公司规划了雄心勃勃的发展蓝图；作为中期目标，该公司的钢铁生产将压缩到原生产力的50%，其他50%的生产力将转向新材料开发、电子技术硬卧制和信息服务等，太空世界就是这种转换的开端和象征。这项工程将使该公司在未来的世界性竞争中保持新的活力，迎合时代要求，并将带动牵引一系列新兴行业，因而得到北九州市政府的大力支持。小池先生估计，该中心建成开放后，每年将接待200万各国旅游客。

在返回旅店的路上，木原先生似意犹未尽，从座位上站起来对大家说，日本现在的工业正由粗、长、重、大向细、薄、轻、小转变，但是，

米萝文存：凡圣之间

这也带来一些新问题。说着，他从衣兜抑制出一张银行信用卡给大家看，说，这玩意买东西虽然方便，但这里面包含着一个可怕的秘密：比如，你上哪儿购物，购什么物，购多少，马上就会作为情报信息反馈到一个你看不见、但又支配着信用卡的所在，于是你的爱好、兴趣、活动规律乃至收支状况、家庭状况、人际关系等私人隐秘全部被一个你一无所知的机构或人所掌握，不法之徒甚至可以利用这一切情报进行犯罪活动……

这当然不是危言耸听。巴士在稠密的灯光中行驶，大伙默然。我闭上眼睛略小憩。高科技究竟是福还是祸，这要看掌握它的是什么制度；看掌握在什么人手中。在西方资本主义国家，利用计算机犯罪不是已经引起人们的惊呼，视为"文明瘟疫""病毒入侵"吗？

"顾客总是正确的"

早就听说日本人喜欢在礼仪上搞烦锁哲学。此次耳闻目睹，感受有所不同。我们在日本几个城市先后住过4个饭店，服务员无论男女老少，一律彬彬有礼；访问所到之处，所见亦皆如此。他们工作时坐是坐，站是站，走是走，带着一种行为规范性，在客人面前频频鞠躬，礼敬有加，扎堆穷聊、嘻嘻哈哈、打打闹闹、勾肩搭背的现象很难看到；在通道遇到客人时，他们总是面带微笑侧身相让，我们对这一细节印象良深。

代表团每天外出访问乘坐的是日本新闻协会从汽车公司租来的巴士，配一名司机、一名服务员小姐。我们第一天第一次登车时，身着红色西装裙服的服务员小姐已侍立车门旁，上一个人她就微笑着鞠一次躬，嘴里念念有词（问好之意）；下车时她又侍立门口，客人下一个她又鞠一次躬，依然念念有词（道乏之意）。以后天天如是，次次如是；我们在外地参观租别的车时亦复如是，弄得我们也点头哈腰不迭；司机不能离开座位，但也每次侧过身来致意。

他们之所以处处体现出这种敬业精神，当然有其深远的文化背景（如儒教文化的影响等），但从现实性而言，首先是职业的需要（说到底恐怕是他们各自服务的公司、企业互相竞争、获取利润的需要），同时与公司、企业的严格培训分不开。我们在横滨参观过号称世界上最大的崇光集团百货商场，那里的店员风范、服务态度无疑是一流的。据商场能力开发部部长惠本胜利先生介绍，该公司在人事管理方面，从职称、考核到能力开发都有一整套严格的制度；商场实行的是顾客至上主义，让职工都树立自己的工资是从顾客那里领来的观念（即"顾客是衣食父母"）；目标是在服务上成为第一流的百货商场；正如此，公司有两条最基本的原则：一是顾客总是正确的，二是如果顾客确实错了，那么作为商场工作人员就应该想一下公司的宗旨，从自己身上找原因，使服务态度更好一些。公司对职工的要求是：1、健康文明的服务态度；2、洪亮清晰的声音；3、步伐端正，有一定的速度；4、根据当时的情况决定自己对顾客的态度；5、职工办任何事都要提前五分钟到达做好准备。商场的座右铭是：更为和蔼的，更为亲切的，更为真心实意的。上面所述种种，又都与职工个人的所得、晋升、待遇等等直接挂钩，与公司的信誉、收益挂钩。

在一次餐桌闲谈时，我们赞扬了日本人的服务态度，日本新闻协会一位负责干部闻之莞尔，说：微笑那确实是的，但那是职业所要求的，人们不知道服务员微笑后面的真实想法是什么，不如中国人的重人情、重真情。这话也有道理。不过愚以为，作为顾客，是凭直观、直感、甚至是第一印象来体验服务态度的，因此他看重的是服务员的面部表情和语言兴趣止，他并不深穿好这表情后面的东西。所以，哪怕是职业性的微笑，也总比不笑好，当然更别提那满脸挂霜、恶言相向的"服务"了。倘若发乎真情而微笑，微笑中渗进人情味，那当已臻至境，而这正是社会主义的服务行业所应具备的。

  与服务态度、待人礼仪相连，而又使我们颇生感触的是，代表团每访问一个部门、单位，对方接待都很准时，我们一进会议室，主人们已端坐在那儿等候了；如果我们提前到达，则尽管自己先坐下，主人却不露面（由此可见日本人的时间观念之强）。而不论在何种场合，来访者每人面前的桌子上都已预先放好一叠本单位的介绍材料（一般为日、英文、有时还备有中文，有时只有日文）。主人几句简单的寒暄、致意之后，立即话入正题；一到预定结束时间，人家也已介绍、答问完毕，即行送客，多送至门口即止，穿插其间的是互送名片、握手、道别。后来我们议论，这与国人所习以为常的客人来了，主人探望、陪同参观、宴请等耗时费力的多情之兴趣真是大异其趣。

日本教育一瞥

  我们访日之行的一个重点是考察教育。在文部省，据官员介绍，日本真正的近现代教育事业是在明治维新以后发展起来的。明治维新后，日本的目标是赶超美欧，为获取新知、培养人才，遂大兴教育。第二次世界大战后，日本作为侵略国和战败国，消耗了惨重的人力、物力、财力，但它百多年来打下的教育根基还在。为了从废墟上重新崛起，日本举国上下重视教育。经过数十年的努力，教育有力地促进了经济的发展，经济的发展又为教育不断更新物质基础，提出新的目标，从而使教育始终保持一种与时俱进的势头，保持一种活力。现在，日本已形成了由幼儿园、小学、中学、大学和职业学校、补习学校等组成的覆盖整个社会的完整教育网。

作为资本主义社会，日本的大学中以私立大学占优势；据林义郎先生说，在社会信誉、地位、寻找职业等方面，私立大学学生与公立大学学生是完全一样的。我们访问的有131年历史、与北大、复旦建立了友好关系的庆应大学，就是一所著名的私立大学。校方告诉我们，按照日本传统，入政界要上国立大学，所以庆应大学将重点放在为企业界培养人才上。他在回答我们的问题时说，代表日本教育最高水平的国立大学有东京大学、京都大学、私立大学有庆应大学、早稻田大学。而日本所谓一流、二流学校的标准有两条，一是入学考试的难度；二是成才率（包括能否培养出优秀的大学教师来进行人才再生产）；他很自豪地告诉大家，在全日本的490所私立大学中，有40多所大学的校长是庆应毕业生。访问结束离校后，木原先生连连说："刚才说日本一流大学就那几所，我不能同意……"我笑着和他说：刚才校方不是说，与他们有不同看法的人，后来也通过事实改变了自己的看法吗？你也是迟早要改变观点的。木原先生也笑了起来。

文部省官员还告诉我们：日本社会是个重文凭的社会，不上大学找不到好工作，由此促使更多的人上大学。但过去社会上对人才只强调知识，认为学校越有名学生知识越多，现在社会对大学生的要求已从重知识转到重素质（如想象力、创造力），重实际才干、实际水平，这是一种新的社会要求，是由高科技的发展和各公司的相互竞争、生存需要造成的，这也是日本今后教育的重点；过去对教育概念的理解只限于学校教育，现在则认识到学校教育只是全部教育的一部分，所以要向终身教育方向努力。在我国著名文学家夏衍先生早年就读过的九州工业大学，正是针对现在企业需要知识面广、对各方面都能适应的高水平人才的实际，采取了向社会开放的研究生制度和学校与企业相结合的办法。学校负责人说，为了培养学生的实际操作能力，该校每年有一个月时间让学生到企业实习，此外，学校还积极参与地方的合作委员会。对企业的技术人员采取特别考试，选拔其中的佼佼者来当研究生。这样的研究生属于原单位，学校算是代培，采取特别措施培养，使其成为知识面开阔，专业水平又高的研究人员。与此同时，学校还设置了共同研究中心，其目的一是为培养企业人才，促进学校与企业的结合；二是使在校生更好地以所学知识为企业服务；该中心现在将研究重点放在尖端技术的开发、尖端材料的研制等课题上。

日本中小学教育引起我们注意的有两点，一是计算机的引入，二是开放式教育。在东京附近的岩井市市立岩井中学，我们参观了计算机中心。这儿窗明几净，一间间教室里乳白色的计算机整齐地列成方阵，孩子们正在老师的指导下认真操作。中心负责人远藤道夫先生告诉客人们：智力、精神、健康是我们学校的宗旨，用中国语言来说就是德智体全面发展。我校从初一到初三都使用计算机；计算机可用在各门课程上，其作用包括人际间对话、课堂操作、仿真练习等方面。他还告诉客人们，岩井市为导入计算机教学，花了1亿日元；教育经费最高时占全市全年总预算的30%。接着，我们又访问了横滨市市立本町小学。在这里，我们看到了6年前建成的没有教室间壁的开放式的全新校舍，它以学习中心室大厅为中心，环绕着各年级的教室、实验室、音乐室、体育馆等，不同年级、班级的学生就在你看见我、我看见你的情形下上课。校长介绍说，该校按照孩子们的个性安排教学活动，通过个性化教学发挥每个孩子的特长。横滨市有300多所小学，采取开放式教学的还只有三四所学校。本町小学从校舍布局到教学方法上都做了一些改革。最重要的是教师从教的立场转到同孩子们一起探讨的方式，同孩子们进行心灵上的交流。这种教学方法颇有点独特之处，构思也颇大胆，但实际效果究竟如何，我们在这短暂的参观中尚无法作判断。

日本对老师质量要求很严。从小学教师到大学教师都得经过国家统一进行的录用考试，及格者才能取得教学资格，年轻老师还要参加各式业务学习，新参加工作的教师则需根据日本的法律参加进修。为此，各都道府县都设立了教育中心。我们参观了大阪市教育中心，大阪市中小学教师的研修均在此进行；市民要了解有关情况也可来此咨询；此外还设了残疾儿童教育的专门机构。这里的研修分小学、初中、高中3个层次；政府每年还把各地的教师按一定比例抽来进行研修，并到全国各地去考察。这里在计算机教学方面输入的设备是最新的，从全国收入大量信息在此集中、储存，根据各校需要提供信息服务，以提高各校的教学质量。

当然，日本的教育也存在着弊端。文部省官员认为问题在于偏重于考试，偏重于智育。所以要搞教育改革。而在野的著名教育评论家、东京都中野区教育委员俵萠子女士则抨击尤烈。她在同我们的座谈中，直截了当地指出：文部省谈教育大约只谈了好的这方面；对教育评价如何，我想是因人而异的。现在日本教育有两个主要问题，一是孩子没有积极主动接受教育的态度，二是父母对教育没有发言权。她认为，孩子都有一种想上自己所喜欢的学校的主动愿望，但日本将学校分成等次，录取的分数线也就有了等次，而大多数孩子的考分居中，只能上与自己考分相符的学校而上不了自己喜欢的学校，还有的学生在校受欺侮，受不了学校制度的严格管束，或受到教师体罚，由此产生厌学心理，出现退学等令人痛心的现象；退学的孩子想参加工作，但很难，无所事事，容易造成社会犯罪。这样的学生据文部省统计有4万人，俵萌子则认为实际上是4万的10倍，甚至更多。因此，中途退学是日本教育的一个很重要的问题，祸根就在把学校分成等次。孩子上不了学，心里很痛苦，家长亦如是。作为孩子的家长，她希望日本教育界的第一个改革就是废除把学校分成不同等次的做法，她甚至认为从小学到中学可以取消升学考试。她还说，把经济领域的竞争法则原封不动地引入教育是否适当，这是我最关心的问题。我认为在儿童人格形成前不宜导入竞争原理，否则会导致各种社会问题。

俵萌子女士关于日本教育弊端的看法可留待教育界的有识之士去思考，但她所说的教育领域中的竞争则是我们在骏台补习学校感受到了的。骏台补习学校专为高三毕业生考大学而设，总部设在东京，大阪等地还有16所分校，学员共3万人。该校将模拟考试作为一项重要内容，模拟考试同正规高考完全一样，据此判断学生可能上什么学校；为使学生能考上大学，分单科班和综合班，还为想上著名大学附属学校的孩子设置了班级和课程。我想，这种学校的设置是适应日本社会重文凭、重知识、重竞争的现实的。

"地狱"之行

日本之行的最后一站是去长崎访问游览。由福冈至长崎，要乘特快列车前往大牟田，然后驱车至三池港，乘高速快艇赴岛原外港，午餐后去长崎途中要经过岛原、云仙等历史风景名胜地。岛原半岛上有17世纪建立的古城，半岛中央就是云仙，它之出名，倒不在于这里大自然的景观基本上保持着原状、风光秀丽，而在于此地处于火山地带，在我们午间驻足的饭店附近，大片的黄土不停地喷发着乳白色的蒸汽，一直绵延到山腰，空气中弥漫着刺鼻的硫黄味，在喷发蒸汽的裂隙还发出"咕咕"的响声，如怪物在地底呻吟。导游小姐介绍了这里之所以被称作"地狱之原""云仙地狱"的传说。看到这儿的一切都被精心起来，哪怕是草棵子里的一尊小小的石像，哪怕是一株年代稍久的树木，我不禁想到了祖国吉林的长白山和天池，那百里原始森林云蒸霞蔚的奇观，那飞流直下三千尺的壮景，那一镜飞嵌云端的妙境，实在远非云仙可比，倘若我们将这一旅游胜地充分开发出来，将会使多少中外游客为之倾倒！

到达长崎已是薄暮时分。热情活泼的导游小姐说：长崎是座山城，大概与中国的重庆差不多吧！为了让大家欣赏一下长崎的夜景，车子开到全城最高处停下。透过暮色，我们看见长崎三面环山，面临大海，那建筑物上密如繁星、艳若虹彩的灯光满山谷，漫过山岗，辉映出郁郁葱葱的树木，又如电火花般地溅落在以其形被称为"鹤之港"的海港海湾……

云仙风光秀美，当然不是什么"地狱之原"，但长崎却的的确确下过一次"地狱"。1945年8月9日，一颗原子弹天外飞来，瞬间数万人命归黄泉，全城夷为焦土废墟，惨状震撼人寰。这是当年侵略成性的日本军国主义带来的浩劫。当时西方有人预言，此地70年内不生草木。45年过去了，现在是一座和平公园。一进公园，劈面一座巨大的和平纪念雕像，雕像塑成男性，但脸形既非黄种人，亦非白种人、黑种人，面容带着我佛涅槃似的性感静平和；孔武有力的身躯作席地而坐状被安置在高耸的台座上，雕像的肩头手臂上飞落了许多鸽子。"一千个读者便有一千个哈姆雷特"。仰望这座雕像，世界各地来的游人肯定观感不一。在我看来，这是一个不分人种、国度的作为一个整体的人类之像，笔直上指的右手似为某种誓约指证苍天，平伸的左手则像要随时准备承担起历史赋予人类的重责。

长崎市林木葱茏，建筑优美，风景极佳，人们在宁静地生活。谁能想得到，四十五年前这儿曾经一场浩劫呢？我既感慨于人类自己毁灭自己的行为，更惊叹于人类自我更生的能力！

结语：固本图强向未来

半个月的东瀛之行弹指而过，虽是浮光掠影，印象却如万花筒。他究竟看到了什么呢？

他看到了一个资本主义经济大国在未来的不可忽视的意图：岩井中学负责人说：我们进行国际化教育，使学生加强对国外情况的了解。培养学生在国际大环境下奋斗的意识。我们的目标是面向21世纪，面向未来的信息化社会。本町小学校方说：我们的目标是面向21世纪的形势，采取主动学习的方式，使孩子们成为通材式的人物。文部省官员说：自明治维新以来，日本的目标是赶超欧美，现在这个目的实现了，没有赶超的目标了，一切需要自己创新……

教育，历来是国家意向的指示表，国民经济的助动器。无论是银座街头匆匆的脚步，还是围观白人"淘金"的蔑视的目光；无论是崇光商场要成为世界第一的努力，还是标志着日本大规模产业结构转换的北九州兴建太空世界的举动，它们的底蕴，内涵和指向，都在教育界"面向21世纪！面向未来的信息社会！"的目标中表露无遗。一个已经成为经济大国的国家是不会久甘于在政治上乃至军事上居二流地位演次等角色的。历史证明了这一点，现实也表明了这一点。

中国人民不会忘记历史，更会正视现实。一位巨人做出的"我们中华民族有自立于世界民族之林的能力"的断言，在经过近半个世纪的时空检验之后，正从历史的群山深处激射出愈来愈宏大的回音。固四项基本原则的立国之本，走改革开放的强国之路，才能在未来的21世纪雄踞于东方，腾飞于世界！

中国必须如此。

中国定能如此。

1990年3月

"忽闻海上有仙山"
——访美点滴

今年6月中下旬,应美国新英格兰地区记协邀请,受全国记协委派,我率中国新闻代表团访问了美国。一旦双脚切切实实踏上这片遥远的土地,此前关于美国的天堂的神话、地狱的诅咒统统如秋风过耳,我觉得自己既无激动之情又无神秘之感,甚至也不觉得陌生,而是以一种相当平静、客观的眼光审视这个被传媒和人们千百次说起的国度。

一

纽约不愧是现代化的国际大都会,特别是著名的华尔街所在地曼哈顿区的高楼密集度堪称世界之最,名声如雷贯耳的国际贸易大厦更是耸入云天,当雾气弥漫时,它就如山峦似的若隐若现——那里面的居住者怕当真会"不敢高声语,恐惊天上人"吧?众多的摩天大厦在并不太宽的街道两侧壁立千尺,有如国内张家界那石柱似的峰峦,将行人头上的天空切割得只剩下一线，美国朋友将这种景观称之为"城市大峡谷"。而密密的小汽车因为找不到停车场就在街道两侧一字排列，恰似首尾相接的甲壳虫，使街道显得更狭窄、挤迫。

不过，也不像人们通常想象的那样，美国到处都是摩天世界，到处都是灯红酒绿。且不说我们在近十个州的乡镇都见不到高层建筑，就是纽约，高楼大厦也集中在一定区域。到纽约那天晚上，我们在大街上溜达，行人并不多。霓虹灯倒是随处皆有，但也没上下辉映闪烁成一片，燃起一座辉煌的不夜城——仅此而言，它不如日本东京银座。只有当我们登上帝国大厦顶层向下俯瞰夜景时，才觉出那灯火通明来。第二天，美国朋友说领我们到一个有趣的地方去看看。我们走着，来到了到处都是低矮陈旧楼房的街区，穿过同性恋者聚居区、艺术家居住区，就到了意大利人聚居区，这儿的街道颇像中国广州，餐馆密集，人行道上摆满了廉价的"大排档"，各色人等在此大快朵颐。而在一个不大的街头广场上，灯光昏暗，环境脏乱，水泥地面亦如大街上一样打上不少补丁，一些孩子就在这儿玩耍——你很难将这与"美国"联系起来，但是正因为存在这些，这才是真实的美国。

二

据我们的印象，美国普通老百姓可说是生活得安定、富足。我们在三个普通美国人（可算是中产阶级吧）家庭住过，每家都有别墅、汽车、游艇，一家子关系融洽，其乐也融融。不论是在纽约、华盛顿这样的大城市还是在偏远的乡镇，所见到的美国人也大多高大健壮，一派气定神闲的模样。然不时可以见到胖人，尤其是胖女人，这种胖的程度绝非在国内可以想象，简直如俗话所形容：躺着站着一般高，但即便如此，直起来仍迅速有力。有美国朋友说，这是因为活动太少，吃得太多。的确，很多胖人仍在不断地往嘴里进食。不过我以为，若为黄种人，吃得再多也胖不到如此程度。

但就是这个国家，又制造出大都会的另一景观——街头露宿者。在纽约靠近大尖的街头公园里，有一座群雕塑像，据说是纪念第一批踏上美国国土先行者的。那上面的人物均作"终于到了"的兴奋状。就在这些先驱者及其后人二三百年间创造出来的高度物质财富旁，公园的长椅上却坐着不少无家可归者，且多为黑人，虽同样身强力壮，其"工作"只是遍地拾纸壳，或是手举一小筒等人施舍。在波士顿华丽的商店前，坐着一位同样衣着华丽的老太太，胸前挂一小牌，上写：我生活无着，请各位帮助。

这的确是一种矛盾的现象。

三

美国号称"车轮上的国家"。在城乡几乎见不到自行车，汽车是美国人必不可少的交通工具，正像中国人的自行车，所以汽车并不能成为衡量一个人富有程度的标志。当然，拥有世界名车的人是例外。

因为车多，一旦路上汽车出了故障，就会大大影响交通，因此美国在交通管理上十分重视对事故车的处理。在去华盛顿的高速公路上，我们正在轿车里议论怎么没见过出车祸，忽然前面的车就卡住了，然只过了一小会儿，车流就逐渐畅通起来。原来一辆大卡车四脚朝天翻倒了，紧接着警车、救护车、清障车就一起火速赶来，迅速处理了这起事故。可见，在现代化社会里，每一个环节的高速发展都必须有与之相适应的配套环节，否则就玩不转。

在去波士顿的路上，我们发现约翰先生的汽车的前窗玻璃上粘着一个小小的方盒形玩意，有时又取下，正不知是个什么宝贝，同伴已开问了，约翰倒很坦率，他说高速公路上汽车也限速，但开车的人都想开快点，又怕警察用雷达测出超速予以惩罚，于是反雷达装置应运而生，那个小方盒就是侦测雷达的，一旦发现，小方盒就迅速取下，车就减速，一切太平。

此乃一物降一物。

四

我不敢说整个美国环保情况怎样，但至少可以说，在新英格兰地区，在我们到过的城市，生态环境和人们的环保意识的确十分好。且举三事：一是绿化，我们乘坐小汽车纵横驰骋十个州，无论走到哪儿，到处是绿茵茵的草地，公路两侧全是郁郁葱葱的树木；二是在华盛顿和纽约的闹市，到处可见尾巴蓬松的松鼠，或蹲于草地，或跃过马路，或上下于树木，毫不畏人。林肯纪念堂前的水池里，居然有携子将雏的野鸭；三是城乡都见不到裸露在外的泥土，所以马路上的确纤尘不起，试着用手一擦竟无痕迹，皮鞋几乎用不着擦拭。

然而任何事情都有例外。纽约的街道虽无尘土，废纸、烟头等弃物却随处可见，不少建筑物的墙上、门上涂满了谁也看不懂的鬼画符。那天晚上去意大利人聚居区，路上有人内急，问美国朋友可有公厕，答曰美国无公厕。过一会儿,在一墙角阴暗处,见一美国人低头在那儿便溺。美国朋友笑指曰:瞧,那不是公厕吗! 大伙不觉莞尔。

五

美国人的衣着特随便。这次访美正值盛夏,我们在城乡见到的美国人不分男女老少,几乎一色的T恤和短裤,足蹬旅游鞋、休闲鞋,鲜有衣冠楚楚者。只在纽约华尔街、证券交易所才见到一些西装革履的商人和工作人员。但奇装异服者也不多见。在纽约火车站,见一黑人青年,足蹬一双足有一米高一米长的大鞋,蓄着怪样发型,在一白人引导下穿行于各候车室,引起人们侧目。这算是最怪异的了。我们还时常看见从汽车车窗里伸出一双光脚丫子,美国人的随便于此可见一斑。

不过美国人同时又表现出很强的纪律性和文明风尚。参观白宫那天,我们一早就去排队领票,此时排队的还只有百十人,过一会儿我们后面就排起了长龙,达一里多长,但队伍井然有序,绝无夹塞现象。即将发票时,突然下起了大雨,不到一分钟人们身上就淋透了。即使这样,长长的队伍也不为所动,人们只默默地把可遮雨的报纸、手帕举到头上,既不吵吵叫前面快发票,也不乱动。在这种秩序中也透着美国人对严肃事物所持的严肃态度。

六

美国人真可说是百无禁忌,对什么事都惯于直陈己见。他们不轻易说什么好，相反，对许多事物都持反对态度，以此来显示其独立精神和探索精神，并从中求得真知，他们认为不错就是很高的赞誉了。可以说，在美国，很少有什么东西享有不可动摇的权威和普遍的尊崇。而美国国旗和由它所体现的爱国主义精神却享有这种尊崇和权威。

无论在纽约、华盛顿、波士顿这样的大都市，还是人烟稀少的村镇，街道上、建筑物上到处可见大幅的美国星条旗在随风飘扬，而小型的星条旗甚至出现在随处可见的墓地上，那是专为已故的在部队服过役的人士的墓碑特制的。

在华盛顿纪念美海军陆战队举行每周一次的升旗纪念活动。我们到华盛顿那天适逢其盛。晚上7时，纪念碑四周的坡地上已站满了不请自来的美国人和观光客。仪式分两部分：军乐和枪操，历时一小时。精彩的表演不时激起观众一阵阵的热烈掌声。最后，升旗手、仪仗队和全体观众向二战时参加过登陆的一位老战士庄严致敬。这时，场内外在精神上达到一种共鸣。这是爱国主义精神的形象显示，是爱国主义教育的生动体现。

不管对美国这个国家怎么评价，当我看到那遍地飘扬的星条旗时，心里油然生出一种感想：爱国主义精神无论在什么国度都是一只不死鸟，永远受到人们的敬仰。反过来，任何国家要使自己永远立于不败之地，都必须大力宣扬爱国主义精神。

七

现在，"文化"成了时髦，随便什么东西，一经引起注意，就会有人冠以"文化"的头衔。这次访问美国，那遍布城乡，点缀着闹市、学校、公园、住宅区的墓地，成为一种独特的景观，引起了我的注意和思索，将它称作"墓地文化"，也许不无道理。

中国的墓地一般都在远离都市和村落的荒郊野地乃至寂静山林，死者与生者在空间上是分离两地的，除了上坟扫墓，人们很少去，墓地、墓园总给人一种凄清、悲凉、神秘的出世之感。美国的墓地则不同，它们与生者处在同一区间，人们与它朝夕相会；它整个就是一片萋萋芳草地，或大或小，或华丽或简陋，或旧或新的白色石质墓碑就散立其上，它没有凄清，没有神秘，也没有隔膜，具有一种人情味和人世感。在波士顿，我问史蒂夫先生：为什么墓地与活人离得这么近？他说了一番话，大意是，这样可以承续历史，使历史与现实相连接。我以为这话有道理。在纽约华尔街的证券交易所旁，就有一小片墓地，里面除了墓碑还有塑像，看那年代，多在十七八世纪，是当年开拓这片土地、创建这座城市的先民。有的墓碑由于风化而层层剥蚀、倾颓，布满枯萎了的和正在生长的苔藓，以致淹埋于萋萋芳草之中。我轻轻触摸这些墓碑，感觉就如在触摸物化了的历史。现代人就生活在这些先民们身边，先民们则像是在默默注视着他们身后子孙们的脚步、生活的变化、历史的延续……

八

虽然是初次到美国，印象最深的不是这个国家的现代化，不是自由女神像，而是美国人的家庭生活，是美国人对中国的友好感情。

爱姆逊、安基诺兄弟都来过中国，他俩在机场接我们时那种如见老朋友似的亲切和高兴一下子扫除了我们来到异国他乡的陌生感。安基诺家中挂着他在中国旅游时买的国画，十分高兴地指给我们看，晚上又给我们放映在中国拍的幻灯片，每放出几个镜头就要回忆起在中国的日子。临别前一天晚上，安基诺宣称，要请我们做一顿中式菜肴，于是买来了肉和各种蔬菜及作料。我们几个人一齐动手，各施绝技，无奈这些蔬菜和作料都是美国产的，未下锅前就有一股异味，所以无论我们多么卖力，也只能烧出一桌串了味的中国菜。而安基诺一家人品尝之时仍连连表示"OK"。

我们的第二站是开普敦镇，这是一个濒临大洋的小镇，风光秀丽，街市整洁，民风淳朴，一幢幢木质小白楼掩映在花木丛中，人们在街上相遇都彬彬有礼，彼此点头致意或互致问候。最令我们惊奇的是这里的居民无论是夜晚还是白天外出概不锁门。我们的房东史迪文先生和他的女儿说："我们在这儿住了十几年，从来没锁过门，也没听说过偷窃之类的事。"在离抢劫等犯罪活动成风的纽约不远的地方，居然有这么一方未被污染的净土，真如"世外桃源"，无疑是一种值得研究的社会现象。晚上与主人闲唠，说到美国现今抽烟的人越来越少，史迪文说，美国现在大力戒烟，却同时向亚洲和中国大量倾销烟草，这很不好。约翰的朋友史蒂夫则对美国有人用其他附加条件来阻挠给予中国最惠国待遇一事发表激烈的批评意见，一再表示对中国人民的友好之情。史迪文在饭店宴请我们时，作陪的有几位美国老人，他们都是退休金领取者，对中国的事情蛮有兴趣，其中一位甚至能说几句中国话。这些老人准备今年组织一次关于中国的讨论，他们表示：中国发展了，强大了，对世界和平有利。那位能说几句中国话的朋友听说我们从纽约来，问过观感后说，他的女儿在纽约，"我就不懂，年轻人为什么喜欢待在那个又脏又乱的地方！"我们挥手告别，老人们表示很想到中国去看看。望着他们蹒跚离去的背影，我觉得自己对美国人的了解深了一层……

九

纽约大都会博物馆世界闻名，其收罗之广、馆藏之富、保护之精，均堪称一流。我们去参观时是个普通日子，但参观者却如逢盛会般多，其中青年人和孩子不在少数。偌大一个博物馆，观众络绎不绝，而秩序井然，绝无喧哗之举唐突之状，那种严肃认真观赏展品的神态，令人心动。在一楼的毕加索作品展厅，有几个刚刚入学的小学生坐在地上，手握画笔面对大师的作品在认真临摹。而在华盛顿的航空博物馆，同样有不少儿童看得入神。这表明，即使是商品经济高度发达的资本主义国家，也并没有将一切淹没在"一切向钱看"的冰水之中。一个国家，一个民族，只要还打算生存下去，就必须有这样从小就受到科学、艺术熏陶的人民。纽约中央公园的游人则少得多，这或许是由于美国人太耽于工作？抑或是这个公园太大？这里林木蔽天，绿草如茵，十分幽静，真像到了郊野。来这儿的，除了集体游园的小学生外，多为跑步或踩滑板的体育锻炼者，绝少坐着休息的。只在公园长凳上见到几位老人，手杖斜靠在长凳旁，孤孤零零，形影相吊，他们那呆滞、落寞的目光叫人久久难忘。

此次访美，我们的主要任务和目的是考察美国社区报纸，以上所记只是闲时的零星所见，只是对美国最表层现象的一些肤浅描述，还没有涉及人所共知的美国社会弊病如种族歧视、吸毒、抢劫等，离那些有识之士对美国这个资本主义国家的深刻的理性分析差之甚远。但即便是这些零星所见也表明，美国虽然富有、强大，却绝对不是一个"理想国"，远非什么都好。"忽闻海上有仙山，山在虚无缥缈间"，这两句诗是值得将美国视作仙境乐土的人思索的。

1994年9月29日

访芬五记

1997年8月末到9月初，应芬兰航空公司邀请，我们中国新闻工作者代表团一行访问了这个美丽的北欧森林之国。

一

经过近八小时的连续飞行，我们乘坐的芬航班机已飞临芬兰上空，并逐渐降低飞行高度。从舷窗往外看去，除了湖泊就是森林，森林溶入天际，万木溅翠；云影映入澄湖，波光潋滟。当我们搜寻赫尔辛基在何处时，客机的轮子已平稳地在机场跑道上滑动了，这个机场就像是在森林中开辟出来的，或者说，是森林将机场荫蔽起来了。

芬兰的确既是万湖之国，又是森林之国。由于第四纪冰川作用的结果，芬兰地形平缓，18万多个大大小小的湖泊如晶莹的露珠洒在34万平方公里的国土上，占总面积的10%；而居世界之冠的森林又覆盖了除湖泊外陆地的三分之二，剩下的三分之一的陆地才是大小城市兴建的地方。难怪我们此行所到的首都赫尔辛基、古城图尔库、工业重镇奥卢等城市都仿佛淹没在林海中，尤其是在赫尔辛基，我们乘坐的大巴不管开到哪儿都是翠黛扑面，给人的印象是四周的森林在不顾一切地大举"入侵"城市，而城市又似乎是在吃力地抵御着压境而来的森林。至于市内街头巷尾随处可见的湖泊则真如芬兰少女"蓝色的眼睛"般妩媚澄澈、闪闪发光。这一切造成了芬兰这个北欧国家独特的迷人景观。

到赫尔辛基的第一个早晨，我穿过下榻的索考斯酒店前的马路，就步入了可名之为森林公园的一片绿地。这儿大木蔽天，芳草如茵，穿叶而过的斑驳的金色晨光在草地上、花叶上闪烁跳跃。四周宁静，无市嚣之乱耳；空气清新，若醍醐之沁胸。沿林间幽径步百余米，一片波光照眼而来，赫然竟得一湖，湖上晓雾初仃的鸳鸟、羽毛闪着蓝光的野鸭群集湖边嬉水、觅食，根本不在意人来。我坐在与它们仅几尺之距的湖边长椅上，亦任由鸟们在身边飞起飞落，在啁啾的鸟鸣声、湖水轻轻拍岸的哗哗声、风中树叶的吟唱声组成的一片天籁中，整个人似如轻烟般化入了澄静的湖水，融进了透明的虚空，一种中国人特有的"天人合一"的感觉竟在这远隔万里的异国他乡油然升起，一时竟不知此水何水、今朝何朝、人在何处了。

二

提起西方发达国家的城市，人们便自然想起那个以直上云霄高达百多层的帝国大厦和世界贸易中心大楼为标志，一到夜晚密集的摩天大厦的闪烁的霓虹灯光便将那一片天空染成了五彩夜的纽约，这个纽约也的确折射出美国人爱冒险、寻求刺激的精神。芬兰的城市却与此迥然不同，就赫尔辛基、奥卢、图尔库等而言，这些城市除了各色教堂的主体塔楼呈箭头状耸然直指蓝天外，其他的世俗建筑物，从国会大厦、政府办公楼到大学、酒店、商店、居民住宅等等，都尽量在平面展开而绝少挺然耸峙，它注重的是厚重的体积、有致的造型，而非纵向提升的高度。这些城市建设的又一特色是保留了不少古色古香的中世纪古建筑，它们经历了数百年沧桑而保存十分完好，派头十分绅士。那窗框加了装饰边、窗棂雕镂精美、窗后可见华贵窗帘的窗子，令人莫名其妙地会想起月夜里骑士在窗下为窗内名媛贵妇唱小夜曲的古风古韵。与这些古建筑物毗邻的新的后起的建筑物则在形式上、风格上尽量与之保持协调，但在整体一致中又各有特色，绝无千人一面、千楼一式之弊病，不像我们见惯了的火柴盒式的所谓"现代化"建筑。

在改革开放的今天，中国城市的一个显著特征是城市面貌在日新月异地急剧改观，几乎每一个城市每年都有旧的建筑物消失新的高楼大厦涌现。愈是经济发达的城市其面貌变化就愈大愈快，有的城市甚至成为一个似乎永远不会竣工的大工地，到处都是脚手架的攀升，塔式长臂起重机在挥洒。而在芬兰，城市建筑的格局已经定型了，那里看不到大兴土木的场面，即使有，也是局部修葺或扩建而已，大街上那些比肩而立的古代的或现代的各式建筑都是一副扎根大地、永垂不朽的模样。从这个不同点，也可反映出中芬两国正处在经济发展的不同阶段上。

倘徉在赫尔辛基尘埃不染的街道上，置身于古代浪漫情调和现代摩登风格融汇的建筑群中，眼前不时飘来旖旎的湖光树影，我心宁静——没有在纽约体验到的那种高人际的密集的建筑物和它在阳光下的巨大阴影造成的威压与隔膜，也没有东京那万千霓虹灯明灭闪耀引起的晕眩和迷幻，而是油然生起亲切温馨之感，如对朋友，如逢故人——这也就是芬兰人给我们的印象吧。

三

与狗偕行，这是芬兰城市常见的一个景观。

狗的种类当然五花八门：从几乎半人高、四肢粗壮躯体孔武肥硕得熊一样的巨犬到细小精致得可作掌中舞的袖珍犬，从猎豹般夭矫轻灵毛光水滑呈流线型般的猎犬到长毛纷披只露出两眼和小黑鼻头的狮子狗，都在招摇过市。它们小跑于前，狗的主人，或为老翁老妇，或为绅士淑女，或蓄朋克发型的小伙，或穿牛仔裤的姑娘，则手执一绳一链尾随其后。狗们仪容整洁，规行矩步，从不乱吠。狗主人则目不旁骛，神态肃然，步履从容，通过链子或绳子，主人和爱犬之间似有一种精神上的感应和默契。在芬兰，似是人去得的地方狗也去得。人和狗共乘一小轿车自是天经地义，主人上公共汽车狗也跟着上，主人逛商店狗也跟着逛亦理所当然。而当主人在公园长椅上小憩或与别人相聚时，狗则蹲于一旁或蜷伏于椅上。——访芬十日，我们没见过一条无人牵领到处乱跑的狗，每条狗都有它的归宿，每个狗主人都将它视为同类视为朋友，对它关爱，对它负责。在那里，没有也不会出现奇货可居一哄而起大养其狗大牟其利直至造成诸多弊端的勾当，因而也就没有也不会有靠行政干预限养乃至打狗之兴趣，这于狗于人都是一种悲剧一种遗憾。

实际上，芬兰人是将自己和他所养的狗的关系置于人和自然的这种大关系之中。他们生在那样一个大自然对之恩宠有加的环境里，没有人比他们更贴近大自然，更懂得大自然的真谛了。他们将大自然视作自身生命的外延，当然要善待环绕他们的一切，比如树木、森林，比如湖泊、海洋，比如狗，还比如出没于森林、湖泊、城市的各种鸟类。

在赫尔辛基的海港码头，当在那儿集市上做生意的人们收摊后，成群的大海鸥就蜂拥而至，它们展开长长的双翼，嘎嘎叫着在我们头上的低空里风筝般飘飘荡荡，晃晃悠悠，如悬如浮，然后飞落地上寻觅摆摊人遗留下的可食之物。它们在来往行人的脚边绅士般行走，脖颈一缩一伸，视人如无物，而人对它们也习以为常，视若不见。"这要在别的地方，还不得马上被逮住吃掉呀！"伙伴开玩笑说。而赫尔辛基市中心的广场则是成群自空而降的鸽子的地盘，它们身披灰色羽衣，粉红色的脚爪宛如穿上了小巧玲珑的红靴子，经常斜歪着可爱的小脑袋用乌溜溜的黑眼珠瞅人，憨态可掬——我想，只有经过长时期的和谐共处，人们真正从理念上、情感上、行为规范上将这些小动物当作人类的朋友，才会出现今日这种与鸥鸽相亲的场面吧。

四

芬兰是发达资本主义国家的后起之秀，其经济在20世纪80年代中期获得长足发展。在北方工业重镇奥卢，我们访问了高科技园。据该园负责人介绍，这个仅有11万人口的奥卢有三个科技园，其中以创办十五年的高科技园规模最大，号称"北方的硅谷"，在欧洲是第七家、在北欧是第一家（全世界有800家科技园，数第一的是美国于1949年建立在硅谷的高科技村）。目前，该科技园有100家公司，2000名科技人员。园里可提供最新科技信息和科研成果，使科研人员、科技项目能及时同各种生产公司衔接上，使科研成果迅速推广到国际市场上去。该负责人认为，科研成果能否及时转化为生产力，关键在大学能否积极与生产部门（公司）建立联系。奥卢在这方面有独特优势，它是芬兰北部文化中心，也是世界最北部的一个大学都市，有一万多人的奥卢大学与科技园相距不远，该校教授多在驻科技园的各生产公司兼职，从而促成了科研与生产、教学与实际的联系与交流。我们参观了科技园的食堂，那里准备了各类饮品和食品，随时可取用（也就是喝一杯咖啡或牛奶，啃几片面包或食个热狗之类，绝不会像吃中餐似的要搞各种程序、完成一个缓缓的过程）。主人介绍说，有很多交流活动就是在食堂进行的，教师、科研人员、公司老板、管理人员都可在此用餐时自由即兴交谈、有什么疑难问题只要站起来一问，准保当场有人回答。

这种简捷简便的午餐沟通方式，倒真像那些简洁明快的几何、数学公式一样，将复杂烦冗的自然关系（在社会上则是人际关系）简化了，难怪能出高效益。

芬兰的远程通信技术在世界上处于领先地位。生产鼎鼎有名的诺基亚移动电脑的诺基亚公司的一个分部就设在高科技园不远处。该公司已有125年历史，以前曾做过造纸、木材、电缆等生意，自20世纪60年代以来则以生产电子通信器材为主了。目前，奥卢诺基亚工厂共有4700名员工，生产从光缆到大型计算机通信网络设备的世界一流产品，他们生产的、在中国也日见走俏的诺基亚手机，可以接通世界各地，还能做传真、计算机用，并和世界联网，可谓神通广大。近水楼台先得月。我们注意到芬兰的男男女女几乎都在腰间挂一手机，当你见到他们将手机举到耳际边走边嘀咕什么时，安知与他们对话的人会在距他们千万里的世界的哪一个角落呢！

当然，在芬兰国民经济中最具传统特色并占最大份额的还是森林工业，它分为木材加工业和造纸工业两大类，历史悠久，技术先进，设备完善，在世界森林工业中居于前列。我们在卡扬尼参观VPM森林造纸厂时，主人介绍说，整个欧洲都很重视对芬兰森林资源的保护，从20世纪初芬兰国家就为保护森林立了法，规定砍掉多少必须补上多少。工厂加工木材时为了不污染环境，采用机械加工，而且选择某种树种。一些特殊用纸还靠进口。造纸厂为了保护环境，污水经过处理后可用来饮用。正因为有了这一切，芬兰的天才会那样蓝，水才会那样碧，树才会那样绿。

五

我们由赫尔辛基北上工业重镇奥卢，由奥卢起步卡扬尼，然后到卡亭库塔疗养村，再飞回赫尔辛基，接着乘客轮去瑞典斯德哥尔摩，又由斯德哥尔摩飞返芬兰古城图尔库。在图尔库，主人安排我们乘坐"匹加老人号"汽船进行了一次经内陆河直入波罗的海的夜航。

"匹加老人号"是保留有数的几艘旧式汽船之一，专门用作此类航行。芬兰朋友说，江泽民总书记访问芬兰到图尔库时也曾乘坐过此汽船。出发时已是下午8点，由于芬兰白天长，所以此时光线仍很充足，船舱里乘客满满的，他们大多为外地来的旅游者，当然也有本市居民。我们这几个黄肤黑发的中国人夹在这群白种人中间，自然很"隔路"，但在感觉上却似乎已和船上的乘客们相处很久了。比之美国人带几分天真和好奇的开朗、直率、外露的性格，芬兰人则显得沉稳、朴实、内敛；比之日本人待人带几分倨傲或谦恭的拘谨、尽礼、周到，芬兰人则显得随和、平易、坦诚。访芬几日，所到之处，凡接触过的芬兰人对我们这些中国人都友好、热情。当你成为他们的客人后，人们是衷心希望让你满足和快乐。吃过自助餐之后，暮色渐渐降临，汽船真正在夜航了，船舱里气氛热烈。游客们围坐在一个个餐桌旁谈兴正浓。我问：此行目的地何在？答曰：在前面一小岛。当汽轮泊靠这小岛时，我才知道什么叫"弹丸之地"——这是个比篮球场大不了多少的由裸露在海面上的礁石形成的小岛，上面有住宅，但主人早已不在此居住了，此岛仍以此人名字名之。在这里，游客们又在蜡烛光映照下，在凉凉海风吹拂下品尝了一顿由这个夜航的组织者早就准备好了的晚餐。这时，船上的乐手奏响了"金色的年华舞曲""考特加的玫瑰""莱拉圆舞曲"的欢快旋律，游客们就自发地成双结对地在木板搭成的船坞上一曲一曲地蹦跳起来。专程陪同我们此行的芬航中国地区总经理帕沃·倪米宁先生已年近六旬，一路上照料我们的食宿、游览、活动极为认真负责，办事不辞辛苦，为人沉静持重，对女性彬彬有礼，颇有长者风，这时一旦手之舞之，足之蹈之，我们就发现他变了个人似的，动作洒脱，热情奔放，兴高采烈，至少年轻10岁。在他的感召下，我们中的年轻人也加入了欢舞的行列。如果不是身临其境，谁又能想象，在去国万里外的一个巴掌大的小岛上，四周是夜沉沉的大海，风声浪声乐声中，星光灯光烛光里，我们几个中国人会和一群素不相识的芬兰人共度如此良宵。而在返回的航程中，所有的乘客都对着临时发给的人手一册的乐谱，在乐师的伴奏下，击节自娱，唱了一首又一首芬兰歌曲，其中甚至有俄罗斯民歌，当我们两个年轻的旅伴主动站出来演唱中国歌曲时，气氛达到了高潮……

我注意了一下，船上百来名乘客几乎都是四五十岁以上者，二十来岁的年轻人几乎无有。这些成年人似乎只是为了夜航本身，为了在海岛上品味一番传统餐食、唱几首传统歌曲、跳几曲传统舞蹈而来，但我似乎体会到了他们内心深处的某种怀旧情绪，"……我们曾经荡桨在绿波上，我们也曾历经艰辛四处奔波流浪……"这一代人在取得了今日的成就之后是要重新体验一下今朝不再但值得留恋的昔日时光吗？

但是在我们下榻的索考斯酒店一楼舞厅里打发时光的却几乎是清一色的年轻人，且以二十岁上下的女孩居多。芬兰女性是法国作家、学者丹纳领曾称道过的典型北欧妇女，高大、匀称、健康、丰满、白皙，有如夭矫的白桦，双瞳浅蓝似幻似梦，金发拂肩如缎如丝，行走起来富于弹性，的确是一道可观可咏的风景线。她们在舞厅里一曲接一曲地跳"蹦迪"直至深夜。整个舞厅乐声震耳，节奏火爆，动作剧烈，舞姿单调，而姑娘们乐此不疲，洋溢着蓬勃的青春活力，当然也是一种情绪的发泄，有的少女跳得入迷，连中间小歇在吧台向熟人打招呼也是一手举杯，同时扭胯做出一个曼妙的迪斯科动作，叫人为之莞尔。我的年轻伙伴主动相邀，被邀者毫不作态，欣然与之共舞……

芬兰人可亲可爱，真的。

1997年11月12日

编后余言

很长时期以来我一直断断续续地在写，什么都写，论文、消息、通讯、报告文学、时评、文评、艺评、杂文、随笔、小说、诗词，等等，都试过，但都似乎随风而逝，自己也觉得没劲。直到一次有感而发写了《深深的海洋》一文，才好像找到了一点久违的感觉，觉得这类文字比较适于自己。于是跟着感觉走，哩哩啦啦写了十数篇类似的散文，自知才疏学浅，不敢妄称"文化散文"，姑谓之史论性散文吧。当然，也有若干篇什归不进这个范畴去，但风格大体近似。

大凡爬格子的人文字写到了一定数量，就想编个集子。我本凡夫，岂能免俗。于是，将这几年写出的"史论性散文"收拢一处，又将这以前的自以为与此沾点边的若干短文也从乱纸堆里翻出，编成这本散文集。

关于散文，已有许多种定义和说法。我没研究，卑之无甚高见。不过我想，散文必须有"神"，这个"神"就是文章的思想内涵，这是散文的骨架，弄潮于时代洪波也好，濯足于生活小溪也罢，笔端最好有一种历史感，一种哲理性。没有思想承载的散文注定发虚、发飘，掂不出重量。此其一；其二是散文必须扮"美"，这个"美"就是文采风流，就是文章写

> 米萝文存：凡圣之间

得漂亮，结构精彩，文字华美，说得干脆点，散文即"美文"。这是散文的形貌，就像美女吸引眼球一样，只有美文才能引人入胜，欲罢不能。

至于这本集子冠以何名，久思未果。一日忽有所悟：收入本集子的文章写到了各类人物，巨人也罢，小民也罢，雅人也罢，俗人也罢，皆非绝对，他们都可能由圣入凡或超凡入圣，凡圣之间有一片无比广阔的自由转化空间，和尽情展现的天地。这正是我们活着还有味道，还有意义，还有期待之所在。遂以"凡圣之间"名之。

收入集子的文章绝大部分都曾在各类报刊上发表过、转载过。它们之分为三辑自有其理由，看看便可了然，毋庸多说。每辑文章基本按写作或发表的时间先后为序，于中似可看出一点行走的轨迹。

承蒙著名文艺理论家、北京大学中文系教授谢冕先生作序，得使拙作顽铁生光。我与谢先生从未谋面，但谢先生欣然命笔，不仅衡文，亦且说画，其中警论，深获我心。这厢衷心谢过。

还要感谢朱晶先生和北岗女士。作为多年的朋友和文界同道，他们为这本集子写的文字，暖暖的让我感动。其说文论事，用的其实也是一种散文笔法。我以为，即使你写的那人那文一钱不值，你的文章也能够因将其为何不值一钱分析得鞭辟入里，描扮得惟妙惟肖，而价值千金。所以，此二文收在这里以为压轴，是因其本身具观赏性，至于它们写的那人那文究竟如何，是否真如他们所言，已无关紧要了。

今后当然还会继续写点类似的文章，但愿能比现在这些要好。

2003年4月19日
于人生易老轩

附：

凡圣之间的精神遨游
——读易洪斌散文集《凡圣之间》

朱晶

与洪斌结识三十年，彼此鲜有倾谈。这次有幸先睹其散文书稿，得以聆听他的心声，是我很高兴的事。文学的交流，可能不如言语对话那么直接，但同样可以推心置腹，甚至会更细致而有回味的余地——当然要有《凡圣之间》这样真诚的文本。

首先吸引我的，是洪斌忆念父母的三篇文章。能够通过文字重温、倾诉自己对双亲的真爱，是幸福的。每个人都有难忘的骨肉亲情。《龟虽寿》以一只"灵龟"午夜叩门起笔，收束于母亲病逝后哥哥"戚然的目光"。"那只乌龟消失的菊花丛下。一阵风来，金色的花瓣飘飘洒洒……"为全文罩上一股肃穆、诡异的氛围。往事回忆平实细腻，作者的感受自然而动情。母亲从不穿新衣，手里是"永远做不完的针线活儿"，白天操劳家务，晚上还要陪老伴儿"熬夜"——父亲搞"科研"，母亲就翻小人书或报纸，"不懂也要看嗫！"（人物方言语气词，增添了地域情调）到了半夜，不管生活多么困难，总要给老伴儿冲一个鸡蛋。母亲没有留下年轻时的照片，"我"在亲戚那里找到20世纪30年代一张四十来号人的家族合影："母亲站在第三排，刚露出个头，齐耳的短发，梳着刘海，颧骨微高的瘦削的脸上，一双大眼睛流露出淡淡的抑郁——大约是因为其时父亲正负笈云南没在身旁吧。""我"的记忆里，忘不了母亲带小弟看病，为小弟输血而自己咯血的情景，忘不了母亲冬日等在路口扫煤屑的身影，忘不了家人远行，母亲孤独地坐在门前发呆的神情。最令"我"痛悔的是，"文革"大串连回家，母亲盼望"悌伢子"能住上几天，可"我"仅吃了几口便饭便上路，把动乱年代孤苦伶仃的母亲留在了身后。"神龟虽寿，犹有竟时，腾蛇乘雾，终为土灰。"洪斌感慨于人之晚年那如落日即将暗淡下去的景象——"然而母亲，这个文化程度不高的旧式家庭妇女，却敢于直面这余绮散尽的时刻。"

  1989年12月一个严寒的日子，我在长春送走了我的母亲。洪斌特地赶来吊唁。可我压根儿不知道，十个月前他也经历了巨大的失母之痛。多年过去，洪斌怀念母亲的真情依然深深打动我，使我由衷地敬仰这位慈祥可亲的南方母亲，并确信：一切善良、有爱心的母亲在天性上都与伟大相通，而饱经沧桑、操劳不息的母亲，虽然一辈子平凡而寂寞，但她们的人生毅力更强韧，人格更高贵，爱心则更博大而圣洁。

  洪斌笔下的父亲执拗而高古，是个"穷则独善其身"的知识分子。他出身西南联大，满腹经纶，辗转多方落在中学施教，"作为有抱负有脾气有个性的男子汉，却时乖命蹇克制忍让清贫一生。"《寂寞的风景》微妙地点染了父亲对儿子那威严而含蓄的爱，写出了他"烦于应酬，拙于应对"的孤独性格。《凡圣之间》有两处精彩之笔。一是"我"从父亲临终前的表情引发的想象。"不管何人，遑论凡圣，在由生入死，出生入死的那一临界点的表情都是内心体验的最真实反映。""我"想象着：弥留状态下的父亲先是见到四年前故去的母亲，她"头发变黑，眼睛又恢复了神采"；然后他逐一看到了先他而去的两个儿子以及他的父母好友……一生的历程于眼前恍然闪回，怀着对"宇宙形式新问题"的发现，徜徉在他"诗词中不止一次描写过的鲜花绽放、灵山奇水"之间。这是奇崛的幻想，又是对老人心路的真切体察与领悟。二是父亲过世后，翻阅其手札日记，打开他的精神世界。77岁的父亲几乎七年不间断地记下了晚年的科研和思想的心得。据统计，他的研究涉及如电磁波、光子能量、波粒二象性等十几项人们生疏的物理数学问题，同时又计划撰写《唐诗三百首读法》《唐诗三百首绝律别裁》等著作。老人"说大人则藐之"，对牛顿、爱因斯坦的理论提出尖刻的诘难，而关于"金钱的贪求和享乐的贪求，促使我们成为它的奴隶""只有不为世俗污尘所染的人才有超时之见"等"人生真义"，则力透纸背，昭示了一种"生命的自由自主之境"。洪斌"展卷超然识父风"："凡人也可如圣贤一样臻于英雄之境——奋斗到生命的最后一息"，由此生出"凡圣之界在哪里"的喟叹。父亲"寂寞的悲壮"给洪斌的启悟，有同于王小波在"沉默的大多数"那里引申的思考，即生命的价值和思想的权利是每一个人固有的，不可被任意贬低或剥夺。

《你绝望的眼神让我心碎》，亦属一篇动情之作。它表达的是一种生态时代宏大的悲悯精神。人类素来被称为"万物的灵长""宇宙的精华"，就全球生态伦理而言，如果把人视为"圣"，那么动物界就是"凡"了。文章从环境与文明的关系考察"凡圣"间的失衡，发出了"人们，你们要警惕啊！"的呼吁。

中国古代两位哲学家有一次闲游濠水，于桥上凭栏观鱼。

庄子说："鲦鱼出游从容，是鱼之乐也。"

惠施不以为然："子非鱼，安知鱼之乐？"

庄子反诘："子非我，安知我不知鱼之乐？"

作者由此引出动物感知、感情能力的探讨，并认为"提出动物情感问题的庄子比阐释了相对主义认识论的庄子更高明"。之后列举大量令人发指的人类虐杀动物的事例，笔调沉痛而雄辩，进而提出这样的哲思："如果说，承认和维护人的基本权利是个道德问题，那么，这种道德要求是否也应包括承认和维护动物的基本生态权利？如果答案是肯定的，那么，剥夺、践踏动物的基本权利无端造成动物的痛苦、恐惧乃至死亡，是否和剥夺、践踏人的基本权利一样，都是反良知、反理性、反道德的行为？"

这的确是个逻辑思辨上十分尖锐的诘问。处理与自然界生物界关系时，人类到底是善还是恶？是诚还是伪？面对越来越严重的生态灾难、物种灭亡，人类是否能够遏制自己的贪婪和破坏欲？

我理解，"君子远庖厨"与宗教的"不杀生"并不是一回事。人与动物"基本生存权利"的平等必须有一定的前提，即要保障人类的根本利益。当"疯牛病""禽流感"肆虐，大批量的"杀生"似乎难以避免，而随意虐杀保护动物则也应受到法律的惩处。在现代条件下，笼统提出"征服自然""战胜自然"可能已不具备科学意义。恩格斯在《自然辩证法》中说得好："我们不要过分陶醉于对自然界的胜利。对于每一次这样的胜利，自然界都报复了我们。……阿尔卑斯山的意大利人，在山南坡砍光了在北坡被十分细心保护的松林，他们没有预料到，这样一来，他们把他们区域里的高山牧畜业的基础给摧毁了；他们更没有预料到，他们这样做，竟使山泉在一年中的大部分时间内枯竭了，而在雨季又使更加凶猛的洪水倾泻到平原上。"恩格斯所说的生态破坏，如今的地球人似乎变本加厉。从这个意义上，我赞同洪斌发出的警示，而且不无悲观地看到，在地球有限的生态资源与人类无休止的"开发"之间，远远没有出现均衡或抑制的迹象。

《凡圣之间》最有特色的部分，自然是洪斌称之为"史论性散文"的篇章。这些足可傲视群雄的历史文化散文，在史迹、情采用和理趣的结合上别开生面，无愧为当代散文的鸿篇佳构。

此类文章的思古之幽情，大体有两个触发点：其一，聚焦历史风物，展开联翩畅想。如《千年等一回》，观览"世界第八奇迹"西安秦代兵马俑，"心驰神往，梭巡于浩远的历史长廊"，追思中国统一之源、兴盛之路。而《西出阳关（阳关三叠之一）》，则游走"羌笛流云的塞外"，在一片坍如土堆的"墩墩山烽燧遗址"，遥想当年"雄关绝域，大漠征人"。其二，回眸古代风流人物，宣叙内心的英雄情结。《他成全的是历史（回望西楚霸王项羽）》《霜锋铮（回望游侠荆轲）》《回望霍骠姚（阳关三叠之二）》皆为古代豪杰的个案述评，《英雄》《啊！大师》却属于中外群英的散记综论。

这组历史文化散文值得赞赏的，首先是流贯其中的严谨而恢宏的历史意识。洪斌毕业于北师大历史系，历史是他的专业。他精通历史，尊重史实，善于发现史实与史实、史实与现实之间的内在联系。英国历史学家霍布斯鲍姆说："历史对当代社会的主要启示建立在历史经验和历史前瞻相结合的基础上。"这正是洪斌散文所蕴含的历史韵味，他的选材着眼于史料的现代启迪价值。这里不戏说，不编造，不做"翻案"文章，更不热衷于什么"另类史观"或"历史的B面"。

其次,历史情境的宏阔和深远,构成了这组散文特有的容量、气势和沧桑感。《千年等一回》,面对秦兵马俑,作者"为这两千多年前熔铸进的一代雄魂所震慑",又悟及现实中"当年一统中国的遥远回响",可谓"思接千载"。秦王扫六合;汉代铁骑北击匈奴;大唐李世民"以马上得天下";宋、元、明三朝七百年,经济中兴,西藏归入祖国,郑成功收复台湾;晚清闭关锁国,近代中国遭受百年屈辱……尽收笔底,单篇散文涵括如此历史规模实为当代文坛所罕见。如果说,能够在梵蒂冈圣彼得大教堂、西斯廷礼拜堂、佛罗伦萨米开朗基罗大广场、巴黎卢浮宫、纽约大都会艺术博物馆、莫斯科特列恰柯夫美术馆留下观赏的足迹,已经不乏其人,那么,可从意大利三杰米开朗基罗、拉斐尔、达·芬奇说到中国美术大师齐白石、徐悲鸿,把中国古代画杰八大山人朱耷与西方现代派大师毕加索相比较,同时历数李白与杜甫交谊、梵高与高更反目、徐悲鸿与林风眠互敬之轶闻,却是非易君莫属了。《啊!大师》,从文化角度铺展了别一片艺术史的广阔天地。

当然,谁也不会忽略,洪斌散文的情绪冲击力、思想感召力来自其英雄情结。历史英雄,是他集中描绘、多次诠释、反复咏叹的主题,是他凡圣之间精神遨游的关注焦点。《英雄》开篇即借古代"望气之术"阐发作者的英雄观:"这就是人间英雄气,这是天地正气,阳刚大气,沛然浩气,它照亮人寰,激活历史,让开明盛世气白色阔大,令萎靡之世一振疲癃","这种英雄气辉映在杰出人物奋发图强、百折不回、乾坤再造的宏图伟业和开通历史关隘的英雄壮举中,也炳耀于凡夫俗子临危受命、仗义助人、成仁取义的志士诺、烈士血中"。《啊!大师》又有更生动的描述:"大师是丘陵起伏中的峭壁奇峰,是绿荫连绵中的虬枝神木,独钟天地灵气,偏得日月精华,就像一株太过强大的植物摄取过多的营养水分一样,周围其他的植物就难以长得同样高大茂盛而细小平常,所以大师在芸芸众生中总是稀少的而且往往是孤独的、高傲的。他的思想、行为、作品总是不随流俗与众不同。大师与世俗的矛盾几乎成了规律性的现象。"这里说的是文化英雄。

"大音希声"。这种对英雄、英雄气质、英雄精神的弘扬与呼唤,在当今文坛颇为独特。洪斌笔下的历史英雄,最令我震撼的,是刺客荆轲,是失败的英雄项羽。古义士"刺客",近年被影视界热炒。《秦颂》之后,一部命名《英雄》的"大片"被送到美国求奖而未得。据说,该片创作曾受"9.11"事件启发,"要给'9.11'之后的世界一个'说法'"。于是,历史被篡改,"刺客"最后臣服于秦王,成了"强权政治"的陪衬。《霜锋铮(回望游侠荆)》(载《作家》2003.4)中的荆轲,依然是伴着"风萧萧兮易水寒"上路,带给秦王两份厚礼:秦逃将樊於期的首级和燕国督亢地图。结果,"图穷匕首见",荆轲血溅秦廷,用他的话来说:"事所以不成者,以欲生劫之,必得约契以报太子也。"文章考察了后世对荆轲刺秦的不同评价,既不赞同"诚知匹夫勇,何取万人杰"的否定态度,又不唯道德评价是从而无视历史的大势,从而廓清了这段历史书写的若干混乱。正视荆轲刺秦的正义性和悲剧性是明智的,这不但因为那个时代所崇尚的"临危受命、见义勇为、千金一诺"的道德时尚和人格风度,并未丧失其现代魅力,而且,为弱小者请命,以生命反抗强权,"能够站在自己生命之外、生命之上来审视和使用自己的生命,这就已经超越了'自我',在精神层面上达到了英雄的高度"。《他成全的是历史(回望西楚霸王项羽）》，对比刘邦的政治权术来记述和解析项羽的历史命运，同样充满智慧的光彩。我注意到，文中有关霸王别姬的情节写得极为简略。扩大了说，除了虞姬，这组散文几乎看不到女性形象和女性英雄形象，这不免令我稍感遗憾。作为读者，不能苛求作品提供自己感兴趣的东西，但对历史而言，脱离女性的男性叙事是不完整的，易于造成历史视角的偏失。洪斌散文的历史陈述，在质地、节奏和力度上已形成自己独特的风格。

例如人物描述：

"秦王政'蜂准，长目，鸷鸟膺，豺声'，生就一副异相，后人有以为非此非常之貌不足以副孟轲'五百年必有王者兴'之雅望，但据郭沫若考证，这种体貌特征表明嬴政患有软骨症和气管炎，并由此推断出他幼时受人轻视而形成坚忍、好胜、残暴的性格。"（《千年等一回》）

再如场面描述：

小船载着亭长和乌骓刚刚从项羽含泪的目光中远去，刘邦的追兵已至，又一次围住了项羽。项羽身边只余二十余骑。他令众人下马，与汉军短兵相接。项羽上自己抖擞神威，一柄长剑织出一片寒光闪闪的剑网，汉兵又伤亡数百人。但增援者有增无减。

项羽浑身上下伤痕累累，体力严重透支。他知道，活了31岁，最后时刻终于到来了。这位传奇斗士提起最后一点力气站定，仰望乌云奔走的天空，呼出一口长气，手中宝剑戟指对面一员汉将"你不是我原来的部将吕马童吗？听说汉王用千金万户来悬赏买我的头颅。现在，我就成全了你吧！

话音刚落，他手中的利刃就如一道雪亮的弧光飞上了自己的颈项，鲜血如殷红的骤雨刺目地溅飞开来，高大魁伟的身躯山崩似的轰然倒下，激起了悠

久的历史回声……（《他成全的是历史》）

紧扣史实，项用文言，句式多变，叙述融入描写或夹入史制考据的解说或插入点评言论，辞采与理趣交映。这种古朴、激情与理性的融汇，造就了文本意境的雄浑美和沉吟美。从整体上说，篇幅的洋洋大观，文风的汪洋恣肆，语言的沉郁华丽，正与作者史诗性的构思、熔岩欲喷般的倾诉冲动相协调相适应。

全书的压卷之作无疑是《深深的海洋》。此文发表后被《新华文摘》全文转载，1998年荣获吉林省长白山文艺奖，足以表明它的人是和价值。邓小平恰如文中引述的爱克曼对歌德的评价："这位非凡人物及其精神可以比作一个多棱角的金刚石，每转一个方向就现出一种不同的色彩。"作品的成功在于诗情与政论的结合，文章突出邓小平晚年的辉煌，兼顾其政治作为与人格魅力，有力地展现了这位"世纪老人""集文治武功于一身，融理论与实践为一体，既继承又开拓，虽屡踣而屡起，挽狂澜于既倒，扶大厦之将倾"的伟大历史风范。

大散文需要大襟怀大手笔，需要作家人格、学养和思想的充分修炼。多年来，洪斌学史、习文、办报、挥毫，才高业精，出类拔萃，堪为吾辈表率。"易郎善文复善画，大笔如椽画骏马。"前辈范敬宜先生的赞许十分中肯。这里，请允许我摘引1996年笔者读洪斌画马写下的一段感言：

宋人刘道醇说："善观画马者，必求其精神筋力；精神完则意出，筋力劲则势在。"法国画家马蒂斯认为，"离开换号泥细节地反映动态，一个人就能获得更高的美和宏伟。"我觉得他们的见解有共同之处。正是这种超越物象追求传神的结构简化与手段纯化，把绘画导向写意与象征，一旦艺术家的功力能将对象特质与人性与主体素养、学识、理想相熔铸，就会使画作在精神层面达到与诗、音乐和哲学的沟通。由此，我理解了洪斌为什么竭力要在笔下摆脱"凡马"的躯壳进而追求"神骏的风度与气韵，也正是在这个意义上，洪斌的马已不再是马，而成为生气勃勃的美的精灵，成为旨趣丰富的艺术符号。

洪斌的散文大约也正在追求这样的境界吧。

2003年5月26日于长春湖西路

中国史魂与中国英雄

——易洪斌的"史论性散文"读记

张未民

一

易洪斌将其散文创作结集为《凡圣之间》出版，使我们得以一窥其创作整体风貌。当我们将其在眼中打量在心中掂量，才发现有一个收获时刻在等待着人们——这不光是作者本人的重要收获，也是他的读者，是散文创作界的一份新的收获。

我们已经强烈的感受到了这本散文集中那些主要篇什张扬的个性、强势的文风，我们甚至可以使用"风骨"一词来衡称其文，用"才情"一词来彰表其人，我们知道"才情"一词早已被人用滥，但虽如此，用在易洪斌先生其人其文上却并不过分；而"风骨"一词甚为古老，但今人的散文浩繁如海，能称得见出风骨者，恐也在少数。我们把易洪斌的散文毫无疑问地看成北派散文的重要收获，它的硬度，它的雄健，它的恣肆，都多少可见当年鲁迅评价北方作家时所用的"力透纸背"一词所显现的样子和文风。这是一些有着生命感的文章,历史已被血性熔铸,而情感则将知识稀释。谢冕先生在为该书所作的序中说"他是自成一家的","那就是进步的史观和精深的史识,以及气势磅礴的文风","都是一些很强悍、很坚韧的文字","为文有大气势,不以精细委婉见长,而追求风格的遒劲放达","奔放热烈,旁征博引,汪洋恣肆,气象万千,于述事中饱含情感,这些,大抵可称为易洪斌文章的大格调"。这些评价是有其理由和见地的。

但应该说,易洪斌散文仍然给评论界出了一个难题。无疑,"他是自成一家"的,但对这自成的"一家"应该如何表达?他的文章有着时下流行的"大散文"的格局,也颇像所谓"文化散文"的路数,可如此定位总是有些不适,作者也许意识到此,所以才自称为"史论性散文"。如果用时下流行的"文化散文"来比较,易洪斌散文的着眼点并不在文化,他并不是在那里感慨文明的升降、文化的沧桑,乃至思考文化的理数,在历史的废墟旁借史咏叹文人的胸怀;他的散文的着眼点直接就是历史,他为文有一种把握历史的强烈欲望,在这里历史并未虚化为一个文化的问题、一种文化的沧桑感、一种文化的喟叹,而以一个仿佛政治家、历史家的立场来回望历史、掌握历史、臧否历史,所以才有这种类似走在司马迁"究天人之际"、曹孟德"煮酒论英雄"、张艺谋电影论"英雄"等评说千古、指点江山、激扬文字这样一种路数上的文字,那些纵横捭阖的"大气"所呈现的是一种偌大"抱负",并不是一般文人的"视野"尤其是"文化视野"所能涵盖,于是有"史论散文"云云,如果暂无更恰当的词汇,倒也不失为一种"自成一家"的表达。因为我们深切地了解,易洪斌先生历史专业出身,而长期主政省报,在他的政仕生涯行将结束时期写下了这样一批散文，正可以看作他政仕上远未实现的抱负的转移。他的散文颇类电影大片《英雄》所为，极尽逞胜审美才情之能事，其实所支撑于内里的，完全是他的政治的才情、历史的才情，评说历史并不流于一般的文化观念，而是将历史与时代比肩，以今时代重大动向来重整历史秩序。即便专就历史专业而论，所谓历史观与史识，乃至史论的含意，其背后的实质也完全是一种政治高度、政治意识的把握与评说。我们毫不怀疑作者是想在散文创作上释放才情，因此并不能像我们去读郭沫若、顾颉刚、翦伯赞、张荫麟、苏秉琦、夏鼐、张光直、许倬云等历史家的文章随笔那样以史学为上，但究其内里，仅用文艺家乃至文化家的范畴也解释不了这种才情，而正所谓"江山不幸诗人幸"，政治才情，历史人情和审美才情三者的融汇才有了这样的一批散文创作的新收获。

二

于是我们可以拈出二点来具体评说易洪斌的史论性散文，一曰史魂，中国的史魂；二曰英雄，中国的英雄。

先说史魂，易洪斌史论性散文的一个主题方向是对中国史魂的追寻。什么是中国的史魂？我想这是中国作为东方国家独有的形态在时空长河中流淌所显露的那种一脉相承、一以贯之、一泻千里的物质的和精神的物质。中国之所以为中国，是因为中国在几千年历史中绵延不绝的，是一种东方国家理念，也是一种历史国家形态；中国之所以为中国，不但在于它顶立古今统领四方的国家法统，更在于它在世界上少有比肩的大规模国家实体、大规模人口、大规模文化和领土的完整性，在于它这种偌大完整性于长时段历史上的绵延稳态所形成的历史整体性,世无其匹,世无其比。中国的国魂是一种史魂,中国的史魂即为其国魂,而抓住天人之际,兴亡之间,时而蔚然大国气象万千里而离分断裂却不绝若线的中国之史魂、国魂,则为数千载中国英雄人杰所把握之时代大势、国之大脉,这大势大脉拧成一股,就是统一的历史动向,就是统一与分裂的历史较量所展现的血与火的汇流。读易洪斌的散文,之所以要读成史论性散文,就在于你会发现作者正在做着追寻中国史魂的努力。《千年等一回》抒写于两千年中国历史的回环之间,文命所系思虑所系者,在于抓住并大力突出表现了统一这一中国史魂。《回望霍骠姚》之霍去病的英雄风采完全是建立在汉朝大一统功业的基石之上,没有中国这种一统的江山伟业,霍去病纵然天作英才,又能英名几时?而笔墨恣肆精彩的《回望西楚王项羽》一文,之所以对项羽脱帽致敬,是因为他"成全了历史";作品抓住了项羽之所以"不肯过江东",之所以自刎了断一世伟业声名这一历史悬念,肯定或颂扬了他不过江东、不割据一方、不延缓战争、不延缓统一的英雄意志。至于写一代风流谢安的英雄神采,放到淝水之战这统一与分裂的大战背景上去写,而我所遗憾的是,作者似乎已被谢安的风流才情和神话般的人生情节所吸引,却没有指出淝水之战的胜负在中华统一的历史脉络里的意义和局限,因此谢安或其对手前秦符坚,都没有像项羽一样"成全历史",而是"历史成全了他们",尽管他们也英才勃发,智慧了得,但在中国史魂的意义上,在统一与分裂的大历史境界比较中,他们终究不能归于一流英雄,终于不能与那些创造中国历史、成全中国历史的大英雄并肩而立。至于那篇给作者带来一些名声的《深深的海洋》,力写邓小平这位当代中国之父,其把握一代伟人的生平,也是在中国史魂的精神线索中凸现了邓小平的中国功业。中国功业，延续、再造、发展中国的功业之谓也。

纵观百年来我们对中国的认识，对中国史魂的把握和理解，虽然形态上也有进化论的史观、阶级论的史观、反封建论的史观、现代性的史观、人性论的史观、民族论的史观，爱惜战争或群众论的史观等种种表现，但实质上都是基于中国危亡的自古没有之局势，基于中国统一与分裂的忧患意识，基于中国生存荣辱的史魂。在偌大中国遇到了一个异己的西方体系的世界化强势浪潮后，能否保全中国绵延几千年的特性和传统，能否保全中国的历史血脉中的整体性而自主地立于现代世界，需要现实性的回答，也需要历史的回答，这就是百年来中国史魂的主题仍然以在传统历史遗产规模基础上的统一和强大为旨归的因由所在。而中国的生存，这个"只有一个中国"的中国的生存，没有统一和强大，将不复为"中国"，在现代世界尤其如此。而在古代，尽管有分裂时期，有少数民族的政权时期，仍然有"中国"之传统存在，仍然有中国统一的强大社会观念存在，仍然有"中国"存在，但现代世界不同了，西方的强势和民族国家体系使这一切都失去了条件。在新世纪之交这些年，我们关于中国史魂的认识应该说是越来越清晰了，这倒不光是海峡两岸"一国两制"之于中国历史发展上的问题突显和紧迫，而更主要的则在于我们实行市场经济、融入世界贸易体系，在于中国于全球化的政治、经济、文化态势愈演愈烈的情境下，如何将几千年来的中国整体性、主体性得以维新、保存和发展，统一与分裂的挑战再现了新时代的重大意义。因此有人颇有道理地批评一些清帝题材电视剧的帝王思想，但究其理，当代人对康熙、雍正等帝王的中国功业的国家性认同，是其有意无意地忽略或误读历史，从而把有清一代的严酷统一、文字狱等荒谬史实视而不见的真正原因。易洪斌的散文大作，同样也不用一般道德家或文学家的眼光,而对秦皇的暴政、对项羽的恶行忽略或者看轻,却倍加崇敬他们于中国统一的丰功伟业,这也是他真实感受到了这个时代中国人对中国史魂的向往、追求和期待,于是他将政治才情和历史才情毫不吝啬地施展于笔端。

三

再谈英雄。易洪斌史论散文的另一主题方向,是对中国英雄本质的挖掘。

近年来由于电影《英雄》的风行,又一次引发了人们对英雄概念的关注和探讨。我们不能说易洪斌对英雄主题的关注,对英雄、大师、圣者的倾情与此有关联。易洪斌对英雄的倾情之情结,是其政治才情、历史才恒生和审美才情个性化的必然结果。但应该看到,近年来英雄话题的兴起也有其中外文化语境的必然。

在集中作者倒是写了一篇长文《英雄》,论列中国历史上各类英雄,照应到了方方面面的辩证,在平凡与英才之间、凡圣之间做了平衡取舍。但只要细观全书,作者时时流露出的对英雄的倾情,则并非一般意义上的英雄,这英雄就是中国英雄。他所倾情者如项羽、始皇帝、荆柯、汉武帝、霍去病、王安石、文天祥、谭嗣同、张骞、郑和、李世民这些只有在"中国"的意义上,在中国的国家意义上才发生重大意义的大英雄,均所谓天下英雄是也。在古代的观念里,天下英雄也即中国英雄。

近年来兴起的英雄话题并不是很长一段时段以来人们对社会和文艺中崇高与英雄主义的呼唤的延续,并非一个纯然的首先化的问题。它是在一个特定的历史时记得需要提起的"英雄",它不是呼唤而是感受英雄、论说英雄。问天下谁是英雄?冷战后存在的世界多极化倾向和单极化势力使"英雄"一词的含义敏感起来,平添了天下大势下英雄话语的复杂性,文化冲突和利益冲突,恐怖主义和反恐,暴力原欲和反暴力原则,民族国家和世界帝国,上权和人权,全球化和反全球化都使人们对英雄的期待,对英雄的诘问成为一个备受关注的焦点。而就中国而言,对小康富足感和对现代科技与法制文明的依赖,都使往日叱咤风云纵横天下的英雄感不免寂寞,遂使英雄的话题既有突兀感也有应时而起之势,尤其像易洪斌在散文中所张扬的英雄情结,以及如张艺谋在电影《英雄》中所阐释的英雄观念和天下英雄的境界与本质,都显得今人击节而又费解,会引来不少对英雄话题的诘问,乃至讨论或炒作。我想指出的是,这肯定又是一个需要在世界、在中国这样大范围、大规模时空上论评英雄的风云际会之时,如果我们的小康之福仅就个人或小团体的富足而言,也许不会有多少英雄感;但只要将不学完福扩展至中国这样的大范围、大规模,它就无可置疑地属于英雄感的本质范畴;而如果自古以来就挺立如巨人的"中国",它的特性、传统和历史仅仅被解释为西方式的"民族国家"或现代性的演进,也不会有多少英雄感,但只要将中国看成"世界的中国""天下中国",哪怕是"亚洲的中国"(梁启超语),它也无可置疑地属于英雄感的本质范畴,它的小康,它的安全,它的进步,它的整体性和主体性都将具有全球意义的非凡性质。其实对中国而言,无论你主观上认为它处于一个英雄时代也好,还是处于一个非英雄的时代也好,就其本质而言,它都是英雄性质的。只要你在中国的意义上来论得失、衡优劣、品高下,英雄的含义、英雄的意义都必然要来临,具有中国意义的,必然是英雄的,同理,天下或世界亦然。因此，我们从电影《英雄》和易洪斌散文中的英雄主题可以得出这样的结论，即他们所探索的英雄本质，在其根本上，是一种中国英雄，或者天下英雄。

所以，他们的英雄话语，才有汪洋恣肆、气象万千，才有所谓的"大格调"。那是一种舍生忘死、舍小逐大、舍个体而求普世性大同的大局观、大政治、大历史，是对大英雄的追念和向往。尽管英雄盖世，也不免"青山依旧在，几度夕阳红，是非成败转头空"式的最终悲情，但不管怎样，这些天下英雄、中国英雄，终归还是英雄。

行者的追寻

张玉芬

一

易洪斌先生的散文集子《凡圣之间》即将付梓出版，有幸先读了他这部集子里的散文书稿。其实他收在这部集子里的大部分散文在发表之初已经引起我的关注，十分喜爱，早就盼望着它们能够集合，列队而出，也好更方便收藏赏读。

洪斌先生，周围的同事和他的朋友都称他"老易"。作为吉林日报报业集团总裁，他从事新闻工作已三十多年，进入报社领导班子也已近二十年，可能是现在全国新闻传媒中资格最老的老总了。尤其是老易1990年主持吉林日报社全面工作，继而任总编、社长、报业集团总裁的这些年来，正是报业竞争烽烟四起、报业改革如火如荼之际，老易以一个资深新闻工作者的敏感与良知、远见卓识与认真负责的事业心、孜孜矻矻地和报社领导班子及全体员工一道，在全国抢占改革先机，在新闻改革、新闻职称评聘试点、使用激光照排以告别铅与火、实行网络智能化采编以逐步摆脱纸和笔、试办自办发行、内部体制机制改革、干部聘用等等方面，都曾在报界先行一步或同步，从而使吉林日报社的改革与发展一直与时俱进。三年前，在省委省政府的支持下，又大胆迈出新的步伐，组建吉林日报报业集团，后经国家有关部门批准，吉林日报报业集团正式运营，现在，各项改革正在深化之中……

比老总的资格更老的是老易的文名。20世纪70年代，刚出校门不久，老易就开始发表理论文章，成为吉林省"文革"后最早投身文艺、美学理论探索研究的年轻学人之一。此后笔耕不辍，出版过多种美学论著和文艺理论评论集，不少观点和篇章被转载，或收入学术年鉴和理论文集。

老易还著有小说、散文集，其中有的篇什在20世纪80年代初随着"伤痕文学"一起被翻译和介绍到国外。

理论文章因其学术性而易干瘪枯燥，而阅读老易的评论文章和美学著作却如读美文。他的《维纳斯启示录》《美学漫谈》《两个人的世界——爱情审美双向流程》等是在尝试以散文笔法写理论著作，至今仍不失其特色。

老易开始写大散文是近些年的事。但起笔宏阔，立意高远，引起业界及读者相当的注意。尤其是他的一批史论性散文发表后，得到普遍好评，被专家认为是"奔放热烈，旁征博引，汪洋恣肆，气象万千，于述事中饱含感情"而"自成一家"。

在他的这部集子里我最喜欢他写父母亲的那一组散文。在这一组散文里，老易将他情感世界的深厚、细腻、敏感展露无遗。这几篇散文我读过多遍，每读完，我都要从心底里深提出一口气来，才可以正常呼吸。但眼前那个渴望着父亲抚爱的年过半百的游子的形象久久挥之不去。那字里行间凝聚着的对父母的缱绻深情、对无法改变的人生大限的痛切无奈，无奈之余情到极致而产生的一种美好的设想与信念，都感人至深。

常常觉得越是最深的情越难以表达，越是最切的痛越无法描述，欲说还休时，往往都是"天凉好个秋"了。父母与子女的感情无疑是天底下最深刻的情，父母过世也会是最彻骨的痛，表述这种情与痛，无疑也是最难的事情。在文学界写父母写得好的文章为数不少，老易的这几篇文章可圈可点。

史论性散文无疑是这部集子里的亮点，是分量最重的一部分。我不敢妄评他的这一部分作品，我觉得我的能力不足以分析。但他这些散文磅礴的气势，华美的文采，缜密的思绪，深厚的文化含蕴应该说开卷就会感知。那是纯男人的散文，男人的视角，男人的文笔，男人的怀抱。他抬眼就是滚滚的历史烟尘，举笔就是伴随着滚滚历史烟尘而来的千古豪唱，把一个雄性的符号写到了最大。

老易的笔下是"真英雄就有真性情"的项羽，是伴着"风萧萧兮易水寒"上路的刺客荆轲，是永远24岁的霍去病，是"率情任性，将一生以风流潇洒出之，却又建旷世之功盛誉流传后代"的谢安，是多棱角的金刚石般的非凡人物邓小平……这些历史上的英雄人物都有一个共同点，那就是都具备人格、人情、人性的超拔率真，高洁高尚的自我完美，丰满独特的个人魅力。

《英雄》一篇，可谓作者对历史上"英雄"的总论。对英雄也下了一个定义。他说："所谓英雄，就是这样一种人：他们无论是置身于历史事变的尖端，肩负贯通历史的重任，还是混迹于市肆，斤斤于引车卖浆的区区琐事；亦无论居庙堂之尊，贵为王公，还是处江湖之远，贱为草民，只要正义需要伸张，公道需要主持，危难需要援手，壁障需要破除，他们都会义无反顾、舍生忘死地全力以赴，表现出压倒一切困难、冲决一切罗网、抛弃一切私利直至生命的英雄气概。"

"英雄是真正的精神贵族，是社会的宝贵财富，他们的精神世界非庸夫俗子所能窥其堂奥，他们的作用亦非任何别的社会力量所能替代。"

在所有的文体里，散文应该是最见真灵性的，就像一颗松籽长出来的必定是松树一样，无论怎样应景、做作的散文，也总会流露出作者的真感情、真思想。老易无疑对这样的一些历史上的英雄人物充满偏爱，有着强烈的认同与共鸣。一个以英风烈慨、崇高雄壮为自己审美理想的人，也必然鄙弃吝陋屑小之气，苟且委琐之态的。但有时有点大男子主义，如《羞答答的玫瑰静悄悄地开》一篇，在老易众多作品中稍显另类，也较有趣，却显露出一种男性的优越、男性的强大和看女人的男人视角。

二

其实提到老易的散文，就应该提到老易的画。老易在亦政、亦企、亦文的同时，还是个颇有知名度的画家。老易提起画笔的时候，已届中年，在一般人看来，应属修身养性之举，但老易却偏似突然闯入画坛的"黑马"，出手不凡，一鸣惊人，而且时间不长，就数次举办个展，出版了《关东三马》《易洪斌画集》等。《国画家》《书与画》《美术观察》《美术》《人民日报》《经济日报》《光明日报》《中华新闻报》《中华收藏》等数十家报刊发表了其数百幅画作，不少还对之做了评介。他的画作有的获奖，有的被收藏，有的被收入画集，还参加过在美国、韩国、加拿大、印尼、香港等地举办的画展。

老易创作的国画作品中，马是不变的、常画常新的主题和主体。古人将各色好马名之谓花骢、绿骥、紫鹿、苍龙等，可知马的非凡与高贵，亦可见古之智者对马的偏爱。于马情有独钟的老易对马有更独到的诠释。他认为，对以写意见长的水墨淋漓的中国画而言，马最具"写"的要素。"马不是马，而是时代的精灵，是志在四方的猛士，是闪电霹雳，是一种上天下地横绝六合冲开一切险阻开通前进道路的力量，或者说，它本身就是历史的洪波大浪。"应该说，这样的马正暗合了老易的艺术审美理想，是其心神之所系。

其实画马谈何易？在古代，曹霸、韩干、李公麟、赵孟頫、任仁发、仇英等画马名家如高山耸峙，现代画马大师徐悲鸿更是横空出世，其他如黄胄、尹瘦石、刘勃舒、韦江凡、贾浩义、张广等画马高手亦壁垒森严，在他们之后、之外还有他人驰骋的自由空间吗？但易洪斌硬是凭自己如滚雷行天、巨浪排空的阔大气势，神龙飞动、意象万千的思想含蕴，画出了个性，画出了风范，画出了让人过目难忘、神采别具的"易家马"！

"易家马"在苍茫无羁的时空中随心卷舒，自由升腾，是"神马"之精，"龙马"之魂。

在他的激情之美洋溢于作品之间的同时，他的江南才子对美的难以压抑的追逐之心，使他的画作里还有另一番情致。或秋水伊人，或花、鸟、鱼、虫，皆情致盎然，生趣别开。那该是老易心中最柔软温馨，最绮情浪漫的一部分，带着湘江雨露、楚韵离骚，情深意远，神秘奇异，亦文采斐然。老易曾这样表述过他的美学观点："文史哲熔于一炉，感性与理性相济，使我的审美趣味由偏向轻柔一变而崇尚雄伟、粗犷、遒劲、深邃、豪放。我相信，打破时空的壁障，让历史之河一泻千里的，首先是壮伟之举,是浩然之气,是力,是铁,是拼搏与奋斗,是奉献与牺牲。"

在老易的画作面前,你忽略的是那种技艺的雕琢与巧趣,在心灵上冲击我们的是燃烧的热烈,是蓬勃的生机、张扬的生命,是一种汪洋恣肆奔放豪迈的激情,是其源源不断的、频繁的艺术冲动。他追寻的是健康、原生,是自我的释放、精神的超越。只有一个对世俗日益放弃了追求,对一般意义上的生存桎梏能够冷眼相对的非常放松的人,目光才会这样直达生命本质,笔触才会这样狂放。其艺术美学思想的展现,蕴含着的丰富的历史内涵和昂扬的时代精神,产生了强大的震撼力和感召力。而这些与他的散文是一脉相承的,蕴含着五千年中华文化的民族灵魂。艺术处理氛围营造,则显示了作者通过艺术形象思维对历史所做的客观的、人生的、哲理的考问和评价。他的画笔与文笔也更进一步走向了思想的辽阔,无羁奔放,无一不在表述雄阔的胸襟和情怀,呈现出一种无阻无碍博大深长的气象。

作为画家的老易,凭着他对历史的把握和对哲学、美学的理解,对艺术的悟性与灵感,恰到好处地通过艺术形象融入人的情思与理想,使一幅简约的画面,也蕴含着说不尽的情韵和彻悟。作为作家的老易,又将摹影绘形,准确捕捉瞬间形象,挥洒写意、天马行空的艺术想象,用于文字之中,大笔勾勒,使你如临其境,如闻其声,使每一文字都蕴含着丰富的信息,留下无数想象的空间。

集子里收录的长文《你绝望的眼神让我心碎——写在世界环境日国际纪念大会召开之际》,作家从"人之为人的高贵尊严和对生命的珍爱敬畏之心""人与自然、人与非人生命的关系"的高度,呼吁"非人类动物与人一样有平等生存的权利,有与人类并列的尊严",提醒人们警惕"对非人动物的奴役与虐杀,最后结果将是一个除了人类自己的喧嚣外,再也没有任何天籁和其他生命的瑰丽大合唱的枯寂世界"。

与此相映成趣的是画家的画作《仁者》，在这幅一改以往绘画风格的画作题记中，画家写道："一支年代不详、以杀伐为生的武装队伍，不知从何而来、向何而去，没有谁能止住他们坚毅沉重的步伐，当之者必将遭遇一场血战。但是此刻，一个小小的意外使这些铁石心肠的战士猝然止步——就在他们的脚前，跌落了两只嗷嗷待哺的黄口雏鸟，两条幼嫩无助的弱小生命……"此题记就是这幅画的画面形象的解读，画家说"谨以此献给世界动物保护行动"。

在这文里、画里，画家与作家的目光已穿越时空，以悲天悯世的情怀和人文思考，直达生命意义的终极，其对非人生命的生存权利的张扬，对人类命运乃至我们生存的地球甚而整个宇宙的忧虑与关注，使他的这些文与画闪耀着别样的光彩。

老易文与画相映生辉的还有关于项羽的故事。在《此恨绵绵》等几幅画作中，项虞悲剧被艺术家处理得惊心动魄挥之不去。在题为《他成全的是历史》一篇散文中，老易更用他一贯纵横捭阖、挥洒自如的笔墨，对项羽做了全方位的表述和评价。

文与画已成老易思想的两翼，或以绘画寄托思绪，或以文字直抒胸臆，使他成为清醒而深邃的艺术家，激情而放达的学问家。

三

老易是长沙人，嬉戏于麓山之野、忘情于湘水之滨，这是他关于童年的永远记忆，直至如今，"常莎""米萝"的笔名，还是他永远的乡愁。

难得听老易带着一份自豪、一份情感用娓娓的湘音讲述他家乡的一山一水、一草一木、人文自然、童年趣事。踏上湖南的土地，走进长沙，就如踏响了一架多声部的钢琴，那明山秀水间出没着的中华民族的伟大人物，如屈原、船山；如黄兴、蔡锷；如毛泽东、杨开慧……他们的人格、他们的精神，他们瑰丽传奇的人生，以及以这些人物为代表的悠悠历史煌煌文化都震撼着你的灵魂。

岳麓山为衡山之足，就坐落在长沙市内，高明广大、林壑清幽，近瞰湘江，远观洞庭，"寺庙相踵、院墙云连"，许多历史名人、著名学者、思想巨子在这儿留下了大量的历史、文化遗迹，岳麓山的最大特色就是儒、释、道三教共存，相互交流融汇，自然与人文历史双璧辉映，使"天人合一"成为今日岳麓山的灵魂。

岳麓山下的岳麓书院是我国四大书院之一。是几千年正统儒文化传递的驿站。世称"千年学府"。"惟楚有材，于斯为盛"，道出的就是岳麓书院作为天下最辉煌的英才荟萃之地的历史事实。

老易儿时的家就在岳麓山下，就读的湖大附小原是一座立有"文武官员到此下马"拴马桩的文庙，就在岳麓书院的旁边。"那积淀着民族审美心理的红墙金瓦、石狮古柏，以其感性、直观的'有意味的形式'，给幼小的我上了民族文化的第一课。"（易洪斌散文《我心中的山，心中的水》）。课余假日，老易和小伙伴们跑遍了岳麓山野，熟透了岳麓书院、爱晚亭、云麓宫、黄兴墓、蔡锷墓；饿了吃野果，渴了喝山泉。在溪间游泳、在池塘边钓螃蟹，躺在山腰处自己用树枝搭成的窝棚里看云起云飞，日升日落，站在山顶上与兀立的山鹰一起观碧空帆影、湘流浩荡，无羁的思绪，想象的翅膀就在云端展翅翱翔了。灿烂的文明、优美的大自然与一颗混沌初开的童心是如此和谐地融为一体，这样的幸运不是每个人都能得到的。"故乡的山、故乡的水用它既旖旎蕴藉又古色古香的美陶冶了我的心灵，给了我灵气，我之所以从小酷爱文学艺术，成年后又与美学、文学、艺术等结下了不解之缘，那根由，不就在此山此水吗？""我之所以成为男子汉，在我的性格、气质的整体结构中，不是还能找到这最初砌下的基石吗？"（易洪斌散文《我心中的山，心中的水》）。确实，故乡的人文自然已做成了他的骨血，塑成了他生命的一部分，奠定了老易人格修养、道德胸襟、审美追求、甚至品味情志的基石。

在岳麓山的半山腰上，老易儿时住过的那栋湖大宿舍至今仍掩映在变幻的树翳云影里，砖墙依旧，门窗依旧，似乎儿时养的那只猫儿还在那寂寂的窗洞里爬进爬出。老易记得那楼前该有一块当初盖楼时遗下的大石头，小时候常在那上边爬来爬去，觉得它大得很。那石头至今还在，但上面已绣满青苔，显然再没有一个如儿时老易一样的孩子在上面爬来爬去了。无疑，老易与那楼、那石一样都早已留下了岁月的痕迹，但那楼里的爱恨情仇定还在上演着，老易也早已在另一块土地上演绎出了一段有声有色的人生了。

1968年的冬天，毁灭文化的"文革"达于高潮之际，刚刚从北京师范大学历史系毕业的易洪斌一夜之间如飞蓬飘落到了披风沐雪的长白山。一辆运原木的大卡车将易洪斌拉进了长白山腹地。那一天大雪纷飞，呵气成冰。老易虽然在当地人的关照下，戴上了狗皮帽子，围上了大围巾，裹上了棉大衣，但彻骨的寒冷还是使他的双脚冻得肿胀麻木几乎失去知觉。但那莽莽茫茫的雪山，郁郁苍苍的森林，那大声哗笑、大口喝酒又古道热肠的山民们，给了老易强烈的震撼……

有人曾撰文探讨过易洪斌文与画作中的楚文化背景与"骏马秋风塞

北"的长白神韵之间的关系，因之所形成的艺术风格。

更有人说那湘风楚韵、人文精神已做成了他的文化结构与生命底色。同时也将北方边民性格中特有的那份强烈、鲜明，那份粗犷、雄豪，渗入了自己的血脉。

白山黑水的熏陶，冰天雪地的锤炼，江南与塞北的真气凝结，深厚的楚文化底蕴，应该造就了一份他生命中的得天独厚。

盛夏时节，北方的阳光已泄露了炙热的消息，但登上长白山，浩荡的山风却仍然砭人肌骨。山的这边厚厚的积雪虽然已经变得绵软、粘涩，但执拗地不肯融化；山的那边，星星点点地开着杜鹃花，花朵虽小，却异常绚丽，在阳光下灿灿生辉。这是长白山特有的景观，如四季之神憩息聚会之所。沿着松江河一侧上山的路线，已铺就了整齐蜿蜒的石头阶路，从山脚一直修到山顶，拾阶而上，你不能不感叹人的伟力，自然的神奇。山顶，其实是火山口，俯视下望，就是那一泓闻名遐迩的天池，天池水波不兴，凝然不动，神秘莫测，像山的一只独眼，漠视天空，漠视一切。

在山顶，老易站了很久。山，是大山，蟒势龙盘；风，是山风，浩荡无羁；云，或飞动，或滞重，飞动的是流云，舒卷游走，旖旎浪漫；滞重的是浓云，黑压压地罩住了山头，弥漫了山隙。那一瞬间，老易的眼神有些苍茫。

他在想什么？想人与自然的关系，想人的命运，人的爱、人的孤独？他在想以往的岁月，还是湘风楚韵又涌上了他的心头呢？

岁月流转，三十年后，老易再踏上长白山的时候，已很难再找到当年痕迹，在那棵几百岁高龄的松王面前，老易也不由得叹息"人活不过树哇"。最近，几个朋友先后谢世，使他不禁常有一些岁月沧桑的伤感，将自己的"中之虚斋"也易名为"人生易老轩",让人油然而生酸楚与慨叹。

人生易老,但有些人是不老的,也正如一株树,秋天来了,凋零的只是叶子,枝干里蕴满的是更加成熟与旺盛的生命。

四

夏日的科尔沁草原,天气出奇地好,晴和、高远、明亮,天格外地蓝,云格外地白。近处的草野斑斑驳驳的,显然是退化和缺乏保护的结果。远处却依然是一望无际的绿,如正在呼吸的海洋,绵延起伏直至与天相接。空气有些干燥,风中流动的气息却十分好闻,那是青草、树木、迟开的花甚至是牲畜的粪便所混合发出的香气,浓郁、丰富、温馨,让你没来由地感到一阵阵生命的躁动。一群马正在草原上啃啮青草,忽而东、忽而西,俯仰自在。这些马显然不是老易笔下的龙马、神马,但也还不失剽悍、俊朗,老易十分喜欢。说也奇怪,那些马似乎天生与老易相熟,竟都任由其接近,抚拍。老易身穿深色衬衫,头戴牛仔帽,与那群咴叫的马一起映衬在晴朗的天幕上,直如一幅游动的水墨画。

老易的天性里似乎确有与马的精神相近、相通的地方。老易画画从不写生,接触马与各种动物的机会也不多。但老易初次骑马,对马的那份感觉与自信,那份相依相得就像找到了自己心灵相通的伙伴。

与闲暇时的老易交谈或一起活动,是轻松和快乐的;走近老易,感受他内心深处的丰富与渊深,系统地欣赏他的文、他的画更是受益多多,收获颇丰。但老易很少臧否人物。以他的性情、品质,肯定对一些人与事不屑不齿,虽然有时也"冷眼看鸡虫",但他不说,而且把许多关系、许多事都处理得圆融通达。我想这一方面是他囿于身份职责所系，更重要的是他宅心仁厚、悲天悯人，对人对事总抱着一种体谅的态度。

但老易对人对一些生灵的欺凌与杀戮却常常愤懑不已，激动之态溢于言表。

老易从不吃狗肉，看不得老虎等大型动物在动物园的笼子里焦躁地踱步、徘徊，一些人对野生动物的豪餐、甚至将孔雀这种美丽的生物都拿来吃，他更是深恶痛绝。他不仅把他对狮、对虎、对羊……对一切生灵都有的这一份敬畏与恻隐之心，表现在他的文里、画里，他还积极倡导保护环境、替野生动物呐喊的报道，甚至有时亲自布置题目，使充满人文情怀的文章屡屡见诸报端，发出主流媒体的声音。

丰富而又单纯的老易，深厚而又阔大的老易，复杂而又率真的老易。他的内心常在现实与理想、浪漫与禁锢之中挣扎，优雅而又寂寞。

生命的质地，最终决定着文学艺术的质地。老易以文人之姿质入仕、为文、作画，始终没有脱略文人本色。多年的从政生涯，不仅没有改变他这种中西方文化交融所形成的人文情怀，反倒使他更加开阔、深刻、练达。他的文气、他的知识修养、他的个性追求，以及他生活际遇所形成的人生感悟都融汇于创造的形象之中，他的某些作品在明显地追求一种宏观驾驭，一种人类品格的凝聚与升华，一种对人生、历史的深刻理解，一种于繁杂现实中提炼出来的时代精神。而他所追求的精神表现的艺术主张，也必然在更高的层次上形成画家与作家独特的艺术语言。

老易的社会职务很多。除吉林日报报业集团总裁以外，老易还是中国报纸副刊研究会副会长、省委宣传部副部长、省散文学会会长、省新闻工作者协会主席、省美协主席等等。如果说每个头衔都是一副责任和义务的重轭，那老易就是在重重重轭之下了。他百般忙碌，文章与画作却愈趋多样、丰富，其数量与质量都让人惊叹。而且其文从容旷达、沉郁深致，其画纵横挥洒、情致多端，无应景流俗、浮躁庸陋之气。老易人到中年的时候积数十年的学养，使自己潜在的艺术禀赋得以发挥，人生进入另外一种境界，生命焕发出另外一种光辉。这种在时间的流程里对生命的处理方式，正是一种意志，一种力量，一种对工作、对创造的持久热忱和虔敬。

老易曾在其文艺评论集《一分历史十分情》的跋中说，"历史每挪动一寸，往往都是无法计量的情感乃至生命的消耗……以此来表达为文为论之艰辛亦未尝不可。"但不也正是这种艰辛和拼搏，使生命奔放、高贵，使有限的生命融入无限的历史长河从而放射光华吗？！

老易请朋友给他刻了一方图章，"难得清醒"。这显然是针对郑板桥的"难得糊涂"而言的。他又悟到了什么？他又在苦苦地寻觅什么？显然，老易对人生、对艺术在进行更为深入的思考，寻求着另一种超越。

"漫说北群空八骏，欲挽天河洗尘色。问何时，大象兮无形，耿星月。"老易南人北相，既有江南文化濡染出来的儒雅俊逸，又有东北风霜熏陶出来的威仪阳刚，始终保有对生活、对人生的新鲜的感觉和创造的激情，如嘶风的野马，激越、昂扬，充满了积极进取的精神；如坚韧的行者，勇毅、顽强，在人生的道途上执着地追求，未来自会更有一片高远的理想境界等待着他吧。

2003年5月于长春

> 米萝文存：凡圣之间

《凡圣之间》长春研讨会发言纪要[①]
（根据录音整理）

樊希安：

各位来宾：

今天我们在这里隆重举行易洪斌先生散文大作《凡圣之间》出版座谈会，参加今天会议的有高老、希林同志；省委宣传部部长吕钦文，省散文学会副会长、省电视台台长冯晨，长报集团总裁王坤，吉大新闻学院院长刘坚，森工集团党委副书记徐福庆，吉林省散文学会秘书长张凭，作家乔迈，时代文艺出版社原总编、作家张秀枫，文联副主席张未民，省政协综合处处长刘海英，散文学会副秘书长赵培光，吉林人民出版社总编辑樊希安，《校园生活》编辑姜国芝，作协专业作家金丽华，著名评论家朱晶，等等。对所有来宾表示热烈的欢迎！

易洪斌先生是中国美术家协会理事、中国作家协会会员、现任吉林日报报业集团总裁兼中共吉林省委宣传部副部长、并担任中华全国新闻工

---

① 此书曾于2003年7月在吉林人民出版社出版。

作者协会常务理事、省作家协会副主席、省散文学会会长等社会职务。几十年来，在壮大我省新闻工作事业之余，勤奋笔耕、泼墨。著有《怪侣奇踪》《美学漫谈》《易洪斌彩墨集》《易洪斌画集》等等，在我省文坛享有盛誉。《凡圣之间》荟萃易洪斌先生近年来的散文名篇，是新绽放在散文花园中的一朵奇葩。体现了他多才多艺的另一层面。该书一问世，就受到了读者们的欢迎，好评如潮。在此，我代表与会同人向易洪斌先生的《凡圣之间》的问世表示热烈的祝贺。

我现在简要谈一下对《凡圣之间》的感受。

一、从出版工作角度来看：

《凡圣之间》是反映我省乃至我国最新的出版成果的精品图书，我们省年出版图书三千余种，文艺类图书三百余种。作为出版工作者我们每时每刻都在为出版精品图书而努力。作为本书的责任编辑，作为本书的第一读者，首先读此书的感觉是眼睛一亮。读过洪斌的几篇文章，现在集中起来蔚为大观，本书内容高雅、博大厚重。作为一个出版工作者，我对此次的出版感到由衷的喜悦。十分感谢洪斌先生能把此书交给我社出版，这是对我们的信任和大力支持。

二、从散文角度看：

《凡圣之间》是不可多得的上乘力作。近年来，散文创作进入繁荣期。洪斌走的是大散文的路子，大散文就要大手笔、大视野、需要力拔山兮的气概。大有大的好处，但大有大的难处。大而不精不行，大而垮之也不行。因此，在大的同时要有深度。洪斌的散文气势不凡，逶迤深邃，有大胸襟，发人深思。在我看来，在大散文的创作方面，洪斌的历史文化散文，与上海的余秋雨、北京的梁衡有三足鼎立之势。

三、从艺术欣赏的角度看：

《凡圣之间》这本书的最大特点是图文并茂，并围绕五种需要，各有侧重。采用了多幅图画，也有许多是洪斌平日的照片，这些增加了本书的可视性、灵动性。让人爱不释手、手不释卷，有收藏价值。

易洪斌：

首先感谢老领导、老朋友高老、希林能光临这个座谈会，对他们的到来我非常高兴。他们两位对我的工作、创作提供过许多的帮助，我非常感谢。还有省委宣传部的常务副部长吕钦文同志，这次不是从宣传部的角度请他们，而是从文艺理论家评论家的角度邀请的。还有在座的各位同志，在这么忙的情况下也来参加这个会，我由衷地表示感谢。还有一个要提到的就是希安，这是我近年来认识的好朋友。同时是我们散文学会的重要一员。他对这本书的整个过程鼎力支持，并且提供了具体的意见，没有他和人民出版社的有关同人的关爱，这本书不能出来得这么快。今天希安又亲自主持这个研讨会，对此再次表示感谢。说句实在话，这本书也不是一本完整的书，这么些年来写的东西放在一块，后来文字不够，又插了几幅图画。但这本书搞得这么精良，确实要感谢人民社诸位。至于到底写得怎么样，这就是召开研讨会要讨论的问题了。希安作为评论家和出版人，刚才热情洋溢兄弟般的讲话让我深为感动，但一些抬爱之词又让我为之汗颜，权当是鼓励和鞭策吧。

高文：

洪斌同志是我的老友，也是好友。《凡圣之间》散文集研讨会是件好事，是件喜事。让我们参加，受受教育，让我评看，我评不出水平，看不出门道。我就是受受启发，专此祝贺。洪斌同志的大作我没少看。特别是他的马，在吉林一说到马及画马的专家都知道易洪斌，谢谢各位！

刘希林：

洪斌的作品《凡圣之间》出版上市了，表示祝贺。我想这几个字"凡圣之间"，现在中国有一种风潮，天天看皇帝，特别是电视剧，已经演了好几年的"圣"，实际是一种寄托。我们凡是圣，虽然是写"圣"的人往往容易出名，写"凡"的人是不容易出名。应该是超越，应该写"凡"。我希望洪斌有条件多写点"凡"，少写点"圣"。谢谢！

米萝文存：凡圣之间

乔迈：

　　老易的这部大作，其中几篇文章在零星发表的时候我就看过，说老实话，那时候我主要觉得他的散文大气，可和余秋雨、梁衡一比。另外一个和他们并列的是李存葆。李存葆刚开始写小说，后来弃暗投明，写报告文学，成大器了。我觉得他们或可称为中华散文四大家。八大家现在还缺四大家，现在我们已经有一半了，这就是南余鲁李（即山东的李存葆），北京的梁衡，关东的老易，现在在咱们中国的散文界，他们四个人可以并驾齐驱。李存葆也不可以小觑。他原来写小说写得很漂亮，正当大家觉得他写小说能有很深的造诣时，他忽然写起报告文学，写得也很漂亮，他们四片人我认为有共同点，当然也有差异，每个人都有不同地地方。他们的共同点是都是中华民族五千年历史的产物，他们不约而同地回望历史。在这片苍茫的历史云烟中，激发他们的创作灵感。可以说他们都在用散文的文笔继承司马迁的事业。在总结中华民族从古到今的历史中，今天又重新统一起来，我们民族的心态还没有那么很清晰。也就是我们平时所说的道德水准的变化，他们都在探讨为什么，从祖先那里寻找答案。我认为这就是他们的共同点，这个精神财富实在是太丰富了。我认为今后会在21世纪出现散文八大家。他们几个还有不同的地方，我初步感觉老易和他们三个人的区别，在于余秋雨是江南才子，余秋雨属于婉约派的，婉约派的东西在余秋雨的笔下非常明显，后来他给自己"霜冷长河"添加一些阳刚之气的东西。梁衡这个人，他在深圳和京华这两个得风气之先的地方，来来回回，借助天子脚下的这个威势，写他的散文，他有他得天独厚的地方，他文笔比较细腻，但文笔缺少点大气。现在他又去人民日报社当副总编辑。李存葆既有山东大汉的风貌，又有军旅生活给他带来的气质，他比较具有齐鲁文化底蕴，比较能写大气的文章。老易的好处在于，前三个人都是高高在上的文人架势，他们是站在高处回望历史。而老易是在站在人群中瞩望人群，站在历史中考察历史。虽然老易是湖南人，但他很早来到关东，关东人豪爽热情，而且直接接触大山深处，得到了大山的灵气和东北人那种淳朴的情感，老易在这儿不居高临下。那几位重在写事，老易重在写人，他是用人来代事，而不是写史诗，中国两千多年的史诗还是写不尽，他能从普通人的角度来观察历史和人，这些人即是我的同行，也是我的兄弟姐妹。他能够和他写的那些历史人物平等交流意见。我认为这种视角比较特别，具有我们关东人的平民化的感觉。这本书非常精彩，书中有画，画中有书。而且人物画得非常漂亮。

吕钦文：

这本书周五才得到，当时看了一下，真是又喜又惊，喜的是老易实际工作很繁忙，一直是作画，早就听说他出书，没想到书这么快就出来了。一惊就是没想到他的书出得那么出人意料，这本书让你感到内涵很厚重，内容丰富，而且设计很高明，确实很好。很吃惊！人们很自然地把他和一些文化界名人联系起来。但他有他的特点。

有这么几个方面：第一个特点是以事夺人。这让人发出许多感慨，因为他是回望历史，按乔迈所说是站在群众之间回望历史，不是居高临下地指点江山，充满了人文关怀，他的事就是对五千年历史的剖析与分析，特别是他没有在叙事上故事上过多地去费笔墨，他是紧紧地抓住人物的细节去叙事，这就在我们读者的心中构成了一种意象，这部作品的意象性很强，形成了一定的历史画面，活灵活现地展现在我们面前，这是他写历史的一个很突出的特点。从人物着手去写，人物的写法和历史上的写法有借鉴和比较，从另外的一个视点和角度，抓住人物的精神气质，写出人物的悲剧性，从道德角度这些人物的气也好，度也好，写出了人物的英雄气质，这些人物不可逆转地要有挫折，被历史的烟尘所碾碎，他是在这种矛盾状态在这种悲剧性中体现人物的性格，我觉得这一点非常不容易，这是一种平实的写法，是一种还历史本来面目的写法。人物置于当时的历史环境当中，他不是干巴巴地抽筋扒骨，他是把一个人的精神气质和命运结合起来，具有一种大势的感觉。看他的画，能听见刀剑碰撞马蹄击地的声音，他有一种流动感。我看了是一种以事夺人的感觉，也就是历史风云尽收眼底，社会时代的潮涌的感觉，这种气势很好，雄健的黄钟大吕的感觉。他是对当前的散文创作流行的小情小趣那种自我的杯水风波的展示，以及那种无病呻吟的这样一种创作倾向的一种有力的反驳，有别开生面的感觉。

  第二个特点是以情感人。是散文作品的真实的情感。真诚的情怀，对创作是极为重要的，任何散文的虚情矫情或者是玩深沉，只要一读他的文字就会感觉到。但老易的情很真，他对历史人物的同情，精神气质的认同，对人物命运的关注，以及对现实生活的亲情友情方面的关注，在字里行间都能感觉到，叫人感动。老易为文之所以感人，是在这种恢宏大气的作品创作过程中特别注意到了能抓住人的情感的细节描述来刻画，而且细节是感人的、历史的潮水可以淘汰很多东西，唯独我们记下的就是一些细节。甚至是一些琐碎的，当时看起来很不起眼的。很平淡，这个东西是最真的。所有的东西都可以去虚拟都可以编写，细节是不能够模仿的，是不能虚拟的。谢冕的评论写他的父亲摸他的头，这是一个细节，后面对一些历史人物的评价也是抓住了一些细节。把它写真写深写透，这就是作品的感人处。作品的光芒，体现出来了。

第三个特点是以理服人。让人读后有所感悟。因为这种历史文化散文，不是简单的叙事，也不是一般的抒情。它充满了理趣，充满了知性的东西。不完全是一种感性的东西，让你认识生活，把握人生，关照历史，审看现实，能够得到一些哲理性的东西。也就是拿历史人物说事、说理。在这方面是谈笑风生，在这方面体现着大气。在很多地方让你看到有所悟，受到启发，让你把眼界放宽，放远。你也去回望，这种回望是回望历史，也回望自己的心灵。回望的是拉开一段距离，站在一个新的立脚点上去看问题。实际就是我们说的反思。对我们正确地对待生活对待历史有很深的启示。

第四个特点是我觉得是以文化人。就是通过他的文章显示出的一种光泽，它是一种文人的散文，也就是它是一种有书卷气的厚重的作品。文人是最容易被褒贬的，说你这个人不行，就说你有文人气，底蕴丰厚就说你有书卷气。一字之差。老易这本书书卷气扑面而来。这是作者丰厚的学养，这种艺术的修养，以及他所从事的工作和个人的经历的一种风范和文字的风格，几方面汇聚而成的书卷气。因为看了一些人的历史文化散文，有的人卖弄历史史实，有的玩技巧，有的把历史和现实进行简单的对比，然后用现实的眼光审视历史，缺乏丰富的知识内涵和深厚的人文情怀。在本书中我感受到的还有对历史和现实时间的弹指一挥间的两重天的感觉，那样的容易被历史淹没和忘怀，很多东西围绕人物作品写得很地道。这是跟他的艺术修养分不开的。也就是他在艺术上有他的底蕴，能通过文字把它表述出来。很多人有底蕴表述不出来。而他用连贯的没有标点符号的咄咄逼人的句子把它表述出来。确实有气势，感动人。是我们散文界值得庆贺的一件大事。

　　总是得挑点毛病，我觉得感到遗憾的地方就是第三部分绝大部分应该舍去。第三部分和第一部分的整体风格是不统一的。如果前面是黄钟大吕，后面就是小情小趣了。还有在芬兰的一些东西，我觉得很遗憾，可以另出一本书。因为此本书数量已经够了。从市场来说不好卖，这本书32元，很多人不愿掏腰包买它，如果把那一部分拿掉，200多页，20多块钱。这是一个遗憾。第二它是一个历史散文，文化散文，这里议论部分，就是我们说的理趣的部分，史论它不是谈史，是散文它里面就是要有一定的情感，和一般历史学家的冰冷不一样，恰恰是在这融进了一部分政论的内容。这部分文字也可以做一点改变。第三个建议，老易文章写得也很好，文章可以短一点，散文动辄万言，这种散文读起来沉闷。人物没有命运，因为命运已成定论，这样容易让人转移目光，造成目光的一种疲劳。因为是朋友，说深说浅，说咸说淡无所谓。衷心祝贺老易写出这部好的作品。

冯晨：

　　今天我们大家一起畅谈老易的散文集，我觉得对我们省的散文界来说是一件很有意义的事。在新闻界也是很有意义的事。这些年市场经济，在这样的情况下洪斌同志出版了很有力度、有文采、有气势、很有理论学养的散文集，对我们散文界来说乃至文学界艺术界来说乃至全国的艺术界来说应该说吹来了一股清风。刚才大家的发言我也非常赞同，很多同志和洪斌同志都是老朋友了，作为我的老领导、老同事、老朋友，比较了解，所以说起他的为人，为文，为画，为词等等，我觉得应该先说他的为人，因为我看过他的画之后，对他的为人有更深刻的了解。为文的东西都是能体现他的为人的东西，而且他的为文很多都能反映他的精神气质，他的性格和他多年的学养。他为人能一碗水端平，一视同仁，特别是对年轻同志，是非常善解人意的。在工作上，为人非常随和，不用势利的眼光看任何人。中国人的为人和为文强调一致性的，所以我看他写《那山、那庙、那人》，在《吉林日报》发的时候我就看到过，回顾洪斌同志的为人，大家都是非常赞赏的。洪斌同志多年从政，政治处理把握上非常到位。《深深的海洋》这篇文章十分有震撼力，第一次看洪斌同志用政论的手法写一位伟人，而且深度直逼余秋雨的散文，看过后特别是对小平同志内心世界的感悟，和一些精彩的场面历史的镜头那种语言的描绘，给我感觉冲击力非常大，不久《新华文摘》就转载了。而且我听到很多人有拍案叫绝的反应。此后，一发不可收拾。《千年等一回》《阳关三叠》这些文章看完之后，特别是《千年等一回》一文把历史的积淀多方面的素养集合在一起。他说从《深深的海洋》之后，发现这种文体很适合他，一方面政治的把握，史料上的占有，理论上的修养，性格上所迸发出的语言的气势，给我感觉他很适应这个东西。洪斌在繁忙的情况下抽出时间来看书、写作，对他来说难能可贵。看到的这些作品体现出以下特点：第一，政治上的把握，特别是为小平同志做的文章，我说文章憎命达，但是后来发表后反响还是非常好的，这是多年政治理论修养非常好的原因。第二是文章的气势，这种气势我觉得是有根的，可以说，潇湘的山水孕育了洪斌同志的才华。从南到北，如果从婉约到关东的阳刚之美，无论他的美学思想，还是历史修养，都是非常深刻的。这种潜移默化是一般人体会不到的，文章里既有婉约的情怀,让我想到鲁迅的一句话:无情未必真豪杰,怜子如何不丈夫。洪斌的确是一位钟情于历史、钟情于艺术的一个人。他的一本集子叫《一分历史十分情》,这种历史代表什么呢?也只能是他有过这种经历,学过历史专业的人才有这样的体会,而且这样多情的感悟在文章里是体会得到的。不管对人,对物,对事件,都能用自己的人文关怀去看历史,大家说是用一种很平等的眼光去看历史。文章的气势也来源于他的经历,看过他的文章都说他是大气磅礴的。《千年等一回》给人一种金戈铁马、刀光剑影的感觉。他钟情于历史也是有原因的,最主要的是对历史的把握。第三就是语言的精良,这种气势当然来源于语言的精美,更依赖于性格。是一种人生气质的挥发,学养的积淀造成的气质的挥发。仅仅一点时间谈洪斌的作品还是远远不够的,学习还要看他的全部文章。衷心祝愿洪斌同志写出更多精美的时代华章。

姜国芝:

我是17号拿到这本书,前言、后记,这本书的每一行字我没有落过,让我十分激动,如果今天我不能把这些话说出来是非常遗憾的。我非常认真地读了这本书。我不太主张纯散文作家,我喜欢"杂家",因其更丰满,更真实,不拘于花前月下。让我感动的是,他并没有在文章中过多地讲作画的辛苦和文学的矫情。他是一位文政兼容的才子。他的马有神韵。读书见其人。

他对动物的爱护让我印象深刻。他对老人正是游离于凡人和圣人之间的这种情感,他的婚姻是极其稳定的。给人们提出了很多话题,他有一种宁静致远的感觉。他的语言非常精美。我最后希望,直到您成为易老的时候还能写出这样鲜活的文章。

金叶：

　　希望我能提一点儿个人的意见，是很诚恳的，因为老易他听见的赞扬话太多了，我草草地看了一遍，我简单地说一说。我自己的散文作品不多。读这本书，我最深的感受是这是一本让人非常震撼的书，关于赞美的话我不说太多，我也不想从史论上评论这本书，我就从散文的写作上谈一谈看法，一个散文作者的风格是自然形成的，一个人的气质修养决定了他只能写这样的文章，这样才能让人觉得舒服。我觉得这本书首先是一本充满激情的书，是一本情感非常浓烈的书，它给人的首先是情感的震撼、才气的震撼。但最震撼的还是浓烈的情感，其中一种是浓烈的英雄情感，这个很重要地体现在第一部分。再有就是亲情的部分，体现在第二部分。但是我觉得这样安排，不论是第一部分，还是第二部分，甚至是第三部分都有相通的东西，而且我觉得这种重要的东西是一种非常真实的东西，那就是浓烈的爱而形成的这种作品的风格。他笔下的历史人物你会觉得和别人的不同，是用你的情怀去探寻古人的历史世界，而他笔下的父母，这两部分同样是非常感人的，无论用什么样的眼光和什么样的角度，无论他是历史学家也好是文学家也好，过目不忘的肯定是他的作品，因为您表达的是人类最浓重的情感，但我觉得不同的是您在探寻他的精神世界，你真正走进的是他的内心世界，这是非常了不起的。我觉得非常感动的就是在《凡圣之间》259页的一句话："走进父亲的内心世界……"同样的在写母亲的242页：当你的母亲在谈论张学良和周恩来的时候。我们每个人的父母都是很平常的人，而我们很少有人去关注父母的内心世界，这是我觉得非常了不起的一点，人的精神的一种升华，我非常赞同这一点。可能是儿女都是在关心着父母的衣食住行，很少关注他们在想什么，在很寂寞的时候他们在想什么。我想这是相通的，无论你是在写英雄还是在写凡人，这是一种爱的升华。我记得20世纪90年代初，作家出版社有一段搞了一个小说作者的沙龙，您发言的时候讲了对当时文坛的状况很不满意，当时文坛都是平庸之作，您提倡一种英雄主义的写法，当时文坛的情况就是根本没有人注意英雄主义，而是在歌颂着那种平庸。当时您的声音一定是非常微弱的，当时在场的人可能都没有认真去听。我觉得一个人坚守着一种信念是非常重要的，这个时候这个作者坚守着对英雄的崇拜，所以才有了《凡圣之间》这种最好的积累，是非常值得赞叹的一件事情。

下面我想说从一个散文的读者和作者的角度来考虑这本书和文章的结构。刚才吕部长讲到，有点遗憾，就是篇幅太长。这部书在我来看是20万字到25万字之间是足够的。如果20万字我一天内可以读完，剩下的重点篇章我花一些时间再读一遍，差不多就可以了，而35万字，作为一个散文精品的话，可能让人觉得有些长。长短一个是要求有个度，另外是细节和节奏的把握，刚才吕部长也谈到细节。重点我想说的是，小说必须有细节，散文可以没有细节，但我认为散文也应该有细节，好的散文的闪光点都在细节上，这是散文的透气孔，它让散文觉得非常的透气。史论类的东西让我们女人觉得很累，但散文的读者大部分都是女性，如果在散文中有一些很生动的细节，穿插起来，就可以把很沉重的东西融化开了。每个很长的东西都变成了充满灵性的东西，写作的节奏和阅读的节奏是相通的。节奏的安排和细节的把握，是有技巧的，作者的倾诉和读者的期待相吻合，这样的作品是散文的一个佳作，而不仅仅是让人感到真了不起，这么有才华，写得这么好。本身应该有阅读的快感，这是非常重要的。关于细节，有几个非常打动我的细节：第一部分关于马的部分，可能觉得没有特别感人的细节，但是在182页有一个非常感人的亮点，解放军入关的时候，一个15岁的小男孩看到解放军站岗……第一部分的细节相对少一点，而第二部分为什么那么感人，第二篇写父母的非常的长，但读起来不觉得长，因为完全都是一点一点的细节构成的，这些细节对作者来说是刻骨铭心的，而对于读者来说是过目难忘的。大概我讲到的就是这些，不多说了，挑别人的毛病也是自己长进的过程。我觉得《凡圣之间》的题目起得非常的好，虽然大部分都在写英雄，足以说明他对英雄的追求，对凡人的评价；所有的人，哪怕是自然界的动物在他心目中都是崇高的，而最终的目标就是浓浓的赤子深情。刚才说的散文大家，易洪斌的艺术才华绝对是他的长处，是他的优势，我就说这么多。

刘坚：

我和易老师见过三次面，第一次是我代表吉大新闻系去请易老师做我们新闻学院的兼职教授，在办公室里见过。第二次是在散文学会的成立大会上。第三次就是这次。没有什么更多的交往，但是作为一个作家、一个艺术家他的人格魅力非常明显。一看就是艺术家应有的气质。其实我已几年没有搞文艺评论了。对文艺的东西不太关注，后来新闻学院和文学院合办了一个专业，我带了关于纪实文学方面的研究生。因此，在考虑纪实文学发展这方面也注意了一下散文的发展情况。我也是周五接到这本书的，零零散散看了一下晚上读到三点。

我有这样一个看法，易老师作品具有大气的精神，我想他的精神形成了所有创作面貌的核心的东西，核心的东西是怎样产生的？搞研究的人首先从文本出发，当然他在创作的环节里面，在审美精神里面，是什么导致他创作的这样一个面貌？这种研究也可能易老师认为是瞎扯，我们没有想这些，但我总觉得一个作家无论怎么自由，不能离开他所生存的这个现实环境，就是说他的整个的精神要受现实环境的影响，不能不接受这个时代所赋予他的某些精神。

第二，作为一个散文作家，不可能离开这个时代的总体的审美精神，他可能没有意识到，比方说易老师可能没有意识到从20世纪80年代90年代以来中国散文是怎样的一个发展脉络，主流散文是什么状态，但他不能不读散文，读过之后，中国散文目前发展的一个潮流，审美精神他不可能一点不接受，因此他的自由的个性应当是这个时代所赋予的，同时也是个人的审美立场、审美观念所共同铸就的。因此我在第一遍读了几篇的时候，我总的感觉是我喜欢他第一部分的东西，不仅仅是大气，就是让你感觉到很震撼的东西不是语言的一种大气，让你感到喘不过气的感觉。他的东西不是沉重，是一种深邃，还不是语言上的艰涩。读完一遍之后你一定觉得没读懂，你还要读，于是这么厚的一本书让我三天读完，我说不可能。我读了几个经典作品，我认为经典的作品，按一个作家创作核心精神抓经典作品，把经典作品渗透出一种审美精神串起来，就是他整个的风格走向、文化心态和文化内涵的一个轨迹。所以我注意他的这样的文章，有的文章我看了一遍没有太好地理解。我看书一般不看作者的序，但我这次看了一下序言，看了一下后记，我发现他给自己界定一个非常清楚的定位，比如说他把《深深的海洋》作为他作品的一个精神定位，因为该文他才找到感觉，因此他说由于《深深的海洋》的缘故，他不想称自己的散文是文化散文，他想称它为史论性散文，这是他的一个定位，后面他谈到一个为什么要用《凡圣之间》的书名，他说在凡圣之间有一种无比广阔的转化空间，实际上这种观点从审美角度讲是从历史的角度，从人类学的角度来看，他是一种历史的印证关系。跃动在易老师的创作灵魂中的是一种总体上的历史思考和历史审美核心形成的历史观，是一种历史精神，之后众多的历史精神在他的作品形态中表现出来。比如说这个名字，《凡圣之间》按照易老师书后讲到的，他是在偶然间想到这个名字的，其实这种凡圣之间的转换正是历史的一种运动，农民起义就是凡推翻圣，然后王朝更替，这是一个历史重复运动的过程，在这个过程中，诸多历史意味在里面。我觉得易老师在挖掘凡圣之间的转化过程中的逻辑历史观，凡圣正好是推动历史的两个基因——人民和英雄。我比较欣赏他的一句话，乔迈老师讲到易老师和余秋雨的散文之间的差别，其实余秋雨的散文也属于一种历史散文，那么他和易老师的不同在于什么地方呢？易老师的散文讲究在历史的隧道里关照文化，关照人的生命形态，也就是他的生命过程以及社会的更替带来的这种思考。他的一部作品是他辩证史观的表露，他评论英雄，他为什么对英雄有这样的感觉，在易老师的散文里我觉得我们看到他的题目了，我们再看他的作品，我更集中地读它的一和二，三部呢一是没时间，二是不像一和二那样费劲，重点抓一下，易老师自己讲他的精华在这里，我读这类东西，他谈到了英雄和历史，大师和历史，他的《父亲》我觉得迸射着一种亲情，刚才金丽华谈到，亲情是他散文的载体，当然最表层的是他的文字，然后第二层载体是他对亲情的阐释。亲情后边还承载一个东西，就是关于对父亲母亲生命历程的感悟。我看到他的写母亲的作品后就是对沧桑历史的一种感悟，如果单单从亲情的角度来讲我觉得还不够尽，我读来还是觉得是对人的生命的过程中人和人之间的一种历程的思考。

还有就是女性和历史，最典型的就是那篇《羞答答的玫瑰静悄悄地开》，我不知道我的说法对不对，他在谈女性史观，他在谈女性英雄。还有他的《千年等一回》，实际上我这样界定的，英雄是历史方面的，是他的政史观，是他的文化史观。倾听的艺术是他的生活史观。以《深深的海洋》为代表，甚至他的画都渗透着历史气氛。他有一句非常经典的话，他说马和人共同创造了历史，这是体现美和历史的一种关系，在美和历史的关系中去观察历史，是审美史观上的一种精神。那么为什么易老师的作品中会体现这样的一种精神，还是我开头说的那些话，不能把易老师的创作游离于中国散文创作的大背景，也不能游离于整个时代提供给他的时代精神，根据就是在经过20世纪80年代非常忙乱的阶段后，因为90年代出现过散文热，在90年代过程中，散文界的观念和流派进行整合，到现在积淀下来的无非是这么几个，一个是走散文小品路线的大众文化的路子，它以文化消费取向为根据，它是走市场化的路子，在市场上寻找自己作品的发展空间，因此这种散文多少带有一定的实用目的。还有就是从20世纪80年代散文窄化的倾向，把散文和史传文学和报告文学脱开去，完全走自己唯美的艺术散文的路子，对它的一个反驳，还有就是20世纪80年代的散文文体的混生，比如小说散文化和散文化小说。实际上年代出现的完全不同的两个散文艺术的潮流到90年代后整合成一个散文文体的一种宽泛性的散文形态。我觉得易老师的现代散文状态里有一部分因素可能是从这里来的。

第三个就是女性散文，所谓的小女人散文，90年代中前期流行的。把女性情感风格简单化，从一化，那一批女作家表现的杯水风波的东西，总是一些简约化的东西，后来我们把这种简约化的东西称之为"纯"。在纯情女孩中后来还出现了一种"问题女孩散文"。在小说派里升起一个美女作家,包括卫慧和棉棉,还有九丹。

第四就是有一批人在论述和叙述自己的精神问题和心理体验,这部分称它为艺术散文。它的目的不是审美而是搞精神体验。还有一个重要的学派是学者散文,把学术知识和理性思考融到散文中,形成了用自己的知识来关注现实的,后来称为散文创作的理论干预。如果找代表人物的话,余秋雨算一个,但这不是他的全部,余秋雨是在历史中感叹文化。而易老师是在历史中反思历史。因而他构成了我认为在中国散文领域内应当是学者散文和艺术散文中间的这一块,我觉得称其为史论散文很恰当。其实是史论散文在我们国家从它的审美根源上来看,先秦散文两大分支,一个是哲理散文,另一个是史传文学,这两种散文始终在影响中国的文学家的散文取向。这在上次散文学会上提到过这个问题,但现代中国人的整合意识较强。把史传和哲理融合在一起,形成一种新的形态,这种新的形态实现得非常完美,就是史论。史论和历史散文有什么不同的地方,史论是诉说历史,历史散文是思考历史。思维出发点不一样,所以他呈现的历史有一种深深的思考在里面。易老师为一位伟人作的《深深的海洋》,还有为马作的文章中都体现这一点。实际上是对历史的一种反思,反思的结果碰撞出的一个意念就是凡圣之间。因此在他整部作品里,最让人感到有魅力的东西就是英雄主义。英雄主义不是说写英雄,而是对英雄的理解。英雄和凡人转化的关系,和走向英雄的反思。英雄主义包括伟人主题和大师主题,他对英雄的一个非常精辟的论述,把他对英雄的感触和写他父母的三篇文章合在一起,就能发现凡圣之间的这种微妙的历史关系,发现自己从亲情后面所透射出来的对人的伟大的生存精神的感悟。这种感悟确实叫我

米萝文存：凡圣之间

们感动，但这种感悟，我第一遍真的没读出来，但当我再读，慢慢地读出来了。评论家喜欢把作家纳入到一个理论体系当中去，作家本身可能很讨厌，易老师可能也是如此。但是作家不可能游离于这个时代，只不过是作家没有时间去思考，我们把它思考出来，这种思考如果有意义的话，无论对作家创作，还是对时代文学的发展都是有意义的。如果这种分析是错误的，也是有意义的。余秋雨在反思历史的过程中会产生一种特有的柔弱。他的理论所展现的审美风格有些弱。而易老师搞新闻，还搞历史，注重真实及历史的厚度还有深刻性，因此在他的作品中形成一种历史的力度，这种力度就是所谓的大气。我觉得看人的文章与学人的做人，在人格上有一种提升，理解了他的文章之后，你会自己觉得你又坚强了一些。这是我的一个感受。

张未民：

易老师的散文平时也是读过一些，但是平时读过以后，除了敬佩、感慨之外也没有太多的想法。易老师的散文我说句实话，也是给文艺界出了个难题，刚才很多人也说了，应该把易老师的散文如何定位。说易老师的散文确实很难定位，他是自成一家，我觉得是客观的是经得起推敲的。我们读他散文的主要的篇章，感觉到在散文界给他的散文定位确实有一定的难度，因为如果说文化散文，大散文是散文的潮流，的确是有它的影子。但不能把易老师的散文放在吉林省来看，也不能放在全国来看，不能单从文学界来看。从文艺界的角度来看也不会理解易老师的散文。易老师的文字很大气，是很坚韧的，很强悍的，是一个强者的散文。我觉得作为一个散文家，产生这样大气的作品和一个人的胸怀有关。这不光是一个文艺的才情，这是一个政治的才情，一个历史的才情。不懂历史，不懂政治，光用文学的眼光解释不了易老师的散文。易老师的才情不应该局限于吉林省。一个人如果能长时间地把握历史，那么可以用政治家来形容。

关于易老师散文的定位，我看中易老师说自己的作品是史论性散文，完全不能用文化来概括，也完全不能用历史来概括，朱晶老师说历史文化散文也可以。易老师的散文如果排队我觉得是排在司马迁之后，我读过一些史学家写的散文作品，写得也很好。像翦伯赞写的在20世纪60年代就很有影响。但他们是历史学家，有专业的历史价值。但易老师从文学审美的角度切入，所以不能用余秋雨这样的标准来衡量，排队不应排到那儿。当然他的文学味还有很多审美的东西。因为目前从文学界上看真没有这样的散文，这样强悍大气的文字，这完全是一个政治家的抱负。我觉得这本散文从内容上看有两点：一点是对中国史的一个追寻。比如像《千年等一回》，也是两千年出一个这样的文章。这样的文章很体现他的史魂。中国当代的思想界、历史界对中国历史的反思，是一个统一和分裂的问题，是一个当代的中国史的问题。的确抓住了中国史一个统一的问题。易老师写的《项羽》也是个史魂的问题。项羽不过江东，他成全了历史。说明作者理解中国的历史。第二就是对英雄本质的挖掘，易老师确实有一种英雄气，英雄气不是艺术家的问题。《项羽》《千年等一回》等都是写英雄的文章，《龟虽寿》这篇文章是写凡的。这篇文章写得好。他写《凡圣之间》我觉得他主要还是倾向于圣，什么是圣，老易认为他的父母是伟大的，虽然是凡人，但他在凡人身上挖掘到了神圣的东西。《英雄》中写了比较辩证全面的英雄史观，英雄不但包括政治人物，还包括平凡的人。所以我觉得易老师的本质是在中国意义上来理解英雄，他这个英雄的主题应该是对英雄本质的挖掘，是有全国性的。

张秀枫：

最近几年在文学的各种样式里面散文发生变化是最大的，起码有两个特点，出现了一批文化散文或历史散文或叫大散文，出现了一批代表作家和作品，使散文再也不是文学田园里的闲花野草，而变成了森林，甚至高山，这是一个特点。

第二个特点是这些大散文的作者再也不是那些散文作家，正规的散文作家反而退到那些边缘地带去了，而一些从政的、写小说的、写诗歌的成了在文学田野里扛大旗的。方才大家都列举了余秋雨、李存葆、梁衡等等。老易的散文在这个行列里完全跻身于全国大散文的顶尖级作家的行列。这是大家的共识，我觉得不过分。我觉得老易的散文有两三个特点，一个是思辨的色彩相当的强烈。他把叙事、说理、抒情行云流水地、天衣无缝地融合在一起，造成一种你必须相信，不能不相信的感觉。另外就是一种奔放的激情，读老易的大散文，确实是有扑面而来的一种强烈的气势，确实有一种冲击，视觉的快感。这种强烈的奔放的激情，是诗人独有的，而老易从政这么些年依然保持这份激情，是非常不容易的。确实感到了，有人讲的中文的美丽，这从老易的大散文中我体会到了。第三就是选材上我觉得特别有匠心，比如写邓小平的，他的奋斗事迹多少部书也写不完，他凝练在一万字左右，他选取了邓小平晚年二三十年的历程，而且就选取了几万字。他把最能表现一个人政治智慧、个人风采的这些事情，尽情地泼染。写项羽，项羽是中国历史上顶天立地的、最能代表中华精神的人物，司马迁写了这么多本纪、列传、外传，我觉得独独对项羽情有独钟，最倾注感情的，他把他列入本纪。本纪专门写天子，为什么把项羽写在本纪里？因为他是几年来在中华大地上发号施令的人，他不是天子胜似天子。他在一万字里选哪些是写项羽，取舍之间见功力，取舍之间就是才气。老易在开篇中就写项羽在乌江边自刎。项羽是个失败的英雄，死亡和失败成全了项羽，因此开篇就写了他的失败，但他没写四面楚歌，也没有提霸王别姬。这就表现了老易的大散文是写给男人看的，不写那些悲悲戚戚的东西，开篇气势宏大，确实是出手不凡。接下来写巨鹿之战，他写得淋漓酣畅，把项羽的英雄果敢写得非常到位。写鸿门宴，表现项羽还有很重视朋友的一面。导致项羽最后失败的两个致命错误，但老易没有写。最后写后人对项羽和刘邦的比较，但老易全是有利于项羽的诗文。在对项羽这个人物取舍上老易的历史这方面的知识相当的渊博，可以说到了无人之境，他对史料的运用随心所欲。为什么不全面客观地描写项羽呢，而片面的写一个大英雄项羽呢？老易有他的智慧，他这样地写项羽，这是一种深刻的片面，文学就这样。给你一个和文学、艺术联系起来的项羽。

朱晶：

《凡圣之间》的出版整体提高了吉林省散文在全国的地位，我省的散文创作跻身全国最先进的散文创作之列。

首先对这本书充分肯定，刚才乔迈老师提出了很好的建议，就是我们省的作家很好，但宣传力度不够，我们要宣传我们省散文创作的成果，我们省的散文创作正呈现出一片大好的局面，散文学会在发挥着很好的作用。使散文作家很好地团结在一起。

米萝文存：凡圣之间

赵金光：

跟大家学习一下，认识洪斌是我的荣幸。他是吉林文化界的名人，是一个不可多得的人才。在会议之前我们有一些接触。我当时的感觉是他是一个多才多艺的人才。认识易老师以后，觉得他是一个很好的朋友，可以给我很多向他学习的机会。我在读《凡圣之间》前没有读过易先生的书，我首先知道他是一个画家。去年春节时到我们那里去慰问，画了一幅画，当时画了一幅奔马图。我在北京也认识一些画家，看过一些画，但他的画很有气势，动人之处在气势，画马的名家古代很多，现代也很多，但是叫好的表现运动的并不多。只有把运动表现好了，才可以活起来。马的精气神才能得到体现。我认为易老师画马高，就在于他运动掌握得很好。易老师善于造势使笔下的马一路疾驰。气势对我来说是追踪夺影。这是我对易老师的马的体会。

易老师的文章我以前很少读到，我拿到《凡圣之间》这本书是在星期五，我看了一些，几位老师谈的我很受益。印象较深的是文字语言的深度，还有一点是知识广博。历史题材的文章我是喜欢读的，《凡圣之间》的文章历史题材的比较多，文章当中不是一种描述，而是通过文章探索一种史观。我认为他的史实是深刻的，史观是进步的。我认为他写西楚霸王有司马迁的遗风，而且在司马迁的基础上有发展。有历史的记载，而且有现代的观点。易老师的著作是黄钟大吕。易老师生长在东北，出生在湖南，我仅仅把南北做一个比较，应该说余秋雨是江南才子是婉约派，我觉得项羽这篇文章写得大气磅礴。就说这些。

2003年9月15日

附：

《凡圣之间》北京研讨会发言纪要
（根据录音整理）

主持人：孟繁华（中国社会科学院文学所研究员、文学理论家）

现在我们经常参加一些职位很高的人的作品研讨会，很多职务高的干部也在写一些散文，但易先生的这个创作是很不同的。他虽然是宣传部的副部长、报社的社长，但他自己出版过小说集，出版过散文集，出版过美学专著，出版过多部画册，是一个特别有才华、有多种才华的这样一个作家；同时他还是吉林省作家协会的副主席、散文学会的会长、美术家协会的主席。大家都读过《凡圣之间》了，那么就请各位发言，就先请谢先生讲吧。

谢冕（北京大学中文系教授、文学理论家）：

我和易先生没有见过面，我是从看他的画读他的书认识他的。应该说呢我看他的画读他的文感到非常的亲切，有一种共鸣的感觉。我把一些学习易先生的画和文的心得已经写出来了，就不再多说了。我记得我讲过21世纪的文学和艺术有两个主题，文学家和艺术家应该重视两个方面的主

米萝文存：凡圣之间

题，一个是人的精神层面的建设，从易先生的文章中看到对父亲母亲一生经历的整个过程的了解使我非常感动，每个人的生命是非常短促的，生命的过程是非常单调的，通过易先生的文章我感到他对生命的尊重，这是引起共鸣的一个地方。另外很多的谈到环境的问题，我也是非常感动的。第二个问题是我们要重视我们的生存空间、生态环境，我们知道地球已经百孔千疮了，非常严重地遭到人类的破坏，那么易先生的《你绝望的眼神让我心碎》，我今天带来了，我是非常感动的。他写这个文章是有准备的，他阅读了很多资料，他多才多艺，是用功的，引用了很多资料，我就比他懒得多。有些资料我看过就扔了，非常后悔，尤其是藏羚羊的问题。大概是几个月前中央台播了再次猎杀藏羚羊的问题，我不知道具体数量是多少，不知道易先生记下来没有，这些被猎杀的藏羚羊大部分是母的，要是它正在怀胎，那杀死的就是两个。易先生这里就举这个例子来说，这是一个真实的故事，一个猎人在射杀藏羚羊的时候，母的藏羚羊根本不后退，接着它就跪下来了，猎枪还是响了，结果剥开一看它是怀胎的，它是为了保护它的孩子才向猎人下跪的。易先生是看了很多材料的，他举了不止一个例子，我真是非常感动，就是这个地方让我引起共鸣的。我觉得易先生不仅是多才多艺的，而且是个有心人。我举画了，在画里头，尤其是《仁者》这幅画，一群绿林好汉过路的时候，碰到路上跌落两个雏鸟，整个的队伍就停住了，以免损伤它们。这么一种伟大的仁爱之心。我讲这些是什么意思呢？一个是生态环境的良性循环问题，另外一个是人性建设问题。父母之爱天伦之乐，抓住了这两个主题是我最感动的地方，我认为也是当前文学艺术家应该注意的一个问题。另外就是道德层面的问题，世界上有很多好人，也有很多坏人，我们从新闻报道中可以看到有多坏，杀自己的母亲、祖母，把自己的女儿烧死了去骗取白粉等等，听过的很多。人性的建设使得我们的人性得到一种良性的循环，我觉得他对生命的尊重，讲得非常清楚。另外就是生态环境的问题，爱惜生命承认所有的生命都是在一个同等的基础上的。人类应该有一个反省自己的东西，那么就讲到了文学艺术的一个根本的主题就是一个爱和一个情感，要是能抓住这个我们就能写出好作品，就能感动人。易先生的行政职务很多，工作是非常忙的，但是画画也好，写小说也好，写散文也好都是他的业余，那么业余取得了这么多成绩，体现这么多爱心，我是非常感动的。

陈福民（中国社会科学院文学所副研究员、博士）：

首先《凡圣之间》这个题目就让我想了很多，我就在猜测为什么易先生要把"凡圣之间"作为文章的题目，我通读了三部分的文章，三十一篇散文。第一部分是比较重头的东西，包含了易先生的历史观，在《啊！大师》里面的是艺术观，写邓小平的那篇大散文《深深的海洋》表明了易先生对历史、对政治家的那种在历史思想当中所体现出来的那种雄才大略，都体现出易先生本人对于政治理想的投射。易先生是一个有大见识的人，所以我想呢，易先生本人想在凡圣之间建立一种理想的精神模式，他通过自己的文字也好，美术也好，其他门类的创作也好，试图创造一种在凡尘俗事当中已经灭绝的令我们怦然心动的那样一种境界，这也是易先生一直在追求的，所以说呢谢先生在序中谈论易先生是个有大格调的人。因此"凡圣之间"这个名字恰好就体现了这种大格调、大境界，是我看中的也是应该学习的。在今天，20世纪末是一个散文的时代，许多人都在写散文，比如说像余秋雨这样的学者为代表的文化散文，也有像易先生这样的

米萝文存：凡圣之间

从事行政工作，在一个比较高的位置上，他的精力感觉都是有所寄托的。今天写散文的这么多，洋洋大观，当然过去有一些对散文的歧视，认为是写不成小说也写不成诗歌，就不得不去写散文。但是现在有这么多作家很认真地写散文，而且这里面真正能透露出作者本人的人生境界、艺术理想。而易先生在这样的散文大军当中是独树一帜的，给我带来更深的遐思的是，我认为易先生的散文和他的画马是分不开的，我一直在想易先生为什么喜欢马，喜欢虎，我想到一位作家张承志，当时也写过很多文章，其中有一篇散文题目恰好能从侧面来表明易先生本人的散文，叫《骑上激流之声》，要骑在声音之上，我觉得易先生的散文与画马之间有一种神的交融，恰有一种骑上激流之声的感觉。我认为这是有神的、有格调精神的散文。有大格调的，在今天的散文创作中是不多见的，当然易先生的散文不以委婉、细腻的抒情、小巧见长，从大处着笔。我觉得要扣到大格调上，所以我们可见易先生的散文有一种江南才子的婉致，我很奇怪，易先生本身是湖南人，唯楚有才，湖南人性烈，在东北这种白山黑水之中，在长白山的深山老林之中，那种骑上激流之声，那种驾驭骏马的行为结合在一起真是凸现了一种人生，我觉得易先生是有真性情的人。读了这些散文以后我觉得这里面涉及很多艺术观、历史观等，易先生是学历史出身的，所以他的文章中有很多历史性的文章，比如说《千年等一回》这样的大的文学散文，这里寄予了易先生很真的历史见解，特别让人感动。唯一的缺憾是什么呢，我觉得有些文章过长了，要是能再精炼些就更好了。

孙郁（鲁迅博物馆馆长）：

我觉得易先生的文章是没有散文腔的，在人文学科里面容易出腔，比如学者腔、散文腔，一出这种腔就有一种八股味。"五四"以后的文学界出现了一个不好的现象，就是发展发展就发展出腔，所以现在散文小说也八股腔多。易先生这个文章一看不是专门炮制散文的人写出的文章。没有散文腔，这是第一个感受。第二个感觉是：他是一个杂家或者说是一个通才，他的知识背景比较开阔，他有一些文章说他画画，画画功夫在画外，我觉得他的散文也是这样，无意间为文，他有他自己的特点，就像刚才陈先生讲的那样大气，我觉得是这样的。过去人们说天马行空就是不基于一点。易先生的作品都做到了这一点，是非常非常难得的，他是一个杂家，我觉得他不拘泥于一点，他看问题的想法很大很远，他的画的境界比较阔大，易先生如果能专注于写作的话，没有这么多的杂务，画画，写作也好，都能上一个新台阶。书呢，看完以后有很多的感受，他不像其他画国画的一些人，一谈到中国古典的一些艺术就排斥西方的一些东西，他对

米萝文存：凡圣之间

文艺复兴时期的艺术很醉心，意识到了中国艺术的一些盲点，没有纯粹简单的东西，看问题能把西方的东西拿来为我所用，我觉得他想问题，他的精神表达方式和一般写散文的人、一般的搞理论的不一样，是一个庞杂的人。画画有一些，散文有一些，文学观、史学观有一些，不是固定在一点上，易先生虽不是通人，但易先生使我们的写作成为一种可能，没有教文腔、教授腔，这样可能就滋生出一种新书写的模式，一种超越我们已有的八股的这样的东西，我觉得他已经具备了这样一种气象，这是整体上的一个感觉。觉得不足的地方呢，是读完后包括看完画后有第一眼就感受到一种张力，就会征服你，一下子打动你。但是有的时候反复咀嚼、反复回味的东西就少一点；"五四"一代的人，就讲鲁迅吧，鲁迅他的文字背后是有复杂的历史的。它的背后有很多文字都没有写出来。我觉得1949年后的文学家很多丧失了这样的一种才能，这跟简化汉字和文化发展论意识形态化的影响有很大关系，这就是对我们母语的敏感，对语言、潜能的焕发能力有所退化，但易先生通过绘画、通过哲学、通过史学弥补了一些散文写作当中的那种单调的、小家碧玉的简单化的书写，他是超越的。他的超越不是通过语言的内力来超越，而是他的信仰。易先生是讲一种精神上的宗教，他在凡圣之间规约一个东西，这个东西是什么，我说不清楚，但我想他是有他的精神宗教在里面的，这样才能协调，使文本更有张力。我想这不是易先生的问题，是我们这个时代文人共同面临的一个问题。

今天我们的展览大部分是鲁迅（收藏）的汉画像（拓片），这个画大部分来自于河南南阳，南阳是古代楚文化。易先生是长沙人，是楚人，现代艺术是大气恢宏、简洁明快的，内在丰满的一种情愫在里面。这种东西后来就丢失掉了，所以中国人表现出这种浪漫的一个是楚人，在当下我觉得是东北人，东北人表现出来的那种天高地阔、大气淋漓的这样的东西，易先生都有一点。陈先生刚才也提到一点，楚文化的东西和东北文化的东西在他身上都有投影。此外在他画的马里，他对中国历史和世界的扫描遍广于天人之际，他这种不拘泥于一点的狂放的文才给我以很大的启发，现在问题还是：如果使他的文字更精炼一点，他可能会在散文界带来一个更大的震动。

贺绍俊（《小说选刊》主编）：

我是第一次见易先生，第一次看易先生的画和散文，我很抱歉虽然是在文学圈子里面，但经常把一些精彩的地方漏掉了。我拿到这本书，首先最感兴趣的是您的简历，您是长沙人，我也是长沙的，在文章里有提到长沙的地方，我感到很亲切。这本书出得很漂亮，有画有文字。我看到易先生前头是一个画家，他的画追求一种豪放大气，也追求一种对立，这和易先生的一些美学思想是有关系的。他很多画是在对立间来表达他的内在的东西，比方说《凡圣之间》在对立的平凡和神圣之间他找到了一种哲理的东西。我看他的画，他经常也是这样构思的，猛虎美女、战争和平，在战争的场面把美女放在里面，我想美人是一种和平的象征；还有清与浊，我看有些画有一些世俗的东西和美女放在一起，我们就会思考有关的许多东西。易先生不是拘泥于细小琐碎，他就像是站在高山上鸟瞰世界，而不是躲在角落里搞一花一草，他的这种思想也体现在他的散文创作中间，他的散文追求一种豪迈广阔气。我觉得文学和艺术是相通的，他在美术上的追求包括他的一些美学思想，在散文写作中间给散文写作带来许多清新的东西。没有熟悉的散文笔法，他放得开，很潇洒，就像他作画一样。在文章中也谈到了他作画的感觉，就是那篇文章叫《但愿下笔生马如破竹》，他就是追求一种大气豪迈，信笔由缰似的。他这个东西是有一个积淀的，首先有一个积累，他还讲许多历史哲学的知识，只有在这样的基础上，他才能够洒得开，放得开，那种大气的东西才能从笔杆子中流出来。我觉得他的艺术追求也完全体现在散文写作中间。读这本书是一种很愉快的精神享受，看画印证其文，对文章的理解会有一种豁然开朗，有一种这样的境界。我想易先生从本质上来说，作为一个画家更体现了一种文化，中国化的人文化，更多的是一种文人的心境上的表达。他不是在技术层面上的追求表达，而是有一种思想，有一种精神需要表达。虽然易先生不论作画写文章，都是体现了文人化在其中的，但他的精神是脱胎换骨的，他不拘泥于传统精神，他的精神完全是一种现代的精神。还有一点感受是看他的画读他的文可以感觉到画家坦荡的胸怀，确定的信念，不像读有些文章，追求朦胧，看不出作者内心的想法；而易先生不管是作画还是写文章，他的心境是明明白白在你的面前的。重要的是，易先生张扬理想，确定地表达我的理想，我的精神追求，这是非常可贵的。我觉得他也毫不掩饰他共产党员的身份，他的立场，这一点在当今是很可贵的。在我们这种多元化的社会，有各种各样的说法，有时候要把自己表达得更加现代民主一些，把自己真实的身份掩盖起来，这对一个共产党员来说是不好的。而我们党要想有自己的追求的话，就必须有一批有这样明确的信念理论的真正成员，这个党才有生命力。如果我们对党有什么不满，那么就是大部分人没有这样的理论。我读了其中有几篇，他谈英雄主义、爱国主义，谈对社会主义的真正的理解，他不是那种官样的文章，是以自己的理论信念来打动人，对我的触动非常大。散文作家是不是能袒露自己的胸怀，给人率真，通过这样的文章一个高尚的人品就出来了。这可能与易先生的美术追求有关，追求豪迈大气，就像站在高山上，鸟瞰世界，那么他不是拘泥于细小琐碎，有时感觉到缺少一些东西来丰富，使之更有血肉，不是说没有，而是对细节的体味相对较少，当然我说的也不见得准确。

白烨（中国社会科学院文学所研究员）：

作为易先生作品的研讨会主办方很高兴。研讨会除了谢冕先生、老孟、邵俊都是研究会理事，其他还有几位理事，说明研究会对易先生的书还是很重视。看完后，总体上感觉是行文纵深、图文并茂这样一个大方的力作。最近大方的作品比较多，包括湖南高速公路有个局长冯雨林写的文化散文，还有河南女作家郑秀英在三门峡挂职总编时写了一本《在河之南》，也是大文化散文。今年，大文化散文写得不错的比较多。易先生比较特殊，写得好，画得也好，图文并茂，这本书的版式也比较好，很耐看。具体印象是：触景生情，言情体物，用情感来沟通历史和现实，尤其是历史题材的文章。我觉得他和其他人写历史不一样，其他人看了许多书，带有资料考据，甚至带有理性的探索探求，易先生是以情感为主的这样的一个东西，里面充满了对历史的感悟、感慨、感叹这样一种东西。他去看兵马俑的时候，讲到他不敢和兵马俑的眼睛对视，他们在地底下可能不会看到什么，但他们一定会感应到中国两千年所发生的变化。他把历史与现实沟通起来，有很多感慨，这是某些文学家、散文家没有的。有一篇文章里说到从秦楚之后中国的历史有两千年，在漫长的历史中，中国统一的时间占一千七百年，这里话不多，但说明问题。中国虽然大，但在这么漫长的历史中，它的历史趋势和人心所向，还是统一多于分裂，这就是他

米萝文存：凡圣之间

自己对历史的看法，同时有他对现在和未来的看法。另外，在《所向无空阔》一文中有一句话说得好，历史是人和马创造的，这个话确实是非常经典的。你想确实是这样的，兵马俑一看，一人牵一马。尤其是中国历史后半期，游牧民族就更不用说啊，包括长征两万五千里，共产党打天下就更不用说。毛泽东说他有许多诗词是在马背上完成的，他这么一讲，让你一下子觉得人无疑是历史的主角，但人不是唯一的因素。历史的发展进步除了人之外还有别的东西，这不是一种对历史单一的理解。看了他许多文章，都有许多感慨、感叹，感情都是很有韵味的，而且通过这种感觉把历史和现实打通了。

还有一点是他的作品张扬个性，弘扬生命。比如说开始讲邓小平的时候，讲这个人一生曲曲折折，曲折里包含了一种个性。复出之后，他要是谦虚一点，可能就没事，躲过一劫，但他不会那样，就因为他的性格。我觉得他把这个人的性格写出来了。邓小平的那种个性，能从国家民族的利益出发，包括他的急流勇退，写得都非常好。大家都能感受到这个人的个性从历史上反映出来了。另外写的项羽，把项羽与刘邦对比，但他并不以成败论英雄。论人品来讲，项羽绝对是在刘邦之上，比如说，项羽败了，他就不值得一提了？这里面对项羽的性格、人格、精神都做了非常多的描述和赞赏。从这一点上看，他是张扬个性的。包括他写他父亲的时候，他父亲虽然默默无闻，但非常有个性，尤其是他父亲有许多留言，留言都是退休时的，是非常精简凝炼的，从平凡的人生中凝结他的人生经验，来把它作为一种精神立场留给后人。他写出了一个中国知识分子的体验和认识，这一方面非常深刻。还有为纪念世界环境日的那篇文章非常好，包括有些画都是这个意思。

接下来，他的画不得了，因为这个画是十分有韵味的东西。我觉得他的画比起一些名画家不一定差到哪去，他的画有他的长处，但他的画要与他的题目一起读。比如说画猛虎与美女的《相看两不厌》，这个题目一下子把意境升华得非常丰富，充实独到。不光是这幅，还有很多，你必须再看题目，比如说他画两匹马喝水，叫《非清流而不饮》，这个更有意味。比如说他画了一些背着刀子的杀人者，叫作《仁者》，这个我说用日本的忍更适合。他用这个仁构成一种反抗，寓意很深。比如有两匹马在飞奔，叫作《轻尘不动四蹄飞》。很多东西结合起来意境就出来了。画本身一方面表现人和物，包括世界万物的一种和谐，这一点很突出。《仁者》《相看两不厌》中很有韵味的这两样东西，一般看来是放不到一块的，他非让他们放在一块，而且还两不厌。在这样一个画面里面，他把阳与阴，美与丑，恶与善，刚与柔糅合到一起，意境全有了。他无论是画人还是画马，都让人觉得有一种动感，有一种跃动。这样的画和这样的文相互映衬，非常饱满，丰富耐看。我觉得看书挑毛病的话，这本书编得有些杂。第一部分很好，第二第三部分有些我觉得可以另外再编个集，不一定放在一起，我觉得有些非常重量级的和一些轻飘的东西放在一起，放得没感觉。这里面有些作品好像是易先生的职务作品，比如讲爱国主义的作品，我想放在一块有点不和谐，没有老虎和美女放在一块和谐。我觉得有些领导干部写散文是一个风尚，还带出了一些大家，比如梁衡，包括易先生，还有些局级干部。我觉得他们都那么忙，易先生又画画又写作，就是不当这个官，光这些东西就是很重要的成就，非常佩服！更重要的是我们在看到他的文和画时，我们看到的并不是一个领导干部的什么，而是一个知识分子对生活的感悟，对社会的良知这个东西是更重要的。所以我想易先生干过很多

米萝文存：凡圣之间

职务，官场上的东西和走马灯一样，过几十年就淡忘了，而《凡圣之间》和《相看两不厌》是可以流传下去的。

李兆忠（中国社会科学院文学所）：

刚才匆匆忙忙把易先生的画集和散文集翻了一下，我认为他具备了成为大家的条件，从易先生的人生经历也好，艺术经历，包括他求师的经历也好，我觉得易先生具备了成为大家的条件。目前他达到的层次已经非常可观了，但是我觉得要真正成为一个大家，对易先生还是一种挑战。跟同辈中的比，易先生的分量已经够了，但跟前辈们比，易先生可能还要付出很大的努力。易先生对他的画、他的马有很好的评价，他对自己的期待也是很高的。别人说他的马像徐悲鸿，他认为说的都不对，他画的马是他自己的，具有生命力的一种表现。可我看易先生画得最好的是他的马，易先生自己也说他自己画马是最好的。他画马是比较晚的，但只要一接触到马，他的灵感和生命力冲动就爆发出来了，他跟马冥冥中有一定的缘分。看他的马的确可以看出一种大的气象。易先生的知识结构在同龄人中是相当有优势的，文史哲兼备，诗书画兼备。他的经历，他所处的是一个以大观小的位置，做官不是件坏事情，官员从艺也不是件坏事，而且我觉得做官他恰在此时处在一个有利的位置，站在一个很大的制高点，俯瞰芸芸众生，对他的艺术创作来说是非常有利的。他如果能把他的艺术修养凝集在一起，将来在某一点上能够形成自己的东西是非常了不起的事情。我觉得老一辈学者、老艺术家，他们能给历史留下他们的身影，是一个金字塔结构，底度很大。他把他的生命能凝聚到某一点的时候，得到一种结晶，就是得到一种牢靠、坚毅、像金刚钻一样的。在历史上留下牢固的东西，而不是一种淡的东西。易先生作品中的确有一种大气，一种雄强之气，扑面而来，但细处的锤炼还有待于追求，可以看出他有一种素质。易先生没有一般画家的那种习气，有一种风气很好，唯风格不风格。故意追求风格，很多散文家、画家都是死在这上头，寻找他自己的一点特征，去故意地寻找一种风格，这是他背后没有雄厚的东西去支持，是一推就倒的。易先生对这点十分清醒，他没有刻意地追求，有很多人匆匆忙忙地去追求是一种歧途，如果能在艺术史上留下痕迹，在于凝结在一点。易先生如果把时间合理利用，未来的艺术道路，还有很大潜力。

陶东风（首都师范大学中文系教授、博士）：

听了刚才各位的高见，大家共同提到易先生的散文大气，谢老师在他的序里面用了很多大词，大气势、大文章、大视野、大胸襟、雄健博大，"大"是关键词。我从时下散文做比较，我觉得以气为一个关键字，概括出几个范畴，这个范畴是不是可以反映出几种散文类型：一是小气，反映生活，小女子的散文；还有是一种书卷气，有些人写的学术随笔，没有太多真情实感；另外是一种痞气，有一些人写散文充满痞气；还有一种是脂粉气，这种散文就是和胭脂在一块的文化口红；还有一种是唯我独尊的，杀气的。和这些都不一样的是，易先生散文用大气概括比较准确。所以我从易先生大气这个角度讲一讲，首先从大家比较直观地感觉到的，他写的一些比较出色的散文就是历史上一些比较大的景象，大事件，英雄人物，有一种对英雄人物的崇尚敬仰。但写这种东西不太容易写的，驾驭这样一些大的题材，大的对象，你自己如果不大，很难写好，把自己拔得很高总会露出自己的矮相，或者更多矫揉造作，我觉得现在有很多影视作品和散文作品包括电视剧都有这个毛病。没有这样的大气魄,非要塑造大场面、大气魄,非常滑稽。易先生很大,他有能驾驭这个大气的胸怀,文字的功夫大而不做作,不矫情,不嚣张。因此没有显出像余秋雨有些散文那样让人看着不舒服,那种滥情;不像张承志那样有凝力,一种包容力。他的大比较丰富,他的几篇亲情散文,从他的个人艺术趣味来讲,我觉得他写得最好的是《龟虽寿》。他写母亲的散文是写得最好的散文,从他的艺术水准来讲,真是出神入化。从历史和现实的视角转换情感,自然地流露,是他最好的散文。他的丰富还体现在他对历史的看法有张力,虽然他是学历史的,但他看历史不仅仅是看简单的历史发展,而是有一种张力,比如对项羽的评价,对荆轲的评价,对秦始皇、武则天的评价都有一种张力。这样的判断标准,从历史的角度上对刘邦给予肯定,同时从道德角度上又对项羽给予同情;对武则天从历史上肯定,但从女人的视角有一种批评。我觉得他的散文最突出特点是在这些方面:在理性与感性之间关系的把握,避免滥情,避免学究。还有一篇散文我觉得写得很好,就是《你绝望的眼神让我心碎》,我觉得材料和情感之间的关系处理得非常好。并不是他所有的文章都能做到这样,写知识性的散文还有一种比较不好处理的是,那种知识学术的东西怎样真正化为自己的灵性,自己的感悟,这个做起来并不是很容易的,弄不好就是堆砌材料。最后谈一下易先生的散文有些篇目显得过于造势,文字上显得有些造势,尤其是几篇写大题材的散文上有,但《龟虽寿》这篇就没有。

王光明(首都师范大学中文系教授、博士研究生导师):

很高兴读《凡圣之间》,它有几个方面。一个是:拿到《凡圣之间》

这个散文集，我很佩服易先生能写出那么长的散文来，而且那么长的散文文气应该说是比较贯穿的。他构思的散文，文字那么贯穿的散文，官员能写出来，很不容易，很佩服。作者还是有自己想法的，或者更跟近了一点。看他的画，他的文，他在想圣人和平常人之间的关系，他对圣是怎样的阐释，在许多散文里他有自己的考虑，有想法。在散文家里我对作者是比较尊重的，《凡圣之间》还是从这个词切入的，以凡写凡，以圣写圣，处理比较好的散文，还是怎样在一个平常的普通人里面选择他最接近圣的一面。大家赞美易先生的画，我觉得他有他的考虑，很理性的考虑，他的画里有仁者，智者，圣者，证明作者在对待这些问题——一直纠缠在他心里的问题——有自己的想法，自己的见解。仁者在战争中这样的场面；他写智者是一个老人和猴子说话；还有一篇是圣者，把刚出生的小孩和非常大的背景联系起来，很有他的思考。我觉得一方面是作者的一种思考，一种寄托，这样的画有过分理智化的东西，不是非常自然。作者对《凡圣之间》的确有很多考虑，他写得最好的是靠凡人表现圣的一切，他的文字根本上是一种内心寄托，他写他父亲的科学研究，一些毫无指望的成果、科学研究，不是从理论上写出来的，而是从感觉上写出来的，我觉得他是。所以《凡圣之间》带出一个问题，我们怎样来认识圣，圣是什么，包括他的母亲，以凡写圣，什么是凡，什么是圣。写历史上人和马的战争，在我心里永远挥之不去的马汗泪，把这些最深的东西挖掘出来，今天的感觉就是非常出色的笔墨。我在想散文究竟应该写什么，文化散文兴起已经好长一段时间了，真正感觉和材料能平衡的是我们的经验。中国的文化散文应该怎样写？鲁迅说散文写作是大可以随便的，有破绽不要紧，散文是一个时代文学的标志。《凡圣之间》的作者议凡写圣的散文更松散自由，我觉

米萝文存：凡圣之间

得写得最好的是他个人的经历，写出来的东西是最好的，我在读他的《龟虽寿》，根本没有人写过，但它可能是我们写作中可以触及的。我相信这样的散文写大事是非常有意义的，非常感人，让人眼圈发红，让我想起我的父亲母亲。总而言之，我讲这几个意思，作者是有他自己的想法的，现在的散文写作很不容易。第二，我最欣赏以凡写圣的散文，第三就是在现在的情况下应该以大写大，应该从自己的感觉和经历出发，它可能是最有生命的东西。最后一点是散文是最重视韵的贯穿、味的渗透，我觉得作者有大气，但他散文的味道不是很丰富，散文可以再自由一点。易先生给当代散文的创作提出了一个新课题，方言进入散文对一些情调、一些写人写事的真实状态非常有帮助。台湾小说早些进了方言，散文里易先生较早进入方言，有成功方面，也有不到位的地方，重复多，怎样把方言同人物的气质、性格更好地融合，我觉得可以做更好的尝试。

程光炜（中国人民大学中文系教授、博士研究生导师）：

我看易先生的书之前，是看了谢冕和老孟的文章才看的，当代以来，知识分子对官员有一种偏见，认为做官不能为文，实际上这是一种错觉，为官且为文，是中国历史上优秀的传统。例如当代以后，20世纪50年代一些老革命家写的一些诗词，一看就花了很多工夫，在这些老人之中，我比较喜欢陈毅的诗章。他写他在江西三年游击队九死一生的梅岭三章，另外还有大雪压青松那首诗，他透露出一种真性情，在这样的宦海中他透露出一个人的真性情，一句话，他在骨子里是个文人。进入当代以后，这个传统就中断了。几代领导人和文学基本上中断了，这是非常奇怪的一种情况。在中国历史上，写散文写诗的人都是高手，落魄的、科场失意的人才写小说，科场得意的写散文，写诗。为官要做很大的官，高潮的就是唐诗宋词。唐宋散文都是写诗的人写的，写诗基本上都是将军，这样的传统让我们想到一个人文环境的问题。他们也有官场，他们的精神是很富有的，他作为一个人是很丰富很全面的。到了当代以后，最近有一批回流，有一批领导干部也来写散文，而且写得不错。我觉得易先生是一个游学在外的人写散文，符合中国历史传统。在文章里我比较喜欢他写英雄的，比如写项羽；我觉得他在这里找到纯粹的喷发口，我感到很奇怪。刚才很多人谈到大气，英雄气，他的画都是天地之间的英雄，文章就是立于天地之间的英雄情结，加起来就是一种文化关怀。因为他在汉以前就找到了他这个人身上有士的东西，那时候游侠不是纯粹的刺客，还是文人。到了汉以后，才分化成知识分子和刺客，就是项羽和他们都有一种书卷气。中国知识分子在汉以前的东西更真实更朴素，这些文章我非常欣赏。他散文非常可贵的地方就是气，他写荆轲、写项羽的时候气非常贯通。写荆轲去刺秦王时，他进入秦王房间的动作都带有一种现场感，这里是他内心深处突破一种障碍，他要流露出一种生命中更真实的东西。他为人、为文是一种英雄气风格的，他这几篇我更喜欢一点。刚才有朋友说他写父亲母亲的很好，我觉得这类的另编成一本集子会更有分量，风格上达到统一。上课的老师有一个毛病，爱拿大师比现在的作家，可能不公平，可是现代散文我最喜欢的还是鲁迅、周作人的散文，他两个人是不一样的路子。鲁迅写《为了忘却的纪念》《纪念刘和珍君》，他写死者的文章是很好的。周作人写刘半农，最后有句话：老朋友啊，死一个少一个，就像读古书，读一本少一本。话说不完，但你感觉无尽的趣味，那种悲伤很丰富地在里面。他自己的女儿十二三岁就去世了，写不出来，最困难的就是写最亲的人，他正文只有二三百字,后来补记七八百字。周作人经常说他不会写文章,其实他已经捕捉得很透了。我说周作人不是拿来比易先生,只谈散文,我想易先生的气不是从这两篇散文就结束了,可能在未来的日子里越写越好。他的画非常好,他的《观沧海》《天地之间》画得非常好,他作为画家做得非常好。对这个散文开始感到佩服,现在感到惊讶。现在这个社会担任很高职务的领导,他能用这种体悟去表达自己,过去是不允许的。一方面可能因为他在单位是很好的领导,同时我觉得他是很纯粹的文人,文章有一部分可以公开,有些可以给朋友看,最好的只能留给自己看,像过去的笔记小说一样。中国文人有这样一个传统,留存后世的东西非常好,并不是真给别人看。

王文红:(中央广播电视大学教授)

我谈一下对易老师散文的看法,易老师是为官之人作散文,从我来讲,我无论如何也不能把易先生和官联系在一起,为什么呢?他是报社社长,可是他今天来参加这个会,有非常亲切的感觉。这个散文集我到这之后才拿到,谈易老师的文章只能谈以前看过的。我今天在不断地看这画册之中的那幅照片,皑皑的白雪衬托下,易老师穿着一件红衣服,戴一个黑白分明的围巾,这让我想起来易老师的很多事情。说到易老师,散文我有这样几个感觉。首先易老师给我几十年的感觉,我十几岁就认识了,刚才几位先生说了,他是一个多才多艺的才子。他不仅有深厚的绘画功底,而且写了许多文章,他不仅仅作散文还出了不少篇评论的文章。对于易老师的写作和绘画,我特别赞成谢老师做的序,和陶东风老师的看法一样,我觉得易老师的文章用大气这两个字形容一点不为过。中国人讲"有气则立,无气则亡",但这里气分为大气与平凡之气。易老师的文章大气在于他写了一些大的历史，他是学历史的，他的大气是通过字里行间体现出来的，把他个人内心的宽宏、坦荡淋漓尽致地体现出来。易老师的文章没有造作之感，过去在一些杂志上读到易老师的散文，都是意到之后萌动于笔，他就像和你做亲切的对话。我觉得易老师的画和他的散文，我总是能把它们联系在一起，他画的马是奔腾的，花总是怒放的，一种激情在他的胸怀中荡漾。谢老师在北大讲课，说我们用激情去填满山涧的空荡，用激情去激起碧水的波澜，所以我觉得易老师的散文充满激情，让你对生命充满热爱，激励人们去实现自己的生命目标。

樊希安（吉林省新闻出版局副局长）：

从两个角度来说，第一，这本书是我们吉林人民出版社出版的，今天隆重召开座谈会，包括谢老师等各位老师对这本书的评论，我觉得既是对易先生的鞭策，也是对吉林人民出版社的关爱。另一方面，作为这本书的责任编辑，作为第一读者，我有一些自己的感受，过去洪斌先生有一些文章要发表的时候，我要先看，如《深深的海洋》，《新华文摘》曾经转载。这些东西汇集到我案头，我是激动的，确实是易先生多彩人生的另一方面、创作的一个成功。现在大家看到的这本书是我们出版界的一种精品。我们国家每年出版图书十万多种，散文每年出版三千种左右，这三千种图书真是属于精品的图书，是其中很少一部分，大量的是辅导图书还有其他各种书。易先生这本书我们是作为精品书出的，装帧设计还有版式设计比较好，主要是内容较好。现在我们的印刷技术，还有印刷材料已不比国外差了，图书印刷质量非常精美，这种新型的材料时常包装一些贫瘠的文字。我认为一本真正的好书，应该是一种思想的深邃。鲁迅出版了几本文集，当时材料是非常粗糙的，但是它是精品。我们认识精品，首先认识它的思想内涵，我认为这本书是精品。第二，洪斌先生散文很有气势，确实有大的胸襟，大的手笔。这个看了以后，我非常赞同。这种大手笔重要来源于大的胸怀，龙只能在大海里，跳蚤只能在草垫里。他祖籍长沙，大学在北京，毕业后到吉林延边，从基层做起，在吉林日报社奋斗几十年，这种散文的出现是南方的文化和东北大的景象生成的。说到大的散文，我觉得读了洪斌的散文，某些篇幅可以和余秋雨，可以和梁衡相媲美。还有我想谈一谈怎样看待领导干部文学创作、艺术生涯问题，我觉得应该引起文学界的注意。现在领导写作品，有写小说写散文的，写书法的比较普遍，成为一种现象。这种现象根源在于从政的人的本源，相当一部分是文人入仕，我们大学毕业后，一部分人从事教学和学术研究；一部分人慢慢走上仕途。他虽然走上仕途，仍然是个文人，没有泯灭文人的心灵，无论他怎样掩饰，无论怎样冰天雪地都能长出心灵的花朵，这不能简单地说是领导附庸风雅，这已成为一种现象。当然有的水平低一些，有的水平高一些，大批文人入仕，有些人变成圆滑的官僚，有些人仍然保持着文人的本色。另一方面官场在发生分裂，有一部分人追求一些讨厌的东西，有些人追求品味、清高，向文化靠拢，这是值得鼓励的。当了官的文化干部把时间用在写作上、理论研讨上，用在心灵的抒发上、艺术的熏陶上，这不很值得肯定吗？现在领导干部文化素养较高，不像刚解放或参加战争的领导干部，没有文化。我是提出一个问题，值得扶持从政人员中的文人。我们很高兴地欢迎各位专家在这里，希望大家能关心我们吉林出版事业。希望大家有什么大作拿到我们那里出版，我们一定为大家服好务来繁荣我们的出版事业和文化事业。谢谢！！

易洪斌：

有幸在这个鲁迅博物馆召开我这本散文集《凡圣之间》这个研讨会，我觉得这本身就是个纪念。因为说老实话，到鲁迅故居对我们这些凡夫俗子总有种朝圣的感觉。先不说鲁迅作为先贤也好，巨人也好，就散文而言，鲁迅的散文在中国几千年的文学史上，特别是近现代散文史上占据的地位是无人能替代的。我们作为后学，也是弄了个散文集。能在这个神圣殿堂召开研讨会，确实很有纪念意义，这个要特别感谢鲁迅博物馆的孙馆长，提供这么个场所。我也特别感谢谢冕先生，谢冕先生在文学理论界、评论界地位和声望是很高的，与他素未谋面，过去也没有过任何来往，但他的大名我确实是心仪已久。他在我这本书的序中不少地方写得非常到位，说到了点子上。谢先生不以评论界权威自居，按年龄讲，我毕竟是老弟，今天下午见到谢冕先生，觉得非常可亲，好像是见到老朋友一样，他待人接物的态度真的是像老大哥。

另外非常感谢到会的这些学者、专家、朋友及新闻界的同仁。今天谈的虽然时间不长，不管对它的肯定也好，表扬也好，批评也好我都非常感谢。确实有的东西听后也值得思考，对我今后继续写作非常有意义。

1985年以前，我一直搞理论，后来钻了一阵美学，同时搞文艺理论、小说、杂文、散文这方面的写作。1985年以后从事这个职务，工作需要，这些东西就放一放了，但那种躁动，那种心态始终摸不清。所以1989年开始提笔画画；文艺评论也是放弃一段时间，后来是兴趣所至，又开始写。现在主要是画画，写些散文，有时写些评论，但不太多。在我从政期间，当省报报业集团的社长，我觉得有时是不堪重负。首先要承担政治责任、把握舆论导向。我们集团现在是十一张报一刊一个网站，还要保证整个报业集团的正常运转，所以我不但要搞业务还要抓经营，担子非常重。说老实话，这十多年来，我不敢说做出了多少成绩，但我一直凭人的良知在做本职工作。有句话说得好，对什么事情如果你有不同的看法，你可以不说话，但不可以说假话。我想对一些事的处理，我觉得还是本着我的真性情做事吧，这么做得到报社一些同仁的支持和理解。另一方面，从我个人来讲，本身就是一介文人，某些东西不是如鱼得水的，艺术界年龄越大越值钱，但政界正相反，有年龄的局限，这也是种遗憾吧，但这是不可免的。这中间有很多经验、教训、体会可以转移到别的方面去。这样长期积累的东西，想做的事情以后可以有更多的精力去做，去从事文艺理论，艺术创作等。我干工作尽力做到尽善尽美，但我的个人生活完全按我性情来做。

对于散文来讲也是一样，我对历史是这样看的，就这样写，我不管别人怎么看。我不是刻意写什么东西，就是觉得需要一种浪漫的精神，心中一些感受可以有地方凝聚，有所宣泄，而散文正可以溶入这些东西。有如古人，精神上有种寄托，他们的喜怒哀乐，伟大也好，渺小也好，我可以尽情抒发，确实是精神上的安慰。余秋雨不是说文化苦旅嘛，我这个不知叫什么，就是精神的心路历程吧，一种过程。我觉得总有一种东西想通过笔墨表现出来，写文章通过文字表现，一气呵成。另外我希望散文都是美文。有的散文太过平淡，内容文字都平淡。平淡才是真嘛！但我觉得那种东西非大家所不能为也。至于我自己，则希望看如壮士断腕那样豪气干云的散文，看完后感到热血沸腾。另外写历史散文，不太好弄的就是那些远去的历史，它们缺少细节，这些历史性东西你不能编造。但我书中写父母那段就不同，那是我的亲身感受，细节历历在目，有感情连在一起。而古代英雄身上则缺少细节，只能千军万马一闯而过，无法勾勒很细。如继续写历史散文的话，这个细节如何处理都是课题，所以我只能拿想象的东西感染你，而事实上并没有真正的事物存在。我觉得我的东西中总有一种要倾泻的感觉，画出来或写出来，如我画某个人物时，往往不想用笔勾出来，而想泼出来，要那种大气。但光有气是不行的，还要通过细节的描写，将其变得有血有肉。如北京贾浩义的画，基本是泼出来的，没有细节，但却有一种冲击力。文艺界和美学艺术还是相通的，审美的东西有其共通的东西。

主持人：

今天会议就开到这，非常感谢大家来参加这个研讨会。

2003年9月15日

某曰：

某，湘人也。籍于汨罗，长于长沙，束发就学即与麓山湘水、书院文庙、村舍田畴、虫鱼草木为伴，耳濡目染之际，幸稍被湖湘文化之薰陶焉。甫弱冠，负笈京华，就读于北京师大历史系，懵懂学子由此始悟文史哲相融之妙道也。1968年岁末毕业离校，"四个面向"，飘蓬千里，落户于吉林省延边汪清林业局。五年蹉跎磨砺，得窥白山黑水之粗犷沉雄博大。黑土地文化与湖湘文化之基因兼容并蓄，得以裨益一生。1974年调入延边日报，开新闻职业生涯之先河。1978年上调吉林日报，从编辑、记者做起，直至报社主管，且兼省新闻工作者协会主席，后复兼任吉林省委宣传部副部长。系中共吉林省委第六、七届委员，省文联第五、六届副主席，省作协第五、六届理事及第七届副主席。深荷时代知遇之恩，自当竭诚以报，乃全力以赴和同仁打理报社编务、行政、经营诸项业务，组建吉林日报报业集团，在前任基础上谋改革创新，力求为此后报社可持续发展打下一定基础。而绘事由此搁置二十余年矣。

工作之余，不弃旧好，于文艺理论、评论、美学、哲学等诸多社会学科之兴趣与探究未尝少息，尤孜孜于新闻实践及散文、杂文、小说创作之尝试。有多部小册子和论文问世，多次获省哲学社会科学奖和长白山文艺奖之一等奖、优秀奖、省世纪艺术金奖及中央各部委及国家、国际若干奖项，并获国务院特殊津贴待遇及国家有突出贡献专家称号。

长年之文化积淀，使潜藏心底少年时代之绘画欲求得以实现。1989年一个偶然机会重拾画笔，画思泉涌，乃至一发不可收。期间，与许、郭二兄以画马结缘，遂有"关东三马"之行焉。2002年兼任吉林省政协常委、文教卫委员会主任，当选吉林省美协主席、中国美协理事。2008年省政协换届，未几，被聘为吉林省政府文史研究馆馆员至今。

如是，乃有《米萝文存》存焉。即或不入时人眼，亦聊证此番人世游也。